岩 波 文 庫

30-015-17

源 氏 物 語

（八）

早蕨—浮舟

柳 井 滋・室伏信助
大朝雄二・鈴木日出男
藤井貞和・今西祐一郎
校注

岩 波 書 店

編集協力

今井久代
陣野英則
松岡智之
田村隆

凡　例

一　本書は、新日本古典文学大系『源氏物語』(柳井滋・室伏信助・大朝雄二・鈴木日出男・藤井貞和・今西祐一郎校注、全五冊・別巻一冊、一九九三—九九年、岩波書店刊、以下「新大系版」と略記)に基づき、全五十四帖の本文と注を文庫版(全九冊)として刊行する。新たに今井久代・陣野英則・松岡智之・田村隆を編集協力者として加え、本文の表記・注を一部改編する。

二　底本には、新大系版と同じく、古代学協会蔵、大島雅太郎氏旧蔵、(通称)大島本を用い、大島本が欠く浮舟巻の底本には、東海大学付属図書館蔵明融本を用いる。

三　本文は、柳井・室伏の整定した新大系版を踏襲しつつ、以下の方針で作製する。

1　漢字は、現在通行の字体を使用し、必要に応じて読みがなを（　）に入れて付す。当て字の類は底本のままとする。

楊貴妃《やうきひ》　御子《みこ》　覚《おぼ》す　夕附夜《ゆふづくよ》　木丁《きちやう》

2　かなには必要に応じて漢字を当て、もとのかなを振りがなとしてのこす。

3　原則として歴史的かな遣いに統一し、語の清濁を示す濁点を付す。音便は通行の表記にする。送りがなは通行の表記を採用する。「む」「ん」の類別、反復記号（ゝ・ゞ・〱）は原則、底本のままとする。
宮仕《みやづか》へ　もてなやみ種《ぐさ》　目《め》を側《そば》め　宣旨《せむじ》　本意《ほい》
おの子→をの子　けう／けふ→きよう(興)
けらう→げらふ　かひさくり→かい探《さぐ》り　給て→給ひて
4　内容に即して句読点および改行を施す。会話文は「　」で、会話文中の会話文は「　」でくくり、末尾に句点を付し改行する。和歌・消息文は行頭から二字(消息文中の和歌は三字)下げる。
5　本文を他本によって補入する場合は〔　〕で示す。本文を改訂する場合は注に明記する。
6　各巻末にある「奥入」は省略する。新大系版を見られたい。
7　底本の様態については、新大系版に掲げてある詳細なメモを参照されたい。
四　本文の下欄に、内容の切れ目を示す節番号をアラビア数字で記し、注の該当個所にその番号を小見出しとともに示す。なお、㈠、㈡などは、本文庫の分冊数を示す。
五　本文の下欄に、池田亀鑑編著『源氏物語大成』(中央公論社)の頁数を漢数字で示す。

六　各巻の冒頭に梗概を、末尾に系図を掲げる。系図中の人物の呼称は、通行の呼称に拠り、その巻での他の呼称は（　）内に示す。［　］はその巻に登場しない人物を、▒は故人を示す。各巻の扉に入れた図版は、「源氏香之図」（部分、国文学研究資料館蔵 DOI: 10.20730/200014999）による。

七　各冊の末尾に、新たに地図などの図版と解説を付す。

八　第九冊に、作中和歌一覧・初句索引および作中人物索引を付す。

九　注・解説などで利用した諸本の略号は以下の通り。多く複製・影印に拠る。

定家本　伝藤原定家筆本（八木書店）／**明融本**（**東海**）　伝明融筆、東海大学付属図書館蔵本（東海大学蔵桃園文庫影印叢書）／**明融本**（**実践**）　同、実践女子大学図書館山岸文庫蔵本／**穂久邇本**　穂久邇文庫蔵本（日本古典文学影印叢刊）／**陽明本**　陽明文庫蔵本（陽明叢書）／**伏見天皇本**　吉田幸一氏蔵本（旧称、吉田本）（古典文庫）／**書陵部本**　三条西実隆等筆、宮内庁書陵部蔵本（新典社）／**三条西本**　日本大学蔵本（八木書店）／**尾州本**　名古屋市蓬左文庫蔵本（尾州徳川家旧蔵）（八木書店）／**高松宮本**　高松宮御蔵（臨川書店）／**中山本**　国立歴史民俗博物館蔵（中山輔親氏旧蔵）（複刻日本古典文学館）／**各筆本**　東山御文庫蔵本（貴重本刊行会）／**承応板本**　承応三年（一六五四）版／**首書本**　『首書源氏物語』寛文十三年（一六七三）版／**湖月抄本**　延宝三年

(一六七五)版

以上のほか、『源氏物語大成』の採用する諸本を利用する。

なお、「青表紙他本」は底本を除く青表紙本系の諸本、「青表紙本」は底本を含む青表紙本をさす。「河内本」は尾州本などをさし、「別本」については大成のほか、多く『源氏物語別本集成』正・続(おうふう)を参照する。

活字本の略称は以下の通り。

大成　『源氏物語大成』／**大系**　日本古典文学大系『源氏物語』(岩波書店)／**対校**　『対校源氏物語新釈』(平凡社)／**評釈**　『源氏物語評釈』(角川書店)／**全集**　日本古典文学全集『源氏物語』(小学館)／**新編全集**　新編日本古典文学全集『源氏物語』(小学館)／**集成**　新潮日本古典集成『源氏物語』(新潮社)／**完訳**　完訳日本の古典『源氏物語』(小学館)

十　第八冊の分担は左記の通り。(　)内は新大系版での分担である。

「早蕨」―「宿木」　(今西祐一郎)　今西祐一郎
「東屋」　(室伏信助)　陣野英則
「浮舟」　(室伏信助)　田村隆

目次

全巻の構成

源氏物語（八）

早蕨—浮舟

早<ruby>さ<rt></rt></ruby>

蕨<ruby>わらび<rt></rt></ruby>

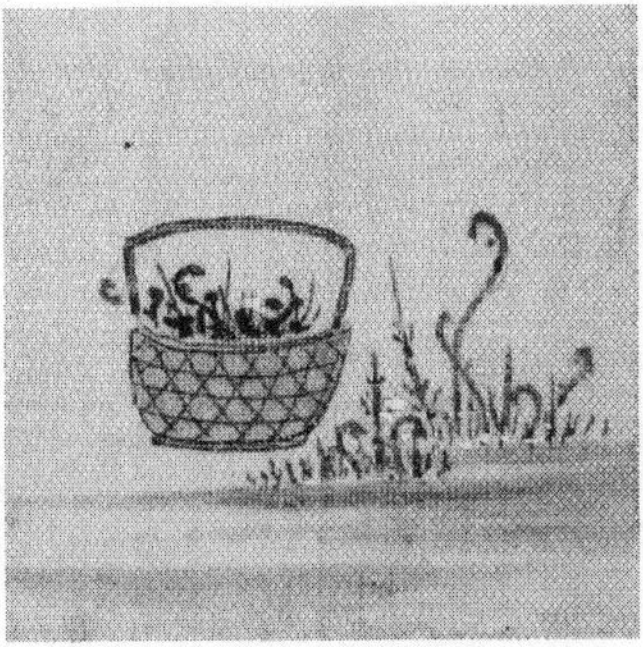

早蕨《さわらび》

大君《おおいぎみ》の没した明くる新春、すでに亡い父八宮《はちのみや》の法《の》の師、宇治の阿闍梨《あざり》から中君《なかのきみ》に蕨、土筆《つくづくし》が届けられた。その返礼に中君が詠んだ歌「この春はたれにか見せむ亡き人のかたみに摘める嶺の早蕨」(一六頁)による。底本の題簽《だいせん》は「さわらひ」。

〈薫二十五歳春(以下、通行の年立《としだて》による)〉

1 姉大君を失って茫然としたままに新年を迎えた中君のもとに、宇治の阿闍梨から例年通り、蕨、土筆の初物が贈られてきた。中君は悲しみのうちに礼状を書く。

2 悲しみに痩せて一段と美しい中君を見て、女房たちは、同じことなら中君が、いまだに大君を恋い偲ぶ薫《かおる》と夫婦になっていたならばと、ままならぬ中君の宿世を残念がる。一方、匂宮《におうみや》は中君を京に迎える用意をする。

3 内宴《ないえん》も済んで宮廷行事が一段落したころ、薫は匂宮を訪問。匂宮は中君のことを、薫は大君の追憶を、夜更けまで語って互いに胸中を吐露する。

4 中君の方でも京へ移る準備。転居は二月ついたちごろの予定。大君の喪も明けたが、中君はまだ喪に服し足りない思いである。薫も中君の転居に備えて援助する。車、供人などを宇治に遣わす。

5 中君転居の前日、薫、宇治を訪問。宇治を去る悲しみに沈む中君を慰める。

6 薫、中君、庭の紅梅に往時を偲んで歌を詠み交わす。薫は宇治近辺の荘園に八宮宅の管理を命じる。

7 薫、出家して八宮宅に残る老女房弁尼(べんのあま)に対面。いつものように昔話をさせ、「涙の川」の歌を詠み交わして帰途に就く。

8 悲しみにくれる弁尼を尻目に、女房たちは京への転居に心躍らせてその準備にいそしむ。弁と中君、別れの詠歌。弁の悲しみはますます募る。

9 **二月七日夕近く**、匂宮方からの迎えの供人を従えて、中君は京へ出発する。薫からも供人の派遣その他、さまざまな後見があったが、中君の心中は晴れない。

10 中君一行、夜に入って匂宮の待つ二条院に到着。**三条宮**に待機して帰参した供人から報告を受けた薫は、中君が名実ともに匂宮のものになったことにあらためて失望を覚え、歌をひとりごつ。

11 娘六の君と匂宮との婚儀をこの二月にともくろんでいた右大臣(夕霧(ゆうぎり))は、中君の二条院輿入れを不快に思う。やむを得ず**二十日過ぎ**に六の君の**裳着**(もぎ)を挙行。薫にも六の君との縁組を打診したが、薫はそっけない。

12 **花盛り**の頃、薫は自邸から**二条院**の桜を遠望して、今は主のいない宇治八宮の家に思いを馳せる。匂宮を訪うと宮は夕刻から参内の予定、薫は西の対に住む中君のもとに赴き、語り合う。

13 参内に先立って中君のもとに顔を出した匂宮は、薫と親しく語らうことを中君にすすめながらも、二人の仲を警戒する。

藪[1]《やぶ》し分《わ》かねば、春の光《ひかり》を見《み》給ふにつけても、いかで[2]かくながらへにける月日なら 一六七 1
むと、夢のやうにのみおぼえ給ふ。行[3]きかふ時《とき》〳〵にしたがひ、花[4]鳥《とり》の色をも音《ね》をも、同[5]《おな》じ心に起《お》き臥《ふ》し見《み》つゝ、はかなき[6]ことをも本末《もとすゑ》を取《と》りて言《い》ひかはし、心ぼそき世のうさもつらさも、うち語《かた》らひ合《あ》はせ聞《き》こえしにこそ慰《なぐさ》む方《かた》もありしか、をかしきこと、あはれなるふしをも、聞[7]《き》き知《し》る人もなきまゝに、よろづかきくらし、心ひとつを砕《くだ》きて、宮[8]のおはしまさずなりにしかなしさよりも、やゝうちまさりて恋《こひ》しくわびしきに、いかにせむと、明《あ》け暮《く》るゝも知《し》らずまどはれたまへど、世[9]にとまるべき程は限《かぎ》りあるわざなりければ、死《し》なれぬもあさまし。

阿[10]闍梨《あざり》のもとより、

年《とし》あらたまりては、何《なに》ごとかおはしますらん。御《(おほむ)》祈《いの》りはたゆみなく仕《つか》うまつり侍り。今[11]《いま》は一所《ひとところ》の御ことをなむ、やすからず念《ねん》じきこえさする。

1 宇治の新春

1　藪だからとて日光は分け隔てをして照らすものではないので、の意。「日の光藪し分かねば石上《いそのかみ》ふりにし里に花もさきけり」(古今集・雑上・布留今道)による。「藪」で宇治の山里を暗示。

2　どうしてこのように命長らえて月日が経ったのだろう。前年の冬、大君《おおいぎみ》に死別して、春を迎えた中君《なかのきみ》の心内。

3　巡り来ては過ぎて行く季節季節につけ。以下「慰む方もありしか」まで大君生前の回想。

4　花の色・鳥の音、の意。「花鳥の色にも音にもよそふべき方ぞなき」(㈠桐壺四四頁)、「えこそ花鳥の色をも音をもわきまへ侍らね」(㈢薄雲二四四頁)。「花鳥の色をも音をもいたづらにもの憂かる身は過ぐすのみなり」(後撰集・夏・藤原雅正)。雅正は紫式部の祖父。

5　大君と同じ気持で。「二所《ふたところ》…起き臥しうち語らひつゝ…たはぶれごともまめごとも、同じ心に慰めかはして過ぐし給ふ」(㈦椎本三二八頁以下)。

6　ちょっとした歌の上句下句。上句には下句を、下句には上句を付けることをいうか(細流抄)。

7　分かってくれる人もないままに、何ごとにつけ涙に暮れ、一人で懊悩し。

8　父八宮《はちのみや》がお亡くなりになった時の悲しさよりも、何ほどかまさって(大君を偲んで)恋しくつらく思うにつけ、(これから先)どうして過ごしていこうかと。

9　この世での寿命は前世から決まっていること(定命《じょうみょう》)なので。「命もし限りありてとまるべうとも」(㈦総角五八〇頁)。

10　宇治の阿闍梨。八宮の仏道修行の師。「この宇治山に、聖《ひじり》だちたる阿闍梨住みけり」(㈦橋姫二一四頁)。

11　(八宮、大君亡き)今は中君お一人のことを、心配に思い申し上げております。

など聞《き》こえて、蕨《わらび》、[1]つく〳〵し、をかしき籠《こ》に入《い》れて、

これは童《わらは》べの供養《くやう》じて侍るは[2]つをなり。

とてたてまつれり。[3]手《て》はいとあしうて、[4]歌《うた》は、わざとがましく引《ひ》き放《はな》ちてぞ書《か》きたる。

[5]君にとてあまたの春を摘《つ》みしかば常《つね》を忘《わす》れぬ初蕨《はつわらび》なり

[6]御前に詠《よ》み申さしめ給へ。

とあり。

[7]大事《だいじ》と思《おも》ひまはして詠《よ》み出《い》だしつらむとおぼせば、歌《うた》の心ばへもいとあはれにて、[8]なほざりに、さしもおぼさぬなめりと見《み》ゆる言《こと》の葉《は》を、めでたくこのましげに書《か》き尽《つ》くし給へる人の御文よりは、こよなく目《め》とまりて、[9]涙もこぼるれば、返事《(かへりこと)》書《か》か《ゝ》せ給ふ。

[10]この春はたれにか見《み》せむ亡《な》き人のかたみに摘《つ》める嶺の早蕨《さわらび》

[11]使《つかひ》に禄《ろく》取《と》らせさせ給ふ。

1　つくし（土筆）。「土筆　ツク〱シ」（黒川本色葉字類抄）。中世では『文明本節用集』『日葡辞書』など、「つくづくし」と濁音化。『元真集』には「つくつくし」を詠み込んだ物名歌がある。

2　「はつほ」の転。初物。「初穂　ハツホ」（名義抄）、「ハツヲ　何でも最初の物、最初の果実など」（日葡辞書）。阿闍梨が蕨などを献上したこと、㊆椎本三七六頁に「聖の坊より、雪消えに摘みてはべるなり、とて、沢の芹、蕨などたてまつりたり」と見える。

3　阿闍梨の字は下手。「手」は筆跡の意。

4　歌を手紙文から離し改行して、の意（細流抄）か、文字を一字ごとに離して、の意（弄花抄）か、解釈がわかれる。「放ち書き」（㊀若紫四二八頁、うつほ・国譲上）は後者。

5　阿闍梨の歌。父君（八宮）にと毎春摘んでは献上してきましたので、今年も例年通りさしあげる蕨の初物です。毎年春の蕨献上を積み重ねてきたという意の「（春を）積む」と「（蕨を）摘む」を掛ける。

6　（この歌を）中君にご披露願います。取り次ぎの女房に対する言。

7　以下中君の心内。（阿闍梨は詠みなれない歌を）真剣に思いめぐらしてやっと詠んだのだろうと。

8　通り一遍のお気持で、それほどには思って下さらぬらしく感じられる言葉を、見事に魅力的にこれでもかとお並べになる人のお手紙。匂宮《におうみや》の手紙をさす。

9　涙もこぼれるので、（女房に）返事をお書かせになる。

10　中君の歌。（大君亡き）今年の春はいったいだれに見せようというのか、亡き父の形見に摘んでくれた宇治山の初物の蕨を。「形見」に、蕨などを入れる籠《かご》の意の「かたみ（筐）」を掛ける。

11　（阿闍梨からの）使者にねぎらいの品をお与えになる。

2 [1]いと盛《さか》りににほひ多《おほ》くおはする人の、さまぐ\の御物思《おも》ひに、すこしうち面痩《おもや》せ給へる、いとあてになまめかしき気色《(けしき)》まさりて、[2]昔人《(むかしびと)》にもおぼえたまへり。並《なら》び給へりしをりは、とりぐ\にて、さらに似《に》たまへりとも見《み》えざりしを、うち忘《わす》れては、[3]ふとそれかとおぼゆるまで通《かよ》ひ給へるを、

「[4]中納言殿《どのゝ》の、[5]殻《から》をだにとゞめて見《み》たてまつる物ならましかばと、朝夕《あさゆふ》に恋《こ》ひきこえ給ふめるに、[6]同《おな》じくは、見《み》えたてまつり給ふ御宿世《すくせ》ならざりけむよ。」

と、[7]見《み》たてまつる人ぐ\はくちをしがる。

[8]かの御あたりの人の通《かよ》ひ来《く》るたよりに、御ありさまは絶《た》えず[9]聞《きゝ》きかはし給ひけり。尽《つ》きせず思《おも》ひほれ給ひて、新《あたら》しき年《とし》ともいはず、[10]いや目《め》になむなり給へると聞《きゝ》き給ひても、[11]げにうちつけの心浅《あさゝ》さにはものし給はざりけりと、いとゞいまぞあはれも 一六九 深《ふか》く思ひ知《し》らるゝ。[12]宮は、おはしますことのいとところせくありがたければ、[13]京に渡《わた》しきこえむとおぼし立《た》ちにたり。

3 [14]内宴《ないえん》など、物さわがしきころ過《す》ぐして、[15]中納言の君、心にあまることをも、また

2 中君の美貌

1 今が盛りの年頃でこぼれるような美しさを備えた中君が。

2 亡き大君の面影にも似かよっておられる。

3 つい大君その人かと錯覚するほど。

4 女房たちの言。「中納言」は薫《かおる》。

5 せめて(大君が虫のように死後)抜け殻を残して(それを)拝見できるものであったなら、と。㈦総角五八四頁に「かくながら、虫の殻のやうにても見るわざならましかば」。「空蟬《うつせみ》は殻を見つつも慰めつ深草の山煙だに立て」(古今集・哀傷・勝延)による。

6 同じことなら、中君が薫と夫婦になればよかったものを、そうならない前世からの契りであったのだろうよ、の意。

7 (中君を)拝見する女房たち。

8 薫がわの者が八宮宅に通って来るつてで。薫の供人で八宮宅の女房とねんごろな仲になった者(㈦総角五四九頁注4)についていう。

9 (薫、中君は)互いに相手の様子を耳にしておられた。

10 泣き出しそうな目つき、表情。薫についていう。㈣東屋四四八頁。

11 (中君は、薫の大君への思いが)まこと一時的で軽薄なものではおありでなかったのだと。

12 匂宮は、宇治へ通うのが身分がらとても大変で、むずかしいので。

13 中君を京へお移し申そうと。中君は二条院の西の対に移り住むことが予定されていた(㈦総角六〇四頁)。

3 薫、匂宮を訪う

14 一月下旬の子《ね》の日に催される天皇主催の宴。「年も変はりぬれば、内わたりはなやかに、内宴、たふ(踏)歌など聞き給ふも」(㈡賢木三三四頁)。

15 薫は、心に収めきれない大君を失った悲しみをも、(匂宮以外の)いったいだれに相談できようかと思案に暮れて。

たれにかは語《かた》らはむとおぼしわびて、[1]兵部卿《ひやうぶきやう》の宮の御方にまゐり給へり。しめやかなる夕暮《ぐ》れなれば、宮うちながめ給ひて、端近《はしちか》くぞおはしましける。箏《さう》の御琴《こと》掻《か》き鳴《な》らしつゝ、[2]例《れい》の御心寄《よ》せなる梅《むめ》の香《か》をめでおはする、[3]下枝《しづえ》を押《お》しをりてまゐり給へる、にほひのいと艶《えん》にめでたきを、[4]をりをかしうおぼして、

[5]をる人の心に通《かよ》ふ花《はな》なれや色には出《い》でず下《した》ににほへる

との給へば、

「[6]見《み》る人にかこと寄《よ》せける花《はな》の枝《え》を心してこそをるべかりけれ

[7]わづらはしく。」

[8]とたはぶれかはし給へる、いとよき御あはひなり。

[9]こまやかなる御物語《がた》りどもになりては、[10]かの山里《ざと》の御ことをぞ、まづはいかにと、宮《みや》は聞《き》こえ給ふ。[11]中納言も、過《す》ぎにし方《かた》の飽《あ》かずかなしきこと、そのかみよりけふまで思《おも》ひの絶《た》えぬよし、をり〳〵につけて、[12]あはれにもをかしくも、[13]泣《な》きみ笑《わら》ひみとかいふらむやうに聞《き》こえ出《い》で給ふに、[14]ましてさばかり色《いろ》めかしく涙もろなる御癖《くせ》

1　匂宮。

2　(匂宮は)例年のようにお気に入りの梅の香を楽しんでおられる。匂宮が梅花を賞美すること、〔七〕匂兵部卿三〇頁に「御前の前栽にも、春は梅花園(むめのはなぞの)をながめ給ふ」と見える。

3　(薫が)梅花の下枝を折り取って参上。梅花は、次々行の匂宮の歌の「色には出でず」により、香り高い白梅であろう。

4　(匂宮は)折柄ふさわしくお思いになって。

5　匂宮の歌。この梅花は折る人(薫)の心に似る花なのだろうか、うわべの花やかさはないが内に匂いがある。暗に薫と中君の仲を疑う(細流抄)。匂宮は自分の多情な性格から、中君を宇治に放置すれば、薫に惹かれるようになるのではないかと邪推していた。「女ならばかならず心移りなむと、おのがけしからぬ御心ならひにおぼしよるも、なまうしろめたかりければ」(〔八〕総角六〇〇頁)。

6　薫の歌。見て楽しんでいる人に(持ち主が)言いがかりをつけるような花なら、用心して折るべきだった。

7　面倒なことをおっしゃる。

8　冗談を言い合っていらっしゃるのは、何とも仲睦まじい。

9　うちとけた、二人だけのお話。

10　匂宮は(大君亡き後の)宇治のことを薫に尋ねる。

11　薫も、先般の(大君がお亡くなりになった)ことがいつまでも悲しいこと、大君存命のころから今日まで大君に対する思慕の念が途切れることのない旨を。

12　胸に沁みたことや楽しかったことなど。

13　悲喜こもごも泣いたり笑ったりというようなご様子で(匂宮に)申し上げなさるにつけ。「泣きみ笑ひみ」は慣用句。〔二〕須磨四七八頁・〔三〕松風二四八頁・〔六〕柏木二六頁・〔七〕竹河一二二・一四〇頁・〔七〕椎本三三〇頁などに見える。

14　あれほど多情で涙もろいご性質(の匂宮)は。

は、[1]人の御上《うへ》にてさへ袖《そで》もしぼるばかりになりて、[2]かひ〴〵しくぞあひしらひきこえ給ふめる。

空《そら》の気色も又、げにぞあはれ知《し》り顔《がほ》に霞《かす》みわたれる、夜《よる》になりてはげしう吹き出《い》づる風のけしき、まだ冬《ふゆ》めきて、いと寒《さむ》げに、大殿油《おほとなぶら》も消《き》えつゝ、[3]闇《やみ》はあやなきたど〳〵しさなれど、[4]かたみに聞《き》きさし給ふべくもあらず、[5]尽《つ》きせぬ御もの語《がた》りをえ晴《は》れやり給はで、夜もいたうふけぬ。[6]世にためしありがたかりける仲《なか》のむつびを、

「[7]いで、さりとも、いとさのみはあらざりけむ。」

と、[8]残《のこ》りありげに問《と》ひなし給ふぞ、わりなき御心ならひなめるかし。[9]さりながらも、物に心得《え》給ひて、[10]嘆《なげ》かしき心の内《うち》も明《あき》らむばかり、かつは慰《なぐさ》め、またあはれをもさまし、[11]さま〴〵に語《かた》らひ給ふ御さまのをかしきにすかされたてまつりて、げに心にあまるまで思《おも》ひむすぼほるゝことゞも、すこしづゝ語《かた》りきこえ給ふぞ、[12]こよなく胸《むね》の隙《ひま》あく心《（ここ）》ちし給ふ。

[13]宮も、かの人近《ちか》く渡《わた》しきこえてんとする程のことども、語《かた》らひきこえ給ふを、

1 他人(薫)の身の上のことにさえ、袖をしぼるほど涙に濡らして。「わが身から憂き世の中と名づけつつ人のためさへ悲しかるらむ」(古今集・雑下・読人しらず)の歌を踏まえるか(花鳥余情)。

2 殊勝にお相手をなさっておられるようだ。

3 (梅花の色は隠して香は隠すことのできないように、匂宮、薫二人の姿は見えなくても香は紛れようもない)役に立たない春の夜の闇の暗さであるが、の意。「春の夜の闇はあやなし梅の花色こそ見えね香やは隠るる」(古今集・春上・凡河内躬恒)、「夕やみは道たどたどし月待ちてかへれわがせこそのまにもみん」(古今六帖一)による。「闇はあやなく心許なきほどなれど」「香にこそげに似たる物なかりけれ」(㊆匂兵部卿四二頁)。

4 互いに話を途中で打ち切ることもおできにならず。

5 尽きることのないお話を気が晴れるまでなされぬうちに。

6 世にも稀な薫と大君との(清らかな)交際。「薫大君に実事なきよしをかたり給ふ也」(細流抄)。

7 匂宮の言。さあ、そうはいっても、まったく何事もなかったわけではあるまい。

8 (匂宮が薫の話には)何か隠しごとがありそうにお探りになるのは、(恋には)無理を厭わない(匂宮の)ご性分ゆえであろう。

9 そうではありながらも、(匂宮は)物事をよくわきまえなさって。

10 悲嘆にくれる薫の心中も晴れるばかりに、一方では(薫の気持を)いたわり、他方では悲しみをもやわらげ。

11 いろいろと言葉をかけなさる(匂宮の)なさりようの魅力につられ申して。

12 (薫は)この上なく胸がすっきりする気分におなりになる。

13 匂宮も、中君を近いうちに(京へ)お移し申してしまおうとする。一八頁。

24

「[1]いとうれしきことにも侍るかな。[2]あいなく身《（み）》づからのあやまちとなん思うたまへらるゝ。飽《あ》[3]かぬむかしのなごりを、また尋《たづ》ぬべき方《かた》も侍らねば、大方《おほかた》には、何《なに》ごとにつけても、心寄《よ》せきこゆべき人となん思《おも》うたまふるを、もし便《び》なくやおぼしめさるべき。」 一六八一

とて、[4]かの、「異《こと》人とな思《おも》ひ分《わ》きそ」と譲《ゆづ》り給ひし心おきてをも、すこしは語《かた》り聞《き》こえたまへど、[5]いはせの森《もり》の呼子鳥《よぶこどり》めいたりし夜《よ》のことは残《のこ》したりけり。心の内《うち》には、かく慰《なぐさ》めがたき形見《かたみ》にも、[6]げにさてこそ、かやうにもあつかひきこゆべかりけれと、くやしきことやう〳〵まさりゆけど、いまはかひなきものゆゑ、[7]常《つね》にかうのみ思《おも》はば、あるまじき心もこそ出《い》で来《く》れ、たがためにもあぢきなくをこがましからむと思ひ離《はな》る。[8]さてもおはしまさむにつけても、まことに思ひ後見《うしろみ》きこえん方《かた》は、またたれかはとおぼせば、御渡《わた》りのことどもも心まうけせさせ給ふ。

[9]かしこにも、よき若《わか》人、童《わらは》など求《もと》めて、人〳〵は心ゆき顔《がほ》にいそぎ思ひたれど、[10]いまはとてこの伏見《ふしみ》を荒《あ》らし果《は》てむもいみじく心ぼそければ、嘆《なげ》かれ給ふこと尽《つ》き

1　薫の言。

2　(中君が一人宇治に留まっているのが)わけもなく自分の責任に思えてなりません。

3　追憶止みがたい亡き大君の縁者を、中君以外に探す心当たりもありませんので、一通りには、何事につけても(私が)お世話申し上げるべきお方と思っておりますのですが。

4　大君の、(薫に)中君を自分と同じに思えと、お譲りなさったお考え。[七]総角「異(とこ)人と思ひ分き給ふまじきさまにかすめつゝ語らひ給へる心ばへ」(四六八頁)を承ける。

5　中君と一夜を明かした夜のこと([七]総角四四八頁以下)。「呼子鳥」については「恋しくは来ても見よかし人つてに岩瀬の森のよぶこ鳥かも」(源氏釈)、「神なびのいはせの森のよぶこ鳥いたくな鳴きそ我(あ)が恋まさる」(古今六帖六、万葉集八・一四一九)が引歌候補に指摘されてきたが、不審。「呼子鳥よばふ」(元良親王集)のような連想で、「よばいめいた夜」の意か。「いはせの森」は奈良県生駒郡斑鳩町。「よぶこ鳥」は、かっこう、ほととぎすなどの総称かという。

6　(大君の形見としても)大君の思惑どおり中君と夫婦になって、匂宮のように中君のお世話をしてさしあげるべきだったのだ、の意。

7　いつもこのようなことばかりを考えていたら、(中君に対して)いだいてはならぬ気持も生じてこよう、(それは)だれにとっても無益でばかばかしいことだろうと、(薫は)断念。

8　そうして京の匂宮のもとへお越しになるにつけても、実際にお世話申すのは、自分以外にだれがいようか、と。

4　中君、除服

9　あちら。宇治の中君方をさす。若人、童を求めるのは、京の生活への用意。

10　(中君は)もうこれまでと、住み慣れた宇治の山荘を荒れ放題にするのも。「いざここにわが世は経なむ菅原や伏見の里の荒れまくも惜し」(古今集・雑下・読人しらず)。

26

せぬを、[1]さりとても又、せめて心ごはく、絶《た》え籠《こも》りてもたけかるまじく、[2]浅《あさ》からぬ中の契りも絶《た》え果《は》てぬべき御住《す》まひを、

「[3]いかにおぼしえたるぞ。」

とのみ、うらみきこえ給ふも、すこしはことわりなれば、いかゞすべからむと思ひ 一六二
乱《みだ》れ給へり。

[4]きさらぎのついたちごろとあれば、ほど近《ちか》くなるまゝに、花の木どもの[5]けしきばむも残《のこ》りゆかしく、[6]峰《みね》の霞《かすみ》の立《た》つを見捨《みす》てんことも、おのが常世《とこよ》にてだにあらぬ旅《たび》寝《ね》にて、いかにはしたなく人笑《わら》はれなることもこそなど、よろづにつゝましく、心ひとつに思《おも》ひ明《あ》かし暮《く》らし給ふ。[7]御服《ぶく》も限《かぎ》りあることなれば脱《ぬ》ぎ捨《す》て給ふに、[8]禊《みそぎ》も浅《あさ》き心《(ここ)》ちぞする。[9]親一所《おやひとところ》は、見《み》たてまつらざりしかば、恋《こひ》しきことは思《おも》ほえず、[10]その御代《か》はりにも、このたびの衣を深《ふか》く染《そ》めむと心にはおぼしの給へど、さすがにさるべきゆゑもなきわざなれば、飽《あ》かずかなしきこと限《かぎ》りなし。

[11]中納言殿より、御車《くるま》、御前《(ごぜん)》の人〳〵、[12]博士《はかせ》などたてまつれ給へり。

1　だからといってそれなら、どこまでも強情に、(宇治に)閉じこもってしまっても大したことはあるまいし。

2　(匂宮との)浅からぬご縁もすっかり途切れてしまいかねないような宇治住まいを。

3　匂宮の言。どういうおつもりなのだ。

4　京への転居は二月始め頃。

5　(中君は)蕾がふくらみかける風情もその後が気になって。「花の木」は、梅、桜、藤、梨、桐などをいう。この場合は梅、桜か。

6　宇治山に立つ春霞を見捨てて京へ移ったとて、自分の安住の地でさえないよそ者暮らしでは、どんなにみじめで物笑いの種になることやら、などと。「春霞立つを見捨ててゆく雁は花なき里に住みやならへる」(古今集・春上・伊勢)による。「常世」は雁が帰って行く北の故郷(㈡須磨四五六頁・㈥幻四六二頁)。

7　(大君の)服喪の期間にも定めがあるので。「凡そ服紀は、君、父母、及び夫、本主の為に、一年。…妻、兄弟姉妹、夫の父母、嫡子に、三月」(喪葬令)。大君の死は前年十一月(㈦総角五八〇頁以下)。

8　除服の禊ぎをするにつけても、喪に服し足りない気がする。除服の際は、祓えをして喪服その他を川に流した。「やがて服ぬぐに、鈍色のものども、扇まで、祓《はら》(へ)などするほどに／藤衣流す涙の川水はきしにもまさるものにぞありける」(蜻蛉日記上)。

9　両親のうち一人は。母北の方。中君の出産の際に死去(㈦橋姫二〇〇頁)。「(恋しき)ことは」、各筆本・三条西本・首書本・湖月抄本「ことも」。

10　母親の喪に服する代わりにも、大君の喪に服する衣は(母親の場合のように)濃く染めようと心には思い、口にもお出しになったが、そうはいうものの(親ではなく姉妹の喪ゆえ)そうすべき理由もないことなので。

11　薫から、除服の祓えに川辺に出かける牛車、前駆の者などを(用意して)さしあげなさる。

12　陰陽博士。祓えを取り仕切る役。

[1]はかなしや霞《かすみ》の衣裁《ころもた》ちしまに花の紐《ひも》とくをりも来《き》にけり

げ[2]にいろ〳〵いときよらにてたてまつれ給へり。御[3]渡《わた》りのほどのかづけ物どもなど、こと〳〵しからぬものから、しな[4]〴〵にこまやかにおぼしやりつゝ、いと多《おほ》かり。

「を[5]りにつけては、忘《わす》れぬさまなる御心寄《よ》せのありがたく、はらからなども、えいとかうまではおはせぬわざぞ。」

など、人〳〵は聞《き》こえ[6]知《し》らす。あ[7]ざやかならぬ古《ふる》人どもの心には、かゝる方《かた》を心に染《し》めて聞《き》こゆ。若《わか》き人は、時〳〵も見《み》たてまつりならひて、い[8]まはと異《こと》ざまになりたまはむを、さう〴〵しく、

「い[9]かに恋《こひ》しくおぼえさせ給はむ。」

と聞《き》こえあへり。

一六八三

身《（み）》[10]づからは、渡《わた》り給はんこと、あすとての、まだつとめておはしたり。例《れい》[11]の客人《まらうと》居《ゐ》の方《かた》におはするにつけても、いまはやう〳〵もの馴《な》れて、我《われ》[12]こそ人よりさきにかうやうにも思ひそめしかなど、あ[13]りしさま、のたまひし心ばへを思ひ出《い》でつゝ、さ[14]

1 薫の歌。光陰矢の如しだ、まだ喪服を裁ち縫いしたばかりなのに、もうそれを脱ぐ花の咲く春がきたとは。「霞の衣」を喪服の意に用いること、『紫式部集』に「なにかこのほどなき袖を濡らすらん霞の衣なべて着る世に」。また㈥柏木一〇二頁参照。

2 薫が中君へ除服後の衣裳を贈ったことをいう。「げに」は歌の「花の紐とくをり」の言葉どおりに、の意。

3 京へ移る際の、人々に配る祝儀の料。

4 身分に応じて(㈢絵合一八一頁注9)。「こまやかに」、各筆本・三条西本など、なし。

5 女房の言。折にふれ、忘れてはいないことをお示しになるご配慮は世にも稀なことで、兄弟などでも、なかなかこうはおできにならぬものだ。

6 (女房たちは薫の厚意を中君に)お教え申す。

7 しがない古女房たちの気持としては、このようなまめまめしい薫の配慮を心から感謝して、(中君に)申し上げる。

8 (中君が匂宮に迎えられたら)もうこれきり(薫が)無縁の人になってしまわれるのを。

9 (薫が中君がわの人々から)どんなに恋しく思われなさることだろう、の意。

5 薫、宇治訪問

10 薫ご自身は、(中君が)京にお移りになるのが、明日という日の、まだ朝の時分に。

11 薫がいつも通される客間。西の廂《ひさし》の間《ま》(㈦総角五一一頁注1・㈦椎本三八二頁)。

12 自分の方が匂宮より先に大君を京へ迎えようと思い始めたものを、の意。「三条の宮も造り果てて、(大君を)渡いたてまつらむ事を思ひしものを」(㈦総角六〇四頁)。

13 亡き大君の様子やおっしゃったことの意味を思い出しては。

14 (大君は自分に靡きはしなかったが)それでも(自分を)必要以上に距離を置いて、(お相手として)問題外といった風のひどい扱いはなさらなかったのに。

すがにかけ離《はな》れ、ことのほかになどははしたなめ給はざりしを、[1]我心《(わが)》もてあやしうも隔《へだゝ》たりにしかなと、胸《むね》いたく思ひつゞけられ給ふ。[2]かいま見《み》せし障子《さうじ》の穴《あな》も思ひ出《い》でらるれば、寄《よ》りて見《み》給へど、[3]この中《なか》をば下《お》ろし籠《こ》めたれば、いとかひなし。[4]内《うち》にも人〳〵思ひ出《い》できこえつゝうちひそみあへり。[5]中の宮は、ましてもよほさるゝ御涙の川《かは》に、あすの[6]渡《わた》りもおぼえ給はず、ほれ〳〵しげにてながめ臥《ふ》し給へるに、

「[7]月ごろの積《つも》りもそこはかとなけれど、いぶせく思ひたまへらるゝを、片端《かたはし》も明《あき》らめきこえさせて、慰《なぐさ》め侍らばや。[8]例《れい》のはしたなくなさし放《はな》たせ給ひそ。[9]いとゞあらぬ世の心《(ここ)》ちし侍り。」

と聞《き》こえ給へれば、

「[10]はしたなしと思《おも》はれたてまつらむとしも思《おも》はねど、[11]いさや、心《(ここ)》ちも例《れい》のやうにもおぼえず、かき乱《みだ》りつゝ、いとゞはか〴〵しからぬひがこともやとつゝましうて。」

一六八四

1　自分の方から妙に距離を置いたような結果になってしまったことよ。

2　㊦椎本三八二頁に、「こなたに通ふ障子の端の方に…穴のすこし開きたるを見おき給へりければ、外に立てたる屛風を引きやりて見給ふ」とあった。

3　薫のいる客間と母屋《もや》とのあいだに御簾をぴったり下ろして(見えないようにして)あるので、の意か。

4　(母屋の)御簾の内でもみなが亡き大君をお偲びして泣いている。

5　中君は、(女房たちにも)ましてこみ上げる涙に。「中の宮」は、親王の娘である中君の身分を踏まえた呼称か(㊦椎本三四一頁注9)。

6　明日の(京への)転居の意に、「涙の川」の縁語で渡船場の意を響かす。

7　薫の言。ここしばらくのご無沙汰のあいだに積もった思いも、特別何がというわけではないものの、(申し上げないままだと)胸にたまる気がいたしますので、その一端でも申し上げすっきりさせて、気持を落ち着けたいものです。「思ひたまへ」、底本は「思たまへ」。

8　これまでのように(私が)ばつの悪い思いをするような冷淡なお扱いをなさらないで下さい。前年冬、大君の死を慰める薫に対して中君は、「よろづの事うき身なりけりと、物のみつゝましくて、まだ対面してものなど聞こえ給はず」(㊦総角五八八頁)と、対面を拒んでいた。

9　ますます知らぬ世界に迷い込んだような気分になります。「いとゞ」は、大君の死に加えて中君に冷淡にされたならいっそう、の意。

10　中君の言。(冷淡な態度をとって)そっけないと、あなたに思われ申そうというつもりはないけれども。

11　どうなのでしょう、気分もすぐれず、混乱して、普段にもましてとりとめのない失礼な言葉を申し上げるのではないかと心配で。「いさや」は、返事に迷ったり、おぼめかしたりするときの語。

など、[1]苦《くる》しげにおぼいたれど、

「[2]いとほし。」

などこれかれ聞《き》こえて、[3]中《なか》の障子《さうじ》の口《くち》にて対面《たいめむ》し給へり。

[4]いと心はづかしげになまめきて、又このたびはねびまさり給ひにけりと、目《め》もおどろくまでにほひ多《おほ》く、人にも似《に》ぬ用意《ようい》など、あなめでたの人《ひと》やとのみ見《み》え給へるを、[5]姫宮《ひめみや》は、面影《おもかげ》さらぬ人の御ことをさへ思《おも》ひ出《い》できこえ給ふに、いとあはれと見《み》たてまつり給ふ。

「[6]尽《つ》きせぬ御もの語《がた》りなども、けふは言忌《こといみ》すべくや。」

など言《い》ひさしつゝ、

「[7]渡《わた》らせ給ふべき所近《ところちか》く、このごろ過《す》ぐして移《うつ》ろひ侍るべければ、「[8]夜中《よなか》あか月《（つき）》」とつき〴〵しき人の言《い》ひ侍《（はべ）》める、何《なに》ごとのをりにも、[9]疎《うと》からずおぼしのたまはせば、世に侍らむ限《かぎ》りは聞《き》こえさせうけたまはりて過《す》ぐさまほしくなん侍るを、いかゞはおぼしめすらむ。[10]人の心さま〴〵に侍る世なれば、あいなくやなど、一方《ひとかた》にもえこ

1　(中君は薫との対面を)困ったことに。

2　女房の言。(対面しないと薫に)申し訳ない。「これかれ」は複数の女房を指す。

3　西の廂の間(客人居(まろうどい))と母屋の西面を仕切る襖障子の出入口。

4　薫の様子。たいそうこちらが恥ずかしくなるほど優美で、さらに今回は一段と貫禄がおつきになったことよと、目を見張るほど美しさにあふれ、人に異なった心づかいなど、まあ素敵なお方よとひたすらお見えになるのを。

5　中君は(薫を前にして)亡き今も面影の離れない大君のことまでを思い出すにつけ、の意か。「姫宮」は通例、大君の呼称のはず。「面影さらぬ人」の傍注に「姫宮イ」とあり、本文に紛れ入ったか。「姫宮」、高松宮本・板本「ひめ君」。

6　薫の言。語りつくせぬ大君の思い出話などをして涙を見せては、明日の転居を前に不吉だから、口にしない方がよかろう、の意。

7　引き続き、薫の言。(中君が)お移りあそばすご近所に、ここしばらくして私も転居いたす予定ですので。中君は匂宮の住む二条院へ、薫は火災後に再建された三条宮へ移る。三条宮焼亡のこと、㊃椎本三八二頁。

8　「夜中暁(を問わず)」と「つき〴〵しき人」が言うらしい(その言葉通りに私に対して)何事の場合でも。「つき〴〵しき人」は、遠慮のいらない親しい人の意で、親しいあいだがらでの時間を問わない行き来のさまを言う諺などを踏まえるか。あるいは、時刻に構わず消息をよこす好色者「すき〴〵しき人」からの転か。

9　私を疎からずお思いになりご相談下されば、私が生きております限りはご返事申し上げたりご用件を承ったりして過ごしたいと思っておりますが、(中君は)どのようにお思いでしょうか。

10　人の考えは様々ですから、(そのように考えるのも)無意味なお節介ではあるまいかなど、一方的にも決めかねています。

34

そ思《おも》ひ侍らね。」

と聞《き》こえ給へば、

「宿《やど》[1]をば離《か》れじと思ふ心深《ふか》く侍るを、近《ちか》[2]くなどのたまはするにつけても、よろづに乱《みだ》れ侍りて、聞《き》こえさせやるべき方《かた》もなく。」

など、所〳〵言《い》[3]ひ消《け》ちて、いみじくものあはれと思《おも》ひ給へるけはひなど、[4]いとようおぼえ給へるを、[5]心からよそのものに見《み》なしつると、いとくやしく思ひゐたまへれど、かひなければ、[6]その夜《よ》のことかけても言《い》はず、忘《わす》れにけるにやと見《み》ゆるまで、けざやかにもてなし給へり。

御前《(おまへ)》近《ちか》き紅梅《こうばい》の色も香《か》もなつかしきに、鶯《うぐひす》[7]だに見過《みす》ぐしがたげにうち鳴《な》きて渡《わた》るめれば、まして「春《はる》[8]やむかしの」と心をまどはし給ふどちの御物語《がた》りに、をりあはれなりかし。風のさと吹き入《い》るゝに、花《はな》[9]の香《か》も客人《まら(うと)》の御にほひも、橘《たちばな》ならねどむかし思ひ出《い》でらるゝつまなり。つれ〴〵の紛《まぎ》らはしにも、世のうき慰《なぐさ》めにも、[10]心とゞめてもて遊《あそ》び給ひしものをなど、心にあまり給へば、

一六八五

6

1 中君の言。宇治の家を離れまいと思う気持が深うございますのに。「宿をば離れじ」は、「いまぞ知る苦しきものと人待たん里をば(か)れずとふべかりけり」(古今集・雑下・在原業平、伊勢四十八段)の「里」を「宿」に変えた表現か。

2 (京で)ご近所になどとおっしゃるにつけても、あれこれと心乱れて、申し上げようもありません。三二頁の薫の言「渡らせ給ふべき所近く」を受けて、古里宇治との縁が切れることの苦悩を言うか。「方もなくなど」、各筆本・三条西本「方もなくなんと」。

3 口ごもって。

4 大君にそっくりでいらっしゃる。

5 自分から進んで(中君を)他人(匂宮)のものにしてしまった。「みなしつると」、書陵部本・各筆本・三条西本・河内本・陽明本「みなしつるとおもふに」。

6 以前、(大君が逃れたため)薫が中君と一夜を過ごす羽目になった折のこと(二五頁注5)は一言も言わず、忘れてしまったのかと見えるほど、知らぬ顔をしておられる。

6 春は昔の春ならず

7 人はもとより鶯さえ。「見過ぐし」、三条西本・各筆本「すぐし」。定家本は底本に同じ。

8 「月やあらぬ春やむかしの春ならぬわが身ひとつはもとの身にして」(古今集・恋五・在原業平、伊勢四段)の古歌のように、故人(大君)を思い心乱れておられるお二人の語らい。

9 梅の香も薫の焚き染めた香も、昔を思い出させる橘の香ではないが。「さつき待つ花橘の香をかげば昔の人の袖の香ぞする」(古今集・夏・読人しらず、伊勢六十段)による。「むかし」は大君在世中のこと、「つま」はきっかけ。

10 (大君はこの紅梅に)心をとめて賞翫なさっていたものをなど、(中君は)胸がいっぱいになって。

見《み》[1]る人もあらしにまよふ山里《やまざと》にむかしおぼゆる花の香《か》ぞする

言《い》ふともなくほのかにて、絶《た》え〴〵聞《き》こえたるを、[2]なつかしげにうち誦《ずん》じなして、

　[3]袖ふれし梅は変《か》はらぬにほひにて根《ね》ごめ移《うつ》ろふ宿《やど》やことなる

絶《た》[4]えぬ涙をさまよくのごひ隠《かく》して、言多《ことおほ》くもあらず。

「[5]またもなほかやうにてなむ、何《なに》ごとも聞《き》こえさせよかるべき。」

など聞《き》こえおきて立《た》ちたまひぬ。

[6]御渡《わた》りにあるべきことども、人〳〵にのたまひおく。[7]この宿守《もり》に、かの鬚《ひげ》がちの宿直《とのゐ》人などはさぶらふべければ、[8]このわたりの近《ちか》き御荘《みさう》どもなどに、[9]そのことどももの給ひ預《あづ》けなど、[10]こまやかなることどもをさへ定《さだ》めおき給ふ。

弁[11]ぞ、

「[12]かやうの御供《とも》にも、思ひかけず長《なが》き命《いのち》いとつらくおぼえ侍るを、人も[13]ゆゝしく見《み》思ふべければ、いまは世にある物とも人に知《し》られ侍らじ。」

とて、[14]かたちも変《か》へてけるを、[15]しひて召《め》し出《い》でて、いとあはれと見《み》給ふ。例《れい》[16]のむか

1 中君の歌。この先見る人(私)もいなくなる、嵐吹きすさぶ宇治の山里に、亡き人の形見の梅の香が匂っているよ。「嵐」に「あらじ」を掛ける。参考「逢ふことのあらしにまよふ小舟ゆゑとまる我さへこがれぬるかな」(九条右大臣集)。

2 (薫は中君の歌を)聞く人を惹きつけるような声で改めて口ずさんで。

3 薫の歌。むかし親しんだ梅は当時そのままの匂いなのに、それが根ごと移ってしまうのは私の家ではないのか。かつて一夜をともに過ごした中君が匂宮に引き取られることを嘆いてみせる歌。

4 とめどなく流れる涙を。尾州本・承応板本・湖月抄本「たへぬ」。参考「絶えぬは老いの涙なりけり」(㊂松風二三四頁)、「絶えぬ涙やおとなしの滝」(㊅夕霧三一八頁)。

5 薫の言。今後も引き続きこういう具合に(お会いしたい)、(そうすれば)何をご相談するにも好都合。底本「よかるへき」、各筆本・承応板本・湖月抄本「よるべき」。

6 (薫は明日の)ご転居に必要な準備をいろいろ、女房たちにお命じになる。

7 宇治の家の留守番として、例の鬚面の宿直人(㊆椎本三七五頁注1)などは宇治に留まってお仕えするはずなので。

8 宇治近在の薫の荘園(㊆椎本三七六頁)。

9 宇治の家への奉仕のことを託して。

10 諸本「まめやかなることゝも」。

7 弁尼と対面

11 八宮家に仕える老女房、弁の君(㊆橋姫二七八頁・㊆椎本三五四頁)。

12 中君の京へのお供をするにも、思いのほかに長生きをしてこのような目に遭うのがうらめしく思われまして。

13 (私のような老人がお供をすることを)縁起でもないと考えるでしょうから。

14 剃髪して尼になること。

15 (薫は尼姿の弁を)無理に呼び出して。

しもの語《がた》りなどせさせ給ひて、

「[1]こゝには、なほ時〳〵はまゐり来《く》べき、いとたづきなく心ぼそかるべきに、[2]かくてものし給はむは、いとあはれにうれしかるべきことになむ。」

など、えも言《い》ひやらず泣《な》き給ふ。

「[3]いとふにはえて延《の》び侍る命《いのち》のつらく、またいかにせよとてうち捨《す》てさせ給ひけんとうらめしく、[4]なべての世を思《おも》ひ給へ沈《しづ》むに、[5]罪《つみ》もいかに深《ふか》く侍らむ。」

と、[6]思《おも》ひけることどもを愁《うれ》へかけきこゆるも、かたくなしげなれど、[7]いとよく言《い》ひ慰《なぐさ》め給ふ。

[8]いたくねびにたれど、むかしきよげなりけるなごりを削《そ》ぎ捨《す》てたれば、額《ひたひ》の程さま変《か》はれるにすこし若《わか》くなりて、さる方《かた》にみやびかなり。[9]思《おも》ひわびては、などかゝるさまにもなしたてまつらざりけむ、それに延《の》ぶるやうもやあらまし、[10]さてもいかに心深《ふか》く語《かた》らひきこえてあらましなど、一方《ひとかた》ならずおぼえ給ふに、[11]この人さへうらやましければ、[12]隠《かく》ろへたる木《(き)》帳《ちやう》をすこし引《ひ》きやりて、[13]こまかにぞ語《かた》らひ給ふ。げに

16　弁はその昔、薫の実の父柏木に仕えた女房で、〔七〕橋姫以来、薫にしばしばその出生前後の事情を語ってきかせた（〔七〕橋姫二五〇・二七八頁・〔七〕椎本三二二・三五二頁）。

1　薫の言。「こゝ」は宇治をさす。底本「まいりくへき」、定家本以下、青表紙他本・河内本「まいりくへきを」。

2　こうしてあなた（弁）が（宇治に）いて下さるのなら。

3　弁の言。人に嫌われるとかえって元気になります命が無情で、またどうせよとて（大君は私を）捨ててあの世へ行ってしまわれたのかと。「あやしくもいとふにはゆる心かないかにしてかは思ひやむべき」（後撰集・恋二・読人しらず）。〔四〕常夏三一七頁注14。

4　世の中すべてに絶望しておりますので。「大方のわが身一つの憂きからになべての世をも恨みつるかな」（拾遺集・恋五・紀貫之）。

5　物思いは罪障となる。「さるもの思ひに沈まず、罪などいと深からぬさきに、いかで亡くなりなむ」（〔七〕総角五三二頁）。

6　積もる思いを（薫に）愁訴申し上げるのも、一徹に見えるが。諸本多く「かたくなしけれと」、定家本は底本に同じ。

7　（薫は）言葉巧みに（弁を）慰めなさる。

8　（弁は）たいそうな老人であるが、昔美しかった名残の髪を尼削ぎにしたので。尼削ぎは額髪を切り揃える。

9　（薫は）悲しみのあまり、どうして（大君を）弁同様、尼姿にしてさしあげなかったのであろう、その功徳で命が延びたかもしれなかったのに。

10　そうであれば、どんなにか心底からお話し申し上げることができたろうに。

11　（尼姿の）弁までがうらやましいので。

12　（弁が）その蔭に隠れている几帳を引きのけて。底本「木ちやう」は「几帳」の当て字。

13　「こまかに」、青表紙他本・河内本・板本「こまやかに」。定家本は底本に同じ。

[1]むげに思ひほけたるさまながら、物うち言《い》ひたる気色、用意《ようい》くちをしからず、[2]ゆゑありける人のなごりと見《み》えたり。

　[3]先《さき》に立《た》つ涙の川に身を投《な》げば人におくれぬ命《いのち》ならまし

とうちひそみ聞《き》こゆ。

「[4]それもいと罪深《つみふか》くなることにこそ。[5]かの岸《きし》に到《いた》ること、などか。[6]さしもあるまじきことにてさへ深《ふか》き底《そこ》に沈《しづ》み過《す》ぐさむもあいなし。すべて、[7]なべてむなしく思《おも》ひとるべき世になむ。」

などの給ふ。

「[8]身を投《な》げむ涙の川に沈《しづ》みても恋しき瀬《せ》ゝ《(ぜ)》に忘《わす》れしもせじ

いかならむ世にすこしも思ひ慰《なぐさ》むることありなむ。」

と、[9]果《は》てもなきこゝちし給ふ。帰《かへ》らん方《かた》もなくながめられて、日も暮《く》れにけれど、[10]すゞろに旅寝《たびね》せんも、人の咎《とが》むることやとあいなければ、帰《かへ》り給ひぬ。

[11]思《おも》ほしの給へるさまを語《かた》りて、弁は、いとゞ慰《なぐさ》めがたく暮《く》れまどひたり。[12]皆《みな》人は

1　(弁は)すっかり老いぼれた風体ながら。

2　昔は立派な女房であったことが窺えた。

3　弁の歌。まず流れる涙、その涙の川に身投げをするならば、あの方(大君)に死に遅れる命とはならなかっただろうに。「先立つ涙をつゝみ給ひて物も言はれず」(㊃浮舟六四八頁)。

4　薫の言。身投げをするのも罪深いことだとか。底本「ふかくなる」は諸本「ふかゝなる」。「く」は「ゝ」の誤写に由来。「親をおきて亡くなる人は、いと罪深(ふか)かなる物を」(㊃浮舟六三〇頁)。

5　「かの岸に到る」は「到彼岸」の訓読。「かの岸に心寄りにしあま舟の背きしかたに漕ぎ返る哉」(㊂松風二四〇頁)、「娑婆(さば)のほかの岸に至りて」(㊄若菜上三〇四頁)。「などか」は反語で、どうしてできようか、の意。

6　そんな常軌を逸したことまでして、深い水底に沈んで過ごすのも無意味。「深き底」に自殺の罪ゆえに堕ちる地獄を響かす。「底」は「岸」とともに「涙の川」の縁語。

7　総じてむなしいものと悟ることが必要なこの世なのだ。「なべてむなし」は仏教語「皆空」などを踏まえるか。

8　薫の歌。身投げして川底に沈んだとて、折々に亡き人を恋うる煩悩は消えまい。「涙川底の水屑(みくづ)となりはてて恋しき瀬々に流れこそすれ」(拾遺集・恋四・源順)によるか。

9　際限のない大君追慕の情。「わが恋は行くへも知らず果てもなし逢ふを限りと思ふばかりぞ」(古今集・恋二・凡河内躬恒)によるか。

10　用もないのに宇治に泊まるのも、人が変に思うかもしれぬと。

8　弁尼と中君

11　薫のお気持、お話しになった様子を(中君に)報告して、弁は、一段と悲しみをおさめることもできかねて涙に暮れていた。

12　(弁以外の)女房たちはみな満足の様子で。この場面、『源氏物語絵巻』にあり。

心《こゝろ》ゆきたるけしきにて、もの縫《ぬ》ひいとなみつゝ、老《お》[1]いゆがめるかたちも知《し》らずつくろひさまよふに、いよ〳〵やつして、

[2]人はみないそぎ立《た》つめる袖のうらにひとり藻塩《もしほ》を垂《た》るゝあまかな

と愁《うれ》へきこゆれば、

「[3]塩垂《しほた》るゝあまの衣《ころも》にことなれや浮《う》きたる浪に濡《ぬ》るゝ我《(わが)》袖

[4]世に住《す》みつかむことも、いとありがたかるべきわざとおぼゆれば、[5]さまにしたがひてこゝをば離《あ》れ果《は》てじとなん思《おも》ふを、[6]さらば対面《たいめん》もありぬべけれど、しばしのほども心《こゝろ》ぼそくて立《た》ちとまり給ふを見《み》おくに、いとゞ心もゆかずなん。[7]かゝるかたちなる人も、かならずひたふるにしも絶《た》え籠《こも》らぬわざなめるを、[8]なほ世《よ》の常《つね》に思《おも》ひなして、時《とき》〴〵も見《み》え給へ。」

など、いとなつかしく語《かた》らひ給ふ。[9]むかしの人のもて使《つか》ひ給ひしさるべき御調度《てうど》どもなどは、みなこの人にとゞめおき給ひて、

「[10]かく人より深《ふか》く思ひ沈《しづ》み給へるを見《み》れば、先《さき》の世も、とりわきたる契りもやも

1　老醜をも顧みず身繕いに夢中になっているので、(弁は)ますます尼姿に徹して。

2　弁の歌。みなが京へ移る準備に奔走するなか、あとに残る私一人は尼衣の袖を涙で濡らすことだ。「いそぎ立つ」に「袖」の縁語「裁つ」を響かせ、「裏」と「浦」、「尼」と「海人」を掛ける。「袖の浦」は出羽国(秋田県)の歌枕(能因歌枕)。

3　中君の歌。涙に濡れるあなたの尼衣と同じだ、あてもなく京へ出て行く心細さの涙に濡れる私の袖は。「心から浮きたる舟に乗りそめて一日も波に濡れぬ日ぞなき」(後撰集・恋三・小野小町)を踏まえるか。

4　中君の言。京に居付く(匂宮に添い遂げる)こともなかなかむずかしそうなことだと。

5　事情によっては、この宇治の家から完全に去(って家を荒廃させ)ることはないようにしようと思うが。「離(あ)れ」に「荒れ」を響かすか。「われも又うきふる里をあれ果てばたれ宿り木のかげをしのばむ」(九蜻蛉19節)。

6　そうすれば(今後も弁と)会うこともできるに違いないけれど、しばらくのあいだでも(弁が一人)寂しい状態で(この家に)お残りになるのを見捨て(て京に行くことにな)るのは、ますます気乗りがしない。

7　弁のような尼姿の人も、必ずしも一徹に世間に背を向けて引きこもってしまうことはしないもののようなので。

8　やはり世間並みに考えるようにして、時折は(京に出てきて)私に顔を見せて下さい。

9　亡き大君遺愛のおもだった調度品などは、すべて(宇治に留まる)弁のためにお残しになって。

10　中君の言。このように(弁が)他の女房より深く(大君のことを)思って悲しみに沈んでおられるのを見ると、前世でも(大君と弁とは)格別の因縁がおありになったのであろうかと思えるまで、(弁のことが)親しく思え心に染みることだ。

のし給ひけむと思ふさへ、むつましくあはれになん。」

との給ふに、いよ〳〵[1]童《わらは》べの恋《こ》ひて泣《な》くやうに、心をさめむ方《かた》なくおぼほれゐたり。

[2]みなかき払《はら》ひ、よろづ取《と》りしたゝめて、[3]御車《くるま》ども寄《よ》せて、御前《(ごぜん)》の人〳〵、四位五《(しゐご)》位《ゐ》いと多《おほ》かり。[4]御身《(み)》づからも、いみじうおはしまさまほしけれど、こと〳〵しくなりて、なか〳〵あしかるべければ、たゞ忍《しの》びたるさまにもてなして、心もとなくおぼさる。[5]中納言殿《どの》よりも御前の人数多《かずおほ》くたてまつれ給へり。[6]大方《おほかた》のことをこそ、宮《みや》よりはおぼしおきつめれ、こまやかなるうち〳〵の御あつかひは、たゞこの殿より、思《おも》ひ寄《よ》らぬことなくとぶらひきこえ給ふ。

日暮《く》れぬべしと、[7]内《うち》にも外《と》にもよほしきこゆるに、[8]心あわたゝしく、いづちならむと思《おも》ふにも、いとはかなくかなしとのみ思《おも》ほえ給ふに、御車《くるま》に乗《の》る[9]大輔《たいふ》の君といふ人の言《い》ふ、

[10]あり経《ふ》ればうれしき瀬《せ》にも会《あ》ひけるを身をうぢ河に投《な》げてましかば

うち笑《ゑ》みたるを、[11]弁の尼《あま》の心ばへに、こよなうもある哉《(かな)》と心づきなうも見《み》給ふ。い[12]

9

一六八九

1　弁の泣き悲しみ、途方に暮れるさま。

9　中君、京へ出発

2　(家の内の調度を)きれいに片づけ、すべてを整理して。

3　匂宮が用意した迎えの車と前駆の供人たち。四位五位が多いのは重々しい待遇。「御前四位五位がちにて、六位殿上人などは、さるべき限りを選らせ給へり」(㈢少女五三六頁、紫上の六条院への引越し)、「見も知らぬ四位五位こきまぜに、ひまなう出で入りつゝ」(㈠若紫四八八頁、二条院の様子)、「よき四位、五位たちのいつききこえて、うち身じろき給ふにもいといかめしき御いきほひなるを」(㈣常夏三二〇頁、内大臣の威勢のさま)。

4　匂宮自身も是非迎えに来たいのだが、の意。

5　薫。

6　一通りのことは、匂宮の方で手配なさるようだが、細々とした内々のお世話は、もっぱら薫の方で、遺漏なく心配りしてさしあげなさる。

7　「内」は中君の女房、「外」は迎えの者。

8　(中君は)せき立てられる気分で、一体どこへ行こうとするのだと思うにつけ。

9　中君と同乗して京へ行く中君の女房。定家本「たいの君」に「ふ」を補入。各筆本・高松宮本「大弐(の)君」、伏見天皇本・尾州本「たいの君」。

10　大輔君の歌。生き続けているとこのようなうれしい機会にも巡り会えることだ。もしわが身を悲観して宇治川に身投げをしていたならば。「かかる瀬もありけるものをとまりゐて身を宇治川と思ひけるかな」(古今六帖三)を踏まえるか。「うぢ河」の「う」に「憂」を掛ける。

11　中君の心内。(大輔君の様子は、悲しみに沈んだ)弁の心持ちと、大変な違いだと興ざめにもご覧になる。

12　同行するもう一人の女房。牛車には四人まで乗れる。

ま一人《ひとり》、

過《す》[1]ぎにしが恋しきことも忘《わす》れねどけふはたまづも行く心かな

いづれ[2]も年経《としへ》たる人〳〵にて、みなかの御方《かた》をば心寄《よ》せまほしく聞《き》こえためりしを、いまはかく[3]思《おも》ひあらためて言忌《こといみ》するも、心うの世やとおぼえ給へば、物も言《い》はれ給はず。

道《みち》[4]の程のはるけく、はげしき山道《みち》のありさまを見《み》給ふにぞ、つらき[5]にのみ思ひなされし人の御中《なか》の通《かよ》ひを、ことわりの絶《た》え間《ま》なりけりと、すこしおぼし知《し》られける。七日の月のさやかにさし出《い》でたる影、をかしく霞《かす》みたるを見《み》給ひつゝ、いと[6]とほきに、ならはず苦《くる》しければ、うちながめられて、

なが[7]むれば山より出《い》でゝゆく月《つき》も世《よ》に住《す》みわびて山にこそ入《い》れ

さま[8]変《か》はりて、つひにいかならむとのみあやふく、行く末《すゑ》うしろめたきに、年《とし》[9]ごろ何《なに》ごとをか思《おも》ひけんとぞ、取《と》[10]り返《かへ》さまほしきや。

よひうち過《す》ぎてぞおはし着《つ》きたる。見《み》も知《し》らぬさまに、目《め》もかゝやくやうなる殿

10

1　もう一人の女房の歌。亡くなった大君追慕の気持を忘れたわけではないが、京へ行く今日は今日で、何はさておき心が弾むことだ。

2　どちらも長年仕えてきた女房で、二人とも大君をひいきにしたいというふうに見えたようだが。底本「よせまほしく」、「よせまし」に「ほ」「く」を補入。定家本・尾州本・伏見天皇本など「よせまし」、各筆本・三条西本・陽明本・首書本など「よせ」。

3　このように（中君中心に）気持を切り替えて大君のことに触れまいとするのも、（中君は）いやな世の中よと。

4　京への道のりは遠く、険しい山道の様子を。木幡山を越えての道中であろう。青表紙他本・板本「みちのほと」、定家本・尾州本は「みちのほとの」。

5　薄情ゆえとばかり自然思い込んでいた匂宮の（絶え間がちな）お越しを、それは無理もない途絶えだったのだと、（中君は）すこしはお分かりになるのだった。「中の通ひ」は男女の仲の行き来、の意。

6　（京までは）とても遠い道で、（長旅は）経験がなくつらいので、つい物思いにふけって。

7　中君の歌。見ていると山から顔を出して夜空を渡る月も、世の中に住むのがつらくてまた山に入って行くよ。参考「みやこにて山の端《は》に見し月なれど波より出でて波にこそ入れ」（土佐日記）。

8　（宇治の山里から出てきた自分は）月とは違って、（宇治へ帰るのでもなく）最後はどうなるのだろうと、そればかりが危惧され。「ならむ」、底本「なからむ」を定家本など他の青表紙本により訂正する。

9　これまでの物思いは物思いとはいえなかった、の意。

10　宇治に暮らした昔を取り返したい。「ありし世を取り返さまほしく思ほしける」（㊂絵合二〇二頁）。

10　二条院に到着

造《づく》りの、三《み》[1]つ葉四《よ》つ葉《ば》なる中に引《ひ》き入《い》れて、宮、いつしかと待《ま》ちおはしましければ、御車《くるま》のもとに身《(み)》づから寄《よ》らせ給ひて、下《お》ろしたてまつり給ふ。御しつらひなど、あるべき限《かぎ》りして、女房の局《つぼね》〳〵まで、御心とゞめさせ給ひけるほどしるく見《み》えて、いとあらまほしげなり。[2]いかばかりのことにかと見《み》え給へる御ありさまの、にはかにかく定《さだ》まり給へば、[3]おぼろけならずおぼさるゝことなめりと、世人も心にくゝ思《おも》ひおどろきけり。

中納言は、[4]三条の宮に、この廿余《よ》日のほどに渡《わた》り給はむとて、このごろは日ゝ《ひ(び)》におはしつゝ見《み》給ふに、この院近《ちか》きほどなれば、[5]けはひも聞《き》かむとて、夜《よ》ふくるまでおはしけるに、[6]たてまつれ給へる御前《(ごぜん)》の人〳〵帰《かへ》りまゐりて、ありさまなど語《かた》りきこゆ。いみじう御心に入《い》りてもてなし給ふなるを聞《きゝ》き給ふにも、[7]かつはうれしき物から、さすがに我心《(わが)》ながらをこがましく胸《むね》うちつぶれて、[8]「物にもがなや」と、返ゝ《(かへすかへす)》ひとりごたれて、

[9]しなてるや鳰《にほ》のみづうみに漕《こ》ぐ舟のまほならねども会《あ》ひ見《み》し物を

1　多くの棟を並べる豪邸の形容。祝歌「この殿はむべも富みけりさきくさの三つ葉四つ葉に殿造りせり」（古今集・仮名序、催馬楽・此殿（このとの））にもとづく。「三つ葉四つ葉の殿造りもをかし」（枕草子・花の木ならぬは）。

2　どれほどのことがあれば（身を固めるのだろう）とお見えになった独身の匂宮が、急に相手がお決まりになるので。参考「いにしへは、いかばかりのことに定まり給ふべきにかと、つてにもほの聞こえし御心の、なごりなく静まり給へるは」（㊂薄雲二八二頁）。

3　匂宮が並はずれておぼし召しのようだと、世の人も（中君のことを）さぞかしすばらしいお方なのだろうと。

4　薫の母女三宮の邸。薫もそこへ転居する。三三三頁注7。

5　（薫は）中君の二条院入りの模様も窺おうと思って、夜おそくまで三条宮に留まっておられたところ。

6　中君のために薫が用立てした前駆の者たち（四四頁六行）。

7　（中君に対する匂宮の厚遇を、薫は）一方ではうれしく思うものの、やはり（中君が人のものになると思うと）自分の心ながら愚かしくも胸がどきどきして。「取り返すものならねど、をこがましく心ひとつに思ひ乱れ給ふ」（㊆総角五三六頁）。

8　（中君が匂宮に迎えられる前の昔を）取り返すことができるものなら、の意。「取り返すものにもがなやいにしへをありしながらのわが身と思はむ」（『源氏釈』所引出典未詳歌）の第二句を何度も口ずさむ。「「…取り返すものにもがなや」とうち嘆き給ひて」（㊅柏木七六頁）、また㊇宿木一六〇頁。

9　薫の歌。契りを結びはしなかったが、中君とは一緒に一夜を過ごしたことがあったのに。上句は舟の帆である「真帆」（完全の意の「まほ」を掛ける）を導く序。「しなてるや」は「鳰の湖」（琵琶湖の異名）の枕詞。

[1]とぞ言《い》ひくたさまほしき。

[2]右の大《おほ》殿は、六の君を宮《みや》にたてまつり給はんこと、この月にとおぼし定《さだ》めたりけるに、かく[3]思《おも》ひのほかの人を、このほどよりさきにとおぼし顔《がほ》にかしづきすゑ給ひて、離《はな》れおはすれば、[4]いとものしげにおぼしたりと聞《き》ゝ給ふもいとほしければ、文は時〱たてまつり給ふ。[5]御裳着《もぎ》の事、世に響《ひゞ》きていそぎ給へるを、延《の》べ給はむも人笑《わら》へなるべければ、廿日《(はつか)》あまりに着《き》せたてまつり給ふ。

[6]同《おな》じゆかりにめづらしげなくとも、この中納言をよそ人に譲《ゆづ》らむがくちをしきに、さもやなしてまし、[7]年《とし》ごろ人知《し》れぬものに思ひけむ人をも亡《な》くなしてもの心ぼそくながめゐ給ふなるを、などおぼし寄《よ》りて、[8]さるべき人して気色とらせ給ひけれど、

「[9]世のはかなさを目《め》に近《ちか》く見《み》しに、いと心うく、身もゆゝしうおぼゆれば、いかにも〱さやうのありさまは物うくなん。」

[10]とすさまじげなるよし聞《き》ゝ給ひて、

「[11]いかでか、この君《きみ》さへ、おほな〱言出《ことい》づることを、物うくはもてなすべきぞ。」

1　(中君は自分と一夜を過ごした仲なのだ)とでも難癖をつけてやりたいと思う。

11　右大臣夕霧の思惑

2　右大臣夕霧。「この月」は二月。前巻の㊤総角で、底本は夕霧を左大臣とするが(五一四・五一八・五三四・五四八・五五八頁)、青表紙他本・河内本ではすべて右大臣となっている。

3　(匂宮が)予想外の人(中君)を、娘(六の君)との結婚の時期より先にとお考えのような態度で重々しく(二条院に)お迎えになって、(右大臣家とは)距離を置いていらっしゃるので。匂宮が六の君に気乗り薄なことは、㊤椎本で「大殿の六の君をおぼし入れぬ事、なまうらめしげにおとゞもおぼしたりけり」(三八〇頁)、他に㊤総角五一四・五三四頁。

4　夕霧がご立腹の模様とお聞きになるにつけても申し訳ないので、(匂宮は六の君に)手紙は時々さしあげなさる。「文」、定家本以下青表紙他本・河内本・板本「御ふみ」。

5　六の君の成人の儀。

6　次々行「ながめゐ給ふなるを」まで夕霧の心内。同じ源氏の血縁で新鮮味がなくても、薫を他家の婿として譲り渡す残念さに、薫を六の君の婿にしてしまおうか。

7　(薫は)長年ひそかに思いを寄せていたという人(大君)をも亡くして。

8　(夕霧は)しかるべき仲人を立てて(薫の)意向を探らせなさったが。

9　薫の言。(大君の死という)この世の無常を目の当たりにしたので、とてもつらく、自身も大切な人に死なれた縁起でもない身に思えて。

10　(薫も)六の君との縁談に乗り気でない旨を(夕霧は)お聞きになって。

11　夕霧の言。どうして、薫までが、(こちらが)真剣に申し出たことに、乗り気でない態度をとってよいものだろうか。「おほな〳〵」は、精一杯に、真剣に、の意。㊤桐壺七〇

とうらみ給ひけれど、したしき御仲《なか》らひながらも、人ざまのいと心はづかしげに物し給へば、えしひてしも聞《き》こえ動《うご》かし給はざりけり。

[1]花盛《ざか》りの程、[2]二条の院の桜《さくら》を見《み》やり給ふに、[3]主《ぬし》なき宿《やど》のまづ思ひやられ給へば、

「[4]心やすくや。」

など[5]ひとりごちあまりて、宮の御もとにまゐり給へり。[6]こゝがちにおはしましつきて、いとよう住《す》みなれ給ひにたれば、めやすのわざやと見《み》たてまつる物から、例《れい》のいかにぞやおぼゆる心の添《そ》ひたるぞあやしきや。されど、[7]実《じち》の御心ばへは、いとあはれにうしろやすくぞ思ひきこえ給ひける。

何《なに》くれと御物語《がたり》聞《き》こえかはし給ひて、夕《ゆふ》つ方《かた》、宮は内《うち》へまゐり給はむとて、[8]御車の装束《さうぞく》して、人〳〵多《おほ》くまゐり集《あつ》まりなどすれば、[9]立《た》ち出《い》で給ひて、対《たい》の御方へまゐり給へり。

[10]山里《ざと》のけはひ引《ひ》きかへて、御簾《みす》の内《うち》、心にくゝ住《す》みなして、[11]をかしげなる童《わらは》の透《すき》影《かげ》ほの見《み》ゆるして、御消息《せうそこ》聞《き》こえ給へれば、[12]御褥《しとね》さし出《い》でて、むかしの心知《し》れる人

頁・㈢少女四三二頁など。

---

12 薫、中君を訪う

1 すでに三月、薫は二月二十余日以来三条宮に帰り住む（四八頁七行）。「三月の十日なれば、花盛りにて」（㈥御法三九四頁）。

2 薫の住む三条宮から匂宮、中君の住む二条院の桜を遠望する（五五頁注2）。

3 主人のいなくなった宇治八宮宅（の桜）が。「荒れはてて人も侍らざりける家に桜の咲き乱れて侍りけるを見て／浅茅原主なき宿の桜花心やすくや風に散るらん」（拾遺集・春・恵慶）による。

4 薫の言。前注、恵慶歌の第四句により、宇治の桜は宿の主に気兼ねせずに散っていることだろう、の意。

5 ひとり口ずさんでいるうちに気持が募って、匂宮邸に参上なさる。

6 （匂宮は）この二条院に居られることが多く、中君との暮らしも板に付いたご様子なので、（薫は）結構なことよと拝見するものの、例によって感心しかねる心（中君への未練）が混じるのは困ったことだ。

7 （薫は）根がまめなお方だから、（中君のことを）心からこれで心配ないと。「（薫は、中君に対する）大方の御後見《うしろみ》は、われならでは又たれかは、とおぼすとや」（㈦総角六〇四頁）。

8 匂宮の車の装備をして、お供の人々が、（二条院に）大勢参集したりするので。

9 薫は匂宮の前から退出して、（西の対に住む）中君のところへ参上する。中君の居室は二条院の西の対（一九頁注13）。

10 （中君の居室は、簡素だった）宇治の山荘とはうって変わって、簾中奥ゆかしい暮らしぶりで。

11 かわいらしい童女の姿が簾越しにほのかに見える、その童女に命じて。

12 （簾中から）敷物を差し出して、宇治時代の

なるべし、出《い》で来《き》て、御返り聞《き》こゆ。
「[1]朝夕《あさゆふ》の隔《へだ》てもあるまじう思う給へらるゝほどながら、そのこととなくて聞《き》こえさせむも中〳〵馴《な》れ〳〵しき咎《とが》めやとつゝみ侍るほどに、世《よ》の中《なか》変はりにたる心《（ここ）》ち 一六九三
のみぞし侍るや。[2]御前《（おまへ）》の梢《こずゑ》も霞隔《かすみへだ》てて見《み》え侍るに、あはれなること多《おほ》くも侍るかな。」
と聞《き》こえて、[3]うちながめてものし給ふけしき、心ぐるしげなるを、[4]げにおはせましかばおぼつかなからず行き帰《かへ》り、かたみに花の色《いろ》、鳥《とり》の声《こゑ》をもをりにつけつゝ、すこし心ゆきて過《す》ぐしつべかりける世をなど、おぼし出《い》づるにつけては、[5]ひたふるに絶《た》え籠《こも》り給へりし住《す》まひの心ぼそさよりも、飽《あ》かずかなしう、くちをしきことぞいとゞまさりける。
[6]人びとも、
「[7]世《よ》の常《つね》に、こと〳〵しくなもてなしきこえさせ給ひそ。[8]限《かぎ》りなき御心のほどをば、今《いま》しもこそ、見《み》たてまつり知《し》らせたまふさまをも、見《み》えたてまつらせ給ふべけ

13

ことを知っている女房なのであろう、その女房が。

1　薫の言。いつでもお目にかかろうと思えばお目にかかれるご近所にいながら、格別用事もないのにお伺いするのも、かえって馴れ馴れしいとのお叱りを蒙るのではないかと遠慮いたしておりましたうちに。「朝夕の隔て」は、朝と夕とのあいだの短い隔て。「朝夕の隔てあるやうなれど、かくて見たてまつるは心やすくこそあれ」（四蛍二四八頁）、「朝夕の隔て知らぬ世のはかなさ」（七椎本三三七頁注14）。

2　（薫の三条宮から）こちら（二条院）の桜の梢が霞を通して見えるにつけましても。中君とのあいだが隔たって感じられることを暗にいう。

3　（薫が）物思いに沈んでいらっしゃる様子が、つらそうなので。

4　次々行「過ぐしつべかりける世を」まで中君の心内。仰せの通り大君が存命ならば不断に行き来して、お互いに花の色、鳥の声を季節季節にめでて、いくぶんは物思いを忘れて過ごせたはずの世なのになどと。「花の色、鳥の声」は一五頁注4参照。

5　ひたすらに（世間との交際を絶って宇治に）閉じこもっておられた頃の暮らしの心細さよりも、（現在の方が）いつまでも悲しく、悔やまれることが。

13 匂宮の疑い

6　中君の女房たち。

7　普通の客人に対するように、四角ばって（薫を）おもてなし申してはなりません。「こと〳〵しく」は定家本はじめ諸本「うと〳〵しく」（よそよそしい、の意）。「こと〳〵しく」は「こ」と「う」の仮名字形の類似から発生した異文か。

8　この上ない（薫の）ご厚情を、（匂宮に迎えられて暮らしも安定した）今こそ、肝に銘じ

れ。」

など聞《き》こゆれど、[1]人づてならず、ふとさし出《い》できこえんことのなほつゝましきを、やすらひ給ふほどに、[2]宮、出《い》で給はむとて、御まかり申しに渡《わた》り給へり。[3]いときよらに引《ひ》きつくろひけさうじ給ひて、見《み》るかひある御さまなり。[4]中納言はこなたになりけりと見《み》給ひて、

「[5]などかむげにさし放《はな》ちては出《い》だし据《す》ゑ給へる。[6]御あたりには、あまりあやしと思《おも》ふまでうしろやすかりし心寄《よ》せを、[7]我《わが》ためはをこがましきこともやとおぼゆれど、[8]さすがにむげに隔《へだ》て多《おほ》からむは、罪《つみ》もこそ得《う》れ。[9]近《ちか》やかにて、むかし物語《がた》りもうち語《かた》らひ給へかし。」

など聞《き》こえ給ふものから、

「[10]さはありとも、あまり心ゆるひせんも、またいかにぞや。疑《うたが》はしき下《した》の心にぞあるや。」
[11]とうち返《かへ》しの給へば、[12]一方《ひとかた》ならずわづらはしけれど、我《わが》御心にもあはれ深《ふか》く思ひ知《し》

ておられることを見せてさしあげることがだいじなのです。

1　(中君は)女房を介さず、いきなり(みずから)返事を申し上げるのは、やはり憚られるので、躊躇しておられるところへ。

2　匂宮が、お出かけなさるとて、ご出発の挨拶のために(中君の居室へ)お越しになった。

3　薫の美質が「いとなまめかしくきよげなり」(㊆総角五八八頁)と「きよげ」の語で表されるのに対し、匂宮にはより高貴な美質を表す「きよら」の語が用いられる。他に㊆総角四九六・五〇二頁など。

4　薫はこちらに来ていたのだと(匂宮は)ご覧になって。

5　匂宮の言。どうして(薫を)むやみに遠ざけて簾の外に座らせなさるのか。

6　こちら(中君)に対しては、どうして(そこまで)と変に思うほど下心なく親身であった(薫の)厚意に対して。

7　(薫の中君に対する厚意は)私にとっては馬鹿を見ることになるかもしれぬと思われるが。匂宮の中君と薫の仲への疑いは、㊆総角の「(薫が)いよ〳〵物きよげになまめいたるを、女ならばかならず心移りなむと、(匂宮は)おのがけしからぬ御心ならひにおぼしよるも、なまうしろめたかりければ」(六〇〇頁)という匂宮の思い、また本巻二〇頁の匂宮の歌「色には出でず下ににほへる」によって予示されていた。

8　そうはいえ(薫に)あまりよそよそしくするのは、罰が当たるというものだ。

9　おそば近くで、(大君の)思い出話でもお話しなされよ。

10　匂宮の言。とはいえ、あまり(薫に)心を許すのも、さてどんなものか。(薫の)内心は疑わしいものだ。

11　反対のことをおっしゃるので。

12　(中君は匂宮、薫双方の思惑)どちらに対しても面倒だけれども、ご自身でも心からあり

られにし人の御心《こゝろ》を、今《いま》しもおろかなるべきならねば、[1]かの人も思ひの給ふめるやうに、[2]いにしへの御代《か》はりとなずらへきこえて、かう思《おも》ひ知《し》りけりと、見《み》えたてまつるふしもあらばやとはおぼせど、[3]さすがに、とかくやと、かたぐ〵にやすからず聞《き》こえなし給へば、苦《くる》しうおぼされけり。

がたいと身にしみて感じた薫の厚意を、この期に及んで粗略にしてはならないので。

1　薫もそうお考えになり、おっしゃっておられるらしいように。薫は大君の死後、中君に「むかしの御形見に、いまは何事も聞こえ、うけ給はらむとなん思ひ給ふる。うと〳〵しくおぼし隔つな」(㈦総角五八八頁)と言っていた。

2　(薫を)亡き大君の代わりと見なし申し上げて、このように感謝しているのだと、(薫に)分かっていただく機会がないものかとは(中君は)お思いになるが。

3　そうはいうものの、あれこれと、(匂宮が薫との仲について)いろいろに気をもんで口をお出しになるので。「とかくや」は五十四帖中これのみ。「とやかくや」が通例(㈡葵二一四頁・㈡明石五〇六頁・㈤若菜下五七〇頁・㈦総角五二四頁)。書陵部本・陽明本・穂久邇本・伏見天皇本・板本「とやかくや」、河内本「とやかうや」。

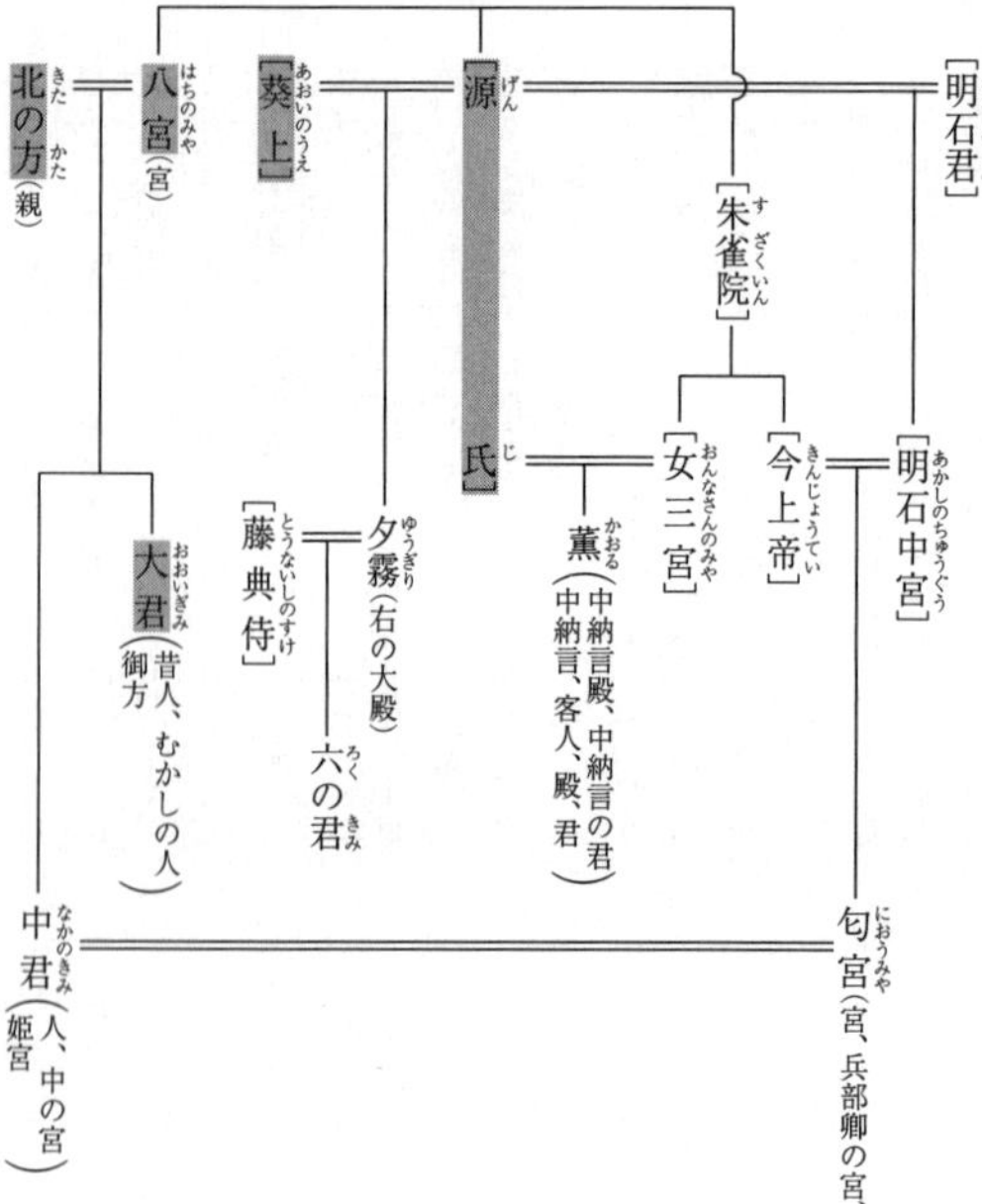

弁尼《べんのあま》（弁、人）
阿闍梨《あざり》
宿直人《とのいびと》
大輔君《たいふのきみ》

宿《やどり》木《ぎ》

宿《やどり》木《(ぎ)》

宇治の八宮《はちのみや》旧宅を訪れた薫《かおる》が「深山木に宿りたる蔦」の紅葉を愛でてひとりごちた歌「宿りきと思ひ出でずは木のもとの旅寝もいかにさびしからまし」(二二八頁)、および弁尼《べんのあま》の返歌「荒れ果つる朽木のもとを宿りきと思ひおきける程のかなしさ」(同)の歌による。「やどりぎ(宿木)」は蔦の異名で、この二首では「宿りき(むかし宿った)」の掛詞。底本の題簽は「やとり木」。〈薫二十四歳春—二十六歳夏〉

1 今上帝の藤壺女御《ふじつぼのにょうご》は故左大臣の娘。しかし皇子皇女の多い明石中宮《あかしのちゅうぐう》に圧されて不遇であった。その腹には皇女が一人(女二宮《おんなにのみや》)。女御はその女二宮の将来に希望を託して、大切に養育につとめた。

2 女二宮**十四歳の年**、母女御は**夏ごろ**、もののけによる病であっけなく死去。帝も悲しみ、女二宮の心中を察して、**四十九日**が過ぎるのを待って、女二宮を宮中に迎える。

3 **菊の移ろい**が見事なころ、帝は女二宮の居所を訪れ、亡き女御の思い出を語る。帝は女二宮の薫への降嫁を考える。

4 女二宮と碁を打っていた帝は、薫を碁の相手に召し、女二宮を賭物《のりもの》に匂わせて対局。帝は負ける。

5 薫への女二宮降嫁の噂を聴いて、薫を婿にと思っていた右大臣夕霧《ゆうぎり》は、娘六の君と匂宮《におうみや》の縁組を明石中宮を通して進める。

6 女二宮の**服喪も終わり**、降嫁の障碍はなくなった。しかし薫は今なお亡き大君《おおいぎみ》を忘れることができず、女二宮との婚儀を急ごうとしない。

7 六の君と匂宮との婚儀は**八月**の予定。匂宮に迎えられて今は**二条院**に住む中君《なかのきみ》

は、それを知って思い悩み京に出てきたことを後悔する。

8 中君は**五月ころ**より懐妊、経験の乏しい匂宮はそれに気づかない。**八月**になると中君も匂宮と六の君の婚儀の日を知る。

9 中君に同情を寄せる薫は匂宮の心変りを心配し、かつて大君の懇願に背いて中君を匂宮に譲ったことを悔やむ。

10 薫は、中君の苦境にあの世の大君がいかに嘆いているかを思い、暗然とする。

11 早朝、薫は自邸に咲く朝顔を摘んで**北の院**(二条院)を訪問。中君を見舞う。

12 薫、中君を慰める。声をはじめ中君の気配は大君そっくりに薫には感じられた。薫は持参の朝顔を簾中に差し入れ、歌を詠み交わす。

13 **宇治**八宮の旧宅の荒廃に話題が及び、薫は源氏没後の**嵯峨**《さが》**の院**、**六条院**の有様を話題にするも、薫にとっては大君の死の悲しみの方が深い。

14 中君は宇治行きの世話を薫に依頼する。薫はそれを諌め、宇治の家を寺にすることを中君に諮る。

15 右大臣夕霧は**六条院の東の御殿**を磨き立てて、匂宮を迎える準備に余念がない。婚儀は**八月十六日**。夕霧は息子頭中将《とうのちゅうじょう》を使者として二条院に遣わし、宮を迎える。

16 中君は六の君のもとへ出かけた匂宮の仕打ちに心乱れ、呆然と月を眺めるばかり。一方、六の君方で歓待された匂宮は六の君にも愛情をおぼえるのであった。

17 二条院へ戻った匂宮は、一睡の後、六の君に後朝《きぬぎぬ》の文を書いてから中君に対面。

18 匂宮が言葉を尽くして中君を慰めているところに、六の君からの後朝の返事が到着。

19 六の君からの返事は、継母落葉宮《おちばのみや》の代筆であった。中君はそれまで物語の世界のことと思っていた男女の葛藤を、今はわが身のこととして思い知る。

20 匂宮は、夕方、六の君訪問の用意のため寝殿の自室にもどる。中君の耳に、新婚第二夜の六の君のもとへ向かう匂宮の行列の声が聞こえる。中君は一睡もせず夜を明かした。

21 **三日(みか)の夜(よ)の宴**の日、夕霧は宮中から薫を同道して退出。匂宮は宵過ぎに到着、夜更けて宴が始まる。

22 薫の供人の中には、どうして薫がおとなしく夕霧の婿にならないのか、と不満を抱く者もいる。帰邸した薫は匂宮に劣らず諸家から婿話が持ち込まれる自分も大したものだと思う。

23 独り寝に眠れぬ薫はお気に入りの女房按察使君(あぜちのきみ)の局を訪れて、一夜を明かす。

24 匂宮は昼間の六の君を見て、ひとしお愛情が募るのであった。六の君は歳の程二十一、二、盛りの美しさ。仕える侍女は三十人余、童六人。

25 右大臣家の婿となった匂宮は気軽に中君の待つ**二条院**に戻ることも叶わず、**六条院の南の御殿**に住むことになった。そのような状況で中君は、宇治に帰りたいと思い、薫に手紙を書く。

26 中君からの手紙の翌夕、薫はさっそく中君を訪れ、対面。

27 宇治行きの手引きを依頼する中君に対し、薫は匂宮の意向に従うべきことを説得。それではと奥へ引き下がろうとする中君の袖を、薫は簾の下から手を伸ばして捉えた。

28 思いがけぬ薫のふるまいに動転して奥へ入ろうとする中君。薫はその中君に付いて半身を簾中に入れ、添い臥して中君を口説く。

29 帰邸後も中君の面影が離れぬ薫は、朝まだき、中君に手紙を書く。中君からは短い返事のみ、それにつけても薫の慕情は募る。

30 二条院の留守が長びいたのを気にして、匂宮は急に二条院へ行く気になる。懐妊で大きくなった中君の腹を身近に見て、匂宮は珍しくも愛しくも思う。

31 薫の不埒な態度に懲りて、いつもより匂宮に睦まじくふるまう中君に、匂宮はこの上ない愛着を覚えるが、中君から薫の移り香が匂い出るのを怪しみ、二人の仲を疑う。

32 翌朝、六の君にも劣らぬ中君の美しさを目にして、匂宮は中君に対する薫の懸想への疑いを深め、中君宛ての薫の手紙を捜し出したりする。

33 薫は中君の後見役であるべき自分の立場をわきまえ、中君に装束を贈る。

34 貧乏というものを知らない匂宮の思いやりには限界があり、それを察して薫は細々とした援助を怠らないのであった。

35 薫は中君に対して分別ある態度を貫きたいとは思うが、恋慕の情はやまず、苦しい心中を手紙で中君に訴える。

36 薫、中君を再訪、また簾中に入ろうとするが、中君は胸痛を訴えて薫の接近を防いだ。

37 薫は、亡き大君追慕の念ゆえに中君に惹かれることを綿々と述べ、中君と語り合う以上を望む気はないことを誓う。

38 中君は、宇治に大君の人形《ひとがた》か絵を置いて仏道修行をしたいという薫の言葉を聞いて、異母妹浮舟《うきふね》のことを思い出し、薫に語る。

39 中君から浮舟のことを打ち明けられた薫は驚喜し、浮舟のことを詳しく聞き出そうとするが、中君は適当におぼめかす。

40 薫は、中君が自分を遠ざける方便として浮舟の話を持ち出したのだと思うとつらいが、中君の厚意に感謝する。しかし依然中君を思う薫の心は、浮舟に対してはまだ動かない。

41 **九月二十日ころ**、薫、宇治を訪う。弁尼を召し出して語らう。

42 薫は宇治山の阿闍梨《あざり》を召して、八宮宅の寝殿を八宮終焉の**山寺**に移築して堂にすることを諮る。その夜、薫は宇治に泊まる。

43 見納めに八宮宅を見て回る薫、夜は再び弁尼を召して昔語りをさせる。

44 話のついでに薫は中君から聞いた浮舟の一件を弁尼に問いただす。

45 翌朝、薫は京から取り寄せた絹、綿などを阿闍梨、弁尼に贈り、「やとりき(宿木)」の歌を弁と詠み交わす。蔦(宿木)の紅葉を中君への土産に持って帰京。

46 薫が**南の宮**(三条宮)から手紙とともに中君へ蔦の紅葉を届けたのは、ちょうど匂宮がいる時であった。

47 前栽の尾花が秋風に靡く夕暮れ、匂宮は琵琶を弾き中君と睦まじく語らう。

48 匂宮は二条院に三、四日逗留。それを知った夕霧は宮中よりの帰途、**二条院**に匂宮を迎えに寄って六条院へ同道。年変わって、**一月末**より中君の出産の兆し。

49 **二月**、司召《つかさめし》の**直物**《なおしもの》で薫は権大納言に昇任、右大将を兼任。右大将**就任披露の宴**が**六条院**で催された。

50 薫の宴の催されたその晩方に、中君、男児を出産。**産養**《うぶやしない》が盛大に催された。

51 **二月二十日過ぎ**に女二宮の**裳着**、その翌日薫との**婚儀**。**三日の夜**、露顕《ところあらわし》の宴の後、薫は目立たぬように女二宮のもとに通うが、心中はなお大君を忘れない。

52 薫は中君の若宮誕生五十日《かい》の日を数えて、祝いの餅を心をこめて用意する。自身も匂宮の留守中に中君を訪う。

53 若宮を見た薫は、若宮が自分の子ならとうらやましく、また亡き大君が自分とのあいだにこのような子を残して置いてくれたならと思う。

54 四月初め、立夏の前に薫は女二宮を自邸に迎える。その前日、帝は女二宮の住む藤壺に渡御、藤花の宴を盛大に催す。

55 女二宮を得て帝の婿になろうと思っていた按察使大納言は、薫を妬ましく思う。この大納言は、その昔、女二宮の母藤壺に思いを懸けて叶わなかった人物である。

56 女二宮の三条宮への輿入れは豪華に行われた。自邸に迎えて、薫は女二宮の美しさに満足するが、亡き大君への思いを紛らすことはできない。

57 四月二十日過ぎ、薫は宇治に赴き、八宮宅の寝殿を移築した山寺の御堂を検分。その後、折しも宇治橋を渡って八宮宅に向かう、初瀬詣で帰りの浮舟一行を目にした薫は、一足先に宅内に入って障子の穴から一行の様子を窺う。

58 車から下りる浮舟を垣間見た薫は、浮舟が大君によく似ていることに驚く。

59 八宮宅の留守役弁尼は薫の垣間見をも知らず、浮舟に挨拶。薫は弁尼と浮舟の応答を見、大君の面影を宿す浮舟にいっそう心惹かれる。

60 日暮れて垣間見をやめた薫は、弁尼を召して浮舟の様子を尋ね、浮舟へのとりなしを依頼。

1 一七〇一

[1]その比《(ころ)》、藤壺《ふぢつぼ》[2]と聞《き》こゆるは、故《こ》左大臣殿の女御になむおはしける。まだ春宮《(とうぐう)》[3]と聞こえさせし時、人よりさきにまゐり給ひにしかば、むつましくあはれなる方《かた》の御思ひは、ことにものし給ふめれど、[4]そのしるしと見《み》ゆるふしもなくて年経《としへ》給ふに、中[5]宮には、宮《みや》[6]たちさへあまた、こゝらおとなび給ふめるに、[7]さやうの事も少《すく》なくて、たゞ女宮《(をんなみや)》[8]一所《ひとゝころ》をぞ持《も》ちたてまつり給へりける。

[9]わがいとくちをしく人におされたてまつりぬる宿世《すくせ》、嘆《なげ》かしくおぼゆる代《か》はりに、この宮をだにいかで行《ゆ》く末《すゑ》の心も慰《なぐさ》むばかりにて見《み》たてまつらむと、[10]かしづき聞こえ給ふ事おろかならず。御かたちもいとをかしくおはすれば、みかどもらうたきものに思《おも》ひきこえさせ給へり。[11]女一の宮を、世《よ》にたぐひなきものにかしづき聞こえさせ給ふに、大方《おほかた》[12]の世のおぼえこそ及《およ》ぶべうもあらね、うち〳〵の御ありさまはをさ〳〵おとらず、父《ちゝ》[13]おとゞの御いきほひいかめしかりしなごりいたく衰《おとろ》へねば、こ

1 藤壺女御と女二宮

1　「そのころ」は、新しい人物を登場させる際の語り出しの型。「その比(ころ)、按察大納言と聞こゆるは、故致仕のおとゞの次郎なり」(㈦紅梅五〇頁)、「そのころ、世に数まへられ給はぬ古宮おはしけり」(㈦橋姫一九八頁)。㈨手習冒頭にも見える。「そのころの事と、あまたみゆる人まねのやうにかたはらいたけれど」(堤中納言物語・はなだの女御)。

2　今上帝の女御。今上の東宮時代に、明石姫君(現中宮)より先に、妃となり麗景殿と呼ばれた左大臣の三の君(㈤梅枝三六頁)。のちに清涼殿に近い藤壺(飛香舎(ひぎょうしゃ))に移ったと推定される。「麗景殿」には、花散里の姉女御(㈢花散里三七〇頁)のように地味な印象がある。薫に降嫁する女二宮の母にふさわしく、本巻で藤壺女御に格上げされたか。

3　今上帝が東宮でいらしたころ、他の方より先に(東宮妃として)参られたので。

4　その表れと思える(立后のような)こともなくて。

5　明石中宮。㈥御法以降、中宮。

6　中宮という地位のみならず皇子皇女までがたくさん、こんなにも大きくなっておられるようなのに、の意。

7　(藤壺女御には)御子の誕生ということも少なくて。

8　今上帝の女二宮お一人だけを。

9　藤壺女御の心内。自分の、悔しくも人(明石中宮)に負けておしまいになる前世からの定めが、嘆かわしく思える、その代わりに、せめてわが子の女二宮を何とか将来満足がゆくまで面倒を見てさしあげようと。

10　(藤壺女御が女二宮を)大切にお育て申しなさることは並一通りではない。

11　明石中宮腹の皇女。

12　(女二宮は)一般的な世評では(后腹の女一宮に)及ぶべくもないが、実際のご境遇はそうそう(女一宮に)劣るわけではなく。

とに心もとなき事などなくて、[1]さぶらふ人〳〵のなり、姿《すがた》よりはじめ、たゆみなく、時〳〵につけつゝとゝのへ好《この》み、いまめかしくゆゑ〳〵しきさまにもてなし給へり。

[2]十四になり給ふ年《とし》、御裳着《き》せ奉りたまはんとて、春よりうちはじめて、他事《こと（ごと）》なくおぼしいそぎて、何《なに》事もなべてならぬさまにとおぼしまうく。[3]いにしへより伝《つた》はりたりける宝物《たからもの》ども、このをりにこそはと探《さが》し出《い》でつゝ、いみじくいとなみ給ふに、女御、夏《なつ》ごろ、ものゝけにわづらひ給ひて、いとはかなく亡《う》せ給ひぬ。言《い》ふかひなくくちをしき事を[4]内《うち》にもおぼし嘆《なげ》く。[5]心ばへなさけ〳〵しく、なつかしきところおはしつる御方《かた》なれば、殿上人どもも、

「[6]こよなくさう〴〵しかるべきわざかな。」

とをしみきこゆ。[7]大方《おほかた》さるまじき際《きは》の女官《（によくわん）》などまで、しのびきこえぬはなし。

[8]宮は、まして若《わか》き御心《（ここ）》ちに心ぼそくかなしくおぼし入《い》りたるを、[9]聞《き》こしめして、心ぐるしくあはれにおぼしめさるれば、[10]御四十九日過《す》ぐるまゝに[11]忍《しの》びてまゐらせたてまつらせ給へり。[12]日ゞにわたらせ給ひつゝ、見《み》たてまつらせ給ふ。[13]黒《くろ》き御衣《ぞ》にや

13　父左大臣のご威勢が盛んでいらして、その亡き後もひどく落ちぶれることはなかったので。

1　仕えている女房の身なりや容姿をはじめ、怠りなく、時節に応じて趣味よく調え、当世風に趣のあるさまにふるまっておられる。

2 藤壺女御の死

2　十四歳は結婚適齢期のはじめ。「女のさかりなるは十四五六、二十三四のほどぞかし」(梁塵秘抄)。伊勢下向の際、朱雀帝の関心を惹いた六条御息所の娘斎宮(後の秋好中宮)(二賢木二六四頁)、夕霧との密かな仲が発覚した時の雲居雁(三少女四八八頁)も、ともに十四歳であった。
3　左大臣家伝来の財宝を、何はさておき女二宮の裳着に役立てようと取り出して。
4　今上帝におかれても。
5　(藤壺女御は)思いやり深く、親しみのおありになるお方だったので。
6　この上なくさびしくなることだろう。
7　総じて(直接藤壺女御に)関わることのないような身分の(低い)宮中の女官。
8　女二宮。
9　(帝が)お聞きあそばして。
10　『明星抄』は「なななぬか」の訓を付す。『細流抄』夕顔巻に「四十九日　いつくまでも(イにても)訓によむべし」。「なゝ七日」(伊勢七十八段)、「七ゝ日」(梅沢本栄花・たまのかざり)など、「なななぬか」と読む例もあるが、平安時代に「しじふくにち」とも言われていたことが、物名歌で知られる。「四十九日／秋風の四方の山よりおのがじしふくにちりぬる紅葉かなしな」(拾遺集・物名・藤原輔相)。
11　(帝はまだ喪中の女二宮を)密かに宮中に呼び寄せ申しあそばす。
12　(帝は)毎日(女二宮のもとへ)お越しになり。
13　喪服。

つれておはするさま、いとゞらうたげにあてなるけしきまさり給へり。心ざまもいとよくおとなび給ひて、母女御よりもいますこしづ[1]しやかに重《おも》りかなる所はまさりたまへるを、うしろやすくは見《み》たてまつらせ給へど、まことには、御母方《はゝかた》とても、後見《うしろみ》と頼《たの》ませ給ふべきをぢなどやうのはかゞ〳〵しき人もなし。わづかに[2]大蔵《くら》卿、修《す》理《り》の大夫《かみ》などいふは、女御にも異腹《ことはら》なりける[3]、ことに世のおぼえおもりかにもあらず、やんごとなからぬ人〳〵を頼《たの》もし人にておはせんに、[4]女は心ぐるしき事多《おほ》かりぬべきこそいとほしけれなど、御心ひとつなるやうにおぼしあつかふもやすからざりけり。

[5]御前《まへ》の[6]菊《きく》移《うつ》ろひ果《は》てゝ盛《さか》りなるころ、空のけしきのあはれにうちしぐるゝにも、[7]まづこの御方《かた》に渡《わた》らせ給ひて、むかしの事など聞こえさせ給ふに、御いらへなどもおほどかなるものから、いはけなからずうち聞《き》こえさせ給ふを、うつくしく思《おも》ひ聞こえさせ給ふ。[8]かやうなる御さまを見知《みし》りぬべからん人のもてはやしきこえんも、[9]などかはあらん、[10]朱雀院《（すざくゐん）》の姫宮《ひめ》を、六条院《（ろくでうのゐん）》に譲《ゆづ》りきこえ給ひしをりの定《さだ》めどもなど

1　落ち着いて重々しい。母女御の「なつかしきところ」(七〇頁七行)との対照。次行「見たてまつらせ給」うのは帝。

2　大蔵卿は正四位下、修理大夫は従四位下相当の官職。いずれも上達部ではない。

3　書陵部本・板本「けり」、陽明本「(ことはらにそおはし)ける」。

4　女の場合は心を痛めることもきっと多いに違いない、それが不憫だなどと、(帝は)ご自分一人の責任であるかのようにあれこれ思案なさるにつけても、心配が絶えないのであった。

3 女二宮、薫に降嫁か

5　清涼殿の前庭。「御前なる菊を折りて左大将さしかへ給ふ」(〔三〕紅葉賀二一〇頁)。

6　古来「果てゝ」「果てで」の両説があるが、契沖の「ての字清(す)むべし」(源注拾遺)という解に従い、「はてて」と読むのが妥当か。「移ろひ果て」は色変わりして衰える意ではなく、菊が露霜によって完全に色づいた美しさを言う。「屛風絵に菊の花咲きたる家に鷹据ゑたる人、宿借る所をよめる／かりに来ん人に折らるな菊の花うつろひはてむ末までも見む」(後拾遺集・秋下・大中臣能宣)。なお、「移ろひ果てで」の例は、二三四頁に「菊のまだよく移ろひ果てで」がある。

7　(帝は)女二宮の居室にお越しになり、亡き藤壺女御のことなどを。女二宮は藤壺に住む(二五〇頁に「藤壺の宮」の呼称が見える)。

8　このような女二宮のお人柄を分かることのできる人(男)が(女二宮を妻として)大切にお世話申し上げるのも。

9　何の問題があろうか、構わない、の意を表す慣用句(〔四〕藤袴五〇三頁注3)。高松宮本「なとかはあらさらむ」、板本「などかはあらざらん」。

10　朱雀院が女三宮を源氏にお譲り申し上げなさった時の議論(〔五〕若菜上一八四頁)。女三宮降嫁の先例を持ち出す。

おぼしめし出《い》づるに、[1]しばしは、いでや飽《あ》かずもあるかな、さらでもおはしなましと聞《き》こゆる事どもありしかど、[2]源中納言の人よりことなるありさまにて、かくよろづを後見《うしろみ》たてまつるにこそ、そのかみの御おぼえ衰《おとろ》へず、やんごとなきさまにてはながらへ給ふめれ、[3]さらずは、御心よりほかなる事どもゝ出《い》で来《き》て、おのづから人に軽《かる》められ給ふこともやあらましなど、おぼしつゞけて、ともかくも[4]御覧ずる世にや思《おも》ひ定《さだ》めましとおぼし寄《よ》るには、やがて[5]そのついでのまゝに、この中納言よりほかに、よろしかるべき人、又なかりけり。[6]宮たちの御かたはらにさし並《なら》べたらんに、何事もめざましくはあらじを、[7]もとより思ふ人持《も》たりて、聞きにくき事うちまずまじくはた、あめるを、[8]つひにはさやうの事なくてしもえあらじ、さらぬさきに、さもやほのめかしてましなど、をり〳〵おぼしめしけり。

一七〇四

4

[9]御碁《ご》など打《う》たせ給ふ。暮《く》れゆくまゝに、しぐれをかしき[10]程に、花の色も[11]夕映《ば》えしたるを御覧じて、人召《め》して、

「[12]たゞいま、殿上にはたれ〳〵か。」

1 （女三宮降嫁の）当初は、いや感心できないことよ、（女三宮は）結婚なさらずにいらっしゃればよいものをという声もあったが。

2 （子の）薫が人にすぐれたお方で、こうして万事（母である女三宮の）面倒を見てさしあげているからこそ、（女三宮は）昔ながらの評判も落とさず、貴婦人として今日までお過ごしになれたようなものだ。

3 そうでなければ、（女三宮の）お気持に反するような事態も起こって、何かと人から軽んじられなさることもあったのではなど。

4 （帝は）ご自分の在位中に（女二宮の配偶者を）決めたほうがよかろうと、思い立ちあそばすにつけては。

5 帝の父朱雀院が女三宮を源氏に降嫁させたのを踏襲して、帝が女二宮を源氏の子薫（中納言）に降嫁させることをいう。「ついでのまゝに」（㈦匂兵部卿一七頁注13）。

6 （薫なら）内親王のおそばに並べてみても、万事身分不相応ということはあるまいが。

7 すでに愛人がいて、醜聞が発生するといったことも、またなさそうだが。書陵部本・三条西本・湖月抄本「（思ふ人）もたりとて」。

8 いつかはそのようなことが起こらぬとも限らないだろう、そうならぬ前に、（女二宮との結婚の件を）さりげなく打診してみようかなど、（帝は）折にふれ考えあそばすのだった。

4 帝、薫と碁の勝負

9 帝が女二宮と碁をなさる。

10 「程に」、三条西本など青表紙他本「ほとにて」。

11 夕方の薄明に映えるさま。夕日に照らされるさまではない。㈣常夏二八四頁。

12 帝の言。いま、殿上にはだれがいるか。「殿上」は、清涼殿内の「殿上の間」で、公卿、殿上人が控える場所。

と問《と》はせ給ふに、

「[1]中務《（なかつかさ）》の親王《みこ》、[2]上野《かんつけ》の親王《みこ》、[3]中納言源《みなもと》の朝臣《あそん》さぶらふ。」

と奏《そう》す。

「[4]中納言の朝臣《あそん》こなたへ。」

と仰《おほ》せ事《（こと）》ありてまゐり給へり。げにかくとりわきて召《め》し出《い》づるもかひありて、とほくよりかをれるにほひよりはじめ、人に異《こと》なるさまし給へり。

「[5]けふのしぐれ、常《つね》よりことにのどかなるを、[6]遊《あそ》びなどすさまじき方《かた》にて、いとつれ〴〵なるを、[7]いたづらに日を送るたはぶれにて、これなんよかるべき。」

とて、碁盤《（ご）ばん》召《め》し出《い》でて《ゝ》、[8]御碁のかたきに召《め》し寄《よ》す。いつもかやうにけ[9]近《ちか》く馴《な》らしまつはし給ふにならひにたれば、さにこそはと思《おも》ふに、

「[10]よき賭物《のりもの》はありぬべけれど、軽《かる》〴〵しくはえ渡《わた》すまじきを、何をかは。」

などのたまはする御けしき、いかゞ見《み》ゆらん、いとゞ心づかひしてさぶらひ給ふ。

さて打《う》たせ給ふに、[11]三番《ばん》に数一《ひと》つ負《ま》けさせ給ひぬ。

1　従来、〔七〕匂兵部卿四〇頁に「親王たち、大人におはする」として、匂宮、常陸宮と並べて記された后(明石中宮)腹の五の宮と解されてきたが、親王官の序列(兵部卿よりも格上)に照らして、中宮腹の二宮であるとする説に従う。二宮は〔九〕蜻蛉23節で、さらに格上の式部卿になる。

2　系図未詳の人物で、ここにのみ登場する点景的な人物。匂宮や中務宮と違って、今上の親王ではないと推測される(細流抄)。上野国は常陸国と並んで、国司のかわりに親王が太守として任命される。ただし、〔七〕匂兵部卿四〇頁に、常陸宮が更衣腹で「思ひなしにや、けはひこよなう劣り給へり」と語られているように、上野宮も劣り腹の親王であろう。

3　薫。天皇の御前で侍臣の名を奏上するときは、官職、氏《じう》、かばねを言う(花鳥余情)。

4　帝の言。

5　帝の言。

6　(女二宮は服喪中ゆえ)管絃の遊びなどはふさわしくないので。

7　何もせずに日を過ごす遊びごととして、碁がふさわしいだろう。「職は散なり　優閑の地　身は慵《ものう》し　老大の時　春を送るには唯だ酒有り　日を銷するには　棋に過ぎず」(白楽天・官舎閑題)を踏まえるか(花鳥余情)。碁の場面は、〔一〕空蟬二〇四頁・〔二〕葵二二〇頁・〔七〕竹河一一八頁に見える。

8　碁のお相手。「上も御けしきよくて、常に召して、御遊などのかたきにおぼしめしたるに」(枕草子・男は女親なくなりて)。この帝と薫の対局の場面は、『源氏物語絵巻』宿木一に描かれる。

9　(帝が薫を)おそば近くにお呼び寄せになるのは常のことなので、(薫は)そんなことだろうと思っていると。

10　帝の言。「賭物」は、勝負に賭けるもの。「賭　ノリ物」(名義抄)。「よき賭物」は暗に女二宮をさす。

11　三番勝負で帝が一つ負け越し(一勝二敗)。

78

「[1]ねたきわざかな。」

とて、

「[2]まづけふは、この花一枝《ひとえだ》ゆるす。」

とのたまはすれば、御いらへ聞こえさせで、下《お》りておもしろき枝《えだ》をりてまゐり給へり。

世《よ》[3]の常《つね》の垣《かき》根ににほふ花ならば心《こゝろ》のまゝにをりて見《み》ましを

と奏《そう》し給へる、[4]ようい浅《あさ》からず見《み》ゆ。

[5]霜にあへず枯《か》れにし園《その》の菊なれど残《のこ》りの色はあせずもある哉（かな）

との給はす。

[6]かやうにをり〳〵ほのめかさせ給ふ御けしきを、人づてならずうけ給はりながら、[7]例《れい》の心の癖《くせ》なれば、いそがしくしもおぼえず。[8]いでや、本意《ほい》にもあらず、[9]さま〴〵にいとほしき人〳〵の御事どもをも、よく聞《き》き過《す》ぐしつゝ年経《としへ》ぬるを、いまさらに[10]聖《ひじり》のものゝ、世《よ》に還《かへ》り出《い》でん心（ここ）ちすべき事と思ふも、かつはあやしや、[11]ことさらに

1　帝の言。口惜しいことよ。

2　ひとまず今日のところは、御前の梅花一枝を与えよう。いずれ女二宮を薫にゆるす、という含みの言。「一枝ゆるす」は「聞き得たり園中に花の艶を養ふことを　君に請ふ一枝の春を折ることを許せ」（和漢朗詠集・下・恋）を踏まえる（花鳥余情）。

3　薫の歌。ありふれた垣根に咲いている菊の花なら自由に折って見るものを（内親王という高貴な身分でなければ、女二宮を気楽に妻にするのだが）。

4　「用意」で、心遣い、の意。底本「ようゐ」。

5　帝の歌。霜に負けて葉の枯れてしまった菊の花であるが、移ろった後の色は鮮やかなものだ。母藤壺女御に先立たれた女二宮の美しさを寓する。

6　（帝が）こうして折にふれ（女二宮との縁組を）それとなく仰せになるご意向を、（薫は）他人の口からではなく（直接）承りながらも。

7　（薫は）いつもの（悠長な）性分で、女二宮との結婚を急ぐ気にもならない。薫は「心のどかなる人」と語られていた（㊆総角五一三頁注5）。

8　以下八〇頁一行目「だにこそあなれ」まで、薫の心内。いやはや、（女二宮との縁談は）自分の本望ではない。

9　いろいろ申し訳ない結果になった女性たちとの縁談をも、こじらすことなく聞き流して。宇治の大君から依頼された中君、右大臣の六の君（八一頁注2）などのこと。

10　（女二宮と結婚しては）女人に縁のない聖が、還俗《げんぞく》するような気がする。「聖のものの」は、三条西本・陽明本「ひしりよのものゝ」、河内本・書陵部本「ひしりの」、承応板本・首書本「ひじりやうのものゝ」。

11　格別に（女二宮との結婚に）熱心な人さえいるということなのに。後に、按察使大納言（紅梅大納言）が、女二宮を望んで聞き入れられなかったことが語られている（二六四―二六六頁）。

心を尽《つ》くす人だにこそあなれとは思ひながら、后腹《きさきばら》[1]におはせばしもとおぼゆる心の内《うち》ぞ、あまりおほけなかりける。

かゝる事を、右《(みぎの)》[2]大殿ほの聞き給ひて、六の君はさりともこの君にこそは、しぶ〳〵なりともまめやかにうらみ寄《よ》らば、つひにはえいなび果《は》てじとおぼしつるを、思[3]ひのほかの事出《い》で来《き》ぬべかなりとねたくおぼされければ、兵部卿《(ひやうぶきやう)》の宮はた、わざとにはあらねど、をり〳〵につけつゝをかしきさまに聞《き》こえ給ふ事など絶《た》えざりければ、さはれ[4]、なほざりのすきにはありとも、さるべきにて御心とまるやうもなどかなからん、水漏《も》[5]るまじく思ひ定《さだ》めんとても、なほ〳〵しき際《きは》に下《くだ》らんはた、いと人わろく、飽《あ》かぬ心《(ここ)》ちすべしなど、おぼしなりにたり。

「女子《(をんなご)》[6]うしろめたげなる世の末《すゑ》にて、みかど[7]だに婿求《むこもと》め給ふ世《よ》に、ましてたゞ人[8]の盛《さか》り過《す》ぎんもあいなし。」

など、譏《そし》[9]らはしげにの給ひて、中宮[10]をもまめやかにうらみ申し給ふ事たび重《かさ》なれば、聞《き》こしめしわづらひて、

1　（藤壺女御腹の女二宮が）明石中宮腹の内親王でいらしたならばと思わないでもない（薫の）心中は、あまりにもあつかましい。

5　六の君と匂宮

2　夕霧。青表紙本多く「右大臣」。三条西本は「左」に「右」の異本本文を示す。書陵部本「左のおほい殿」。「左」の異文は、㈦竹河で夕霧が左大臣に転じたこと（一七八頁）を承けた本文か。ここは藤壺女御の父左大臣と紛らわしいので、もとの右大臣としたかという（花鳥余情）が、以後も夕霧は右大臣として語られる。六の君は惟光の娘藤典侍《とうないしのすけ》腹（㈦匂兵部卿四一頁上段注9）。薫との縁談のこと、㈣早蕨五〇頁。

3　思いがけぬこと。薫と女二宮の縁談をさす。

4　ままよ、本気ではない恋のすさびであるにせよ、縁あって（六の君が匂宮の）お気に召すこともどうしてないといえよう。

5　仲睦まじい夫婦になるようにと思って婿選びをするにしても、取るに足らぬ身分の男の妻に身を落とすのは、それはまたみっともなく、不満に思うことになろう。「などてかくあふごかたみになりにけん水漏らさじと結びしものを」（伊勢二十八段）。

6　夕霧の言。女子の将来が不安な末世。「かしこき筋と聞こゆれど、女はいと宿世定めがたくおはします物なれば」（㈤若菜上一五四頁）。

7　皇女独身の伝統を踏まえた言。「御子たちは、ひとりおはしますこそは例の事なれど」（㈤若菜上一五五頁注3）。

8　皇女でもない六の君が、の意。

9　（夕霧は薫を婿に取ろうとする帝のことを）非難がましく口になさって。帝に対する「譏らはしげ」の語、二五〇頁にも見える。

10　（夕霧は）明石中宮に対しても本気で怨み言を申し上げなさることがしばしばなので。夕霧の異母妹。

「[1]いとほしく、かくおほな〳〵思ひ心ざして年経《としへ》給ひぬるを、あやにくにのがれきこえ給はんもなさけなきやうならん。親王《みこ》たちは、[2]御後見《うしろみ》からこそともかくもあれ、上《うへ》[3]の、御代《よ》も末《すゑ》になり行くとのみおぼしの給ふめるを、[4]たゞ人こそ、ひと事に定《さだ》まりぬれば、又心を分《わ》けんこともかたげなめれ。[5]それだに、かのおとゞの、まめだちながら、こなたかなたうらやみなくもてなして、ものし給はずやはある。まして、[6]これは思ひおきてきこゆる事もかなはば、あまたもさぶらはむになどかあらん。」

など、例《れい》ならず言《こと》つゞけて、[7]あるべかしく聞《き》こえさせ給ふを、[8]我《（わが）》御心にも、もとよりもて離《はな》れてはた、おぼさぬ事なれば、[9]あながちにはなどてかはあるまじきさまにも聞《き》こえさせ給はん。たゞ[10]いと事うるはしげなるあたりに取《と》り込《こ》められて、心やすくならひ給へるありさまの所せからん事を、なま苦《くる》しくおぼすに[11]ものうきなれど、げに[12]このおとゞにあまり怨《ゑん》ぜられ果《は》てんもあいなからんなど、やう〳〵おぼしよわりにたるべし。[13]あだなる御心なれば、かの[14]按察使《あぜち》の大納言の紅梅《こうばい》の御方をも猶《（なほ）》おぼ

1　明石中宮の匂宮への言。お気の毒に、（夕霧が）このように（匂宮を婿にと）懸命に希望なさって長年になるのに、（匂宮が）意地悪く逃げようとなさるのも、思いやりに欠けるというものだろう。「おほな〳〵」、四早蕨五一頁注11。

2　後見人次第で良くも悪くもなるものだ。

3　帝が、わが治世も残り少ないというようなことばかり口になさっているようだが。

4　臣下なら、（妻が）だれか一人に決まってしまえば、もう一人妻を娶ることもむずかしかろう。「ひと事」、河内本・書陵部本・板本「ひとかた」。

5　そうであってさえ、あの夕霧が、実直そうな顔をして、雲居雁と落葉宮双方を怨めしい思いを抱かせず、（上手に）扱っていらっしゃるではないか。

6　あなた（匂宮）の場合は、心づもりをしてさしあげている（立坊の）事が叶った暁には、側室は大勢お仕えしても一向に構わないのです。

7　筋道を立てて。

8　匂宮ご自身のお気持としても。

9　無理には、どうして（六の君の件を）話にならないといったふうに（中宮に）申し上げたりなさろうか。

10　たいそう四角ばった右大臣家にがんじがらめにされて。

11　（匂宮は六の君との縁談に）気が進まないのであるが。

12　この大臣（夕霧）にあまりに怨まれてしまうのも具合が悪かろうなどと、だんだん弱気になったのであろう。「たるべし」、青表紙他本・河内本・板本など多く「たるなるへし」。

13　匂宮の性分。七紅梅に「いといたう色めき給ひて、通ひ給ふ忍び所多く」（八〇頁）。

14　柏木の弟、紅梅大納言。「紅梅の御方」は亡き蛍兵部卿宮（ほたるひょうぶきょうのみや）の遺児、宮の御方。母は真木柱（まきばしら）。真木柱の紅梅大納言との再婚に際して大納言邸に移る（七紅梅五〇頁）。

し絶《た》えず、花紅葉《もみぢ》につけてもの[1]の《ゝ》給ひわたりつゝ、[2]いづれをもゆかしくはおぼしけり。[3]されど、その年《とし》は変《か》はりぬ。

6 女二の宮も[4]御服果《ぶくは》てぬれば、いとゞ[5]何事にか憚《はゞか》り給はん。[6]さも聞《き》こえ出《い》でばとおぼしめしたる御けしきなど、告《つ》げきこゆる人〳〵もあるを、[7]あまり知《し》らず顔《がほ》ならんもひが〳〵しうなめげなりとおぼしおこして、[8]ほのめかしまゐらせ給ふをり〳〵もあるに、[9]はしたなきやうはなどてかはあらん。そのほどにおぼし定《さだ》めたなりとつてにも[10]聞《き》く、身《(み)》づから[11]御けしきをも見《み》れど、心の内《うち》には、なほ飽《あ》かず[12]過ぎ給ひにし人のかなしさのみ忘《わす》るべき世《よ》なくおぼゆれば、[13]うたて、かく契り深《ふか》くものし給ひける人の、などてかはさすがに疎《うと》くては過ぎにけんと、心得《え》がたく思ひ出《い》でらる。[14]くちをしき品《しなゝ》なりとも、かの御ありさまにすこしもおぼえたらむ人は、心《こゝろ》もとまりなんかし、[15]むかしありけん香《かう》の煙《けぶり》につけてだに、いま一たび見《み》たてまつる物にもがなとのみおぼえて、[16]やむごとなき方《かた》ざまに、いつしかなど急《いそ》ぐ心《こゝろ》もなし。

7 [17]右大殿《(みぎの)》にはいそぎ立《た》ちて、八月ばかりにと聞《き》こえ給ひけり。[18]二条院《(にでうのゐん)》の対《たい》の御方

1 底本「ものゝ給ひ」、書陵部本・三条西本・河内本・板本「ものたま(給)ひ」。

2 六の君、宮の御方のどちらをも。

3 とはいえ、匂宮と姫君たちとの関係の進展はないままに、の意。

6 女二宮、忌明け

4 母女御の一周忌。女御は前年夏にもののけに患い死去。七〇頁。

5 (女二宮の婚儀も)何に遠慮なさる必要があろうか。

6 薫が結婚を申し出てくれば(許そう)とお思いの帝のご意向。

7 (薫は)あまりに素知らぬ顔をするのも素直でなく無礼なことだと、意を決して。

8 薫の方から女二宮降嫁の件を帝にそれとなく申し上げなさる。

9 (帝が薫に対して)冷淡な態度をどうしてなさるはずがあろう。(帝は婚儀の日程を)それとお決めあそばしたということだと、人伝にも(薫は)聞き。

10 高松宮本・板本など「きゝ」。「く」と「ゝ」は字体が紛らわしい。

11 帝のご意向をも窺うが。

12 亡き宇治の大君。

13 なんと情けない、これほど前世からの因縁深くていらしたお方が、どうしてそうはいうものの疎遠な関係のままで亡くなってしまわれたのだろうと。

14 身分が卑しくても。

15 昔、漢の武帝が亡き李夫人の面影を見るために焚かせたと伝える反魂香《はんごんこう》の煙。「人の国にありけむ香の煙ぞ、いと得まほしくおぼさるゝ」(㈤総角五五四頁)。

16 高貴な女二宮との結婚に対しては。

7 中君の心境

17 夕霧は(六の君と匂宮との婚儀の)準備を早めて。

18 「対の御方」は西の対に住む中君。

には、聞《き》き《ゝ》給ふに、[1]さればよ、いかでかは、[2]数ならぬありさまなめれば、かならず人笑《わら》へにうき事出《い》で来《こ》んものぞとは、思ふ〳〵過《す》ごしつる世ぞかし、[3]あだなる御心と聞きわたりしを、頼《たの》もしげなく思ひながら、目《め》に近《ちか》くてはことにつらげなること[4]見《み》えず、あはれに深《ふか》き契りをのみし給へるを、[5]にはかに変《か》はり給はん程いかゞはやすき心《(ここ)》ちはすべからむ、[6]たゞ人の仲《なか》らひなどのやうに、いとしもなごりなくなどはあらずとも、いかにやすげなき事多《おほ》からん、なほいとうき身なめれば、つひには山[7]住《ず》みに返るべきなめりとおぼすにも、[8]やがて跡絶《た》えなましよりは、山がつの待《ま》ち思《おも》はんも人笑《わら》へなりかし。返《(かへすかへす)》〻も、[9]宮の の《ゝ》給ひおきしことにたがひて、[10]草《くさ》のもとを離《か》れにける心軽《がる》さを、はづかしくもつらくも思ひ知《し》り給ふ。

[11]故《こ》姫《ひめ》君の、いとしどけなげに物はかなきさまにのみ、何事もおぼしの給ひしかど、[12]心の底《そこ》のづしやかなるところはこよなくもおはしけるかな、[13]中納言の君の、いまに忘《わす》るべき世《よ》なく嘆《なげ》きわたり給ふめれど、もし世《よ》[14]におはせましかば、又かやうにおぼすことはありもやせまし、それをいと深《ふか》くいかでさはあらじと思ひ入《い》り給ひて、と

1 以下、七行目「山住みに返るべきなめり」まで、中君の心内。

2 人数にも入らぬわが身のようだから、きっと世間の物笑いになる情けない事態が起こってくるだろうとは、いつも思いながら過ごしてきた匂宮との仲なのだ。

3 匂宮の多情な心。九三頁注13。

4 「こと」、諸本多く「ことも」。

5 （六の君を正室に迎えて匂宮の態度が）急にお変わりになったときには、どうして落ち着いていられようか。

6 （匂宮は皇族だから）臣下の夫婦仲などのように、（六の君を迎えたからとて）途端に心変わりするというようなことはないにせよ。

7 宇治の山里に住むこと。

8 このまま姿を暗ましてしまうよりも、宇治の人々が待ち受けてあれこれ沙汰するであろう、それもみっともないことだ。「これより深き山を求めてや跡絶えなまし」（㈢明石四九八頁）。

9 父八宮のご遺言に背いて。「おぼろけのよすがならで、人の言にうちなびき、この山里をあくがれ給ふな」（㈦椎本三二四頁）。

10 草深い宇治の里を離れ（て、京へ出てき）てしまった思慮の浅さを。

11 大君。「しどけなげ」は、はっきりとしないさま。「…としどけなげにのたまひ消つもいとらうたげなるに」（㈢薄雲三四四頁）。

12 心根の重々しさはこの上なくていらっしゃったことよ。「づしやか」、七三頁注1。

13 薫が、いまだに（大君のことを）忘れる時なく嘆き続けていらっしゃるようだが。

14 （大君が）生きて（薫と夫婦になって）いらしたとしたら、（大君も）自分と同じようにお感じになる事態が生じたことであろう。薫が大君以外の高貴な女性とも結婚する事態を想定する。

さまかうざまに[1]もて離《はな》れん事をおぼして、かたちをも変《か》へてんとし給ひしぞかし、[2]かならずさるさまにてぞおはせまし、いま思ふに、いかにおもりかなる御心おきてならまし、[3]亡《な》き御影《かげ》どもも《ゝ》、我をばいかにこよなきあはつけさと見《み》給ふらんと、はづかしくかなしくおぼせど、[4]何《なに》かは、かひなきものから、かゝるけしきをも見《み》えたてまつらんと忍《しの》び返して、聞《き》き《ゝ》も入《い》れぬさまにて過《す》ぐし給ふ。

[5]宮は、常《つね》よりもあはれになつかしく起《お》き臥《ふ》し語《かた》らひ契《ちぎ》りつゝ、[6]この世《よ》ならず長《なが》き事をのみぞ頼《たの》めきこえ給ふ。[7]さるは、此《(この)》さ月《(つき)》ばかりより、例《れい》ならぬさまになやましくし給ふこともありけり。こちたく苦《くる》しがりなどはし給はねど、[8]常《つね》よりも物まゐる事いとゞなく、臥《ふ》してのみおはするを、[9]まださやうなる人のありさまよくも見知《みし》り給はねば、たゞ暑《あつ》きころなればかくおはするなめりとぞおぼしたる。[10]さすがにあやしとおぼし咎《とが》むる事もありて、

「[11]もし。いかなるぞ。さる人こそ、かやうにはなやむなれ。」

などの給ふをりもあれど、いとはづかしくし給ひて、さりげなくのみもてなし給へ

1 (薫との結婚を)避けようとお思いになって、尼になってしまおうとなさったことだった。

2 (もし生きていたら大君は)きっとそう(尼に)なっていらしただろうに、今にして思うと、何と慎重なお心構えでいらしたことだろう。

3 亡き父八宮や姉大君も、(匂宮と結ばれて、宇治を捨て京へ出てきた)私(中君)のことをどんなにかこの上ない軽率なふるまいよとご覧になっているだろうと。

4 どうして、仕方のないことなのに、自分の悲しみを(匂宮に)お見せ申したりしようかと、(中君は)我慢して、(匂宮と六の君との結婚については)耳に入らぬ態度で。

8 中君懐妊

5 匂宮は、普段より優しく親身になって明け暮れ(中君に)変わらぬ思いを約束なさって。

6 (自分の愛情が)この世だけでなく(来世までの)末長いものであることをひたすら(中君に)信用させ申し上げなさる。「この世ならず」、青表紙他本・板本「このよのみならす」。「たのめ」は底本「たのみ」。諸本により改める。「たのめ」は、頼りにさせる、の意。「この世のみならず契り頼めきこえ給へば」(㈦総角五〇二頁)。

7 というのも、この五月ころ以来、(中君は)普通でない様子で苦しそうにしていらっしゃることもあるのだった。中君の懐妊をいう。中君が二条院に移ったのはこの年の二月七日(㈣早蕨四六頁)。

8 普段よりもお食事も一段と進まず。

9 (匂宮は)いまだ身重の人の体調も詳しくはご存じないので。

10 とはいえ(中君の様子を)変だとお気づきになることもあって。

11 匂宮の言。もしかして(ご懐妊か)。どんな具合か。妊娠した人が、このように体調を崩すというではないか。

るを、[1]さし過《す》ぎ聞こえ出づる人もなければ、たしかにもえ知《し》り給はず。

八月になりぬれば、[2]その日など、ほかよりぞ伝《つた》へ聞き《きゝ》給ふ。宮は、[3]隔《へだ》てんとにはあらねど、言《い》ひ出でんほど心ぐるしくいとほしくおぼされて、さもの給はぬを、女君は、それさへ心うくおぼえ給ふ。忍《しの》びたる事にもあらず、世中《(よのなか)》なべて知《し》りたることを、[4]その程などだにの給はぬことと《ゝ》、いかゞうらめしからざらん。[5]かく渡《わた》り給ひにしのちは、ことなる事なければ、内《うち》にまゐり給ひても、夜《よる》とまる事はことにし給はず、[6]こゝかしこの御夜《よ》離《が》れなどもなかりつるを、[7]にはかにいかに思ひ給はんと心ぐるしき紛《まぎ》らはしに、このごろは時ゞ[8]御宿直《とのゐ》とてまゐりなどし給ひつゝ、[9]かねてよりならはしきこえ給ふをも、たゞつらき方《かた》にのみぞ思ひおかれ給ふべき。

中納言殿も、いといと《く》ほしきわざかなと聞き《きゝ》給ふ。[10]花心《はな(ごころ)》におはする宮なれば、[11]あはれとはおぼすとも、いまめかしき方《かた》にかならず御心移《うつ》ろひなんかし、[12]女方《がた》もいとしたゝかなるわたりにて、ゆるひなくきこえまつはし給はば《ゝ》、[13]月ごろもさもならひたまはで、待《ま》つ夜多《おほ》く過《す》ごし給はんこそあはれなるべけれなど、思ひ寄《よ》るにつけ

一七〇

1　差し出がましく(懐妊のことを匂宮に)ご報告申し上げる女房もないので。

2　(六の君との)婚儀の日はその日だなど、(中君は)よそから人づてに。

3　(中君に)隠しごとをしようというつもりではないが、(六の君とのことを)言い出すのが気の毒でかわいそうにお思いなさって、そうとも(中君に)おっしゃらないのを。

4　(匂宮が)いつごろとさえ知らせて下さらないことよと、(中君は)どうして怨めしく思わないことがあろうか。

5　中君が二条院へ移って来られて以後は。

6　あちらこちらの女たちに通って中君と夜を共にしないということもなかったのに。

7　急に(六の君ゆえの夜離れが生じると、中君は)どのようにお思いになろうかといたわしく思う、その思いを紛らわしなさって。

8　宮中の宿直のためだと称して(夜の)参内を重ねなさって。

9　前もって(中君が夜離れに)慣れるようにと(匂宮は)心遣いしてさしあげなさるのをも、(中君は)もっぱら(匂宮の)薄情さとしか思えずお怨みなさることであろう。

9　薫、中君を思う

10　以下九二頁九行「急ぎせしわざぞかし」まで薫の心内。「花心」は歌語で浮気心の意。「散りぬべき花心ぞとかつ見つつ頼みそめけむ我やなになる」(元良親王集)。匂宮の浮気心は、「月草の色なる御心」(㈦総角五二九頁注4)とも語られていた。

11　(匂宮は中君を)不憫だとお思いであっても、目新しい方(六の君)にかならず心移りなさることだろうよ。

12　六の君のお里も権勢を誇る家で、口やかましく(匂宮を)引き留めておこうとなさるなら。

13　(中君は)この何か月もそのように(匂宮の夜離れの)経験もないままに、匂宮を待つ独り寝をする夜も多くなることだろう、それがおいたわしい。

ても、[1]あいなしや、我《(わが)》心よ、何《なに》しに譲《ゆづ》り聞こえけん、[2]むかしの人に心を染《し》めてしのち、大方《おほかた》の世をも思ひ離《はな》れて澄《す》み果《は》てたりし方《かた》の心も濁《にご》りそめにしかば、[3]たゞかの御事をのみとさまかうざまには思ひながら、[4]さすがに人の心ゆるされであらむことは、はじめより思ひし本意《ほい》なかるべしと憚《はゞか》りつゝ、たゞいかにしてすこしもあはれと思《おも》はれて、うちとけたまへらんけしきをも見《み》んと、行《ゆ》く先《さき》のあらましごとのみ思ひつゞけしに、[5]人は同《おな》じ心にもあらずもてなして、さすがに[6]一方《ひとかた》にもえさし放《はな》つまじく思ひたまへる慰《なぐさ》めに、[7]同《おな》じ身ぞと言《い》ひなして、[8]本意《ほい》ならぬ方《かた》におもむけ給ひしが、ねたくうらめしかりしかば、[9]まづその心おきてをたがへんとて、急《いそ》ぎせしわざぞかしなど、あながちにめゝしくものぐるほしく、[10]率《ゐ》てありきたばかりきこえしほど思ひ出づるも、いとけしからざりける心かなと、返す〳〵ぞくやしき。

[11]宮もさりとも、その程のありさま思ひ出《い》で給はば、我《(わが)》聞《き》かん所をもすこしは憚《はゞか》り給はじやと思ふに、[12]いでや、いまはそのをりの事など、かけてもの給ひ出《い》でざめりかし、[13]なほあだなる方《かた》に進《すゝ》み、移《うつ》りやすなる人は、[14]女のためのみにもあらず、頼《たの》

1　無意味なことをしたものだ、まったく私は、どうして(中君を匂宮に)お譲り申したりしたのだろう。
2　亡き大君のことが心に染みついてしまってからは、(以前の)俗世をも思い捨てて純粋だった(仏道に寄せる)思いも(大君への恋ゆえに)不純になりはじめていたので。
3　大君のことばかりをあれこれ考えながら。
4　大君が不承知のまま契りを結ぶのは、当初からの大君に対する気持に反するだろうと遠慮し続けて。
5　大君は(薫とは)同じ考えではないような態度を示して。「同じ心」、三条西本・板本「心」。
6　一方的に(薫を)突き放すわけにはいくまいとお思いになった、その気休めに。
7　妹だから同じことと強弁して。「…同じことに思ひなし給へかし。身を分けたる心の中はみな譲りて、見たてまつらむ心ちなむすべき」(七総角四四〇頁)。
8　本来の望みではない方、すなわち中君に(薫を)近づけようとなさった。
9　薫を中君にという大君の企てを、その通りにはなるまいとして、急遽中君に匂宮を手引きしたのだった、の意。
10　(薫が、匂宮を中君に手引きしようと)計略をめぐらして(宇治へ)お連れ申したときのこと(七総角21節)を思い出すにつけ、まったく不埒なことをしたものだと。
11　匂宮もいくら何でも、中君との馴れ初めをお思い出しになるなら、私(薫)への聞こえを思って多少は控えめになさらぬこともあるまいと思うが。
12　いやはや、現在はそのころのことなど、おくびにもお出しにならぬようだ。
13　やはり多情さがまさって、心変わりしやすい人(匂宮)は。
14　相手の女に対してだけでなく(だれに対しても)、あてにならず軽率なふるまいをしかねないようだ。

もしげなく軽《かる》〴〵しき事もありぬべきなめりかしなど、にくゝ思ひきこえ給ふ。[1]わがまことにあまり一方《ひとかた》に染《し》みたる心ならひに、人はいとこよなくもどかしく見《み》ゆるなるべし。

10 一七三

[2]かの人をむなしく見《み》なしきこえ給うてしのち思ふには、みかどの御むすめをたまはんと思《おも》ほしおきつるも、うれしくもあらず、[3]この君を見《み》ましかばとおぼゆる心の月日に添《そ》へてまさるも、たゞ[4]かの御ゆかりと思ふに、思《おも》ひ離《はな》れがたきぞかし、[5]はらからといふなかにも、限《かぎ》りなく思《おも》ひかはし給へりし物《(もの)》を、[6]いまはとなり給ひにし果《は》てにも、[7]とまらん人を同《おな》じ事と思《おも》へとて、[8]よろづは思《おも》はずなる事もなし、たゞ[9]かの思ひおきてしさまをたがへ給へるのみなん、[10]くちをしううらめしきふしにて、この世には残るべきとの給ひしものを、[11]天翔《あまがけ》りても、かやうなるにつけては、いとゞつらしとや見《み》給ふ覧《(らむ)》など、つく〴〵と[12]人やりならぬひとり寝《ね》し給ふ夜《よ》な〴〵は、はかなき風の音にも目《め》のみ覚《さ》めつゝ、[13]来《き》し方行《かたゆ》く先《さき》、人の上《うへ》さへあぢきなき世を思ひめぐらし給ふ。

1　(薫は)自分がまったくあまり一途に物を思い詰める性分なので、匂宮のことはこの上なく非難がましく思えるのであろう。

10　薫、大君を追憶

2　大君を亡き人とご覧申し上げなさったあとから思うと。「見なしきこえ給うてし」、書陵部本・板本「みたてまつりなしてし」。

3　中君と一緒になっていたらと思う気持が月日がたつにつれ募るのも。

4　(中君が)あの大君と血を分けた人だと思うので。

5　同腹の姉妹という中でも、(大君と中君は)この上なく仲睦まじくいらっしゃった。

6　(大君が)臨終をお迎えになったその最期にも。

7　(大君は)後に残る中君を自分と同様に思ってくれといって。㊆総角に「このとまり給はむ人を、同じこと思ひきこえ給へとほのめかしきこえしに、たがへ給はざらましかば、うしろやすからましと、これのみなむうらめしきふしにてとまりぬべうおぼえ侍る」(五八〇頁)。

8　(大君にとって薫は)何も不満はない。以下、「この世には残るべき」までの大君の言葉。

9　中君を薫と結婚させようというもくろみに(薫が)背きなさったことだけが。

10　残念でうらめしいこととして、(そのせいで私は)あの世へ行くに行けない気持だ。

11　(大君の魂は)空からご覧になっても、(匂宮と六の君の結婚という)こういうありさまでは、これまでにもまして(薫を)心ない者とご覧になるのではないかと。「天翔りても」(㊄若菜下五三二頁・㊆総角五七二頁)。「覧」は助動詞「らむ」の当て字。

12　自分が選んだ結果にほかならぬ独り寝。

13　これまでやこれから先のことを、(自分のみならず)中君についてまでうまくいかない人の世についてあれこれお考えになる。

なげ[1]のすさびにものをも言《い》ひふれ、け近《ちか》く使《つか》ひ馴《な》らし給ふ人〳〵のなかには、おのづからにくからずおぼさるゝもありぬべけれど、まことには心[2]とまるもなきこそさはやかなれ。さるは、かの[3]君たちの程におとるまじき際《きは》の人〳〵も、時世《(とき)よ》にしたがひつゝ衰《おとろ》へて、心《こゝろ》ぼそげなる住《す》まひするなどを、尋《たづ》ねとりつゝあらせなどいと多《おほ》かれど、[4]いまはと世をのがれ背《そむ》き離《はな》れん時、この人こそと、とりたてて《ゝ》心《こゝろ》とまる絆《ほだし》になるばかりなる事はなくて過《す》ぐしてんと思ふ心深《こゝろふか》か《ゝ》りしを、[5]いとさもわろく、わが心ながらねぢけてもあるかななど、常《つね》よりもやがてまどろまず明《あ》かし給へるあしたに、霧《きり》[6]のまがきより、花の色〳〵おもしろく見《み》えわたれるなかに、朝顔《あさがほ》のはかなげにてまじりたるを、猶ことに目《め》とまる心地し給ふ。「明《あ》[7]くる間《ま》咲《さ》きて」とか、常《つね》[8]なき世《よ》にもなずらふるが、心ぐるしきなめりかし、格子《かうし》[9]も上《あ》げながら、いとかりそめにうち臥《ふ》しつゝのみ明《あ》かし給へば、この花の開《ひら》くる程をも、たゞひとりのみ見《み》給ひける。

人召《め》して、

1　かりそめの慰みごとにしても言葉をかけ、身近にお使いになっている女たちの中には。「なげの御すさびにても、おしなべたる世の常の人をば目とゞめ耳立て給はず」（㊂蓬生一五〇頁）。

2　（薫が）愛着をいだくような女もいないのはさっぱりしたものだ。

3　宇治の大君、中君姉妹の身分に比べて劣るはずのない身分の女たちも、時の推移につれて、わびしい暮らしをしている者などを、探し出しては面倒を見ている、そういう者もとても多いが。

4　いよいよ遁世出家しようという時に、この人のことが（心配だ）と、とくに愛着が残って束縛されるようなことはないように過ごそうと。「世のうきめ見えぬ山路へ入らむには思ふ人こそ絆なりけれ」（古今集・雑下・物部吉名）。

5　（大君ゆえに）まったく何とも未練がましく、自分の心ながらひねくれていることよ。

6　籬のように立ちこめた霧のあいだから（咲きこぼれて）。「霧のまがき」は、霧が籬のように立ちこめて物を遮っている様をいう歌語。「人の見ることやわびしき女郎花霧の籬にたちかくるらん」（忠岑集、古今六帖六は第二句「ことやくるしき」）。

7　『花鳥余情』以来、「あさがほは常なき花の色なれや明くる間咲きてうつろひにけり」を引歌として挙げるが、出典未詳。

8　無常の世にも喩えたりするのが、痛々しく思えるのであろう。「殿上にて、これかれ世のはかなきことをいひて、朝顔の花見るといふところを／朝顔を何はかなしと思ひけん人をも花はさこそ見るらめ」（道信集）。拾遺集・哀傷にも収める。

9　格子も上げたまま、（薫は）ほんのちょっと横になるといった恰好でずっと。

11　薫、中君を訪う

「北《きた》[1]の院にまゐらむに、こと〳〵しからぬ車《くるま》さし出《い》でさせよ。」

との給へば、

「宮[2]は、きのふより内《うち》になんおはしますなる。よべ御車ゐて帰《かへ》り侍りにき。」

と申す。

「さ[3]はれ、かの対《たい》の御方のなやみ給ふなる、とぶらひきこえむ。けふは内《うち》[4]にまゐるべき日なれば、日たけぬさきに。」

との給ひて、御装束《さうぞく》し給ふ。出《い》[5]で給ふまゝに、下《お》りて花の中《なか》にまじりたまへるさま、ことさらに艶《えん》[6]だち色めきてももてなし給はねど、あやしくたゞうち見《み》るになまめかしくはづかしげにて、いみじくけしきだつ色好《ごの》みどもになずらふべくもあらず、おのづからをかしくぞ見《み》え給ひける。朝顔《あさがほ》[7]引《ひ》き寄《よ》せ給へる、露いたくこぼる。

「今朝《（けさ）》[8]のまの色にやめでんおく露の消《き》えぬにかゝる花と見《み》る〳〵はかな。」

とひとりごちて、をりて持《も》たまへり。女郎花《をみなへし》[9]をば見過《みす》ぎてぞ出《い》で給ひぬる。

1　薫の言。「北の院」は中君の居所二条院。薫と女三宮の住む三条宮の北に当たる。二条院からは薫の居所は「南の宮」と呼ばれる（二二八頁）。

2　従者の言。匂宮は昨日から宮中にご滞在の由。昨夜、（匂宮の）牛車（だけ）は、引いて帰ってしまいました。底本「いて」。

3　薫の言。（宮が留守でも）かまわぬ、中君がお具合が悪いとのこと、そのお見舞いに参上しよう。「対の御方」は西の対に住む中君。「さはれ」は「さはあれ」の約で、そうではあっても、そうではあるが、などの意。転じて「どうともなれ」「ままよ」の意。「さはれ、このついでにも死なばや」（㊀柏木三六頁）。ここは前者の意。

4　参内の日なので、日が高くならぬうちに（二条院に見舞いに行こう）。

5　お出かけついでに、庭に下りて花に交じってたたずんでおられる様子は。

6　とくに風流ぶって色っぽい態度をなさるわけでもないが、不思議なことにちょっと目にするだけでこちらが恥ずかしくなるほど優美で、これでもかと気取った好き者たちとはくらべものにならず、自然に素敵にお見えになるのであった。

7　「朝顔」、諸本多く「あさかほを」。

8　薫の歌。今朝ひとときの（朝顔の）美しさを賞美するとしようか、朝露の消えぬ間が命の花とは分かっていても。歌に続く「はかな」は、「はかなし」の語幹。第五句「花と見る〳〵」は㊆竹河にも「桜ゆゑ風に心のさわぐかな思ひ隈なき花と見る〳〵」（一三〇頁）。

9　華やかな女郎花には目もくれずお出かけになった。世の無常を象徴する朝顔への賞美と女に喩えられる女郎花への無視によって、薫の道心深さとまめ人らしさを語る。女郎花を女にたとえることは、「をみなへし多かる野辺に宿りせばあやなくあだの名をやたちなん」（古今集・秋上・小野良材）など、歌に多い。

明けはなるゝまゝに、[1]霧立《きりた》ち乱《みだ》る空をかしきに、[2]女どちはしどけなく朝寝《あさい》し給へらむかし、格子《かうし》、[3]妻戸《つまど》うち叩《たゝ》き[4]こわづくらんこそ、うひ〳〵しかるべけれ、[5]朝《あさ》まだきまだき来《き》にけり、と思ひながら、人召《め》して、[6]中門《(ちゆう)もん》の開《あ》きたるより見《み》せ給へば、

「[7]御格子《みかうし》どもまゐりて侍るべし。女房《ばう》の御けはひもし侍りつ。」

と申せば、[8]下《お》りて、[9]霧《きり》の紛《まぎ》れにさまよく歩《あゆ》み入《い》り給へるを、[10]宮の忍《しの》びたる所より返り給へるにやと見《み》るに、[11]露にうちしめり給へるかをり、例《れい》のいとさまことにゝほひ来《く》れば、

「[12]なほめざましくはおはすかし。心をあまりをさめ給へるぞにくき。」

など、[13]あいなく若《わか》き人〳〵は聞《き》こえあへり。[14]おどろき顔《がほ》にはあらず、よきほどにうちそよめきて、御褥《しとね》さし出《い》でなどするさまも、いとめやすし。

「[15]これにさぶらへとゆるさせ給ふほどは、人〳〵しき心《(ここ)》ちすれど、猶かゝる御簾《みす》の前《まへ》にさし放《はな》たせ給へるうれはしさになん、しば〳〵もえさぶらはぬ。」

との給へば、

1　青表紙他本・河内本「たちみちたる」。

2　薫の心内。二条院の女性方は、（匂宮の留守ゆえ）のんびりと朝寝坊をしておられることだろう。

3　諸本多く「つまとなと」。

4　咳払いをして訪れを知らせるのも、きまりが悪い、の意。

5　来るのが早すぎたよ。引歌が想定されるが、未詳。

6　開いている中門から（従者に寝殿の方を）窺わせなさると。「中門」は、廊を切り通して寝殿の南面に通じる門。

7　従者の言。格子も上げてあるようです。女房がいる気配もしました。

8　薫は車から下りて。

9　霧で物がよく見えない状態をいう。「まだ霧の紛れなれば、ありつる御簾の前に歩み出でて」（㊆橋姫二四二頁）。

10　（女房たちが見て）匂宮が忍び所からお戻りなのかと思っていると。

11　露にお濡れにな（って際だ）った薫り。「うちしめり濡れ給へるにほひどもは、世のものに似ず艶（むえ）にて」（㊆総角五〇八頁）。

12　二条院の女房の言。毎度のことながら、はっとさせられるお方だ。（けれども）あまりに冷静でいらっしゃるのが憎らしい。「めざましくは」、青表紙他本「めさましく」。

13　むやみに若い女房たちはみなで（薫の）お噂をする。

14　女房の様子。慌てた様子ではなく、適当に衣擦れの音をさせて、（薫に）褥を差し出す。「褥」は着座の際に敷く座布団ようのもの。

15　薫の言。（褥を出して）ここに居よとお許し下さるのは、人並みに扱っていただいた気もするが、相変わらずこのような御簾の外に（私を）放り出しなさるのが嘆かわしくて、しげしげと伺う気にもなれない。薫がいるのは南の簀子（すのこ）。

「[1]さらば、いかゞ侍るべからむ。」

など聞《き》こゆ。

「[2]北面《きたおもて》などやうの隠《かく》れぞかし、か[3]ゝる古人《ふるひと》などのさぶらはんにことわりなる休《やす》み所は。それも又、たゞ[4]御心なれば、愁《うれ》へきこゆべきにもあらず。」

とて、[5]長押《なげし》に寄《よ》りかゝりておはすれば、例《れい》の、人〲、

「[6]猶あしこもとに。」

などそゝのかしきこゆ。

[7]もとよりもけはひはやりかに、をゝしくなどはものし給はぬ人がらなるを、いよ〲しめやかにもてなしをさめ給へれば、[8]いまは身《(み)》づから聞《き》こえ給ふ事もやう〲、うたてつゝましかりし方《かた》すこしづつ《ゝ》薄《うす》らぎて、面馴《おもな》れ給ひにたり。

「[9]なやましくおぼさるらむさまも、いかなれば。」

など問《ゝ》ひきこえ給へど、はか〲しくもいらへきこえ給はず。[10]常《つね》よりもしめり給へるけしきの心ぐるしきもあはれにおぼえ給ひて、こまやかに、[11]世中《(よのなか)》のあるべきやう

1　女房の言。では、どうすればいいのでしょう。「いかゞ」、青表紙他本・河内本「いかゝは」、板本「いかゞは」。

2　薫の言。下仕えが詰める裏方の場所。「北面だつ方に召し入れて…下仕へなどやうの人ゝとだにうち語らはばや」(〔四〕藤袴四九九頁注5)。

3　私のごとき年寄りがお邪魔するのは。薫の戯れの卑下。

4　そちら様のお心次第ですから、文句を言うわけにはまいりません。「きこゆ」、底本「きこえ」。諸本により改める。

5　簀子と廂《ひさし》の間《ま》との境の、一段高くなった所。下長押《しもなげし》。底本「よりかゝりて」、書陵部本・板本「をしかゝりて」。「御簾ばかりは引き着て、長押におしかゝりてゐ給へり」(〔三〕賢木二五四頁)。

6　女房たちの言。やはりあちらの簾のもとまで(中君が)お出ましになるべきだ、の意。「あしこ」(〔五〕若菜上二九八頁)も同じ。

12　薫、中君と語らう

7　(薫は)元来性急で、男っぽくなどはいらっしゃらない性格の人なので、(中君を意識して)一段としっとりとした態度で冷静でいらっしゃるので。「もとよりも」、諸本多く「もとより」。

8　(中君は)今では自身で(薫に)ものを申し上げることも次第に、(以前は)いやで気後れがした点も少しずつ薄らいで、場慣れなさった。

9　薫の言。ご気分がすぐれないようですが、いかがなさいましたか。

10　(中君が)普段より沈んでおられるご様子が痛々しいのもかわいそうに思われなさって。「おぼえ」、青表紙他本「おもほえ」、書陵部本・承応板本・湖月抄本「をしはかられ」。

11　(夫が他に妻を迎えたような場合の)夫婦としての心の持ちようなどを、(薫は中君に)きょうだいならばそうもしようかという風に、(親身になって)教えかつ慰め申し上げなさる。

などを、はらからやうの者《ものゝ》のあらましやうに、教《をし》へ慰《なぐさ》めきこえ給ふ。

声なども、[1]わざと似給へりともおぼえざりしかど、[2]あやしきまでたゞそれとのみおぼゆるに、人目見《めみ》ぐるしかるまじくは、[3]簾《すだれ》も引《ひ》き上《あ》げてさし向《む》かひきこえまほしく、うちなやみ給へらんかたちゆかしくおぼえ給ふも、[4]猶《(なほ)》世中《(よのなか)》に物思《おも》はぬ人は、えあるまじきわざにやあらむとぞ思ひ知《し》られ給ふ。

「[5]人〳〵しくきら〴〵しき方《かた》には侍らずとも、心に思ふ事あり、嘆《なげ》かしく身をもてなやむさまになどはなくて過ぐしつべきこの世《よ》と、身《(み)》づから思ひ[6]給へし。[7]心からかなしき事も、をこがましくくやしきもの思《おも》ひをも、かた〴〵にやすからず思ひ侍るこそいとあいなけれ。官位《つかさくらゐ》などいひて、大事《だいじ》にすめる、[8]ことわりの愁《うれ》へにつけて嘆《なげ》き思ふ人よりも、[9]これや、いますこし罪《つみ》の深《ふか》さはまさるらむ。」

など言《い》ひつゝ、[10]をり給へる花を、扇《あふぎ》にうちおきて見《み》ゐたまへるに、[11]やう〳〵赤《あか》みもて行くも、なか〳〵色のあはひをかしく見《み》ゆれば、[12]やをらさし入《い》れて、

[13]よそへてぞ見《み》るべかりける白《しら》露の契《ちぎ》りかおきし朝顔《あさがほ》の花

1　（以前は中君が大君に）ことさら似ていらしたとも思えなかったが。
2　（今は）不思議なほどもう大君そっくりと思えるので、（薫は）女房たちの目を構う必要がなければ。
3　（二人を隔てる）簾を引き上げて（中君に）直接お目にかかりたく、お苦しみらしい（妊娠中の）姿も見たく思われなさるにつけても。
4　（色恋沙汰に縁遠い自分でさえこの有様なのだから）やはり夫婦で物思いのない人はあるはずがないのだろうと。
5　薫の言。一人前に歴とした地位には登らずとも、悩みごとに心を煩わせたり、不平不満にくよくよしたりなどせずに過ごすのが望ましいこの世なのだと。
6　書陵部本・尾州本・高松宮本・板本「給へしを」。
7　自ら求めて。「かなしき事」は大君のこと、「をこがましくくやしきもの思ひ」は中君を匂宮に譲ったゆえの物思い。
8　（嘆くのも）一理ある不平不満で嘆く人。
9　（大君や中君のことを思っての）薫の嘆き。物思うことはこの世に対する妄執として罪にあたる。
10　九八頁で折った朝顔の花。
11　だんだん赤く色変わりする。
12　そっと（薫は朝顔を御簾の下から）入れて。
13　薫の歌。（亡き大君の）形見として（あなたと）結婚しておくのだった、大君が私の妻にと約束してくれたあなたではなかったか。「（契りか）おきし」に白露が置く意を掛ける。承応板本・首書本、上句「よそへても見るべかりけり」。

[1]ことさらびてしももてなさぬに、[2]露落《お》とさで持《も》たまへりけるよ、とをかしく見《み》ゆるに、[3]おきながら枯《か》るゝけしきなれば、

「[4]消《き》えぬまに枯《か》れぬる花のはかなさにおくるゝ露は猶ぞまされる
[5]何《なにゝ》にかゝれる。」

といと[6]忍《しの》びて言《こと》もつゞかず、つゝましげに言《い》ひ消《け》ち給へる程、なほ[7]いとよく似給へるものかなと思ふにも、まづぞかなしき。

「[8]秋の空は、いますこしながめのみまさり侍り。つれ〴〵の紛《まぎ》らはしにもと思《おも》ひて、さいつ比《(ころ)》、宇治《うぢ》にものして侍りき。[9]庭もまがきもまことにいとゞ荒《あ》れ果《は》てゝ侍りしに、耐《た》へがたき事多《おほ》くなん。[10]故院の亡《う》せ給ひてのち、二三年ばかりの末《すゑ》に、世を背《そむ》き給ひし[11]嵯《さ》峨《が》の院《ゐん》にも、六条院にも、さしのぞく人の心《こゝろ》をさめん方《かた》なくなん侍りける。[12]木草《(きくさ)》の色につけても、涙《(なみだ)》に暮《く》れてのみなん帰《かへ》り侍りける。[13]かの御あたりの人は、上下《かみしも》心浅《あさ》き人なくこそ侍りけれ、[14]方《かた》〴〵集《つど》ひものせられける人〳〵も、[15]みな所〴〵あかれ散《ち》りつゝ、[16]おの〳〵思ひ離《はな》るゝ住《す》まひをし給ふめりしに、はかなき程

1 (薫は)わざとらしくそうしているわけではないが。
2 (朝顔の花を)露を置いたままで持ち続けていらっしゃったことよ。「露」、青表紙他本・河内本・板本「つゆを」。
3 露を置いたまま(朝顔が)萎れる風情なので。
4 中君の歌。露の消えぬ間にあっけなく枯れてしまう朝顔の花(大君)よりも、花の枯れたあとに残される露(私)はもっと頼りないものだ。
5 何を頼りにして、の意。「露の命」について「何にかかれる」と詠んだ引歌が期待されるが未詳。参考「たのめおく言の葉だにもなきものを何にかかれる露の命ぞ」(金葉集・恋上・皇后宮女別当)。
6 (中君は)小声で言葉少なに、恥ずかしそうに最後までおっしゃらない様子は。
7 中君が大君によく似ておられることよ。「「…はつるゝ糸は」と、末は言ひ消ちて、いといみじく忍びがたきけはひにて」(㊆椎本三五二頁)。㊃早蕨三四頁五行参照。

13 源氏の死、大君の死

8 薫の言。「秋の空は…」は「大底(おほむね)四時(しいじ)心惣(すべ)て苦し　中に就きて腸(はらわた)の断ゆることは是れ秋の天」(白楽天・暮立、和漢朗詠集・上・秋興)によるか。朗詠集の訓みは集註による。
9 「里は荒れて人はふりにし宿なれや庭もまがきも秋の野らなる」(古今集・秋上・遍昭)。
10 源氏。以下、源氏が嵯峨院で出家したこと、ここで初めて語られる。
11 源氏が大覚寺の南に造った「嵯峨野の御堂」(㊂松風二四二・二七二頁・㊄若菜上二六六頁)。
12 河内本・陽明本・板本「木草の色につけても水のなかれにそへても」。
13 源氏のおそば近くに仕えていた人。
14 六条院の町々に住んでいらした源氏のご夫人たち。

の女房などはた、まして心をさめん方《かた》なくおぼえけるまゝに、[1]ものおぼえぬ心にまかせつゝ、山林《はやし》に入《い》りまじり、すゞろなるゐ中人《(なかびと)》になりなど、あはれにまどひ散《ち》るこそ多《おほ》く侍りけれ。[2]さて中〳〵みな荒《あ》らし果《は》て、忘《わす》れ草生《ぐさお》ふして後なん、この[3]右のおとゞも渡《わた》り住《す》み、[4]宮たちなども方〴〵《かた》ものし給へば、むかしに返りたるやうにはべめる。さる世《よ》にたぐひなきかなしさと見《み》[5]給へしことも、年月《とし(つき)》経《ふ》れば、思ひさますをりの出《い》で来《く》るにこそはと見《み》侍るに、[6]げに限《かぎ》りあるわざなりけりとなん見《み》え侍る。かくは聞《き》こえさせながらも、[7]かのいにしへのかなしさは、[8]まだいはけなくも侍りける程にて、いとさしも染《し》まぬにやはべりけん。なほこの[9]近《ちか》き夢こそ、さますべき方《かた》なく思ひ給へらるゝは、[10]同《おな》じ事《(ごと)》、世《よ》の常《つね》なきかなしびなれど、[11]罪深《つみふか》き方《かた》はまさりて侍るにやと、それさへなん心うく侍る。」

とて泣《な》き給へる程、いと心深《こゝろふか》げ也《(なり)》。

[12]むかしの人をいとしも思ひきこえざらん人だに、[13]この人の思《おも》ひ給へるけしきを見《み》んには、すゞろにたゞにもあるまじきを、[14]まして われも物を心《こゝろ》ぼそく思ひ乱《みだ》れ給ふ

15　花散里は二条東院、女三宮は三条宮へ（㈦匂兵部卿一八頁）。

16　各人この世と縁を切る生活をなさっていたようだが。

1　どうしていいか分からないままに、出家したり、（地方に下って）ぱっとしない田舎者になるなど。「山林に入りまじる」は、俗世を捨てて出家すること。「山林に交じりて、朝廷《おほやけ》にも仕うまつらじ」（うつほ・国譲下）。㈣真木柱五五六頁にも例あり。

2　そうして（六条院を）かえって荒れ放題にして、忘れ草を繁らせた（源氏追慕の念を忘れさせた）後に。「生ふし」、青表紙他本・河内本「おほし」。

3　夕霧が六条院に移り住み（㈦匂兵部卿一八頁）。

4　女一宮と二宮（ともに明石中宮腹）も六条院のそれぞれの場所に。「女一の宮は、六条院南の町の東の対を…二宮も同じ御殿の寝殿を時〻の御休み所に」（㈦匂兵部卿一六頁）。

5　底本「給し」は「給ひし」とも読めるので、他本によって「給へし」と「へ」を補う。

6　死別の悲しみにも限度がある、の意。

7　源氏との死別の悲しさ。

8　（当時は）まだ幼少で、（悲しさも）さほど深く心に染みなかったのでしょうか。

9　最近の夢のような大君の死がとくに、悲しみをさますすべもなく思われますのは。

10　（人の死として）同様に、人の世の無常の悲しみではあるが。「事」は「ごとし」の語幹「ごと」の当て字。

11　（大君への深い執着ゆえ）罪障の深さはまさるのではなかと。

12　亡き大君を。

13　薫のご心痛の様子を見たら、つい（見る方も）平気でいられなくなりそうなのに。

14　（中君は）ご自分も、（匂宮と六の君との結婚ゆえに）不安で心乱れていらっしゃる折から。

につけては、[1]いとゞ常《つね》よりも、面影《おもかげ》に恋しくかなしく思ひきこえ給ふ心なれば、[2]いますこしもよほされて、ものもえ聞《き》こえ給はず、ためらひかね給へるけはひを、[3]かたみにいとあはれと思ひかはし給ふ。

「[4]「世《よ》のうきよりは」など、人は言《い》ひしをも、[5]さやうに思ひ比《くら》ぶる心もことになくて、年《とし》ごろは過《す》ぐし侍りしを、[6]いまなん、なほいかで静《しづ》かなるさまにても過《す》ぐさまほしく思う給ふるを、さすがに心にもかなはざめれば、[7]弁の尼《あま》こそうらやましくはべれ。[8]この廿日《(はつか)》あまりの程は、[9]彼《(かの)》近《ちか》き寺《てら》の鐘《かね》の声も聞《きゝ》きわたさまほしくおぼえ侍るを、[10]忍《しの》びて渡《わた》させ給ひてんやと、聞《き》こえさせばやとなん思《おも》ひ侍りつる。」

との給へば、

「[11]荒《あ》らさじとおぼすとも、いかでかは。[12]心やすき男《をのこ》だに、行《ゆ》き来《ゝ》のほど、荒《あら》ましき山道にはべれば、[13]思ひつゝなん月日も隔たり侍る。[14]この宮の御忌《き》日《(にち)》は、かの阿《あ》闍《ざ》梨《り》にさるべき事どもみな言《い》ひおき侍りにき。[15]かしこはなほたふとき方《かた》におぼし譲《ゆづ》りてよ。[16]時〳〵見《み》給ふるにつけては、心まどひの絶《た》えせぬもあいなきに、[17]罪《つみ》うしなふ

14

1　いっそう普段よりも、大君の姿を思い浮かべて恋しく悲しくお思い申し上げなさる心境なので。

2　一段と悲しみがつのって、ものを申し上げることもできず、(中君が)悲しみを静めかねておられる様子を。

3　(薫と中君は)互いに心の底からにしみじみと察しあっていらっしゃる。

14　宇治への思い

4　中君の言。「山里はもののわびしきことこそあれ世の憂きよりは住みよかりけり」(古今集・雑下・読人しらず)。「人」は、昔の人、古人。

5　その歌のように俗世と山里とを比較する気も特別なく、長年(宇治の山里で)暮らしてまいりましたが。

6　(京に暮らす)今になってやっと。

7　(宇治に居残っている)弁が(四早蕨三六頁以下)。

8　「八月廿日のほど」(七椎本三三二頁)に死去した八宮の命日。

9　八宮が籠って、そこで亡くなった宇治の阿闍梨の寺。

10　人目に付かぬように私を宇治に連れていって下さらないか。

11　薫の言。宇治の家を荒廃させまいとなさるとしても、どうして(匂宮の妻である中君がたやすく出かけたりできようか)。

12　身軽な男でさえ、(宇治への)往来は。

13　私(薫)も宇治のことを気に掛けながら(訪れずに)月日が経っております。

14　注8。「この宮」は八宮。諸本は「こ(故)宮」。

15　八宮宅は寺となして寄進して下さい。

16　(昔そのままの八宮宅を)折に触れ拝見しますと、(大君を失った)悲しみが尽きないのも無益なことゆえ。

17　その功徳によって罪障を消すことができるような状態、すなわち寺になすこと。

さまになしてばやとなん思ひ給ふるを、[1]またいかゞおぼしおきつらん。[2]ともかくも定《さだ》めさせ給はんにしたがひてこそはとてなん。[3]あるべからむやうにの給はせよかし。 一七九
何《なに》事も疎《うと》からずうけ給はらんのみこそ、本意《ほい》のかなふにては侍らめ。」
など、[4]まめだちたる事共《(ども)》を聞《き》こえ給ふ。経、仏など、[5]この上《うへ》も供養《くやう》[6]じ給ふべきなめり。[7]かやうなるついでにことつけて、やをら籠《こも》りゐなばやなどおもむけ給へるけしきなれば、

「[8]いとあるまじき事也《(なり)》。猶何《なに》ごとも、心のどかにおぼしなせ。」

と教《をし》へきこえ給ふ。

日さし上《あが》りて、人〳〵まゐり集《あつ》まりなどすれば、[9]あまり長居《ながゐ》もことあり顔《がほ》ならむによりて、出《い》で給ひなんとて、

「[10]いづこにても御簾《みす》の外《と》にはならひ侍らねば、はしたなき心《(ここ)》ちし侍りてなん。[11]いま又、かやうにもさぶらはん。」

とて立《た》ち給ひぬ。[12]宮の、などか、なきをりには来《き》つらんと思ひ給ひぬべき御心なる

1 （中君は）どういう風にお心づもりをしておられるのであろうか。「おきつ」は「置きつ」ではなく、とりはからい決めておく意の「掟つ」。

2 どうであろうと（中君が）お決めなさることに従って（何事もいたしましょう）。

3 お望みの通りにおっしゃって下さい。万事遠慮せずお言葉をたまわることだけが、私の本望です。

4 （薫は、色恋を離れた、八宮の法事に際しての）実際的な用件をいろいろ申し上げなさる。

5 薫の目の前にいる奥方、すなわち中君も、の意。「薫が供養しているその上に」（評釈）という解釈もあるが、「これ以上」という意味の「この上」という言い回しはこの物語には見えない。

6 「ホトケヲクヤゥズル」（日葡辞書）、板本「くやうじ給べき」。

7 （中君は）このような（八宮の法事の）機会を口実に、さりげなく（宇治に）引き籠りたいなど水を向けなさる様子なので。

8 薫の言。とんでもないことです。これまで通り万事、冷静にお考え下さい。

9 （匂宮の留守に）あまり長居をするのも何か訳がありそうに思われるだろうから。

10 薫の言。どこへ伺っても、簾の外で応接されることには馴れておりませんので、居心地のわるい気がします。一〇一頁注15。簀子で応接されたことをかこつ。参考「御簾の外(と)の隔てあるこそうらめしけれ」（因柏木一〇六頁）。

11 近いうちにまた、このような形ででもお伺いいたしましょう。

12 薫の心内。匂宮が、どうして、自分の留守中に（薫は）来たのだろうと忖度なさるに違いないご性格であるのもやっかいなので。

もわづらはしくて、[1]さぶらひの別当《べたう》なる右京の大夫《かみ》召《め》して、

「[2]よべまかでさせ給ひぬとうけたまはりてまゐりつるを、まだしかりければくちをしきを。[3]内《うち》にやまゐるべき。」

との給へば、

「[4]けふは、まかでさせ給ひなん。」

と申せば、

「[5]さらば、夕《ゆふ》つ方《かた》も。」

とて出《い》で給ひぬ。

なほ、[6]この御けはひありさまを聞《き》ゝ給ふたびごとに、[7]などてむかしの人の御心おきてをもてたがへて思ひ隈《ぐま》なかりけんと、[8]悔《く》ゆる心《こゝろ》のみまさりて、心にかゝりたるもむつかしく、[9]なぞや、人やりならぬ心ならんと思ひ返し給ふ。[10]そのまゝに、また精進《さうじ》にて、いとゞたゞおこなひをのみし給ひつゝ、明《あ》かし暮《く》らし給ふ。[11]母《はゝ》宮のなほいとも若《わか》くおほどきてしどけなき御心にも、[12]かゝる御けしきをいとあやふくゆゝし

1　二条院の侍の詰所の長。右京大夫がそれに任ぜられている。ここにのみ登場する人物。右京大夫は右京を統括する右京職の長官。官位令では正五位上相当。平安時代弘仁年間に従四位下相当となる。中堅官吏は本来の職務とは別に、権門貴族、宮家等と私的な主従関係を結び奉仕した。

2　薫の言。(匂宮は)昨夜(宮中から)お戻りなさったとお聞きして(こちらへ)参上したが、いまだお帰りでないので残念だ。薫は、昨夜匂宮の車だけが戻ったこと(九八頁)を、匂宮の帰邸にわざと取り違えて発言する。

3　(匂宮に会うには)参内する方がよいのだろうか。

4　右京大夫の言。今日は、宮中からお帰りあそばすでしょう。

5　薫の言。では、夕方にでも再び伺おう、の意。

6　(薫は)こちらの中君のご様子、近況をお聞きになるといつも。

7　どうして亡き大君のお考えに背いて軽はずみな考えに走ったのだろう。大君の意向に背いて、中君を匂宮に譲ったことをさす。九三頁注9。「隈」は奥まった場所、転じて物事の奥深い事情で、「思ひ隈なし」は、物事の本質への思いを欠くこと。

8　後悔の念がつのるばかりで、そのことが心から離れず心が晴れないので。

9　どういう訳でまあ、自分から求めてあれこれ苦しむのであろうか、の意。

10　相変わらず、(大君の菩提を弔う)精進を続けて、まったくひたすら仏前のお勤めばかりをなさって、日を送っていらっしゃる。

11　(薫の)母女三宮のいまだに世間ずれせずおっとりして物事をてきぱきとお考えにならない心中にも。

12　このような(仏道に精進する)薫のご様子を不安で縁起でもないとお思いになって。

とおぼして、

「[1]いく世《よ》しもあらじを、見《み》[2]たてまつらむ程は、なほかひあるさまにて見《み》え給へ。世中《よのなか》[3]を思ひ捨て給はんをも、かゝるかたちにては、さまたげきこゆべきにもあらぬを、[4]この世の言《い》ふかひなき心《ここ》ちすべき心まどひに、いとゞ罪《つみ》や得《え》んとおぼゆる。」

との給ふが、かたじけなくいとほしくて、よろづを思ひ消《け》ちつゝ、御前《おまへ》[5]にてはもの思《おも》ひなきさまをつくり給ふ。

[6]右の大殿《おほい》には、[7]六条院の東《ひんがし》の御《お》殿《とゞ》磨《みが》きしつらひて、限《かぎ》りなくよろづをとゝのへて待《ま》ちきこえ給ふに、十六日月《いさよひのつき》[8]やう〱さし上《あが》るまで心もとなければ、[9]いとしも御心に入《い》らぬ事にて、いかならんとやすからず思《おも》ほして、案内《あない》[10]し給へば、

「この夕《ゆふ》つ方《かた》、内《うち》より出《い》で給ひて、一条院になむおはしますなる。」

と人申す。[11]おぼす人持《も》たまへればと心やましけれど、こよひ過《す》ぎんも人笑《わら》へなるべければ、[12]御子の頭中将《とうのちゆうじやう》して聞《き》こえ給へり。

[13]大《おほ》空の月だに宿《やど》るわが宿《やど》に待つよひ過ぎて見《み》えぬ君《きみ》かな

1　女三宮の言。（自分は）この先そう長くはなさそうだが。「いく世しもあらじ我が身をなぞもかく海人の刈る藻に思ひみだるる」（古今集・雑下・読人しらず）を踏まえるか。
2　私がお目にかかれるあいだは、やはり頼りがいのある状態でいて下さい。薫に出家されては困る、の意。
3　（薫が）出家しようとなさるのに対しても、尼姿の私としては、それを妨げ申したりすべきではないのであるが。
4　（薫が出家したら、自分も）生きる張り合いを失くして、心痛ゆえにますます物思いの罪を作ることになろう。
5　女三宮の前では（薫は）悩みごとのないような態度をお取りになる。

15　匂宮と六の君の婚儀

6　夕霧。
7　六の君と結婚する匂宮を迎えるための準備。「六条院の東の御殿」は落葉宮が住む丑寅（東北）の町。「丑寅の町に、かの一条の宮（落葉宮）を渡したてまつり給ひて」（㈦匂兵部卿一八頁）。六の君は落葉宮の養女としてそこに住む（同三八頁）。
8　八月十六日の月。「八月になりぬれば」（九〇頁二行）。
9　（匂宮にとって六の君との結婚は）さほど気の進むことでもないので、（夕霧は）どうなることやらと心配なさって。
10　匂宮のもとへ人を遣わして様子を探らせなさると。
11　（二条院には）ご寵愛の人（中君）がいらっしゃるからだと（夕霧は）不快に思うが。
12　夕霧の子。㈦椎本の「頭の少将」（三〇〇頁）と同一人か。
13　夕霧の歌。大空を行く（いさよいの）月でさえ宿るわが家に、今宵はと待っていたのに一向に姿を見せぬあなただな。匂宮に来訪を促す歌。「おほぞらの月だに宿はいるものを雲のよそにもすぐる君かな」（元良親王集）によ

[1]宮は、中〳〵いまなんとも見《み》えじ、心ぐるしとおぼして、[2]内におはしけるを、御文聞《ふみき》こえ給へりけり。[3]御返りやいかゞありけん、猶いとあはれにおぼされければ、[4]忍《しの》びて渡《わた》り給へりける也《(なり)》けり。[5]らうたげなるありさまを見捨《みす》てゝ出《い》づべき心地もせず、いとほしければ、[6]よろづに契り慰《なぐさ》めて、もろともに月をながめておはする程也《(なり)》けり。女君は、日《ひ》ごろもよろづに思ふ事多《おほ》かれど、いかでけしきに出《い》ださじと念《ねん》じ返しつゝ、[7]つれなくさまし給ふ事なれば、ことに聞《き》ゝもとゞめぬさまに、おほどかにもてなしておはするけしきいと哀也《(あはれなり)》。

[8]中将のまゐり給へるを聞《き》ゝ給ひて、さすがに[9]かれもいとほしければ、出《い》で給はんとて、

「[10]いま、いとゝくまゐり来《こ》ん。[11]ひとり月な見《み》たまひそ。[12]心そらなれば、いと苦《くる》しき。」

と聞《き》こえおき給ひて、なほかたはらいたければ、[13]隠《かく》れの方《かた》より寝殿《しん(でん)》へ渡《わた》り給ふ、[14]御後手《うしろで》を見《み》おくるに、ともかくも思《おも》はねど、たゞ[15]枕の浮《う》きぬべき心《(ここ)》ちすれば、[16]心う

る(花鳥余情)。

---

1 匂宮は、(六の君との結婚を)今日だと(中君に)知られないでおこう、(知られると)かえってかわいそうだとお思いになって。

2 宮中にいらしたのだが、(中君に)手紙をさしあげなさった。「給へりけり」、青表紙他本「給へりける」、河内本「給へりけるを」。

3 (中君からの)ご返事はどういうものであったろうか、(それをご覧になって)やはりとても不憫にお思いになったので。

4 目立たぬように(二条院の中君のもとへ)お帰りになったのであった。

5 いじらしい中君をほうって(六の君の待つ六条院へ)出かける気にもなれず、(中君が)かわいそうなので。

6 (夕霧からの催促の歌が届けられたのは)いろいろ約束をして(中君の心を)慰めて、二人で月を見ておられるころであった。

7 素知らぬ態度で気持を静めておられる事柄なので。

8 夕霧からの使者、頭中将。一一七頁注12。

9 (中君が不憫だとはいえ)あちら(六の君方)に対しても気の毒なので。

10 匂宮の中君への言。もう、すぐ戻ってまいります。

11 一人で月を眺めてはいけません。見るのは忌むこと。一二三頁注7。書陵部本・三条西本・陽明本・板本「み給ひそよ」。

12 (自分も)うわの空で出かけて行くので。「苦しき」、諸本多く「くるし」。

13 六の君訪問の用意のため、匂宮が西の対から自室の寝殿へこっそり戻るさま。

14 匂宮の後ろ姿を(中君は)見送る。

15 「枕浮く」は涙に濡れた独り寝の悲嘆を形容する慣用表現。[三]須磨四五三頁注17・[六]柏木一八頁・[四]浮舟六四二頁。

16 中君の心内。(平気でいようと思っても、涙を流すとは)情けないのは人間の心というものであったと。

き物は人の心也《(なり)》けりと、我ながら思ひ知《し》らる。

[1]をさなき程より、心ぼそくあはれなる身[2]どもにて、世[3]の中を思ひとゞめたるさまにもおはせざりし人一《ひと》所を頼《たの》みきこえさせて、さる山里に年経《へ》しかど、[4]いつとなくつれ〴〵にすごくありながら、[5]いとかく心に染《し》みて世をうきものとも思《おも》[6]はざりしに、[7]うちつゞきあさましき御事どもを思ひし程は、世《よ》に又とまりて片時《かた(とき)》経《ふ》べくもおぼえず、恋《こひ》しくかなしき事のたぐひあらじと思ひしを、命長《いのちなが》くていままでもながらふ
一七三
れば、[8]人の思ひたりし程よりは、人にもなるやうなるありさまを、長《ながゝ》[9]かるべき事とは思《おも》はねど、見《み》[10]る限《かぎ》りはにくげなき御心ばへもてなしなるに、やう〳〵思ふ事薄《うす》らぎてありつるを、[11]このをりふしの身のうさはた、言《い》はん方《かた》なく、限《かぎ》りとおぼゆるわざなりけり、ひたすら世《よ》[12]に亡《な》く成《(な)》り給ひにし人〳〵よりは、さりとも、これ[13]は時〳〵もなどかはとも思ふべきを、こよひかく見《み》捨《す》て《ゝ》出《い》で給ふつらさ、来《き》し方行《かたゆ》く先《さき》みなかき乱《みだ》り、心ぼそくいみじきが、我《(わが)》心ながら思ひやる方《かた》なく心うくもあるかな、[14]おのづからながらへば、など慰《なぐさ》[15]めんことを思ふに、さらに姨捨山《をば(すてやま)》の月澄《す》み

16 姨捨山の月

1　以下最終行「ながらへば」まで、中君の心内。
2　大君、中君姉妹ゆえ、複数形「身ども」。
3　この世に何の望みもお持ちでなかった御方一人を頼りに申して。父八宮をさす。
4　(宇治では)いつも何をするというでもなく物寂しい暮らしではあるものの。
5　(今のように)こうまで心底から。
6　「思はざりし」、書陵部本・三条西本・尾州本・板本「思しらさりし」。
7　八宮、大君と続いた死をさす。
8　(以前)周囲の者が心配したのに比べれば、(二条院に迎えられた現在は)人並みの境遇である、の意。大君は、生前、匂宮の宇治への訪れが稀なことを、零落した境遇ゆえと考え、「(中君を)人なみ〳〵にもてなして、例の人めきたる住まひならば、(匂宮は中君を)かうやうにもてなし給ふまじきを」(㈦総角五三〇頁)と思っていた。
9　(こうした状態が)長く続くとは思わないが。
10　二人でいる限りは(匂宮は)好ましいお心遣い、待遇をして下さるので。
11　今回の(六の君の件での)わが身のつらさ。「をりふし」、書陵部本・三条西本・尾州本・板本「ふし」。
12　父八宮や大君。
13　匂宮の場合は時折にでもどうして(逢えないことがあろうか)と思える相手なのに。
14　自然長生きをするならば(匂宮との仲も元に戻るだろう)と。
15　(中君は)自分を慰めるようなことを思っていると、(中君の悲しみに)追い打ちをかけるように(人の悲しみを募らせる)姨捨山の月がくっきりと空にのぼって。「わが心なぐさめかねつ更級《さらしな》や姨捨山に照る月を見て」(古今集・雑上・読人しらず)による。「慰めがたき姨捨にて、人目に咎めらるまじきばかりに、もてなしきこえ給へり」(㈤若菜下四九八頁)。

上《のぼ》りて、夜ふくるまゝに、よろづ思ひ乱《みだ》れ給ふ。松風の吹《ふ》き来《く》るおとも、荒《あら》[1]ましかりし山おろしに思ひ比《くら》ぶれば、いとのどかになつかしくめやすき御住《す》まひなれど、こよひはさもおぼえず、[2]しひの葉のおとにはおとりて思《おも》ほゆ。

　[3]山里《ざと》の松《まつ》の陰《かげ》にもかくばかり身に染《し》む秋の風はなかりき

来《き》[4]し方忘《かたわす》れにけるにやあらむ。

[5]老い人どもなど、

「[6]いまは入《い》らせ給ひね。[7]月見《み》るは忌《い》み侍るものを。あさましく、はかなき御くだ物をだに御覧じ入《い》れねば、いかにならせ給はん。」

と、

「[8]あな見《み》ぐるしや。[9]ゆゝしう思ひ出《い》でらるゝ事も侍るを、いとこそ[10]わりなく。」

一七三

とうち嘆《なげ》きて、

「[11]いで、この御事《こと》よ。さりとも、かうておろかにはよも成り果《は》てさせ給はじ。さ言《い》へど、[12]もとの心ざし深《ふか》く思ひそめつる仲《なか》は、名残《(なごり)》なからぬ物ぞ。」

1 荒々しかった宇治の山颪の風に比べれば、まったく穏やかで心地よく好ましいお宅であるが、今夜はそのようにも感じられず。

2 宇治八宮の旧宅の風の音より風情のないものに感じられる。「しひ(椎)の葉」は、「優婆塞《うばそく》がおこなふ山の椎が本あなそば〱しとこにしあらねば」という神楽歌により、「優婆塞」であった(㊤橋姫二二九頁注3)八宮の家の木々をさす(㊤椎本三七五頁注14)。

3 中君の歌。宇治の山荘でもこれほど身にしむ秋風は経験したことがなかった。「秋」に「飽き」を掛ける。

4 中君はかつての宇治の山風の激しさを忘れたのであろうかという、語り手の言。

5 中君に仕える老女房たち。

6 もう(廂の間から母屋《もや》へ)お入りなさいませ。廂の間からは月が見える。

7 「ある人の、「月の顔見るは忌むこと」と制しけれども、ともすれば人まにも月を見ては、いみじく泣き給ふ」(竹取物語)。「月をあはれといふは忌むなりといふ人のありければ／ひとり寝のわびしきまゝに起きゐつゝ月をあはれと忌みぞかねつる」(後撰集・恋二・読人しらず)。

8 老い人どもの言。(中君の様子は)ああ、見ていられない。

9 縁起でもなく思い出されること。大君の死をさす。大君は「おどろ〱しからぬ御なやみに、物をなむさらに聞こしめさぬ」(㊦総角五六〇頁)状態で死去。

10 困ったことだ。書陵部本・承応板本・首書本「わりなけれ」、湖月抄本「わりなけれなどいふ、わかき人ゝは心うの世や」。

11 老女房の言。何とまあ、このたびの(六の君との)ご婚儀は。いくら何でも、このまま(匂宮の)愛情がさめておしまいになることはよもやあるまい。

12 初めから深い愛情で結ばれた仲は、跡形もなく消えてしまうものではないのだ。「そめ」は「初め」に「染め」を響かすか。

など言《い》ひあへるも、さま〴〵に聞《き》きにくゝ、いまはいかにも〳〵、[1]かけて言《い》はざらなむ、たゞにこそ見《み》めとおぼさるゝは、[2]人には言《い》はせじ、我ひとりうらみきこえんとにやあらむ。

「[3]いでや、中納言殿《どのゝ》のさばかりあはれなる御心深《ふか》さを。」

など、[4]そのかみの人〳〵は言《い》ひ合《あ》はせて、

「[5]人の御宿世《すくせ》のあやしかりける事よ。」

と言《い》ひあへり。

[6]宮はいと心ぐるしくおぼしながら、今めかしき御心《こゝろ》は、[7]いかでめでたきさまに待《ま》ち思《おも》はれんと心《こゝろ》げさうして、えならず焚《た》き染《し》め給へる御けはひ、言《い》はん方《かた》なし。[8]待ちつけきこえ給へる所《ところ》のありさまも、いとをかしかりけり。[9]人の程、さゝやかにあえかになどはあらで、よき程になりあひたるこゝちし給へるを、[10]いかならむ、もの〳〵しくあざやぎて、心《こゝろ》ばへもたをやかなる方《かた》はなく、もの誇《ほこ》りかになどやあらむ、さらばこそ、うたてあるべけれなどはおぼせど、[11]さやなる御けはひにはあらぬ

1　（中君は周りの者が匂宮のことを）口にしないでほしい、自分で黙って見ていようとお思いになるのは。

2　他人に口を挟ませまい、自分一人が（匂宮に）怨み言を申し上げようというつもりなのだろうか。

3　女房の言。いやはや、中納言様（薫）があれほど（中君に対して）深い親身な気持をお持ちなのに（それに比べて匂宮は…）。

4　宇治以来の（事情を知っている）女房たち。「そのかみ」は昔の意。

5　女房の言。前世からのご因縁は不思議なものですね。中君が薫と結婚するようにならなかった巡り会わせをいう。

6　匂宮は（中君を）かわいそうにお思いなさるが、派手なご性分なので。

7　何がなんでも見栄えのする婿として（右大臣家に）よろこび迎えられようと張り切って、なみなみならず（装束に）香を焚き染ませなさったご様子は。

8　（匂宮を）待ち設けていらっしゃる右大臣家の態勢もまことにすばらしい。

9　六の君の様子は、小柄で繊細といった風情ではなく、ほどよく整った感じでいらっしゃるので。

10　（六の君は）どんな人だろう、気立ても物柔らかなところがなく、仰々しくふるまって、自信満々といったような人かもしれぬ、そのようであるなら、気にくわないかもしれないなどお思いにはなるが。

11　（六の君は）そのようなご様子ではないのだろうか、（匂宮の）ご愛情は並一通りではないお思いようである。「さやなる」、諸本「さやうなる」。底本、「さやなる」に「ウ」を傍記。なお、底本には「さやう」の意と解すべき「さや」が本巻にのみ見いだされる。「さやのついで」（一一六頁一〇行）、「さやにてこそ」（一三二頁三行）。

にや、御心《こゝろ》ざしおろかなるべくもおぼされざりけり。秋[1]の夜《よ》なれど、ふけにしかば
にや、程なく明《あ》けぬ。
帰《かへ》[2]り給ひても、対《たい》へはふともえ渡《わた》り給はず。しばし大殿籠《おほとのごも》りて、起《お》きてぞ御[3]文書《ふみか》
き給ふ。一七四 17

「御[4]けしきけしうはあらぬなめり。」

と、御前《まへ》[5]なる人〳〵つきしろふ。

「対《たい》[6]の御方《かた》こそ心ぐるしけれ。天下[7]にあまねき御心《こゝろ》なりとも、おのづからけ[8]おさるゝ事もありなんかし。」

など、たゞ[9]にしもあらず、みな馴れ仕《つか》うまつりたる人〳〵なれば、やすからずうち言《い》ふどもゝありて、すべ[10]てなほ、ねたげなるわざにぞありける。御[11]返《かへ》りも、こなたにてこそはとおぼせど、夜《よ》[12]の程おぼつかなさも、常《つね》[13]の隔《へだ》てよりはいかゞと心ぐるしければ、急《いそ》ぎ渡《わた》り給ふ。

寝《ね》[14]くたれの御かたち、いとめでたく見所（みどころ）ありて入《い》り給へるに、臥《ふ》[15]したるもうたて

1 秋の夜長ではあるが、匂宮のお越しが夜更けであったせいか、まもなく夜は明けた。参考「長しとも思ひぞ果てぬ昔より逢ふ人からの秋の夜なれば」（古今集・恋三・凡河内躬恒）。

17 匂宮、二条院へ

2 （匂宮は二条院に）お戻りになっても、（中君のいる西の）対へはすぐにはお越しになれない。
3 六の君への後朝（きぬぎぬ）の文。
4 （匂宮は）あのご様子ではまんざらでもないようだ。
5 （匂宮の）前に控える女房たちはつつきあっている。
6 女房の言。中君は本当においたわしい。中君は西の対に住む。
7 （匂宮が）どんなにお心が広くても。「天下に」は強調の副詞、「てんげ」と訓むか。参考「てんげの吉方（ゑほう）にもまさらん」（蜻蛉日記中）、「てんげにいふとも」（うつほ・楼の上上）。承応板本・湖月抄本「天下」に「あめのした」の傍訓、首書本は「天のした」。
8 中君が六の君に圧倒されること。
9 平静ではいられず、（中君の女房たちは）みな（宇治以来）おそば近くにお仕えし馴れてきた者たちなので。
10 何から何までなんといっても、（中君がわの者にとっては）妬ましく思えることなのであった。
11 （六の君からの）ご返事も、寝殿で（受け取ろう）と（匂宮は）お思いだが。
12 （中君の）昨夜の留守居の不安。「夜の程」、青表紙他本・河内本・板本など「夜のほどの」。
13 （宮中の宿直など）普段の留守よりはどんなに（気をもんだことだろう）と（中君が）不憫なので。匂宮は中君の西の対に行く。
14 「しばし大殿籠りて、起き」（二行）たばかりの、匂宮のしどけない姿。

あれば、すこし起《お》き上《あ》がりておはするに、[1]うち赤《あか》み給へる顔《かほ》のにほひなど、[2]けさしもことにをかしげさまさりて見《み》え給ふに、[3]あいなく涙《なみだ》ぐまれて、しばしうちまもりきこえ給ふを、[4]はづかしくおぼしてうつぶし給へる髪《かみ》のかゝり、髪《かん》ざしなど、猶いとありがたげ也《（なり）》。

[5]宮もなまはしたなきに、こまやかなることなどは、ふともえ言《い》ひ出で給はぬ面隠《おもがく》しにや、

「[6]などかくのみなやましげなる御けしきならむ。[7]暑《あつ》き程の事とかの給ひしかば、[8]いつしかと涼しきほど待ち出《い》でたるも、なほはれ〴〵しからぬは、見《み》ぐるしきわざかな。[9]さま〴〵にせさすることも、あやしく験《しるし》なき心地こそすれ。さはありとも、修《す》法《（ほふ）》は[10]又延《の》べてこそはよからめ。[11]験《しるし》あらむ僧《そう》もがな。なにがし僧都《そうづ》をぞ、夜居《よゐ》にさぶらはすべかりける。」

などやうなる[12]まめごとをの給へば、[13]かゝる方《かた》にも言《こと》よきは心づきなくおぼえ給へど、むげにいらへきこえざらむも例《れい》ならねば、

15 （中君は）横になっているの（を見られるの）もいやなので。

---

1 中君の寝起きの顔。「赤み」は一晩中泣いていた名残か（湖月抄）。

2 よりによって（六の君のもとから戻った）今朝、格別に美しさがまさってお見えになるので。「ことに」、青表紙他本・河内本「つねよりことに」。

3 （匂宮は）不覚にも自然と涙が出て、しばらくのあいだ、見つめ申し上げなさるのを。

4 （中君は）恥ずかしい気がなさってうつ伏していらっしゃる髪のこぼれ具合や生え具合など、（六の君を見てきた目にも）やはり滅多にないすばらしさである。

5 （六の君の所から戻ったばかりなので）匂宮もばつが悪くて、睦言などは、即座に口にお出しになれない、その照れ隠しにであろうか。

6 匂宮の言。どうしてこのようにばかり苦しそうにしておられるのだろう。

7 （中君が体調不良は）暑い時期のことなのでなどとおっしゃったので。ただし、匂宮が中君の体調不良を「たゞ暑きころなればかくはするなめり」と思うことはあったが（八八頁）、中君自身がそう言ったという文は見えない。

8 早く涼しい季節になればと待ち望んでいた（その時になった）のに、依然として気分がすぐれないのは、見るに忍びないことだ。

9 いろいろさせている加持祈禱も、不思議に効き目がない感じがする。

10 さらに期間を延ばしてするのがよかろう。

11 験力のある僧が必要だ。「もがな」、青表紙他本・河内本「をかな」。「夜居」は夜間、貴人の為に控えていること。一九二頁に「よゐ（夜居）の僧」。

12 実際的なことを。

13 （匂宮が）このような「まめごと」にも調子がいいのは（中君は）気に入らないが、まるで返事を申し上げないというのも異例なので。

「[1]昔も、人に似ぬありさまにて、かやうなるをりはありしかど、おのづからいとよくおこたるものを。」

との給へば、

「[2]いとよくこそさはやかなれ。」

とうち笑《わら》ひて、[3]なつかしくあい行《(ぎやう)》づきたる方《かた》は、これに並《なら》ぶ人はあらじかしとは思ひながら、[4]なほ又とくゆかしき方《かた》の心焦《い》られも立《た》ち添《そ》ひ給へるは、[5]御心《こゝろ》ざしおろかにもあらぬなめりかし。

　されど、[6]見《み》給ふほどは変《か》はるけぢめもなきにや、[7]後《のち》の世まで誓《ちか》ひ頼《たの》め給ふ事どもの尽《つ》きせぬを聞《き》くにつけても、[8]げにこの世は、短《みじかゝ》かめる命待《いのちま》つ間《ま》もつらき御心に見《み》えぬべければ、[9]後《のち》の契りやたがはぬこともあらむと思ふにこそ、なほ懲《こ》りずまに又も頼《たの》まれぬべけれとて、いみじく念《ねん》ずべかめれど、え忍《しの》びあへぬにや、[10]けふは泣《な》き給ひぬ。日《ひ》ごろも、[11]いかでかう思ひけりと見《み》えたてまつらじと、よろづに紛《まぎ》らはしつるを、さま〴〵に思ひ集《あつ》むることし多《おほ》かれば、さのみもえもて隠《かく》されぬにや、[12]こ

1　中君の言。以前も、普通の人とは違って、このような（体調のすぐれない）時はあったけれども、自然に快復するものですから。

2　匂宮の言。たいそう元気がいいね。

3　親しみやすくかわいい点では、中君に匹敵する女人はいないだろうとは思いながら。

4　やはり他方では（六の君に）早く逢いたいというお気持がかき立てられなさるのは。「あい行」は「愛敬」の当て字。

5　（匂宮の）六の君に対する愛情が並々ではないのだろうよ。

18　中君を慰める匂宮

6　（匂宮は中君を）目の前でご覧になっているあいだは（六の君に）心が変わるということもないからであろうか。

7　（匂宮が）来世までの約束をし（中君を）頼りにさせなさる、尽きぬ言葉を。

8　中君の心内。たしかにこの世は、短いような命の終りを待つあいだにも、（匂宮の）薄情を目にすることがあるに違いないから。「御心に」、青表紙他本「御心は」。「あり果てぬ命待つ間のほどばかり憂きことしげく思はずもがな」（古今集・雑下・平貞文）によるか。「ながからぬ命待つ間のほどばかりうきことしげくなげかずもがな」（重之女集）。

9　来世についての約束なら（匂宮の）言葉通りになろうかと思うからこそ、懲りずに又も（匂宮を）あてにしてしまうようなことになるのだと思って、必死に我慢しているようだが、こらえきれないのであろうか。

10　六の君のもとへ出かける匂宮を送った昨日は中君は「いかでけしきに出ださじと念じ返しつゝ」（一一八頁）涙をこらえた。

11　何とかこのように（つらく）思っていたのだと（匂宮には）気取られ申すまいと、何事もごまかしていたが。「紛らはし」、書陵部本・板本「思ひまきらはし」。

12　（涙が）こぼれ始めると簡単にも押さえることができないのを。

ぼれそめてはえとみにもためらはぬを、いとはづかしくわびしと思ひて、[1]いたく背《そむ》き給へば、しひて引《ひ》き向《む》け給ひつゝ、

「聞《き》[2]こゆるまゝに、哀《(あはれ)》なる御ありさまと見《み》つるを、なほ隔《(へだ)》てたる御心こそありけれな。[3]さらずは、夜《よ》のほどにおぼし変《か》はりにたるか。」

とて、我《(わが)》[4]御袖して涙をのごひ給へば、

「夜《よ》[5]の間《ま》の心変《が》はりこそ、の給ふにつけて、おしはかられ侍りぬれ。」

とて、すこしほゝ笑《ゑ》みぬ。

「げ[6]に、あが君や、幼《をさな》の御もの言《い》ひやな。[7]さりと[8]まことには心に隈《くま》のなければ、いと心やすし。[9]いみじくことわりして聞《き》こゆとも、いとしるかるべきわざぞ。むげに世のことわりを知《し》り給はぬこそ、らうたきものからわりなけれ。よし、[10]わが身になしても思ひめぐらし給へ。[11]身を心ともせぬありさまなり。[12]もし思ふやうなる世もあらば、人《ひと》にまさりける心ざしの程、知《し》らせたてまつるべき一《ひと》ふしなんある。[13]たはやすく言出《ことい》づべきことにもあらねば、命《いのち》[14]のみこそ。」

1 （涙を隠すために中君は）頑固に顔をそむけなさるので、匂宮は無理に自分の方を向かせなさって。

2 匂宮の言。私の申し上げるままに（信じて下さって）、けなげな態度だと思っていたが、やはり私を疎んじるお気持があったのだね。「隔てたる」、底本「隔たる」。青表紙他本・河内本の「へたてたる」によって訓む。

3 でなければ、（私が六の君の所へ行っていた）一晩のうちに心変わりなさったのか。

4 （匂宮は）ご自分の袖で（中君の）涙を。

5 中君の言。（あなたの）一晩での心変わりの方こそ、そういうことをおっしゃるにつけ、疑われることです。

6 匂宮の言。まったく、あなた、幼稚なことをお言いだな。

7 書陵部本・三条西本・河内本・板本「されと」。『うつほ』に「さりと、みなさだまりたるやうにこそ」（国譲下）。「されと」の誤写か、「さりとん（も）」の「ん」無表記か。

8 実のところは（私は）心中隠しごとをしているわけではないので、まったく安心だ。

9 必死に道理を並べ立てても、（心変わりというものは）すぐ分かってしまうものだ。底本「ことはり」、三条西本・首書本・湖月抄本「ことえり」。

10 あなた自身を私の立場に置いて考えてみても下さい。

11 （私は）わが身を思い通りにできない境遇なのだ。「なり」、青表紙他本・河内本・板本「なりかし」。「否諾（いなせ）とも言ひはなたれず憂きものは身を心ともせぬ世なりけり」（後撰集・恋五・伊勢）。

12 思い通りになる時が到来すれば、他の女人に対する以上の愛情の深さを、あなたにお分かりいただけることが一つある。匂宮の即位にともなう中君立后を暗に言う。

13 （しかし、皇位のことなど）軽々しく口に出せることでもないので。

14 引歌が期待されるが不明。命だけが頼りだ、

などの給ふ程に、[1]かしこにたてまつれ給へる御使《つかひ》、[2]いたく酔《ゑ》ひすぎにければ、[3]すこし憚《はゞか》るべきことゞも忘《わす》れて、けざやかにこの南面《みなみおもて》にまゐれり。[4]海人《あま》の刈《か》るめづらしき玉藻《(たま)も》にかづき埋《うづ》もれたるを、さなめりと人〴〵見《み》る。[5]いつの程に急《いそ》ぎ書《か》き給へらんと見《み》るも、やすからずはありけんかし。宮も、あながちに隠《かく》すべきにはあらねど、[6]さしぐみは猶いとほしきを、すこしのよういはあれかしとかたはらいたけれど、いまはかひなければ、女房して御文《ふみ》取《と》り入《い》れさせ給ふ。[7]同《おな》じくは、隔《へだ》てなきさまにもてなし果《は》ててむと思《おも》ほして、引《ひ》き開《あ》け給へるに、[8]継母《まゝはゝ》の宮の御手《て》なめりと見《み》ゆれば、いますこし心やすくて、うちおき給へり。[9]宣旨《せんじ》書《が》きにても、うしろめたのわざや。

[10]さかしらはかたはらいたさに、そゝのかしはべれど、いとなやましげにてなむ。

[11]をみなへししをれぞまさる朝露《あさ(つゆ)》のいかにおきける名残《(なごり)》なるらん

あてやかにをかしく書《か》き給へり。

[12]「かことがましげなるも、わづらはしや。[13]まことは心やすくて、しばしはあらむ

の意か。

1　六の君にさしあげた後朝の文の使者。

2　（先方でのもてなしで）ひどく酔っ払っていたので。

3　（中君の手前）少しは遠慮すべきことも忘れて、当然のような態度で（西の対の）南面に。

19　後朝の使者

4　使者が六の君方から与えられたすばらしい禄の衣裳の数々を被《かず》いているさま。「海人の刈るめづらしき」は「玉藻」を導く序詞、「藻」に「裳」を響かせて、禄の衣裳を表す（三明石五四五頁注15）。

5　いつの間に（匂宮は六の君への文を）すばやくお書きになったのだろうと（中君方の人々は）見るにつけても。「（給）へらん」、青表紙他本・河内本・板本「つらん（む）」。

6　いきなり（六の君の返事を中君の眼前で扱うの）は気の毒なことなのに、もう少し注意してほしいものだと。「ようい」は「用意」。

7　（匂宮は）同じこと（知られたの）なら、隠し立てをしない態度を貫こうとお思いになって（その場で文を）。

8　（六の君の自筆ではなく）継母の落葉宮（七匂兵部卿三八頁）の筆跡らしいと。

9　代筆であっても、（中君の目に触れるのは匂宮にとっては）気懸かりなことだ。「宣旨書き」は女房、親などによる代筆。

10　継母代筆の手紙。小賢しく代筆するのも気が引けますので、（六の君に返事を）促しましたが。

11　継母の宮の歌。六の君は一段と沈んでいる、あなたがどのような扱いをしたからなのだろうか。「をみなへし」に六の君をたとえ、「露」の縁語「置き」に「起き」を掛ける。

12　匂宮の言。継母の歌が不平めいているのも、（匂宮には）面倒なことよ。

13　本当は（二人で）気兼ねなく、しばらくのあいだは（中君と）過ごそうと思っているのに。

と思ふ世《よ》を、思《おも》ひのほかにもあるかな。」

な《ゝ》どはの給へど、[1]また二《ふた》つとなくて、さるべき物に思《おも》ひならひたるたゞ人の仲《なか》こそ、かやうなる事のうらめしさなども、[2]見《み》る人苦《くる》しくはあれ、思へば[3]これはいとかたし。つひにかゝるべき御事なり。[4]宮たちと聞《き》こゆるなかにも、筋《すぢ》ことに世人《よ(ひと)》思《おも》ひ聞こえたれば、[5]いくたりも〳〵《(いくたりも)》得《え》たまはん事も、もどきあるまじければ、[6]人もこの御方いとほしなども思ひたらぬなるべし。[7]かばかりもの〳〵しくかしづき据《す》ゑ給ひて、心《こゝろ》ぐるしき方《かた》おろかならずおぼしたるをぞ、幸《さいはひ》おはしけると聞《き》こゆめる。[8]身《(み)》づからの心にも、あまりにならはし給うて、にはかにはしたなかるべきが嘆《なげ》かしきなめり。[9]かゝる道を、いかなれば浅《あさ》からず人の思ふらんと、昔物語《むかしものがたり》などを見《み》るにも、人の上《うへ》にても、あやしく聞《き》き《ゝ》思ひしは、げにおろかなるまじきわざなりけりと、[10]わが身になりてぞ何《なに》事も思ひ知《し》られ給ひける。

[11]宮は、常《つね》よりもあはれに、うちとけたるさまにもてなし給ひて、[12]むげに物《もの》まゐらざなるこそいとあしけれとて、[13]よしある御くだ物召《め》し寄《よ》せ、又[14]さるべき人召《め》して、

1　妻は一人だけで、それが当然だと思い込んでいる臣下の者の夫婦仲であれば。
2　周囲の者も気の毒に思いもするが。
3　（親王である）匂宮と中君との場合は（中君が周囲の同情を得ることは）とてもむずかしい。
4　（匂宮は）親王と申し上げる方々のなかでも別格だと。立坊、即位の可能性があることをさす。
5　（匂宮が）何人も何人も妻をお持ちになろうとも、非難すべきことではないので。
6　周りの者も中君がお気の毒だとは思っていないようだ。
7　（匂宮が中君を）これほど丁重に（二条院へ）お迎えになり、いじらしい者として並大抵でなくご寵愛なさるのを、（中君は）幸福でいらっしゃると（世間では）お噂申しているようだ。
8　（中君）自身も心中、あまりにも（匂宮がそのような扱いを）あたりまえのように思わせなさっておいて、急に（六の君との結婚で）いたたまれない思いをすることになるのが嘆かわしく思われなさるようだ。
9　このような事柄（男女の仲）に関して、（これまで）どうして深刻に世間の人々は考えるのであろうかと、昔物語を見るにつけ、人の身の上話を聞くにつけても、不思議に思ったのは、なるほどいい加減に済まされないことなのであったよと。
10　自分がそのような事態に直面して初めて、いろいろと納得なさったのであった。

20　二日の夜

11　匂宮。
12　（中君が）さっぱり食事をお召し上がりにならないようなのは。前に「はかなき御くだ物をだに御覧じ入れねば」（一二二頁）とあった。
13　ありふれたものではない果実類。
14　料理に堪能な者を呼び出して。

ことさらに調《てう》ぜさせなどしつゝ、そゝのかしきこえたまへど、いと[1]はるかにのみおぼしたれば、

「見《み》[2]ぐるしきわざかな。」

と嘆《なげ》き聞こえ給ふに、暮《く》れぬれば、夕《ゆふ》つ方《かた》、寝殿《しむ》[3]へ渡《わた》り給ひぬ。風[4]涼《すゞ》しく、大方《おほかた》の空をかしき比《(ころ)》なるに、[5]いまめかしきにすゝみ給へる御心《こゝろ》なれば、いとゞしく艶《えん》[6]なるに、[7]もの思《おも》はしき人の御心の内《うち》は、よろづに忍《しの》びがたき事のみぞ多《おほ》かりける。日《(ひ)》[8]ぐらしの鳴《な》く声に、山の陰《かげ》のみ恋《こひ》しくて、

[9]大方《かた》に聞《き》かましものを日ぐらしの声うらめしき秋の暮《く》れ哉《(かな)》

こよひは、[10]まだふけぬに出《い》で給ふ也《(なり)》。[11]御前駆《さき》の声のとほくなるまゝに、海人《あま》[12]も釣《つり》すばかりになるも、[13]われながらにくき心かなと、思ふ〳〵聞《き》き臥《ふ》し給へり。[14]はじめよりもの思《おも》はせ給ひしありさまなどを思ひ出《い》づるも、うとましきまでおぼゆ。[15]このなやましきことも、いかならんとすらむ。[16]いみじく命短《みじか》き族《ぞう》なれば、かやうならんついでにもやと、はかなくなりなむとす覧《(らん)》と思ふには、をしからねど、かなしくもあ

1　食べる気にならないさま。

2　匂宮の言。困ったことだな。

3　(六の君の所へ行くために中君の居所西の対から)匂宮の居所である寝殿へ。二日目の六の君訪問の準備。

4　時は中秋、八月十七日(一一六頁八行)。

5　「今めかしき御心」(一二四頁)。

6　「艶」は恋に浮き立つ気分、雰囲気をいう(［二］花散里三七六頁・［三］蓬生一三三頁)。一八七頁注10参照。

7　中君のご心中は。

8　蜩《ひぐらし》の鳴く声を聞くと、山陰の宇治の家がひたすらなつかしく思えて。「ひぐらしの鳴きつるなへに日は暮れぬと思ふは山の陰にぞありける」(古今集・秋上・読人しらず)を踏まえる。「ひぐらしの声におどろきて、山の陰いかに霧りふたがりぬらむ」(［六］夕霧二七六頁)。

9　中君の歌。(宇治にいたら)何気なく普通に聞いたであろうものを、(京では)蜩の声も(わが身の境遇ゆえ)恨めしげに聞こえる秋の夕暮れであることよ。

10　(匂宮は)まだ夜が更ける前に(六の君のもとへ)お出かけになるのだ。

11　(匂宮の行列の)先払いの者の声が遠ざかって行くにつれ。

12　涙のおびただしいさま。『源氏釈』以下「恋をしてねをのみなけば敷妙の枕のしたに海人ぞ釣する」(出典未詳)をあげる。「釣す」、尾州本・各筆本・板本「つりする」。参考、「枕の下は、海人もつりするばかりにうかび明かして」(夜の寝覚一)、「あまもつりするばかりにて、ふし給へるに」(あさぢが露)。

13　(中君は)自分ながらいやな心根だなと。

14　馴れ初め以来、物思いをさせなさった(匂宮の)態度(［七］総角五〇四・五二二頁)。

15　中君の懐妊のこと(八八頁)。

16　短命の家系なので、出産がもとで死ぬかもしれないと思うにつけても、命は惜しくないが。八宮家で残っているのは中君だけ。「つ

り、又いと[1]罪深《つみふか》くもあなるものをなど、まどろまれぬまゝに、思ひ明《あ》かし給ふ。
[2]その日は、[3]后《きさい》の宮なやましげにおはしますとて、たれも〳〵まゐり給へれど、御風《(かぜ)》におはしましければ、ことなる事もおはしまさずとて、[4]おとゞは昼《ひる》まかで給ひにけり。[5]中納言の君誘《さそ》ひきこえ給ひて、一《ひと》つ御車にてぞ出《い》で給ひにける。[6]こよひの儀《ぎ》式《しき》いかならん、[7]きよらを尽《つ》くさんとおぼすべかめれど、限《かぎ》りあらんかし。[8]この君も、心はづかしけれど、親《した》しき方《かた》のおぼえは、わが方《かた》ざまに又さるべき人もおはせず、[9]ものの《ゝ》はえにせんに、心ことにおはする人なればなめりかし。[10]例《れい》ならずいそがしく参《ま》で給ひて、[11]人の上《うへ》に見《み》なしたるを、くちをしとも思ひたらず、何《なに》やかやと[12]もろ心《(こころ)》にあつかひ給へるを、[13]おとゞは人知《し》れずなまねたしとおぼしけり。
[14]よひすこし過ぐる程に、おはしましたり。寝《しん》殿の南《みなみ》の廂《ひさし》、東《ひんがし》に寄《よ》りて御座《おまし》まゐれり。[15]御だい八《や》つ、例《れい》の御皿《さら》などうるはしげにきよらにて、またちひさき台二《だいふた》つに、[16]花《(け)》足《そく》の御皿《さら》などもいまめかしくせさせ給ひて、[17]もちひまゐらせたまへり。[18]めづらしからぬ事書《か》きおくこそにくけれ。[19]おとゞ渡《わた》り給ひて、

いでにもやと」、諸本「と」なし。「覧」は助動詞「らん」の当て字。

1　出産で死ぬのは罪が重いとされていた。同じ考えは㊥柏木三八頁にも見える。

21　三日の夜の宴

2　六の君との結婚三日目。
3　明石中宮ご不例とて、(廷臣は)みな参内なさったが。「風」は風の病(風邪)。
4　右大臣夕霧。
5　(夕霧は)薫(中納言)をお誘い申しなさって、同じ車で宮中から退出。
6　結婚三日目の夜の儀式。「露顕《ところあらわし》の儀」、また「餅《もちひ》の夜」(栄花・ゆふしで)ともいう。帳中の新郎新婦に餅を供し、のち宴を催す。
7　(夕霧は)贅美を尽くそうとお思いのようだが、(臣下としての)制限があることだろう。
8　薫も、立派でこちらが気後れする相手だが、近親者としては、身内に(薫の)他に適当な方もいらっしゃらず。
9　宴を盛り立てるのに、格別すぐれたお人だからなのであろうよ。「心ことに」、諸本「心ことにはた」。
10　(薫は、夕霧から六の君との結婚を打診されて気が進まなかった)これまでとは違って急いで(六条院に)参上なさって。
11　(六の君を)人妻として眺めることになったのを、残念だとも思っていず。
12　(夕霧に)協力してお世話なさるのを。
13　夕霧は心中(六の君との結婚を望まなかった薫のそういう態度を)小憎らしく。
14　匂宮、六条院に到着。
15　皿を載せる台。底本「たゐ」。「御皿なども」、青表紙他本・板本「さらとも」。
16　脚付きの皿。
17　餅(注6)。「もちひ」は「もちいひ」の転。
18　ありふれた婚儀のことを書き記したりして無粋なことだ。語り手の言。
19　夕霧。

「夜いたうふけぬ。」

と女房してそゝのかし申し給へど、[1]いとあざれて、とみにも出《い》でたまはず。[2]北の方の御はらからの左衛門督《(さゑもんのかみ)》、藤宰《さい》相《(しやう)》などばかりものし給ふ。

[3]からうして出《い》で給へる御さま、いと見《み》るかひある心ちす。[4]あるじの頭中将、さか月《(づき)》さゝげて御台《だい》まゐる。つぎ〳〵の御かはらけ、二《ふたゝ》たび三《み》たびまゐり給ふ。[5]中納言のいたくすゝめ給へるに、宮すこしほほ笑《ゑ》み給へり。[6]わづらはしきわたりをと、ふさはしからず思ひて言《い》ひしを、おぼし出《い》づるなめり。されど、[7]見知《みし》らぬやうにていとまめなり。[8]東《ひんがし》の対《たい》に出《い》で給ひて、御供《とも》の人〳〵もてはやし給ふ。[9]おぼえある殿上人どもいと多《おほ》かり。四位《(しゐ)》六人は、[10]女の装束《さうぞく》に細長《ほそなが》添《そ》へて、五位《(ごゐ)》十人は[11]三《み》重襲《へがさね》の唐《から》衣《ぎぬ》、[12]裳《も》の腰《こし》もみな[13]けぢめあるべし。六位《(ろくゐ)》四人は、綾《あや》の細長《ほそなが》、袴《はかま》など、[14]かつは限《かぎ》りあることを飽《あ》かずおぼしければ、[15]物《ものゝ》の色、しざまなどをぞ、きよらを尽《つ》くし給へりける。[16]召次《めしつぎ》、舎人《とねり》などのなかには、[17]乱《みだ》りがはしきまで、いかめしくなんありける。げにかくにぎはゝしく花やかなる事は見《み》るかひあれば、[18]物語《ものがたり》などにまづ言《い》ひたてたる

1 匂宮は新婦のもとでぐずぐずして、なかなか帳中から出て宴席におつきにならない。「あざれ」は、くだけた態度を取る、ふざける、の意。
2 (夕霧の)奥方。雲居雁。
3 やっと姿を現しなさった匂宮のご様子。
4 もてなし役の(夕霧の子)頭中将が、(匂宮の)盃を捧げて御膳をお勧めする。「饗　アルシ」(色葉字類抄)。「さか月」は当て字。
5 薫が(匂宮に盃を)しきりにお勧めになるので、匂宮はにやりとなさる。
6 (かつて匂宮は)気兼ねの多い右大臣家(の婿になるの)は(気が進まぬ)と、(六の君との結婚を)自分とは合わないと思う旨を言っていたが(八二頁)。夕霧はかつて匂宮が「六の君をおぼし入れぬ事」を恨めしく思っていた(㊆椎本三八〇頁)。
7 (薫は)素知らぬ顔をしてまじめにふるまっている。
8 (薫は寝殿から)東の対にお出になって(匂宮の)お供の者たちを盛大に接待なさる。
9 (お供の中には)世に名の知れた殿上人がとても大勢いる。以下、匂宮の供人と彼らに対する禄について述べる。
10 裳《も》、唐衣《からぎぬ》、表着《うわぎ》、袿《うちき》の一揃い。「細長」も婦人の上着。
11 三枚重ねの唐衣。
12 裳の腰に当てる部分。大腰。「車より黒主に物かづけける、その裳の腰に書きつけて」(後撰集・雑一・大伴黒主)。
13 身分によって異なっているはず。
14 一方では(禄にも)きまりがあるのを物足りなく思って。
15 (禄の)色合いや仕立てように、贅美を尽くしなさった。
16 雑用に奉仕する役人。
17 身分不相応な常軌を逸した禄を得た者もいて、豪勢なことであった。
18 『うつほ』藤原の君・沖つ白波、『落窪物語』一などに、「三日の夜」の記事が見える。

にやあらむ、されど、[1]くはしくはえぞかぞへたてざりけるとや。

[2]中納言殿の御前《ぜん》のなかに、なまおぼえあざやかならぬや、暗《くら》き紛《まぎ》れに立《た》ちまじりたりけん、帰《かへ》りてうち嘆《なげ》きて、
「[3]我殿《(わが)との》の《ゝ》、などかおいらかに、この殿の御婿《むこ》にうちならせ給ふまじき。あぢきなき御ひとり住《ず》みなりや。」

と、[4]中門《(ちゆう)もん》のもとにてつぶやきけるを聞きつけ給ひて、をかしとなんおぼしける。[5]夜《よ》のふけてねぶたきに、[6]かのもてかしづかれつる人〳〵は、心《(ここ)》ちよげに酔《ゑ》ひ乱《みだ》れて寄《よ》り臥《ふ》しぬらんかしと、うらやましきなめりかし。

[7]君は、入《い》りて臥《ふ》し給ひて、[8]はしたなげなるわざかな、こと〳〵しげなるさましたる親《おや》の出《い》でゐて、[9]離《はな》れぬ仲《なか》らひなれど、[10]これかれ、火明《ひあ》かくかゝげて、すゝめきこゆるさか月《(づき)》などを、いとめやすくもてなし給ふめりつるかなと、宮の御ありさまをめやすく思ひ出《い》でたてまつり給ふ。[11]げにわれにても、よしと思《おも》ふ女子《をんなご》持たらましかば、この宮をお《ゝ》きたてまつりて、内《うち》にだにえまゐらせざらましと思ふに、たれ

「(物語)などに」、青表紙他本・河内本「などにも」。

1　(その場で見た者は)詳細は数え上げることはできなかったとか。省略を弁明する語り手の言。「くはしう言ひつゞけんにこと〳〵しきさまなれば、漏らしてけるなめり」(㈢賢木三三四頁)。

22　薫の胸中

2　薫の前駆の者のなかに、たいした接待に与れなかった者が、暗がりに紛れて匂宮方の従者と一緒にいたのだろうか、(三条宮に)帰ってきてため息まじりに。

3　薫の従者の言。うちのご主人は、どうしておとなしく、右大臣の婿殿になろうとなさらないのだ。無意味な独身でいらっしゃることよ。

4　中門のところでぶつぶつ言っていたのを(薫は)耳にお挟みになって。中門は、自邸(三条宮)に帰着した薫が、車から降りる場所。

5　(薫の従者たちは)夜も遅くなって眠いのに。

6　盛大な接待を受けた匂宮のお供たちは、ご機嫌に酔っ払ってみなで眠りこけていることだろうよと、羨ましく思ったからなのだろう。

7　薫は、(帰宅して自室に)入って横におなりになって。

8　薫の心内。(匂宮は)居心地のわるそうなことだな、ものものしい態度で親が座について。

9　親族のあいだがらなのに。夕霧は匂宮の伯父、柏木を実父とする薫も世間的には夕霧の弟で匂宮の叔父。

10　みなが、灯台の明るい中で、お勧め申す盃を、(匂宮は)いかにも自然にふるまっておられたようだ。

11　実際自分でも、すばらしいと思う娘を持っていたら、匂宮をさしおいて、帝にさえとてもさしあげる気にはなるまいと。

も〳〵宮[1]にたてまつらんと心ざし給へるむすめは、なほ[2]源中納言にこそと、とり〴〵に言《い》ひならぶなるこそ、我《(わが)》[3]おぼえのくちをしくはあらぬなめりな、さるは[4]、いとあまり世《よ》づかず古《ふる》めきたるものを、など、心おごりせらる。内《うち》[5]の御けしきあること、まことにおぼし立《たゝ》たむに、かくのみ物うくおぼえば、いかゞすべからん、面《おも》[6]立《だゝ》たしきことにはありとも、いかゞはあらむ、いかにぞ[7]、故君《こぎみ》にいとよく似給へらん時に、うれしからむかし、と思ひ寄《よ》らるゝは、さすがにも[8]て離《はな》るまじき心なめりかし。

例《れい》[9]の、寝覚《ねさ》めがちなるつれ〴〵なれば、按察使《あぜち》[10]の君とて、人よりはすこし思ひ増《ま》し給へるが局《つぼね》におはして、その夜《よ》は明《あ》かし給ひつ。明《あ》[11]け過《す》ぎたらむを、人の咎《とが》むべきにもあらぬに、苦《くる》しげに急《いそ》ぎ起《お》き給ふを、たゞならず[12]思ふべかめり。

[13]うちわたし世《よ》にゆるしなき関川《せきかは》を見馴《みな》れそめけん名こそをしけれ

[14]いとほしければ、

深《ふかゝ》[15]からず上《うへ》は見《み》ゆれど関川《せきかは》の下《した》のかよひは絶《た》ゆる物かは

1 匂宮にさしあげようと願っておられる娘については。

2 やはり薫に(さしあげよう)と、口々に(匂宮と薫とを)並べて言っているというのは。参考「その御方、かの細殿といひならぶる御あたりもなく」(紫式部日記)。

3 自分の声望は捨てたものではなさそうだな。

4 実のところ、(自分は)あまりにも浮き世離れしていて古くさい人間なのに、などと、内心まんざらでもない。

5 帝のご意向の(女二宮降嫁の)件は、本当に(帝が)決心なさった場合に、ひたすらこのように気が進まないとしたら、どうしたらよかろう。「みかどの御むすめをたまはんと思ほしおきつるも、うれしくもあらず」(九四頁)。

6 名誉なことではあっても、どんなものだろう。

7 ひょっとして、(女二宮が)亡き大君によく似ておられるのなら。

8 「いかゞはあらむ」と危惧されはするものの、関心がないのではなさそうだ。

23 按察使君

9 「人やりならぬひとり寝し給ふ夜な〳〵は、はかなき風の音にも目のみ覚めつゝ」(九四頁)。

10 薫の召人《めしうど》(男主人と男女関係にある女房)の一人。女三宮に仕える女房であろう(一四九頁注8)。

11 (自邸なので)朝の帰りが遅くなっても、誰もそれを咎め立てするはずもないのに、(薫は)気遣わしげに慌ただしく起きなさるのを。

12 (帰りを急ぐ薫を按察使君は)内心おもしろからず思っているように見える。

13 按察使君の歌。いつまでたっても世間から公認されない仲なのに、あなたと親しくなったという浮き名が立つのは口惜しい。「うちわたし」は、引き続き、ずっと、の意。「見馴れ」は「水馴れ」を掛けて、ともに「川」の縁語。「関川」は逢坂の関付近の川。

[1]深《ふか》しとの給はんにてだに頼《たの》もしげなきを、[2]この上《うへ》の浅《あさ》さは、いとゞ心《こゝろ》やましくおぼゆらむかし。妻戸《つま》おし開《あ》けて、

「[3]まことは、この空見《そらみ》給へ。いかでかこれを知《し》らず顔《がほ》にては明《あ》かさんとよ。[4]艶《えん》なる人まねにてはあらで、[5]いとゞ明《あ》かしがたくなり行く、夜《よ》な〳〵の寝覚《ねさ》めには、この世かの世《よ》までなむ思ひやられてあはれなる。」

など、[6]言《い》ひ紛《まぎ》らはしてぞ出《い》で給ふ。[7]ことにをかしき事の数を尽《つ》くさねど、さまのなまめかしき見《み》なしにやあらむ、なさけなくなどは人に思《おも》はれ給はず。[8]かりそめのたはぶれ言《ごと》をも言《い》ひそめ給へる人の、け近《ちか》くて見《み》たてまつらばやとのみ思ひきこゆるにや、[9]あながちに、世《よ》を背《そむ》き給へる宮の御方に、縁《えん》を尋《たづ》ねつゝまゐり集《あつ》まりてさぶらふも、[10]あはれなる事程〳〵につけつゝ多《おほ》かるべし。

[11]宮は、女君の御ありさま昼見《ひるみ》きこえ給ふに、いとゞ御心ざしまさりけり。大《おほ》きさよき程なる人の、様体《やうだい》いときよげにて、[12]髪《かみ》の下《さが》り端《ば》、頭《かしら》つきなどぞ、ものよりことにあなめでたと見《み》え給ひける。[13]色あひあまりなるまでにほひて、もの〳〵しくけ高《たか》

14　(薫は按察使君が)不憫に思えて。
15　薫の歌。深い思いがなさそうにうわべは見えるが、心の中ではあなたのことを忘れはしない。この歌のやりとりは『大和物語』百六段、「浅くこそ人は見るらめ関川の絶ゆる心はあらじとぞ思ふ／女、返し／関川の岩間をくゞる水浅み絶えぬべくのみ見ゆる心を」を踏まえるか。「浅くこそ」は元良親王の歌。

1　(薫が)「深い」とおっしゃったところで、それさえ当てにはできそうもないのに。
2　薫の歌の「うわべは浅く見えるが」という言葉は、(按察使君には)一段とこたえたことであろう。
3　薫の言。「この空」は八月十八日の月が残る有明の空。
4　風流人のまねではなく。
5　秋の夜長ゆえ、普段にもまして明かしづらくなってゆく毎晩の寝覚めには、(月を眺めると)この世や来世のことまでがあれこれ思い巡らされて。
6　(一般論に)話を逸らして、お帰りになる。
7　(薫は)特に人を惹き付けるような言葉をあれこれ言うわけではないが、(人は薫の)優美な物腰を目の当たりにするせいか。
8　(薫が)一時の戯れに言葉をおかけになった女が、おそば近くで(薫を)拝したいとひたすら思い申すのであろうか。
9　無理をして、出家の身の女三宮の所へ、つてを求めてはみな参上しお仕えするのも。
10　(宮仕えに身を落とすについては)気の毒な事情が、出自の高い者にも低い者にもそれぞれにいろいろあるようだ。

24　六の君の容姿

11　匂宮は、六の君のお姿を。
12　切り揃えた髪の垂れ具合。「うちとけたらぬもてなし、髪の下がり端、めざましくも、と見たまふ」(㊀夕顔二五八頁)。
13　顔色はあり余るほどの艶があり、重々しく

き顔《かほ》の、まみいとはづかしげにらう〱じく、すべて何事も足《た》らひて、かたちよき人と言《い》はむに飽《あ》かぬところなし。[1]廿に一《ひと》つ二《ふた》つぞあまり給へりける。いはけなき程ならねば、[2]かたなりに飽《あ》かぬ所なく、あざやかに盛《さか》りの花と見《み》え給へり。限《かぎ》りなくもてかしづき給へるに、かたほならず。[3]げに親《おや》にては、心もまどはし給ひつべかりけり。たゞやはらかにあい[4]行《（ぎやう）》づきらうたき事ぞ、[5]かの対《たい》の御方《かた》はまづ思《おも》ほし出でられける。ものの給ふいらへなども、はぢらひたれど、又あまりおぼつかなくはあらず、すべていと見所多《おほ》く、[6]かど〱しげ也《（なり）》。[7]よき若《わか》人ども卅人ばかり、童《わらは》六人かたほなるなく、装束《さうぞく》なども、[8]例《れい》のうるはしきことは目馴《めな》れておぼさるべかめれば、[9]引《ひ》きたがへ心得ぬまでぞ好《この》みそし給へる。[10]三条殿腹《ばら》の大君を、春宮《（とうぐう）》にまゐらせ給へるよりも、[11]この御事をば、ことに思ひおきてきこえ給へるも、宮の御おぼえありさまからなめり。

[12]かくて後《（のち）》、二条の院に、え心やすく渡《わた》り給はず。[13]軽《かる》らかなる御身ならねば、おぼすまゝに昼《ひる》の程などもえ出《い》で給はねば、[14]やがて同じ南《みなみ》の町《まち》に、年《とし》ごろありしやうに

気品のある顔つきで。「いとをかしき色あひ、つらつきなり」(㊃野分三七八頁)。

1　六の君の年齢。

2　未熟で飽き足りない点はなく、みごとに花やかな女盛りとお見えになる。「女のさかりなるは十四五六、二十三四のほどぞかし」(梁塵秘抄)。

3　たしかに(このような六の君の)親としては、(理想の婿選びに)気を揉みなさるのも当然のことなのだった。

4　「愛敬」の当て字。

5　中君。

6　才気を感じさせる。

7　六の君の女房と女(め)の童。

8　通常のように整った盛装は(匂宮が)ありきたりとお思いになるであろうから。

9　通例とはうって変わって常識を外れるほどに趣向を凝らしに凝らされた。「(好み)そし」は、過度に…する、の意。「までぞ」、青表紙他本・板本「ぞ」なし。

10　雲居雁腹の長女。「大姫君は東宮にまゐり給ひて」(㊆匂兵部卿一六頁)。雲居雁は「三条の北の方」とも呼ばれた(㊄若菜上二八二頁)。

11　六の君と匂宮とのご結婚を、(夕霧が)格別にご配慮申し上げなさるのも、匂宮のご声望、人品のゆえであると見える。

25　中君、薫へ手紙

12　婚儀の後、(匂宮は六の君のもとに居続け、中君のいる)二条院に気軽にお越しになれない。

13　気ままに行動できるご身分ではないゆえ、ご自分の思いのままに昼だからといって(六条院から二条院へ)お出ましにもなれない。

14　(六の君のもとから)そのまま同じ六条院の南の町に、(幼いころ)長年住んでいたように滞在なさって。「南の町」はかつての紫上の居所(㊅横笛一五一頁注5)。

おはしまして、[1]暮《く》るれば、又え引《ひ》き避《よ》きても渡《わた》り給はずなどして、[2]待《ま》ちどほなるをり〳〵あるを、[3]かゝらんとすることと《ゝ》は思ひしかど、さしあたりては、[4]いとかくやはなごりなかるべき、[5]げに心あらむ人は、数ならぬ身を知《し》らでまじらふべき世にもあらざりけりと、かへす〳〵も[6]山路《(やま)ぢ》分《わ》け出《い》でけんほど、うつゝともおぼえずくやしくかなしければ、[7]猶いかで忍《しの》びて渡《わた》りなむ、[8]むげに背《そむ》くさまにはあらずとも、しばし心をも慰《なぐさ》めばや、[9]にくげにもてなしなどせばこそうたてもあらめなど、心《こゝろ》ひとつに思ひあまりて、はづかしけれど、[10]中納言殿《どの》に文《ふみ》たてまつれ給ふ。

[11]一日《(ひとひ)》の御事をば、阿闍梨《あざり》の伝《つた》へたりしに、くはしく聞《き》き《ゝ》侍りにき。[12]かゝる御心 一七三五
のなごりなからましかば、いかにいとほしくと思ひ給へらるゝにも、おろかならずのみなん。[13]さりぬべくは、身《(み)》づからも。

と聞《き》こえ給へり。

陸奥国紙《みちのくにがみ》に、[14]引《ひ》きつくろはずまめだち書《か》き給へるしも、いとをかしげ也《(なり)》。[15]宮の御忌日《き(にち)》に、例《れい》の事どもいとたふとくせさせ給へりけるを、よろこび給へるさまの、お

1　日が暮れると、それはそれで（同じ六条院内の）六の君の所を素通りして（中君のいる二条院へ）お出かけにもなれないといった具合で。
2　中君が匂宮の訪れを待ち遠しく思う折々。
3　中君の心内。こうなるであろうことは予想してはいたが、その時になってみると。
4　まったくこのような（匂宮の）極端な心変わりがあっていいものだろうか。
5　まことに、慎重な人なら、人数にも入らぬ身の程をわきまえずに付き合うことのできる世間ではなかったのだ。
6　宇治の山里から京へ出てきたころのことが正気のふるまいとも思えず。
7　何とか人目につかないようにして、宇治へ出かけよう。
8　完全に（匂宮と）縁を切るという状態ではなくとも。
9　（匂宮に）嫉妬深そうな態度を示したりするならばまずいだろうがなどと、（中君は）自分一人では（宇治行きを）決めかねて。
10　薫。
11　中君の手紙。「一日の御事」は、薫が宇治の阿闍梨に催させた八宮忌日の法事（一一〇頁）。「をば」、青表紙他本・河内本・板本「は」。
12　（故人への）こうした（薫の）ご厚意の残りがおありでなかったならば、どんなにかおいたわしいことと思われますにつけても。
13　機会があれば、私自身（中君）も（宇治へ行きたい）の意。五行の「猶いかで忍びて渡りなむ」に呼応する表現。薫はこの言葉を「自身で薫に礼を言いたい」の意と受け取っていたことが後に判明する（一五五頁注3）。
14　体裁ぶらずまじめに。「陸奥国紙」は通常の手紙に用いる紙（㈦橋姫二八九頁注8・㈣胡蝶二一七頁注4）。
15　八宮のご命日に、（薫が）恒例の法事をおさせなさったことに対して、お礼をおっしゃる様子が、大げさではなく。注11。

どろ〳〵しくはあらねど、[1]げに思ひ知《し》り給へるなめりかし。[2]例《れい》は、これよりたてまつる御返《(かへ)》りをだに、つゝましげに思《おも》ほして、はか〴〵しくもつゞけ給はぬを、「[3]身《(み)》づから」とさへのたまへるが[4]めづらしくうれしきに、心ときめきもしぬべし。[5]宮の、いまめかしく好《この》みたち給へる程にて、おぼしおこたりけるも、げに心ぐるしくおしはからるれば、いとあはれにて、[6]をかしやかなる事もなき御文《ふみ》を、うちもおかず引《ひ》き返し〳〵《(ひきかへし)》見《み》ゐ給へり。御返《かへ》りは、

[7]うけ給はりぬ。[8]一日《(ひとひ)》は、聖《ひじり》だちたるさまにて、ことさらに忍《しの》びはべしも、[9]さ思ひたまふるやう侍るころほひにてなん。[10]なごりとの給はせたるこそ、すこし浅《あさ》く成りにたるやうにと、うらめしく思うたまへらるれ。よろづはさぶらひてなん。あなかしこ。

と、[11]すくよかに、白《しろ》き色紙《しきし》のこは〴〵しきにてあり。

[12]さて、又の日の夕《ゆふ》つ方《かた》ぞ、渡《わた》り給へる。[13]人知《し》れず思ふ心し添《そ》ひたれば、あいなく心づかひいたくせられて、[14]なよゝかなる御衣《ぞ》どもを、いとゞにほはし添《そ》へ給へるは、

1　文面どおり（中君は薫の厚意を）身にしみて感じておられるようだ。
2　普段（の中君）は、薫からさしあげる手紙のご返事でさえ、気が引けるようにお思いになって、てきぱきと書き続けなさらないのに。「御返り」、底本は「御返」。
3　宇治行きの願望を告げる中君の手紙「さりぬべくは、身づからも」を、薫は自分への謝意の表明と受け取っている（一五三頁注13）。
4　中君の手紙を受け取った薫の気持。
5　匂宮が、派手な六の君に心を奪われて、中君から遠ざかっておられるのも、（薫は中君が）いたわしく察せられるので、の意。
6　心を躍らせるような内容ではない中君の手紙（「引きつくろはずまめだち書き給へる」〈一五二頁〉）を。
7　薫の返事。「うけ給はりぬ」は「承りぬ」で、手紙を拝見しました、の意。貴人への返事に書く文言（湖月抄）。一七〇頁にもあり。また、四胡蝶二二六頁。
8　先日（の八宮の忌日の法事）は、僧のような格好で、わざとこっそり出かけましたのも。「はべし」は「はべりし」の促音無表記。
9　そう思います子細ある折でしたので。先に中君が希望した宇治への同行（一一〇頁）を叶えなかった言い訳。
10　（前の手紙で、薫の厚意を）「なごり」（一五三頁九行）とおっしゃったのは、（薫の気持が）少し薄らいだように（中君が）お感じなのかと、怨み言を言いたくなります。
11　そっけなく、（厚く）ごつごつした白い色紙に書いてある。

26　薫、中君を訪う

12　そして、（薫は）翌日の夕方に、（中君の住む二条院へ）お越しになった。
13　（薫は）心中ひそかに中君を思う気持があるので、わけもなくひどく緊張して。
14　柔らかな装束を、普段よりいっそう焚き染めなさったのは、あまりに仰山である上に。

あまりおどろおどろしきまであるに、[1]丁子《（ちやう）じ》染《ぞめ》の扇《あふぎ》のもて馴《な》らし給へる移《うつ》り香《が》などさへたとへん方《かた》なくめでたし。

[2]女君も、あやしかりし夜《よ》のことなど思ひ出《い》で給ふ折〳〵なきにしもあらねば、[3]まめやかにあはれなる御心ばへの、人に似ずものし給ふを見《み》るにつけても、[4]さてあらましをとばかりは思ひやし給ふ覧《（らん）》。[5]いはけなき程にしおはせねば、うらめしき人の御ありさまを思《おも》ひ比《くら》ぶるには、何事もいとゞこよなく思ひ知《し》られ給ふにや、[6]常《つね》に隔《へだ》て多《おほ》かるもいとほしく、もの思ひ知《し》らぬさまに思ひ給ふらむなど思ひ給ひて、[7]けふは御簾《みす》の内《うち》に入《い》れたてまつり給ひて、[8]母屋《もや》の簾《すだれ》に丁添《（ちやう）そ》へて、我はすこし引《ひ》き入《い》りて対面《たいめん》し給へり。

「[9]わざと召《め》しと侍らざりしかど、例《れい》ならずゆるさせ給へりしよろこびに、[10]すなはちもまゐらまほしく侍りしを、[11]宮渡《わた》らせ給ふとうけたまはりしかば、をりあしくやはとて、けふになし侍りにける。[12]さるは、年比《とし（ごろ）》の心《こゝろ》のしるしもやう〳〵あらはれ侍るにや、[13]隔《へだ》てすこし薄《うす》らぎ侍りにける御簾《みす》の内《うち》よ。めづらしく侍るわざかな。」

1　丁子染めの扇の、普段から使い馴らしておられる、その匂いの移り香がこの上なく魅力的だ。「丁子染」は、香料の丁子を濃く煎じ出してその汁で染める（安斎随筆）。「香染」とも。「香染めなる御扇に書きつけ給へり」（因鈴虫一七四頁）。

2　中君も、（大君に逃げられた薫と一夜を明かす羽目になった）奇妙な夜のことを（㐂総角四四四八頁以下）。

3　（薫の）誠実で思いやり深い心持ちが、常人とは違っていらっしゃるのを見るにつけても。

4　（匂宮とではなく）薫に連れ添っていたならばというくらいはお思いになることであろう。「覧」は助動詞「らん」の当て字。

5　（中君は）子供ではないので、匂宮の態度を思い（それを薫と）比べると、何事につけ、これまで以上に（薫の厚意が）お分かりになるのであるせいか。

6　いつも（薫に）距離を置いて（会って）いるのも申し訳なく、（薫も中君を）物の分からぬ者だとお思いだろう。

7　前回の薫訪問時の座は「御簾の前」（一〇〇頁一一行）、「御簾の外」（一一二頁一一行）であった。「御簾の内」は廂の間。

8　廂の間と母屋とを仕切る簾の内がわ（母屋がわ）に几帳を立て添えて、中君自身は少し母屋の方へ引っ込んで（薫と）対面なさる。

9　薫の言。特にお呼び立ていただいたのではありませんが、いつもと違って対面をお許し下さったお礼に。中君の手紙中の「さりぬべくは、身づからも」を、自分への謝意の表明と解した薫の挨拶。一五五頁注3参照。

10　すぐさま参上したく存じましたが。

11　（昨日は）匂宮がお越しだとお聞きしましたので、具合が悪かろうと思い、今日にいたしました。

12　それにしても、長年あなたのことを思ってきたかいもやっと現れてきたのでしょうか。

13　御簾内に入れていただき、あなたの他人行儀が少しばかり薄らいだ感じがします、の意。

との給ふに、なほいとはづかしく、言《い》ひ出《い》でん言葉《こと》もなき心《(ここ)》ちすれど、

「[1]一日《(ひとひ)》、うれしく聞《き》き《ゝ》侍りし心の内《うち》を、例《れい》のたゞ結《むす》ぼほ《ゝ》れながら過《す》ぐし侍りなば、思ひ知《し》る片端《かたはし》をだにいかでかは、とくちをしさに。」

と、いとつゝましげにの給ふが、いたく[2]退《しぞ》きて、絶《た》え〴〵ほのかに聞《き》こゆれば、心もとなくて、

「[3]いと遠くも侍るかな。まめやかに聞《き》こえさせ、うけたまはらまほしき世の御もの語《がた》りも侍るものを。」

との給へば、げにとおぼして、[4]すこし身《み》じろき寄《よ》り給ふけはひを聞《き》き《ゝ》給ふにも、ふと胸《むね》うちつぶるれど、さりげなく、いとゞ静《しづ》めたるさまして、[5]宮の御心《こゝろ》ばへ思《おも》はずに浅《あさ》うおはしけりとおぼしく、[6]かつは言《い》ひも疎《うと》め、また慰《なぐさ》めも、かた〴〵にしづ〳〵と聞《き》こえ給ひつゝおはす。

[7]女君は人の御うらめしさなどは、うち出《い》で語《かた》らひきこえ給ふべきことにもあらねば、[8]たゞ世やはうきなどやうに思《おも》はせて、言少《ことずく》なに紛《まぎ》らはしつゝ、[9]山里《ざと》にあからさ

1　中君の言。先日、(宇治の阿闍梨から八宮忌日の法事の報告を)うれしく聞きましたその心中を、いつものようにふさぎ込んだまま(何も申し上げずに)過ごしてしまうのでしたならば、心から感謝している思いの片鱗すらどうして(お伝えできようか)と。「一日の御事をば、阿闍梨の伝へたりしに、くはしく聞き侍りにき」(一五二頁)。八宮の法事は薫の援助のもとで行われた。

2　(中君は)母屋の方へ深く引っ込んでいて、声は途切れ途切れかすかに聞こえるので、(薫は)じれったくて。

3　薫の言。ひどく奥の方におられますね。本気でお話し申し上げ、(ご返事を)お聞きしたいあなたに関わるお話もございますのに。

4　中君は(薫のいる方へ)少しにじり寄る。

5　(薫は)匂宮の(中君への)思いが心外にもお浅いのだったという顔をして。「けり」、青表紙他本・河内本・首書本「ける」。

6　一方では(匂宮を)あしざまに言い、他方では(中君を)慰めたり、どちらについても神妙にお話し申しておられる。「疎め」は下二段活用の「うとむ」で、うとましく思わせる、の意。㈦竹河一三二頁。「しづ〳〵と」は物静かにもっともらしく、の意。㈠帚木一四〇頁。

27　薫、中君に迫る

7　中君は匂宮に対する不満などは、口に出して(薫に)相談申し上げるような事柄でもないので。

8　もっぱら「世間が悪いのではない(自分のせいなのだ)」といった風に思わせて、言葉少なに(匂宮への恨みは)取り繕って。「世やはうき」は古歌の一句か。『紫明抄』以下「世やは憂き人やはつらき海人の刈る藻に住む虫の我からぞ憂き」(出典未詳)を引く。

9　宇治にちょっとだけ連れていっていただきたいとお望みであるように、(薫に)一生懸命におっしゃる。

まに渡《わた》し給へとおぼしく、いとねんごろに思ひての給ふ。

「[1]それはしも、心《こゝろ》ひとつにまかせては、え仕《つか》うまつるまじきことに侍り。猶、宮[2]にたゞ心うつくしく聞《き》こえさせ給ひて、彼《(かの)》御けしきにしたがひてなんよく侍るべき。[3]さらずは、すこしもたがひ目《め》ありて、心かろくもなどおぼしものせんに、いとあしく侍りなん。[4]さだにあるまじくは、道の程も御おくり迎《むか》へも、下《お》り立《た》ちて仕《つか》うまつらんに、何《なに》の憚《はゞか》りかは侍らむ。[5]うしろやすく人に似ぬ心のほどは、宮もみな知《し》らせ 一七三八 給へり。」

などは言《い》ひながら、をり〳〵は過《す》[6]ぎにし方《かた》のくやしさを忘《わす》るゝをりなく、「[7]ものにもがなや」と、取《と》り返《かへ》さまほしきとほのめかしつゝ、[8]やうやう暗《くら》くなりゆくまでおはするに、いとうるさくおぼえて、

「[9]さらば、心《(ここ)》ちもなやましくのみ侍るを、又よろしく思ひ給へられん程に、何事も。」

とて、入《い》[10]り給ひぬるけしきなるが、いとくちをしければ、

1 薫の言。そんなことは、わたしの一存では、お引き受けできないことでしょう。「侍り」、青表紙他本・尾州本・高松宮本「侍なり」、各筆本・書陵部本・板本「侍るなり」。

2 匂宮にひたすら素直にお願いなさって、宮のご意向に従ってなさるのがよろしいでしょう。

3 そうなさらないと、すこしでも誤解が生じて、軽率にも(中君がそのようなことをして)と(匂宮が)お考えになられたら、大変困りましょう。

4 そうした問題さえないようでしたら、(宇治への)道中のお送りやお迎えも、私自身がご奉仕するのに、何の遠慮がありましょう。「下り立ち」は、直接手を下して事に対処すること。

5 (女性関係で)安心できる、他の男とは違った私の性格は、匂宮もすべてご存じだ。薫の態度は大君から「こよなうのどかにうしろやすき御心」(㈦総角五六六頁)、匂宮からも「あやしと思ふまでうしろやすかりし心寄せ」(㈣早蕨五六頁)と評されていた。

6 (薫は中君を匂宮に譲った)昔に対する後悔を忘れるときはなく。

7 「取り返すものにもがなやいにしへをありしながらのわが身と思はむ」(『源氏釈』所引出典未詳歌)という古歌のように、昔を今に取り戻したいと(中君に)一再ならずほのめかして。「物にもがなや」と、返ゝひとりごたれて」(㈣早蕨四八頁)。

8 だんだん暗くなってゆく時刻までいらっしゃるので、(下心を匂わせる薫を中君は)うっとうしくお思いになって。

9 中君の言。では、気分もすぐれないままですので、あらためてましに思えるようになりましたころに何事も(伺いましょう)。

10 (中君が)母屋の奥へ引き下がりなさる様子なのが、(薫は)はなはだ残念なので。

「[1]さても、いつばかりおほし立《た》つべきにか。いと茂《しげ》くはべし道《みち》の草も、すこしうち払《はら》はせ侍らんかし。」

と[2]心取《と》りに聞《き》こえ給へば、[3]しばし入《い》りさして、

「[4]この月は過《す》ぎぬめれば、ついたちの程にもとこそは思ひ侍れ。たゞいと忍《しの》びてこそよからめ。何《なに》か、世《よ》[5]のゆるしなどこと〳〵しく。」

との給ふ声の、いみじくらうたげなるかなと、常《つね》[6]よりもむかし思ひ出《い》でらるゝに、えつゝみあへで、寄《よ》[7]りゐ給へる柱《はしら》もとの簾《すだれ》の下《した》より、やをらおよびて御袖《そで》をとらへつ。

女[8]、[9]さりや、あな心うと思ふに、何事《なに》かは言《い》はれん、[10]もの言《い》はでいとゞ引《ひ》き入《い》り給へば、それにつきていと馴《な》れ顔《がほ》に、なからは内《うち》に入《い》りて添《そ》ひ臥《ふ》し給へり。

「[11]あらずや。[12]忍《しの》びてはよかるべくおぼすこともありけるがうれしきは、ひが耳《みゝ》か、聞《き》こえさせんとぞ。うと〳〵しくおぼすべきにもあらぬを、心うの[13]けしきや。」

[14]とうらみ給へば、いらへすべき心《(ここ)》ちもせず、思はずにくゝ思ひなりぬるを、せめ

1　薫の言。では、いつごろに宇治へお出かけなさるのか。(その際には)深く繁っておりました道中の草も、多少は刈り除かせることにいたしましょうよ(道案内をいたしましょう)。
2　(中君の)ご機嫌取りに申し上げなさると。
3　(中君は)ちょっとのあいだ、奥へ入るのを止めて。
4　中君の言。今月(八月)はもう過ぎてしまいそうなので、(来月の)月初めのころ。九月になって、の意。
5　匂宮に宇治行きの許可をいただいたりするのはおおげさだ、の意。一六〇頁の薫の言に対していう。
6　(薫は)いつもより昔(宇治のころ)が思い出されて、(中君への恋情を)我慢しきれなくて。
7　自分が寄り掛かっておられる柱のそばの簾の下から、そっと手を伸ばして中君の袖をつかんだ。「柱」、青表紙他本・河内本・板本「はしらの」。

28　中君、動転

8　一五八頁一二行の「女君」に続いて、中君を「女」と呼び、一六六頁六行で薫を「をとこ(男)君」と呼ぶのは、中君・薫対面の場を男女の葛藤として語る筆致。
9　やはりそうか、ああ情けないと思うと、何が言えようか。
10　(中君が)無言でますます奥へ退かれると、(薫は)それにくっついて馴れ馴れしげに、上半身は簾の内がわに入って、(中君の)そばに横になられる。
11　薫の言。(そういうつもりとは)違うのです。
12　(宇治へは)こっそり行った方がよいとお考えだったのだとうれしく思ったのは、聞き間違いではないか、(それを)お伺いしようとのことなのです。中君の言「たゞいと忍びてこそよからめ」(四行)を承ける。「ひが耳か」、青表紙他本・陽明本・板本「ひかみゝかと」。
13　「けしき」、青表紙他本・河内本・板本「御

て思《おも》ひしづめて、

「[1]思ひのほかなりける御心の程かな。人の思ふらんことよ。あさまし。」

と[2]あはめて、泣《な》きぬべきけしきなる、[3]すこしはことわりなれば、いとほしけれど、

「[4]これは咎《とが》あるばかりの事かは。かばかりの対面《たいめん》は、いにしへをもおぼし出《い》でよかし、過《す》[5]ぎにし人の御ゆるしもありし物を、いとこよなくおぼしけるこそ、中〱うたてあれ。[6]すき〲しくめざましき心はあらじと、心やすく思《おも》ほせ。」

とて、[7]いとのどやかにはもてなし給へれど、月比《(ごろ)》くやしと思《おも》ひわたる心の内《うち》の苦《くる》しきまでなりゆくさまを、つく〲と言《い》ひつゞけ給ひて、ゆるすべきけしきにもあらぬに、[8]せん方《かた》なく、いみじとも世《よ》の常《つね》也《(なり)》。[9]中〱むげに心知《し》らざらん人よりも、はづかしく心づきなくて、泣《な》き給ひぬるを、

「[10]こはなぞ。あな若《わか》〱し。」

とは言《い》ひながら、言《い》ひ知《し》らずらうたげに心ぐるしきものから、[11]ようい深《ふか》くはづかしげなるけはひなどの、見《み》[12]し程よりもこよなくねびまさり給ひにけるなどを見《み》るに、

けしき」。

14　（薫が）怨み言をおっしゃるので、（中君は）返事をするような気にもならず、思いのほか（薫を）腹立たしくなったのを、必死で気持を静めて。

1　中君の言。思いも寄らぬ考えをお持ちなのですね。回りの者が何と思うでしょう。あきれたことです。

2　（中君は薫を）咎め立てて、泣きそうな様子である。

3　一理あることなので、（中君が）気の毒であるが。

4　薫の言。これは咎められるほどのことであろうか。この程度の対面は、昔（もあったこと）を思い出して下さい。「いにしへ」は、中君と一夜を明かした時のこと（一五七頁注2）。

5　（あなたとの仲は）亡くなった人（大君）のお許しもいただいていたのに、（あなたが）まったく問題外のこととお思いであったとは。

6　好色であなたをないがしろにするような気持など（私には）あるはずがないと、安心なさって下さい。

7　（薫は）たいそう穏やかな物腰ではあるが、この何か月来（中君と結婚しなかったことを）残念に思い続けてきた心中の思いが苦しいほど募る有様を、しつこく言い続けなさって、（中君の袖を）離しそうな様子も見えないので。

8　（中君は）どうするすべもなく、「いみじ」（無茶だ）といった言葉では到底表せない。

9　なまじどのような人か全く知らない人よりも（薫に対しては）きまり悪く不愉快に思われて。

10　薫の言。どうしたのですか。何と幼稚な。

11　（中君の）気遣いに富んで気が引けるような雰囲気などが。「ようい」は底本「ようゐ」。

12　昔、中君に身近に接した時（注4）よりも、格段に美しくおなりになったことだと。

[1]心からよそ人にしなして、かくやすからずものを思ふ事と、[2]くやしきにも、又げに音《ね》は泣《な》かれけり。

近《ちか》くさぶらふ女房二人《ふたり》ばかりあれど、[3]すゞろなるをとこのうち入《い》り来《き》たるならばこそは、こはいかなることぞともまゐり寄《よ》らめ、[4]疎《うと》からず聞《き》こえかはし給ふ御仲《なか》らひなめれば、さるやうこそはあらめと思ふに、かたはらいたければ、知《し》らず顔《がほ》にてやをら退《しぞ》きぬるに、いとほしきや。[5]をとこ君は、いにしへを悔《く》ゆる心の忍《しの》びがたさなども、いと静《しづ》めがたかりぬべかめれど、[6]むかしだにありがたかりし心の用意《ようい》なれば、なほいと思ひのまゝにももてなしきこえ給はざりけり。[7]かやうの筋《すぢ》は、こまかにもえなんまねびつゞけざりける。[8]かひなき物から、人目《め》のあいなきを思へば、よろづに思《おも》ひ返《かへ》して出《い》で給ひぬ。

[9]まだよひと思ひつれど、あか月《(つき)》近《ちか》うなりにけるを、[10]見咎《みとが》むる人もやあらんとわづらはしきも、女の御ためのいといとほしきぞかし。[11]なやましげに聞《き》き《ゝ》わたる御心《(ここ)》ちはことわりなりけり、[12]いとはづかしとおぼしたりつる腰《こし》のしるしに、多《おほ》くは心ぐるし

1　自分の考えで(中君を)他人のものにしてしまって、こうして心休まらぬ物思いをすることよと。

2　後悔するにつけても。「神山の身をうの花のほととぎすくやし〳〵とねをのみぞなく」(古今六帖四)を踏まえるか。

3　無関係な男が闖入してきた場合なら、これは何としたことよと(中君の)おそばに馳せ参じもしようが。

4　(中君と薫とは)親しく語り合う仲でいらっしゃるようなので、しかるべき訳があるのであろうと思うと、(女房二人は)傍にいるのが遠慮され、見て見ぬふりをしてそっと引き下がったので、(中君にとっては)気の毒なことだ。「退きぬるに」、青表紙他本・河内本「しそきぬるそ」。

5　薫。一六三頁注8。

6　(中君と一夜を過ごした)昔でさえ世にも稀な気配りをなさる人なので、(今夜も)自分の気持を押し通すようなふるまいはなさらなかった。「心の」、青表紙他本・河内本・板本、接頭語「御」あり。

7　このような(男女の仲の)事柄は、詳しく伝えることもできなかった。語り手の言を装った省筆。

8　(薫は)訪問したかいもないものの、(これ以上長居をして)人に見咎められるのも無益なので。

9　薫が訪れたのは「夕つ方」(一五四頁)。

10　(二条院からの朝帰りが)人目に付くかもしれぬと面倒に思われるのも、中君のためをお気の毒に思ってのことだ。

11　以下、薫の心内。かねてよろしくないと聞いていた中君のお具合は、(身近に会ってみると)もっともなことだった。中君懐妊のことをさす。

12　とても恥ずかしがっておられた妊婦の帯のせいで、すっかり同情して引き下がってしまったことだ。「腰のしるし」は妊婦が着用する帯。

くおぼえてやみぬるかな、例《れい》[1]のをこがましの心《こゝろ》やと思へど、[2]なさけなからむ事はなほいと本意《ほい》なかるべし、又たちまちの我《(わが)》心の乱《みだ》れにまかせて、あながちなる心を使《つか》ひてのち、[3]心やすくしもはあらざらむものから、わりなく忍《しの》びありかん程も心づくしに、[4]女のかた〴〵おぼし乱《みだ》れん事よなど、[5]さかしく思ふにせかれず、[6]いまの間《ま》も恋《こひ》しきぞわりなかりける。[7]さらに見《み》ではえあるまじくおぼえ給ふも、かへす〲あやにくなる心《こゝろ》なりや。 一七四

29

むかしよりはすこし細《ほそ》やぎて、あてにらうたかりつるけはひなどは、[8]立《た》ち離《はな》れたりともおぼえず、身に添《そ》ひたる心《(ここ)》ちして、さらに他事《ことゞ》もおぼえずなりにたり。宇治《うぢ》にいと渡《わた》らまほしげにおぼいためるを、さもや渡《わた》しきこえてましなど思へど、[9]まさに宮はゆるし給ひてんや、[10]さりとて、忍びてはた、いと便《びん》なからむ、[11]いかさまにしてかは、人目《め》見《み》ぐるしからで、思ふ心のゆくべきと、心もあくがれてながめ臥《ふ》し給へり。

[12]まだいと深《ふか》きあしたに御文《ふみ》あり。例《れい》の、[13]うはべはけざやかなる立文《たてぶみ》にて、

1　いつもながら間の抜けたわが心よと思うが。薫は中君と事なく一夜を過ごした時にも「かくをこがましき身の上、また人にだに漏らし給ふな」(㊆総角四五四頁)と言った。

2　(中君に対して)強引なふるまいに及ぶのはやはり自分の気持に反するだろうし、またその場の激情に引きずられて、無理やりな行動に及んだ後では。

3　(またの逢瀬は)そう簡単に期待できないものの、無理を冒してこっそり逢いに行ったりするのも苦労多く。

4　中君が(匂宮、薫の両人)それぞれについてさぞかし思い悩まれることであろう。

5　(薫は)冷静に考えてみても(中君への思いを)堰き止めること叶わず。

6　逢って別れたばかりの今も。「逢はざりし時いかなりしものとてかただ今の間も見ねば恋しき」(後撰集・恋一・読人しらず)による語か。

7　(薫は)もはや中君と逢わずにはいられない気持になられるのも、なんとも、どうにもならない恋心であることよ。

29　あしたの文

8　(別れてきた今も)離ればなれになっているとも感じられず、そばにいる気がして。

9　よもや匂宮はお許しになるまい。

10　だからといって、こっそりと(中君を宇治へ連れて行くの)はそれはそれで、とてもまずいことだろう。

11　どうしたら、みっともないまねをせずに、満足な結果が得られるのだろうかと、(薫は)心ここにあらずといった有様で、物思いにぼんやりして横になっておられる。

12　まだ明けるのに間がある朝早くに(薫からの)手紙が届けられる。薫が帰ったのは「あか月近う」(一六六頁一一行)であった。

13　外がわは恋文でないことがはっきり分かるような普通の手紙の体裁で、の意。㊂少女四一九頁注9参照。

いた[1]づらに分《わ》けつる道の露しげみむかしおぼゆる秋の空哉(かな)

御[2]けしきの心うさは、ことわり知《し》らぬつらさのみなん。聞こえさせむ方なく。

とあり。御[3]返しなからむも、人の、例《れい》ならずと見咎《みとが》むべきを、いと苦《くる》しければ、

う[4]け給はりぬ。いとなやましくて、え聞こえさせず。

とばかり書《か》きつけ給へるを、あ[5]まり言少《ことずく》ななるかなとさう〴〵しくて、をかしかりつる御けはひのみ恋《こひ》しく思ひ出《い》でらる。

す[6]こし世《よ》の中《なか》をも知《し》り給へるけにや、さ[7]ばかりあさましくわりなしとは思《おも》ひ給へりつるものから、ひたふるにいぶせくなどはあらで、いとらう〳〵じくはづかしげなるけしきも添《そ》ひて、さ[8]すがになつかしく言《い》ひこしらへなどして、出《い》だし給へる程 一七四二
の心ばへなどを思ひ出づるも、ねたくかなしく、さま〴〵に心にかゝりて、わびしくおぼゆ。何[9]事も、いにしへにはいと多《おほ》くまさりて思ひ出でらる。

何《なに》[10]かは、この宮離《か》れ果《は》て給ひなば、われを頼《たの》もし人にし給ふべきにこそはあめれ、さ[11]ても、あらはれて心やすきさまにえあらじを、忍《しの》[12]びつゝ又思《おも》ひ増《ま》す人なき心のと

1　薫の歌。(思いを遂げられず)むなしく踏み分けて帰ってきた草の露にひどく濡れて、昔(宇治での一夜)が思い出される今朝の秋空であるよ。

2　歌に添えた薫の文。あなたのお扱いがつらく感じられるのは、(私には)理由の分からぬ冷淡な態度ばかりを取られるからだ。(何とも)申し上げようがありませぬ。「ことわり知らぬつらさ」は引歌あるか。『河海抄』などの古注、「身を知ればうらみぬものをなぞもかくことわり知らぬつらさなるらん」(出典未詳)を挙げる。

3　青表紙他本「御返」、三条西本・尾州本・陽明本・穂久邇本・首書本「御かへり」。「かへし」は返歌、「かへり」は歌を含む返事全体を指す場合が多い。「例ならずと」、青表紙他本・板本「と」なし。

4　中君の返事。お手紙拝見しました。

5　薫の心内。(中君の返事は)あまりにもそっけないな。

6　(匂宮と結婚して)多少は男女の仲をお分かりになられたせいか。

7　あれほど(薫の態度を)常軌を逸して無茶だとはお思いになりながら、一途に(薫を)嫌悪するといった風でもなく。

8　そうはいえ(薫に対し)物柔らかになだめたりして、(薫を)お帰しになった(中君の)心遣いを思い出すにつけ、(薫は)くやしくもかなしくも、あれこれと思いが生じて、気持が晴れない。

9　すべての面で、昔よりは何倍もすばらしくなったと(昨夜の中君が)思い出される。

10　薫の心内。何の、匂宮が(中君を)すっかりお見限りになった暁には、(中君は)自分(薫)を頼りになさることになるだろう。

11　その場合も、表だって気軽に逢えるようにはなれまいから。「さまに」、青表紙本・板本「さまには」。

12　人目を忍んでは逢う、かけがえのない最愛の人ということになるのであろう。

まりにてこそはあらめなど、[1]たゞこの事のみつとおぼゆるぞ、けしからぬ心なるや。[2]さばかり心深《こゝろふか》げに、さかしがり給へど、をとこといふものの心うかりける事よ。亡《な》[3]き人の御かなしさは言《い》ふかひなき事にて、いとかく苦《くる》しきまではなかりけり。[4]これは、よろづにぞ思《おも》ひめぐらされ給ひける。

「けふは、[5]宮渡《わた》らせ給ひぬ。」

など、人の言《い》ふを聞《き》くにも、[6]後見《うしろみ》の心は失《う》せて、胸《むね》うちつぶれていとうらやましくおぼゆ。

[7]宮は、日《ひ》ごろに成りにけるは、我《(わが)》心さへうらめしくおぼされて、にはかに渡《わた》り給へるなりけり。[8]何《なに》かは、心隔《へだ》てたるさまにも見《み》えたてまつらじ、[9]山里《ざと》にと思ひ立《た》つにも、頼《たの》もし人に思ふ人《ひと》もうとましき心添《そ》ひ給へりけり、と見《み》給ふに、[10]世中《(よのなか)》いと所せく思《おも》ひなられて、[11]猶いとうき身也《(なり)》けりと、たゞ消《き》えせぬほどはあるにまかせておいらかならんと思《おも》ひ果《は》てて、いとらうたげに、うつくしきさまにもてなしてゐ給へれば、[12]いとゞあはれに、うれしくおぼされて、日比《(ひごろ)》の怠《おこた》りなど限《かぎ》りなくの給ふ。[13]御

1　ひたすら(匂宮の妻である)中君のことばかりずっと思われるのは、感心できない心であることよ。
2　(薫は)あれほど思慮深そうに、もっともらしくふるまっておられるが、男というものはなさけないものだ。
3　亡き大君の追慕のお気持は言っても仕方のないことで、これほどまでに苦しい思いをすることはなかった。
4　(それに対して)中君のこととなると。
5　匂宮が二条院へお越しになった。
6　(薫は)中君の後見役という(普段の)気持は消え失せて、どきっとして(中君と一緒にいる匂宮が)うらやましく思われる。

30 匂宮帰邸

7　匂宮は、(中君への無沙汰が)何日にもなってしまったのは、(そうさせた)自分の心までが恨めしく思われなさって、(自責の念から)急に(中君のもとへ)お越しになるのであった。
8　中君の心内。何の、(匂宮を)疎ましく思っているようなそぶりはお見せ申すまい。
9　宇治へ戻ろうという気を起こすにも、頼りに思う薫もいやな下心を持っているのであった、とご覧になるにつけ。
10　世の中が(どこにも自分の居場所はないように)窮屈にお思いになられて。
11　まったく情けないわが身なのだった、最小限命ある間はあるがままに素直にふるまおうと諦めて、(匂宮に対して)とてもけなげに、素直な態度で接していらっしゃるので。「憂きながら消えせぬものは身なりけりうらやましきは水の泡かな」(拾遺集・哀傷・中務)による。
12　(匂宮は中君の態度が)一段と不憫で、うれしくお思いになって、ここしばらくの無沙汰のおわびなどを際限なくおっしゃる。
13　中君の懐妊のさま。

腹《はら》もすこしふくらかになりにたるに、[1]かのはぢ給ふしるしの帯《おび》の引《ひ》き結《ゆ》はれたるほどなど、いとあはれに、[2]まだかゝる人を近《ちか》くても見《み》給はざりければ、めづらしくさへおぼしたり。[3]うちとけぬ所にならひ給ひて、よろづのこと心やすくなつかしくおぼさるゝまゝに、おろかならぬ事どもを、尽《つ》きせず契《ちぎ》りのたまふを聞《き》くにつけても、[4]かくのみ言《こと》よきわざにやあらむと、[5]あながちなりつる人の御けしきも思《おも》ひ出《い》でられて、[6]年比《とし(ごろ)》あはれなる心ばへなどは思ひわたりつれど、[7]かゝる方《かた》ざまにては、あれをもあるまじきことゝ思ふにぞ、[8]この御行《ゆ》く先《さき》の頼《たの》めは、いでやと思ひながらも、すこし耳《みゝ》とまりける。

31

[9]さても、あさましく、たゆめ〳〵て入《い》り来《き》たりしほどよ、[10]むかしの人に疎《うと》くて過《す》ぎにし事など語《かた》り給ひし心ばへは、げにありがたかりけりと、[11]猶うちとくべくはた、あらざりけりかし、などいよ〳〵心づかひせらるゝにも、[12]久《ひさ》しくと絶《だ》え給はんことはいとものおそろしかるべくおぼえたまへば、[13]言《こと》に出《い》でては言《い》はねど、過《す》ぎぬる方《かた》よりはすこしまつはしざまにもてなし給へるを、宮は、いとゞ限《かぎ》りなくあはれと思《おも》

1 妊婦が着用する腹帯。「いとはづかしとおぼしたりつる腰のしるし」(一六六頁)。

2 (匂宮は)これまでこのような(懐妊の)人を身近にご覧になることがなかったので。

3 (匂宮は)堅苦しい六条院に長く居られたせいで、(二条院では)万事気楽でなごやかにお感じになるままに、(中君に対して)並々ならぬ言葉を、次から次へと約束なさるのを。

4 中君の心内。(男というものは)いつもこのように口先巧みなものなのであろうか。

5 (昨夜)強引なふるまいをした人、薫。

6 長年(薫を)思いやり深い方だとはずっと思ってきたが。「心ばへなどは」、青表紙他本・河内本「心はへとは」。

7 こういう(男女関係の)方面では、あの人のこともあってはならないことだと。「あれをも」、書陵部本・各筆本「かれをは」、高松宮本「あはれをも」、承応板本・湖月抄本「哀をも」。

8 匂宮の将来のお約束は、さあ、どんなものかと思いながらも、多少は当てにしてみようかという気にもなるのであった。

31 薫の移り香

9 「あらざりけりかし」まで、中君の心内。それにしても、(薫は)あきれたことに、すっかり油断させておいて闖入してきたことよ。

10 亡き大君とは男女の仲にならないままで終ってしまったことなどをお話しになった(その薫の)心根は、本当に稀有なことであったと。「(ありがたかり)けりと」、河内本・陽明本「けれと」、板本「けれど」。

11 やはり(薫に)気を許すべきではなかったのだ。

12 (匂宮のお越しが)長らく途絶えなさるのは(そのあいだにまた薫の訪問があるのではないかと)とても怖い気がなさるので。

13 (中君は)口に出しては言わないが、これまでよりはいくぶん(匂宮に)そばにいてほしいようなそぶりをお見せになるのを。

ほしたるに、[1]かの人の御移《うつ》り香《が》のいと深《ふか》く染《し》み給へるが、世《よ》[2]の常《つね》の香《かう》の香《か》に入《い》れ焚《た》き染《し》めたるにも似《に》ず、しるき匂ひなるを、[3]その道《みち》の人にしおはすれば、あやしと咎《とが》め出《い》で給ひて、[4]いかなりしことぞとけしきとり給ふに、[5]ことのほかにもて離《はな》れぬ事にしあれば、言《い》はん方《かた》なくわりなくて、いと苦《くる》しとおぼしたるを、[6]さればよ、かならずさることはありなん、よもたゞには思《おも》はじと思ひわたる事ぞかし、と御心さわぎけり。[7]さるは、単衣《ひとへ》の御衣《ぞ》なども脱《ぬ》ぎかへ給ひてけれど、あやしく心よりほかにぞ身に染《し》みにける。

「[8]かばかりにては、残《のこ》りありてしもあらじ。」

と、[9]よろづに聞《き》きにくくの給ひつゞくるに、心うくて身ぞおき所なき。

「[10]思《おも》ひきこゆるさまことなるものを、「[11]われこそさきに」など、かやうにうち背《そむ》く際《きは》はことにこそあれ。又、[12]御心おき給ふばかりの程やは経《へ》ぬる。思ひのほかにうかりける御心かな。」

と、すべて[13]まねぶべくもあらずいとほしげに聞《き》こえ給へど、[14]ともかくもいらへ給は

1　(中君の衣に)薫から移された匂いが深く染みついておられるのが。

2　ありふれた香料の香りを焚き染めたようなものでなく、(薫のだと)はっきり分かる匂い。「入れ」、尾州本・伏見天皇本「いれしめ」。「御帳の帷子《かたびら》、壁代などは、よき移しどもに入れ染《し》めたれば」(うつほ・蔵開上)、「唐の色紙かうばしき香《かう》に入れ染めつゝ」(四玉鬘三二頁)。

3　(匂宮は)香の方面に造詣の深い方でいらっしゃるので。

4　どういうことだったのだと詮索なさるので。

5　(匂宮の疑いは)まったく的外れでもないことなので、中君はどう弁解しようかと途方に暮れて。

6　匂宮の心内。やはりそうか、きっとそういうことになるだろう、よもや(薫は中君を)下心なく思ってはいまいとかねて心配していることだった。

7　実は、(中君は薫が帰った後)単衣なども脱いで新しいのに着替えていらしたのであったが、不思議なことに知らぬ間に(衣のみならず)体にまで匂いが付いていたのだった。

8　匂宮の言。これほどの状態では、(中君と薫とのあいだには)もはや隔ては残っていまい。

9　(匂宮が)あらゆることを露骨におっしゃり続けるので、(中君は)情けなくて針の筵の思いである。

10　匂宮の言。あなたのことは特別大切にお思い申しているのに。

11　(薄情な)相手より先に自分が相手を忘れてやろうなどと、このように私を裏切るのはあなたのような身分の人がすることではない。「人離《が》れば我こそ先に忘れなめつれなきをしも何か頼まん」(古今六帖四)による。

12　あなたが不信を抱くほど長いあいだ留守にしたわけではあるまいに。

13　とうてい言葉では伝えられないほど(中君が)お気の毒に思えるような調子で申し上げ

ぬさへいとねたくて、

[1]また人に馴《な》れける袖の移《うつ》り香《が》をわが身に染《し》めてうらみつる哉《(かな)》

[2]女は、あさましくの給ひつゞくるに、言《い》ふべき方《かた》もなきを、いかゞはとて、

[3]見《み》馴《な》れぬる中の衣《ころも》と頼《たの》めしをかばかりにてやかけ離《はな》れなん

とてうち泣《な》き給へるけしきの、限《かぎ》りなくあはれなるを見《み》るにも、[4]かゝればぞかしといと心やましくて、われもほろ〳〵とこぼし給ふぞ、いろめかしき御心なるや。まことに、いみじきあやまちありとも、ひたふるにはえぞ疎《うと》み果《は》つまじく、らうたげに心ぐるしきさまのし給へれば、[5]えもうらみ果《は》て給はず、の給ひさしつゝ、かつはこしらへきこえ給ふ。

又の日も、[6]心のどかに大殿籠《おほとのごも》り起《お》きて、[7]御手水《てうづ》、御粥《かゆ》などもこなたにまゐらす。御しつらひなども、さばかり[8]かゝやくばかり高麗《こま》、唐土《もろこし》の錦《にしき》、綾《あや》をたち重《かさ》ねたる目《め》移《うつ》しには、世《よ》の常《つね》にうち馴《な》れたる心地して、人〳〵の姿《すがた》も、萎《な》えばみたるうちまじりなどして、いと静《しづ》かに見《み》まはさる。[9]君《きみ》はなよゝかなる薄《うす》色どもに、撫子《なでしこ》の細長《ほそなが》重《かさ》

なさるが。

14 (中君が)こうともああともお答えなさらないのさえ(匂宮には)癪《しゃく》にさわって。

---

1 匂宮の歌。私以外の男と親しくした(あなたの)袖に残る(男の)移り香を、心底恨めしく思ったことだった。参考「わぎもこがみなれ衣の移り香をひとへ寝たりと人ぞとがめし」(相如集)。

2 中君は、(匂宮が)あきれたことを次から次へとおっしゃるので、どう答えていいか分からないが、返歌をしないわけにもいくまいと。

3 中君の歌。馴れ親しんだ夫婦として頼りに思わせて下さっていたのに、この程度の移り香のせいで私をお見捨てになるのか。「かばかり」に「香ばかり」を掛ける。底本「たのめし」、諸本「たのみし」。

4 匂宮の心内。こうだから(薫も中君に惹かれるの)だと、(匂宮は)たいそう心中穏やかならず。「いと」、青表紙他本「いとゝ」、承応板本・湖月抄本「いとゞ」。

5 (匂宮は中君に対して)恨み言を最後までおっしゃることもおできにならず、中断しては、一方で(中君の)ご機嫌をお取りになる。

32 六の君に劣らぬ中君

6 (中君と共寝をして)ゆっくりとお目覚めになって。「大殿籠り起き」は、「寝起き」の尊敬語。

7 朝の洗面や食事なども中君の住む西の対でなさる。

8 六の君方の絢爛豪華に接した目でみると(中君の暮らしぶりは)、の意。「高麗、唐土の錦、綾」は、六の君方の女房の豪華な装束をいう。「頭《かしら》より足末《あなすゑ》までに綾錦を裁ち切りて、見給はむ草木まで着せ飾らむ」(うつほ・忠こそ)。

9 中君。「薄色」は薄紫色。「撫子」は表紅梅、裏青色の撫子襲《がさね》、「細長」は女性の上着。

ねて、うち乱《みだ》れ給へる御さまの、[1]何事もいとうるはしくこと〳〵しきまで盛《さか》りなる人の御装《よそ》ひ何《なに》くれに思ひ比《くら》ぶれど、[2]けおとりてもおぼえず、なつかしくをかしきも、[3]心ざしのおろかならぬに恥《はぢ》なきなめりかし。[4]まろにうつくしく肥《こ》えたりし人の、すこし細《ほそ》やぎたるに、色はいよ〳〵白《しろ》くなりて、あてにをかしげ也(なり)。

[5]かゝる御移《うつ》り香などのいちしるからぬをりだに、あい行(ぎやう)づきらうたき所などの、なほ人には多《おほ》くまさりておぼさるゝまゝには、[6]これをはらからなどにはあらぬ人の、け近《ちか》く言《い》ひ通《かよ》ひて、ことに触《ふ》れつゝ、おのづから声、けはひをも聞き《きゝ》見馴《みな》れんは、[7]いかでかたゞにも思《おも》はん、かならずしかおぼしぬべきことなるをと、[8]わがいと隈《くま》なき御心ならひにおぼし知《し》らるれば、[9]常《つね》に心をかけて、しるきさまなる文《ふみ》などやあると、[10]近《ちか》き御厨子《みづし》、小唐櫃《こからひつ》などやうのものをも、さりげなくて探《さが》し給へど、さるものもなし、[11]たゞいとすくよかに言少《ことずく》なにてなほ〳〵しきなどぞ、[12]わざともなけれど、ものに取《と》りまぜなどしてもあるを、[13]あやし、猶いとかうのみはあらじかし、と疑《うたが》はるゝに、[14]いとゞけふはやすからずおぼさるゝ、事(こと)わりなりかし。[15]かの人のけしきも、

1　何から何まできちんとして仰山なほど美しい盛りの六の君の装束その他と比べてみても。

2　中君は（そのような六の君に）見劣りするとも思われず。

3　匂宮の中君への愛情が並々ならぬものなので、（そのせいで中君が）劣っているようには見えないのであろう。

4　中君の体つき。「まろに」は、ふっくらと。「円　マロナリ」（名義抄）。

5　今回のような（薫の）移り香といった確証がない場合でさえ。

6　中君を（薫のような）兄弟以外の男が、近付いて話をして。

7　どうして平静な気持でいられようか、きっとただならぬ思いを抱くことであろうにと。「おぼしぬ」、青表紙他本・河内本「おほえぬ」、書陵部本・首書本・湖月抄本「思ひよりぬ」。

8　（匂宮は）自分の豊富なご経験からお分かりになるので。

9　普段から気を付けて、はっきり（恋文と）分かるような（薫の）手紙がありはしないかと。

10　中君の身辺の調度。「厨子」は戸棚、「唐櫃」は衣類、調度を納める脚付きの箱。

11　中君に宛てた薫の手紙の内容。そっけなく言葉短く普通の手紙であるのを。

12　特別扱いしているわけではないが、他の物と一緒に置いてあるのを。「わざとも」、承応板本・湖月抄本「わざとしも」。

13　匂宮の心内。不審だ、このような手紙だけではよもやあるまい。

14　普段にもまして今日は不安に思われなさるのも、もっともなことである。「事わり」は理《ことわり》の当て字。

15　匂宮の心内。薫の立ち居ふるまいも、物を見る目のある女なら必ずや魅力的だと思うに違いないのだから、どうして、（中君が薫を）無視することがあろうか、たいそう似合いの二人ゆえ、互いに思い合っていることだろうよ。

心あらむ女のあはれと思ひぬべきを、などてかは、事のほかにはさし放《はな》たん、いとよきあはひなれば、かたみにぞ思ひかはすらむかし、と思ひやるぞ、[1]わびしく腹立《はらだ》た《ゝ》しくねたかりける。[2]なほいとやすからざりければ、その日もえ出《い》で給はず。[3]六条《（ろくでうの》院《ゐん）》には、御文《ふみ》をぞ二《ふたゝ》たび三たびたてまつり給ふを、

「[4]いつのほどに積《つも》る御言《こと》の葉ならん。」

とつぶやく老《お》い人どもあり。

[5]中納言の君《きみ》は、かく宮の籠《こも》りおはするを聞《き》くにしも、心やましくおぼゆれど、[6]わりなしや、これは我《（わが）》心のをこがましくあしきぞかし、[7]うしろやすくと思《おも》ひそめてしあたりのことを、かくは思ふべしや、としひてぞ思ひ返《かへ》して、[8]さは言《い》へどえおぼし捨《す》てざめりかしとうれしくもあり、[9]人〳〵のけはひなどの、なつかしき程に萎《な》えばみためりしをと思ひやり給ひて、[10]母《はゝ》宮の御方にまゐり給ひて、

「[11]よろしきまうけの物どもやさぶらふ。使《つか》ふべきこと。」

など申し給へば、

1　(匂宮は)情けなく腹立たしく妬ましいのであった。

2　依然として(中君と薫のことが)心配なので、その日も(匂宮は六条院の六の君の所へ)お出かけになることができない。

3　(匂宮が)六条院(の六の君)には、お手紙を日に二度も三度も、さしあげなさるのを。「たてまつり」、青表紙他本・河内本・首書本・湖月抄本「たてまつれ」。

4　(匂宮は六の君と)昨日まで一緒にいたのに、いつの間に六の君を思う言葉がたまるのであろうか。「うしろめたくおぼさるれば、御文をのみ書き尽くし給ふ。「いつのまに積る御言の葉にかあらむ」と」(㊄若菜下五五二頁)。

33　薫、中君に衣料を贈る

5　薫は、こうして匂宮が(二条院に)居続けておられるのを聞くに付けても、おもしろからず感じるが。「聞くにしも」、青表紙他本・河内本・首書本・湖月抄本「きくにも」。

6　薫の心内。どうにもならないことだ、これは自分の考えが馬鹿げていて不埒なのだ。

7　はじめは安心して暮らせるようにと思っ(て匂宮との結婚を勧め)た中君のことを、このように思っていいものだろうか、と無理に反省して。

8　そうはいうものの(匂宮は中君を)お見捨てにはなれないようだと(薫は)うれしい気持もして。「さは言へど」は九〇頁一〇行「花心におはする宮なれば」などを承ける。

9　(中君の)侍女たちの身なりも、体に馴染むほど(着古し、糊が落ちて)柔らかくなっていたようだと気を回しなさって。

10　女三宮。

11　薫の言。適当な予備の衣料はありませんか。必要がありますので。薫は母女三宮に依頼して、中君の女房たちの衣料を調達する。

「例《れい》[1]の、たゝむ月のほふじの料《れう》に、白《しろ》き物どもやあらむ。染《そ》めたるなどは、いまはわざともしおかぬを、急《いそ》ぎてこそせさせめ。」

との給へば、

「何《なに》[2]か。こと〳〵しき用《よう》にも侍らず。さぶらはんにしたがひて。」

とて、御匣殿《みくしげどの》[3]などに問《と》はせ給ひて、女の装束《さうぞく》どもあまたくだりに、細長《ほそなが》どもゝ、たゞあるにしたがひて、たゞなる[4]絹《きぬ》、綾《あや》など取り具《ぐ》し給ふ。みづから[5]の御料《れう》とおぼしきには、我《(わが)》御料《れう》にありける紅《くれなゐ》の擣目《うちめ》なべてならぬに、白《しろ》き綾《あや》どもなど、あまた重《かさ》ね給へるに、袴《はかま》[6]の具《ぐ》はなかりけるに、いかにしたりけるにか、腰《こし》のひとつあるを、引《ひ》き結《むす》び加《くは》へて、

結《むす》[7]びける契りことなる下紐《したひも》をたゞひとすぢにうらみやはする

大輔《たいふ》[8]の君とて、おとなしき[9]人の、むつましげなるに遣《つか》はす。

「取《と》[10]りあへぬさまの見《み》ぐるしきを、つきづきしくもて隠《かく》して。」

などの給ひて、御料《れう》[11]のは、忍《しの》びやかなれど、箱《はこ》[12]にて、包《つゝ》みもことなり。御覧[13]ぜさせ

1　女三宮の言。いつものように、来月の法事の(際の布施の)用意に、染めていないのがあるでしょう。染めた衣料などは、(出家した)現在はことさら用意もしていないので、急いで染めさせよう。「たゝむ月」は、来月の意。法事を行うのは、正月、五月、九月(拾芥抄・斎月)、ここでは九月をさす。

2　薫の言。何の。大げさなことではないのです。お手許にある物だけで結構です。

3　元来は貞観殿《じょうがんでん》に置かれた宮中の衣服縫製所、転じて宮家、大臣家などのそれをも言う。ここは後者。「わが御匣殿にの給ひて装束などもせさせ」(㈠帚木一八四頁)。

4　染めていない絹や綾織物などを。

5　中君のためのお召料と思われる分には、薫ご自身のお召料に用意してあった紅の擣目仕様の極上のものに、白い綾織物の絹布など。「擣目」は、絹に光沢を出すために砧《きぬた》で打った、その跡。「色こまやかなる御衣《ぞ》の擣目いとけうらに透きて」(㈥夕霧三〇六頁)。

6　袴の一式はなかったのに、どういうわけか袴の腰紐がひとつあるのを、その腰紐に歌を結びつけて。「腰」は袴の腰紐。「女の袴の腰に、赤き薄様に／人知れぬ結ぶの神をしるべにていかがすべきと嘆く下紐」(うつほ・楼の上上)。「したりける」、青表紙他本・河内本「したる」。

7　薫の歌。私以外の人と契りを結んだあなたなのだから、あなたのことを一途に恨んだりしない。「結びける」「ひとすぢ」は「(下)紐」の縁語。

8　中君の女房(㈧早蕨四四頁)。

9　諸本「おとな〳〵しき人」。

10　薫の言。(贈った装束は)ありあわせのもので失礼ですが、うまく取り繕って下さい。

11　中君のためのお召し物。注5。

12　衣箱。「よき衣箱に入れて、包みいとうるはしうて」(㈣行幸四四四頁)。

13　(女房の大輔君は中君には)お目にかけないが、これまでもこのような(薫の)ご配慮は。

ねど、さき〴〵もかやうなる御心しらひは常《つね》のことにて目馴《めな》れにたれば、[1]けしきばみ返《かへ》しなどひこしろふべきにもあらねば、いかゞとも思ひわづらはで、[2]人〴〵に取《と》り散《ち》らしなどしたれば、おの〴〵[3]さし縫《ぬ》ひなどす。[4]若《わか》き人〴〵の、御前《まへ》近《ちか》く仕《つか》うまつるなどをぞ、とりわきてはつくろひたつべき。[5]下仕《しもづか》へどもの、いたく萎《な》えばみたりつる姿《すがた》どもなどに、白《しろ》き袷《あはせ》などにて、[6]掲焉《けちえん》ならぬぞ中〴〵めやすかりける。

[7]たれかは、何事をも後見《うしろみ》かしづききこゆる人のあらむ。[8]宮は、おろかならぬ御心ざしの程にて、よろづをいかでとおぼしおきてたれど、こまかなるうち〴〵の事までは、いかゞはおぼし寄《よ》らむ。限《かぎ》りもなく人にのみかしづかれてならはせ給へれば、[9]世の中うちあはずさびしきこと、いかなるものとも知《し》り給はぬ、ことわりなり。[10]艶《えん》にそゞろ寒《さむ》く、花《はな》の露をもて遊《あそ》びて世《よ》は過《す》ぐすべきものとおぼしたるほどよりは、おぼす人《ひと》のためなれば、おのづからをりふしにつけつゝ、まめやかなる事までもあつかひ知《し》らせ給ふこそ、ありがたくめづらかなることなめれば、

[11]「いでや。」

1　変に気を回して（贈り物を）返したりなど右往左往すべきでもないので、（大輔君は）どうしたものかと悩みもせずに。

2　女房たちに広く分配したので。

3　仕立てをする。「似つかはしからぬをさし縫ひつゝ」（㊆総角四九八頁）。

4　若い女房たちで、中君のそば近くお仕えする者などを、選び出して身だしなみを整えさせるのであろう。

5　下仕えの女たちの、ひどく糊落ちした着衣の姿の者に、白い袷を着せて。中君の侍女たちは、経済的な不如意ゆえ、総じて萎えばんだ着衣であった。「人〳〵の姿も、萎えばみたるうちまじりなどして」（一七八頁）。「袷」は、裏を付けた衣。「袷衣　アハセノキヌ」（色葉字類抄）。

6　派手でないのが、かえって見た目に好ましい。「掲焉　イチシルシ　ケチエン」（黒川本色葉字類抄）。

34　後見人、薫

7　（薫以外に）いったいだれが、何事につけ（中君を）大切にお世話申す人がいようか。

8　匂宮は、並々ならぬご愛情で、万事（中君に）何とか不都合ないようにと配慮なさっているが、細々した暮らし向きのことまでは（匂宮には）とてもお考えが及ばない。

9　生計がままならずわびしい思いをするということが、どのようなものだともご存じないのは。

10　風流に心をぞくぞくさせ、（はかない）花に置く露を賞美する生活を理想とお思い（の匂宮）であることを考えれば、愛する中君を思うゆえに、ついついその時々につけては、暮らし向きのことまでもご自分からお世話なさるのは、稀有で思いもよらないことのようなので。「艶にあえかなるすき〳〵しさ」（㊀帚木一二六頁）。

11　あれ、まあ（そこまでなさらなくても）。

など、譏《そし》[1]らはしげに聞《き》こゆる御乳母《めのと》などもありけり。

　童《わらは》[2]べなどのなりあざやかならぬ、をり〳〵うちまじりなどしたるをも、女君はいとはづかしく、中[3]〳〵なる住《す》まひにもあるかななど、人知《し》れずはおぼす事なきにしもあらぬに、ましてこのごろは、世《よ》[4]に響《ひゞ》きたる御ありさまのはなやかさに、かつ[5]は宮の内《うち》の人の見《み》思はんことも、人げなきことゝ、おぼし乱《みだ》るゝことも添《そ》ひて嘆《なげ》かしきを、中[6]納言の君はいとよくおしはかり聞こえ給へば、疎《うと》[7]からむあたりには、見《み》ぐるしくくだ〳〵しかりぬべき心しらひのさまも、あなづ[8]るとはなけれど、何《なに》かは、こと〳〵しくしたて顔《がほ》ならむも、中〳〵おぼえなく見咎《みとが》むる人やあらんとおぼすなりけり。

　[9]いまぞ、又、例《れい》[10]のめやすきさまなるものどもなどせさせ給ひて、御小袿《こうちき》[11]おらせ、綾《あや》[12]の料《れう》たまはせなどし給ひける。この[13]君しもぞ、宮におとりきこえたまはず、さまことにかしづきたてられて、かた[14]はなるまで心おごりもし、世《よ》を思ひすまして、あてなる心ばへはこよなけれど、故親王《こみこ》[15]の御山住《ず》みを見《み》そめ給ひしよりぞ、さびしき

1　(匂宮の中君に対する心遣いを)非難がましく申し上げる匂宮の乳母などもいるのだった。

2　(中君に仕える)女童(めのわらわ)などで、身なりのぱっとしない者が、しばしば目に付くのも。

3　なまじ晴れがましいだけにかえって肩身の狭い思いをする二条院の暮らしであることよ、の意。

4　世間に評判の(六の君方の匂宮へのもてなしの)ご様子の豪華さ。

5　(自分だけでなく)一方では宮家(二条院)に仕えている人の目にも、みっともなく思われることだろうと、気苦労も増えて情けないそのようなありさまを。「思はん」、青表紙他本「思らむ(ん)」。

6　薫は(そのような中君の心中を)十分推測申し上げなさるので。

7　懇意でないような人に対しては、失礼で余計に思われるような心遣いの仕方。一八四頁の薫の贈り物をさす。

8　(薫は中君を)軽んずるわけではないが、(そのような細々した贈り物をすることも)何の(差し支えなかろう)、仰々しく特別にあつらえたという態度では、かえって改まって(何事かと)変に思う人もあるかもしれぬと。

9　先の贈り物は女三宮のもとのありあわせであった(一八四頁)のに対して、今回はあらためて、の意。

10　いつものように薫の贈り物としてふさわしい(豪華な)衣料を用意させなさって。「さまなる」、承応板本・湖月抄本「さまの」。

11　中君の小袿を織らせ。

12　綾織物を織る糸、あるいは織り賃のことかともいう。

13　この薫こそ実は、匂宮に劣り申さず。

14　極端なまで自信に満ち、俗事を問題にせず、高貴なご性分はこの上ないけれども。「此君は、まだしきに世のおぼえいと過ぎて、思ひ上がりたる事こよなくなどぞものし給ふ」(七匂兵部卿二八頁)。

15　亡き八宮の(宇治の)山里暮らし。

所のあはれさはさまことなりけりと、心ぐるしくおぼされて、[1]なべての世をも思ひめぐらし、深《ふか》きなさけをもならひ給ひにける。[2]いとほしの人ならはしや、とぞ。

かくて、なほ、[3]いかでうしろやすくおとなしき人にてやみなんと思ふにもしたがはず、心にかゝりて苦《くる》しければ、御文《ふみ》などをありしよりはこまやかにて、ともすれば、忍《しの》びあまりたるけしき見《み》せつゝ聞《き》こえ給ふを、[4]女君いとわびしき事添《そ》ひたる身とおぼし嘆《なげ》かる。[5]ひとへに知《し》らぬ人ならば、あなものぐるほしとはしたなめさし放《はな》たんにもやすかるべきを、むかしより[6]さまことなる頼《たの》もし人にならひ来《き》て、今さらに仲《なか》あしくならむも、中〳〵人目《め》あしかるべし、[7]さすがにあさはかにもあらぬ御心ばへありさまの、あはれを知《し》らぬにはあらず、さりとて、心かはし顔《がほ》にあひしらはんもいとつゝましく、いかゞはすべからむと、よろづに思《おも》ひ乱《みだ》れ給ふ。

[8]さぶらふ人〳〵も、すこしものの言《い》ふかひありぬべく若《わか》やかなるはみなあたらし、[9]見《み》馴《な》れたるとては、かの山里《ざと》の古《ふる》女ばら也《(なり)》。思ふ心をも同《おな》じ心になつかしく言《い》ひ合《あ》はすべき人のなきまゝには、[10]故《こ》姫君《ひめぎみ》を思ひ出《い》で聞こえ給はぬをりなし。[11]おはせまし

1　（自分のことだけでなく）広く世間を見わたして、深い思いやりの心を身にお付けになったのであった。

2　（薫にとって経験しなくてもよいはずの）お気の毒な（八宮の）影響であったということだ。

35　それぞれの胸中

3　（薫は）何とか（中君にとって）安心で分別のある（後見）人で最後まで通そうと思う気持に反して、（中君のことが）気になってたまらないので。

4　中君は（薫から懸想されるという）とてもつらい羽目にあうわが身よと。「添ひたる」、青表紙他本・河内本・板本「そひにたる」。

5　一向に知らない人なら、（薫のような態度は）何と常軌を逸していることよと冷たく突き放すのも簡単であるが。

6　（薫を親子、きょうだいでもない）普通とは違った頼りになる人として慣れ親しんできて、この期に及んで仲違いするのも。「あしかる」、青表紙他本・河内本・首書本「あやしかる」。

7　そうはいえ（中君は）うわべだけではない（薫の）心根、態度の、ありがたさを知らないわけではなく、（しかし）だからといって、親密な態度で（薫の）受け答えをするのもとてもそのような気にはなれず。

8　女房たちで、少しは相談しがいのあるような若い者はみな新参の女房である。「あたらし」、書陵部本・尾州本・伏見天皇本・板本「あたらしき心ちして」。

9　気心の知れた女房といえば、宇治の山荘以来仕えている老いぼれ女房どもだ。伏見天皇本「みたまひなれたるとては」、承応板本・湖月抄本「み給ひなれたる人とては」。

10　（相談相手であった）亡き大君を思い出し申さぬ時がない。

11　大君ご存命なら、薫もこのような（中君に対するわずらわしい）気持を抱きはなさらなかっただろうと。

かば、この人もかゝる心を添《そ》へ給はましやと、いとかなしく、[1]宮のつらくなり給はん嘆《なげ》きよりも、この事いと苦《くる》しくおぼゆ。

[2]をとこ君も、しひて思ひわびて、[3]例《れい》のしめやかなる夕《ゆふ》つ方《かた》おはしたり。[4]やがて端《はし》に御褥《しとね》さし出《い》でさせ給ひて、

「[5]いとなやましきほどにてなん、え聞《き》こえさせぬ。」

と、[6]人して聞《き》こえ出《い》だし給へるを聞《き》くに、いみじくつらくて涙落《なみだお》ちぬべきを、人目《め》につゝめば、しひて紛《まぎ》らはして、

「[7]なやませ給ふをりは、知《し》らぬ僧《そう》なども近《ちか》くまゐりよるを、医師《くすし》などのつらにても、御簾《みす》の内《うち》にはさぶらふまじくやは。[8]かく人づてなる御消息《せうそこ》なむ、かひなき心《(ここ)》ちする。」

との給ひて、[9]いとものしげなる御けしきなるを、[10]一夜《ひとよ》ものの《ゝ》けしき見《み》し人〳〵、

「[11]げにいと見《み》ぐるしく侍《(はべ)》めり。」

とて、[12]母屋《もや》の御簾《みす》うち下《お》ろして、よゐの僧《そう》の座《ざ》に入《い》れたてまつるを、女君、まこと

1　匂宮が（六の君に心を移して）薄情におなりになるであろう、その嘆きよりも、薫の横恋慕のことが。

36　薫、中君を再訪

2　薫も、（中君への恋情を）どうにも静めることがおできにならなくて。

3　いつものように（匂宮が留守で）ひっそりとした夕方に（二条院へ）お越しになった。

4　（中君は薫を内へ入れず）そのまま簀子に敷物を用意させなさって。

5　中君の言。ただ今とても体調が悪いので、ご挨拶できません。

6　（中君みずからではなく）女房に申し上げさせなさるのを聞くと、（薫は）何とも冷淡なさりようよと情けなくて涙がこぼれそうになるのを、人目を憚って、必死で（涙を）隠して。「涙」、青表紙他本・河内本・板本「なみたの」。

7　薫の言。ご病気のときは、面識のない僧侶などもおそば近くに伺うのに、医師と同列に考えて、（私を）簾の中に入れていただくわけにはいかないのか。

8　このような女房を介してのご挨拶は、お見舞いに参上したかいがない気がいたします。

9　（薫が）たいそう不満そうなご様子であるのを。

10　先夜の（薫と中君の親密な）様子を目にした女房たちは。薫が中君の袖をとらえて簾中に入ろうとした夜、近侍の女房二人がその様を目撃していた（27・28節）。「一夜」、青表紙他本・河内本・首書本「ひとよも」。

11　女房の言。薫の言葉通り（薫を簀子に座らせるのは）あまりにもぶしつけ（で失礼）でございましょう。

12　（中君のいる）母屋の簾を下ろして、（廂の間の）夜居の僧の座に（薫を）お入れ申す。

に心《(ここ)》ちもいと苦《くる》しけれど、[1]人のかく言《い》ふに掲焉《けちえん》にならむも、又いかゞとつゝましければ、[2]ものうながらすこしゐざり出《い》でゝ、対面《たいめん》し給へり。

[3]いとほのかに、時〳〵物の給ふ御けはひの、[4]むかし人のなやみそめ給へりし比《(ころ)》、まづ思ひ出でらるゝも、ゆゝしくかなしくて、かきくらす心《(ここ)》ちし給へば、とみにものも[5]言《い》はれず、[6]ためらひてぞ聞《き》こえ給ふ。[7]こよなく奥《おく》まり給へるもいとつらくて、[8]簾《す》の下《した》よりき丁《(ちやう)》をすこし押《お》し入《い》れて、例《れい》の馴《な》れ〳〵しげに近《ちか》づき寄《よ》り給ふがいと苦《くる》しければ、わりなしとおぼして、[9]少将といひし人を近《ちか》く呼《よ》び寄《よ》せて、

「[10]胸《むね》なん痛《いた》き。しばし押《お》さへて。」

との給ふを聞きて、

「[11]胸《むね》は押《お》さへたるはいと苦《くる》しく侍る物を。」

とうち嘆《なげ》きて、[12]ゐなほり給ふほども、[13]げにぞしたやすからぬ。

「[14]いかなれば、かくしも常《つね》になやましくはおぼさるらむ。[15]人に問《と》ひ侍りしかば、しばしこそ心《(ここ)》ちはあしかなれ、さて又、よろしきをりありなどこそ教《をし》へはべしか。

1　女房がこう言うのにはっきり逆らうのも、一方ではどんなものかと気が引けるので。「掲焉」は一八七頁注6参照。「掲焉に」、青表紙他本・河内本・板本「けちえん」。

2　渋々ながら。「ものう」は「ものうし」の語幹。

3　（中君が）あるかなきかに、時々物をおっしゃる雰囲気が。

4　亡き大君の体調を崩しはじめなさったころのことが、何はさておき思い出されるのも、（薫は）縁起でもなく悲しくて。三条西本・伏見天皇本・各筆本・湖月抄本「むかし（昔）の人」、書陵部本・承応板本「故君」。「むかし人」よりも「むかしの人」の方が用例が多い。大君についても、九二・一〇八・一七四頁は「むかしの人」だが、二〇四頁には「むかし人」が見える。

5　青表紙他本・首書本「えいはれす」。

6　（薫は）気持を静めてからお話し申し上げる。

7　（中君が）母屋のひどく奥の方におられるのも。前回の対面は「すこし引き入りて」（一五六頁八行）であった。

8　（母屋と廂の間との境の）簾の下から、几帳を奥へ押しやって（簾をかかげ、薫は上半身を入れて）、の意か。「例の」は前の時と同様に、の意。前には「いと馴れ顔に、なからは内に入りて添ひ臥し給へり」（一六二頁）。

9　中君の女房。

10　中君の言。薫を牽制する口実。

11　薫の言。胸は押さえると（かえって）苦しうございますのに。この表向きの意味に、薫自身の「胸中の思いを抑制するのはつらい」という思いを籠めるか。

12　女房の接近を察して薫は居ずまいをただす。

13　まったく薫の下心は油断できない、の意か。

14　薫の言。どういうわけで、こんなにもいつも体調不良でいらっしゃるのだろう。

15　人に聞いたところでは、（懐妊の）当初こそは気分も悪いものの、その後は、平常のときもあると教えてくれましたが。

[1]あまり若《わか》〳〵しくもてなさせ給ふなめり。」

との給ふに、いとはづかしくて、

「胸《むね》[2]はいつともなくかくこそは侍れ、[3]むかしの人も、さこそはものし給ひしか。長《なが》ゝかるまじき人のするわざとか、人も言《い》ひ侍《(はべ)》める。」

とぞの給ふ。げに、[4]たれも千年《ちとせ》の松《まつ》ならぬ世《よ》をと思ふには、いと心ぐるしくあはれなれば、[5]この召《め》し寄《よ》せたる人の聞《き》かんもつゝまれず、[6]かたはらいたき筋《すぢ》のことをこそ選《え》りとゞむれ、昔より思ひきこえしさまなどを、[7]かの御耳《みゝ》ひとつには心得《え》させながら、人はかたはにも聞《き》くまじきさまに、さまよくめやすくぞ言《い》ひなし給ふを、[8]げにありがたき御心ばへにもと聞《き》ゝゐたりけり。

何事につけても、[9]故《こ》君の御事をぞ尽《つ》きせず思ひ給へる。

「[10]いはけなかりし程より世中《(よのなか)》を思《おも》ひ離《はな》れてやみぬべき心《こゝろ》づかひをのみならひはべしに、[11]さるべきにや侍りけん、[12]疎《うと》きものからおろかならず思《おも》ひそめきこえ侍りしひとふしに、かの本意《ほい》の聖《ひじり》心《(ごころ)》はさすがにたがひやしにけん。[13]慰《なぐさ》めばかりに、[14]こゝに

37

1 （中君は）あまりにも子供っぽくおふるまいのように見える。

2 中君の言。胸の具合はいつということなくこうなのです。

3 亡き大君も、このようでいらっしゃった。（胸の病は）命の短い人のなるものだとか、世間でも言っているようです。

4 だれも松のように千年の命があるわけではないこの世だと思うにつけ。「憂くも世に思ふ心にかなはぬかたれも千歳の松ならなくに」（古今六帖四）による。㈥柏木一八頁。

5 中君がお呼び寄せになった女房（少将）が聞くであろうことも構わず。

6 （薫は）聞かれて困るような内容のことだけはより分けて口に出さないが、以前から（中君を）お思い申していたことなどを。

7 中君だけには聞けば分かるように言う一方、周りの者は聞いても変に思わないように。

8 「人は」、青表紙他本・板本「人は又」。（少将は）まことに世にも稀な薫のご厚意であることよと傍らで聞いているのであった。

37 薫の愁訴

9 大君。陽明本「たゝこきみの御ことをこそはおもひ給いつれ」によれば、「何事につけても」以下が、薫の言と解せる。

10 薫の言。幼時より仏道への関心が深かったことを述べる。「法文（ほふもん）などの心得まほしき心ざしなん、いはけなかりし齢より深く思ひながら」（㈦橋姫二二二頁）。

11 そうなるべき前世からの因縁なのだろうか。

12 おそばには寄せていただけないながらも（大君を）一通りではなくお慕い申し始めました、その一事ゆえに、幼時以来の仏道への志は残念ながら挫折してしまったのでしょうか。

13 大君への思いが叶えられなかった無念の思いを癒やすために、の意。

14 あちらこちらの女性とかりそめの契りを結び、そういう女性と一緒にいれば、（大君への恋しさが）紛れることもあろうかなど。

もかしこにも行《ゆ》きかゝづらひて、人のありさまを見《み》んにつけて、紛《まぎ》るゝこともやあらんなど思ひ寄るをり〳〵侍れど、さらに[1]ほかざまにはなびくべくもはべらざりけり。[2]よろづに思ひ給へわびては、心の引《ひ》く方《かた》の強《つよ》からぬわざなりければ、[3]すきがましきやうにおぼさるらむとはづかしければ、[4]あるまじき心のかけてもあるべくはこそめざましからめ、たゞかばかりのほどにて、時《とき》〳〵思ふ事をも[5]聞《き》こえさせうけたまはりなどして、隔《へだ》てなくの給ひかよはむを、誰かは咎《とが》め出《い》づべき。[6]世《よ》の人に似《ゝ》ぬ心の程は、[7]みな人にもどかるまじくはべるを、猶うしろやすくおぼしたれ。」

など、[8]うらみみ《ゝ》泣《な》きみ聞《き》こえ給ふ。

「[9]うしろめたく思ひきこえば、かくあやしと人も見《み》思《おも》ひぬべきまでは聞《き》こえ侍るべくや。年《とし》ごろ、[10]こなたかなたにつけつゝ、見《み》知《し》る事どもの侍りしかばこそ、[11]さまことなる頼《たの》もし人にて、[12]いまはこれよりなどおどろかしきこゆれ。」

との給へば、

「[13]さやうなるをりもおぼえはべらぬものを、いとかしこきことにおぼしおきての

1　大君以外の女性に気持が傾くこともないのでした。

2　思案に窮しては、(大君亡き後は中君以外に)強く心惹かれる女性がいなかったせいか(中君に心惹かれるようになり)。「心の引く方なむ、かばかり思ひ捨つる世に、猶とまりぬべきものなりければ」(㈦総角四〇六頁)。「思ひ」、底本「思」。

3　(薫の接近を中君は)好色なふるまいのようにお思いであろうと気が引けるが。

4　(中君に対して)不埒な気持が少しでもあれば失礼にあたろうが、ただこの程度の対面で。

5　こちらから申し上げそちらのお話をもお聞きなどして、親しく言葉を交わしていただこうというのを。「のたまひかよふ」は「いひかよふ」(一八〇頁七行・㈢蓬生一一〇頁七行)の尊敬語。

6　世の常の男とは違った(薫のまじめな)性格。

7　だれからも非難されるはずもありませんので、これまで通り安心なさって下さい。

8　恨み言を言ったり泣いたりして。

9　中君の言。(薫を)油断ならない人とお思い申していたら、こうして変だと女房も不審を抱きかねないほど親しくはお話し申し上げるはずもありません。

10　京のことにつけ宇治のことにつけ、たびたびお世話になったことを承知しておりますればこそ。

11　普通の人とは違った頼もしいお方。「むかしよりさまことなる頼もし人にならひ来て」(一九〇頁)。

12　今では私の方からお手紙をさしあげたりしているのです。一五二頁の中君の手紙をさす。底本「これよりなと」、書陵部本・承応板本・湖月抄本「これよりなどさへ」。

13　薫の言。そういう折があったとも思い当たるふしはありませんが、(先日の宇治行きのご依頼の件を)たいそうにお考えになっておっしゃるのか。

たまはするや。[1]この御山里《ざと》出《い》で立《た》ちいそぎに、からうして召《め》し使《つか》はせ給ふべき。それも、[2]げに御覧じ知《し》る方《かた》ありてこそはと、おろかにやは思ひ侍る。」

などの給ひて、なほいとものうらめしげなれど、[3]聞《き》く人あれば、思ふまゝにもいかでかはつゞけ給はん。

外《と》の方《かた》をながめ出《い》だしたれば、やう〳〵暗《くら》くなりにたるに、虫《むし》の声ばかり紛《まぎ》れなくて、[4]山の方《かた》小《を》暗《ぐら》く、何《なに》のあやめも見《み》えぬに、[5]いとしめやかなるさまして寄《よ》りゐ給へるも、わづらはしとのみ[6]内《うち》にはおぼさる。

「[7]限《かぎ》りだにある。」

など忍びやかにうち誦《ずむ》じて、

「[8]思うたまへわびにて侍り。[9]おとなしの里《さと》求《もと》めまほしきを、かの山里《ざと》のわたりに、わざと寺《てら》などはなくとも、[10]むかしおぼゆる人《(ひと)》形《かた》をもつくり、絵《ゑ》にもかきとりて、おこなひ侍らむとなん思う給へなりにたる。」

との給へば、

一七四 38

1　今度の宇治へのお出かけの準備に、やっと(私を)利用して下さるおつもりなのでしょう。
2　なるほど(私の好意を)分かって下さっていればこそと、(中君の申し出を)いい加減に思ったりはいたしません。
3　傍らで聞いている女房(少将)がいるので、思う通りにどうして言葉をお続けになることができようか。

38　人形の望み

4　(池の中島の)築山の方は薄暗く、物の形も見分けがつかない中で。
5　(薫が)しんみりとした様子で柱にもたれて座っておられるのも、ひたすら気づまりに。
6　御簾の内がわにいる中君。
7　薫の言。「恋しさの限りだにある世なりせば年経ば物は思はざらまし」(古今六帖五)の第二、三句により、恋しさに限りがあるならば、いつまでも物思いはしなかったろうに、の意をあらわす。
8　薫の言。どうしたら良いのか途方に暮れています。「思う」、底本「思ふ」。
9　泣いても泣き声が他に聞こえない場所を言う。「恋ひわびぬ音《ね》をだに泣かむ声立てていづれなるらむ音無しの里」(古今六帖二)により、音無しの里で声を立てて泣きたい、の意。
10　亡き大君にそっくりの像をも作り、姿を絵にも画いて、大君の後世を弔おうと。絵は、漢の武帝が李夫人の似姿を甘泉殿に描かせた故事(白楽天・新楽府　李夫人)をさすか(河海抄)。参考「むかし、漢武帝、李夫人はかなくなりてのち、思ひなげかせ給ふこと、年月ふれどもさらにおこたり給はず。…甘泉殿のうちに昔のかたちをうつして朝夕見給ひけれども、物言ひゑむことなければ、いたづらに御心のみつかれにけり」(唐物語・第十五話)。「思う給へ」、底本「思ふ給へ」。

「[1]あはれなる御願《ねが》ひに、又うたて御手洗川近《みたらしがはちか》き心地する人形《かた》こそ、思ひやりいとほしくはべれ。[2]黄金求《こがねもと》むる絵師《ゑし》もこそなど、うしろめたくぞ侍るや。」

との給へば、

「[3]そよ。その匠《たくみ》も絵師《ゑし》も、いかでか心にはかなふべきわざならん。[4]近《ちか》き世に花降《ふ》らせたる匠《たくみ》も侍りけるを、さやうならむ[5]変《へ》化《(げ)》の人もがな。」

と、とさまかうざまに忘れん方《かた》なきよしを、嘆《なげ》き給ふけしきの心深《ふか》げなるもいとほしくて、いますこし近《ちか》くすべり寄《よ》りて、

「[6]人形《かた》のついでに、いとあやしく思ひ寄《よ》るまじき事をこそ思ひ出《い》ではべれ。」

との給ふけはひのすこしなつかしきも、いとうれしくあはれにて、

「何事にか。」

と言《い》ふまゝに、[7]き丁《(ちやう)》の下《した》より手《て》をとらふれば、いとうるさく思ひならるれど、[8]いかさまにして、かゝる心をやめて、なだらかにあらんと思《おも》へば、[9]この近《ちか》き人の思《おも》はんことのあいなくて、さりげなくもてなし給へり。

1　中君の言。殊勝なお志ですが、しかし縁起でもなく祓えの後は御手洗川に流し捨てることを連想させる人形にするとは、考えると気の毒なことです。人形を祓えで水に流す撫で物の意に解して答える。「御手洗川」は祓えを行う川。「恋せじと御手洗川にせし禊ぎ」（伊勢六十五段）。

2　（賄賂の）黄金を要求して描く絵師がいるかもしれないと、心配です。漢の元帝の命で後宮女性の姿絵を描いた画工が賄賂によって描き方を加減したという、王昭君の故事。「絵師共(ども)此レヲ書ケルニ、此ノ女人共…各(おのおの)我モ我モト絵師ニ、或ハ金銀ヲ与へ、或ハ余ノ諸ノ財ヲ施シケレバ、絵師、其レニ耽(ふけり)テ、弊(つたな)キ形ヲモ吉ク書成(かきなし)シテ持テ参タリケレバ」（今昔物語集十ノ五）。〔二〕須磨四六九頁注15。

3　薫の言。そうなのです。人形や絵を依頼する名工も絵師も、どうして満足のいくものをつくることができるでしょう。反語。

4　典拠未詳。描いた花から実際に花びらが散ったという話があったか。あるいは「或説云ひだのたくみは、はかり事に花をふらせたりと云々」（花鳥余情）。

5　人智を超えた能力を持つ人。「へげ」は「へんげ（変化）」の転。「へげのもの（物）」（うつほ・楼の上 下）、「仏菩薩の変化の身」（〔三〕蓬生一二〇頁）、「狐などの変化」（同一三八頁）、「我身は変化の物とおぼしなして」（〔五〕若菜上三〇四頁）。

6　中君の言。人形の話ついでに、とても不思議で思い当たることもないようなことを思い出しました。

7　（薫は）几帳のとばりの下から（中君の）手を摑まえるので。一九五頁注8。

8　中君の心内。どうにかして、（薫の）こういう気持をとどめて、穏やかにしていようと思い。

9　（事を荒立てて）そば近くにいる少将に変に思われるのが具合悪いので。

204

「年比《とし(ごろ)》[1]は、世《よ》にやあらむとも知《し》らざりつる人の、この夏《なつ》ごろ、と[2]ほき所よりものして尋ね出《い》でたりしを、疎《うと》くは思ふまじけれど、又うちつけに、さしも何《なに》かはむつび思はんと思ひ侍りしを、さいつ比《(ころ)》来《き》たりしこそ、あ[3]やしきまでむかし人の御けはひに通《かよ》ひたりしかば、あはれにおぼえなりにしか。形見《かたみ》[4]など、かうおぼしの給ふめるは、中〳〵何事もあさましくもて離《はな》れたりとなん、見《み》る人〳〵《(みるひと)》も言《い》ひ侍りしを、い[5]とさしもあるまじき人《ひと》の、いかでかはさはありけん。」

との給ふを、夢語《ゆめがた》[6]りかとまで聞《き》く。

「さ[7]るべきゆゑあればこそは、さやうにもむつびきこえらるらめ。など[8]か、今までかくもかすめさせ給はざらん。」

との給へば、

「い[9]さや、そのゆゑも、いかなりけん事とも思ひ分《わ》かれ侍らず。もの[10]はかなきありさまどもにて世《よ》に落《お》ちとまりさすらへんとすらむことゝのみ、うしろめたげにおぼしたりし事どもを、たゞ一人《ひとり》かき集《あつ》めて思ひ知《し》られ侍るに、又[11]あいなきことをさ

39 異母妹浮舟

1　中君の言。これまでこの世にいようとは知りもしなかった者が。異母妹浮舟《うきふね》のこと。

2　遠い田舎から上洛して何とか私を尋ねてきたのだが、疎遠には思いはしまいあいだがらではあるけれども、かといっていきなり、そう親しく付き合う必要もあるまいと思っていましたが、先般やって来たところ。「とほき所」は常陸であることが、二二四頁で明かされる。

3　（その異母妹は）不思議なほど亡き大君に雰囲気が似ていたので。

4　（薫が私を大君の）形見などと、思ったりおっしゃったりして下さるようなのは、かえって（私には大君に）どこも似た所などまったくないと、女房たちも申しておりましたのに。四早蕨では、姉妹が「並び給へりしをりは、とり〴〵にて、さらに似たまへりとも見えざりしを」（一八頁）と語られていた。

5　まったくそれほど似るはずのない（腹違いの）者が、どうしてそのように似ているのだろう。

6　（薫は中君の見た）夢の話を聞いているのではないかとまで（思って）聞く。

7　薫の言。しかるべき理由があるからこそ、（先方は中君に）親しくお近付き申されるのであろう。

8　どうして、今までこんなことがあるともほのめかして下さらないのか。

9　中君の言。いえ、その理由も、どういうことか（詳しくは私には）よく分からないのです。

10　（私たち姉妹が）より所のない境遇でこの世に残され落ちぶれてさまようような暮らしをすることだろうとばかり、（亡き八宮が）心配しておられた様々のことを、（大君亡き今は）自分一人であれこれ身にしみて感じておりますのに。

11　さらに（腹違いの姉妹の出現という）余計な事情までが生じて、世間の噂になるのは。

へうち添《そ》へて、人も聞《き》き《ゝ》つたへんこそ、[1]いとい《〱》とほしかるべけれ。」

との給ふけしき見《み》るに、[2]宮の忍《しの》びてものなどの給ひけん人の、忍草《しのぶぐさ》摘みおきたりけるなるべしと見知《みし》りぬ。

似《に》[3]たりとの給ふゆかりに耳《み》と《ゝ》まりて、

「[4]かばかりにては、同《おな》じくは言《い》ひ果《は》てさせ給うてよ。」

と[5]いぶかしがり給へど、さすがにかたはらいたくて、えこまかにも聞《き》こえ給はず。

「[6]尋ねんとおぼす心あらば、そのわたりとは聞こえつべけれど、くはしくしもえ知《し》らずや。[7]又あまり言《い》はば《ゝ》、心おとりもしぬべき事になん。」

との給へば、

「世《よ》[8]を海中《うみなか》にも、魂《たま》のありか尋ねには、心の限《かぎ》り進《す》み《ゝ》ぬべきを、[9]いとさまで思ふべきにはあらざなれど、いとかく慰《なぐさ》めんかたなきよりはと思ひ寄《よ》り侍る[10]人形《ひとかた》の願《ねが》ひばかりには、[11]などかは山里《ざと》の本尊《ぞん》にも思ひはべらざらん。なほたしかにの給はせよ。」

1 （八宮のために）たいへんお気の毒なことになるでしょう。

2 （薫は）八宮が秘かに親しくしていらしたような女が、形見の子を生んでいたのであろうと理解した。「結びおきし形見の子だになかりせば何にしのぶの草を摘ままし」（後撰集・雑二・兼忠朝臣が母の乳母）により、「忍草」は忘れ形見の子、の意。㊂葵一八三頁注8。

3 （大君に）似ていると（中君の）おっしゃった（浮舟の）血縁関係が気になって。

4 薫の言。そこまで伺った以上、同じことなら残らずお話し下さいませ。

5 （薫は異母妹について詳しく）知りたがっておられるが、そう（話題にしたと）はいえ（詳細を語るのは）気が咎めるので、（中君は薫に）こまごまとお話し申し上げることもおできにならない。

6 中君の言。（浮舟を）お捜しになろうというおつもりなら、そのおおよその所在は申し上げることができるが。

7 その上あまり詳しく言うならば、幻滅なさりかねないことなので。

8 薫の言。海上の蓬萊宮にまでも、（大君の）霊魂の住みかを探すためには、全力を尽くして出かけようが。「長恨歌の屛風を、亭子院のみかどかゝせ給ひて、その所〳〵詠ませ給ひける…／しるべする雲の舟だになかりせば世を海中にたれか知らまし」（伊勢集）により、玄宗皇帝が楊貴妃の霊魂を幻術士に捜させた故事を踏まえる。「世を海中」に「世を憂」を響かす。参考「すをわけてをりふしひとりあしたづの世をうみなかになかぬ日ぞなき」（延喜御集）。

9 （異母妹のことは）とてもそこまで熱心に考える必要はないようだが。

10 大君の像を作ろうと願った程度には。

11 どうして（浮舟を）宇治の本尊として大切に思わないことがありましょうか。

と、[1]うちつけに責《せ》めきこえ給ふ。

「[2]いさや、いにしへの御ゆるしもなかりしことを、かくまで漏《も》らしきこゆるも、いと口軽《くちかる》けれど、[3]変《へ》化《(げ)》の匠《たくみ》求《もと》め給ふいとほしさにこそ、かくも。」

とて、

「[4]いととほき所に年《とし》比《(ごろ)》経《へ》にけるを、母《はゝ》なる人のうれはしきことに思ひて、あながちに尋ね寄《よ》りしを、はしたなくもえいらへではべりしに、ものしたりし也《(なり)》。[5]ほのかなりしかばにや、何《なに》事も思ひし程よりは見《み》ぐるしからずなん見《み》えし。[6]これをいかさまにもてなさむと嘆《なげ》くめりしに、[7]仏《ほとけ》にならんは、いとこよなきことにこそはあらめ、[8]さまではいかでかは。」

など聞《き》こえ給ふ。

[9]さりげなくて、かくうるさき心を、いかで言《い》ひ放《はな》つわざもがなと思ひ給へると見《み》るはつらけれど、さすがにあはれ也《(なり)》。[10]あるまじき事とは深《ふか》く思ひ給へるものから、顕《け》証《せう》にはしたなきさまにはえもてなし給はぬも、見《み》知《し》り給へるにこそはと思ふ心と

1　（異母妹の在処を教えよと）性急に責めたて申し上げなさる。

2　中君の言。さあ（どうしたものか）、亡き八宮が認知もなさらなかった浮舟のことを、こうまでこっそり教えてさしあげるのも、たいそう口の軽いことだが。

3　（大君の像を作るために）人間離れした名工をお探しなさるのが、お気の毒で、ここまでも（お教えしたのです）。二〇三頁注5。

4　中君の言。（浮舟は）都からとても遠い田舎で長年過ごしてきたが、（それを）母親が嘆かわしいことに思って、強引に（私に）接触を求めてきたので、無愛想にあしらうこともできなかったうちに、会いにきたのです。

5　ちらりと見ただけのせいか、（浮舟は）何事も私が思っていた程度よりはまともに見えた。

6　（母親は）浮舟の扱いをどうしたものかと悩んでいたようであったが。

7　（薫が大君を偲ぶ宇治の）本尊になるというのなら、それはこの上ない結構なことであろう。

8　（しかし）そこまでなさるのはどんなものでしょう（その必要はあるまい）。

40　なお中君を思う薫

9　薫の心内。（中君が）あからさまにではなく、薫の中君への執着を、何とか諦めさせる手立てはないものかとお考えなのだと分かるのは恨めしいけれど、そうはいえ（薫には中君が）慕わしく思われる。

10　（中君が薫の執心を）けしからぬこととは心底お思いなのに、露骨に突き放しては（薫を）お扱いなされないのも、（中君が）自分の真情をお分かり下さっていればこそだと思うと胸がときめいて。「顕証」は、あらわなさま、目立つさま、「けんそう」「けんせう」と表記されることもある（㈦竹河一三八頁三行・㈨蜻蛉18節）。

きめきに、夜《よ》もいたくふけゆくを、内《うち》[1]には人目《め》いとかたはらいたくおぼえ給ひて、うち[2]たゆめて入《い》り給ひぬれば、をとこ君、ことわりとは返す〳〵思《おも》へど、なほいとうらめしくくちをしきに、思ひしづめん方《かた》もなき心地して、涙のこぼるゝも人わろければ、よろづに思ひ乱《みだ》るれど、ひたふる[3]に浅《あさ》はかならむもてなしはた、なほいとうたて、我《(わが)》ためもあいなかるべければ、念《ねん》じ返して、常《つね》よりも嘆《なげ》きがちにて出《い》で給ひぬ。

かく[4]のみ思ひては、いかゞすべからむ、苦《くる》しくもあるべきかな、いか[5]にしてかは、大方《おほかた》の世《よ》にはもどきあるまじきさまにて、さすがに思ふ心のかなふわざをすべからむなど、下《お》[6]り立《た》ちて練《れむ》じたる心ならねばにや、我《(わが)》[7]ため人のためも心やすかるまじき事を、わりなくおぼし明《あ》かすに、似[8]たりとの給ひつる人も、いかでかはまことかとは見《み》るべき、さ[9]ばかりの際《きは》なれば、思ひ寄《よ》らんにかたくはあらずとも、人[10]の本意《ほい》にもあらずは、うるさくこそあるべけれなど、な[11]ほそなたざまには心も立《た》ゝず。

[12]宇《う》治《ぢ》の宮を久《ひさ》しく見《み》給はぬ時は、いとゞむかしとほくなる心《(ここ)》ちして、すゞろに心

1　御簾の内がわでは（中君が）女房たちの目をひどく気になさって。

2　（中君が薫を）油断させて奥に入ってしまわれると、薫は、（中君の薫を遠ざけようとする態度を）もっともだと繰り返し思いはするものの、そうはいえ（中君の冷静な態度が）恨めしく悔しいので。「をとこ君」は単なる訪問者ではなく、中君への懸想人としての薫に対する呼称（一六三頁注8）。

3　一途に短気なふるまいに走るのは、それはそれで味気なく、（中君にとってはもとより）自分のためにも感心できることではないので。

4　「わざをすべからむ」まで、薫の心内。このように（中君のこと）ばかり思って、どうすればよいのだろう。

5　どのようにして、世の中一般からは非難されない形で、しかし中君への思いを叶えることができるのであろうか。

6　（薫は）身を入れて恋の修練を積まれた人ではないせいか。「練　レンス」（色葉字類抄）。

7　（薫は）自分にとっても相手にとっても悩ましい事態を、どうしようもなく寝ずにお悩みになるが。「おぼし明かすに」、青表紙他本・首書本「おもほしあかす」。

8　（中君が）大君に似ているとおっしゃった人（浮舟）も、どうして本当にそうだと確かめられよう。

9　（八宮のご落胤とおぼしき）その程度の身分の女であれば、その気になれば自分の思い者にするのはむずかしくはなくとも。「際なれば」、三条西本・尾州本・各筆本「きはなゝれは」。

10　相手（浮舟）がそれを望まない場合は、面倒なことになろう、の意か。相手が自分の願いに叶わない人だった場合は、の意とも解せる（明星抄）。

11　まだ浮舟に対しては気持も動かない。

41　薫、宇治を訪う

12　（薫は）宇治の八宮宅を。

ぼそければ、九月廿よ日ばかりにおはしたり。いとゞしく風のみ吹《ふ》き払《はら》ひて、心[1]すごく荒《あら》ましげなる水のおとのみ宿守《やどもり》にて、人影《かげ》もことに見《み》えず。見《み》るにはまづかきくらし、かなしき事ぞ限《かぎ》りなき。[2]弁の尼召《あまめ》し出《い》でたれば、[3]障子口《さうじぐち》に、[4]青鈍《あをにび》のき丁《（ちやう）》さし出《い》でてまゐれり。

「[5]いとかしこけれど、ましていとおそろしげに侍れば、つゝましくてなむ。」

と、[6]まほには出《い》でこず。

「[7]いかにながめ給ふらんと思《おも》ひやるに、同《おな》じ心なる人もなきもの語《がた》りも聞《き》こえんとてなん。はかなくも積《つも》る年《とし》月かな。」

とて、[8]涙をひと目《め》浮《う》けておはするに、老い人《びと》はいとゞさらにせきあへず。

「[9]人の上《うへ》にて、あいなくものをおぼすめりしころの空ぞかしと思ひ給へ出《い》づるに、[10]いつと侍らぬなるにも、[11]秋の風は身に染《し》みてつらくおぼえ侍りて、[12]げにかの嘆《なげ》かせ給ふめりしもしるき世の中の御ありさまを、ほのかにうけたまはるも、さま〲になん。」

1　索漠として荒々しい（宇治川の）水音だけが家の番人で。「いと荒ましき水のおと、波の響き」（㈦橋姫二二六頁）。

2　八宮家の老女房。中君の上洛に従わず、出家して宇治宅に留まる（㈣早蕨7節）。

3　室内を襖で仕切った、その出入口。

4　尼の調度の色で、青みのある薄墨色。「き丁」は「几帳」。

5　弁の言。はなはだ畏れ多いことですが、人前に出られるような姿ではございませんので、遠慮いたしまして。

6　（尼姿を恥じて）完全には姿を見せない。

7　薫の言。（宇治に留まって）どんなに物思いに沈んでおられるかと想像していたが、（あなた以外には）同情してくれる人もないお話でも申し上げようと思いまして。

8　（薫は）涙を目一杯に浮かべて。

9　弁の言。（亡き大君が）中君の身の上を案じて、必要以上にお悩みのように見えたのも今頃だったと思い出しますにつけても。㈦総角五二八・五五〇頁。昨年のことを言っている。

10　風が身に染むのはどの季節でもそうですが。「いつとても恋しからずはあらねども秋の夕べはあやしかりけり」（古今集・恋一・読人しらず）。「侍らぬなる」、諸本「侍らぬなか」。底本「なる」は、「る」の仮名と「可」を字母とする仮名「か」との類似によって生じた異文か。

11　『河海抄』は「秋吹くはいかなる色の風なれば身に染むばかりあはれなるらむ」（和泉式部集）を挙げる。

12　まったく大君が危惧しておられた通りになった中君ご夫妻のご様子を。大君は匂宮と六の君の縁談を知った時、「いまは限りにこそあなれ、やむごとなき方に定まり給はぬなほざりの御すさびに、かくまでおぼしけむを」（㈦総角五五〇頁）と思った。

と聞《き》こゆれば、

「[1]とある事もかゝることも、ながらふればなほるやうもあるを、[2]あぢきなくおぼし染《し》みけんこそ、我《（わが）》あやまちのやうになほかなしけれ。[3]この比《（ごろ）》の御ありさまは、何《なに》か、それこそ世《よ》の常《つね》なれ。されど、[4]うしろめたげには見《み》え聞《き》こえざめり。[5]言《い》ひても〳〵、[6]むなしき空に上《のぼ》りぬる煙《けぶり》のみこそ、たれものがれぬ事ながら、[7]おくれ先立《さきだ》つほどは、猶いと言《い》ふ[8]かひなかりけり。」

とても、又泣《な》き給ひぬ。

[9]阿闍梨《あざり》召《め》して、例《れい》の、[10]かの忌《き》日《（にち）》の経、仏などの事の給ふ。さて、

「[11]こゝに時〻ものするにつけても、かひなきことのやすからずおぼゆるがいと益《やく》なきを、[12]この寝殿《しん（でん）》こほちて、かの山寺《でら》のかたはらに堂建《だうた》てむとなん思ふを、同《おな》じくはとくはじめてん。」

との給ひて、堂《だう》いくつ、廊《らう》ども、僧房《そうばう》など[13]あるべき事ども書《か》き出《い》での給はせ、させ給ふを、

1　薫の言。何事も、長生きをしているうちには好転することもあるものなのに。

2　（大君が中君と匂宮の仲について）深く悲観しておられたというのは、私に責任があるように思えて今だに悲しい。

3　匂宮が夕霧の婿になったのは、親王としては当たり前のことだ、の意。

4　六の君と結婚しても、（匂宮の）中君に対する気持に心配な気配はないようだ、の意。「見え聞こえ」は、様子が見えたり噂が聞こえたりする。

5　繰り返し言ってみたところで。

6　火葬の煙となって虚空に登ってしまうこと、すなわち死というもの。

7　（草木の葉末に置く露と根元にかかる雫の消える遅速と同じく）だれかが先に死に、だれかが後に残される死別というものは。「末の露もとの雫や世の中の後れ先立つためしなるらむ」（古今六帖一、遍昭集にもあり、新古今集・哀傷では遍昭歌とする）。

8　前行の「煙のみこそ」に対し「けり」で結ぶのは異例。書陵部本・板本「なかりけれ」。

42　宇治の阿闍梨

9　宇治山に住む、八宮の仏道の師。

10　大君の一周忌。諸本多く「御き日」。「などの事」、青表紙他本・板本「の事など」。

11　薫の言。八宮の旧宅を時々訪れるにつけても、思っても仕方のない大君のことが思い出されて心乱れるのが無益なので。

12　八宮旧宅の寝殿を解体して、阿闍梨の山寺の傍らに（供養のための）御堂を建立しようと思っているが、同じことなら早く始めてしまおう。

13　（薫は）しかるべき事柄を文書にしご指示なさり、行わせなさる。「の給はせ、させ」、底本「の給せさせ」、三条西本・書陵部本「のたまひなとせさせ」、板本「の給ひなどせさせ」、河内本「なとせさせ」。

「[1]いとたふときこと。」

と聞こえ知《し》らす。

「[2]むかしの人の、ゆゑある御住《す》まひに占《し》め造《つく》り給ひけん所を引《ひ》きこほたん、なさけなきやうなれど、[3]その御心ざしも功徳《くどく》の方《かた》には進《すゝ》みぬべくおぼしけんを、とまり給はん人《ひと》〴〵おぼしやりて、えさはおきて給はざりけるにや。[4]いまは兵部卿《（ひやうぶきやう）》の宮の北《きた》の方《かた》こそは知《し》り給ふべければ、[5]かの宮の御料《りやう》とも言《い》ひつべくなりにたり。されば、[6]こゝながら寺《てら》になさんことは便《びん》なかるべし。心にまかせてさもえせじ。[7]所のさまもあまり川《かは》づら近《ちか》く、顕証《けせう》にもあれば、なほ[8]寝《しん》殿をうしなひて、ことざまにも造《つく》り変《か》へんの心にてなん。」

との給へば、

「[9]とさまかうざまに、いともかしこくたふとき御心なり。[10]むかし、別《わか》れをかなしびて、かばねをつゝみてあまたの年頭《としくび》にかけて侍りける人も、仏の御方便《はうべん》にてなん、 一七〇
かのかばねの袋《ふくろ》を捨《す》てて、つひに聖《ひじり》の道《みち》にも入《い》り侍りにける。[11]この寝《しん》殿を御覧ずる

1　阿闍梨の言。

2　薫の言。故人（八宮）が趣のある住居にしようと土地を用意してお建てになった家を取り壊すのは、非情のようだが。

3　八宮のご意向も（死後は家を寺にして）功徳を積みたいとお望みのようだったが、残された姫君たちのことをお考えになって、そうはお決めになれなかったのであろうか。

「人〳〵」、青表紙他本「人〳〵を」。

4　現在は兵部卿の宮（匂宮）と結婚した中君が領有なさるはずなので。

5　匂宮家のご料地とでもいうのがふさわしいことになった。

6　（匂宮家の意向にお構いなく）この場所にあるままで寺にすることは差し支えがあろう。自分の思いのままにそんなことはできないだろう。

7　（寺にするには）場所がらも宇治川に近すぎ、人目も多いので。

8　寝殿を解体して、別な場所で御堂に建て替えようというつもりだ。

9　阿闍梨の言。（薫が）いずれになさろうと、（寺になすことは）尊いお志です。

10　死者との別れを悲しんで、屍を包んで多年首に掛けていたという人。「仏の方便」とは、人間にとっての逆境が、仏がその者を仏道に導き入れる手段であるという考え。『河海抄』は「或伝記云」として「…そのおやかはねをくひにかけてつゐに仏道に入給ける」という例を挙げるが出典未詳。愛する妻の屍を手元に置いて、その腐敗劣化するさまを見て仏道に入った男の話が『今昔物語集』などに見えるも、「頸にかけて」という事例は見えない。『大日経義釈』に引く、『僧伽吒（そうぎやた）経』の、美人の妻の死を悲しむあまり、その亡骸を枯れ朽ちるまで棄てないでいた男が、菩薩の方便により悟りを得たという話による説がある。

11　八宮宅の寝殿をご覧になると、（大君の追憶で）心が動揺なさるのは。

につけて、御心動《うご》きおはしますらん、[1]ひとつにはたい〴〵しき事なり。又、[2]後の世のすゝめともなるべきことに侍りけり。急《いそ》ぎ仕《つか》うまつるべし。[3]暦《こよみ》の博士《はかせ》はからひ申して侍らむ日をうけ給はりて、[4]もののゆゑ知《し》りたらん匠《たくみ》二三人をたまはりて、こまかなる事どもは、[5]仏の御教《をし》へのまゝに仕《つか》うまつらせ侍らむ。」

と申す。とかくの給ひ定《さだ》めて、[6]御荘《みさう》の人ども召《め》して、このほどのことども、阿闍梨《あざり》の言《い》はんまゝにすべきよしなど仰《おほ》せ給ふ。[7]はかなく暮れぬれば、[8]その夜はとまり給ひぬ。

[9]このたびばかりこそ見《み》めとおぼして、立《た》ちめぐりつゝ見《み》給へば、[10]仏もみな彼寺《(かの)てら》に移《うつ》してければ、[11]尼君《あま(ぎみ)》のおこなひの具のみあり。いとはかなげに住《す》まひたるを、あはれに、いかにして過《す》ぐすらんと見《み》給ふ。

「[12]この寝殿《しんでん》は、変《か》へて造《つく》るべきやうあり。[13]造《つく》り出《い》でん程は、かの廊《らう》にものし給へ。[14]京の宮に取《と》り渡《わた》さるべきものなどあらば、荘《さう》の人召《め》して、あるべからむやうにものし給へ。」

1　「ひとつには」、三条西本・書陵部本・河内本・板本「ひとへに」。「たいぐし」は、よろしくない、不都合だ、の意。

2　（寝殿を仏堂にするのは）後世に対する善根ともなることなのでした。

3　暦博士が勘え申して吉日としました日取りをお聞きして。暦博士は陰陽寮の職員で、暦を造ることおよび暦学生の教育に従事し、日時の吉凶の判断も行う。「暦の博士召して時問はせなどし給ふ」（㊁葵一四二頁）。

4　建築方法をわきまえた大工二、三人を手配していただいて。

5　仏事、仏具の作法、仕様を記した書である儀軌の通りに。

6　（薫は宇治近郊の）荘園の者どもを呼び寄せなさり、寝殿移築のことは、阿闍梨の言う通りにすべき旨をご指示なさる。

7　（晩秋ゆえ）あっという間に日が暮れたので。

8　薫、八宮宅に宿泊。「とまり」、青表紙他本・河内本・承応板本・湖月抄本「とゝまり」。

43 弁尼と語る

9　（薫は）今回限りで八宮宅の見納めになろうとお思いになって、何度も歩き回ってご覧になると。

10　八宮の仏像もすべて阿闍梨の山寺に移してしまっていたので。八宮の死後、仏像を阿闍梨の山寺に移すこと、㊆椎本に「仏はみなかの寺に移したてまつりてむとす」（㊂五六頁）とあった。

11　弁の勤行の仏具。

12　薫の言。この家の寝殿は、（御堂に）造り替える計画がある。

13　（改築が）完成するまでは、（弁は）あちらの廊に住みなされ。

14　（中君がお住まいの）京の匂宮邸にお移しすべきものがあるのなら、私の荘園の者を呼んで、適切に処置して下さい。

など、[1]まめやかなる事どもを語《かた》らひ給ふ。[2]ほかにては、かばかりにさだ過ぎなん人を、何かと見入《みい》れ給ふべきにもあらねど、夜《よる》も近《ちか》く臥《ふ》せて、むかしもの語《がた》りなどせさせ給ふ。[3]故権大納言の君の御ありさまも、聞《き》く人なきに心やすくて、いとこまや 一七六一
かに聞《き》こゆ。

「[4]いまはとなり給ひしほどに、めづらしくおはしますらん御ありさまを、いぶかしきものに思ひきこえさせ給ふめりし御けしきなどの、思《おも》ひ給へ出でらるゝに、[5]かく思《おも》ひかけ侍らぬ世《よ》の末《すゑ》に、かくて見《み》たてまつり侍るなん、[6]かの御世《よ》にむつましく仕《つか》うまつりおきししるしのおのづから侍りけると、うれしくもかなしくも思ひ給へられはべる。[7]心うき命の程にて、さま〴〵の事を見《み》給へ過《す》ぐし、思ひ給へ知《し》り侍るなん、いとはづかしく心《こゝろ》うくはべる。[8]宮よりも、時〴〵はまゐりて見《み》たてまつれ、おぼつかなく絶《た》え籠《こも》り果《は》てぬるは、こよなく思《おも》ひ隔《へだ》てけるなめりなどの給はするをり〳〵侍れど、[9]ゆゝしき身にてなん、阿弥陀《あみだ》仏《(ほとけ)》よりほかには、見《み》たてまつらまほしき人もなくなりて侍る。」

1　実務的なことあれこれを相談なさる。

2　八宮家以外では、これほどに年老いたような女房を、何やかや相手になさることなどありえないが、（薫は弁を）夜もおそば近くに休ませて、（弁が薫の父柏木に仕えていたころの）昔話などをおさせになる。

3　（弁は薫の実父）柏木のご行状も、他に聞く者がいなくて安心できるので。弁は柏木の乳母子（㈦椎本三五五頁注7）。

4　弁の言。ご臨終間際に、初めてご誕生のお子様（薫）を、（柏木が）見たいとお思い申しておられたらしいご様子などが。

5　こうして思いも寄らなかったわが生涯の終りに、このように（柏木の子薫に）お目にかかりますのは。

6　柏木ご在世中に身近にお仕え申しておいたご利益がおのずから現れましたものと。

7　情けなくも長生きをして、いろいろなことを経験し、思い知りましたのは、本当に恥ずかしく情けないことです。長命ゆえに不幸な目に遭うことを恥じる考えは、「寿（いのちなが）ければ則ち辱（はぢ）多し」（荘子・天地）、「いかでなほありと知らせじ高砂の松の思はむこともはづかし」（古今六帖五）による。「命長さのいとつらう思うたまへ知らるゝに、松の思はんことだにはづかしう思うたまへ侍れば」（桐壺更衣に先立たれた母の言、㈠桐壺三四頁）。

8　中君からも、時々は京へ参上して顔を見せよ、無沙汰のまま宇治に籠りきりとは、すっかり私に愛想を尽かしたように見えるなどと。

9　人前に出るのが憚られる出家の身なので、阿弥陀仏以外には、お目にかかりたい人もいないのでございます。『源氏物語』には、当時の浄土教隆盛を反映して、作中人物の阿弥陀仏への帰依の心情がしばしば語られている。「いまなむ阿弥陀仏の御光も心きよく待たれ侍るべき」（㈠夕顔二三八頁）。他に㈠若紫三五〇頁・㈢朝顔四一〇頁・㈥御法四二二頁など。また『紫式部日記』にも「たゞ阿弥陀仏にたゆみなく経をならひ侍らむ」。

など聞《き》こゆ。

故[こ1]姫《ひめ》君の御事どもはた、尽《つ》きせず、年比《とし(ごろ)》の御ありさまなど語《かた》りて、何《なに》のをり何《なに》との給ひし、花紅葉《(はなもみぢ)》の色を見《み》ても、[2]はかなく詠《よ》み給ひける歌語《うたがた》りなどを、[3]つきなからず、うちわなゝきたれど、[こ4]子めかしく言少《ことずく》なな《ゝ》るものから、をかしかりける人の御心ばへかなとのみ、いとゞ聞《き》き《ゝ》添《そ》へ給ふ。[5]宮の御方は、いますこしいまめかしきものから、心ゆるさざ《ゝ》らん人のためには、はしたなくもてなし給ひつべくこそものし給ふめるを、[6]われにはいと心深《こゝろふか》くなさけ〳〵しとは見《み》えて、いかで過《す》ごしてんとこそ思ひ給へれなど、[7]心の内《うち》に思ひ比《くら》べ給ふ。

さて、もの の《ゝ》ついでに、[8]かの形代《かたしろ》のことを言《い》ひ出《い》で給へり。

「[9]京に、このごろ侍らんとはえ知《し》り侍らず。人づてにうけ給はりし事の筋《すぢ》なな《ゝ》なり。故[こ10]宮の、まだかゝる山里住《ざとず》みもし給はず、故北《きた》の方《かた》の亡《う》せ給へりける程近《ちか》か《ゝ》りける比《(ころ)》、[11]中将の君とてさぶらひける上《(じやう)》らふの、心ばせなどもけしうはあらざりけるを、[12]いと忍びてはかなき程に物の給はせける、知《し》る人も侍らざりけるに、女子《(をんな)ご》をなん

一七六二

1　亡き大君。

2　（大君が）ちょっとした折りにお詠みになった歌にまつわる思い出話。「歌語り」、㊁賢木三一七頁注10・㊃常夏三二三頁注6。

3　（弁は）いかにもそれらしく、（老人ゆえ）声を震わせてではあるが（語るのを）。「うちわなゝきたれど」、青表紙他本「うちわなゝきたれとかたるに」、承応板本・首書本「うちわなゝきたれどかたるも」。

4　（薫は大君が）おっとりとして口数少なくはあったものの、風流な心の持ち主であったことよとひたすら、感銘深くいろいろお聞きになる。大君については㊃東屋でも「いといたう子めいたるものから、ようゐの浅からずものし給ひしはや」（四五〇頁）と回想されるが、㊆総角では、中君に「子めき」の語が用いられていた。「この君は、けざやかなる方に、いますこし子めき、け高くおはするものから、なつかしくにほひある心ざまぞ劣り給へりける」（五九〇頁）。

5　中君は、（大君に比べて）もう少し華やかではあるものの、懇意でない人に対しては、そっけない態度をお示しになりそうにお見えになるが。

6　自分（薫）に対してはとても思いやり深く親切な態度を示して、何とか（それ以上の関係にならずに）やり過ごそうと。

7　心中で大君、中君を比べてご覧になる。

44 浮舟の母、中将君

8　（薫は）大君の身代わりである浮舟の件を（弁に）。「人形　ヒトカタチ　一云カタシロ」（名義抄）、「人形　カタシロ〈祭祀具也〉」（色葉字類抄）。

9　弁の言。（浮舟が）近頃京におりますかどうかは存じません。（その話は）人づてに以前お聞きした事柄のようです。

10　故八宮が、まだ宇治にお移りにならず、故北の方がお亡くなりになっていくらも経たない頃。北の方の死は、㊆橋姫二〇〇頁。

生《う》みて侍りけるを、[1]さもやあらんとおぼす事のありけるからに、あいなくわづらはしくものしきやうにおぼしなりて、又とも御覧じ入《い》るゝこともなかりけり。[2]あいなくそのことにおぼし懲《こ》りて、やがておほかた聖《ひじり》にならせ給ひにけるを、[3]はしたなく思ひてえさぶらはずなりにけるが、陸奥《みち》の国の守《かみ》の妻《め》になりたりけるを、[4]一年上《ひとゝせのぼ》りて、その君《きみ》たひらかにものし給ふよし、このわたりにもほのめかし申したりけるを、[5]聞《き》こしめしつけて、さらにかゝる消息《せうそこ》あるべきことにもあらずとのたまはせ放《はな》ちければ、[6]かひなくてなん嘆《なげ》き侍りける。[7]さて又、常陸《ひたち》になりて下《くだ》りはべりにけるが、[8]この年比《とし(ごろ)》おとにも聞こえ給はざりつるが、此《(この)》春上《のぼ》りて、[9]かの宮には尋ねまゐりた 一七三 りけるとなん、ほのかに聞《き》ゝ侍りし。[10]かの君の年《とし》は、二十《はたち》ばかりになり給ひぬらんかし。[11]いとうつくしく生《お》ひ出《い》で給ふがかなしきなど[12]と《ゝ》ぞ、[13]中比《なか(ごろ)》は、文《ふみ》にさへ書《か》きつゞけてはべめりしか。」

と聞《き》こゆ。

[14]くはしく聞《き》ゝ明《あき》らめ給ひて、さらば、まことにてもあらんかし、見《み》ばやと思ふ心《こゝろ》

11　中将君とよばれてお仕えしていた上﨟女房で。

12　たいそう人目を忍んでかりそめに情をおかけになったのを。「ける」、青表紙他本・河内本・板本「けるを」。

1　（八宮は）ご自分の子かと身に覚えがおありであったのに、不本意で面倒なおもしろくないことにお思いになって、二度と（中将君を）お近付けになることもなかったのでした。

2　（八宮は）その件ですっかり懲り懲りなさって、そのまま何事も求道者になられてしまわれたので。

3　（中将君は）いたたまれなくなってお勤めもできなくなった。

4　先年上洛して、そのお子（浮舟）が無事でご成長とのことを、八宮家にもそれとなくお知らせ申したのを。

5　（八宮が）お聞き及びになり、決してこのようなことを知らせてきてはならぬと、きっぱりとおっしゃったので。

6　（中将君は）上洛のかいもなくて。

7　その後（中将君の夫は）今度は、常陸国の守になって。

8　ここ数年音沙汰がなかったが。

9　中君のいる二条院。

10　浮舟。

11　浮舟がうつくしく成人なさったのが（八宮に認知されずに）いたわしいなどと。「うつくしく」、書陵部本・承応板本「を（お）かしけに」。

12　他本多く「こそ」。底本「ゝそ」は「こ」の連綿体と「ゝ」の字形の類似によって生じた異文であろう。「とぞ」では文末の「はべめりしか」の已然形と対応しない。

13　昔と今の中間の意で、ひところ、少し前。「中古　ナカコロ」（黒川本色葉字類抄）、「中代　ナカコロ」（名義抄）。

14　（薫は）くわしく聞いて事情がよくお分かりになって、そういうことなら、（浮舟の件は）

出《い》で来《き》ぬ。

「[1]むかしの御けはひに、かけてもふれたらん人は、知《し》らぬ国までも尋ね知《し》らまほしき心あるを。[2]数《かず》まへ給はざりけれど、近《ちか》き人にこそはあなれ。わざとはなくとも、[3]この渡りにおとなふをりあらむついでに、かくなん言《い》ひしと伝《つた》へ給へ。」

などばかりの給ひおく。

「[4]母君は、故北の方の御めひなり。[5]弁も離《はな》れぬ中(なか)らひに侍るべきを、[6]そのかみはほか〳〵に侍りて、くはしくも見《み》給へ馴《な》れざりき。さいつ比(ころ)、京より[7]大輔《たいふ》がもとより申したりしは、[8]かの君《きみ》なん、いかでかの御墓《はか》にだにまゐらん、との給ふなる、さる心せよなど侍りしかど、[9]まだこゝにさしはへてはおとなはずはべめり。[10]いまさらば、さやのついでに、かゝる仰《おほ》せなど伝《つた》へ侍らむ。」

と聞《き》こゆ。

明《あ》けぬれば、帰《かへ》り給はんとて、[11]よべおくれて持《も》てまゐれる絹《きぬ》、綿《わた》などやうのもの、阿闍梨《あざり》におくらせ給ふ。尼《あま》君にもたまふ。[12]ほふしばら、尼《あま》君の下種《げす》どもの料《れう》にとて、

事実であるのだろう、(浮舟に)会いたいという気持になる。

1　薫の言。亡き大君のご様子に、少しでも似ているような人がいたら、外国までも。「ふれたらん人は」、底本「ふれたらんは人は」。諸本により改める。

2　(八宮は浮舟を)子として認知なさらなかったということだが、(浮舟は大君の)近親であるとのこと。

3　(浮舟がわから)弁のところに音沙汰があるような機会に、私がこう申していたとお伝え願いたい。

4　弁の言。浮舟の母中将君は八宮の亡き北の方の姪御さんです。

5　私、弁も(中将君とは)血の繋がったあいだがらであるはずですが。弁は故北の方の母方の従姉妹(㊆椎本三五五頁注8)。

6　(中将君が八宮家に仕えていた)そのころは、離ればなれになっておりまして、深いお付き合いはありませんでした。当時、弁は九州にいた(㊆橋姫二八二頁)。

7　中君の女房(一八五頁注9)。

8　浮舟が、せめて何とか父八宮のお墓にだけでもお詣りしたい、とおっしゃっておられるとのこと、その心づもりをしておくようにと申してきましたが。「心せよ」、底本「心よせ」。諸本により改める。

9　今のところこちらにはこれといって連絡もないようです。

10　そのうちに連絡がありましたら、その折に(薫が)こう仰せられたなどとお伝えいたしましょう。「さや」は諸本多く「さやう」。底本は「う」の脱落が疑われるが、湖月抄本・『明星抄』所引の本文は「さや」。一二五頁注11参照。

***45* 宿り木**

11　昨夜、薫に遅れて届けられた贈り物。

12　(阿闍梨の寺の)下級の法師連中や弁の使用

布《ぬの》[1]などいふものをさへ召《め》して賜《た》ぶ。心[2]ぼそき住《す》まひなれど、かゝる御とぶらひたゆまざりければ、身のほどにはめやすく、しめやかにてなんおこなひける。木枯《こがら》しの耐《た》へがたきまで吹《ふ》きとほしたるに、残る梢《こずゑ》もなく散《ち》り敷《し》きたる紅葉《もみぢ》を、踏《ふ》[3]み分《わ》け《ゝ》ける跡も見《み》えぬを見《み》わたして、とみにもえ出《い》で給はず。いと[4]けしきある深《み》山《(やま)》木《ぎ》に宿《やど》りたる蔦《つた》の色ぞまだ残《のこ》りたる、

「こ[5]だに。」

などすこし引《ひ》き取《と》らせ給ひて、宮[6]へとおぼしくて、持《も》たせ給ふ。

　宿《やど》[7]りきと思ひ出《い》でずは木《こ》のもとの旅寝《たびね》もいかにさびしからまし

とひとりごち給ふを聞《き》き《ゝ》て、尼君《あまぎみ》、

　荒《あ》[8]れ果《は》つる朽木《くちき》のもとを宿《やど》りきと思ひおきける程のかなしさ

あくまで古《ふる》[9]めきたれど、ゆゑなくはあらぬをぞいさゝかの慰《なぐさ》めにはおぼしける。

宮[10]に紅葉《もみぢ》たてまつれたまへれば、をとこ宮《みや》おはしましけるほどなりけり。

「南《みなみ》[11]の宮より。」

一七六四

人たちの用に。「ほふし」、底本「ほうし」。

1 麻で織った白布。高級品「絹」に対して「布」は貴族にとって疎遠なので、「などいふもの」という。「うしろの山に、柴といふものふすぶるなりけり」(㈡須磨四六六頁)、「めぐりの見ぐるしきに板垣といふものうち堅めつくろはせ給ふ」(㈢蓬生一五〇頁)、「遣戸といふもの鎖して」(㈣東屋四四二頁)。「布」を贈ること、「御ず行の布四千反…絹四百疋」(㈤若菜上二七二頁)。

2 (弁は)不如意な暮らしぶりであるが、こうした(薫の)ご援助が絶えずあるので、不如意な境遇にしては見苦しくなく、静かに勤行していた。「めやすく」、青表紙他本・河内本・板本「いとめやすく」。

3 踏み分けて訪れた人の足跡。「秋は来ぬもみぢは宿に降り敷きぬ道踏み分けて訪ふ人はなし」(古今集・秋下・読人しらず)によるか。

4 立派な大木に絡まり付いている蔦の紅葉がまだ残っている(それを)。

5 薫の言。せめてこれだけでも(京への土産に)、の意か。古注では「こだに」を虫の名(花鳥余情)、蔦の異名(細流抄)などに解する。

6 中君へ(の土産に)と思って。

7 薫の歌。(ここにかつて姫君たちがおられて)自分も泊まったのだという思い出がなければ、宇治の旅寝もどんなにかさびしかったことであろう。「宿りき」に蔦をさす「宿り木」を掛ける。

8 弁の歌。荒れ果てて朽ち木のような老残の私しか住んでいないこの家を、かつて宿った所として覚えていて下さったのが身に染みる。「かたちこそ深山《みやま》隠れの朽木なれ心は花になさばなりなむ」(古今集・雑上・兼芸法師)。

9 老人めいた歌だが、品がなくはない点を(薫は)多少の取り柄にはお思いになった。弁の歌に対する評。

46 中君に宇治の報告

とて、何心もなくもてまゐりたるを、[1]女君、例《れい》のむつかしきこともこそと苦《くる》しくおぼせど、取《と》り隠《かく》さんやは。宮、

「[2]をかしき蔦《つた》かな。」

と、[3]たゞならずの給ひて、召《め》し寄《よ》せて見《み》給ふ。御文《ふみ》には、

[4]日《ひ》ごろ、何《なに》事かおはしますらむ。[5]山里《ざと》にものし侍りて、[6]いとゞ峰《みね》の朝霧《あさぎり》にまど 一七五
ひ侍りつる御もの語《がた》りも身《(み)》づからなん。かしこの寝《しん》殿、堂《だう》になすべき事、阿闍《あざ》梨《り》に言《い》ひつけ侍りにき。[7]御ゆるし侍りてこそは、ほかに移《うつ》すこともものしはべらめ。弁の尼《あま》にさるべきおほせ事《(こと)》は遣《つか》はせ。

などぞある。

「[8]よくもつれなく書《か》き給へる文《ふみ》かな。まろありとぞ聞《き》きつらむ。」

との給ふも、[9]すこしは、げにさやありつらん。[10]女君は、事なきをうれしと思ひ給ふに、あながちにかくの給ふをわりなしとおぼして、うち怨《ゑん》じてゐ給へる御さま、よろづの罪《つみ》ゆるしつべくをかし。

10　匂宮邸に蔦の紅葉をお届け申すと、(折しも)匂宮のご在宅のときだった。

11　薫の住む三条宮(四早蕨四八頁七行)。三条宮からは二条院を「北の院」と呼ぶ(九九頁注1)。

1　中君は、いつものように(薫からの)わずらわしい懸想文ではあるまいかと困惑なさるが、どうして(手紙を匂宮の目から)隠すことができようか。

2　匂宮の言。薫は蔦に付けて手紙を届けた。

3　薫からの恋文ではないかと疑って、匂宮が心を動かすさま。

4　薫の手紙。このごろ、いかがお過ごしですか。「何事かおはしますらむ」は手紙の決まり文句。「年あらたまりては、何ごとかおはしますらん」(四早蕨一四頁)。類似例に「年あらたまりて何ごとかさぶらふ」(四浮舟四八四頁)。

5　宇治の八宮宅に行ってまいりまして。

6　一段と深い宇治の峰の朝霧で晴れぬ思いに心乱れましたお話も私の口から(申し上げたくて)。「雁の来る峰の朝霧晴れずのみ思ひつきせぬ世の中のうさ」(古今集・雑下・読人しらず)による。宇治の朝霧は七橋姫に「峰の朝霧晴るるをりなく」(二一四頁)、七椎本に「朝霧深きあしたに」(三四四頁)。

7　中君の許可をいただいてから、移築のこともいたしましょう。

8　匂宮の言。よくも素知らぬ顔をしてお書きになった手紙よ。私が在宅だと聞いたのであろう。

9　多少は、匂宮の言葉通りそうでもあったのだろう。

10　中君は、(薫の手紙が)不都合な内容ではなかったことでほっとなさるにつけても、(匂宮が)このように邪推なさるのに辟易して、不満そうにしておられる(中君の)ご様子は、どんな落ち度も許してしまいそうになるほど美しい。

「返《かへ》[1]り事書《ことか》き給へ。見《み》じや。」

とて、ほかざまに向《む》き給へり。[2]あまえて書《か》か《ゝ》ざらむもあやしければ、
[3]山里《ざと》の御ありきのうらやましくも侍るかな。かしこは、げに[4]さやにてこそよく
と思ひ給へしを、[5]ことさらに、又、巌《いはほ》のなか求《もと》めんよりは、荒《あ》らし果《は》つまじく
思ひ侍るを、いかにもさるべきさまになさせ給はば、おろかならずなん。
と聞《き》こえ給ふ。[6]かくにくきけしきもなき御むつびなめりと見《み》給ひながら、我《(わが)》御心な
らひに、たゞならじとおぼすがやすからぬなるべし。
枯《か》れ〴〵なる前栽《せんざい》のなかに、[7]をばなの、物《もの》よりことにて手《て》をさし出《い》で招《まね》くがをか
しく見《み》ゆるに、まだ穂《ほ》[8]に出《い》でさしたるも、露をつらぬきとむる玉の緒《を》、はかなげに
うちなびきたるなど、例《れい》のことなれど、夕風《ゆふかぜ》猶あはれなる比《(ころ)》なりかし。
穂《ほ》[9]に出《い》でぬもの思ふらししのすゝき招《まね》くたもとの露しげくして
[10]なつかしきほどの御衣《ぞ》どもに、なほしばかり着《き》給ひて、びはを弾《ひ》きゐ給へり。黄鐘《わうしき》[11]
調《でう》の掻《か》き合《あ》はせを、いとあはれに弾《ひ》きなし給へば、[12]女君も心に入《い》り給へることにて、

1 匂宮の言。（薫への）返事をお書きなさい。私は見たりしないよ。
2 いつまでも拗ねた態度をして。
3 中君の手紙。宇治へお出かけとはうらやましいことです。
4 そうした方がよいと思っておりましたが。寝殿を移築して寺にすることをさす。「さや」、他本「さやう」。二二七頁注10参照。
5 （京に住みわびた時に）わざわざ、改めて、山奥の住処を探すよりも、（宇治の家を）荒廃させないで（そういう時に備えて）おこうと思っていましたが。「いかならむ巌《いはほ》の中に住まばかは世の憂きことの聞こえこざらむ」（古今集・雑下・読人しらず）による。
6 （匂宮は、中君と薫とが）このようにけしからぬ点もない親しさらしいとご覧になりながら、ご自分の（多情な）心の癖で、（二人が）普通の仲ではあるまいとお思いになるのが不安なのであろう。

47 匂宮、琵琶を弾く

7 薄《すすき》の穂が、他の草から抜き出て手を挙げて招く格好をしているのが。「秋の野の草の袂か花薄穂に出でて招く袖と見ゆらむ」（古今集・秋上・在原棟梁）。「この家の垣穂より、いとめでたく色清らなる尾花、折れ返り招く」（うつほ・俊蔭）。
8 穂の出きっていない薄が、露を置いて、今にも露がこぼれそうに風に靡いているさま。「おきもあへずはかなき露をいかにしてつらぬき留めん玉の緒もがな」（小大君集）。「草むらの露の玉の緒乱るゝまゝに」（四野分三五〇頁）。
9 匂宮の歌。あなたは心中ひそかに物思いをしているらしい、（薫からの）誘いの手紙が頻繁なので。「しのすすき」は穂の出てない薄をいう。「しのすゝきまだほにいでぬをいふ」（綺語抄）。「わぎもこに逢坂山のしのすゝき穂には出ずも恋ひわたるかな」（古今集・墨滅

ものゑんじもえし果《は》てたまはず、[1]ちひさき御《み》き丁《(ちやう)》のつまより、脇息《けうそく》に寄《よ》りかゝりて、ほのかにさし出《い》で給へる、いと見《み》まほしくらうたげなり。

「[2]秋果《は》つる野辺のけしきもしのすゝきほのめく風につけてこそ知《し》れ
[3]わが身ひとつの。」

とて涙《なみだ》ぐまるゝが、さすがにはづかしければ、[4]扇《あふぎ》を紛《まぎ》らはしておはする御心の内《うち》も、らうたくおしはからるれど、[5]かゝるにこそ人もえ思ひ放《はな》たざらめと、疑《うたが》はしきがたゞならで、うらめしきなめり。

[6]菊のまだよく移《うつ》ろひ果《は》てゞ、わざとつくろひたてさせ給へるは、なか〳〵[7]おそきに、いかなる一本《ひともと》にかあらむ、いと見所ありて移《うつ》ろひたるを、とりわきてをらせ給ひて、

「[8]花の中《なか》にひとへに。」

と誦《ず》じ給ひて、

「[9]なにがしの親王《みこ》の、花めでたる夕《ゆふ》べぞかし。いにしへ天人《(てんにん)》の翔《かけ》りて、びはの手

歌）。

10　（匂宮は）着馴れて柔らかくなった単衣の上に、直衣だけをお召しになって、琵琶を弾いていらっしゃる。この場面は『源氏物語絵巻』宿木三に描かれる。「白き御衣どものなよゝかなるに、なほしばかりをしどけなく着なし給ひて」（㈠帚木九二頁）。

11　調子の一つ（㈦橋姫二三五頁注17）。「弾く物は琵琶、調べは風香調《ふかうでう》、黄鐘調」（枕草子・弾く物は）。「掻き合はせ」は手馴らしに弾く短い曲。

12　（琵琶は）中君もお好きなことなので、いつまでも不満気な顔をなさるわけにもいかず。

1　小さな几帳の端から、脇息に凭れて少しばかり身を乗り出しておられる中君の様子は。

2　中君の歌。秋が終る野辺の気配も篠薄がかすかに揺れる風によって感じられるように、私に愛想をつかしたあなたの様子も、風の便りにそれとなく分かる。「秋」に「飽き」を掛ける。

3　古注以来「大かたのわが身ひとつの憂きからになべての世をもうらみつるかな」（拾遺集・恋五・紀貫之）を引歌とするが、「月見れば千ゞ《ぢぢ》に物こそかなしけれわが身ひとつの秋にはあらねど」（古今集・秋上・大江千里）の下句により「秋はわが身にだけ訪れるものではないが」の意とも解せるか。

4　扇で涙を隠していらっしゃる。「御心」、諸本多く「御」なし。

5　こういう中君だからこそ薫も諦められないのだろうと、（薫に対する）疑念が募って、（匂宮は中君を）恨めしく思うのであろう。

6　菊の花のまだ十分に色変わりし終えていず、丹念に手入れさせなさっているのは。「よく」、青表紙他本・河内本・板本「よくも」。

7　色が変わるのが遅い。

8　匂宮の言。「是《これ》花の中に偏《ひとへ》に菊を愛するにはあらず　此の花開けて後更に花の無ければなり」（和漢朗詠集・上・元稹）による。

教《をし》へけるは。[1]何事も浅《あさ》く成りにたる世はものうしや。」

とて、[2]御琴《こと》さしおき給ふを、くちをしとおぼして、

「[3]心こそ浅《あさ》くもあらめ、むかしを伝《つた》へたらむことさへは、などてかさしも。」

とて、[4]おぼつかなき手《て》などをゆかしげにおぼしたれば、

「[5]さらば、ひとり琴《ごと》はさうぐ〳〵しきに、さしいらへし給へかし。」

とて、人召《め》して、箏《さう》の御琴《ことと》取り寄《よ》せさせて、弾《ひ》かせたてまつり給へど、

「[6]むかしこそまねぶ人ものし給ひしか、はかぐ〳〵しく弾《ひ》きもとめずなりにしものを。」

と、つゝましげにて手も触《ふ》れ給はねば、

「[7]かばかりの事も、隔《へだ》て給へるこそ心うけれ。[8]この比《(ごろ)》見《み》るわたり、まだいと心とくべきほどにもあらねど、かたなりなるうひ琴《ごと》をも隠《かく》さずこそあれ。すべて、[9]女はやはらかに心うつくしきなんよきことゝこそ、其《(その)》中納言も定《さだ》むめりしか。かの君《きみ》にはた、かくもつゝみ給はじ。こよなき御中なめれば。」

9　匂宮の言。『江談抄』に、嵯峨天皇皇子隠君子が琴を弾いて前注の元稹詩を詠じていると、元稹の霊が人に乗り移って出現したという話がある。『紫明抄』『河海抄』は西宮左大臣源高明について、類似の故事、および秘曲伝授の記事を載せる。「花」、諸本「このはな／花」。底本は「みこのこのはな」における「この」重出の見落としか。

1　(琵琶の奏法をはじめ)何事も浅薄になってしまった(末代の)今の世はつまらないことよ。

2　匂宮が(演奏を中断して)琵琶を手許にお置きになるのを、(中君は)残念に思って。「御琴」は琵琶の琴、の意。「無名といふ琵琶の御琴を」(枕草子)。

3　中君の言。(今の世の)心は浅はかであるかもしれないが、昔を伝える琴の技法までがどうして浅はかであるはずはなかろう。

4　(中君が)まだ会得していない曲などを聞きたそうなご様子なので。

5　匂宮の言。では、一人で弾くのはつまらないから、相手をして下さいよ。

6　中君の言。昔なら手本として習う人もいらしたが。父八宮に手ほどきをうけたことをいう。「姫君にびは、若君に箏の御琴、まだをさなけれど、常に合はせつゝ習ひ給へば」(七橋姫二一〇頁)。

7　匂宮の言。この程度のことでも、(私に)打ち解けて下さらないのが情けない。

8　近頃通う所(六の君)は、まだそれほど打ち解けた仲ではないが、未熟な習いたての琴でも隠したりはしない。「わたり」、青表紙他本・河内本「わたりは」。「あらねど」、青表紙他本「ならねと」。「いはけなきうひ琴習ふ人」(四初音一四〇頁)。

9　女は柔和で素直なのが何よりだと、薫も断言していたようだ。(あなたは)彼に対しては、こうも恥ずかしがりはなさるまい。

など、[1]まめやかにうらみられてぞ、打ち嘆《なげ》きてすこし調《しら》べ給ふ。

[2]ゆるひたりければ、盤渉調《ばんしきでう》に合《あ》はせ給ふ。[3]掻《か》き合《あ》はせなど、爪《つま》おと[4]をかしげに聞《き》こゆ。[5]伊勢《いせ》の海《うみ》うたひ給ふ御声のあてにをかしきを、[6]女房《ばう》もものゝうしろに近《ちか》づきまゐりて、笑《ゑ》みひろごりてゐたり。

「[7]二心《ふた(ごころ)》おはしますはつらけれど、それもことわりなれば、なほわが御前《おまへ》をば幸《さいは》ひ人とこそは申さめ。[8]かゝる御ありさまにまじらひ給ふべくもあらざりし所の御住《す》まひを、又帰《かへ》りなまほしげにおぼして、の給はするこそいと心うけれ。」

など、[9]たゞ言《い》ひに言《い》へば、若《わか》き人〳〵は、

「[10]あなかまや。」

など制《せい》す。

御琴《ことゝ》ども教《をし》へたてまつりなどして、三四日籠《こも》[11]りおはして、御物忌《ものいみ》などことつけ給ふを、[12]かの殿《との》にはうらめしくおぼして、[13]おとゞ、内《うち》より出《い》で給ひけるまゝに、こゝにまゐり給へれば、宮、

1 (匂宮から)本気で恨み言をいわれて、(中君は)溜息まじりに少しお弾きになる。
2 絃が緩んでいたので。中君が弾く前に匂宮が調絃する。
3 二三五頁注11。
4 三条西本・首書本「お(を)かしけに」。書陵部本・承応板本・湖月抄本「を(お)かしう」。
5 催馬楽「伊勢の海」。「伊勢の海の 清き渚に しほかひに なのりそや摘まむ 貝や拾はむや」。うたうのは匂宮。
6 女房たちは屛風の背後などに近づき参って、笑みを満面に浮かべていた。「女房」、青表紙他本「女はら」。身分の高くない無名の女房たちは「女ばら」と記される。「女ばら、日ごろうちつぶやきつるなごりなくゑみさかえつゝ」(㈦総角五〇八頁)、「女ばらも空を仰ぎてなむ、そなたに向きてよろこびきこえける」(㈢蓬生一五〇頁)。
7 女房の言。(匂宮が)他の通い所をお持ちなのは困るけれども、(匂宮ほどの方なら)それも当然のことなので、やはり我々のご主人(中君)を幸い人と申し上げてよいだろう。
8 このような(立派な)匂宮とご一緒になれようとは思いもよらなかった宇治でのお暮らしであったのに、再び(宇治へ)戻りたいとお思いで、そのことを口になさるのは困ったものだ。「所の」、青表紙他本・板本「としころの」。
9 ひたすら言いまくるので。
10 若い女房たちの言。お静かに。

48 夕霧、匂宮を迎えに二条院へ

11 (匂宮は)二条院に滞在して、(六の君方には)物忌などと言い訳なさるのを。
12 右大臣家。
13 (六の君の父)右大臣夕霧は、宮中から退出なさるとまっすぐに、こちら(二条院)に参上なさるので。

「[1]こと〳〵しげなるさまして、何《なに》しにいましつるぞとよ。」

とむつかり給へど、[2]あなたに渡《わた》り給ひて対面《たいめん》し給ふ。

「[3]ことなる事なきほどは、この院《ゐん》を見《み》で久しくなり侍るもあはれにこそ。」

など、むかしの御もの語《がた》りどもすこし聞《き》こえ給ひて、[4]やがて引《ひ》き連《つ》れきこえ給ひて出《い》で給ひぬ。御子《こ》どもの殿《との》ばら、さらぬ上達部《かんだちめ》、殿上人などもいと多《おほ》く引《ひ》きつゞき給へる、[5]いきほひこちたきを見《み》るに、並《なら》ぶべくもあらぬぞ屈《く》しいたかりける。

[6]人《ひと》〴〵のぞきて見《み》たてまつりて、

「[7]さも、きよらにおはしけるおとゞかな。さばかり、いづれとなく若《わか》く盛《さか》りにて、[8]きよげにおはさうずる御子《こ》どもの、似給ふべきもなかりけり。あなめでたや。」

と言《い》ふもあり。又、

「[9]さばかりやむごとなげなる御さまにて、わざと迎《むか》へにまゐり給へるこそにくけれ。[10]やすげなの世の中や。」

などうち嘆《なげ》くもあるべし。[11]御みづからも、来《き》し方を思ひ出《い》づるよりはじめ、[12]かの花

1　匂宮の言。(子息たちを引き連れ)おおげさなさまで、何をしにいらしたというのだ。「いまし」は「おはしまし」に比べて敬意の劣る、ぞんざいな語感があり、夕霧の節介に対する匂宮の不快感が籠もる。「心くちをしくいましける君なれば」(四東屋三三二頁)。

2　(中君の住む対屋《たいのや》から)寝殿に出て行かれて夕霧と面会なさる。

3　夕霧の言。これといった用事もないあいだは、二条院に長らくご無沙汰いたしておりますのも感無量で。二条院は六条院造営前までの源氏の邸、のちに晩年の紫上が住み、紫上没後は紫上が養育した匂宮が住む。

4　その足で匂宮を引っ張りお連れ申しなさって(六条院へと)お出になった。

5　(夕霧の)威風堂々たる姿を見るにつけ、(中君方は)到底太刀打ちできそうもないことにはなはだ胸塞がる思いであった。「いきほひ」、板本「御いきほひ」。

6　中君の女房たち。

7　女房の言。まったく、優美でいらっしゃる右大臣さまだ。

8　綺麗でいらっしゃるご子息方で、(夕霧に)匹敵するような方もいないのだった。「きよげ」は「きよら」より劣る美質を表す。「きよら」な夕霧との違いを際立たせるために子息たちには「きよげ」が用いられている。「おはさうず」は複数主語に用いる尊敬語(七竹河一一二頁注12)。

9　女房の言。あれほどごたいそうなご身分で、これ見よがしに(匂宮を)お迎えに参上なさるとは意地が悪い。

10　安心してはいられそうもない(中君と匂宮の)ご夫婦仲であることよ。

11　中君ご自身も、まず(宇治での暮らしなど)これまでのいきさつを思い出すにつけ。

12　あの華麗な右大臣一家と、同等にふるまうこともできず、物の数でもないわが身の上を(思えば)と。

やかなる御仲《なか》らひに、立《た》ちまじるべくもあらず、かすかなる身のおぼえをと、いよ〳〵心《こゝろ》[1]やすく籠《こも》りゐなんのみこそ目《め》やすからめなど、いとゞおぼえ給ふ。はかなくて年《とし》も暮《く》れぬ。

正月つごもり方《がた》より、例《れい》[2]ならぬさまになやみ給ふを、宮まだ御覧じ知《し》らぬことにて、いかならむとおぼし嘆《なげ》きて、御《み》[3]すほふなど、所〳〵にてあまたせさせ給ふに、又〳〵始《はじ》め添《そ》へさせ給ふ。いといたくわづらひ給へば、后《きさい》[4]の宮よりも御とぶらひあり。かくて三年《みとせ》[5]になりぬれど、一《ひと》[6]所の御心ざしこそおろかならね、大方《おほかた》の世《よ》にはもの〳〵しくもてなしきこえ給はざりつるを、[7]このをりぞ、いづこにも〳〵《(いづこにも)》〔聞《き》[8]こしめしおどろきて御訪《とぶら》ひども〕聞こえ給ひける。

中納言君《(ちゆうなごんのきみ)》[9]は、宮のおぼしさわぐにおとらず、いかにおはせんと嘆《なげ》きて、心ぐるしくうしろめたくおぼさるれど、限《かぎ》[10]りある御とぶらひばかりこそあれ、あまりもえまかでたまはで、忍《しの》びてぞ御祈《いの》りなどもせさせ給ひける。さるは、[11]女二の宮の御裳着《もぎ》、只《(ただ)》このころになりて、世中《(よのなか)》響《ひゞ》きいとなみのゝしる。よろづのこと、みかどの御心

1 気楽に（宇治に）引き籠って暮らすのが無難であろうなどと、以前にもましてお思いになる。宇治に籠ること、一五二頁。

2 （中君は）出産が近づきお苦しみなさるが、匂宮はいまだ経験のないことなので。

3 御修法など、（すでに）あちこちの寺で数多くおさせになっているのに（加えて）。「すほふ」、底本「すほう」。

4 明石中宮（匂宮の母后）からもお見舞いがある。明石中宮には、当初、中君を匂宮の召人として二条院に迎え、女一宮のもとに出仕させるつもりがあったらしい（㊆総角六〇四頁）が、匂宮の第一子出産に際し、匂宮の妻の一人としての待遇を示した。

5 この正月は、匂宮が宇治の中君のもとに通い始めて（㊆総角22節以下）から三年目にあたる。中君が二条院へ移ったのは前年二月（㊇早蕨9節）。

6 匂宮お一人の愛情は並々ではないが、周囲の方々は（中君を匂宮北の方として）重々しくもお扱い申し上げなさっていなかったので。

7 （いよいよご出産という）この期に及んで、どなたもみな。

8 以下、底本「御訪ひども」までなし。底本本文の脱落と見なし、三条西本により補う。

49 薫、権大納言右大将に

9 薫は匂宮が心配なさるのに劣らず、（中君は）どうなられることかと心を痛めて、痛ましくも不安にもお思いであるが。

10 型どおりのお見舞いだけはなさるものの、あまり（頻繁に二条院に）参上するわけにもいかなくて、の意。ただし底本「まかで」は、薫が匂宮邸を訪問する意として不自然。諸本多く「まうで」の転「まて」、板本は「まうで」。底本は仮名の「う」と「か」の類似によって生じた異文か。

11 薫との縁組が決まっている、今上帝の皇女。七〇頁に「十四になり給ふ年、御裳着せ奉りたまはんとて」とあった。

ひとつなるやうにおぼしいそげば、[1]御後見《うしろみ》なきしもぞ、中〳〵めでたげに見《み》えける。[2]女御のしおき給へることをばさるものにて、作物所《つくも(どころ)》、さるべき受領《ずらう》どもなど、とり〴〵に仕《つか》うまつることども《ゝ》いと限《かぎ》りなしや。[3]やがて、[4]その程にまゐりそめ給ふべきやうにありければ、をとこ方《がた》も心づかひし給ふ比《(ころ)》なれど、[5]例《れい》のことなれば、そなたざまには心も入《い》らで、[6]この御事のみいとほしく嘆《なげ》かる。

きさらぎのついたちごろに、[7]なほしものとかいふことに、[8]権大納言《(ごんだいなごん)》になり給ひて、右大将かけ給ひつ。[9]右の大殿《おほいとの》、左《ひだり》にておはしけるが、辞《じ》し《ゝ》給へる所なりけり。[10]よろこびに所〳〵ありき給ひて、この宮にもまゐりたまへり。[11]いと苦《くる》しくし給へば、こなたにおはします程なりければ、やがてまゐり給へり。[12]僧《そう》などさぶらひて、便《びん》なき方《かた》にとおどろき給ひて、[13]あざやかなる御なほし、御下襲《したがさね》などたてまつり、引《ひ》きつくろひ給ひて、下《お》りてたふの拝《はい》し給ふ。[14]御さまどももとり〴〵にいとめでたく、

「[15]やがて、[16]つかさの禄《ろく》給ふあるじの所に。」

と請《さう》じたてまつりたまふを、[17]なやみ給ふ人によりてぞおぼしたゆたひ給ふめる。[18]右

1 (母女御亡く)母方の後見もない(それゆえ万事父帝がお世話をなさる)のが、かえってすばらしく思えた。

2 亡き母女御が用意して置かれた支度はいうまでもなく、(帝の仰せで)宮中の作物所(五若菜下五八五頁注13)の者たちや、しかるべき諸国の受領たちが。

3 青表紙他本「や」なし。

4 (裳着に)引き続き、そのころに(女二宮の婿として)初めて参内すべしとの帝の仰せがあったので、薫の方でも心の用意をなさるところであるが。

5 (色恋に関心の薄い)いつもの薫のことなので、女二宮との婚儀には熱心になれず。

6 中君のことばかりが痛ましいことと気が気でない。

7 直物。除目《じもく》の後に、その失錯を訂すこと、またその評定。

8 薫、権大納言に昇進、右大将を兼任。

9 右大臣夕霧が兼任の左大将を辞め、それまでの右大将が左大将に転じた、そのあとに薫が任ぜられたということか。

10 (薫は昇進の)お礼言上に方々お回りになって、二条院にも参上なさった。

11 (中君が)大変お苦しみで、(匂宮は)中君の住む西の対にいらしていた折だったので、(薫は)そのまま(西の対に)参上なさった。

12 匂宮の心内。(安産祈願の)僧たちが伺候していて、むさ苦しい所にと。

13 (匂宮は)目を見張るような直衣、下襲を着用し、身だしなみを整えなさって、階《はし》から下りて(薫の拝舞に対する)答礼の拝舞(「答の拝」)をなさる。「たふの拝」、底本「たうのはい」。

14 薫、匂宮それぞれに。

15 薫の言。青表紙他本・板本「やかてこよひ」。

16 大将初任の時、饗宴を催して中将以下の諸司を招き禄を給わすこと。「つかさの」、青表紙他本・板本「つかさの人に」。「あるじの所

大臣殿のし給ひけるまゝにとて、六条の院にてなんありける。[1]垣下《ゑんが》の親王《みこ》たち、上達部《かんだちめ》、[2]大饗《だいきやう》におとらず、あまりさわがしきまでなん集《つど》ひ給ひける。[3]この宮も渡《わた》り給ひて、[4]静《しづ》心なければ、まだ事果《は》てぬに急《いそ》ぎ帰《かへ》り給ひぬるを、[5]大殿の御方《かた》には、

「いと飽《あ》かずめざまし。」

との給ふ。[6]おとるべくもあらぬ御程なるを、たゞいまのおぼえの花やかさにおぼしおごりて、おしたちもてなし給へるなめりかし。

　からうして、その[7]あか月(つき)、をとこにて生《む》まれ給へるを、宮もいとかひありてうれしくおぼしたり。[8]大将殿も、よろこびに添《そ》へてうれしくおぼす。[9]よべおはしましたりしかしこまりに、やがてこの御よろこびも打ち添《そ》へて、[10]立《た》ちながらまゐり給へり。[11]かく籠《こも》りおはしませば、まゐり給はぬ人なし。御[12]産養《うぶやしなひ》、三日は例《れい》のたゞ[13]宮の御私事《わたくしごと》にて、五日の夜《よ》、大将殿より[14]屯食《とんじき》五十具《ぐ》、[15]五手(ごて)の銭《ぜに》、[16]椀飯《わうばん》などは世《よ》の常《つね》のやうにて、[17]子持《こも》ちの御前《まへ》の[18]衝重《ついがさね》三十、児《ちご》の御衣《ぞ》五重襲《いつへがさね》にて、[19]御襁褓《むつき》などぞ、こと〳〵しからず忍《しの》びやかにしなし給へれど、[20]こまかに見《み》れば、わざと目馴《めな》れぬ心ばへなど

に」は、匂宮にその饗宴にご列席賜りたい、の意。「饗　アルシ」（名義抄）。

17　（匂宮は）体調のお悪い中君ゆえに列席を躊躇なさるようだ。

18　（薫の大将初任の饗は）夕霧の右大臣大饗（二四七頁注2）の例に倣って、の意か。

1　饗宴に相伴すること、またその者。「ゑが」とも（㈦匂兵部卿四三頁注7）。「垣下　ヱンカ〈飲食部〉」（色葉字類抄）。

2　大臣が新任に際して催す饗宴。ここは夕霧の大饗に劣らず、の意。

3　匂宮も六条院にお越しになって。

4　中君のことが気がかりなので、まだ宴が終わらないうちに。

5　（宴の後は匂宮が六条院にお泊まりと思っていた）六の君方では、「興を削ぐようで失敬な態度だ」と。

6　（中君とて六の君に）劣るはずのないご身分なのに、現在の（右大臣家の）華やかなご威勢にうぬぼれて、嵩《さか》にかかった態度をお取りになるのであろうよ。

50　中君に男子誕生

7　諸本「あかつきに」。「あか月」は暁の当て字。

8　薫も、（自分の昇進の）よろこびに加えて。

9　昨夜（匂宮が）ご列席下さったお礼言上に、同時に御子誕生のお祝いも兼ねて。

10　死や出産の穢れを避けるため、訪問の際着座しないこと（㈠夕顔三一一頁注9）。

11　このように（匂宮がずっと二条院に）ご滞在なので、こちらに（お祝い申しに）参上なさらない人はいない。

12　出産祝いの宴。生後三、五、七、九夜に催す。

13　匂宮家の内々の祝儀で。「五日の夜」、青表紙他本・河内本・首書本「五日の夜は」。

14　強飯《こわいい》の握り飯。「具」は笥《け》に盛った屯食（盛屯食）の数をいうか。

見《み》える。[1]宮の御前《おまへ》にも[2]浅香《せんかう》のをしき、高杯《たかつき》どもにて、[3]粉熟《ふずく》まゐらせ給へり。女房《ばう》の御前《まへ》には、衝重《ついがさね》をばさるものにて、[4]檜破籠《ひわりご》三十、さま〴〵し尽《つ》くしたることど《ゝ》もあり。[5]人目《め》にこと〳〵しくは、ことさらにしなし給はず。

七日の夜は、[6]后《きさい》の宮の御産養《うぶやしなひ》なれば、まゐり給ふ人〳〵いと多《おほ》かり。[7]宮の大夫《だいぶ》をはじめて、殿上人、上達部《かむだちめ》数知《し》らずまゐり給へり。[8]内《うち》にも聞《き》こしめして、

「[9]宮のはじめておとなび給ふなるには、いかでか。」

との給はせて、[10]御佩刀《はかし》たてまつらせ給へり。九日も、[11]大殿《おほい》より仕《つか》うまつらせたまへり。[12]よろしからずおぼすあたりなれど、宮のおぼさん所あれば、御子《こ》の君《きん》だちなどまゐり給ひて、[13]すべていと思ふ事なげにめでたければ、御身《（み）》づからも、月比《（ごろ）》もの思《おも》はしく心《（ここ）》ちのなやましきにつけても、心ぼそく[14]おぼしたりつるに、かく面立《おもだ》た《ゝ》しくいまめかしき事どもの多《おほ》かれば、すこし慰《なぐさ》みもやし給ふらむ。[15]大将殿は、かくさへおとなび果《は》てたまふめれば、いとゞわが方《かた》ざまはけどほくやならむ、又、宮の御心ざしもいとおろかならじ、と思ふはくちをしけれど、[16]又はじめよりの心おきてを思

15 碁手の銭。産養の参会者が興じた碁の賭物。「御産養の三日の夜は…屯食十具ばかりにて、碁手に銭百貫なむありける。こもり給ひける人々、夜一夜あそび、碁打ちなどし給ふ」(うつほ・蔵開上)。「五」は濁音「ご」の当て字(㊀空蝉二〇九頁注11)。

16 椀に盛った飯、転じて饗宴の料理をいう。

17 産婦の中君(が召し上がるため)の。

18 台付きの折敷(角盆)。

19 赤子をくるむ衾《ふすま》。「襁褓に包みて御乳参り給ふ」(うつほ・蔵開上)。

20 細かく見ると、特別に珍しい趣向などが凝らしてある。

---

1 匂宮。

2 沈香の一種で作った角盆。「高杯」は食物を盛る一本脚の台。

3 米粉などの餅に甘葛《あまずら》をかけて作る。

4 檜の薄板で作った破子(折り箱)。食物を入れる。

5 見た目に仰山には、わざとなさらない。六条院の六の君に遠慮した措置か。

6 明石中宮。「いと多かり」、青表紙他本・首書本「いと」なし。

7 中宮大夫。中宮職の長官。

8 帝。匂宮の父。

9 帝の言。匂宮がはじめて人の親になられたというのだから、どうして(何もせずにいられようか)。

10 守りの太刀(㊂澪標三三頁注5)。

11 右大臣夕霧。

12 (夕霧としては中君は)快からずお思いのお方であるが、匂宮への義理で、の意。

13 何事もまったく不備はなさそうで立派な産養なので、中君ご自身も。

14 青表紙他本・板本「おほしわたりつるに」。

15 薫は、(中君が)一児の母になるまでにすっかり重々しくなられたご様子なので、これまで以上に自分との仲は疎遠になるのであろうか、また、匂宮の(中君への)ご愛情も並大抵

ふには、いとうれしくもあり。

かくて、[1]その月の廿日あまりにぞ、[2]藤壺《ふぢつぼ》の御裳着《もぎ》のことありて、[3]又の日なん大将まゐり給ひける。[4]夜《よ》のことは忍《しの》びたるさまなり。[5]天《あめ》の下響《したひゞ》きて、いつくしう見《み》えつる御かしづきに、たゞ人の具《ぐ》したてまつり給ふぞ、猶《(なほ)》飽《あ》かず心ぐるしく見《み》ゆる。

「[6]さる御ゆるしはありながらも、たゞいま、かく急《いそ》がせ給ふまじきことぞかし。」と、譏《そし》らはしげに思《おも》ひの給ふ人もありけれど、[7]おぼし立《た》ちぬる事、すが〳〵しくおはします御心にて、[8]来《き》し方《かた》ためしなきまで、同《おな》じくはもてなさんとおぼしおきつるなめり。[9]みかどの御婿《むこ》になる人は、むかしもいまも多《おほ》かれど、[10]かく盛《さか》りの御世《よ》に、たゞ人のやうに婿取《むこと》り急《いそ》がせ給へるたぐひは少《すく》なくやありけん。右のおとゞも、

「[11]めづらしかりける人の御おぼえ宿世《すくせ》なり。[12]故《こ》院だに、朱雀院の御末《すゑ》にならせ給ひて、いまはとやつし給ひし際《きは》にこそ、かの母《はゝ》宮を得《え》たてまつり給ひしか。[13]われはまして、人もゆるさぬものを拾《ひろ》ひたりしや。」

ではあるまい、と思うのは悔しいが。
16　一方（中君を匂宮と結婚させ、その後見役を務めようという）当初からの心づもり。

51　女二宮裳着、薫に降嫁

1　二月。
2　女二宮。母藤壺女御ゆかりの藤壺に住む。
3　翌日、右大将薫は婿として参内なさった。女二宮の裳着の翌日が薫との結婚という展開。
4　薫がはじめて女二宮のもとを訪う夜。河内本・高松宮本・板本「そのよのことは」。
5　世間が大騒ぎするほど、帝が仰々しくお世話なさった女二宮を、臣下である薫が妻にお迎え申すのは、やはり物足りなく（女二宮が）お気の毒に思われる。
6　女二宮を薫にお許しなさったとはいえ、今すぐ、（帝は）こんなにお急ぎあそばす必要はないことよ。
7　（帝は）ご決心なさったことは、とどこおりなく実行なさるご性格で。
8　これまでに例がないほど（華々しく）、同じことなら（薫の）世話をしようとかねてお考えあそばしていたようだ。「来し方」、青表紙他本・河内本・板本「きしかたの」。
9　藤原良房、忠平、師輔、師氏、兼家など。上代以来、内親王は独身もしくは皇族との結婚が原則で、良房以前に降嫁の例はない。書陵部本・承応板本「みかどの御むすめえ給へる人」。
10　帝在位のさなかに、（帝が）臣下のように急いで婿取りあそばした例は少ないのではなかったか。良房に降嫁した嵯峨天皇皇女潔姫《きよひめ》以外は、帝の譲位もしくは崩御の後の降嫁（花鳥余情）。国若菜上一八七頁注15参照。
11　夕霧の言。世にも稀な薫（に対する帝）の思し召しであり、（薫の）ご運のすばらしさである。
12　亡き六条院（光源氏）でさえ、朱雀院が晩年におなりあそばして、いよいよご出家なさる

との給ひ出《い》づれば、[1]宮はげにとおぼすに、はづかしくて御いらへもえし給はず。
[2]三日《(みか)》の夜《よ》は、[3]大蔵卿よりはじめて、[4]かの御方の心寄《よ》せになさせ給へる人〳〵、[5]家《けい》司《し》に[6]仰《おほ》せ事給ひて、忍《しの》びやかなれど、[7]かの御前《ごぜん》、随身《ずいじん》、車副《くるまぞひ》、舎人《とねり》まで禄《ろく》給はす。その程のことゞもは、[8]私事《わたくしごと》のやうにぞありける。

かくてのちは、忍《しの》び〳〵にまゐり給ふ。[9]心の内《うち》には、なほ忘《わす》れがたきいにしへざまのみおぼえて、[10]昼《ひる》は里《さと》に起《お》き臥《ふ》しながめ暮《く》らして、[11]暮《く》るれば心よりほかに急《いそ》ぎまゐり給ふをも、ならはぬ心《(ここ)》ちにいとものうく苦《くる》しくて、[12]まかでさせたてまつらむとぞおぼしおきてける。[13]母《はゝ》宮は、いとうれしき事におぼしたり。[14]おはします寝《しん》殿譲《ゆづ》りきこゆべくの給へど、

「[15]いとかたじけなからむ。」

とて、[16]御念誦堂《ねんずだう》のあはひに、廊《らう》をつゞけて造《つく》らせ給ふ。[17]西面《にしおもて》に移《うつ》ろひ給ふべきなめり。東《ひんがし》の対《たい》どもなども、[18]焼《や》けてのちうるはしく新《あたら》しくあらまほしきを、いよ〳〵磨《みが》き添《そ》へつゝ、こまかにしつらはせ給ふ。

という時になってやっと、薫の母女三宮をお貰いなさったのだった。「やつす」は出家して墨染めの衣を着ること。

13 私はまして、周りが許さなかった朱雀院の女二宮を拾うような形で結婚したことだった。夕霧が周囲の反対を押して柏木未亡人女二宮（落葉宮）と結婚したことをさす（因夕霧）。

---

1 落葉宮は夕霧の言うとおりだと思うにつけ。

2 結婚第三夜。結婚披露の「ところあらはし（露顕）」の宴が催される。

3 女二宮の母方のおじ（七二頁四行）。

4 女二宮方の後見役に（帝が）おさせになった人たち。

5 薫を婿に迎えた女二宮の家政を取り仕切る執事。

6 帝がお言葉をお下しになって。

7 薫の従者一行にまで禄を下さる。匂宮の婚礼の折、匂宮の従者が禄にあずかったことを羨んだ薫の御前がいた（一四四頁）、そのことを踏まえた叙述か。「御前」は行列の前駆を務める者。

8 （帝のなさったことであるが、まるで）私人の婿扱いのようであったことだ。

9 （薫は）心中では、依然として忘れられない昔（の大君）のことばかりが思われて。

10 （薫は）昼は自邸（三条宮）で。

11 日が暮れると気も進まぬままに（女二宮のもとへ）急ぎ参上なさるのも、（婿としての通いなどは）経験のないことゆえとても億劫でつらいので。

12 （女二宮を自邸に）退出させ申そうと。

13 薫の母女三宮は（女二宮を、迎えることを）。

14 （女三宮は）お住まいの寝殿を（女二宮に）お譲り申す旨おっしゃるが。

15 薫の言。それは畏れ多いであろう。

16 （寝殿の西北にある）御念誦堂（と寝殿と）のあいだに、廊を増築なさる。因鈴虫一六九頁注4。

17 （女三宮は）寝殿の西面にお移りの予定らし

かゝる御心づかひを、内《うち》[1]にも聞《き》かせ給ひて、ほど[2]なくうちとけ移《うつ》ろひ給はんを、いかゞとおぼしたり。御門《(みかど)》[3]と聞《き》こゆれど、心の闇《やみ》は同《おな》じごとなんおはしましける。母《はゝ》[4]宮の御もとに御使《つかひ》ありける御文《ふみ》にも、たゞこのことをなむ聞《き》こえさせ給ひける。故[5]朱雀院の、とりわきてこの尼《あま》宮の御事をば聞《き》こえおかせ給ひしかば、かく[6]世を背《そむ》き給へれど、衰《おとろ》へず、何《なに》事ももとのまゝにて、奏《そう》せさせ給ふ事などは、かならず聞《き》こしめし入《い》れ、御用意《ようい》深《ふか》かりけり。かく[7]やむごとなき御心どもに、かたみに限《かぎ》りもなくもてかしづきさわがれ給ふ面立《おもだ》たしさも、いかなるにかあらむ、心の内《うち》にはことにうれしくもおぼえず、猶ともすればうちながめつゝ、宇治《うぢ》[8]の寺造《てらつく》ることを急《いそ》がせ給ふ。

宮[9]の若君《わかぎみ》の五十日《いか》[10]になり給ふ日かぞへとりて、そのもちひのいそぎを心に入《い》れて籠物《こもの》、檜《ひ》破籠《わりご》などまで見《み》[11]入《い》れ給ひつゝ、世《よ》の常《つね》のなべてにはあらずとおぼし心ざして、沈《ぢん》、紫《し》檀《たん》、銀《しろかね》、黄金《こがね》など、道〳〵[12]の細工《さいく》どもいと多《おほ》く召《め》しさぶらはせ給へば、われ[13]おとらじとさま〴〵のことゞもをし出《い》づめり。

い。東面を女二宮に譲るつもりであろう。

18　㊆椎本に三条宮の火事のこと(三八二頁)、㊇早蕨に再建の記事が見える(三三三頁注7)。

1　帝。

2　(女二宮が)結婚早々気を許して夫(薫)のもとへお移りになるのを。

3　帝と申し上げても、子を思う親の心は普通の親と同様でいらっしゃるのであった。「人の親の心は闇にあらねども子を思ふ道にまどひぬるかな」(後撰集・雑一・藤原兼輔)による。

4　女三宮の所に勅使がお届けしたお手紙でも、(帝は)もっぱら女二宮のことをお願い申し上げなさったのであった。

5　亡き朱雀院が、とりわけ女三宮のお世話を(帝に)ご依頼申し上げて置かれたので。㊄若菜上一三六頁九行以下。帝と女三宮は朱雀院を父とする腹違いの兄妹。当時、帝は東宮。朱雀院死去の記事の初出。

6　こうして(女三宮は)出家なさったが、ご声望は衰えず、万事在俗のころと同様、帝にお願いなさることなどは、(帝も)必ずお聞き入れあそばし、十分ご配慮下さるのであった。

7　(帝、女三宮という)尊貴なお二人に、どちらからもこの上なく仰々しくお世話をされなさる面目も、(薫は)どういうわけであろうか、内心では格別うれしくも思えず。

8　宇治の八宮宅の寝殿を移築して寺にすること(二一四頁)。

52　中君の御子の五十日

9　中君の生んだ匂宮の御子。

10　子誕生ののち五十日目に「五十日《いか》の祝い」を催し、誕生した子に初めて餅(「五十日の餅」)を食べさせる。

11　(薫は)自分で指図なさって。

12　諸道の工芸の職人たちを大勢召集なさったので。

13　職人たちは他に負けまいと。

身《（み）》[1]づからも、例《れい》の、宮のおはしまさぬひまにおはしたり。心[2]のなしにやあらむ、いますこしおも〳〵しくやむごとなげなるけしきさへ添《そ》ひにけりと見《み》ゆ。い[3]まは、さりともむつかしかりしすゞろ事などは、紛《まぎ》れ給ひにたらんと思ふに、心やすくて対面《たいめん》し給へり。さ[4]れど、ありしながらのけしきに、まづ涙《なみだ》ぐみて、

「[5]心にもあらぬまじらひ、いと思ひのほかなるものにこそと、世《よ》を思ひ給へ乱《みだ》るゝ事なんまさりにたる。」

と、[6]あいだちなくぞ愁《うれ》へ給ふ。

「[7]いとあさましき御ことかな。人もこそおのづからほのかにも漏《も》り聞《き》き《ゝ》侍れ。」

などはの給へど、か[8]ばかりめでたげなる事どもにも慰《なぐさ》まず、忘《わす》れがたく思ひ給ふ覧《（らん）》心深《ふか》さよと、あはれに思ひきこえ給ふに、お[9]ろかにもあらず思ひ知《し》られ給ふ。お[10]はせましかばと、くちをしく思《おも》ひ出《い》できこえ給へど、そ[11]れもわがありさまのやうに、うらやみなく身をうらむべかりけるかし。何《なに》[12]事も、数ならでは、世《よ》の人めかしき事もあるまじかりけりとおぼゆるにぞ、いとゞか[13]のうちとけ果《は》てで《ゝ》やみなんと思ひ給

一七五

1　薫ご自身も、いつものように、匂宮のお留守のあいだに(二条院へ)いらした。

2　気のせいか、(権大納言兼右大将に昇進した薫は)これまでよりもいくぶん貫録が加わって尊貴な風格までが備わったように見える。薫の昇進のこと、二四四頁に見える。

3　(女二宮と結婚なさった)今は、いくら何でも聞くのもわずらわしいつまらぬ話(中君への懸想)などは、忘れておしまいになっただろうと思うので、(中君は)安心して(薫に)お会いになった。

4　ところが、(薫は)これまでと変わらない態度で。

5　薫の言。気乗りがしない結婚をして、まったくままならぬ世の中だと、以前にもまして思い悩んでおります。

6　身も蓋もなく愚痴をこぼされる。「あいだちなし」は気兼ねしないさま。四蛍二四八頁。

7　中君の言。あきれたことをおっしゃるものだ。人が何かの拍子にかすかにでも耳にしたら大変です。

8　中君の心内。これほど立派に見える(女二宮との)結婚にも気が晴れず、(亡き大君を)忘れられずに思っておられるという(薫の)お気持のまじめさよと。「覧」は当て字。

9　(中君は薫の大君への思いが)いい加減なものではなかったのだと。

10　大君が生きていらしたらと、残念に。

11　そうであっても今の自分同様で、一方をうらやましいと思うことなくわが身のつたなさを嘆くはめになっていることだろうよ。「やうに」、青表紙他本・首書本「やうにそ(ぞ)」。

12　何事も、一人前と世間から思われる身の上でなければ、人並みのこともできないのであったと思われるにつけても。

13　大君が薫と結婚しないままで過ごそうとお考えになった心構えは、やはり慎重な判断であったと(中君は)改めてお思いになる。

へりし心おきては、猶いとおも〳〵しく思ひ出でられ給ふ。
若《わか》[1]君をせちにゆかしがりきこえ給へば、[2]はづかしけれど、何《なに》かは隔《へだ》て顔《がほ》にもあらむ、[3]わりなき事ひとつにつけて、うらみらるゝよりほかには、いかでこの人の御心にたがはじと思へば、身《(み)》づからはともかくもいらへきこえたまはで、乳母《めのと》してさし
一七六
出《い》でさせ給へり。[4]さらなる事なれば、にくげならんやは。ゆゝしきまで白《しろ》くうつくしくて、[5]たかやかにもの語《がた》りし、うち笑《わら》ひなどし給ふ顔《かほ》を見《み》るに、[6]わがものにて見《み》まほしくうらやましきも、世《よ》の思ひ離《はな》れがたくなりぬるにやあらむ。されど、言《い》[7]ふかひなくなり給ひにし人の、世《よ》の常《つね》のありさまにて、かやうならむ人をもとゞめおき給へらましかばとのみおぼえて、[8]この比《(ごろ)》面立《おもだ》たしげなる御あたりに、いつしかなどは思ひ寄《よ》られぬこそ、あまりすべなき君の御心なめれ。[9]かくめゝしくねぢけて、まねびなすこそいとほしけれ。[10]しかわろびかたほならん人を、みかどのとりわきせちに近《ちか》づけて、むつび給ふべきにもあらじ物を、[11]まことしき方《かた》ざまの御心おきてなどこそは、めやすくものし給ひけめとぞおしはかるべき。

53 薫、若君を見る

1 (薫が)若君をしきりに拝見したいとお望みなので。

2 (中君は)恥ずかしいけれども、何の、他人行儀な顔をする必要もあるまい。

3 (自分への懸想という)無茶な一事のせいで、恨まれることを別にすれば、何としても薫のご機嫌を損うまいと思うので、ご自分では何とも返事を申し上げないで、乳母に(若君を薫の前に)差し出させなさった。

4 (匂宮、中君という美男美女のあいだに生まれたお子ゆえ)いうまでもないことなので、どうして可愛らしくないことがあろうか。語り手の評。

5 (若君は)大声で何かを言い。「もの語り」は、乳児の発声についてもいう。「この君五十日(かい)のほどになり給ひて…ほどよりはおよすげてもの語りなどし給ふ」(四柏木七四頁)。

6 (薫はこの若君を)自分の子として見たく、うらやましくお思いになるのも、この世を背きづらくなったからであろうか。

7 お亡くなりになった大君が、世間一般の生き方をして、このような若君を後に残しておいて下さったならばと、そればかりが思われて。

8 最近名誉な縁組をした女二宮に、はやく(御子を)といった気持になれないのは、あまりに取り付く島のない薫のお心のようだ。

9 このように(薫のことを)未練がましくひねくれたように、伝えるのはお気の毒というものだ。語り手の評。

10 そのように劣った未熟な人物を、帝が格別熱心にご贔屓になり、親しくなさるはずもあるまいものを。

11 (薫は)仕事の方面のお心構えに関しては、心配なくていらっしゃるのだろうと。「まことしき」は、「正統的な」の意から転じて「実務的な」の意。

げに、[1]いとかく幼《をさな》き程を見《み》せ給へるもあはれなれば、例《れい》よりはもの語《がた》りなどこまやかに聞《き》こえ給ふ程に、暮《く》れぬれば、[2]心やすく夜《よ》をだにふかすまじきを、苦《くる》しうおぼゆれば、嘆《なげ》く〳〵出《い》で給ひぬ。

「[3]をかしの人の御にほひや。「[4]をりつれば」とかや言《い》ふやうに、鶯《うぐひす》も尋ね来《き》ぬべかめり。」

など、[5]わづらはしがる若《わか》き人もあり。

夏《なつ》にならば、[6]三条の宮ふたがる方《かた》になりぬべしと定《さだ》めて、四月ついたちごろ、[7]節分《せちぶん》とかいふ事まだしきさきに[8]渡《わた》したてまつり給ふ。あすとての日、[9]藤壺《ふぢつぼ》に上渡《うへわた》らせ給ひて、[10]藤《ふぢ》の花の宴《えん》せさせ給ふ。南《みなみ》の廂《ひさし》の御簾《みす》上《あ》げて、[11]倚子《いし》立《た》てたり。[12]公《おほやけ》わざにて、あるじの宮の仕《つか》うまつり給ふにはあらず、上達部《かんだちめ》、殿《てん》上人の[13]饗《きやう》など内蔵寮《くらづかさ》より仕《つか》うまつれり。[14]右《みぎ》のおとゞ、[15]按察使《あぜち》の大納言、[16]藤《とう》中納言、[17]左兵衛の督《かみ》、親王《みこ》たちは[18]三宮《(さんのみや)》、[19]常陸《ひたち》の宮などさぶらひ給ふ。南《みなみ》の庭の藤《ふぢ》の花のもとに、殿上人の座《ざ》はしたり。[20]後涼殿《こうらう(でん)》の東《ひんがし》に、[21]楽所《がくそ》の人〳〵召《め》して、暮《く》れ行く程に、[22]さうでうに吹《ふ》きて、[23]上《うへ》の御

1　(薫は中君が)こんなにも生まれたての赤ん坊をお見せ下さったのもうれしかったので。
2　(薫は女二宮を訪うため)気楽に夜更けまで(二条院に)いることすら叶わないのを、つらくお思いになるので。
3　女房の言。すばらしい薫の匂いだ。
4　「折りつれば袖こそ匂へ梅の花ありとやここに鶯の鳴く」(古今集・春上・読人しらず)の歌のように、鶯が芳香を求めて飛んできそうだ、の意。
5　(あまりの芳香ゆえ薫の訪問が歴然であるのを)困ったことのように言う若い女房。

54　藤花の宴

6　季節ごとに塞がる方角が変わるのは、王相方の方忌。「王相方〈三月めぐりといふ〉…夏三月、南ふたがる」(簾中抄)。女二宮の住む宮中から三条宮の方角は南。
7　四季の変わり目の夜。「せちぶ」とも(四東屋四四五頁注15)。ここは四月に入ってからの立夏の前夜をいう。
8　(薫は女二宮を三条宮に)お移し申し上げなさる。
9　女二宮の住む藤壺(飛香舎)に帝がお越しあそばして。
10　以下の叙述は、『西宮記』が記す天暦三年四月十二日に飛香舎(藤壺)で催された藤花宴の記録に拠るという(花鳥余情)。参考、『古今著聞集』六「天暦三年四月藤花宴の御遊の事」。
11　帝の御座。「いす」は中世以降の唐音《とういん》による読み。一桐壺六二頁にも見える。
12　(この藤の宴は)帝が催される宴で、藤壺の主である女二宮が帝にしてさしあげなさる宴ではなく。
13　酒食でもてなすこと、またその料理。「所ゝの饗なども、内蔵寮、穀倉院より仕うまつらせ給へり」(五若菜上二七六頁)。
14　夕霧。
15　故柏木の弟、紅梅大納言(八三頁注14)。

遊《あそ》びに、宮[1]の御方より御琴《こと〻》ども、笛など出《い》ださせ給へば、おとゞ[2]をはじめたてまつりて、御前《おまへ》に取《と》りつゝまゐり給ふ。故六条[3]の院の御手《て》づから書《か》き給ひて、入道の宮にたてまつらせ給ひし琴《きん》の譜《ふ》二巻、五葉《ごえふ》の枝につけたるを、おとゞ[4]取《と》り給ひて奏《そう》し給ふ。つぎ〳〵に、箏《さう》の御琴《こと》、びは、和琴《ごん》など、[5]朱雀院《すざくゐん》の物《もの》どもなりけり。笛は[6]かの夢《ゆめ》に伝《つた》へし、いにしへの形見《かたみ》のを、又なきものゝ音なりとめでさせ給ひければ、[7]このをりのきよらより、又は、いつかははえ〴〵しきついでのあらむとおぼして、取《と》う出《で》給へるなめり。おとゞ和琴《わごん》、三宮《（さんのみや）》びはなど、とり〴〵に給ふ。大将[8]の御笛《ふえ》は、けふぞ世《よ》になき音《ね》の限《かぎ》りは吹《（ふ）》きたて給ひける。殿上人のなかにも、唱歌[9]《しやうが》につきなからぬどもは召《め》し出《い》でゝ、おもしろく遊《あそ》ぶ。

宮[10]の御方より、粉熟[11]《ふずく》まゐらせ給へり。沈《ぢん》の折《を》敷《しき》四《よ》つ、紫檀《したん》の高杯《たかつき》、藤[12]《ふぢ》の村濃《むらご》の打《うち》敷《しき》にをりえだ縫《ぬ》ひたり。銀[13]《しろかね》の様器《やうき》、瑠璃《るり》の御盃《さかづき》、瓶子[14]《へいじ》は紺瑠璃《こんるり》也《（なり）》。兵衛[15]の督《かみ》、御まかなひ仕《つか》うまつり給ふ。御盃[16]《さかづき》まゐり給ふに、おとゞ、しきりては便《びん》なかるべし、宮[17]たちの御中にはわたさるべきもおはせねば、大将に譲《ゆづ》りきこえ給ふを、憚[18]《はゞか》り申し

16 故鬚黒の長男。〔七〕竹河九九頁注10。
17 藤中納言の異母弟(玉鬘腹)で、〔七〕竹河巻末で右兵衛督になる左近中将かという(一〇五頁注12)。
18 匂宮。
19 匂宮の異母弟、四宮。「四の親王、常陸の宮と聞こゆる更衣腹」(〔七〕匂兵部卿四〇頁)。
20 藤壺の南、清涼殿の西隣に位置する建物。
21 楽所(〔五〕藤裏葉一一九頁注3)の楽人。
22 雅楽の六調子の一、双調。春の調子。〔四〕胡蝶一七七頁注17・〔七〕紅梅六七頁上段注7。「さうでう」、底本「そうてう」。
23 楽人は地下《げじ》で演奏、それに対する貴人による殿上での演奏。

---

1 女二宮。
2 右大臣夕霧。
3 亡き源氏がご自分でお書きになって、女三宮にさしあげなさった琴の譜本。
4 天暦三年の藤花宴の折(二六一頁注10)、右大臣藤原師輔が醍醐天皇ゆかりの琴の譜を村上天皇に献上したという、同じく『西宮記』の記事を踏まえるかという(花鳥余情)。「おとど」は右大臣夕霧。
5 朱雀院旧蔵の楽器で女三宮に伝領されたもの。
6 柏木が夕霧の夢に現れて伝領者(薫)を暗示した、柏木の形見の横笛(〔六〕横笛一四四頁以下)。この笛は夕霧から源氏へ渡り(同一六〇頁)、さらに薫に伝えられた。ただし、薫への伝領の記事はない。
7 今日の晴れの舞台以外に。
8 薫が柏木遺愛の横笛を吹く。
9 演奏に合わせて譜を口ずさむこと。
10 女二宮方から。
11 二四九頁注3。
12 藤色(薄紫)のまだら染めの敷物。それに藤壺にちなむ藤の折り枝の刺繡を施したもの(湖月抄)。
13 『西宮記』所引の天暦三年記にいう「銀作

給へど、[1]御気色もいかゞありけん、御さか月《(づき)》さゝげて、

「[2]をし。」

との給へるこわづかひもてなしさへ、[3]例《れい》の公事《おほやけごと》なれど、人に似ず見《み》ゆるも、けふはいとゞ[4]見《み》なしさへ添《そ》ふにやあらむ、[5]さし返《かへ》し給はりて、[6]下《お》りてぶたふし給へる程いとたぐひなし。[7]上らふの親王《みこ》たち大臣などの給はり給ふだにめでたきことなるを、これはまして、御婿《むこ》にてもてはやされたてまつり給へる御おぼえ、おろかならずめづらしきに、[8]限《かぎ》りあれば、下《くだ》りたる座《ざ》に帰《かへ》り着《つ》き給へる程、心ぐるしきまでぞ見《み》えける。

55

[9]按察使《あぜち》の大納言は、[10]我こそかゝる目《め》も見《み》んと思ひしか、ねたのわざやと思ひ給へり。[11]この宮の御母《はゝ》女御をぞ、むかし心かけきこえ給へりけるを、[12]まゐり給ひてのちも、猶《(なほ)》思ひ離《はな》れぬさまに聞《き》こえ通《かよ》ひ給ひて、果《は》ては宮を得たてまつらむの心つきた 一七九
りければ、[13]御後見《うしろみ》のぞむけしきも漏《も》らし申しけれど、[14]聞《き》こしめしだに伝《つた》へずなりにければ、いと心やましと思ひて、

土器」か。「行器　ヤウキ」(色葉字類抄)。「浅香の机、白銀のやうき、黄金のかはらけ」(うつほ・蔵開中)。「瑠璃」はガラス。

14 徳利に類した酒器。

15 二六三頁注17の左兵衛督。「まかなひ」は陪膳(給仕)役。

16 帝からの盃を賜わるのに、夕霧は、自分ばかりがいただくのは畏れ多い。

17 親王がたの中には(帝からの)盃を渡されるにふさわしい方もいらっしゃらないので、の意か。ただし「御中にはわたさるべき」は、青表紙他本では「御中にはたさるへき」とあり、「はた、さるべき」(また、しかるべき、の意)の本文。「大将」は薫。

18 (薫は)辞退申し上げなさるが。

---

1 帝のご意向もどうだったのだろうか(薫にということだったのだろう)。

2 盃を拝受した薫の返事。「をし」は警蹕(けいひつ)の声と同種のものか。「警蹕など、をし、と言ふ声聞こゆるも」(枕草子・清涼殿のうしとらのすみの)。

3 公の場でのお決まりの作法であるが。

4 (薫が帝の婿だという)思いなしが加わるからであろうか。

5 「さし返し」は帝から賜った盃(天盃)の酒を別の器に移していただく、その器(花鳥余情)。

6 階から庭前に下り謝酒の舞踏(拝舞)をなさる。「ぶたふ」、底本「ふたう」。

7 「上臈」で、高位の意。底本「上らう」。

8 (帝の婿であるにもかかわらず薫が)身分による定めがあるので、下座に戻って着座なさる姿は。

55 紅梅大納言の妬み

9 紅梅大納言。二六一頁注15。

10 自分こそが薫のように帝の婿になってもてはやされたかった、の意。

11 (紅梅大納言は)女二宮の母藤壺女御(六九

「[1]人がらは、げに契りことなめれど、なぞ時のみかどのこと〳〵しきまで婿《むこ》かしづき給ふべき。また、あらじかし、[2]九重《こゝのへ》の内《うち》に、おはします殿近《とのちか》き程にて、たゞ人のうちとけとぶらひて、果《は》ては宴《えん》や何《なに》やともてさわがるゝことは。」

など、いみじく譏《そし》りつぶやき申し給ひけれど、[3]さすがゆかしければ、まゐりて心の内《うち》にぞ腹立《はらだ》ちゐ給へりける。

[4]紙燭《しそく》さして歌《うた》どもたてまつる。[5]文台《ぶんだい》のもとに寄《よ》りつゝおく程のけしきは、[6]おの〳〵したり顔《がほ》なりけれど、例《れい》のいかにあやしげに古《ふる》めきたりけんと思ひやれば、[7]あながちにみなも尋《たづ》ね書《か》ゝず。[8]上《かみ》の町《まち》も、上らふとて、御口《くち》つきどもは、ことなること見《み》えざめれど、[9]しるしばかりとて、一《ひと》つ二《ふた》つぞ問《と》ひ聞《き》ゝたりし。これは、[10]大将の君《きみ》の、下《お》りて御かざしをりてまゐり給へりけるとか。

[11]すべらきのかざしにをると藤の花《はな》およばぬ枝《えだ》に袖かけてけり

[12]うけばりたるぞにくきや。

[13]よろづ世《よ》をかけてにほはん花なればけふをも飽《あ》かぬ色とこそ見《み》れ

頁注2）を、かつて懸想なさっていたのであるが。ただし、このこと、前に記事なし。

12　（女御が）入内なさってからも、相変わらず未練がましく意中を申し上げなさって、（それが叶わないとなると）ついには（娘の）女二宮をいただこうという気になって。

13　女二宮のお世話役、つまりは夫になりたいとそれとなく（母女御に）お伝えしたが。

14　帝のお耳に入ることすら叶わなかったので。

1　紅梅大納言の言。薫は、なるほど格別な人のようだが、（だからといって）どうして今上陛下が仰々しいまでに婿として大切にお世話なさったりする必要があろうか。

2　宮中の奥深く、帝のお住まいの清涼殿の近くに、臣下の者が気兼ねなく出入りし。薫の女二宮のもとへ通うことをいう。「とぶらひて」、諸本「さふらひて」。

3　（大納言は）そうは言うものの藤の宴は関心があったので。「ゆかしければ」、青表紙他本・河内本「ゆかしかりければ」。

4　照明具。紙燭を灯して参加者は各自の詠歌を献上する。

5　懐紙に書かれた歌は南庭上に設置された文台に置く。「殿上人ら、博士、ひとむらにて韻字賜へる、作りて詩奉る。楽所、遊びす。文台立てたり」（うつほ・菊の宴）。

6　めいめい得意顔ではあるが、（その歌は）例によってどんなにか陳腐であったろうと想像されるので、の意。

7　無理に全部の歌を聞き出して書くことはしない。省筆の技法。

8　上出来の部類（の歌）でも、身分の高い御方の歌だから、詠みぶりは、格別なこともないようだが。「町」は区分、等級の意。「二の町」（㊀帚木八二頁）。

9　見本程度に、一、二首。

10　薫が庭に下りて帝の挿頭（に藤花）を折って献上なさったとか。

11　薫の歌。帝のために挿頭の藤花を折るとて、

[1]君《きみ》がためをれるかざしは紫《むらさき》の雲《くも》におとらぬ花のけしきか

世《よ》[2]の常《つね》の色とも見《み》えず雲居《ゐ》までたち上《のぼ》りたる藤波《ふぢなみ》の花

これやこの腹立《はらだ》[3]つ大納言のなりけんと見《み》ゆれ。[4]かたへはひが言《こと》にもやありけん。かやうに、ことなるをかしきふしもなくのみぞあなりし。

夜《よ》ふくるまゝに、[5]御遊《あそ》びいとおもしろし。大将の君《きみ》、[6]あなたふとうたひ給へる声ぞ、限《かぎ》りなくめでたかりける。[7]按察使《あぜち》も、むかしすぐれ給へりし御声のなごりなれば、いまもいと[8]もの〱しくて、うち合《あ》はせたまへり。[9]右《みぎ》の大殿の御七郎《らう》、童《わらは》にて笙《さう》の笛《ふえ》吹《ふ》く、いとうつくしかりければ、[10]御衣《ぞ》たまはす。[11]おとゞ下《お》りてぶたふし給ふ。あか月《(つき)》近《ちか》うなりてぞ帰《かへ》らせ給ひける。禄《ろく》ども、上達部《かんだちめ》、親王《みこ》たちには、[12]上《うへ》より給はす。殿上人、楽所《がくそ》の人〱には、宮の御方《かた》より品《しな》[13]〱に給ひけり。

[14]そのようさりなん、[15]宮まかでさせたてまつり給ひける、儀式《ぎしき》いと心こと也《(なり)》。[16]上《うへ》の女房、さながら御おくり仕《つか》うまつらせ給ひける。[17]廂《ひさし》の御車にて、廂《ひさし》なき糸毛《いとげ》[18]三《み》つ、[19]黄金造《こがねづく》り六《む》つ、[20]たゞの檳榔毛《びらうげ》廿、[21]網代《あじろ》二《(ふたつ)》、童《わらは》、下仕《しもづか》へ八人づゝさぶらふに、又、

触れることの許されなかった藤壺の藤花に袖をかけたことだ。下句「およばぬ枝」は女二宮のたとえで、女二宮との結婚を詠み込む。

12 (薫の)自信満々なのが小憎らしい。

13 帝の歌。末長く美しく咲く花ゆえ、今日も見事な色だと思う。「飛香舎にて藤花宴侍りけるに　延喜御歌／かくてこそ見まくほしけれ万代をかけてにほへる藤浪の花」(新古今集・春下)による。

---

1 夕霧の歌か。帝のために折った挿頭の藤花はめでたい紫雲にも劣らず見事だ。「延喜御時、藤壺の藤の花宴せさせ給ひけるに、殿上の男ども歌つかうまつりけるに　皇太后宮権大夫国章／藤の花宮の内には紫の雲かとのみぞあやまたれける」(拾遺集・雑春)によるか。

2 紅梅大納言の歌か。普通の色とは見えない、宮中で咲いている藤の花は。「雲ゐまでたちのぼる」は、帝の婿になった薫をさすか。

3 紅梅大納言。二六六頁五行。

4 一部は聞き違いであったかもしれない。以下、次行まで語り手の言。

5 管絃の遊び。

6 嘉日を言祝ぐ催馬楽の曲名「あな尊(たふと)」。「あな尊(たふと)　今日の尊さや　いにしへも　はれ　いにしへも　かくやありけむや　今日の尊さ　あはれ　そこよしや　今日の尊さ」。

7 (二)賢木(三四六頁)で催馬楽「高砂」をうたった頭中将の二男が紅梅大納言。

8 たいそうおごそかに、声をお合わせになる。

9 夕霧の七男が、童殿上で。

10 帝が褒美としてお召しの御衣を下さる。

11 父の夕霧が庭に下りてお礼の舞踏(二六五頁注6)をなさる。「ぶたふ」、底本「ふたう」。

12 帝。次行「宮の御方」は女二宮。

13 身分に応じて((三)絵合一八一頁注9)。

56 女二宮、三条宮へ

14 その日(藤の宴の翌日)の夜に入って。「ようさり」、底本「よふさり」、諸本「よさり」。

[1]御迎《むか》への出《いだ》し車《(ぐるま)》どもに、[2]本所《(ほんぞ)》の人〳〵乗《の》せてなんありける。御おくりの上達部《かむだちめ》、殿上人、[3]六位《ろくゐ》など、言《い》ふ限《かぎ》りなききよらを尽《つ》くさせ給へり。

かくて、[4]心やすくうちとけて見《み》たてまつり給ふに、いとをかしげにおはす。[5]さゝやかにしめやかにて、こゝはと見《み》ゆる所なくおはすれば、[6]宿世《すくせ》の程くちをしからざりけりと、心おごりせらるゝ物から、[7]過《す》ぎにし方《かた》の忘《わす》られればこそはあらめ、猶《(なほ)》紛《まぎ》るゝをりなく、もののみ恋しくおぼゆれば、この世にては慰《なぐさ》めかねつべきわざなめり、[8]仏になりてこそは、あやしくつらかりける契りの程を、何《なに》の報《むく》いと明《あき》らめて思ひ離《はな》れめと思ひつゝ、[9]寺《てら》のいそぎにのみ心を入《い》れ給へり。

[10]賀茂《かも》の祭《まつり》などさわがしき程過《す》ぐして、二十日《はつか》あまりのほどに、例《れい》の宇治《うぢ》へおはしたり。造《つく》らせ給ふ御堂《みだう》見給ひて、すべきことどもおきての給ひ、さて[11]例《れい》の朽木《くち》のもとを見《み》給へ過ぎんが猶あはれなれば、[12]そなたざまにおはするに、女車《ぐるま》のこと〳〵しきさまにはあらぬ一《ひと》つ、荒《あら》ましき東《あづま》をとこの[13]腰《こし》に物負《ものお》へるあまた具《ぐ》して、下人《しも(びと)》も数多《おほ》く頼《たの》もしげなるけしきにて、[14]橋《はし》よりいま渡《わた》り来《く》る見《み》ゆ。ゐ中《(なか)》びたる物かなと見《み》

15　薫は女二宮を宮中から退出させ申し（て三条宮に迎え）なさるのであった。

16　（帝は）帝付きの女房を、そっくり三条宮までお供させなさる。

17　廂のある（糸毛の）車。女二宮が乗る。内親王に聴許されるのは糸毛の廂車（延喜式・弾正台）。

18　色染めの糸で飾った糸毛車。

19　金装檳榔毛の車。「黄金造りの檳榔毛」（うつほ・菊の宴）。

20　普通の（黄金造りでない）檳榔毛の車。

21　網代車。身分の底い者が乗る。㊄若菜上二四三頁注6参照。

1　薫からの迎えの女房の車。「出し車」は簾の下から女房装束の裾や袖口を出した車。「（出し車）どもに」、三条西本・書陵部本・首書本「とも十二」、承応板本・湖月抄本「十二」、尾州本「とも十二両」、陽明本「十に」。

2　本邸（薫の三条宮）の女房たち。

3　河内本・首書本「（殿上人）のろくなと」。

4　（薫は自邸三条宮で）気を張らずにくつろいで（女二宮を）。

5　（女二宮は）小柄でしっとりと落ち着いて、取り立てて気になる難点がなくていらっしゃるので。「しめやか」、青表紙他本・板本「あてにしめやか」。

6　（薫は）自分の前世からの運勢は大したものだったと、得意な気分になられるものの。

7　亡き大君のことが忘れられたらいいのだけれども。

8　まず自分が成仏して、不思議にもままならなかった大君との因縁を、前世におけるいかなる罪の報いかとはっきり知って未練を断とうと思って。

9　八宮宅寝殿を御堂にする準備（二一四頁）。

57　薫、宇治で浮舟に遭遇

10　四月の中の酉《とり》の日。

11　（宇治へ来て）いつも会っている弁の所を素

給ひつゝ、殿[1]はまづ入《い》り給ひて、御前《ぜん》どもはまだ立《た》ちさわぎたる程に、この車《くるま》も、この宮をさして来《く》る也《（なり）》けりと見《み》ゆ。御随身《みずいじん》どももかや《ゝ》[2]〳〵と言《い》ふを制《せい》し給ひて、

「何人《なに》ぞ。」

と問《ゝ》はせ給へば、声[3]うちゆがみたる者《もの》、

「[4]常陸《ひたち》の前司《せんじ》殿の姫《ひめ》君の初瀬《はつせ》の御寺《みてら》にまうで《ゝ》てもどり給へるなり。はじめもこゝ[5]になん宿《やど》り給へ〔り〕し。」

と申すに、[6]おいや、聞《き》き《ゝ》し人なり《ゝ》とおぼし出《い》で《ゝ》て、人〳〵[7]を異方《ことかた》に隠《かく》し給ひて、

「[8]はや御車入《い》れよ。こゝに又、人宿《やど》り給へど、[9]北面《きたおもて》になん。」

と言《い》はせ給ふ。

[10]御供《とも》の人もみな狩衣姿《かりぎぬすがた》にて、こと〴〵しからぬ姿《すがた》どもなれど、[11]猶けはひやしるからん、わづらはしげに思ひて、馬《むま》ども引《ひ》き避《さ》けなどしつゝ、[12]かしこまりつゝぞをる。車《くるま》は入《い》れて、[13]廊《らう》の西《にし》のつまにぞ寄《よ》する。[14]この寝殿《しん》はまだあらはにて、簾《すだれ》もかけず、[15]下《お》ろしこめたる中《なか》の二間《ふたま》に立《た》て隔《へだ》てたる障子《さうじ》の穴《あな》よりのぞき給ふ。[16]御衣《ぞ》の鳴《な》れば、

通りなさるのはやはりかわいそうなので。「朽木のもと」は二二八頁の歌による命名。ただし「見給へ過ぎ」の「給へ」は不審。承応板本・湖月抄本「給ひ」、陽明本・穂久邇本「給」。書陵部本「みたまひなむか」。同様の例、㈢須磨四六七頁注6。

12 (御堂を建てる阿闍梨の山寺から)八宮宅へ。

13 粗野な東国男で腰に矢籠《こし》を着けた者多勢をつれて。「矢籠」は矢を入れる容器。

14 (奈良方面から)宇治橋を。八宮宅は宇治川の京都がわにある(㈦橋姫二三三頁注1)。

---

1 薫は(八宮宅に)先に。

2 騒々しいさま。高松宮本「か」に濁音の声点を付す。承応板本・首書本「がや〳〵」、『湖月抄』は清濁両説併記。「この御供の随身など、見つけて、かやかやと追ひとどむるに」(狭衣巻一)、「「弓□シテ搔臥シテ候へ、カヤ〳〵」ト云ケレバ」(今昔物語集二十九ノ二十一)。

3 田舎人の声の訛をいう。

4 浮舟の従者の言。浮舟が長谷寺に参詣し、その帰途であることを言う。

5 往きにもここにお泊まりになった。底本「給へし」を諸本により改める。

6 薫の心内。おやおや、先日中君から話を聞いた人らしい。

7 (薫は)自分の供人たちを別の場所にお隠しになって。「人〳〵を」、諸本「人〳〵をは」。

8 薫の供人の言。

9 (薫一行は)北がわに居るから(正客用の南面に入れ)。北面には身内や遠慮のいらない者を通す(㈣藤袴四九九頁注5)。

10 薫の供人も。狩衣は旅の装束。

11 やはり(薫のような貴人の供人だという)雰囲気がはっきり伝わったのだろうか、(浮舟の一行は)困惑して。

12 (貴人のいる気配に)みな恐縮の体で控えている。「をる」は見下すべき対象の動作を卑しめていう(㈢少女四四〇頁五行)。

脱《ぬ》ぎおきて、なほし、指貫《さしぬき》の限《かぎ》りを着《き》てぞおはする。[1]とみにも下《お》りで、尼君《あまぎみ》に消息《せうそこ》して、[2]かくやむごとなげなる人のおはするを、たれぞなど案内《あない》するなるべし。[3]君は、車をそれと聞《き》ゝ給ひつるより、

「[4]ゆめ、其《(その)》人にまろありとの給ふな。」

と、[5]まづ口《くち》がためさせ給ひてければ、みなさ心得て、

「[6]はやう下《お》りさせ給へ。客人《まらうと》はものし給へど、異方《ことかた》になん。」

と言《い》ひ出《い》だしたり。

[7]若《わか》き人のある、まづ下《お》りて簾《すだれ》うち上《あ》ぐめり。[8]御前《ごぜん》のさまよりは、このおもと馴《な》れ 一七八三 58
てめやすし。[9]又、おとなびたる人いま一人《ひとり》下《お》りて、

「早《はや》う。」

と言《い》ふに、

「[10]あやしくあらはなる心《(ここ)》ちこそすれ。」

と言《い》ふ声、ほのかなれど、あてやかに聞《き》こゆ。

13 廊の西端。寝殿の東南の端につながる。
14 山寺に移築した旧寝殿のかわりに建てた新しい寝殿なので、簾の設備も整っていない。
15 格子を全部下ろした母屋と簀子とのあいだ(廂)の二間の仕切りに置いてある襖障子の穴から(室内に入ってくる浮舟一行を)。「のぞく」のは薫。「障子の穴」は、襖に開けた穴。「かいま見せし障子の穴」(四早蕨三〇頁)。
16 薫着用の装束の衣擦れの音がするので、(垣間見をするために直衣の下に着ていた衣を)脱ぎ捨てて、直衣と袴だけを着ていらっしゃる。後に垣間見を終えた薫が脱いだ衣を再び着ること、二八四頁に見える。

---

1 浮舟はなかなか車から下りずに、弁に案内を言づてして。
2 (ここ八宮宅には供の人の様子から)そのような身分の高そうな人(薫)がいらっしゃるのを、どなただなど(弁に)尋ねている様子だ。
3 薫は、(来合わせた)車を浮舟一行だとお聞きになってからは。
4 薫の言。決して、その人(浮舟)に私がこの家にいるとおっしゃるな。
5 最初に(女房たちに)口止めさせなさったので、みなそのように承知して。
6 八宮宅の女房の、浮舟に対する言。早く(車から)お下りあそばせ。お客様はいらっしゃるが、違う建物に(おられます)。

58 薫、浮舟を垣間見

7 浮舟と同乗していた若い女房が、最初に下りて、(浮舟を下ろすために)車の簾を掲げているらしい。
8 浮舟一行の前駆を務める無骨な「東をとこ」(二七〇頁一二行)の態度に比べて、この女房は。「おもと」は女性に対する軽い敬称。
9 続いて、年配の女房がもう一人車から下りて。
10 浮舟の言。よく分からないけれども人目があるような気がする。

「[1]例《れい》の御事《こと》。こなたは、さき〳〵も下《お》ろしこめてのみこそははべれ。[2]さては又、いづこのあらはなるべきぞ。」

と、[3]心をやりて言《い》ふ。[4]つゝましげに下《お》るゝを見《み》れば、まづ頭《かしら》つき様体《やうだい》細《ほそ》やかにあてなる程は、[5]いとよくもの思ひ出《い》でられぬべし。[6]扇《あふぎ》をつとさし隠《かく》したれば、顔《かほ》は見《み》えぬほど心もとなくて、胸《むね》うちつぶれつゝ見《み》給ふ。

車は高《たか》く、[7]下《お》るゝ所は下《くだ》りたるを、この人〳〵はやすらかに下《お》りなしつれど、いと苦《くる》しげにやゝみて、ひさしく下《お》りてゐざり入《い》る。[8]濃《こ》き袿《うちき》に、撫子《なでしこ》とおぼしき細長《ほそなが》、[9]若苗《わかなへ》色の小袿《こうちき》着たり。四尺の屛風《びやうぶ》を、[10]この障子《さうじ》に添《そ》へて立《た》てたるが上《かみ》より見《み》ゆる穴《あな》なれば、残《のこ》る所なし。[11]こなたをばうしろめたげに思ひて、あなたざまに向《む》きてぞ添ひ臥《ふ》しぬる。

「[12]さも苦《くる》しげにおぼしたりつるかな。[13]泉川《いづみ(がは)》の舟渡《ふなわた》りもまことにけふはいとおそろしくこそありつれ。[14]このきさらぎには水《みづ》の少《すく》なかりしかば、よかりしなりけり。」

「[15]いでや、ありくは東路《あづまぢ》思《おも》へば、いづこかおそろしからん。」

1　女房の言。いつもと同じことをおっしゃる。こちらの建物は、以前から格子をすべて下ろしてあります。

2　ここ以外に、どこから人が覗くことがありましょうか。

3　ご機嫌な調子でいう。

4　（浮舟が）おずおずと（車から）下りる様子を見ると。

5　さぞかし亡き大君のことがありありと思い出されることであろう。

6　扇で顔を隠す浮舟、それをどきどきしながら見守る薫。

7　牛車から下りる際に用いる踏み台（榻《しじ》）は、車体より低くなっているのを、同乗の二人の女房は苦もなく下りおおせたが、（浮舟は）たいそう苦しそうにもたもたして、長い時間をかけて下りて膝行して室内に入る。

8　浮舟の装束。濃い紅の袿に、撫子襲《なでしこがさね》と思われる細長（上着）。

9　「うすあをのすこしすぎたる色なり。夏のきぬの色なり」（花鳥余情）。小袿は細長の下に着る。女性の略式礼服。

10　（薫が垣間見をしている）襖障子近くに立ててその上部から覗き見できる穴なので、（浮舟の姿は薫から）丸見えだ。

11　（浮舟は）薫が覗いているこちらがわを不安に思って、（反対の）あちらがわを向いて屏風のそばに横になってしまわれる。

12　以下、浮舟の女房たちの言。（浮舟は）いかにも苦しそうにお感じだった。

13　泉川を舟で渡るのも、本当に今日は（増水していて）恐ろしかったことだ。泉川は宇治川を渡る手前で渡る木津川。

14　今年の二月の時には、水が少なかったので、上手くいったのだった。すでに二月にも初瀬詣でをしたという設定。

15　いやもう、旅は東国の道中を思えば、（他に）恐ろしい所はない。「東路」、諸本「あつまちを」。

など、[1]二人《ふたり》して苦《くる》しとも思ひたらず言《い》ひゐたるに、主《しう》はおともせでひれ臥《ふ》したり。 一七八四
[2]腕《かひな》をさし出《い》でたるが、まろらかにをかしげなる程も、常陸《ひたち》殿などいふべくは見《み》えず、まことにあてなり。

[3]やう〱腰《こし》いたきまで立《た》ちすくみ給へど、人のけはひせじとて、猶《(なほ)》動《うご》かで見《み》給ふに、[4]若《わか》き人《ひと》、

「[5]あなかうばしや。いみじき香《かう》の香《(か)》こそすれ。尼《あま》君の焚《た》き給ふにやあらむ。」

[6]老《お》い人、

「[7]まことにあなめでたの物《ものゝ》の香や。京人《(きやうひと)》は猶、いとこそみやびかにいまめかしけれ。[8]天下にいみじきことと《ゝ》おぼしたりしかど、東《あづま》にてかゝる薫物《たきものゝ》の香《か》は、え合《あ》はせ出《い》で給はざりきかし。この尼《あま》君は、[9]住《す》まひかくかすかにおはすれど、装束《さうぞく》のあらまほしく、[10]鈍《にび》色、青色《あをいろ》といへど、いときよらにぞあるや。」

などほめゐたり。[11]あなたの簀子《すのこ》より童来《わらはき》て、

「[12]御湯《ゆ》などまゐらせ給へ。」

1　若い女房と年配の女房は二人で(旅を)苦とも思わずしゃべっているのに、主人の浮舟は一言もいわずにぐったりと臥せっている。

2　着物から腕を出しているのが、ふっくらしてうつくしい様子も、(東国の田舎から出てきた)常陸の前司殿の姫君(二七二頁五行)などという風情には見えず、まったく上品である。

3　(覗き見をしていた薫は)だんだん腰が痛くなるまでじっと立ち続けていらしたが、気配をさとられまいとして、まだ動かないで覗いておられたが。

4　二人の女房の内の若い方。

5　まあ良い匂いだこと。すばらしい香の薫りがする。弁が焚いておられる香なのであろう。実は薫の芳香である。

6　年配の女房。二七四頁九行の「おとなびたる人」。

7　女房の言。本当にすばらしい香の薫りだ。都の人はやはり、じつに優雅ではなやかだ。

8　(常陸の前司殿は自家の焚き物を)天下一のすばらしいものとお思いであったが、東国ではこのような焚き物の香は、とても調合して作り出すことはおできにならなかったことよ。

9　暮らしぶりはこのようにわびしそうでいらっしゃるが。

10　出家者が用いる地味な色。「青色」は青鈍色(二一三頁注4)のことか。「青色」、青表紙他本・河内本・首書本「あをにひ」。

11　寝殿の東がわの簀子。

12　薬湯でもお召し上がり下さい。「御湯などをだにまゐれ。あなゆゝしや」(三明石五八二頁)、「夜もすがら人をそゝのかして、御湯などまゐらせたてまつり給へど」(七総角五六八頁)。

とて、[1]をしきどもも取《と》りつゞきてさし入《い》る。くだもの取《と》り寄《よ》せなどして、

「[2]ものけ給はる。これ。」

など[3]起《お》こせど起《お》きねば、[4]二人《ふたり》して、[5]栗《くり》やなどやうのものにや、ほろ〳〵と食《く》ふも、[6]聞《き》ゝ知《し》らぬこゝちには、かたはらいたくて退《しぞ》き給へど、又ゆかしくなりつゝ、猶《(なほ)》立《た》ち寄《よ》り〳〵《(たちより)》見《み》給ふ。[7]これよりまさる際《きは》の人〳〵を、后《きさい》の宮をはじめて、こゝかしこにかたちよきも心あてなるも、[8]こゝら飽《あ》くまで見集《みあつ》め給へど、おぼろけならでは目《め》も心もとまらず、[9]あまり人にもどかるゝまでものし給ふ心《(ここ)》ちに、たゞいまは何《なに》ばかりすぐれて見《み》ゆることもなき人なれど、[10]かく立《た》ち去《さ》りがたく、あながちにゆかしきも、いとあやしき心なり。

尼《あま》君は、[11]この殿《とのゝ》の御方《かた》にも、御消息《せうそこ》聞《き》こえ出《い》だしたりけれど、

「[12]御心《(ここ)》ちなやましとて、いまの程うち休《やす》ませ給へるなり。」

と、御供《とも》の人〳〵[13]心しらひて言《い》ひたりければ、[14]この君を尋ねまほしげにの給ひしかば、かゝるついでにもの言《い》ひふれんと思《おも》ほすによりて、日暮《ひく》らし給ふにやと思ひて、

1　折敷。食物を載せる角盆。
2　「物うけたまはる」の転で、申し上げます、もしもし、の意。「ものけ給はる。いづくにおはしますぞ」（㊀帚木一六〇頁）。
3　浮舟を起こしても起きないので。
4　「若き人」と「老い人」の二人の女房。
5　栗のようなものであろうか、ぼりぼりと音を立てて食べる。「ほろほろと」は多く涙のこぼれる形容に用いられる。食事に関しての使用は物語中この一例のみ。「栗や」、青表紙他本・河内本・首書本「くり」。
6　（女房のような身分の低い者がものを食べる有様など）聞いたこともない気持がする薫は、見ていられなくて（障子から）お去りになるが、また（浮舟を）見たい気持が募っては、何度も障子のもとへ近寄って覗き見をなさる。
7　浮舟よりも身分の高い女性たちを。
8　（薫は）大勢飽きるほどいろいろな方をご覧になっておられるが、並外れていなければ関心を抱くことはなく。
9　はなはだしく、人から非難されるほど（きまじめ）でいらっしゃる心の持ち主なのに、目下はどれほどもすばらしく見える取り柄もない女性（浮舟）なのに。
10　こうして（浮舟のもとを）離れづらく、無性に心惹かれるのも、本当に不可解な心だ。

59　浮舟、弁と対面

11　薫の方にもご挨拶を申し上げたが。薫は寝殿の北面に居ることになっている（二七三頁注9）。
12　薫の供人の言。（薫は）ご気分がすぐれず、只今ご休憩中。薫の垣間見を隠すための嘘。
13　気を利かせて返事をしたところ。
14　弁の心内。（薫は）浮舟に逢いたそうにおっしゃっていらしたので、この機会に言葉をかけようとのおつもりで、暗くなるのを待っておられるのであろう。

かく[1]のぞき給ふ覧《（らん）》とは知《し》らず、例《れい》[2]の御荘《みさう》の預《あづか》りどものまゐれる破籠《わりご》[3]や何《なに》やと、こな[4]たにも入《い》れたるを、東人《あづま》どもにも食《く》はせなど、事《こと》ゞもおこなひおきて、うちけさうじて、客人《まらうと》[5]の方《かた》に来《き》たり。ほめつる[6]装束《さうぞく》、げにいとかはらか[7]にて、みめも猶よしく〳〵きよげにぞある。

「き[8]のふおはし着《つ》きなんと待《ま》ちきこえさせしを、などかけふも日たけては。」

と言《い》ふめれば、この[9]老《お》い人、

「い[10]とあやしく苦《くる》しげにのみせさせ給へば、昨日はこの泉《いづみ》川のわたり[11]にて。け[12]さも無期《むご》に御心《（ここ）》ちためらひてなん。」

といらへて、起《お》[13]こせば、いまぞ起《お》きゐたる。尼《あま》[14]君をはぢらひて、そばみたるかたはらめ、これよりはいとよく見《み》ゆ。まことにいとよしあるまみのほど、髪《かん》ざしのわたり、かれ[15]をもくはしくつく〴〵としも見《み》給はざりし御顔《かほ》なれど、これを見《み》るにつけて、たゞそれと思ひ出《い》でらるゝに、例《れい》の涙落《お》ちぬ。尼《あま》[16]君のいらへ打ちする声けはひ、宮[17]の御方にもいとよく似たりと聞《き》こゆ。

1 (弁は)薫が垣間見しておられるとは気づかず。「覧」は助動詞「らん」の当て字。
2 いつものように、(八宮宅近くの)薫の荘園の管理人たちが持って参上する。「そのわたりいと近き御荘の人のいへに」(七総角四六四頁)。「御荘の人ども召して」(二一八頁)。
3 折箱様の木製の容器。食物を入れる。
4 (薫にだけでなく)弁にも差し入れしたのを、(弁は浮舟の供人の)東国の者たちにも食べさせたりして、あれこれ段取りをしてから、身なりを整えて。
5 客である浮舟。
6 浮舟の女房が褒めた弁の服装は。二七八頁。
7 さっぱりと小綺麗で、容姿も(尼姿ではあるが)この歳ながら気品がありこざっぱりしている。「尼姿いとかはらかに、あてなるさまして」(五若菜上二八八頁)。
8 弁の言。昨日ご到着とお待ち申し上げていたが、どうして今日もこのような日中になって。

9 浮舟の年輩の女房(二七五頁注9)。
10 (浮舟が)どういうわけかひたすら苦しそうにしておられるので。
11 書陵部本「わたりにとまりて」、板本「わたりにとゞまりて」。
12 今朝も長いことご気分の回復を待って(出発したのです)。「ためらひ」は、病状や気分を落ち着かせる。
13 「老い人」が浮舟を起こす。
14 弁と顔を合わすのを恥ずかしがって、顔を背けている(浮舟の)横顔が、薫のいる所からはとてもよく見える。
15 亡き大君のもこまかにしげしげとご覧にはならなかったお顔だけれども、浮舟を見ると、大君そっくりだと思い出されて。
16 弁に対する返事をする浮舟の声や雰囲気は。「けはひ」、書陵部本・承応板本・湖月抄本「けはひ(の)ほのかなれど」。
17 匂宮の奥方、中君。

[1]あはれなりける人かな、かゝりけるものを、今まで尋ねも知《し》らで過《す》ぐしけることよ、[2]これよりくちをしからん際《きは》の品な《しなゝ》覧《(らん)》ゆかりなどにてだに、かばかり通《かよ》ひきこえたらん人を得ては、おろかに思ふまじき心《(ここ)》ちするに、ましてこれは[3]知《し》られたてまつらざりけれど、まことに故《こ》宮の御子《こ》にこそはありけれと見《み》なし給ひては、限《かぎ》りなくあはれにうれしくおぼえ給ふ。[4]たゞいまもはひ寄《よ》りて、世《よ》の中におはしけるものを、と言《い》ひ慰《なぐさ》めまほし。[5]蓬萊《ほうらい》まで尋ねて、髪《かん》ざしの限《かぎ》りを伝《つた》へて見《み》給ひけんみかどは、猶いぶせかりけん。[6]これは異《こと》人なれど、慰《なぐさ》め所ありぬべきさまなりとおぼゆるは、[7]この人に契りのおはしけるにやあらむ。尼《あま》君は、もの語《がた》りすこししてとく入《い》りぬ。[8]人の咎《とが》めつるかをりを、[9]近《ちか》くのぞき給ふなめりと心得《え》てければ、うちとけごとも語《かた》らはずなりぬるなるべし。

日暮《く》れもていけば、[10]君もやをら出《い》でゝ、御衣《ぞ》など着《き》給ひてぞ、[11]例《れい》召《め》し出づる障子《さうじ》の口《くち》に尼《あま》君呼《よ》びて、ありさまなど問《と》ひ給ふ。

「[12]をりしも、うれしく参《ま》で会《あ》ひたるを、いかにぞ、かの聞こえしことは。」

1　薫の心内。すばらしい人だ、このように大君にそっくりな人であったのに、これまで捜そうともしないで過ごしてきたことだ。

2　浮舟よりも取るに足りない身分の者の縁者であってさえ、これほどまでに(大君に)似通い申した人を手に入れたら、粗略にはすまいという気持がするのに。「品な覧」の「覧」は「品なら・ん」の品詞をまたいだ「らん」への異例の当て字。

3　浮舟はお認めいただけなかったけれど、れっきとした故八宮のお子様であったのだと、そう思ってご覧になると。

4　(薫は)今すぐにもそばに寄って行って、この世に生きていらしたのに、と(浮舟を大君と思って)言葉をかけて慰めてやりたい。「言ひ慰む」の語、㊂薄雲二九〇頁・㊃早蕨三八頁に見える。

5　楊貴妃の魂のありかを蓬萊まで捜しに行って、(幻術士が)その釵《かんざし》だけを証拠に持ち帰ったのをご覧になったという(玄宗)皇帝は、やはり物足りなかったことだろう。長恨歌を踏まえる(二〇七頁注8)。「亡き人の住みか尋ね出でたりけむしるしの髪ざしならましかば、と思ほすも」(㊀桐壺四四頁)。

6　浮舟は(楊貴妃の場合と違って大君とは)別人であるが、(生身の人間だから)慰められることもきっとありそうだと思われるのは。

7　(薫には)浮舟との前世からの縁がおありであったのだろうか。

8　女房たちが気づいていた芳香を。二七八頁参照。

9　(弁は、薫が)近くで(浮舟を)覗いておられるようだと察したので、(浮舟と)立ち入った話もしないでおいたのであろう。

60　かほ鳥

10　薫も垣間見の場所からそっと抜け出して、(衣擦れの音を防ぐために脱いだ)着物をお召しになって。二七五頁注16参照。

11　いつも弁を呼び出す障子口に。二一二頁参

との給へば、

「[1]しか仰《おほ》せ言《こと》侍りし後は、さるべきついで侍らばと待ち侍りしに、こぞは過《す》ぎて、[2]この二月になん初瀬《はつせ》詣《まう》でのたよりに対面《たいめん》して侍りし。[3]かの母君《はゝ》に、おぼしめしたるさまはほのめかし侍りしかば、[4]いとかたはらいたく、かたじけなき御よそへにこそは侍《(はべ)》なれなどなん侍りしかど、その比《(ころ)》ほひは、[5]のどやかにもおはしまさずとうけ給はりし、をり便《びん》なく思ひ給へつゝみて、かくなんとも聞《き》こえさせ侍らざりしを、またこの月にも詣《まう》でて、けふ帰《かへ》り給ふなめり。[6]行《ゆ》き帰《かへ》りの中宿《なかやど》りには、かくむつびらるゝも、たゞ過《す》ぎにし御けはひを尋ねきこゆるゆゑになんはべめる。[7]かの母君《はゝ》も、さはる事ありて、このたびは一人《ひとり》ものし給ふめれば、かくおはしますとも、何《なに》かはものし侍らんとて。」

と聞《き》こゆ。

「[8]ゐ中《(なか)》びたる人どもに、忍《しの》びやつれたるありきも見《み》えじとて、口《くち》がためつれど、いかゞあらむ、[9]下種《げす》どもは隠《かく》れあらじかし。さていかゞすべき。[10]一人《ひとり》ものすらんこ

照。「障子の口」、青表紙他本・河内本・板本「の」なし。

12 薫の言。うまい具合に、うれしくも（浮舟と）出会えたが、どんな具合ですか、先日お願いした件は。底本「まてあひ」、青表紙他本・尾州本・各筆本など「まてきあひ」、板本・陽明本「まうできあひ」。

---

1 弁の言。さようお言葉を承りましてからは、適当な機会がありましたら（先方に薫のご意向を伝えよう）と待っておりましたが、昨年は何事もなく過ぎ。

2 今年の二月に（浮舟の）初瀬詣でのついでにお目にかかりました。二七七頁注14。「たよりに」、青表紙他本・首書本「たよりにはしめて」。

3 浮舟の母上に、（薫の）お考えの旨はそれとなく伝えましたところ。

4 （浮舟の母は、娘を大君の身代わりにというのは）気恥ずかしく、畏れ多いお考えでございましょうなどと申しておりましたが。

5 （薫が）ご多忙とお聞きしまして、時期が悪く思って遠慮いたしまして、こうこうともご報告いたしませんでしたが。

6 初瀬詣での往復の休息所として、（浮舟が）このように懇意にお立ち寄りなさるのも、ひとえに亡き八宮の面影を求め申してのことでございます。

7 浮舟の母君も、支障があって、今回は（浮舟）一人でお出ましのようなので、こうして（薫が）お越しだとも、（浮舟方に）知らせる必要はあるまいと存じまして。

8 薫の言。（浮舟の供人の）田舎人たちに、みすぼらしい微行を見られまいと思って、（自分のいることは）口止めしておいたが、どうなることだろう。二七五頁注5。

9 （薫本人はともかく供人の）下っ端どもの身元は隠すことはできまい。

10 （浮舟が）一人でいるというのはかえって気楽というものだ。

そなか〳〵心やすかなれ。[1]かく契り深《ふか》くてなんまゐり来会《きあ》ひたる、と伝《つた》へ給へかし。」

との給へば、

「[2]うちつけに、いつの程なる御契《ちぎ》りにかは。」

とうち笑《わら》ひて、

「[3]さらば、しか伝《つた》へ侍らん。」

とて入《い》るに、

[4]かほ鳥《どり》の声も聞きしに通《かよ》ふやとしげみを分《わ》けてけふぞ尋《たづ》ぬる

[5]たゞ口《くち》ずさみのやうにの給ふを、入《い》りて語《かた》りけり。

1　こうして深い縁で出会えたのだとお伝え下さい。
2　弁の言。いきなり、いつの間にそのようなご縁がおできになったというのか。
3　弁の言。では、さようお伝えいたしましょう。
4　薫の歌。顔かたちだけでなく声もかつて聞いた亡き大君の声に似ているかと、草木の繁った宇治への山道をかき分けて、やっと今日あなたを捜し当てることができた。「かほ鳥」の語で浮舟の顔が大君に似ていることを示し、さらに声までも似ているのかと期待する。「かほ鳥」は万葉集の歌語であるが、実体は未詳。「夕されば野辺に鳴くてふかほ鳥のかほにみえつつ忘られなくに」（古今六帖六）。なお、この歌にもとづき、宿木巻は一名「かほ鳥」と呼ばれていたという（紫明抄、河海抄、為氏本源氏古系図）。
5　（浮舟への贈歌ではなくて）単に口ずさみのように薫が口になさるのを、弁は浮舟のいる室内へ入って披露したのだった。書陵部本・承応板本・湖月抄本「かたりきこえけり」、河内本「かたりけりとや」。

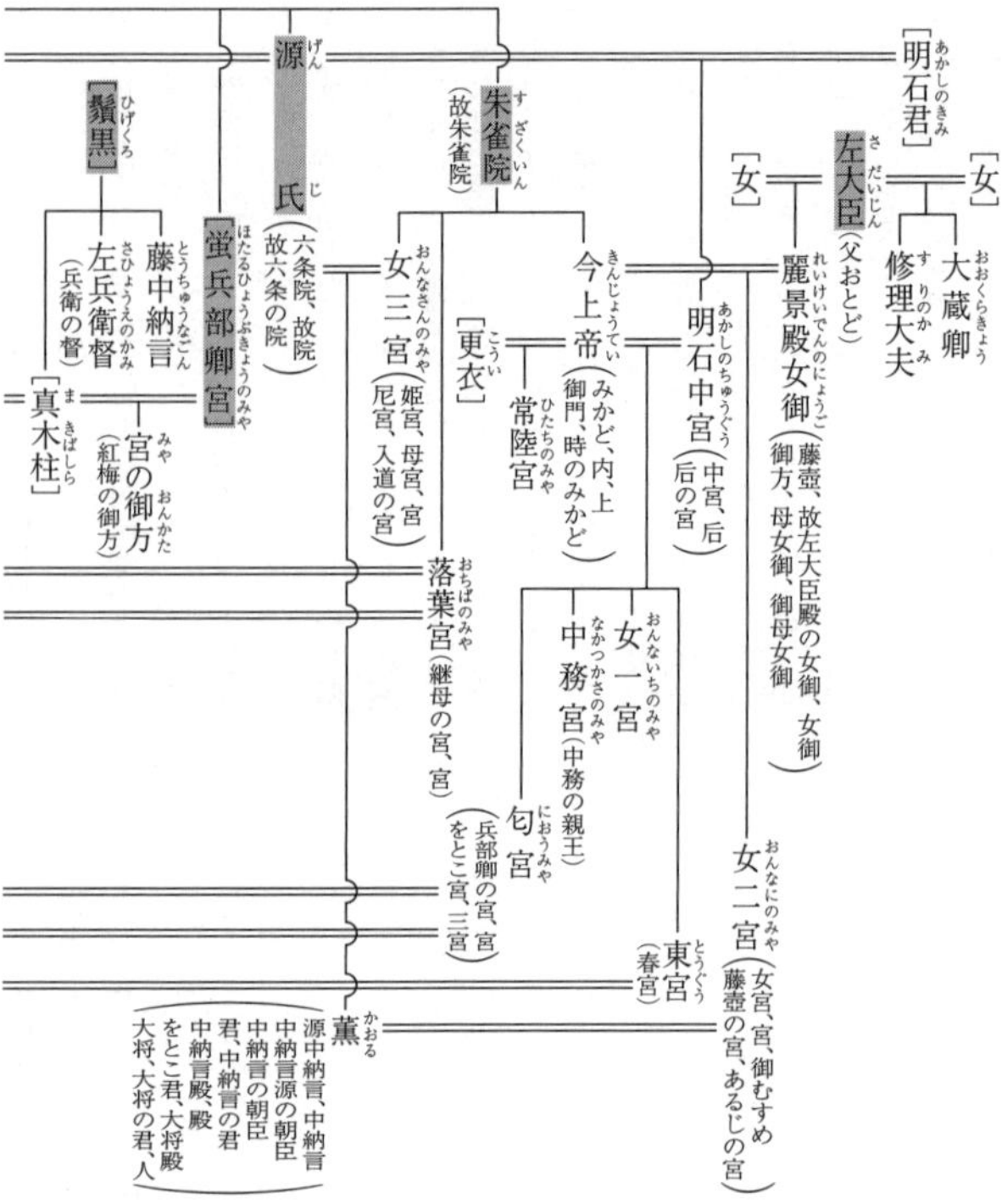

弁尼《べんのあま》（老人、尼君、弁、朽木）
上野親王《かんつけのみこ》
阿闍梨《あざり》
大輔君《たいふのきみ》（大輔）
少将《しょうしょう》
宮《みや》の大夫《だいぶ》
按察使君《あぜちのきみ》
右京大夫《うきょうのかみ》
某僧都《なにがしそうず》
匂宮《におうみや》の乳母《めのと》（御乳母）
老《お》い人《びと》
若《わか》き人《ひと》
若君《わかぎみ》の乳母《めのと》（乳母）

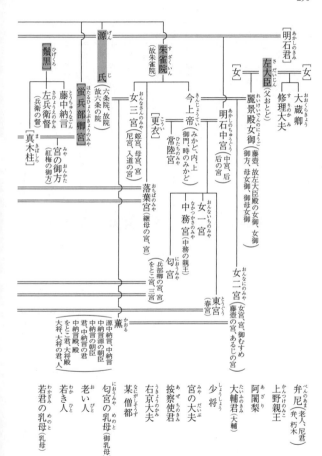

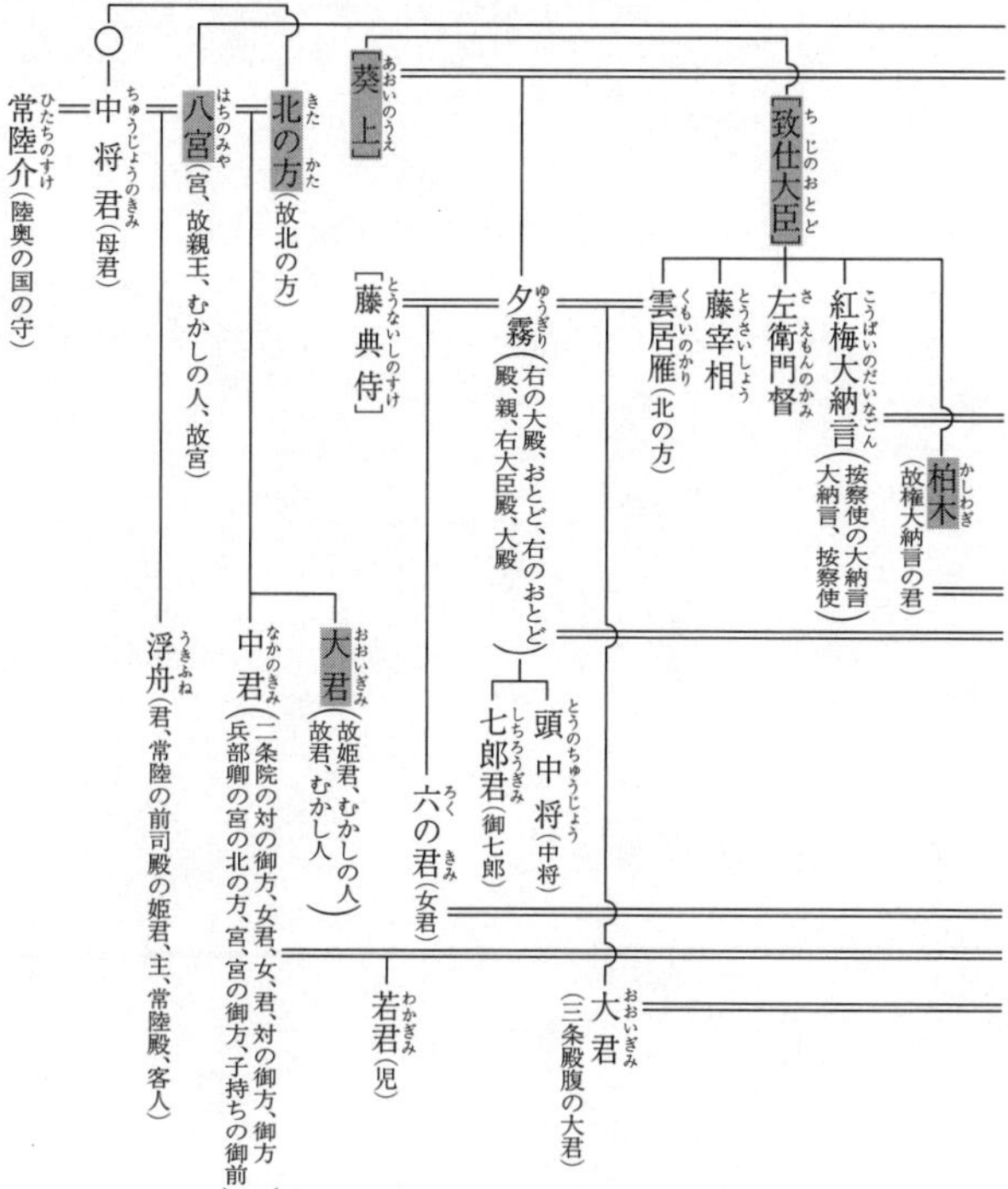

致仕大臣《ちじのおとど》
柏木《かしわぎ》（故権大納言の君）
紅梅大納言《こうばいのだいなごん》（按察使の大納言、大納言、按察使）
左衛門督《さえもんのかみ》
藤宰相《とうさいしょう》
雲居雁《くもいのかり》（北の方）
葵上《あおいのうえ》
夕霧《ゆうぎり》（右の大殿、おとど、右のおとど、殿、親、右大臣殿、大殿）
頭中将《とうのちゅうじょう》（中将）
七郎君《しちろうぎみ》（御七郎）
大君《おおいぎみ》（三条殿腹の大君）
藤典侍《とうないしのすけ》
六の君《ろくのきみ》（女君）
若君《わかぎみ》（児）
北の方《きたのかた》（故北の方）
大君《おおいぎみ》（故姫君、むかしの人、故君、むかし人）
八宮《はちのみや》（宮、故親王、むかしの人、故宮）
中君《なかのきみ》（二条院の対の御方、女君、女、君、対の御方、御方、兵部卿の宮の北の方、宮、宮の御方、子持ちの御前）
中将君《ちゅうじょうのきみ》（母君）
浮舟《うきふね》（君、常陸の前司殿の姫君、主、常陸殿、客人）
常陸介《ひたちのすけ》（陸奥の国の守）

東_{あづま}

屋_や

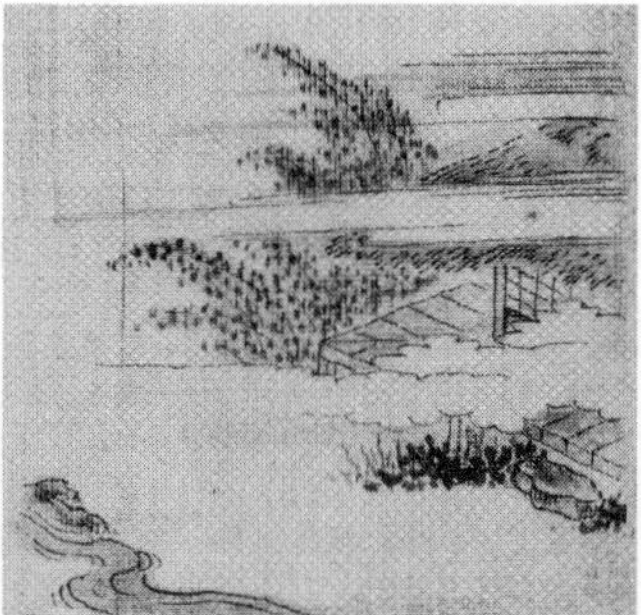

東屋《あづまや》

薫《かおる》は亡き大君《おおいぎみ》の面影を求め、彼女に生き写しだという浮舟《うきふね》に行きつく。三条の隠れ家に浮舟を訪ねた薫が簀子《すのこ》で待つあいだに詠んだ歌「さしとむる葎やしげき東屋のあまりほどふる雨そゝきかな」（四四二頁）をもって巻名とする。底本の題簽は「あつまや」。

〈薫二十六歳秋〉

1 薫は浮舟をこの目で見たいと求めつつも、なおためらう。浮舟の母中将君《ちゅうじょうのきみ》も遠慮して消極的である。

2 常陸介《ひたちのすけ》にはあまたの子供があり、中将君はその子たちの世話をしつつも、浮舟の良縁を願うことしきりであった。

3 常陸介の家柄も卑しくはないが、生活はやはり田舎じみている。浮舟に言い寄る男は多いが、中でも二十二、三歳になる左近《さこん》少将が熱心であった。

4 中将君は身分や人柄を考え合わせ、少将を婿に選ぶ。常陸介は妻が浮舟だけを特別扱いすることを恨む。

5 少将は浮舟が常陸介の継子だと知り、それを隠して娶《めと》らせようとしたと仲人に対して立腹する。

6 仲人の勧めで少将は常陸介の実の娘をあらためて所望する。

7 実の娘を欲しいという少将の意向を知り、常陸介は満足する。

8 仲人は少将を絶賛し、常陸介との縁談を取りまとめようとする。常陸介もまんざらではなく仲人の話に耳を傾ける。

9 常陸介は求婚に応じ、少将は浮舟の妹にのりかえる。少将は抜け目のない男で、結婚の日取りも変えずに妹の婿となることにする。

10 何も知らぬ中将君は浮舟の結婚の準備を進めるが、常陸介が破談を告知する。中将君は情けなさでやりきれない。

11 常陸介と左近少将のしうちに中将君と乳母は嘆きあい、浮舟の処遇を語りあう。

12 常陸介は娘の結婚準備に奔走する。**十五、六歳**になったこの娘のことを、常陸介はたいそうすばらしいと思っている。少将もこの縁組に満足し、予定の日に**婿入り**する。

13 浮舟の不運を嘆く中将君は浮舟の身を依頼すべく、二条院に住む、匂宮（におうみや）の北の方中君（なかのきみ）へ手紙を送る。

14 中君は女房大輔君（たいふのきみ）を介して、浮舟を預ることについて承諾する返事を送る。

15 常陸介は婿君となった少将を歓待する。中将君は不快感を募らせ、中君のもとへ浮舟を移すことをいよいよ思う。

16 中将君は浮舟を二条院へ連れ出す。浮舟は**西の対の西廂**（にしびさし）に住むことになった。中君の境遇を見、浮舟の身を比べて悔しく思う。中将君は物忌と称して、二、三日滞在する。

17 中将君は匂宮夫妻を垣間見て、浮舟も高貴な人に添わせたいものと思い乱れる。

18 翌日、左近少将を垣間見た中将君は匂宮の比ではない少将に落胆、少将が妹にのりかえた一件が、女房たちの噂になっていると知って、少将を婿にと思ったことを後悔し彼を侮蔑する。

19 中将君は中君と語り、亡き大君を追懐する。話題は自然と大君を限りなく恋い慕った薫へと及んでゆく。

20 少将との破談のいきさつを語り、中将君は中君に浮舟の不運を訴える。中君は浮舟の容姿が見苦しくないものであってほしいと思う。

21 浮舟と対面した中君は、大君に生き写しなのを見て、薫に見せたいと思う。その時、**宮中**から二条院に薫が来訪する。中将君は彼の姿を垣間見て感嘆する。

22 中君と対座し、大君を追慕しつつ中君への懸想を見せる薫に、中君は浮舟がひそかに二条院に滞在していることを語り、彼女を勧める。

23 薫の容姿に驚嘆した中将君は、浮舟に貴人の婿をと願う。女房たちは薫を称賛する。

24 中君は薫の意向を中将君に伝える。中将君は浮舟の身を中君に託し、二条院を辞去する。

25 **宮中**から匂宮が帰邸する。匂宮は中将君の車を見咎め、中君と薫との仲に疑いの目を向ける。中君は匂宮の疑いにきまりの悪い思いをする。

26 夕方、中君のもとへ渡った匂宮は偶然に浮舟を見つける。好色心から宮は浮舟に言い寄る。

27 浮舟に馴れ馴れしく寄り添う匂宮に、乳母は困惑する。大輔君の娘の右近が中君へ急報し、中君も驚き呆れる。

28 女房たちが困惑する折、宮中から中宮発病との知らせが届く。匂宮は名残を惜しみながら立ち去り、浮舟は危機を脱する。

29 乳母は匂宮の所行を嘆き、泣き臥している浮舟を慰める。中君も浮舟を居間へ招くが、浮舟は気分が悪いとして応えない。

30 乳母は右近に対して、浮舟には何ら落度がないことを陳情する。

31 浮舟は中君と対面し、優しく慰められる。大君によく似た妹を中君はいとおしく見守る。

32 姉妹は亡き父宮のことなどを語りあう。匂宮の一件を知る女房たちは、真相を推測する。

33 乳母は常陸介邸の中将君に事件を報告した。中将君は動転し、夕方二条院を訪ね、物忌を口実に浮舟を連れ帰ることにする。

34 中将君は浮舟を三条の小家に移す。長年そばを離れず暮らしてきたために、別れて暮らすことをお互い心細く思う。

35 中将君は常陸介邸に帰り、浮舟の妹と結婚していた左近少将を覗き見、歌を交わす。少将は、宮の娘である浮舟をのがしたことをもったいないと思う。

36 浮舟を貴人に添わせたいとの思いが募る中将君は、浮舟の相手として薫を思う。
37 三条のわび住まいで、浮舟には二条院での時が思い起こされる。浮舟のつれづれを思いやる中将君と歌を贈答する。
38 薫は亡き大君のことを忘れられず、晩秋近く宇治の御堂完成の知らせを受けて自ら赴く。
39 弁尼《べんのあま》と対面した薫は、浮舟との仲を取り持ってくれるよう依頼する。
40 帰京した薫は、あまり親しむというわけでもないが、今上帝の心寄せもある女二宮を厚遇している。
41 弁尼は上京し、浮舟の隠れ家を訪れて薫の意向を伝える。
42 宵過ぎ、薫は隠れ家を訪れ、浮舟と逢う。浮舟は大君に見劣りする女ではなかったことを知る。
43 翌朝、九月は結婚には不吉と女たちが嘆くのに対し、弁尼は今日は十三日で節分は明日と慰める。薫は侍従も伴って浮舟を隠れ家から連れ出す。
44 宇治への道中賀茂の河原をすぎ、法性寺のあたりで夜が明ける。弁尼は亡き大君を思い、涙する。侍従は事始めの涙を不吉として弁尼を疎んじる。
45 道中の景色にも触発され、薫も大君のことを思い出す。恋しさが募り、悲しさを紛らわすことができない。

46 宇治に到着する。浮舟はわが身の将来を思い、不安にかられる。

47 薫は京に手紙を書き、二日間、宇治に滞在することを母宮と女二宮に伝える。

48 薫は、浮舟の今後の扱いを思案する。薫には物足りなくも感じられる浮舟だが、何かと教えてやれば大君の形代《かたしろ》として適すると思い直す。

49 薫は、琴を取りよせて調べ、浮舟と語らう。浮舟に大君の面影を見出し、感慨にふける。

50 弁尼からの贈歌に、薫は独詠歌を詠む。

一七三 1 [1]筑波山《つくばやま》を分《わ》け見《み》まほしき御心はありながら、端山《は(やま)》の繁《しげ》りまであながちに思ひ入《い》らむも、[2]いと人聞《ぎゝ》きかろ〴〵しうかたはらいたかるべきほどなれば、おぼし憚《はゞか》りて、御消息《せうそこ》をだにえ伝《つた》へさせ給はず。[3]かの尼君《あま(ぎみ)》のもとよりぞ、[4]母北《はゝきた》の方《かた》に、の給ひしさまなどたび〴〵ほのめかしおこせけれど、[5]まめやかに御心とまるべき事とも思はねば、たゞ[6]さまでも尋《たづ》ね知《し》り給ふらん事、とばかりをかしう思《おも》ひて、[7]人の御ほどのたゞ今世《(いまのよ)》にありがたげなるをも、[8]数《かず》ならましかば、などぞよろづに思ひける。

2 [9]守《かみ》の子《こ》どもは、[10]母亡《はゝな》くなりにけるなどあまた、[11]この腹《はら》にも[12]姫《ひめ》君とつけてかしづくあり、まだ幼《をさな》きなど、[13]すぎ〴〵に五六人ありければ、さま〴〵にこのあつかひをしつゝ、[14]異《こと》人と思《おも》ひ隔《へだ》てたる心のありければ、常《つね》にいとつらき物に守《かみ》をもうらみつゝ、[15]いかで引《ひ》きすぐれて面立《おもだゝ》たしきほどにしなしても見《み》えにしかなと、明け暮れこの母《はゝ》君は思《おも》ひあつかひける。[16]さまかたちのなのめに取《と》りまぜてもありぬべくは、[17]いとか

1 薫、浮舟のことでためらう

1　筑波山に分け入ってよく見たいというお気持はありながら、端くれの繁みにまでむやみに慕って入るのも。「筑波山」は常陸国(茨城県)の歌枕。「端山」はふもとの方の山。常陸介《ひたちのすけ》の継娘である浮舟の身分を暗示。先に宇治で浮舟を垣間見た薫は、やっと尋ねあてた感動を「しげみを分けてけふぞ尋ぬる」(四宿木二八八頁)と詠んだが、ここでは一転して、薫のためらいから語り出される。「筑波山端山繁山繁けれど思ひ入るにはさはらざりけり」(新古今集・恋一・源重之)によるが、重之が踏まえた「筑波山　葉山繁山　繁きをぞ　や　誰《た》が子も通ふな　下に通へ　わが夫《つま》は下に」(風俗歌・筑波山)の世間体を憚る歌意にも通じる。

2　まことに人に聞かれても軽率で気恥ずかしいことになりそうな(相手の)身分なので。世評を憚る薫は、浮舟に言い寄れない。

3　弁。薫はかねて浮舟への仲介を弁に依頼していた。四宿木二二六頁。

4　浮舟の母、中将君。

5　(中将君は、薫が)本気でお心をかけなさるはずのこととも思わないので。

6　それほどまで詮索してご存じでいらっしゃるとは、という程度に興味深く思って。

7　この人(薫)のご身分が当今またとなさそうであることも(思うにつけて)。

8　中将君の心内。(娘が)物の数に入る身分であったならば(積極的になれるのに)。

2 浮舟の母中将君、良縁を願う

9　常陸介。陸奥守となり、のち常陸介となったが、浮舟二十歳のころ、任を終えて上京(四宿木二二四頁)。常陸は親王が遥任のため、介のことを守とも称した。

10　亡くなった先妻腹の子たち。

11　後妻である中将君腹の子たち。

12　「姫君」は貴人の娘の敬称。ここは、常陸

うしも、何《なに》かは、苦《くる》しきまでももてなやまじ、同《おな》[1]じごと思《おも》はせてもありぬべき世《よ》を、[2]ものにもまじらず、あはれにかたじけなく生《お》ひ出《い》で給へば、[3]あたらしく心ぐるしきものに思へり。

むすめ多《おほ》かりと聞《き》ゝて、[4]なま君達《きむだち》めく人ゝも[5]おとなひ言《い》ふ、いとあまたありけり。一七四
[6]はじめの腹《はら》の二三人は、[7]みなさま〲に配《くば》りて、おとなびさせたり。今は、[8]わが姫《ひめ》君を思《おも》ふやうにて見《み》たてまつらばやと、明《あ》け暮《く》れまもりて、撫《な》でかしづく事限《かぎ》りなし。

3

守《かみ》も[9]いやしき人にはあらざりけり。上達部《かむだちめ》[10]の筋《すぢ》にて、仲《なか》[11]らひも物きたなき人ならず、徳《とく》[12]いかめしうなどあれば、ほど〲につけては思ひ上《あ》がりて、いへの内《うち》もき[13]ら〲しくものきよげに住《す》みなし、事好《この》みしたるほどよりは、あやしう荒《あら》ゝかにゐ中《（なか）》びたる心ぞつきたりける。若《わか》うよりさる[14]あづま方のはるかなる世界《せかい》に埋《うづ》もれて年経《へ》ければにや、声《こゑ》などほと〱[15]うちゆがみぬべく、物うち言《い》ふすこしたみたるやうにて、豪家《かうけ》[16]のあたりおそろしくわづらはしき物に憚《はゞか》りおぢ、すべて[17]いとまたく透《す》

介の娘程度の身分の者に、といった用法。
13 次々と五人か六人はもうけたので。
14 (常陸介には連れ子の浮舟を)他人だと思って分け隔てする気持があったので。
15 何とか抜きん出て晴れがましいように(優秀な婿君と)縁づけてみたいものよと。
16 (浮舟の)姿と顔立ちが並々で(他の娘と)同等の扱いでもよさそうならば。
17 これほどに、いやなに、苦しくなるまで(娘の世話で)思い悩むまい。底本「なやまし」の「し」に濁点。諸本多く「なやまゝし」。

---

1 (他の娘と)同様だと(世間に)思わせてもよかった身の上を。底本「ありぬへきよを」、諸本多く「ありぬへきを」。
2 他の者とは一線を画して、せつなく畏れ多いほどに(美しく)成長なさったので。
3 (中将君は)もったいなくて不憫なことと。
4 二流の貴公子然とした人々。「なま」は不完全、中途半端の意。
5 (懸想文を)よこしてくる者が。
6 先妻腹の娘たち。後文(三一二頁)によれば、源少納言、讃岐守を婿にした二人など。
7 みなそれぞれ縁づけて、一人前にしている。
8 自分の姫君を理想的に縁づけてお世話してさしあげたいものと。「わが姫君」は浮舟。常陸介の愛娘の「姫君」に対し、母中将君が大事に思う自分だけの愛娘、の意。

3 常陸介と左近少将

9 身分の低い人ではないのであった。
10 位は三位以上、官は参議以上の家柄。
11 (一門の)関係者もどこか見苦しい感じの者ではなく。
12 財力も大層なものなので。大国である陸奥、常陸の受領を歴任し、財を蓄えたらしい。
13 輝くばかりにこぎれいにして住んでいて、風流を好むわりには、妙に粗野で田舎じみた気風が染みついているのであった。
14 東国のはるか彼方の地に埋もれて長年を過

き間《ま》なき心もあり。

[1]をかしきさまに、琴笛《ことふえ》の道《みち》はとほう、弓《ゆみ》をなんいとよく引《ひ》ける。[2]なほ〳〵しきあたりとも言《い》はず、いきほひに引《ひ》かされて、[3]よき若《わか》人ども、装束《さうぞく》ありさまはえならずとゝのへつゝ、[4]腰《こし》をれたる歌合《うたあ》はせ、物語《がた》り、[5]庚申《かうしん》をし、[6]まばゆく見《み》ぐるしく遊《あそ》びがちに好《この》めるを、[7]この懸想《けさう》の君達《きむだち》、

[8]「らう〳〵じくこそあるべけれ。」

[9]「かたちなんいみじかなる。」

などをかしき方に言《い》ひなして心を尽《つ》くしあへる中に、[10]左近の少将とて、年《とし》廿二三ばかりの程にて、[11]心ばせしめやかに、才《ざえ》ありといふ方《かた》は[12]人にゆるされたれど、[13]きら〴〵しういまめいてなどはえあらぬにや、[14]通《かよ》ひし所なども絶《た》えて、いとねんごろに言《い》ひわたりけり。

この母君《はゝ》、あまたかゝる事言《い》ふ人ゝのなかに、[15]この君《きみ》は人がらもめやすかなり、[16]心定《さだ》まりても物思《おも》ひ知《し》りぬべかなるを、[17]人もあてなりや、[18]これよりまさりてこ

ごしたせいか。底本「あつま方」、諸本多く「あつまの方」。

15 ほとんどまともでなさそうで。東国訛《まな》りのこと。「東《あづま》にてやしなはれたる人の子は舌たみてこそ物は言ひけれ」（拾遺集・物名・読人しらず）。

16 権勢のある家を恐ろしくて厄介なものと気兼ねしてこわがり。

17 実にまるで抜け目なく（用心深い）気持もあわせ持つ。成功した地方官の一面。

---

1 優雅な様子で、琴笛を奏する道には縁遠いが、（琴を弾かずに）弓をとても上手に引いている。底本「ひける」、諸本「ひきける」。

2 （家柄のことは）平凡なところだとも言わず、その（蓄財ゆえの）威勢につられて。

3 身分教養のある若い女房たち。青表紙他本多く・河内本「わか人ともつとひ」。

4 下手な歌の勝負をして。

5 庚申待ち。庚申《かのえさる》の日の夜に寝ると、体内に棲む三匹の尸虫《しちゆう》が昇天し、その人の悪事を天帝に密告するので命が奪われるという道教の説により、徹夜で物語をし、詩歌を詠み、管絃の遊びをおこなった。

6 顔を背けたくなるほどみっともなく遊びごとばかりして風流ぶっているのを。

7 常陸介の娘に求婚している若者たち。

8 （ここの娘は）才たけているに違いない。

9 器量がすばらしいのだとか。

10 左近衛府の少将。正五位下相当。

11 性格は落ち着いていて。

12 世の人たちから認められているけれど。

13 輝くほど当世風に（派手に暮らす）などとはゆかないせいか。

14 （それまで）通っていた女などとも縁が切れて、（常陸介のところに）とても熱心に求婚してきているのであった。女の家が裕福でなかったため、目当てを変えた趣。

4　母、少将を婿に選ぶ

と〳〵しき際《きは》の人はた、[1]かゝるあたりを、[2]さ言《い》へど尋《たづ》ね寄《よ》らじと思ひて、[3]この御方に取《と》りつぎて、さるべきをり〳〵はをかしきさまに返事《（かへりこと）》などせさせたてまつる。

[4]心ひとつに思ひまうく。守《かみ》[5]こそおろかに思ひなすとも、我《（われ）》は命《いのち》を譲《ゆづ》りてかしづきて、[6]さまかたちのめでたきを見《み》つきなば、さりともおろかになどはよも思ふ人あらじと思ひ立《た》ち、[7]八月ばかりと契《ちぎ》りて、調度《てうど》をまうけ、[8]はかなき遊《あそ》びものをせさせても、さまことにやうをかしう、[9]蒔絵《まきゑ》、[10]螺鈿《らでん》のこまやかなる心ばへまさりて見《み》ゆる物をば、[11]この御方にと取《と》り隠《かく》して、劣《おと》りのを、

「[12]これなむよき。」

とて見《み》すれば、[13]守《かみ》はよくしも見知《みし》らず、[14]そこはかとない物どもの、人の調度《てうど》といふ限《かぎ》りはたゞ取《と》り集《あつ》めて並《なら》べ据《す》ゑつゝ、[15]目《め》をはつかにさし出づるばかりにて、琴《こと》、びはの師《し》とて、[16]内教坊《ないけうばう》のわたりより迎《むか》へ取《と》りつゝ習《なら》はす。[17]手《て》ひとつ弾《ひ》きとれば、師《し》を[18]立《た》ち居《ゐ》をがみてよろこび、禄《ろく》を取《と》らする事[19]埋《うづ》むばかりにてもてさわぐ。[20]はやりかなる曲物《ごくもの》など教《をし》へて、[21]師《し》とをかしき夕暮《ぐ》れなどに弾《ひ》き合《あ》はせて遊《あそ》ぶ時は、涙もつゝま

15　以下、中将君の心内。この男君（左近少将）は、人となりも無難そうだ。
16　考えも確かである一方で道理も分かってくれそうであるし。底本「心さたまりても」、青表紙他本「心さたまりて」。
17　人として上品であるよ。底本「あてなりや」、諸本多く「あてなり」。
18　これ以上の格別な身分の人はまた。

1　こんな（地方官ふぜいの）家を。
2　いくらそのように（財力があるとは）言っても、言い寄ることはあるまいと。
3　このお方（浮舟）に（少将の手紙を）。
4　（中将君は）わが胸ひとつに心づもりする。底本「思まうく」、青表紙他本多く「思まうけて」。
5　（浮舟を）いい加減に見なすとしても。
6　（浮舟の）姿や顔立ちのすばらしさを見て気に入ったならば、いくら何でもいい加減になどとはまさか思う人はあるまいと決心して。母中将君の強い自負心。底本「思たち」、諸本「思たちて」。
7　（結婚は）八月ごろと約束して。
8　とりとめのない遊戯の道具を作らせても、細工は格別で作り方も魅力的にして。
9　漆《うるし》の上に金銀の粉や顔料を用いて絵模様をあらわしたもの。
10　貝殻の内がわの虹色に輝く部分を薄く磨き、漆器などにはめ込んで飾りにしたもの。
11　このお方（浮舟）のためにと。
12　中将君の言。これは出来がよいわ。
13　守（常陸介）は良否の判別もできずに。
14　どこといって価値のない物でも、（普通に）人が使う道具というものはすべてをただ集めて（室内中に）並べ置くのを繰り返して。
15　（大量の道具類のあいだから）目をやっと覗かせるくらいで。財力に任せた収集ぶり。
16　⇨末摘花五四九頁注11。わざわざ師匠を呼ぶのは、教養ある女房がいないため。
17　（娘が）一曲習いおぼえると。

ず、[1]をこがましきまでさすがに物めでしたり。かゝる事どもを、母君《はゝ》はすこし物のゆゑ知《し》りていと見《み》ぐるしと思《おも》へば、[2]ことにあへしらはぬを、

「吾子《あこ》[3]をば思《おも》ひ落《お》とし給へり。」

と常《つね》にうらみけり。

かくて、この少将、契《ちぎ》[4]りしほどを待《ま》ちつけで、

「同《おな》[5]じくはとく。」

と責《せ》めければ、[6]わが心ひとつにかう思《おも》ひいそぐもいとつゝましう、[7]人の心の知《し》りがたさを思ひて、[8]はじめより伝《つた》へそめける人の来《き》たるに、近《ちか》う呼《よ》び寄《よ》せて語《かた》らふ。

「[9]よろづ多《おほ》く思ひ憚《はゞか》る事の多《おほ》かるを、[10]月ごろかうの給ひてほど経《へ》ぬるを、[11]なみ〳〵の人にものし給はねば、かたじけなう心ぐるしうて、[12]かう思ひ立《た》ちにたるを、親《おや》[13]など物し給はぬ人なれば、心ひとつなるやうにて、[14]かたはらいたう、うち合《あ》はぬさまに見《み》えたてまつる事もやと、かねてなん思《おも》ふ。若《わか》[15]き人ゝあまた侍れど、[16]思ふ人具《ぐ》したるは、おのづからと思《おも》ひ譲《ゆづ》られて、[17]この君の御事をのみなむ、はかなき

18 立っては拝み座っては拝んで礼を言い。
19 大量の禄の衣を肩に被《ずか》けるため、身体が埋まるほどになる。
20 調子の早い楽曲。
21 娘が師匠と一緒に。

---

1 愚かしいくらいに、無骨者ではありながら感心している。
2 特に相手にはしないので。
3 常陸介の言。わが娘を(浮舟よりも)軽蔑しておいでだ。

5 浮舟が継子だと知る

4 約束した時期(八月)を待ちきれずに。
5 少将の言。同じことなら早めて。
6 (中将君は)自分の一存でこのように用意を進めるのも実に気が引けるし。
7 相手(少将)の気持も測りがたいものと思って。
8 当初から(少将との縁談を)取り次いできた仲人。
9 中将君の言。
10 この数か月こうして(少将が熱心に)おっしゃって下さるうちに時も経過しましたし。
11 (少将が)ありふれた(身分の)人ではいらっしゃいませんので。
12 こうして(少将の求婚を承諾すると)決心したものの。
13 父親などがおいでにならない人なので、私一人の考えによる対応であって。浮舟が常陸介の継子であるということを、仲人に初めて示す。
14 はた目にも気が引けて、行き届かぬようだとご覧いただくこともあろうかと、今のうちから案じています。
15 (常陸介の)若い娘たち。
16 大事に思ってくれる人(父である常陸介)が付き添っている娘たちは、自然と(常陸介に)任せてという気になりまして。
17 浮舟。

世の中を見《み》るにも、うしろめたくいみじきを、[1]物思《おも》ひ知《し》りぬべき御心ざまと聞《き》き《ゝ》て、かうよろづのつゝましさを忘《わす》れぬべかめるをしも、[2]もし思はずなる御心ばへも見《み》えば、人笑《わら》へにかなしうなん。」

と言《い》ひけるを、少将の君に参《ま》うでて、

「[3]しか〳〵なん。」

と申しけるに、[4]けしきあしくなりぬ。

「[5]はじめより、さらに守《かみ》の御《み》むすめにあらずといふ事をなむ聞《き》かざりつる。[6]同《おな》じことなれど、人聞《ぎ》き《ゝ》もけ劣《おと》りたる心《(ここ)》ちして、[7]出《い》で入《い》りせむにもよからずなん有るべき。[8]ようも案内《あない》せで、浮《う》かびたることを伝《つた》へける。」

との給ふに、[9]いとほしくなりて、

「[10]くはしくも知《し》り給へず、[11]女どもの知《し》るたよりにて、[12]仰《おほ》せ言《こと》を伝《つた》へはじめ侍りしに、[13]なかにかしづくむすめとのみ聞《き》き《ゝ》侍れば、[14]守《かみ》のにこそはとこそ思ひ給へつれ。[15]異人《ことひと》の子持《こも》たまへらむとも、問《と》ひ聞《き》き《ゝ》侍らざりつる也《(なり)》。[16]かたち、心もすぐれてもの

1　（少将は）道理が分かるはずのご性格と聞いて、こうしてあらゆる遠慮も忘れてしまいそうですが。

2　思いのほかのお気持でもお見せになるならば、（浮舟は）世間の物笑いになって悲しいことでしょう。中将君は、少将の心変りをおそれていると示唆する。底本「かなしうなん」、青表紙他本多く「かなしうなんあるへき」。

3　仲人の言。少将に中将君の言葉を伝達しているが、それを略した表現。

4　（少将の）機嫌が悪くなった。

5　少将の言。当初から、守（常陸介）の実の娘御ではないということを全く聞かされなかった。

6　（常陸介の婿になる点では）同じことだけれど、（継子では）世間に聞かれても何だか劣っている感じがして。

7　（婿として常陸介邸に）出入りするとしても具合がよろしくないに違いない。常陸介の実の娘と結婚している他の婿たちに比べると、体裁が悪いとする。

8　よく調べもせずに、不確かな話を持ってきたな。仲人をなじる言葉。

9　（仲人は引込みがつかず）困ってしまって。

10　仲人の言。

11　（常陸介邸には）女たちの知っているつてがあって。後に「いもうとのこの西の御方にあるたより」（三一四頁）とあり、仲人の姉妹が浮舟に仕える女房と明かされる。

12　（あなたからの）お言いつけを伝えはじめましたところ。

13　（娘たちの）中でも大事にしている娘とだけ聞いておりますので。

14　守（常陸介）の娘に違いないとばかり存じました。

15　別の人（父親）の娘をお持ちであろうとは、尋ね聞くこともございませんでした。

16　取り次いだ娘（浮舟）の器量も、気立ても人より優っていらっしゃること（を聞かされており）。

し給ふ事、母上《はゝうへ》[1]のかなしうし給ひて、面立《おもだ》たしうけ高《たか》きことをせんと、あがめかしづかると聞《き》き侍りしかば、[2]いかでかの辺《へん》の事伝《つた》へつべからん人もがなとの給はせしかば、[3]さるたより知《し》り給へりと執《と》り申ししなり。さらに、浮《う》[4]かびたる罪《つみ》侍るまじきことなり。」

と、腹《はら》[5]あしく言葉《こと(ば)》多《おほ》かる物《(もの)》にて申すに、[6]君いとあてやかならぬさまにて、

「[7]かやうのあたりに行《い》き通《かよ》はむ、人のをさ〳〵ゆるさぬ事なれど、今様《いまやう》[8]の事にて咎《とが》あるまじう、[9]もてあがめて後見《うしろみ》だつに、罪隠《つみかく》してなむあるたぐひもあめるを、同《おな》[10]じこととうち〳〵には思ふとも、よそのおぼえなむ、へつらひて人言《い》ひなすべき。[11]源少納言、讃岐《さぬき》の守《かみ》などの[12]うけばりたるけしきにて出《い》で入《い》らむに、守《かみ》にもをさ〳〵受《う》けられぬさまにてまじらはんなむ、いと人げなかるべき。」

との給ふ。

[13]この人追従《ついそう》ある、うたてある人の心にて、[14]これをいとくちをしうこなたかなたに思《おも》ひければ、

1　母上（中将君）がかわいがりなさって、世間に面目が立つような高貴な縁組をさせようと、大切に世話をしておいでだと聞きましたので。

2　（少将が）何とかしてあの（常陸介の）あたりの方との縁組を取りもってくれそうな人がいないものかとおっしゃったので。

3　（少将は）しかるべき（常陸介の）つてをご存じでいらっしゃると思ってお取り次ぎ申したのです。

4　少将の「浮かびたること」（三一〇頁）という発言に反発し、自分がその罪を負うべき筋ではない、とする。

5　狡猾で多弁な男（仲人）がその調子で申すので。

6　少将はとても品のない態度で。

7　少将の言。こういう（受領ふぜいの）家に（身分が上の私が婿として）通ってゆくとしたら、世間の人がほとんど認めないことではあるけれど。

8　当節よくあることであって非難されるものでもあるまいし。

9　（婿として）尊敬して世話をしてくれることで、（身分の劣る者との結婚という）不体裁を取り繕う連中もいるようだが。

10　（浮舟を実子と）同様に内々では考えていようとも、世間の評判として、こちらが取り入っているように人は言いふらすだろう。

11　二人とも常陸介の実の娘（先妻腹）の婿。いずれも従五位下相当。

12　得意気な様子で出入りするだろうに、（私の方は）常陸介にもいっこうに認められない有様で（婿として）付き合うとなると、とても肩身が狭いに違いない。継子の婿では体裁がよくない上、常陸介からの経済的支援が得られないことも懸念される。

6　少将、実の娘を所望

13　この仲人は人に媚びへつらう、いやな性格の持主であって。底本「ついそうある」の「ある」、青表紙他本多く「あり」。

「[1]まことに守《かみ》のむすめとおぼさば、まだ若《わか》うなどおはすとも、[2]しか伝《つた》へ侍らんかし。[3]中《なか》に当《あ》たるなん、姫《ひめ》君とて、[4]守《かみ》いとかなしうしたまふなる。」

と聞《き》こゆ。

「[5]いさや。はじめよりしか言《い》ひ寄《よ》れることを[6]おきて、又言《い》はんこそうたてあれ。されど、[7]我《(わが)》本意《ほい》は、かの守《かむ》の主《ぬし》の人がらも[8]もの〳〵しくおとなしき人なれば、後《うしろ》見《み》にもせまほしう、見《み》る所ありて思ひはじめしことなり。[9]もはら顔《かほ》かたちのすぐれたらん女の願《ねが》ひもなし。[10]品《しな》あてに艶《えむ》ならん女を願《ねが》はゞ、やすく得《え》つべし。されど、[11]さびしう事うち合《あ》はぬみやび好《この》める人のはて〳〵は、[12]ものきよくもなく、人にも人ともおぼえたらぬを見《み》れば、すこし人に譏《そし》らるとも、[13]なだらかにて世の中を過《す》ぐさむことを願《ねが》ふなり。守《かみ》に、[14]かくなんと語《かた》らひて、さもとゆるすけしきあらば、何《なに》か 一七九
は、さも。」

との給ふ。

[15]この人は、[16]いもうとのこの西《にし》の御方にあるたよりに、[17]かゝる御文《ふみ》なども取《と》り伝《つた》へ 7

14　（少将と浮舟のことが）破談になるのをとても残念に、どちらの家に対しても思ったので。

1　仲人の言。真実、常陸介の実の娘を（所望する）とお思いならば。
2　そのようにお伝えしましょうよ。
3　（中将君腹の）二番目に当たる方を、姫君と呼んで。三〇一頁注12。
4　底本「かみ」、諸本「かみは」。
5　少将の言。さあね。もったいぶった応答。
6　さしおいて、また今度は（別の方へと）声をかけるとしたらいやなものよ。
7　自分の真意としては。以下、常陸介の財力に期待する本心を述べる。
8　重厚で老成した人なので、（経済的に）面倒をみてくれる人にしたいものと、見込むところがあって（婿になろうと）考え始めたことなのだ。
9　顔立ちの魅力があるような女をという望みも全くない。
10　人品がすぐれて優雅であるような女を望むならば、たやすく得ることができよう。
11　貧しくて万事不如意で風雅を好んだ人のあげくの果ては。
12　どことなくみすぼらしくて、世間からも人並みに思われていないところを見ると。
13　平穏無事にこの世間で過ごすようなことを願うのだ。
14　（少将が）こう考えているとよく話して、それでも（結構だ）と承諾する様子があるのならば、何の、それで構わない。

7　常陸介、少将に満足

15　仲人。
16　仲人の姉妹がこの西のお方に仕えているのをつてにして。「西の御方」は浮舟のことで、西の対に住んでいることを示す。ここだけに見える呼称。
17　こうした（少将からの）お手紙なども取り次ぎをするようになったのだけれど。

はじめけれど、守《かみ》にはくはしくも見《み》え知《し》られぬ者《もの》なりけり。たゞ[1]行《い》きに守《かみ》のゐたりける前《まへ》に行《い》きて、

「[2]執《と》り申すべきことありて。」

[3]など言《い》はす。守《かみ》、

「[4]此《この》わたりに時〳〵出で入《い》りはすと聞《き》けど、[5]前《まへ》には呼《よ》び出《い》でぬ人の、何《なに》ごと言《い》ひにかあらん。」

と、[6]なま荒《あら》〳〵しきけしきなれど、

「[7]左近の少将殿《どのゝ》の御消息《せうそこ》にてなむさぶらふ。」

と言《い》はせたれば、会《あ》ひたり。[8]語《かた》らひがたげなる顔《かほ》して、近《ちか》うゐ寄《よ》りて、

「[9]月ごろ内《うち》の御方に消息聞《せうそこき》こえさせ給ふを、[10]御ゆるしありて、この月のほどにと契《ちぎ》りきこえさせ給ふ事侍るを、[11]日をはからひて、いつしかとおぼすほどに、[12]ある人の申しけるやう、[13]まことに北の方《かた》の御はからひにものし給へど、守《かむ》の殿《とのゝ》の御むすめにはおはせず、[14]君達《きむだち》のおはし通《かよ》はむに、世の聞《き》こえなんへつらひたるやうならむ、

1　（仲人は）すかさず守（常陸介）の座っている前に出向いて。

2　仲人の言。取り立てて申さねばならないことがありまして。

3　などと取り次がせる。「す」は使役。底本「なと」、諸本多く「なむと」。

4　常陸介の言。（仲人が）この（家の）あたりに時たま出入りはしていると聞くけれど。

5　（自分の）面前に呼び出して（目通りさせて）いない者が、どんなことを言いに来るのか。底本「いひにか」、諸本多く「いひにかは」。

6　どこか荒っぽい態度だけれど。

7　仲人の言。左近少将殿のご伝言があって参上します。

8　（仲人は話を）持ちかけにくそうな顔をして。

9　仲人の言。この数か月、（少将殿から）こちらの北の方（中将君）に。

10　（中将君の）ご許可があって、この月（八月）のうちにと（縁組を）お約束申し上げなさったことがございますが。

11　（少将が）吉日の見当をつけて、少しでも早くとお思いでいるところに。

12　ある者が申し述べたことには。以下、三一八頁四行「便なかりぬべきよし」までがその内容に相当するが、実際は少将が仲人に直接語ったことを「ある人」を仮設して責任転嫁する。

13　本当に北の方（中将君）のご計画でなさっているけれど。中将君の一存で事が運んでいることをいう。ただし、底本「御はからひ」、諸本「はら」。諸本によれば、（浮舟は）北の方腹ではいらっしゃるけれど、の意。

14　（少将のような）良家の子息が（婿として）お通いになるとしたら、世間の評判としては（物欲しげに）取り入っているように思われよう。以下では、浮舟との縁組を非難する人が大勢いるらしいと偽証し、そのためにこの縁談を再考中だと述べて、少将が結婚相手を変えたいという話に結びつけようとする。仲人の巧妙な話術。

[1]受《ず》領《らう》の御婿《むこ》になり給ふかやうの君《きみ》たちは、[2]たゞ私《わたくし》の君のごとく思ひかしづきたてまつり、[3]手《て》に捧《さゝ》げたるごと思ひあつかひ後見《うしろみ》たてまつるにかゝりてなむ、さるふるまひし給ふ人ゝものし給ふめるを、[4]さすがにその御願《ねが》ひはあながちなるやうにて、をさ〳〵受《う》けられ給はで、け劣《おと》りておはし通《かよ》はん事、便《びん》なかりぬべきよしをなむ、[5]せちに譏《そし》り申す人ゝあまた侍《(はべ)》なれば、たゞ今おぼしわづらひてなむ、[6]はじめよりたゞきら〴〵しう、人の後見《うしろみ》と頼《たの》みきこえんに、耐《た》へ給へる御おぼえを選《えら》び申して聞《き》こえはじめ申しし也《(なり)》、[7]さらに、異人《こと》ものし給ふらんといふ事知《し》らざりければ、もとの心ざしのまゝに、[8]また幼《をさな》きものあまたおはすなるをゆるい給はゞ、いとゞうれしくなむ、[9]御けしき見《み》て参《ま》うで来《こ》、と仰《おほ》せられつれば。」

と言《い》ふに、守《かみ》、

「[10]さらに、かゝる御消息《せうそこ》侍るよし、くはしくうけ給はらず。まことに[11]同《おな》じことに思う給ふべき人なれど、[12]よからぬ童《わらは》べあまた侍りて、[13]はか〴〵しからぬ身に、さま〴〵思う給へあつかふほどに、母《はゝ》なるものも、[14]これを異人《こと》と思ひ分《わ》けたること、

1　任国で実務にあたる国守。「ずりゃう」の直音化した語。

2　(妻方の親が)ひたすら(婿を)内々の主君のように大切に思い申し上げて。

3　手に捧げ持った珠《また》のように思ってお世話をし面倒をみてさしあげるのを(婿としては)頼りにして、そういう縁組をなさる方々がいらっしゃるようだが。

4　そうはいっても(相手が継子では)そんなお望みは無理なようで、(常陸介には)ほとんど(婿と)認められなさらずに、(他の婿たちより)何となく劣った扱いでお通いになるのでは、きっと具合が悪かろうということを。次行の「おぼしわづらひてなむ」にかかる。底本「ひんなかりぬへき」、諸本多く「ひんなかるへき」。

5　しきりに悪く申す人たちが大勢おりますようですから。

6　以下、四行後の「参うで来」まで少将の言い訳を伝える言葉。当初からとにかく輝くほど立派で、こちらの世話役としてお頼み申すに、持ちこたえなさる(財力を有する)ご声望(のある方)を選び申し上げて。

7　全然、(常陸介の)実子でない人(浮舟)がいらっしゃるようだということは知らなかったのだから。

8　ほかにも年若の方が大勢いらっしゃるということで(そのうちの一人を)お許し下さるならば。底本「をさなきもの」、諸本多く「の」を欠く。

9　(常陸介の)ご内意を伺ってまいれ、と(少将から)お言い付けがあったので。

10　一向に、そんなお申し出がございましたことは、詳しく承知しておりません。

11　(実子と)同様に(浮舟の世話について)存じ上げてよい人ながら。「給ふ」は下二段活用の終止形。

12　不出来な(実の)子供(娘)が大勢おりまして。浮舟にまでは手が回らないという言い訳。

13　大したこともない(私の)分際で。

と《ゝ》くねり言《い》ふこと侍りて、[1]ともかくも口入《くちい》れさせぬ人の事に侍れば、ほのかに[2]しかなむ仰《おほ》せらるゝこと侍りとは聞《き》き《ゝ》侍りしかど、[3]なにがしを取《と》り所《(どころ)》におぼしける御心は知《し》り侍らざりけり。[4]さるは、いとうれしく思う給へらるゝ御ことにこそ侍《(はべ)》なれ。[5]いとらうたしと思《おも》ふ女《め》の童《わらはゝ》は、あまたの中に、これをなん命《いのち》にも替《か》へむと思ひ侍る。[6]の給ふ人ゝあれど、今の世の人の御《み》心定《さだ》めなく聞《き》こえ侍るに、[7]中〳〵胸《むね》いたき目《め》をや見《み》むの憚《はゞか》りに、思《おも》ひ定《さだ》むる事もなくてなん。[8]いかでうしろやすくも見《み》給へおかん〔一八〇〕と明け暮れかなしく思《おも》う給ふるを、少将殿におきたてまつりては、[9]故《こ》大将殿にも若《わか》くよりまゐり仕《つか》うまつりき、[10]いへの子《こ》にて見《み》たてまつりしに、いと[11]経《(きやう)》さくに、[12]仕《つか》うまつらまほしと心つきて思《おも》ひきこえしかど、[13]はるかなる所にうちつゞきて過《す》ぐし侍る年《とし》ごろの程に、[14]うひ〳〵しくおぼえ侍りてなんまゐりも仕《つか》まつらぬを、かゝる御心ざしの侍りけるを、[15]返《(かへすかへす)》ゝ仰《おほ》せのごと奉《たてまつ》らむはやすき事なれど、[16]月ごろの御心たがへたるやうに、この人思う給へんことをなん思《おも》う給へ憚《はゞか》り侍る。」

と、いとこまやかに言《い》ふ。

14 この人（浮舟）を（私が）ほかの（実の）姉妹と分け隔てをしていることよ、とひねくれて言うことがございまして。

---

1 なんとも（私に）口出しさせぬ人のことでありますので。

2 そのように（少将から縁談の）仰せごとがありますとは聞いておりましたけれど。

3 私を取柄とお思いになってのご意向とは知らないことでございましたよ。

4 実のところ、とてもうれしく存ぜられるお話のようでございます。

5 とてもかわいいと思う女の子。仲人が「中に当たるなん、姫君とて、守いとかなしうしたまふなる」（三一四頁）と少将に伝えていた娘に相当する。

6 （この娘との縁組を）所望なさる人たち。

7 （結婚させると）かえって心が痛む目に遭うかもしれないという遠慮から、（縁組を）決定することもなくて。底本「みむのはゝかりに」、青表紙他本多く「み侍らんと」。

8 何とか安心できるように（婿を）前もって見定めておきたいと明けても暮れても切なく存じておりますが。

9 （私は）亡き大将殿にも若い時分から参上してお仕えしました。左近少将の父が大将であったことが示される。大将は近衛府の長官で従三位相当。上達部の家柄である。

10 （故大将殿の）家来として（かつての少将を）拝見しましたが。

11 「経さく」は「警策」の当て字か。人柄などのすぐれていること。

12 （少将に）お仕えしたいと心を留めて思い申し上げましたけれど。

13 陸奥、常陸などの遠国。

14 気恥ずかしく思われまして参上しお仕えすることもいたしませんが。

15 何度考えてもおっしゃるように（娘を）さしあげるのはたやすいことでありますが。

16 この数か月の（浮舟を望んだ少将の）お気持

[1]よろしげなめりとうれしく思ふ。

「何《なに》[2]かとおぼし憚《はゞか》るべきことにも侍らず。かの[3]御心ざしは、たゞ一《ひと》所《(ところ)》の御ゆるし侍らむを願《ねが》ひおぼして、[4]いはけなく年足《とした》らぬほどにおはすとも、[5]真実《しんじち》のやむごとなく思ひおきて給へらんをこそ本意《ほい》[6]かなふにはせめ、[7]もはらさやうのほとりばみたらむふるまひすべきにもあらず、となむの給ひつる。[8]人がらはいとやむごとなく、おぼえ心にくゝおはする君なりけり。[9]若《わか》き君たちとて、すき〴〵しく[10]あてびてもおはしまさず、世のありさまもいとよく知《し》り給へり。[11]両《(りやう)》じ給ふ所《(ところどころ)》ゝもいと多《おほ》く侍り。[12]まだころの御徳《とく》なきやうなれど、おのづからやむごとなき[13]人の御けはひのありげなるやう、[14]なほ人《(びと)》の限《かぎ》りなき富《とみ》といふめるいきほひにはまさり給へり。来《らい》[15]年四位《(しゐ)》になり給ひなむ。こたみの頭《とう》[16]は疑《うたが》ひなく、[17]みかどの御口《くち》づからこて給へるなり。[18]よろづの事足《た》らひてめやすき朝臣《(あそむ)》の、妻《め》をなん定《さだ》めざなる、はやさるべき人選《え》りて後見《うしろみ》をまうけよ、上達部《かむだちめ》には、[19]われしあれば、けふあすといふばかりになしあげてん、とこそ仰《おほ》せらるなれ。何《なに》ごともたゞこの君ぞ、みかどにも親《した》しく仕《つか》うまつり給ふなる。

一八〇二

を（私が）変えさせたように、ここの人（中将君）が考えそうだということを（気がかりに）存じましててめらわれるのです。底本「この人」、青表紙他本の一部「この人の」、河内本「かの人の」。

8 仲人、少将を絶賛

1 （この反応なら）わるくなさそうだと。仲人が内心ほくそえむ。
2 仲人の言。
3 あちら（少将）のお気持としては、単に（あなたという父親）お一人のご許可がございますことを望みにお思いで。
4 （姫君が）幼く。以下、二行後の「すべきにもあらず」まで少将の言を紹介。
5 （常陸介の）実の子で大切にと思い定めていらっしゃる方をこそ。
6 念願がかなう（相手という）ことにしよう。
7 決してそんな周辺と関係するような行動をとるべきではないのだ。「ほとりばむ」は、中心からはずれた物事にかかずらうこと。ここでは継子というはずれた娘と縁づくこと。北の方（中将君）という周辺が提示する縁談に乗ること、と解する説もある。
8 （少将の）性格はとても高貴で、その評判もすぐれていらっしゃる君なのでした。
9 若い男君だからといって。
10 貴人らしくふるまってもいらっしゃらない。「あてび」は上二段動詞「あてぶ」。
11 所有するあちこち（荘園）もとても多くございます。「両じ」は「領じ」の当て字。
12 まだ現状ではご財力がないようですが。底本「このころの」の「この」を墨で塗り消す。青表紙他本多く「ころの」。
13 ご風格がありそうなさまは。底本「ありけなる」、諸本多く「ありける」。
14 普通の身分の者が際限ないほどの財産を持っているというような威勢などよりも。「なほ（直）人」は、四位以下の諸大夫層。

御心はた、いみじうかうさくに、[1]重《おも》〳〵しくなんおはしますめる。[2]あたら人の御婿《むこ》を。かう聞《き》ゝ給ふほどに思《おも》ほし立《た》ちなむこそよからめ。[3]かの殿には、われも〳〵婿《むこ》に取《と》りたてまつらんと、所《(ところどころ)》ゝに侍《(はべ)》なれば、こゝにしぶ〳〵なる御けはひあらば、[4]外《ほか》ざまにもおぼしなりなん。これ、[5]たゞうしろやすきことを執《と》り申すなり。」と、いと多《おほ》くよげに言《い》ひつゞくるに、いとあさましく鄙《ひな》びたる守《かみ》にて、うちゑみつゝ聞《き》ゝゐたり。

「[6]このごろの御徳《とく》などの心もとなからむことは、なの給ひそ。[7]なにがし命《いのち》侍らむほどは、頂《いたゞき》に捧《さゝ》げたてまつりてん。心もとなく何[8]を飽《あ》かぬとかおぼすべき。[9]たとひあへずして仕《つか》うまつりさしつとも、残《のこ》りの宝物《たから(もの)》、[10]両《(りやう)》じ侍る所ゞ、一《ひと》つにてもまた取《と》りあらそふべき人なし。子《こ》ども多《おほ》く侍れど、[11]これはさまことに思ひそめたる物《(もの)》に侍り。たゞ[12]真《ま》心《(ごころ)》におぼし返り見《み》させ給はゞ、[13]大臣の位《くらゐ》を求《もと》めむとおぼし願《ねが》ひて、世になき宝《たから》物をも尽《つ》くさむとし給はんに、なき物侍るまじ。[14]当時《たうじ》のみかど、しか恵《めぐ》み申し給ふなれば、御後見《うしろみ》は心もとなかるまじ。これ、[15]かの御ためにも、なにがし

9

一八〇三

15 少将は正五位下相当。
16 蔵人頭への昇進。このあたりの話は、調子づいた仲人の出まかせ。
17 帝がご自身のお口からお話になったということです。「こて」(あるいは「ごて」か)は、「こと(言)」が下二段動詞化した語のようだが、他に例がない。
18 以下、二行後の「なしあげてん」まで帝の発言(ただし仲人の捏造であろう)。万事備わって申し分ないそなたが、妻を決めていないということだが、早く適当な人を選んで世話役をつくれ。
19 自分(帝)がいる限りは、今日明日というぅちにでも昇進させよう。

---

1 「かうさく」は「きゃうしゃく(警策)」の直音表記。三二一頁注11参照。
2 もったいない婿君ですよ。「人の御婿」で一語と解される。「を」は間投助詞。
3 あちらの殿(少将)では、われもわれもと婿として迎え申し上げようと。
4 よそ(の婿)にともお考えになるでしょう。
5 ただもう安心のゆくご縁談をと。

9 少将、妹にのりかえる

6 常陸介の言。現在の(少将の)ご財力などの心細いことは、おっしゃいますな。
7 私の命がございますあいだは、(少将を)頭上に捧げ申し上げましょう。「手に捧げたるごと」(三一八頁)との発言を受けて誇張する。底本「いたゝきに」、諸本「いたゝきにも」。
8 (婿になられたならば)何について不満だとお思いになることがありましょうか。
9 たとえ(私の命が)持ちこたえないでお仕えするのが中断したとしても。
10 領有しておりますあちらこちらは、一つとして取り合うような者もいません。すべては少将の相手となる娘のもの、という含みを示す。「両じ」は「領じ」の当て字。
11 この娘は(自分が)格別の思いを当初から抱

が女《め》の童《わらは》のためにも、幸《さいは》ひとあるべき事にやとも知《し》らず。」

と、[1]よろしげに言《い》ふ時に、いとうれしくなりて、[2]いもうとにもかゝる事ありとも語《かた》らず、[3]あなたにも寄《よ》りつかで、守《かみ》の言《い》ひつることを、いとも〳〵よげにめでたしと思ひて聞《き》[4]こゆれば、[5]君、すこし鄙《ひな》びてぞあるとは聞《き》き《ゝ》給へど、にくからずうち笑《ゑ》みて聞《き》き《ゝ》ゐ給へり。[6]大臣にならむ贖労《そくらう》を取《と》らんなどぞ、あまりおどろ〳〵しきこと《ゝ》耳《みゝ》とゞまりける。

「[7]さて、かの北の方にはかく[8]とものしつや、[9]心ざしことに思ひはじめ給ふらんに、引《ひ》[10]きたがへたらむ、ひが〳〵しくねぢけたるやうに取《と》りなす人もあらん、[11]いさや。」

と[12]おぼしたゆたひたるを、

「何《なに》[13]か。[14]北の方も、かの姫君をばいとやむごとなき物（もの）に思ひかしづきたてまつり給ふなりけり。たゞなかの[15]このかみにて、年《とし》もおとなび給ふを、[16]心ぐるしきことに思ひて、そなたにとおもむけて申されけるなりけり。」

と聞《き》こゆ。[17]月ごろは、またなく世《よ》の常《つね》ならずかしづくと言《い》ひつるもの《ゝ》、うちつけ

いていた者でございます。

12　（少将が）誠意をもって心にかけて下さるならば。少将への敬語をむやみに連ねている。

13　大臣の位を得るために必要な財物ならいくらでも提供可能、と自慢げに伝える。

14　当代の帝が、そのように（昇進のことで）心を砕いて下さるということなので。

15　あちら（少将）のためにも、私の娘のためにも、幸せといえることとかは知りませんが。こちらの財力ゆえに幸せになるはず、と言いかけながらも、少将に対して失礼に過ぎると気づき、「…とも知らず」と加えたか。

1　（常陸介が）まずまずという様子で言うので、（仲人は）とてもうれしくなって。

2　仲人の姉妹で浮舟に仕える。三一五頁注16。

3　浮舟とその母中将君がいる西の対。

4　（少将に）申し伝えると。

5　君（少将）は、（介を）やや田舎じみていると（見下して話を）お聞きになるけれど、わるい気はせずに。

6　大臣になるための資金を調達しようなどとは、あまりに仰々しいことと耳にいれながらも気になるのであった。「贖労」は、官職を買うための財貨。

7　少将の言。

8　これこれと（縁談の相手変更を）伝えたか。

9　（中将君は浮舟の件で）意向も格別に思い立たれたようだから。底本「給らんに」、青表紙他本の一部「給つらんに」。

10　（約束を）違えたとなれば、非常識でひねくれたことのように取り沙汰する人も。

11　さあどうしたものか。

12　お考えになりためらわれているのを。少将は世間の非難を恐れている。

13　仲人の言。いや何（心配無用です）。

14　北の方（中将君）も、あの姫君（中将君腹の二番目の娘）をとても大切な者として。これも口から出まかせに伝えている。

15　（浮舟が）姉妹の中で最年長で、年齢も大人

にかく言《い》ふもいかならむと思へども、[1]猶《なほ》ひとわたりはつらしと思はれ、人にはすこし識《そし》らるとも、ながらへて頼《たの》もしき事をこそと、[2]いとまたく賢《かしこ》き君にて、思ひ取《と》りてければ、[3]日をだに取《と》りかへで、契《ちぎ》りし暮れにぞおはしはじめける。

北の方は[4]人知《し》れずいそぎ立《た》ちて、人〻の装束《さうぞく》せさせ、[5]しつらひなどよし〳〵しうし給ふ。[6]御方《かた》をも頭洗《かしらあら》はせ、取《と》りつくろひて見《み》るに、[7]少将などいふ程の人に見《み》せんもをしくあたらしきさまを、あはれや、[8]親《おや》に知《し》られたてまつりて生《お》ひ立《た》ち給はましかば、おはせずなりにたれども、[9]大将殿のの給ふらんさまに、おほけなくともなどかは思ひ立《た》た《ゝ》ざらまし、されどうち〳〵にこそかく思《おも》へ、[10]外《ほか》のおとぎき《ゝ》は、守《かみ》の子《こ》とも思ひ分《わ》かず、又、実《じち》を尋《たづ》ね知《し》らむ人も中〳〵おとしめ思ひぬべきこそかなしけれ、など思ひつゞく。いかゞはせむ、[11]盛《さか》り過《す》ぎ給はんもあいなし、[12]いやしからずめやすきほどの人のかくねんごろにの給ふめるを、など心ひとつに思ひ定《さだ》むるも、[13]中《なか》だちのかく言《こと》よくいみじきに、女はましてすかされたるにやあらん。

[14]あすあさてと思《おも》へば、心あわたゝしくいそがしきに、[15]こなたにも心のどかにゐら

になっておいでなので。「二十ばかり」（四宿木二二四頁）と語られている。

16 （中将君としては）かわいそうなことと思って、そちら（浮舟）へと振り向けて。

17 以下、少将の心内。この数か月、（中将君が浮舟を）だれよりも並はずれて大切にしていると（仲人は）言っていたのに、急にこんなふうに言うのもどういうことかと。

---

1 やはり一度は（中将君から）薄情だと思われ、世間からは若干非難されても、長きにわたって頼みになること（結婚）をこそと。

2 実に完全にしっかりした君で、そう決意してしまったので。

3 （浮舟との結婚の）日取りさえ変えもせずに、（中将君と）約束した日の夕暮れに。

10 破談の告知

4 だれにも知られずに支度して。九行後に「あすあさて」とあり、ここから結婚の約束の日より数日遡って叙述する。

5 （婿を迎える居室の）飾りつけなどを上品な感じになさる。

6 浮舟。

7 以下、四行後の「かなしけれ」まで中将君の心内。少将などという程度の人にめあわせるのも残念でもったいない（浮舟の）姿なのに。

8 父親（八宮）に認知されてお育ちでいらしたならば、（八宮は亡くなって）いらっしゃらなくなったけれども。父方からの高貴な血筋を思う。

9 大将（薫）がおっしゃっているように、たとえ分不相応でもどうして（薫の所望通りに結ばせる）決心をしないことがあろう。

10 世間の評判では、守（常陸介）の実子と区別されず、また、真相を知るような人もかえって（父に認知されなかったがゆえに）見下して思うに違いないのが悲しいことよ。

11 娘盛りが過ぎたら本意でないし。

12 （家柄も）わるくはなく無難な身分の人（少

れたらず、[1]そゝめきありくに、守《かみ》[2]、外《と》より入《い》り来《き》て、長《なが》〲ととゞこほる所もなく言《い》ひつゞけて、

「[3]我を思ひ隔《へだ》てゝ、吾子《あこ》の御懸想《けさう》人《(びと)》を奪《うば》はむとし給ひける、おほけなく心をさなきこと。[4]めでたからむ御むすめをば、えうぜさせ給ふ君たちあらじ。[5]いやしく異《こと》やうならむなにがしらが女《(をんな)》子《ご》をぞ、いやしうも尋《たづ》ねの給ふめれ。[6]かしこく思ひくはだてられけれど、[7]もはら本意《ほい》なしとて外《ほか》ざまへ思《おも》ひなり給ふべかなれば、[8]同《おな》じくはと思ひてなん、さらば御心とゆるし申しつる。」

など、[9]あやしくあふなく、人の思はむ所も知《し》らぬ人にて、言《い》ひ散《ち》らしゐたり。北の方あきれて、[10]物も言《い》はれでとばかり思ふに、心うさをかきつらね、涙も落《お》ちぬばかり思《おも》ひつゞけられて、やをら立《た》ちぬ。

11

[11]こなたに渡《わた》りて見《み》るに、いとらうたげにをかしげにてゐ給へるに、[12]さりとも人にはおとり給はじとは思ひ慰《なぐさ》む。乳母《めのと》とふたり、

「[13]心うきものは人の心也《(なり)》けり。おのれは同《おな》じごと思ひあつかふとも、[14]此《(この)》君のゆか

将)がこうして熱心に求婚なさるようだから。

13 仲人がああして言葉巧みにひどく乗せてくるので、女は(男の常陸介にも)まして欺かれたのであろうか。語り手の評言。

14 中将君の心内。明日か明後日。一両日のうちに結婚が迫っていると思う。

15 こちら(浮舟の方)にも落ち着いて座っていられず。浮舟は「西の御方」(三一四頁)。

---

1 (中将君が)そわそわと動き回っていると。

2 守(常陸介)が、外から入って来て。

3 常陸介の言。私を分け隔てして、わが娘に懸想されるお方を奪おうとなさるとは、身の程知らずで幼稚なことよ。底本「し給ける」、諸本「し給けるか」。

4 立派らしい(あなたの)お嬢様(浮舟)を、お求めになる方々はいないだろう。「要(えう)ず」は、必要とする、の意。底本「ようせ」。

5 とるに足りなくてみっともない私などの娘を、かりそめにもお尋ねになり言い寄って下さるようだ。「いやしうも」は漢文訓読語「苟(いやしく)も」の音便形。

6 (あなたは)うまく計画を立てられたが。

7 (少将が)全く本意に反するとして他家(の婿)にとお考え直しになるだろうというので。「なれ」は伝聞。底本「給へかなれは」、青表紙他本多く「給ぬへかむなれは」、河内本「給ぬへかなれは」。

8 同じことならば(わが婿に)と思って、それではご希望どおりにと承諾申し上げた。仲人の口車に乗ったのを正当化する物言い。

9 おかしいほど軽率で、他人が思うことも分からない人で、言いたい放題でいる。

10 何も言えずにしばらく考えていると。

11 中将君と乳母の嘆き

11 (中将君が)こちら(浮舟の方)に。

12 こんなことになっても(浮舟は)ほかの人より程度が低くていらっしゃることはあるまいと(中将君は)思って自らを慰める。

りと思はむ人のためには、[1]命《いのち》をも譲《ゆづ》りつべくこそ思《おも》へ、[2]親《おや》なしと聞《き》き《ゝ》あなづりて、[3]まだ幼《をさな》くなりあはぬ人を、[4]さし越《こ》えてかくは言《い》ひなるべしや。かく心うく、[5]近《ちか》きあたりに見《み》じ聞《き》かじと思ひぬれど、守《かみ》のかく[6]面立《おもだ》た《ゝ》しきことに思《おも》ひて、受《う》け取《と》りさわぐめれば、[7]あひ〳〵にたる世の人のありさまを、すべてかゝる事に[8]口入《くちい》れじと思《おも》ふ。 一八六

いかで[9]こゝならぬ所に、しばしありにしかな。」

と[10]うち嘆《なげ》きつゝ言《い》ふ。

乳母《めのと》もいと腹立《はらだ》た《ゝ》しく、我《（わが）》君をかくおとしむることと《ゝ》思《おも》ふに、

「[11]何《なに》か。これも[12]御幸《さいはひ》にてたがふことと《ゝ》も知《し》らず。かく[13]心くちをしくいましける君なれば、あたら御さまをも見知《みし》らざらまし。わが君《きみ》をば、[14]心ばせあり物思ひ知《し》りたらん人にこそ見《み》せたてまつらまほしけれ。[15]大将殿の御さまかたちの、ほのかに見《み》たてまつりしに、[16]さも命延《いのちの》ぶる心《（ここ）》ちのし侍りしかな。[17]あはれにはた、聞《き》こえ給ふなり。[18]御宿世《すくせ》にまかせて、おぼし寄《よ》りねかし。」

と言《い》へば、

13 中将君の言。情けないものは人の心であった。私は（どの娘も）同じように世話をするとしても。
14 この君（浮舟）に縁がある（婿君）と思うような人のためには。

---

1 「我は命を譲りてかしづきて」（三〇六頁）と類似する表現。
2 父親がいないと聞いては見下して。
3 まだ年端もいかず成人していない人。浮舟の妹で、常陸介の実子。
4 （浮舟を）飛び越してこのように言い寄ってよいものだろうか。
5 近い場所で（少将たちのことを）見たくもないし聞きたくもないと思ったけれど。
6 面目のあることと思って、（結婚を）承諾しては騒がしくするようなので。
7 （常陸介も少将も）よく似た者同士である当節の人の（利に敏い）やり口なので。「あひ〳〵」は「相合ふ」の連用形。

8 口出しをしないようにしようと。
9 ここではない場所に、しばらく移りたい。
10 底本「うちなけきつゝ」、青表紙他本の一部・河内本など「うちなきつゝ」。
11 乳母の言。いや何。
12 ご幸運ゆえの予想と異なること（破談）かもしれません。
13 心根が期待はずれでいらした君（少将）なので、もったいないほどの（浮舟の）ご様子も（たとえ結婚したとして）分かるまい。
14 思いやりがあって物事（の道理）を理解している人にこそお引き合わせ申したい。
15 薫。
16 いかにも寿命が延びるような気持になりましたよ。
17 すばらしいことにまあ、（薫の方から浮舟に対して心を寄せている旨を）申しなさっているとか。
18 ご宿運にまかせて、（薫に）思いをかけてお近づきになって下さいよ。

「[1]あなおそろしや。人の言《い》ふを聞《き》けば、年《とし》[2]ごろおぼろけならん人をば見《み》じとのたまひて、[3]右の大殿《との》、[4]按察《(あぜち)》の大納言、[5]式部卿《(しきぶきやう)》の宮などの[6]いとねんごろにほのめかし給ひけれど、聞《き》き過《す》ぐして、[7]みかどの御かしづきむすめを得《え》給へる君は、[8]いかばかりの人かまめやかにはおぼさん。かの母《は》[9]宮などの御方《かた》にあらせて、時〳〵も見《み》むとはおぼしもしなん、[10]それはた、げにめでたき御あたりなれども、[11]いと胸《むね》いたかるべきことなり。[12]宮の上《うへ》の、[13]かく幸《さいは》ひ人と申すなれど、物思はしげにおぼしたるを見《み》れば、いかにも〳〵[14]二《ふた》心《(ごころ)》なからん人のみこそめやすく頼《たの》もしき事にはあらめ、吾身《(わが)》にても知《し》りにき。[15]故《こ》宮《(みや)》の御有りさまは、いとなさけ〳〵しくめでたくをかしくおはせし 一八〇七
かど、[16]人《(ひと)》数《かず》にもおぼさざりしかば、いかばかりかは心うくつらかりし。[17]この、いと言《い》ふかひなくなさけなくさまあしき人なれど、[18]ひたおもむきに二《ふた》心なきを見《み》れば、心やすくて年ごろをも過《す》ぐしつる也《(なり)》。をりふしの心ばへの、[19]かやうにあい行《(ぎやう)》なくよういなき事こそにくけれ、嘆《なげ》かしくうらめしきこともなく、[20]かたみにうちいさかひても、心に合《あ》はぬことをば明《あき》らめつ。上達部《かむだちめ》、親王《みこ》たちにて、[21]宮《(みや)》びかに心はづかし

1　中将君の言。まあ恐ろしいことよ。とんでもないことだと反発する。

2　(薫は)何年にもわたり並々の人とは結婚する気はないとおっしゃって。

3　夕霧。六の君を薫と結ばせたいと思っていた。四宿木八〇頁。

4　紅梅大納言。「按察」は七紅梅五一頁注2参照。紅梅大納言も妻の真木柱も、薫のすばらしさに注目していた。七竹河一八六頁。

5　初出。桐壺院の皇子であり、薫の叔父にあたることが後に分かる。九蜻蛉11節。

6　とても熱心に(それぞれ自身の姫君の婿に)とおわせなさったけれど。

7　今上帝が大事に養育された娘を手に入れなさっている君(薫)は。女二宮との結婚のこと。四宿木51節。

8　どれほどの女性をまともに(相手として)お考えになろうか。

9　母宮(女三宮)のおいでになる所で仕えさせて、時には逢ってみようとはお思いにもなるだろう。召人《めしうど》として遇されるのが精一杯という予想。

10　それはそれで結構なお勤め先だけれど。

11　とても心が痛むはずのことだ。

12　宮(匂宮)の奥方。中君のこと。

13　(世間では)ああいうふうに果報者と申すようだけれど、悩ましげにお思いでいるのを見ると。中君は、匂宮が夕霧の六の君と結婚したことに苦しむ。

14　二人の女性に気持が向きそうにない男性だけが無難で信頼できるものであろう、自分も身をもって分かった。

15　亡き宮(八宮)のお人柄は、とても情が深くて立派でまた優雅でいらしたけれど。

16　(私のことを)人並みにもお思いにならなかったので、どれほど情けなくこらえがたかったことか。八宮の後妻ではなく、召人として辛酸をなめたことをいう。

17　ここの人(今の夫)は、実に話にもならないほど風情もなく不体裁な人だけれど。

き人の御あたりといふとも、[1]我《わが》数《かず》ならではかひあらじ。[2]よろづの事、我身《わが》からなりけりと思へば、よろづにかなしうこそ見《み》たてまつれ。[3]いかにして、人笑《わら》へならずしたてたてまつらむ。」

と語《かた》らふ。

[4]守《かみ》はいそぎ立《た》ちて、

「[5]女房など、こなたにめやすきあまたあなるを、この程はあらせ給へ。[6]やがて、帳《ちやう》なども新《あたら》しく仕立《した》てられためる方を、[7]事にはかになりにためれば、[8]取《と》り渡《わた》し、とかくあらたむまじ。」

とて、[9]西《にし》の方《かた》に来《き》て、[10]立《た》ち居《ゐ》とかくしつらひさわぐ。めやすきさまに[11]さはらかに、あたり〳〵有るべき限《かぎ》りしたる所を、さかしらに屏風《びやうぶ》ども持《も》て来《き》て、[12]いぶせきまで立《た》て集《あつ》めて、[13]厨子《づし》、[14]二階《にかい》などあやしきまでし加《くは》へて、[15]心をやりていそげば、北の方《かた》見《み》ぐるしく見《み》れど、[16]口入《くちい》れじと言《い》ひてしかば、たゞに見聞《みき》く。[17]御方《かた》は[18]北面《おもて》にゐたり。

「[19]人の御心は見知《みし》り果《は》てぬ。[20]たゞ同《おな》じ子《こ》なれば、[21]さりともいとかくは思ひ放《はな》ち給

18　ただ一筋に二人に気持を向けることがない（私一人に心寄せている）のを見ているので、安心して何年も過ごしてきたのだ。

19　今回のように感じが悪くて心遣いもないのは気に入らないけれど。「あい行」は「愛敬」の当て字。「ようい」は底本「ようゐ」。

20　口論しても、得心のゆかないことは明確にさせた。

21　優雅で気後れしてしまうほどの（秀でた）人のおそばといっても。「宮びか」は当て字。

1　自身が人数に入れてもらえないようでは（おそばにいても）値打ちがあるまい。

2　何事につけても、自分の身（のつたなさ）によるのだと思うと、何事につけ（浮舟のことを）悲しい思いで拝見している。

3　どのようにして、（世間の）物笑いにならないようにしてさしあげようか。

12　常陸介、娘の結婚準備

4　守（常陸介）は、（実子の婚儀の）準備に追われて。

5　常陸介の言。女房たちなど、こちら（浮舟方）には見た目のよいのが大勢いるようだから、当座は（私の方に）置かせて下さい。

6　このまま、（浮舟方は）帳台なども新たに調進されたらしい居室なので。

7　事態は急変したようだから。少将の結婚相手の変更について遠回しに言う。

8　（常陸介の実の娘を浮舟方へ）移すことにして、あれこれ模様替えをしないようにしよう。新婚の準備が整う浮舟の居室をそのまま実の娘のために転用するという考え。

9　西の対屋《たいのや》。浮舟の居室がある。

10　立ったり座ったりしてあれこれ飾りつけに大わらわである。

11　すっきりとして、あちらこちら手を尽くして（整えて）ある居室に。

12　うっとうしいまで立てて並べて。物が沢山あればよいという浅薄な価値観。

はじとこそ思ひつれ。[1]さはれ、世に母《はゝ》なき子はなくやはある。」

とて、[2]むすめを昼《ひる》より乳母《めのと》と二人《ふたり》、撫《な》でつくろひたてたれば、にくげにもあらず、十五六のほどにて、いとちひさやかにふくらかなる人の、[3]髪《かみ》うつくしげにて小袿《こうちき》の程なり、裾《すそ》いとふさやかなり。これをいとめでたしと思ひて撫《な》でつくろふ。

[4]「何《なに》か、人の異《こと》ざまに思ひかまへられける人をしもと思《おも》へど、[5]人がらのあたらしく、かうさくに物し給ふ君なれば、我も〳〵と婿《むこ》に取《と》らまほしくする人の多《おほ》かなるに、取《と》られなんもくちをしくてなん。」

と、[6]かの中人《なかびと》にはかられて言《い》ふもいとをこなり。[7]をとこ君も、この程のいかめしく思《おも》ふやうなることゝ、[8]よろづの罪《つみ》あるまじう思ひて、[9]その夜も変《か》へず来《き》そめぬ。

[10]母《はゝ》君、御方の乳母《めのと》、いとあさましく思《おも》ふ。[11]ひが〳〵しきやうなれば、とかく見《み》あつかふも心づきなければ、[12]宮の北の方《かた》の御もとに御文《ふみ》たてまつる。

[13]その事と侍らでは、馴《な》れ〳〵しくやとかしこまりて、[14]え思う給ふるまゝにも聞《き》こえさせぬを、[15]つゝしむべきこと侍りて、しばし所替《か》へさせんと思《おも》う給ふるに、

13 置き戸棚の一種で両開きの扉がつく。
14 二段の棚のある戸棚で、扉のないもの。
15 得意になって準備をするので。
16 「口出しはしない」と言ってしまったので、ただ(何も関与せず)見聞きしている。三三二頁参照。
17 浮舟。
18 (西の対の)北がわの居室にいる。婚礼は南がわの居室でおこなわれるらしい。
19 常陸介の言。「人」は、中将君のこと。
20 とにかく(二人の娘とも)同じ(中将君の)娘なのだから。
21 いくら何でもこれほどまで(浮舟の妹を)見放しなさらないだろうと思っていた。

---

1 まあよい、世間には母のない子だっているのだ。底本「さはれ」、青表紙他本の一部・河内本「されは」。
2 (実の)娘を昼のうちから(その娘の)乳母と二人で、念入りに身仕度させてみると。
3 髪はかわいらしい感じで小袿の丈ほどの長さであり、(髪の)先の方は実にふさふさとしている。
4 常陸介の言。何でまた、あの人(中将君)が別の人(浮舟)にと企てられた婿をよりによって(わが実の娘に)とも思うけれど。
5 (少将の)品格がもったいないほど、格別にすぐれていらっしゃる男君なので。「かうさく」は「警策」。
6 あの仲人にだまされて(仲人と同様に)言うのも、まことに愚かしい。語り手の評言。
7 男君(少将)も、この度の(婚儀が)豪勢で申し分ないことと(思って)。
8 何ら支障もあるまいと思って。
9 (約束した)その日の夜も変更せずに。

13 中将君、中君に消息

10 母君(中将君)と女君(浮舟)の乳母は。
11 (少将のこうした結婚は)まともではないようなので、何かと(この新婚夫婦のそばで)面

いと[1]忍《しの》びてさぶらひぬべき隠《かく》れの方さぶらはゞ、いとも〳〵うれしくなむ。数《かず》[2]ならぬ身一《（ひとつ）》の陰《かげ》に隠《かく》れもあへず、あ[3]はれなる事のみ多《おほ》く侍る世なれば、頼《たの》[4]もしき方にはまづなん。

と、うち泣《な》きつゝ書《か》きたる文《ふみ》を、あ[5]はれとは見《み》給ひけれど、故《こ》[6]宮のさばかりゆるし給はでやみにし人を、われひとり残《のこ》りて知《し》[7]り語《かた》らはんもいとつゝましく、又、見《み》[8]ぐるしきさまにて世にあぶれんも知《し》らず顔《がほ》にて聞《き》かんこそ心ぐるしかるべけれ、こ[9]となる事なくてかたみに散《ち》りぼはんも、亡《な》き人の御ために見《み》ぐるしかるべきわざを、おぼしわづらふ。

大輔《たいふ》[10]がもとにも、い[11]と心ぐるしげに言《い》ひやりたりければ、

「[12]さるやうこそは侍らめ。人にくゝはしたなくも、なの給はせそ。か[13]ゝるおとりの物《（もの）》の、人の御中にまじり給ふも、世《よ》の常《つね》の事なり。」

など聞《き》こえて、

「[14]さらば、かの西《にし》の方《かた》に隠《かく》ろへたる所し出《い》でゝ、いとむ[15]つかしげなめれど、さて

倒を見るのも気に入らなくて。

12 宮(匂宮)の北の方(中君)。浮舟の異腹の姉。

13 中将君の手紙。これといった用事もございませんようでは、ぶしつけではないかとご遠慮申しまして。

14 (こちらが)存じております通りにもお便りをさしあげられずにおりますが。

15 謹慎すべきことがございまして。物忌(ものいみ)などで浮舟に方違えをさせたい旨を伝える。実際の事情はとても伝えられない。

---

1 (そちらの邸内で)実に人目につかないで控えていられるような隠れ処がもしもございますならば。

2 人数にも入らない自分一人(の力)ではとてもかばいきれず。

3 情けないことばかり多くございますこの世の中ですから。

4 頼みになる方としてまず(あなたさまを)。

5 (中君は)かわいそうにとはご覧になるけれど。

6 以下、三行後の「見ぐるしかるべきわざを」あたりまで中君の心内。故八宮があれほど認知なさらないままであった娘を。㈣宿木二二四頁参照。

7 関わり合い相談に乗るのも。

8 みっともない様子で落ちぶれているとしたら知らぬ顔で聞きすごすのもいたわしいことだろうが。

9 格別のこともなくて互いに離れ離れになるのも、亡き人(父八宮)にとってはみっともないに違いないことだし、と思案なさる。

14 大輔君を介し承諾の返事

10 中君付きの上席の女房。かつて中将君と同僚だったことが後に明かされる(三七六頁)。

11 (浮舟の)とてもいたわしそうな様子を。

12 大輔君の言。それなりのわけがございましょう。無愛想に(先方が)きまり悪く思うようには、お伝えにならないで下さい。

も過《す》ぐい給ひつべくは、しばしのほど。」と《ゝ》[1]言《い》ひつかはしつ。[2]いとうれしと思《おも》ほして、人知《し》れず出《い》で立《た》つ。[3]御方もかの御あたりをばむつびきこえまほしと思ふ心なれば、中〳〵かゝる事どもの出《い》で来《き》たるをうれしと思《おも》ふ。

15

守《かみ》、少将の[4]あつかひを、いかばかりめでたき事をせんと思《おも》ふに、[5]そのきら〳〵しかるべきことも知《し》らぬ心には、[6]たゞ荒《あらゝ》らかなる東絹《あづまぎぬ》どもを、押《お》しまろがして投《な》げ出《い》でつ。食《く》ひ物も所せきまでなん運《はこ》び出《い》でて《ゝ》、のゝしりける。下種《げす》などは、それを[7]いとかしこきなさけに思ひければ、[8]君も、いとあらまほしく、心かしこく取《と》り寄《よ》りにけりと思ひけり。[9]北方《(きたのかた)》このほどを見捨《みす》てて《ゝ》知《し》らざらんも、ひがみたらむと思《おも》ひ念《ねん》じて、たゞするまゝにまかせて見《み》ゐたり。[10]客人《まらうと》の御出《で》ゐ、[11]さぶらひと[12]しつらひさわげば、家は広《ひろ》けれど、[13]源少納言、東《ひむがし》の対《たい》には住《す》む、[14]男子《をのこゞ》などの多《おほ》かるに、所もなし、[15]此御方《(この)》に客人住《まらうとす》みつきぬれば、[16]廊《らう》などほとりばみたらむに住《す》ませたてまつらむも、飽《あ》かずいとほしくおぼえて、とかく思ひめぐらすほど、[17]宮にとは思《おも》ふ成《(な)》りけり。

13　こうした劣り腹が、姉妹のご関係の中にまじっていらっしゃるのも、世間ではよくあることです。青表紙他本多く、「事なり」のあとに「あまりいとなさけなくの給はせしことなり」と八宮を批判する文がある。

14　大輔君の言。二条院における西の対の、西廂（にしびさし）に浮舟を迎えることを進言。

15　むさくるしいようだけれど、そうしてでもお過ごしになれるようなら、しばらくのあいだでも（お過ごし下さい）。

1　大輔君から中将君へ。

2　中将君は。

3　女君（浮舟）も、あちら（中君）のあたりと親交したいと望む気持があるので、かえってこうした事態（少将との破談）が出来（しゅったい）したことをうれしいと思う。

15　常陸介、婿君を歓待

4　（新婚の）もてなしを、どれくらい立派なことにしようかと（常陸介は）考えるが。

5　どうすれば輝くばかりになるかも分かっていない考えでは。

6　ただもう生地の粗い東国産の絹などを、無造作にまるめて（簾の中から）投げ出した。少将の供人などへの引出物として与える。

7　とてもすぐれた心遣いだと思ったので。

8　君（少将）も、実に期待どおりで、（自分は）賢明な縁組をしたのだと思うのだった。

9　北の方（中将君）は、この騒ぎを無視して知らぬ顔をするのも、ひねくれているようだと考えこらえて。

10　客人（婿の少将）を接待する居室。「でゐ」は客人の接待用の居室で、出居（いで）とも。

11　供人の控え所。

12　（各居室を）飾り立てるのに大わらわなので。

13　先妻腹の娘婿。三一三頁注11参照。

14　（常陸介には）男の子なども多い上。巻頭近くに、「守の子どもは、母亡くなりにけるなどあまた…」（三〇〇頁）とあった。

16 この[1]御方ざまに、数《かず》まへ給ふ人のなきを、あなづるなめりと思へば、ことに[2]ゆる
い給はざりしあたりを、あながちにまゐらす。乳母《めのと》、若《わか》き人〻二三人ばかりして、
西[3]の廂《ひさし》の、北に寄《よ》りて人《ひと》げとほき方《かた》に、局《つぼね》したり。年ごろ、かく[4]はかなかりつれど、
疎《うと》[5]くおぼすまじき人なれば、まゐる時ははぢ給はず、いとあらまほしくけはひこと
にて、若《わか》[6]君の御あつかひをしておはする御有りさま、うらやましくおぼゆるもあ[7]は
れなり。我[8]も、故《こ》北の方《かた》には離《はな》れたてまつるべき人かは、仕《つか》[9]うまつるといひしばか
りに、数《かず》まへられたてまつらず、くちをしくてかく人にはあなづらる〻と思《おも》ふには、
かく[10]しひてむつびきこゆるもあぢきなし。こ〻には、御[11]物《(もの)》忌《いみ》と言《い》ひてければ、人 一八二
も通《かよ》はず。二三日ばかり母《はゝ》君もゐたり。こ[12]たみは、心のどかに此《(この)》御《み》ありさまを見《み》
る。

17 宮[13]渡《わた》り給ふ。ゆかしくてものの《ゝ》はさまより見《み》[14]れば、いときよらに桜《さくら》[15]ををりたるさ
まし給ひて、わが[16]頼《たの》もし人に思ひて、うらめしけれど心にはたがはじと思《おも》ふ常陸《ひたち》の
守《かみ》より、さま[17]かたちも人の程もこよなく見《み》ゆる五位《(ごゐ)》、四位ども、あひ[18]ひざまづきさ

15　こちらの浮舟が住んでいた西の対。
16　(浮舟を)廊などといった周縁の方に住まわせ申し上げるようなのも、不満で困ったことに思われて。
17　宮(匂宮)の邸へ。

16　中将君、浮舟を連れ出す

1　中将君の心内。この女君(浮舟)の関係(身内)で、(浮舟を)人並みに扱って下さる人がいないのを、見下しているようだと。
2　特にお認め下さることのなかった所だが。「ゆるい」は「ゆるし」の音便形。浮舟が八宮から娘と認知されなかったことをいう。
3　(二条院の西の対の)西廂で北寄りの人気のない場所に、(浮舟の)居室を設けている。
4　こうして頼りなく過ごしてきたが。底本「はかなかり」、諸本「はるかなり」。
5　(中将君は中君にとって)疎遠にお思いになるはずのない人なので、(中将君が)参上する際は(中君は)恥じたりなさらず。中将君は故八宮の北の方の姪であり、中君にとっては従姉妹。四宿木二二六頁参照。
6　中君が生んだ匂宮の第一子。二月生まれで、生後六か月。四宿木二四六頁参照。
7　中君とはかけ離れた異腹の妹(浮舟)の不遇を中将君は母として嘆かずにいられない。
8　以下、中将君の心内。私だって、亡き北の方につながり申し上げない者だろうか。
9　(女房として)お仕えしたというくらいで、人数に入れていただけず、残念にもこうして世間から見下されていると思うと。「ばかり」は、底本「ひかり」を諸本により訂正する。
10　こうして強引にお近づき申し上げるのも。
11　物忌という触れこみのため、だれもやって来ない。三四一頁注15参照。
12　今回は、ゆったりとした気分で、この(二条院の)ご様子を観察する。

17　匂宮夫妻を垣間見る

ぶらひて、この事かのことと、[1]あたり〳〵のことども、[2]家司《けいし》どもなど申す。又、若《わか》やかなる五位ども、顔《かほ》も知《し》らぬどもも多《おほ》かり。[3]わが継子《まゝこ》の式部の丞《ぞう》にて蔵《くら》人なる、[4]内の御使《つかひ》にてまゐれり。[5]御あたりにもえ近《ちか》くまゐらず。[6]こよなき人の御けはひを、[7]あはれ、こは何《なに》人《(びと)》ぞ、かゝる御あたりに[8]おはするめでたさよ、[9]よそに思ふ時はめでたき人ゝと聞《き》こゆとも、つらき目見《めみ》せ給ははと、[10]物うくおしはかりきこえさせつらん、あさましさよ、この御有りさまかたちを見《み》れば、[11]たなばたばかりにても、かやうに見《み》たてまつり通《かよ》はむは、[12]いといみじかるべきわざかな、と思《おも》ふに、[13]若《わか》君抱《いだ》きてうつくしみおはす。[14]女君、短《みじか》き木丁《(きちやう)》を隔《へだ》てておはするを、押《お》しやりてものなど聞《き》こえ給ふ、御かたちどもいときよらに似合《あ》ひたり。[15]故《こ》宮のさびしくおはせし御有りさまを思ひ比《くら》ぶるに、[16]宮《みや》たちと聞《き》こゆれど、いとこよなきわざにこそありけれとおぼゆ。

[17]木丁《(きちやう)》の内《うち》に入《い》り給ひぬれば、[18]若《わか》君は、若《わか》き人、乳母《めのと》などもて遊《あそ》びきこゆ。人ゝまゐり集《あつ》まれど、[19]なやましとて大殿籠《おほとのごも》り暮らしつ。[20]御台《だい》こなたにまゐる。よろづのこ

13 宮(匂宮)が(西の対へ)お越しになる。
14 以下、中将君の認知にもとづく描写。
15 容姿の美しさの形容。「花を折る」「花桜折る」などともいう。
16 自分が頼りにする夫と思って、不満はあるけれど心の中では背くまいと思っている常陸介よりも。
17 姿も顔も品位も、この上なく見える五位や四位の連中が。常陸介も五位。
18 (匂宮の前に)揃ってひざまずき控えて。

---

1 あれこれの(事務的な)報告を。
2 親王家、摂関家、三位以上の貴族の家で家政を司る人。
3 自分の継子(常陸介の先妻腹の子)で式部省の三等官兼蔵人の者。
4 宮中からのご使者として参上している。
5 (匂宮の)おそばにも近寄れない。
6 この上ない人(匂宮)のご様子を(知って)。
7 以下、三行後の「わざかなな」まで中将君の心内。ああ、これはどういう方なのか。
8 (匂宮の妻として)おいでになる(中君の)すばらしいこと。
9 遠くで想像する時はたとえすばらしい(身分の)人たちと申しても、薄情な目にあわせなさるのではと。
10 (匂宮を)どこかいやなお方と推察申し上げているなら、とんでもないことよ。
11 七夕(のように年一度の逢瀬)ほどでも。㊆総角五二一頁注5参照。
12 実に途方もないことだな。
13 (匂宮が)若君を抱いてかわいがっていらっしゃる。
14 女君(中君)は、丈の低い几帳で隔てていらしたが、(匂宮がそれを)押しやって。底本「木丁」は当て字。
15 亡き八宮が活気がなくていらした。
16 同じ宮様と申しても、実に格段の差があるものだと(中将君には)思われる。
17 (匂宮が寝所の出入り口に立てた)几帳の中

とけ高《たか》く、心ことに見《み》ゆれば、[1]わがいみじきことを尽《つ》くすと見思《みおも》へど、なほ〳〵しき人のあたりはくちをしかりけりと思ひなりぬれば、[2]わがむすめも、かやうにてさし並《なら》べたらむにはかたはならじかし、[3]いきほひを頼《たの》みて、父《ちゝ》ぬしの、后《きさき》にもなしてんと思《おも》ひたる人ゝ、[4]同《おな》じわが子《こ》ながら、けはひこよなきを思ふも、[5]猶《(なほ)》今よりのちも心は高《たか》くつかふべかりけりと、夜一夜《(よひと)よ》あらまし語《がた》り思《おも》ひつゞけらる。

宮、[6]日たけて起《お》き給ひて、

「[7]后《きさい》の宮、例のなやましくし給へば、まゐるべし。」

とて、[8]御装束《さうぞく》などし給ひておはす。[9]ゆかしうおぼえてのぞけば、うるはしく引《ひ》きつくろひ給へるはた、似《に》る物なくけ[10]高《たか》く愛敬《あいぎやう》づきき《ゝ》よらにて、若君《わか》をえ[11]見捨《みす》て給はで遊《あそ》びおはす。[12]御粥《かゆ》、[13]強《こは》いひなどまゐりてぞ、[14]こなたより出《い》でたまふ。けさよりまゐりて、[15]さぶらひの方《かた》にやすらひける人ゝ、[16]いまぞまゐりて物など聞《き》こゆるなかに、きよげだちて、なでふことなき人のすさまじき顔《かほ》したる、なほし着《き》て太刀佩《たちは》きたるあり。[17]御前《おまへ》にて何《なに》とも見《み》えぬを、

18

一八三

にお入りになったので。底本「木丁」は当て字。なお、青表紙他本の一部・河内本など「丁」。その場合は「帳」で、御帳台のこと。

18　若君は、若い女房、乳母などがお相手申し上げる。中将君も御帳台の中に入っている。

19　(匂宮は)気分が悪いということで日が暮れるまでお休みになった。

20　お食膳はこちら(西の対)にお運びする。

1　中将君の心内。わが家では贅《いぜ》を尽くしていると見もし思いもしたけれど、(受領程度の)普通の者がすることは情けないものだったのだと思うようになったので。

2　以下も三行後の「つかふべかりけり」まで中将君の心内。自分の娘(浮舟)も、こうして(高貴な方のおそばに)並べ置いてみてもおかしなことはあるまい。

3　財力を頼みにして、父上(常陸介)が、后にもさせようと思っている娘たちは。「ぬし」は軽い敬称。

4　同じ自分の子ではありながら、人品がまるで違って(劣って)いるのを思ってみても。あらためて高貴な血を引く浮舟のすばらしさに思い至る。

5　やはりこれから後も理想は高くもつべきなのだと、一晩中(浮舟の)理想の将来をつい思い続けてしまう。底本など青表紙本「あらましかたり」、河内本「あらましことを」。

18　少将を垣間見、落胆

6　日が高くなってから。

7　匂宮の言。后の宮(明石中宮)が、いつものようにお加減がお悪いので。

8　ご装束の準備などをなさっていらっしゃる。おそらく衣冠姿に改める。

9　(中将君は匂宮の姿が)見たいと思われて覗いてみると、きちんと正装しておいでなのがまた。

10　気品があり魅力にあふれ美しくて。

11　放っておいでになれないで。

「かれ[1]ぞこの常陸《ひたち》の守《かみ》の婿《むこ》の少将な。」

「はじめは御方《かた》[2]にと定《さだ》めけるを、守《かみ》[3]のむすめを得《え》てこそいたはられめなど言《い》ひて、か[4]しけたる女《め》の童《わらは》を持《も》たるなゝり。」

「い[5]さ、この御あたりの人はかけても言《い》はず。」

「か[6]の君の方より、よく聞《き》くたよりのあるぞ。」

など、お[7]のがどち言《い》ふ。聞《き》[8]くらむとも知《し》らで人のかく言《い》ふにつけても、胸《むね》[9]つぶれて、少[10]将をめやすき程と思《おも》ひける心もくちをしく、げ[11]にことなる事なかるべかりけりと思ひて、いとゞしくあなづらはしく思ひなりぬ。

若《わか》君の這《は》ひ出《い》でゝ、御簾《みす》のつまよりのぞき給へるを、う[12]ち見《み》給ひて、立《た》ち返《かへ》り寄《よ》りおはしたり。

「御[13]心《(ここ)》ちよろしく見《み》え給はゞ、やがてまかでなん。猶[14]、苦《くる》しくし給はゞ、こよひは宿直《とのゐ》にぞ。今は一[15]夜を隔《へだ》つるもおぼつかなきこそ苦《くる》しけれ。」

とて、しばし慰《なぐさ》[16]めあそばして、出《い》で給ひぬるさまの、返ゝ《(かへすかへす)》見《み》るとも〳〵飽《あ》くまじ

12 固粥(かたかゆ)で、今のご飯。

13 「強飯」。蒸したご飯。底本「こはいゐ」。

14 寝殿に戻ることなく、中君が住まう西の対から、直接内裏へと出かける。

15 供人の詰所。侍所(さぶらいどころ)。

16 この時に（匂宮の御前に）参上して何かを申し上げている中に、こぎれいな感じながら、どことといって取柄のない男でつまらない顔をしていて、直衣を着用し太刀を身につけている者がいる。

17 （匂宮の）御前なので何ほどの者にも見えないのを。

---

1 以下、御簾の中から男たちを見る女房たちの言。あれがこの常陸守（介）の婿になった少将だね。

2 浮舟のこと。底本「御かた」、青表紙他本の一部・河内本など「この御かた」。

3 （少将は）守（常陸介）の実の娘をもらってこそ大事にされるだろうなどと言って。

4 生気のない女の子を手にしているそうだ。底本「もたる」、諸本「えたる」。

5 さあ、どうでしょう。このおそばの人（浮舟の女房）はまるでそんな話をしません。

6 あの男君（少将）の筋から、しっかりと聞けるつてがあるのよ。

7 朋輩同士が言い合う。

8 （中将君が）聞いているのも知らずに。

9 （中将君は）どきっとして。

10 中将君の心内。かつては少将を「人がらもめやすかなり」（三〇四頁）と思っていたが、そのことが今では情けない。

11 なるほど（少将は）大したこともなさそうな人だったのだと思って、ますます見下げてやりたく思うようになってしまう。

12 （匂宮が）ちらりとご覧になると、引き返して（若君に）近づいておいでになる。

13 匂宮の言。后の宮（明石中宮）のご気分がまずまずとお見えになるならば、そのまま退出しよう。

く[1]にほひやかにをかしければ、[2]出で給ひぬるなごりさう〴〵しくぞながめらるゝ。 19
[3]女君の御前《まへ》に出《い》で来《き》て、いみじくめでたてまつれば、ゐ[4]中《(なか)》びたるとおぼして笑《わら》ひ
給ふ。
「[5]故《こ》上《うへ》の亡《う》せ給ひし程は、言《い》ふかひなく幼《をさな》き御ほどにて、いかにならせたまはん 一八四
と、見《み》たてまつる人も故《こ》宮もおぼし嘆《なげ》きしを、[6]こよなき御宿世《すくせ》のほどなりければ、
さる山ふところのなかにも、生《お》ひ出《い》でさせ給ひしにこそありけれ、くちをしく[7]故姫《こひめ》
君のおはしまさずなりにたるこそ飽《あ》かぬ事なれ。」
など、うち泣《な》きつゝ聞《き》こゆ。[8]君もうち泣《な》き給ひて、
「[9]世の中のうらめしく心ぼそきをり〳〵も、又かくながらふれば、すこしも[10]思ひ
慰《なぐさ》めつべきをりもあるを、[11]いにしへ頼《たの》みきこえける陰《かげ》どもにおくれたてまつりける
は、[12]中〳〵に世《よ》の常《つね》に思ひなされて、[13]見《み》たてまつり知《し》らずなりにければあるを、[14]猶
[15]この御事は尽《つ》きせずいみじくこそ。[16]大将の、よろづのことに心の移《うつ》らぬよしを愁《うれ》へ
つゝ、浅《あさ》からぬ御心のさまを見《み》るにつけても、いとこそくちをしけれ。」

14 やはり、苦しんでいらっしゃるならば。

15 一晩逢わなくても気がかりなのがつらいことよ。

16 (若君の)ご機嫌をとって(一緒に)遊びなさってから。

---

1 はなやかに輝くように魅力的なので。

2 お出かけになった後には(中将君は)飽き足りない思いでついぼんやりしてしまう。

19 大君追懐、薫に及ぶ

3 女君(中君)の御前に(中将君が)出て来て、(匂宮を)ひどくおほめ申し上げるので。

4 (中君は)田舎じみているとお思いになり。

5 中将君の言。亡き上(八宮の北の方)がお亡くなりになった当時は。中君を出産後、程なく死去した(㊤橋姫二〇〇頁)。

6 (中君は)この上ないご宿運をお持ちでいらしたので、あんな山深い里の中でも、(立派に)ご成長なされたのでしたが。

7 亡き姫君(大君)がいらっしゃらなくなったのは諦めのつかないことです。

8 君(中君)もふとお泣きになって。

9 中君の言。(匂宮との)関係が(匂宮と六の君の結婚などで)不満で心細い折にも、他方ではこうして生き延びていると。

10 (若君の誕生などで)心が慰められそうな折もあるわけですが。

11 過去にはお頼み申し上げた両親に先立たれ申しました時は。

12 かえって世間によくあることと思うようになって(諦めがついて)。

13 (母君の顔も)存じ上げずじまいになってしまったので。

14 (それなりの悲しみという程度で)やり過ごしましたが。

15 この(大君が亡くなった)ことは尽きることのない悲しみで。

16 大将(薫)が、何事にも心が移らないと(私に)たびたび訴えまして、深いお気持の様子

との給へば、

「[1]大将殿《どの》は、さばかり世にためしなきまでみかどのかしづきおぼしたなるに、[2]心おごりし給ふらむかし。[3]おはしまさましかば、猶[4]この事せかれしもし給はざらましや。」

など聞《き》こゆ。

「[5]いさや。[6]や《ゝ》うのものと、人笑《わら》はれなる心《（ここ）》ちせましも、中〳〵にやあらまし。[7]見《み》果《は》てぬにつけて、心にくゝもある世にこそと思《おも》へど、[8]かの君はいかなるにかあらむ、あやしきまで物忘《わす》れせず、[9]故《こ》宮の御後《のち》の世をさへ思ひやり深《ふか》く後見《うしろみ》ありき給ふめる。」

など、[10]心うつくしう語《かた》り給ふ。

「[11]かの過《す》ぎにし御代《か》はりに尋《たづ》ねて見《み》んと、[12]この数《かず》ならぬ人をさへなん、[13]かの弁の　一八五
尼《あま》君にはの給ひける。[14]さもや、と思《おも》う給へ寄《よ》るべき事には侍らねど、[15]一《（ひと）》本《もと》ゆゑにこそはとかたじけなければ、あはれになむ思う給へらるゝ御心深《ふか》さなる。」

を知るにつけても、実に残念です。

1　中将君の言。大将殿（薫）は、あのように世の中でも例がないほど帝が（薫を）大切にお考えでいらっしゃるそうだから。
2　得意になっていらっしゃるでしょうよ。
3　（大君が）ご存命だとしたらば。
4　この（女二宮との結婚の）ことは、お取りやめにならなかったでしょうか（お取りやめになったはずです）。「せく」は、せき止める、とどめる、の意。中将君は、帝の意向を拒むことの困難を知りつつも、亡き姉を思う中君に配慮しているらしい。
5　中君の言。さあ、どうか。中将君の見解に同意しない。
6　（もし生きていたら姉も自分も）同じようなものと、世間から笑われるような気がしますから、かえってみじめになったのではないでしょうか。薫は女二宮と、匂宮は六の君と、それぞれ結婚することになるので、仮に大君が生きていても自分と同様のつらさを味わったろう、という悲観的な推察。
7　最後まで（大君の命を）見届けていないからこそ、心ひかれる（薫との）あいだがらなのだろうと思うけれども。底本「こそと」、青表紙他本の多く・河内本など「こそはと」。
8　薫。
9　亡き宮（八宮）のご来世のことまで思慮深く何かとお世話して下さるようで。八宮の追善供養の世話など。
10　素直な感じでお話しなさる。
11　中将君の言。あの他界された方（大君）のお身代わりに引き取って世話をしようと。
12　こちらの数にはいらない人（浮舟）のことまでも。
13　三〇一頁注3参照。
14　そのように（亡き大君の身代わりとして浮舟を）、と存じて近づき申すべきことではございませんが。
15　（大君という）元の一本（との血縁）があるか

など言《い》ふついでに、[1]この君をもてわづらふこと、泣《な》く〳〵語《かた》る。

こまかにはあらねど、[2]人も聞《き》ゝけりと思ふに、[3]少将の思《おも》ひあなづりけるさまなどほのめかして、

「[4]命《いのち》侍らむ限《かぎ》りは、何《なに》か、[5]朝夕《ゆふ》の慰《なぐさ》め種《ぐさ》にて見過《みす》ぐしつべし。[6]うち捨《す》て侍りなんのちは、思《おも》はずなるさまに散《ち》りぼひ侍らむがかなしさに、尼《あま》になして深《ふか》き山にやし据《す》ゑて、[7]さる方《かた》に世の中《なか》を思ひ絶《た》えて侍らましなどなん、[8]思う給へわびては、思ひ寄《よ》りはべる。」

など言《い》ふ。

「[9]げに心ぐるしき御有りさまにこそはあなれど、何《なに》か。[10]人にあなづらるゝ御有りさまは、かやうになりぬる人のさがにこそ。[11]さりとても耐《た》へぬわざなりければ、[12]むげにその方《かた》に思ひおきて給へりし身だに、[13]かく心より外にながらふれば、まいていとあるまじき御事也《（なり）》。[14]やつい給はんも、いとほしげなる御さまにこそ。」

など、[15]いとおとなびての給へば、母《はゝ》君、いとうれしと思ひたり。[16]ねびにたるさまな

らこそなのだと。「紫の一本ゆゑに武蔵野の草はみながらあはれとぞ見る」(古今集・雑上・読人しらず)による。

---

1 (中将君は)この君(浮舟)の(身の振り方の)問題で悩んでいることを。

20 浮舟の不運を訴える

2 (中君方の)女房も(事情を)聞いていたと思うので。三五〇頁参照。

3 少将が(浮舟を)見下した様子などをそれとなく示して。

4 中将君の言。(自分の)命がございます限りは、いや何も(支障はなく)。

5 朝夕の心を慰めるものとして(自分が浮舟の)面倒を見て過ごすこともきっとできましょう。

6 (自分が死んで)置き去りにしました後は、思いがけない身の上になって行方も定まらなくなりそうでありますのが悲しくて。

7 そのようなやり方で(遁世して)男女の関係は断念しましょうかなどと。

8 思案に暮れました末に、(そういう)考えに至っております。

9 中君の言。なるほどお気の毒なご様子ではあるようだけれど、どうして(そこまで考えるべきでしょうか)。

10 人に見下されるご様子は、このように(自分も含めて父を亡くすことに)なった人には常のことです。

11 そうはいっても(山住みは)耐えられないものなので。

12 (八宮が)一途にそちらの方(山住み)を決めておいでになったこのわが身でさえ。宇治を離れるなという父の遺言を踏まえた言い方。㈦椎本12節。

13 こうして思いがけないことに(俗世で)生きながらえているのだから、ましてや(浮舟には)実にあってはならないことです。

14 (尼へと)姿を変えなさるのも、(見ていて)

れど、よしなからぬさましてきよげなり。[1]いたく肥《こ》え過《す》ぎにたるなむ常陸《ひたち》殿とは見《み》
えける。
「故《こ》[2]宮の、つらうなさけなくおぼし放《はな》ちたりしに、いとゞ人げなく人にもあなづ 一八六
られ給ふと見《み》給ふれど、[3]かう聞《き》こえさせ御覧ぜらるゝにつけてなん、いにしへのう
さも慰《なぐさ》み侍る。」
など、年ごろの物語《がた》り、[4]浮島《うきしま》のあはれなりし事も聞《き》こえ出《い》づ。
「[5]「わが身ひとつの」とのみ言《い》ひ合《あ》はする人もなき[6]筑波《つくば》山の有りさまもかく[7]明《あき》らめ
きこえさせて、[8]いつもいとかくてさぶらはまほしく思う給へなり侍りぬれど、[9]かし
こにはよからぬあやしの物《(もの)》ども、いかに立《た》ちさわぎ求《もと》め侍らん。さすがに心あわ
たゝしく思う給へらるゝ。[10]かゝる程の有りさまに身をやつすは口をしき物になん侍
りけると、身にも思《おも》ひ知《し》らるゝを、[11]この君はたゞまかせきこえさせて、知《し》り侍ら
じ。」
など、[12]かこちきこえかくれば、[13]げに見《み》ぐるしからでもあらなんと見《み》給ふ。

つらくなるような（美しい）お姿で。「やつい」は「やつし」のイ音便。

15　とても大人らしい様子で。

16　（中将君は）年はとっている様子だけれど、風情がなくはないという感じでこぎれいである。

1　ひどく太りすぎているのがいかにも（裕福な）常陸殿と見えるのだった。語り手からのからかいの評言。

2　中将君の言。亡き宮（八宮）が、冷淡かつ無情にも（浮舟を）見捨てなさったので、いっそう人並みでなくなり世の人からも見下されなさると拝見しておりますけれど。

3　こうして（あなた様に直接）申し上げお目通りいただくことで、過去のつらさも慰められております。

4　「浮島」は陸奥国（今の宮城県）の歌枕。中将君は、夫が陸奥守のときに結婚した（四宿木二二四頁）。ここでは「憂き」を掛け、その当時の切ない思い出を話にしたという。「塩釜の前に浮きたる浮島の浮きて思ひのある世なりけり」（古今六帖三）。

5　中将君の言。「自分だけがこんなにつらいのか」とばかりも相談する人さえいない。「世の中は昔よりやは憂かりけむわが身ひとつのためになれるか」（古今集・雑下・読人しらず）による。底本「ひとつのと」、青表紙他本多く「ひとつと」。

6　常陸国（茨城県）の歌枕（三〇一頁注1）。常陸介家のことを重ねてたわむれに言う。

7　すっかりお伝え申し上げたので。

8　常にこうしておそばにてお仕えしたいと存じるようになりましたけれど。底本「いつも」、諸本「いつも〳〵」。

9　あちら（常陸介邸）には（出来の）よくない卑しい子供たちが、どれほど大騒ぎをして（私を）求めておりましょうか。

10　こういう程度（受領層の妻）に身を落とすのは残念なことでございましたと。

21
[1]かたちも心ざまも、えにくむまじうらうたげなり。[2]もの恥《はぢ》もおどろ〳〵しからず、[3]さまよう子《こ》めいたる物から、かどなからず、[4]近《ちか》くさぶらふ人ゝにも、いとよく隠《かく》れてゐたまへり。[5]物など言《い》ひたるも、むかしの人の御さまにあやしきまでおぼえたてまつりてぞあるや、[6]かの人《(ひと)》形求《かたもと》め給ふ人に見《み》せたてまつらばやと、[7]うち思ひ出《い》で給ふをりしも、

「[8]大将殿まゐり給ふ。」

と人聞《き》こゆれば、[9]例の御《(み)》き丁《(ちやう)》引《ひ》きつくろひて心づかひす。この[10]客人《まらうと》の母《はゝ》君、

「[11]いで、見《み》たてまつらん。[12]ほのかに見《み》たてまつりける人のいみじき物に聞《き》こゆめ
一八七
れど、[13]宮の御有りさまにはえ並《なら》び給はじ。」

と言《い》へば、御前にさぶらふ人ゝ、

「[14]いさや。」

「[15]えこそ聞《き》こえ定《さだ》めね。」

と聞《き》こえあへり。

11　この君（浮舟）はただ（あなた様に）お任せ申し上げて、（私は）あずかり知らないことにいたします。
12　（中君を）頼みにするように申し上げるので。
13　（中君は）なるほど（浮舟には）見苦しくない生活をしてほしい、とご覧になる。

21　薫を垣間見て感嘆

1　（浮舟の）顔立ちも性格も、憎むことなどできそうになくかわいらしい感じである。以下、中君から見た浮舟の印象。
2　はにかみも度が過ぎることがなく。
3　見た目もよくておっとりしているものの、才気もないということはなく。
4　近くに仕えている女房たちに対しても、とてもうまく（姿を）隠すようにして座っていらっしゃる。姫君としてのたしなみがある様子。
5　以下、中君の心内。少し発言しているさまも、亡き人（大君）のご様子に不思議なほど似通い申しているよ。四宿木二八二頁参照。
6　あの人形《ひとかた》を捜し求めなさる人（薫）にお見せ申し上げたいと。「人形」は、四宿木二〇一頁注10参照。
7　（中君が）ふと（薫のことを）思い出しなさるちょうどその折に。
8　ある女房の言。大将殿（薫）が参上なさいます。
9　いつものように御几帳を整え配置して（薫を迎える）用意をする。中君はいつも几帳越しに薫と対面。四宿木一五六頁。
10　よそから訪れて来た人。浮舟とその母中将君を、中君のがわからとらえた語り方。
11　中将君の言。さあ、（薫を）拝見しよう。
12　ほんのちょっと（お姿を）拝見した人が大変に優れた方のように申しているようだけれど。浮舟の乳母がその経験を語っていた。三三二頁参照。
13　宮（匂宮）のご様子には（薫であっても）並ぶことはおできにならないだろう。

「[1]いか計《(ばかり)》ならん人か、宮をば消《け》ちたてまつらむ。」

など言《い》ふほどに、[2]今ぞ車より下《お》り給ふなると聞《き》く程、かしかましきまでおひのゝしりて、とみにも見《み》え給はず。

[3]待《ま》たれ給ふほどに、歩《あゆ》み入《い》り給ふさまを見《み》れば、[4]げに、あなめでた、をかしげとも見《み》えずながらぞ、なまめかしうあてにきよげなるや。[5]すゞろに見《み》えぐるしうはづかしくて、[6]ひたひ髪《がみ》なども引《ひ》きつくろはれて、[7]心恥《(はづか)》しげにようい多《おほ》く[8]際《きは》もなきさまぞし給へる。[9]内よりまゐり給へるなるべし。[10]御前《(ご)ぜん》どものけはひあまたして、

「[11]よべ、后《きさい》の宮のなやみ給ふよしうけ給はりてまゐりたりしかば、[12]宮たちのさぶらひ給はざりしかば、いとほしく見《み》たてまつりて、[13]宮の御代《か》はりにいまゝでさぶらひ侍りつる。[14]けさもいと懈怠《けだい》してまゐらせ給へるを、[15]あいなう御あやまちにおしはかりきこえさせてなむ。」

と聞《き》こえ給へば、

「[16]げにおろかならず、思ひやり深《ふか》き御用意《ようい》になん。」

14 以下、女房たちの言。さあて。

15 お決め申し上げることができません。

---

1 中将君の言。どれほどの人が、宮(匂宮)を負かし申し上げましょうか。

2 まさに今(薫が)車から下りなさるようだと(その気配を)聞いているうちに、やかましいくらいまで前駆(先導役)の声がして、(薫は)すぐにも(お姿を)お見せにならない。

3 (薫が中将君らから)心待ちにされなさるうちに。底本「またれ給」、諸本多く「またれたる」。

4 なるほど、ああすばらしい、風情があるというようには見えないものの、優美にして高貴でこぎれいであるよ。「げに」は、優劣をつけられないとした女房たちの発言(三六〇頁)を受ける。薫の内面的な優雅さが中将君によってとらえられる。同様の特質は、[七]匂兵部卿二八頁参照。

5 何となく(薫と)お目にかかるのもつらく気が引けるほど(薫が立派)に思われて。

6 (つい自身の)額髪《ひたいがみ》などもそっと直してしまうほどで。

7 こちらが気恥ずかしくなるほどにたしなみ深く。底本「ようゐ」。

8 この上もない(すてきな)さまをしていらっしゃる。

9 (薫は)宮中から(直接こちらへ)参上なさっているに違いない。中将君の推量。

10 前駆の者が大勢いる気配で。

11 薫の言。昨夜、后の宮(明石中宮)のお具合がわるくていらっしゃることを伺いまして参上したところ。

12 (中宮腹の)皇子たちが控えていらっしゃらなかったので、困ったことと拝見しまして。

13 宮(匂宮)のおん代理として。

14 (匂宮は)今朝も実に怠慢で(遅れて)参上なさいましたが。

15 わけもなく(匂宮を引きとめたあなたの)ご失態かと推察申し上げまして。嫉妬心を含む、

とばかりいらへきこえ給ふ。宮[1]は内にとまり給ひぬるを見《み》おきて、[2]たゞならずおはしたるなめり。

例の、物語《がた》りいとなつかしげに聞《き》こえ給ふ。[3]ことに触《ふ》れて、たゞ[4]いにしへの忘《わす》れがたく、世の中の物うくなりまさるよしを、[5]あらはには言《い》ひなさで、かすめ愁《うれ》へ給ふ。[6]さしも、いかでか世《よ》を経《へ》て心に離《はな》れずのみはあらむ、猶、[7]浅《あさ》からず言《い》ひそめてし事の筋《すぢ》なれば、なごりなからじとにや、など見《み》なし給へど、[8]人の御けしきはしるき物なれば、見《み》もてゆくまゝに、[9]あはれなる御心ざまを、岩木《いは(き)》ならねば思《おも》ほし知《ゝ》る。うらみきこえ給ふ事も多《おほ》かれば、[10]いとわりなくうち嘆《なげ》きて、[11]かゝる御心をやむる禊《みそぎ》をせさせたてまつらまほしく思《おも》ほすにやあらん、[12]かの人形《(ひと)かた》の給ひ出《い》でて《ゝ》、

「[13]いと忍《しの》びてこのわたりになん。」

とほのめかしきこえたまふを、[14]かれもなべての心《(ここ)》ちはせずゆかしくなりにたれど、[15]うちつけにふと移《うつ》らむ心地はた、せず。

「[16]いでや、その[17]本尊《(ほん)ぞん》、[18]願《ねが》ひ満《み》てたまふべくはこそたふとからめ、時ゝ[19]心やましく

きわどい冗談。

16　中君の言。いかにも並々でない、思慮深いお心づかいで。薫の冗談を軽くかわす。

1　宮(匂宮)が宮中にお泊りになったことを(薫は)見届けて。

2　普通ではない気持でお越しになったようだ。匂宮の不在時をねらって現れるのが通例化。「例の、宮のおはしまさぬひまにおはしたり」(四宿木二五六頁)など。

22　中君、薫に浮舟を推す

3　何かにつけて。女二宮との結婚、あるいは大納言への昇進などか。

4　亡き大君のことが忘れられず。

5　あからさまに言葉にするのではなく、それとなく訴えなさる。

6　以下、中君の心内。(薫は)それほどに、どうしていつまでも(大君のことが)心から離れない状態ばかりでいられようか。

7　初めからいい加減ではなく(思いを)訴えたなりゆきだったので、(亡き後に)残るおもかげが何もないことにしたくないということか、などと思ってみたりなさるけれど。

8　人の(見た目の)ご様子に(真情は)はっきり見えるものなので。

9　しみじみとした(薫の)お心柄を、(無情の)岩木ではないので(中君は)お分かりになる。「人は木石に非ず、皆情有り」(白楽天・新楽府　李夫人)。

10　(中君は)実に途方にくれてため息をつき。

11　こういう(自分への恋慕の)お気持をやめさせる禊でも。「恋せじと御手洗川《みたらしがは》にせし禊《みそぎ》神はうけずもなりにけるかな」(伊勢六十五段)。

12　あの人形のことをお話に出されて。「人形」は禊の縁語。三六一頁注6参照。

13　中君の言。ごく内々に(浮舟が)こちらに(やって来ています)。

14　その人(浮舟)についても(薫は)おざなりな

は、中〳〵山水《(やまみづ)》[1]も濁《にご》りぬべく。」

との給へば、はて〳〵は、

「[2]うたての御聖《ひじり》心《(ごころ)》や。」

と、ほのかに笑《わら》ひ給ふもをかしう聞《き》こゆ。

「[3]いで、さらば、伝《つた》へ果《は》てさせ給へかし。[4]この御のがれ言葉《こと(ば)》こそ、思《おも》ひ出《い》づればゆゝしく。」

との給ひても、[5]また涙《なみだ》ぐみぬ。

[6]見《み》し人の形代《かたしろ》ならば身に添《そ》へて恋しき瀬ゝ《せ(ぜ)》の撫《な》で物にせむ

と、例のたはぶれに言《い》ひなして、[7]紛《まぎ》らはしたまふ。

「[8]御禊《みそぎ》川《(がは)》瀬ゝ《せ(ぜ)》にいださん撫《な》で物を身に添《そ》ふ影とたれか頼《たの》まん

[9]引手《ひくて》あまたに」とかや。いとほしくぞ侍るや。」

とのたまへば、

「[10]つひに寄《よ》る瀬《せ》はさらなりや。[11]いとうれたきやうなる、水の泡《あわ》にもあらそひ侍る

気持では聞き流されず。
15 急にたやすく心を移す気にはまた、とてもなれない。
16 薫の言。さあて。
17 先にも、浮舟のことを聞いた薫は「山里の本尊にも」（四宿木二〇六頁）と発言。
18 （私の）願いをかなえて下さるようなら尊いだろうが。
19 （あなたのことで）悩むようなら。

---

1 「山水」は清浄な気持。それも濁りそう。
2 中君の言。困ったご道心。仏道修行に因んだ冗談。
3 薫の言。さて、それでは、（浮舟方に私の意向を）すっかりお伝え下さい。
4 ただ今の言い逃れのお言葉は、それこそ思い出すと不吉で。大君が自分の身代わりに中君を立て、やがて死んだことを想起。
5 （薫は）また涙を浮かべてしまう。敬語のない、薫の気持により密着した語り方。
6 薫の歌。じかに見たあの人（大君）の身代わりならば、いつも傍において、恋しく思う折々はその思いを移して流す撫で物にしよう。「撫で物」は祓えに使う紙の人形。これで身を撫でて罪、穢れを移し、水に流す。「瀬々」と縁語。「形代」は四宿木二三三頁注8。
7 涙を目立たないようになさる。
8 中君の歌。禊河の瀬ごとに流す撫で物ならば、生涯連れ添うものだとだれが頼みにしよう。薫への切り返しの歌。
9 あなたを「引く手」（誘う女）が大勢とかいうのでは（とても頼りにならない）。困ったことですよ。「大幣《ぬさ》《おほ》の引く手あまたになりぬれば思へどえこそ頼まざりけれ」（古今集・恋四・読人しらず、伊勢四十七段）。「大幣」は、祓えの時に多くの人が引き寄せて身を撫で、穢れなどを移す。
10 薫の言。最後の拠り所は、言うまでもない（それはあなただ）。前注の引歌への返歌「大幣と名にこそ立てれ流れてもつひに寄る瀬は

かな。[1]かき流《なが》さるゝ撫《な》で物は、いで、まことぞかし。[2]いかで慰《なぐさ》むべきことぞ。」

など言《い》ひつゝ、暗《くら》[3]うなるもうるさければ、[4]かりそめにものしたる人も、あやしくと思ふらむもつゝましきを、

「[5]こよひはなほとく返り給ひね。」

[6]とこしらへやり給ふ。

「[7]さらば、その客人《まらうど》に、かゝる心の願《ねが》ひ年経《へ》ぬるを、[8]うちつけになど浅《あさ》う思ひなすまじうのたまはせ知《し》らせ給ひて、[9]はしたなげなるまじうはこそ。[10]いとうひ〳〵しうならひにて侍る身は、何《なに》事もをこがましきまでなん。」

と語《かた》らひきこえおきて出《い》で給ひぬるに、この母《はゝ》君、

「[11]いとめでたく、思《おも》ふやうなるさまかな。」

とめでて《ゝ》、[12]乳母《めのと》ゆくりかに思ひ寄《よ》りてたび〳〵言《い》ひしことを、あるまじきことに言《い》ひしかど、[13]この御ありさまを見《み》るには、天《あま》の川《がは》を渡《わた》りても、[14]かゝる彦星《ひこぼし》の光をこそ待《ま》ちつけさせめ、我《（わが）》むすめは、[15]なのめならん人に見《み》せんはをしげなるさまを、[16]夷《えびす》め

ありてふものを」(古今集・恋四・在原業平、伊勢四十七段)による。
11 まったくいまいましいような、(消えずに浮かぶ)水の泡にも張り合っております(はかないわが身)よ。「水の泡の消えでうき身といひながら流れてなほも頼まるるかな」(古今集・恋五・紀友則)により、やはり中君を頼みにしてしまうと示唆する。

---

1 捨てられて流される撫で物は、いや、本当は私のことですよ。
2 どうしたら心を晴らせましょうか。
3 (日が暮れて)暗くなってくるのも煩わしいことになるので。
4 一時的に(こちらへ)滞在している人(中将君)なども、変だと思うだろうということも憚られるので。
5 中君の言。今夜はこのまますぐにお帰り下さい。
6 (薫を)なだめてお帰しになる。

23 中将君、貴人の婿を願う

7 薫の言。それでは、その訪問者(浮舟)に。
8 突然の思いつきでなどと(私の願いを)浅薄に思いとることのないよう(先方に)言い知らせて下さることで。
9 みっともない感じではないようならば(取り計らって下さい)。
10 (女性関係では)とても不慣れなままでおります私は、何事にも愚かしいほどで。
11 中将君の言。実にすばらしく、理想的な姿よ。底本「さま」、諸本多く「御さま」。
12 以下、中将君の心内。乳母が不意に思いついて幾度も言ったこと。浮舟を薫と結ばせようという進言。三三二頁。
13 この(薫の)ご様子を見ては。
14 こういう彦星の光を待ち受けさせたいものだ。一年に一度の逢瀬でもよいから、薫のような人と結婚させたい、の意。㊁総角五二一頁注5。「彦星に恋はまさりぬ天の川隔つる

きたる人をのみ見《み》ならひて、少将をかしこき物《(もの)》に思ひけるを、くやしきまで思ひなりにけり。

寄《よ》[1]りゐ給へりつる真木柱《まきばしら》も褥《しとね》も、なごり[2]にほへる移《うつ》り香《が》、言《い》へばいとことさらめきたるまでありがたし。時々見《み》たてまつる人だに、たびごと[3]にめできこゆ。

「経[4]などを読《よ》みて、功徳《くどく》のすぐれたる事あめるにも、香《か》のかうばしきをやんごとなきことに、仏の給ひおきけるもことわりなりや。」

「薬王品《やく(わうぼん)》[5]などにとりわきてのたまへる五《(ご)》[6]つ千《(せん)》だんとかや、おどろ〳〵[7]しき物の名《な》なれど、まづかの[8]殿《とのゝ》の近《ちか》くふるまひ給へば、仏はまこと[9]し給ひけりとこそおぼゆれ。」

「幼《をさな》[10]くおはしけるより、おこなひ[11]もいみじくし給ひければよ。」

など言《い》ふもあり。また、

「先《さき》[12]の世こそゆかしき御有りさまなれ。」

など、口《くち》〴〵めづる事どもを、すゞろ[13]に笑《ゑ》みて聞《きゝ》ゐたり。

関を今はやめてよ」(伊勢九十五段)。

15 並大抵の男にめあわすにはもったいないほどの(浮舟の)器量なのに。

16 東国の田舎者ばかりを見るのに慣れて、左近少将を立派な者と思ってしまったのを。

---

1 (薫が)寄りかかっていらした真木柱も敷物も。「真木柱」は檜(ひのき)、杉などの良材による柱のこと。

2 (帰った)あとまで匂っている移り香が、あえて言葉にするとわざとらしくなるほどにまたとなくすばらしい。

3 (薫を)見る度見る度おほめ申し上げる。中君方の女房たちの反応。

4 女房の言。お経などを読むと、功徳のすぐれていることが記されてある中でも。「功徳」は、現世または来世の果報、幸せをもたらす善行。

5 女房の言。「若し人有りて、この薬王菩薩本事品(やくおうぼさつほんじぼん)を聞き、能く随喜して善(こころよ)しと讃(ほ)めば、この人、現世に口の中より常に青蓮華(しやうれんげ)の香を出し、身の毛孔(もうく)の中より常に牛頭栴檀(ごづせんだん)の香を出さん。得る所の功徳は上に説ける所の如し」(法華経・薬王菩薩本事品)。薫の身から発する芳香について、前世の修行ゆえの徳によるものと讃える。㈦匂兵部卿8節。

6 底本「五つ千たん」は牛頭栴檀の当て字。インドの牛頭(ごず)山に産する香木のこと。

7 仰々しい名前だけれど。

8 あの殿(薫)が近くで身動きなさると。

9 真実の言葉をお説きになったのだと思われます。「まこと」は、真言。

10 別の女房の言。(薫は)幼くていらした時から。

11 仏道の勤行(ごんぎやう)も。

12 また別の女房の言。(薫の)前世が知りたくなるようなご様子です。

13 (中将君は)むやみやたらににこにこして聞いている。

24 君[1]は、忍《しの》[2]びての給ひつることを、ほのめかしの給ふ。

「思[3]ひそめつること、しふねきまでかろ〴〵しからずものし給ふめるを、げにたゞ[4]今の有りさまなどを思へば、わづらはしき心地すべけれど、かの[5]世《よ》を背《そむ》きてもなど思ひ寄《よ》り給ふらんも、同《おな》[6]じことに思《おも》ひなして、心《(こころ)》み給へかし。」

との給へば、

「つらき[7]目《め》見《み》せず、人にあなづられじの心にてこそ、鳥[8]の音《ね》聞《き》こえざらん住《す》まひまで思う給へおきつれ、げに[9]人の御有りさまけはひを見《み》たてまつり思う給ふるは、下仕《しもづか》[10]へのほどなどにても、かゝる[11]人の御あたりに馴《な》れきこえんは、かひありぬべし。一八二 まいて若《わか》[12]き人は、心つけたてまつりぬべく侍《(はべ)》めれど、数[13]ならぬ身に、物思《おも》ふ種《たね》をやいとゞ蒔《ま》かせて見《み》侍らん。高《たか》[14]きも短《みじか》きも、女といふものはかゝる[15]筋《すぢ》にてこそ、この世《よ》、後《のち》の世まで苦《くる》しき身になり侍《(はべ)》なれと思う給へはべればなむ、いとほしく思う給へ侍る。それもたゞ御心[16]になん。ともかくも、おぼし[17]捨《す》てず物せさせ給へ。」

と聞《き》こゆれば、いと[18]わづらはしくなりて、

24　中君に浮舟を託す

1　君（中君）は（中将君に）。
2　（薫が）内々に依頼なさったことを。
3　中君の言。（薫は）いったん思い立ったことは、しつこいくらいで軽々に（変えることなど）なさらないようなので。
4　薫が女二宮と結婚していることを思うと。底本「思は」。
5　ああして（浮舟を）尼にしてもなどと思いつきなさったことも（あるのだから）。三五六頁参照。
6　同様に（捨て身になったと）思ってみて。
7　中将君の言。（浮舟に）耐えがたい思いをさせず、また世の人から見下されまいという気持から。
8　鳥の声も聞こえないような（奥山の）住居（に遁世させること）までも心に決めておりましたが。「飛ぶ鳥の声も聞こえぬ奥山の深き心を人は知らなむ」（古今集・恋一・読人しらず）による。
9　なるほどあの方（薫）のお姿とご様子を拝見して存じましたことは。
10　（たとえ）下女の身分などであっても。
11　こんな人のお近くに親しくお仕え申すなら、きっと値打ちのあることでしょう。
12　若い人（浮舟）は、心を寄せ申し上げるに違いございませんでしょうけれど。
13　人並みでもない身にとっては、物思いの原因をさらに増やすのを見るようになりましょう。「今はとて忘るる草の種をだに人の心に蒔かせずもがな」（伊勢二十一段）。底本「物おもふたね」、諸本「もの思ひのたね」。
14　（身分の）高い人も低い人も。
15　こうした（男女の）関係のことで、この世ばかりか、後世までも（愛執の罪に）苦しむ身になっておりますらしいと存じますので、困ったことと存じます。
16　（あなた様の）お気持ひとつです。
17　お見捨てにならずにご対応下さいませ。

「[1]いさや。[2]来《き》し方《かた》の心深《ふか》さにうちとけて、行《ゆ》く先《さき》のありさまは知《し》りがたきを。」

とうち嘆《なげ》きて、ことに物もの給はずなりぬ。

明《あ》けぬれば[3]車など率《ゐ》て来《き》て、[4]守《かみ》の消息《せうそこ》など、いと腹立《はらだ》た《ゝ》しげにおびやかしたれば、

「[5]かたじけなくよろづに頼《たの》みきこえさせてなん。[6]猶しばし隠《かく》させ給ひて、「[7]巌《いはほ》の中に」ともいかにとも、思う給へめぐらし侍るほど、[8]数《かず》に侍らずとも、思《おも》ほし放《はな》たず、何《なに》ごとをも教《をし》へさせ給へ。」

など[9]聞《き》こえおきて、この[10]御方もいと心ぼそくならはぬ心《（ここ）》ちに[11]立《た》ち離《はな》れんを思へど、[12]いまめかしくをかしく見《み》ゆるあたりに、しばしも見馴《みな》れたてまつらむと思《おも》へば、[13]さすがにうれしくもおぼえけり。

[14]車引《ひ》き出《い》づるほどの、すこし明《あ》かうなりぬるに、[15]宮、内よりまかで給ふ。若《わか》君おぼつかなくおぼえ給ひければ、忍《しの》びたるさまにて、[16]車《くるま》なども例ならでおはしますに、[17]さし会《あ》ひて、[18]押《お》しとゞめて立《た》てたれば、[19]廊《らう》に御車寄《よ》せて下《お》り給ふ。

「[20]なぞの車ぞ。暗《くら》きほどに急《いそ》ぎ出《い》づるは。」

18 （中君は）とても面倒になって。

---

1 中君の言。さあ、どうしたものか。

2 これまでの（薫の）思慮深さに心を許しても、これから先の様子は分かりがたいので。

3 （常陸介邸より迎えのための）車などを引いて来て。

4 守（常陸介）の伝言などを、ひどく腹を立てているようにおどかして伝えているので。

5 中将君の言。恐れながら万事お頼み申し上げまして（私は失礼いたします）。

6 やはりしばらくはおかくまい下さって。

7 「巌の中に」遁世させようともどうしようとも、思案いたしておりますあいだに。「いかならむ巌の中に住まばかは世の憂きことの聞こえこざらむ」（古今集・雑下・読人しらず）による。

8 （浮舟は）人並みにも入りませんとしても、お見捨てにならず。

9 （中将君は中君に対し）申し残して（帰ろうとするので）。

10 浮舟。

11 （母中将君と）別れ別れになりそうなのを（心配に）思うけれど。

12 はなやかで趣深く見えるこのあたり（二条院）で、しばらくでも（姉の中君に）なじみ申し上げようと思うので。

13 そうした（心細さの）一方で。

25 匂宮帰邸

14 （中将君の）車を引き出すところで、（空も）やや明るんだ時分に。

15 宮（匂宮）が、（宿直を終えて）宮中より退出なさる。

16 車なども常用の車ではなくて。通常、親王は檳榔毛《びろうげ》の車を使う。ここでは、お忍び用の網代《あじろ》などの車であろう。

17 （中将君の車と）ばったり会って。

18 （中将君の方は車を）停めて（そのまま）控えていると。

と目《め》とゞめさせ給ふ。[1]かやうにてぞ、忍《しの》びたる所には出《い》づるかしと、[2]御心ならひにおぼし寄《よ》るもむくつけし。

「[3]常陸殿《ひたちどの》のまかでさせ給ふ。」

と申す。[4]若《わか》やかなる御前《ぜん》ども、

「[5]殿《との》こそあざやかなれ。」

と笑《わら》ひあへるを聞くも、[6]げにこよなの身のほどやとかなしく思《おも》ふ。[7]たゞこの御方《かた》のことを思ふゆゑにぞ、おのれも人々しくならまほしくおぼえける。[8]まして正身《さうじみ》をなほ〱しくやつして見《み》むことは、いみじくあたらしう思《おも》ひなりぬ。

[9]宮入《い》り給ひて、

「[10]常陸《ひたち》殿といふ人や、こゝに通《かよ》はしたまふ。[11]心ある朝ぼらけに急《いそ》ぎ出《い》でつる[12]車《(くるま)》副《ぞひ》などこそ、[13]ことさらめきて見《み》えつれ。」

など、[14]猶おぼし疑《うたが》ひてのたまふ。[15]聞《き》きにくゝかたはらいたしとおぼして、

「[16]大輔《たいふ》などが若《わか》くてのころ、友《とも》だちにてありける人は、[17]ことにいまめかしうも見《み》

19　西の対の中門の廊。
20　匂宮の言。どういう車か。暗いうちに急いで出て行くのは。薫の車かと疑う気持。

1　匂宮の心内。こんなふうにして、こっそり通う（女の）所からは出て行くものよと。
2　（匂宮自身の）ご性癖から思いつきなさるのも気味が悪いほどだ。好色な匂宮にしか思いつかないような洞察に対して批判的な語り手の評言。
3　常陸方の供人の言。常陸殿が（これより）退出なされます。
4　（匂宮方の）年若い前駆の供人たち。
5　匂宮の供人の言。殿とはよくも言ったものよ。受領ふぜいを「殿」呼ばわりとは滑稽だ、と嘲笑するような発言。
6　中将君の心内。いかにも格段に劣る（自分たちの）分際よと。あらためて屈辱の思いをかみしめる。
7　このお方（浮舟）の将来を思うがために、自分も人並みの身分になりたいと思えるのだった。
8　ましてや当人（浮舟）を凡俗な身のほどに落としてしまうのを見ることになったとしたら、ひどく残念だと思うようになってしまう。
9　宮（匂宮）は（居室に）お入りになって。
10　匂宮の言。常陸殿という人を、こちらに通わせていらっしゃるのか。
11　風情ある夜明け方に急いで出て行った。
12　牛車の左右に付き添う供人。
13　いわくありげに見えましたよ。
14　なおも（中君と薫との仲を）疑いをお持ちになっておっしゃる。
15　中君の心内。聞き苦しくきまりの悪いこととお思いになって。
16　中君の言。大輔君などがまだ若いころに、友だちであった人で。「大輔」は、三四一頁注10参照。
17　格別にはなやかな感じにも見えないようなのに。

えざめるを、[1]ゆゑ〱しげにもの給ひなすかな。[2]人の聞《きゝ》き咎《とが》めつべき事をのみ、常《つね》にとりない給ふこそ。[3]なき名は立《た》て《ゝ》で。」とうち背《そむ》き給ふも、らうたげにをかし。

[4]明くるも知《し》らず大殿籠《おほとのごも》りたるに、[5]人ゝあまたまゐり給へば、寝殿《しん(でん)》に渡《わた》り給ひぬ。[6]后《きさい》の宮は、こと〱しき御なやみにもあらで[7]おこたり給ひにければ、心《(ここ)》ちよげにて、[8]右《(みぎの)》大殿《とのゝ》の君たちなど、碁《ご》打《う》ち、[9]韻塞《ゐんふたぎ》などしつゝ遊《あそ》びたまふ。

夕つ方《かた》、[10]宮こなたに渡《わた》らせ給へれば、[11]女君は御泔《ゆする》の程なりけり。人《ひと》〴もおの〱うち寝《やす》みなどして、御前には人もなし。ちひさき[12]童《わらは》のあるして、

「[13]をりあしき御泔《ゆする》のほどこそ見《み》ぐるしかめれ。[14]さう〴〵しくてやながめん。」

と[15]聞《き》こえ給へば、

「[16]げに、おはしまさぬひま〱にこそ例《れい》はすませ、[17]あやしう、日《ひ》ごろも物うがらせ給ひて、[18]けふ過《す》ぎば、この月は日もなし。[19]九十月はいかでかはとて、仕《つか》まつらせつるを。」

1　いかにも意味ありそうにおっしゃるのですね。

2　人が聞けば非難しそうなことばかりを、いつも取り沙汰なさるのは(困ったことですよ)。

3　濡れ衣は着せないで。「思はむと頼めしこともあるものをなき名を立てでただに忘れね」(後撰集・恋二・読人しらず)。

4　(匂宮は)夜が明けるのも知らずにおやすみになっているが。中君への情愛の深さを示唆する。「玉すだれ明くるも知らで寝しものを夢にも見じとゆめおもひきや」(伊勢集)による。㈠桐壺四七頁注12・㈤藤裏葉八七頁注6。

5　二行後の「右大殿の君たちなど」。

6　明石中宮。

7　(ご病気が)お治りになったので。

8　右大臣(夕霧)の子息たちなど。

9　古詩の韻字を隠しておいて、その字を当てる遊戯。㈢賢木三四五頁注6。

26　匂宮、浮舟に言い寄る

10　西の対の中君の居室。

11　女君(中君)はご洗髪の最中であった。

12　女童(めのわらわ)がいるのを(中君の方へ)遣わして。

13　匂宮の言。あいにくご洗髪のあいだは(相手にされない自分は)みっともなかろうね。

14　(私は)何もすることもなくてぼんやりしていることになるかな。

15　(中君に向けて)申し上げなさると。

16　大輔君の言。なるほど仰せの通り、(匂宮の)いらっしゃらない折々にいつもは洗髪をしますが。「すます」は、洗い清める、の意。

17　奇妙なことに、この数日来(中君が洗髪を)いやがりなさるので。

18　本日が過ぎてしまうと、今月はもう吉日がありません。洗髪、入浴などをおこなうには吉日が選ばれる。

19　九月、十月はとてもできないということで、(洗髪の)ご奉仕をさせたのですが。今は八月。「九月は忌む月なり。十月はかみなし月にて髪あらふにははばかる月なるべし」(花鳥余情)。

と、大輔《たいふ》[1]いとほしがる。

若《わか》君も寝《ね》たまへりければ、[2]そなたにこれかれあるほどに、宮はたゞ[3]ずみありき給ひて、西《にし》[4]の方に例[5]ならぬ童《わらは》の見《み》えつるを、今《いまゝ》[6]まゐりたるかなどおぼしてさしのぞきたまふ。[7]中《なか》のほどなる障子《さうじ》の細目《ほそめ》に開《あ》きたるより見《み》[8]給へば、障子《さうじ》のあなたに、一尺ばかり引《ひ》[9]き避《さ》けて屏風立《た》てたり。[10]そのつまに、木丁《(きちやう)》、簾《す》に添《そ》へて立《た》てたり。[11]かたびら一重《ひとへ》をうちかけて、紫《し》苑《をん》[12]色の花[13]やかなるに、女郎花《をみなへし》[14]のおり物と見《み》ゆる重《かさ》なりて、袖口さし出《い》でたり。[15]屏風の一《ひと》ひら畳《たゝ》まれたるより、心にもあらで見《み》ゆるなめり。今《いまゝ》[16]まゐりのくちをしからぬなめりとおぼして、[17]この廂《ひさし》に通《かよ》ふ障子《さうじ》をいとみそかに押《お》し開《あ》け給ひて、やをら歩《あゆ》み寄《よ》り給ふも人知《し》[18]らず。[19]こなたの廊《らう》の中の壺前栽《つぼせんざい》のいとをかしう色ゝに咲《さ》き乱《みだ》れたるに、遣《やり》水《(みづ)》[20]のわたり、石高《いしたか》きほどいとをかしければ、端近《はしちか》[21]く添《そ》ひ臥《ふ》してながむる成《(な)》りけり。開《あ》きたる障子《さうじ》を今すこし押《お》し開《あ》けて、屏風のつまよりのぞき給ふに、宮[22]とは思ひもかけず、例[23]こなたに来馴《きな》れたる人にやあらんと思ひて、起《お》き上《あ》がりたる様体《やうだい》[24]いとをかしう見《み》ゆるに、例《れい》[25]の御心は過《す》ぐし給はで、衣《きぬ》の

1　（匂宮を待たせていることに）困惑する。

2　そちら（若君方）に（女房たちの）誰も彼もが付いているうちに。

3　立ち止まったり行き来したりなさって。

4　西の対の西廂。その北がわに、浮舟の部屋が設けられていた（三四五頁注3）。

5　いつもは見ない女童が見えたので。底本「みえつる」、諸本多く「みえける」。

6　新参の童かなどと（匂宮は）お思いになって少し覗き見なさる。

7　西廂を南北に仕切る襖《ふすま》障子。

8　以下、匂宮の目を通して西廂の中の様子がとらえられる。

9　（襖障子から）引き離して。

10　その（屏風の）端に、几帳が、簾に添って立ててある。「木丁」は当て字。西廂の簾は、簀子《すのこ》とのあいだのもの。

11　（几帳の）帷子《かたびら》一枚を（横木に）掛けてあって。

12　以下、浮舟の衣裳。「紫苑色」は襲《かさね》の色目で、表は薄紫、裏は青。

13　（紫苑色の）はなやかな袿《うちき》。

14　「女郎花」は織物の色目で、表は経《たて》糸が青、横《よこ》糸が黄の織物、裏は青。「おり物」は模様を織り出した上等な絹織物。

15　屏風の一折れだけ畳まれているあいだから、（浮舟には）そのつもりもないのに（浮舟の姿が）見えるようだ。

16　新参の（身分が）低くはない者のようだとお思いになって。匂宮は、浮舟を中君のもとで仕える新参の女房と誤解している。

17　（匂宮のいる西の対の母屋《もや》から）この西廂に通ずる襖障子を実にひっそりと。

18　その人（浮舟）は気づかない。

19　こちら（西がわ）の廊に囲まれた庭の植込みが。西廂とある建物をつなぐのが「廊」だが、その位置関係は不分明。

20　遣水《やりみず》のあたりで、石を高く組んである様子がとても趣があるので。底本「わたり」、諸本多く「わたりの」。

裾《すそ》をとらへ給ひて、[1]こなたの障子《さうじ》は引《ひ》きたて給ひて、[2]屏風のはさまにゐたまひぬ。[3]あやしと思《おも》ひて、扇《あふぎ》をさし隠《かく》して、見《み》返りたるさまいとをかし。[4]扇《あふぎ》を持《も》たせながらとらへたまひて、

「[5]たれぞ。名のりこそゆかしけれ。」

との給ふに、[6]むくつけくなりぬ。[7]さるもののつらに、顔《かほ》を外《ほか》ざまにもて隠《かく》して、いといたう忍《しの》び給へれば、[8]このたゞならずほのめかし給ふらん大将にや、[9]かうばしきけはひなども思ひわたさるゝにいとはづかしくせん方《かた》なし。

[10]乳母《めのと》、[11]人げの例ならぬをあやしと思ひて、[12]あなたなる屏風を押《お》し開《あ》けて来《き》たり。

「[13]これはいかなることにか侍らん。あやしきわざにも[14]侍る。」

など聞《き》こゆれど、[15]憚《はゞか》り給ふべきことにもあらず、[16]かくうちつけなる御しわざなれど、言《こと》の葉多《おほ》かる本上（ほんじやう）なれば、何《なに》やかやとの給ふに、暮《く》れ果《は》てぬれど、

「[17]たれと聞《き》かざらむほどはゆるさじ。」

とて[18]馴《な》れ〳〵しく臥《ふ》し給ふに、宮なりけりと思《おも》ひ果《は》つるに、乳母《めのと》、[19]言《い》はん方なくあ

21 （浮舟は）端に近い方で（物に）寄りかかって物思いにふけっているのであった。
22 （浮舟は）まさか宮（匂宮）だとは思いもよらずに。
23 いつもこちらに来ることに馴れている（中君方の）女房かと思って。
24 （浮舟の）姿態が（匂宮には）とても魅力的に見えるので。
25 例によって（匂宮の好色な）お心はお見過ごしになれず。

---

1 （たった今入って来た）こちらの襖障子はお閉めになって。
2 一双の屏風と屏風とのあいだに（匂宮は）座りこんでしまわれる。襖障子と屏風とのあいだ、とする説もある。
3 変だと思って、扇で（顔を）隠したまま、振り向いた（浮舟の）姿はとても魅力的だ。
4 （浮舟に）扇を持たせたまま（手を）とらえなさって。
5 匂宮の言。だれか。名のるのを聞きたい。
6 気味悪くなってしまう。正体不明の何者かに襲われてしまうことの不気味さ。
7 （匂宮は）屏風などの際《わき》に、顔をあちら向きに隠して。自分がだれか分からぬようにする用心深い態度。
8 浮舟の心内。あの並々でなく（熱心に）意向を伝えて下さるという大将（薫）なのか。
9 よい香りのする様子なども（その人かと）連想されるので。浮舟には、もちろん薫と匂宮との区別がつかない。

27　乳母の困惑、右近の急報

10 浮舟の乳母。
11 人の気配が通常ではないのを変だと。
12 （匂宮から）向いがわ（北がわ）の屏風を。
13 乳母の言。
14 底本「侍るなと」、諸本多く「侍るかなと」。
15 （匂宮は）遠慮なさるはずもなく。邸の主人である匂宮にとって、女房へ言い寄ることに

きれてゐたり。

大殿油《おほとなあぶら》[1]は灯籠《とうろ》にて、

「いま[2]渡《わた》らせ給ひなん。」

と人ゞ言《い》ふなり。御前《おまへ》[3]ならぬ方《かた》の御格子《みかうし》どもぞ下《お》ろすなる。こなた[4]は離《はな》れたる方《かた》にしなして、高《たか》き[5]棚厨子《たなづし》一よろひ立《た》て、屛風[6]の袋《ふくろ》に入《い》れこめたる、所ゝ《（ところどころ）》に寄《よ》せかけ、何《なに》[7]かの荒《あらゝ》らかなるさまにし放《はな》ちたり。かく[8]人のものし給へばとて、通《かよ》[9]ふ道《みち》の障子《さうじ》一《ひと》間《ま》ばかりぞ開《あ》けたるを、右近[10]とて、大輔《たいふ》がむすめのさぶらふ来《き》て、格子《かうし》[11]下《お》ろしてこゝに寄《よ》り来《く》なり。

「あな[12]暗《くら》や。まだ大殿油《おほとなぶら》もまゐらざりけり。御格子《みかうし》を、苦《くる》[13]しきに、急《いそ》ぎまゐりて闇《やみ》にまどふよ。」

とて引《ひ》[14]き上《あ》ぐるに、宮[15]もなま苦《くる》しと聞《き》き《ゝ》給ふ。乳母《めのと》はた、いと苦《くる》しと思ひて、物づ[16]つ《ゝ》みせずはやりかにおぞき人にて、

「もの[17]聞《き》こえ侍らん。こゝ[18]に、いとあやしきことの侍るに、極《ごう》[19]じてなんえ動《うご》き侍

は何の罪悪感も伴わない。
16　唐突なおふるまいではあるけれど、お口の上手な本性ゆえ。底本「本上」は「本性」の当て字。諸本多く「御本上」。
17　匂宮の言。だれと名前を聞かないうちは放すまい。
18　いかにも馴れた様子で横になられるので、宮だったのだと判断するに至ると。
19　何とも言いようもなく呆然として座っている。

1　明かりは灯籠に点（とも）して。
2　女房の言。（洗髪を終えた中君が）まもなく（居室に）お帰りになりましょう。
3　（中君の居室の）前以外の格子はみな、下ろす気配である。
4　こちら（浮舟の居室）は（母屋とは）離れている所に設けてあって。
5　背の高い棚のある厨子一対を立て。底本「一よろひ」、青表紙他本「一よろひはかり」。
6　（使わない）屏風で袋にしまいこんであるものを、あちこちに立て掛けて。
7　あれこれが雑然とした状態でほうってある。物置のような様子。
8　こうして客人（浮舟）がご逗留されるというので。
9　「この廂に通ふ障子」（三八〇頁）とあった襖障子。それを柱間ひとつ分開けてある。
10　右近といって、大輔君の娘で（中君に）仕えている女房がやって来て。
11　三行前の「御前ならぬ方の御格子どもぞ下ろすなる」を承ける。
12　右近の言。まあ暗いこと。まだ明かりもおつけしていなかったのね。
13　（一人で下ろすのは）大変なのに、急いで下ろしたら（今度は）暗闇にまごつくとは。
14　（再び格子を）引き上げると。
15　宮（匂宮）もまたいささか困ったとお聞きになる。「も」は右近の「苦し」を承け、それと別の立場で、の意。すぐ後には、乳母の「い

らでなむ。」

「[1]何《なに》事ぞ。」

とて探《さぐ》り寄《よ》るに、[2]袿姿《うちきすがた》なるをとこの、[3]いとかうばしくて添《そ》ひ臥《ふ》し給へるを、[4]例のけしからぬ御さまと思ひ寄《よ》りにけり。[5]女の心合《あ》はせたまふまじきことゝおしはかられば、

「[6]げにいと見《み》ぐるしき事にも侍るかな。[7]右近はいかにか聞《き》こえさせん。今《いま》ゝゐりて、[8]御前《ぜん》にこそは忍《しの》びて聞《き》こえさせめ。」

とて立《た》つを、[9]あさましくかたはにたれも〳〵思《おも》へど、宮は[10]おぢ給はず、[11]あさましきまであてにをかしき人かな、猶、何《なに》人ならん、右近が[12]言《い》ひつるけしきも、いとおしなべての今《いま》ゝゐりにはあらざめり、心得《え》がたくおぼされて、と[13]言《い》ひかく言《い》ひうらみ給ふ。[14]心づきなげにけしきばみてもゝてなさねど、たゞいみじう[15]死《し》ぬばかり思《おも》へるがいとほしければ、なさけありてこしらへ給ふ。

右近、[16]上《うへ》に、

と苦し」という心情も示される。三者三様の「苦し」き思いを並べた諧謔。

16 (乳母は)遠慮せず性急で強気な人ゆえ。

17 乳母の言。ちょっと申し上げます。近づいてきた右近に呼びかける語。

18 ここで、実に変なことがございますが。

19 疲れて、身動きもとれずにおります。「極ず」は、疲れる、の意(黒川本色葉字類抄)。底本「こうして」、青表紙他本多く「みたまへこうして」。

---

1 右近の言。何ごとでしょうか。

2 (直衣を脱ぎ捨てた)袿姿である男性。

3 とてもよい香りをさせて。この特性から、匂宮と察知しうる。

4 いつもの常軌を逸したおふるまいと。

5 女性がわ(浮舟)が同意なさるはずもないことと推察されるので。

6 右近の言。確かにとても見るに堪えないことでございますね。

7 右近(自分)としては(匂宮に対して)何とも申し上げようもありません。

8 お方様(中君)にだけはそっと申し伝えましょう。

9 とんでもない不体裁なことと(女房たちの)誰も彼もが思うけれど。

10 恐れなさることもなく。

11 以下、二行後の「心得がたく」あたりまで、匂宮の心内。あきれるほど上品で魅力的だな、それにしても、どういう人なのだろう。

12 言っていた様子からも、ただ普通の新参の女房というものではないようだ。「けしき」は言葉遣いのこと。「大殿油もまゐらざりけり」(三八四頁)などの敬語の用法から、身分を推量する。底本「あらさめり」、諸本多く「あらさめりと」。

13 あれこれと言っては(浮舟が名のらないのを)憎みなさる。

14 (浮舟は)いやがっているふうな素振りも見せないけれど。

「[1]しか〳〵こそおはしませ。[2]いとほしく、いかに思《おも》ふらん。」

と聞《き》こゆれば、

「[3]例の、心うき御さまかな。[4]かの母《はゝ》も、[5]いかにあは〳〵しくけしからぬさまに思ひ給はんとすらむ。[6]うしろやすくと返ゝ《(かへすかへす)》言《い》ひおきつる物を。」

と、[7]いとほしくおぼせど、[8]いかゞ聞《き》こえむ、[9]さぶらふ人ゝもすこし若《わか》やかによろしきは見捨《みす》て給ふなく、あやしき人の御癖《くせ》なれば、[10]いかゞは思《おも》ひ寄《よ》り給ひけんと、あさましきに物も言《い》はれたまはず。

「[11]上達部あまたまゐり給ふ日にて、[12]遊《あそ》びたはぶれては、例《れい》もかゝる時はおそくも渡《わた》り給へば、[13]みなうちとけて休《やす》み給ふぞかし。[14]さても、いかにすべきことぞ。かの乳母《めのと》こそ[15]おぞましかりけれ。[16]つと添《そ》ひゐてまもりたてまつり、[17]引《ひ》きもかなぐりたてまつりつべくこそ思ひたりつれ。」

と、[18]少将と二人《ふたり》していとほしがる程に、[19]内より人まゐりて、[20]大宮この夕暮《ぐ》れより御胸《むね》なやませ給ふを、たゞ今いみじく重《おも》くなやませたまふよし[21]申さす。右近、

15　死ぬほど（つらいと）思っているのが（匂宮にとっては）困惑されるので、やさしくして機嫌をおとりになる。

16　中君。

1　右近の言。（匂宮は）これこれでいらっしゃいます。

2　困ったことであり、（浮舟は）どのように思っているでしょうか。底本「おもふ」、青表紙他本多く・河内本「おもほす」。

3　中君の言。いつものように、情けないおふるまいね。

4　浮舟の母、中将君。

5　どれほど軽々しく、常軌を逸したことと。

6　（浮舟を中君に預けて）もう安心と何度も言い残していったのに。

7　困ったこととお思いだけれど。

8　以下、中君の心内。どうにも（匂宮に対しては）申し上げようがない。

9　お仕えする女房たちでも少々若々しくてまずまずの（器量の）者についてはそのままにしておおきになることがなく。

10　（でもいったい）どうやって（浮舟に）お気づきになったのかしらと。底本「いかゝは」、青表紙他本「いかてかは」。

28　中宮発病で危機を脱す

11　右近の言。以下、「人ゝあまたまゐり給へば」（三七八頁）などと対応する。底本「給ふ」、諸本「たまへる」。

12　（匂宮は）遊戯に興じなさると、いつもこういう時には遅くなってから（中君のいる西の対へ）お移りになるので。底本「たはふれては」、諸本多く「たはふれ給ては」。

13　（女房たちは）全員気を許して。

14　それにしても、どうしたらよいのでしょうか。

15　気が強かった。「おぞき人」（三八四頁）と照応する。底本「おそましかりけれ」、青表紙他本多く「おすましかりけれ」。

「[1]心なきをりの御なやみかな。聞《き》こえさせん。」

とて立《た》つ。少将、

「[2]いでや、今はかひなくもあべい事を。をこがましく、あまりな[3]おびやかしきこえ給ひそ。」

と言《い》へば、

「[4]いな、まだしかるべし。」

と忍《しの》びてさゝめきかはすを、上《うへ》[5]は、[6]いと聞き《きゝ》にくき人の御本上《(ほんじやう)》にこそあめれ、すこし心あらん人は我《(わが)》[7]あたりをさへ疎《うと》みぬべかめりとおぼす。

[8]まゐりて、御使《つかひ》[9]の申すよりも、今すこしあわたゝしげに申しなせば、動《うご》[10]き給ふべきさまにもあらぬ御けしきに、

「[11]たれかまゐりたる。例の、おどろ〳〵しくおびやかす。」

とのたまはすれば、[12]

「[13]宮の侍《さぶらひ》に、[14]たひらの重経《しげつね》となん名《な》のり侍りつる。」

16 (乳母は)じっと(浮舟に)付き添い座って見張り申し上げ。
17 (匂宮を)手荒に引き離し申し上げんばかりに思っていましたよ。
18 中君に仕える女房。
19 宮中から使者が参上して。
20 明石中宮。
21 取り次ぎを通して、中君に言上する。

---

1 右近の言。(匂宮にとって)思いやりのない折の(母后の)ご病気よ。(匂宮に)申し伝えましょう。皮肉を込めた言い方。
2 少将の言。いやまあ、今からでは(そうする)意味もなさそうなことよ。もう情事のさなかではないか、というあけすけな推測。
3 おどかしてさしあげなさいますな。
4 右近の言。いいえ、まだそこまでではないでしょう。これまた、あけすけな言い方。
5 中君。
6 まことに人聞きのよくない(匂宮の)ご性分のようだ。「本上」は「本性」の当て字。
7 (匂宮だけでなく)私のことまできっといやがるようになるだろうとお思いになる。
8 (右近は匂宮の近くまで)参上して。
9 ご使者が申し伝える(内容)よりも、もう少々急を要するようにあえて申し上げると。
10 (匂宮はそれでも)お動きになる態度もみせないご様子で。
11 匂宮の言。だれが(宮中から)参ったか。いつものように、仰々しくおどかしているな。母后のご発病が度重なることに対する油断がみえるか。
12 最高敬語。侍女との身分の隔差が強調される表現。
13 右近の言。「宮の侍」は、中宮職の侍所(さぶらいどころ)に詰める者。
14 平重経。右近は、応じようとしない匂宮からこうした質問があることをあらかじめ想定して、使者の立場と姓名をしっかり記憶していたか。

と聞《き》こゆ。[1]出《い》で給はん事のいとわりなくくちをしきに、[2]人目《め》もおぼされぬに、[3]右近立《た》ち出《い》でて《ゝ》、

「[4]この御使《つかひ》を西面《にしおもて》にて。」

と[5]言《い》へば、[6]申しつぎつる人も寄《よ》り来《き》て、

「[7]中務《(なか)つかさ》の宮まゐらせ給ひぬ。[8]大夫《(だいぶ)》はたゞ今なん。[9]まゐりつる道《みち》に御車引《ひ》き出《い》づる、見《み》侍りつ。」

と申せば、[10]げににはかに時ゝなやみたまふをり〳〵もあるをとおぼすに、[11]人のおぼすらん事もはしたなくなりて、[12]いみじうう《ゝ》らみ、契《ちぎ》りおきて出《い》で給ひぬ。

[13]おそろしき夢のさめたる心《(ここ)》ちして、汗《あせ》におし浸《ひた》して臥《ふ》し給へり。乳母《めのと》[14]うちあふぎなどして、

「[15]かゝる御住《す》まひは、よろづにつけて[16]つゝましう便《びん》なかりけり。[17]かくおはしましそめて、さらによきこと侍らじ。あなおそろしや。[18]限《かぎ》りなき人と聞《き》こゆとも、安《(やす)》からぬ御有りさまはいとあぢきなかるべし。[19]よそのさし離《はな》れたらん人にこそ、よしと

1　（匂宮は今この場を）出て行きなさることがとても残念で。
2　人目を憚るお考えもないので。
3　右近は、あえて外の簀子に出る。
4　右近の言。このご使者を（匂宮のいる西の対の）西廂の庭の前へ。使者（平重経）を呼び出して、直接言上する手立てをとらせる。
5　底本「といへは」、青表紙他本多く・河内本「とへは」。「とへは」の場合、注4以下が地の文となり、「この御使を西面にて問へば」。
6　（使者を女房に）取り次いだ人。匂宮の家臣。
7　家臣の言。「中務の宮」は中務卿（中務省の長官）の親王。正四位上相当。室町後期以来、五宮とする説が主流だが、式部卿に次ぐ重職ゆえ、匂宮の同腹の兄、二宮とみるべきであろう。四宿木七七頁注1。
8　中宮大夫。中宮職の長官。従四位下相当。
9　（ここへ）参上の途次に（中宮大夫の）お車を引き出しているのを、見ました。使者の報告の言葉を家臣がそのまま伝えているらしい。中宮大夫の邸は、内裏から二条院への道筋にあるという趣。
10　匂宮の心内。なるほど（母中宮は）急に時々はお悪くなる折もあるからなと。
11　「人」は中務宮などであろう。尊敬語「おぼす」が用いられている。
12　（名のらないのを）たいそう恨んでは、また（今後の）約束事も言いおいて。

29　乳母、浮舟を慰める

13　（浮舟は）怖い夢から覚めたような気持がして、汗にびっしょり濡れて。
14　（扇で）あおいだりして。
15　乳母の言。
16　気づまりで不都合なのでした。今後の見通しを含めた見解を伝える。
17　こうして（匂宮が）おいでになり始めた以上、決してよいことはございますまい。
18　この上ない（身分の）方と申しても、安心できないおふるまいでは実に苦々しいことでし

もあしともおぼえられ給はめ、[1]人聞《ぎゝ》きもかたはらいたきことと思う給へて、[2]降魔《がま》の相《さう》を出《い》だして、つと見《み》たてまつりつれば、[3]いとむくつけく下種《げす》〳〵しき女とおぼして、手《て》をいといたく抓《つ》ませ給ひつるこそ、[4]なほ人のけさうだちて、いとをかしくもおぼえ侍りつれ。[5]かの殿《との》には、[6]けふもいみじくいさかひ給ひけり。[7]たゞ一所《ひと(ところ)》の御上《うへ》を見《み》あつかひ給ふとて、[8]わが子《こ》どもをばおぼし捨《す》てたり、[9]客人《まらうと》のおはする程の御旅居《たびゐ》見《み》ぐるしと、荒《あら》〳〵しきまでぞ聞《き》こえ給ひける。[10]下人《しも(びと)》さへ聞《きゝ》きいとほしがりけり。すべて、この少将の君ぞいと[11]あい行《(ぎやう)》なくおぼえ給ふ。[12]この御《み》こと侍らざらましかば、[13]うち〳〵やすからずむつかしきことはをりをり侍りとも、[14]なだらかに年《とし》ごろのまゝにておはしますべき物を。」

など、うち嘆《なげ》きつゝ言《い》ふ。

[15]君は、たゞいまはともかくも思ひめぐらされず、[16]たゞいみじくはしたなく見知《みし》らぬ目《め》を見《み》つるに添《そ》へても、[17]いかにおぼすらんと思《おも》ふにわびしければ、うつぶし臥《ふ》して泣《な》き給ふ。[18]いと苦《くる》しと見《み》あつかひて、

一八二九

ょう。

19　ほかの何の関係もない方になら、よいとも悪いとも思われなさってかまわないが。匂宮は姉の中君の夫ゆえ、問題がある。

1　(この場合は)世間で聞かれては気恥ずかしいことと存じまして。

2　釈迦八相の一。「がうま」の「う」無表記形。仏が菩提樹の下で悪魔を降伏(ごうぶく)した時の相。一説に、不動明王などが悪魔を降伏する時の忿怒(ふんぬ)の相(花鳥余情)。ここでは、乳母が恐ろしい顔で匂宮をにらみつけたさまのこと。

3　とても気味の悪い下品な女と(匂宮は)お思いになって、(私の)手をとても強くおつねりなさったのは。

4　下々の人間の色事めいて。

5　常陸介の邸。

6　今日も(母中将君と継父常陸介が)ひどく言い争いなさったとか。「も」とあるので、夫婦のいさかいは毎度のことらしい。

7　以下、二行後の「見ぐるし」まで、常陸介の言葉を紹介。ただ一人(浮舟)のお身の上をお世話なさるということで。

8　私の子たちをほうっておおきになっている。「わが」は、底本「我〳〵」を青表紙他本により訂正した。

9　客人(婿の少将)がおいでの折のご外泊はみっともない。

10　下っ端の使用人までもが聞いていて困惑しているとか。

11　感じが悪く思われなさる(お方です)。「あい行」は「愛敬」の当て字。

12　この(少将とあなた様の)ご縁談が仮にございませんでしたらば。

13　内々にはおだやかでなくて面倒なことはその時その時にございますとしても。

14　平穏にこの何年ものあいだと同様にお過ごしになられたはずなのに。

15　君(浮舟)は、目下(匂宮に迫られたこと以

「何《なに》[1]かかくおぼす。母《はゝ》おはせぬ人こそ、たづき[2]なうかなしかるべけれ。よそ[3]のおぼえは、父《ちゝ》なき人はいとくちをしけれど、さがなき[4]継母《まゝはゝ》にくまれんよりは、これはいとやすし。ともかくも[5]したてまつり給ひてん。なおぼし屈《くん》[6]ぜそ。さりとも、初《はつ》[7]瀬《せ》の観音《（くわんおん）》おはしませば、あはれと[8]思ひきこえ給ふらん。ならはぬ[9]御身に、たび〳〵しきりて詣《ま》で給ふ事は、人[10]のかくあなづりざまにのみ思《おも》ひきこえたるを、かく[11]もありけりと思ふばかりの御幸《さいは》ひおはしませとこそ念《ねん》じ侍れ。あが君[12]は人笑《わら》はれにてはやみ給ひなむや。」

と、世《よ》[13]をやすげに言《い》ひゐたり。

宮[14]は急《いそ》ぎて出《い》で給ふなり。内近《うちちか》[15]き方にやあらん、こなたの御門《かど》より出で給へば、ものの《ゝ》給ふ御声《こゑ》も聞《き》こゆ。いとあてに限《かぎ》りもなく聞《き》こえて、心ばへ[16]ある古事《ふる（こと）》などうち誦《ず》じ給ひて過《す》ぎ給ふほど、すゞろに[17]わづらはしくおぼゆ。移《うつ》[18]し馬《むま》ども引《ひ》き出《い》だして、宿直《とのゐ》にさぶらふ人、十人ばかりしてまゐり給ふ。

上《うへ》[19]、いとほしくうたて思ふらんとて、知《し》らず顔《がほ》にて、

外は)あれこれと考えが回らず。
16 ただひどく恥ずかしく経験したこともない目に遭ったことに加えて。
17 (中君が)何とお思いであろうかと。
18 (乳母は)とてもつらいと持て余して。

---

1 乳母の言。どうしてこんなにお悩みなのですか。
2 頼りなくて悲しいものでしょう。
3 世間からの思われ方としては。
4 性格の悪い継母に憎まれるのと比べたら。
5 (母中将君は)どのようにでもきっとしてさしあげなさるでしょう。
6 くよくよなさいますな。
7 大和国、初瀬の長谷寺の本尊。浮舟は、たびたび初瀬詣でをしてきた。四宿木二七三頁注4参照。また、同二七六・二八六頁。
8 (観音様が浮舟のことを)不憫だと。
9 (旅に)馴れていないお体なのに、幾度も頻繁に参詣なさるということ(の意味)は。後の「かくも…」に続く。
10 「人」には、左近少将、常陸介、そして匂宮、さらには世間の人々も含まれよう。
11 こんなにも(幸運が)あったのだと思うほどのご幸福がおありになりますようにと(私が)祈念しておるのです。浮舟を見下す人々を見返してやりたい気持がある。
12 あなた様は人から笑われっ放しでよいはずがありません。
13 この世では何の心配もなさそうに。
14 宮(匂宮)は急いでご出立なさるようだ。
15 内裏に近い方面だからだろうか、(二条院の)こちら(西がわ)のご門からお出ましになるので、何かおっしゃっているお声も。
16 (匂宮の)趣向のある古歌などを口ずさみなさって。先ほど、浮舟と契りを結べなかった無念を古歌に託して口ずさむ。
17 (浮舟には匂宮の好色さが)無性にいやだと思われる。
18 行幸や上卿の外出時に、乗り換え用に支給

「[1]大宮なやみ給ふとてまゐり給ひぬれば、こよひは出《い》[2]で給はじ。泔《ゆする》[3]のなごりにや、心《（ここ）》ちもなやましくて起《お》きゐ侍るを、渡《わた》[4]り給へ。つれ〴〵にもおぼさるらん。」

と聞こえたまへり。

「[5]乱《みだ》り心《（ここ）》ちのいと苦《くる》しう侍るを、ためらひて。」

と乳母《めのと》して聞《き》こえ給ふ。

「[6]いかなる御心《（ここ）》ちぞ。」

と[7]返りとぶらひきこえ給へば、

「[8]何《なに》心《（ここ）》ちともおぼえ侍らず、たゞいと苦《くる》しく侍り。」

と聞《き》こえ給へば、少将、右近、目《め》[9]まじろきをして、

「[10]かたはらぞいたくおはすらむ。」

と言《い》ふも、[11]たゞなるよりはいとほし。[12]いとくちをしう、心ぐるしきわざかな、[13]大将の心とゞめたるさまにのたまふめりしを、[14]いかにあは〴〵しく思ひ落《お》とさむ、[15]かく乱《みだ》りがはしくおはする人は、聞《き》[16]きにくゝ実《じつ》ならぬことをもくねり言《い》ひ、[17]またまこと

される馬。左右の馬寮(めりょう)が所管。
19 上(中君)は、(浮舟が)つらく不快に思っているだろうと察して、(匂宮の件は)素知らぬ顔で。

---

1 中君の言。大宮(明石中宮)がご病気ということで(匂宮は)参内なさったので。
2 (宮中から)ご退出はなさるまい。
3 洗髪の後のせいか、気分もすぐれなくて(寝られずに)起きておりますので。「泔」は洗髪用の水のこと。
4 (こちらへ)おいで下さい。所在ないともお思いでしょうから。
5 浮舟の言。取り乱した気分がとても悪いものですから、落ちついてから。すぐには姉君に会う気持になれない。
6 中君の言。どんなご気分か。
7 返事としてお尋ね申し上げなさると。底本「返」、諸本「たちかへり」。
8 浮舟の言。どこが悪いとも分かりませんが、とにかくとても苦しいのでございます。
9 目くばせをして。
10 右近たちの言。(浮舟は)きまり悪くていらっしゃるのでしょう。底本「おはす」、青表紙他本「おほす」。
11 普通の場合よりも困ったものだ。「いとほし」は、浮舟が匂宮に迫られたことを女房たちまでが知っている状況に対する、中君の困惑を示す。以下、中君の心内の言葉が四〇〇頁八行「思ひ入れずなりなん」まで続く。
12 実に残念で、(浮舟には)気の毒なことよ。
13 大将(薫)が(浮舟に)関心をもっている様子でおっしゃったようだったが。
14 どれほど(浮舟のことを)軽薄だとさげすむだろうか。
15 ここの(匂宮の)ようにはめをはずしていらっしゃる人は。底本「かく」、青表紙他本多く「かくのみ」。
16 聞くに堪えないようなありもしないことにもひねくれた恨みごとを言い。特に薫との仲

にすこし思はずならむことをも、さすがに見《み》ゆるしつべうこそおはすめれ、[1]この君は言《い》はでうしと思はんこと、いとはづかしげに心深《ふか》きを、[2]あいなく思ふ事添《そ》ひぬる人の上《うへ》なめり、年《とし》ごろ見《み》ず知《し》らざりつる人の上《うへ》なれど、[3]心ばへ、かたちを見《み》れば、え思ひ離《はな》るまじう、らうたく心ぐるしきに、[4]世の中はありがたく、むつかしげなる物かな、[5]我《(わが)》身の有りさまは、飽《あ》かぬ事多《おほ》かる心地すれど、[6]かく物はかなき目《め》も見《み》つべかりける身の、[7]さはふれずなりにけるにこそ、げにめやすきなりけれ、今はたゞ[8]このにくき心添《そ》ひ給へる人の、なだらかにて思《おも》ひ離《はな》れなば、さらに何《なに》ごとも思ひ入《い》れずなりなん、と思《おも》ほす。いと多《おほ》かる御髪《(み)ぐし》なれば、[9]とみにもえ乾《ほ》しやらず、起《お》きゐ給へるも苦《くる》し。[10]白《しろ》き御衣《ぞ》一《(ひと)》かさねばかりにておはする、細《ほそ》やかにてをかしげなり。

[11]この君は、まことに心《(ここ)》ちもあしくなりにたれど、乳母《めのと》、

「[12]いとかたはらいたし。[13]ことしもあり顔《がほ》におぼすらむを、[14]たゞおほどかにて見《み》えたてまつり給へ。右近の君などには、[15]ことの有りさまはじめより語《かた》り侍らん。」

を疑ってかかることをさす。

17 一方では実際に少々の心外なことがあっても、それでも大目に見てくれそうなところがおありのようだけれど。

---

1 この君(薫)は口に出さずにいやだと思うようなことに関して、実に(こちらが)気が引けてしまうほど思慮深いので。

2 不本意にも悩むことが加わってしまった(浮舟の)身の上であろうよ。

3 (浮舟の)心構え、そして容貌を見ると、気持が離れられないほど、かわいくていじらしいのに。底本「はなる」、青表紙他本・河内本「はなつ」。

4 男女関係はむずかしく、煩わしいものよ。

5 私自身の境遇については、心に満たないことが多い気持はするけれど。

6 この(浮舟の)ように何とも頼りない目にも遭いそうであったこの身が。

7 そのようには落ちぶれないことになったのは、たしかに(世間の)見た目は悪くないのであった。匂宮と結ばれた中君は、「幸ひ人」(四宿木二三八頁)とも評されていた。

8 この困った心の加わっていらっしゃる人(薫)が、おだやかに(私のことを)諦めて下さるならば、もう何もくよくよせずにすむだろう。

9 すぐには乾かしきれず。

10 髪が濡れているので、表着を着用しない、袿姿。

30 乳母、右近に陳情

11 浮舟。

12 乳母の言。実にきまりの悪いことです。中君付きの右近たちも「かたはらぞいたくおはすらむ」(三九八頁)と発言していた。

13 (浮舟には)何かわけがありそうな様子だと(中君が)お思いになっているでしょうが。「しも」は「ことあり顔」を強調する。

14 ひたすらおっとりと構えてお目にかかって

とせ[1]めてそゝのかしたてて、[2]こなたの障子《さうじ》のもとにて、

「[3]右近の君に物聞《き》こえさせん。」

と言《い》へば、立《た》[4]ちて出《い》でたれば、

「[5]いとあやしく侍りつる事のなごりに、[6]身もあつうなり給ひて、まめやかに苦《くる》しげに見《み》えさせ給ふを、いとほしく見《み》侍る。[7]御前にて慰《なぐさ》めきこえさせ給へとてなん。[8]あやまちもおはせぬ身を、いとつゝましげに思《おも》ほしわびためるも、[9]いさゝかにても世を知《し》り給へる人こそあれ、[10]いかでかはと、ことわりにいとほしく見《み》たてまつる。」

とて、引《ひ》[11]き起《お》こしてまゐらせたてまつる。

[12]我にもあらず、人の思ふらむこともはづかしけれど、[13]いとやはらかにおほどき過《す》ぎ給へる君にて、押《お》し出《い》でられてゐたまへり。[14]ひたひ髪《がみ》などのいたう濡《ぬ》れたる、もて隠《かく》して、[15]火の方《かた》に背《そむ》き給へるさま、上《うへ》[16]をたぐひなく見《み》たてまつるに、けおとるとも見《み》えず、あてにをかし。[17]これにおぼしつきなば、めざましげなることはありなんかし、[18]いとかゝらぬをだに、めづらしき人をかしうしたまふ御心を、と二人《ふたり》[19]ばかり

31

下さい。
15　実情を初めから（私が）語りましょう。

1　無理やりせきたてるようにして。
2　中君のいる西の対の母屋と、浮舟のいる西廂の間《ま》を仕切る襖障子。
3　乳母の言。右近の君にお話を申し上げたく存じます。
4　（右近が）立って出てみると。
5　乳母の言。実に奇妙でございました出来事の余波で。
6　（浮舟は）その身も熱くおなりになって、実際に苦しそうにお見えでいらっしゃるので、つらく存じております。底本「いとおしくみ侍」、これを青表紙他本の多くは欠く。
7　（中君の）御前でなだめ申していただきたいと存じまして。
8　（浮舟当人には）過失もおありでない身なのに、とても気が咎めた様子で思い悩んでおいでのようなのも。
9　わずかでも男女のことをご存じの人ならともかく。ここでの「世」は、男性と関わった経験のこと。
10　どうして（気に病まずにいられようか）と、それも無理ないことと困惑しつつ拝見しております。
11　（浮舟を）引っ張り起こして。

31　**中君、浮舟を慰める**

12　（浮舟は）自分が自分であるとも思えず。
13　とても柔和でおっとりとし過ぎていらっしゃる君なので。
14　額髪などが（涙に）ひどく濡れているのを、（扇で）そっと隠して。底本「ぬれたる」、諸本「ぬれたるを」。
15　灯火の方に背を向けておいでの様子は。
16　（右近たちは）上（中君）を無類だと拝見しているが、（浮舟も中君に）劣っているとも思えず、上品で美しい。
17　以下、右近と少将の心内。この方（浮舟）に

ぞ、[1]おまへにてえはぢ給はねば、見《み》ゐたりける。

[2]物語《がた》りいとなつかしくし給ひて、

「[3]例ならずつゝましき所など、な思ひなし給ひそ。[4]故《こ》姫《ひめ》君のおはせずなりにし後《（のち）》、忘《わす》るゝ世《よ》なく、[5]いみじく身もうらめしく、たぐひなきこゝちして過《す》ぐすに、[6]いとよく思ひよそへられ給ふ御さまを見《み》れば、慰《なぐさ》む心《（ここ）》ちしてあはれになむ。[7]思ふ人もなき身に、[8]むかしの御心ざしのやうに思《おも》ほさば、いとうれしくなん。」

など語《かた》らひたまへど、[9]いと物つゝましくて、また鄙《ひな》びたる心にいらへきこえん事もなくて、

「[10]年《とし》ごろ、いとはるかにのみ思ひきこえさせしに、かう見《み》たてまつり侍るは、[11]何《なに》ごとも慰《なぐさ》む心《（ここ）》ちし侍りてなん。」

とばかり、いと若《わか》びたる声《こゑ》にて言《い》ふ。

[12]絵《ゑ》など取《と》り出《い》でさせて、右近に[13]言葉《こと（ば）》読《よ》ませて[14]見《み》給ふに、[15]向《む》かひてもの恥《はぢ》もえしあへ給はず、[16]心に入《い》れて見《み》給へる火《ほ》影《かげ》、さらにこゝと[17]見《み》ゆる所なく、[18]こまかにをかし

（匂宮が）執心なさってしまうなら、瘧《しゃ》（くしゃ）にさわることがきっと起こるだろうよ。格下の妹が姉の夫を奪うという事態を、姉君に仕える女房として危惧する。

18　これほど（魅力的）ではなくても、（匂宮は）新鮮な女性を愛でなさるご性分なので。

19　（右近と少将の）二人ほどが。四〇四頁の「見ゐたりける」にかかる。

1　（中君の）御前で（浮舟は）恥じらって（顔をそむけて）もいらっしゃれないので、（顔を見せるのを右近と少将は）見ているのであった。底本「えはち」、諸本「えはちあへ」。

2　（中君は）お話を実に親しげになさって。

3　中君の言。いつもと違う気づまりな場所などと、お思いにはならないで下さい。

4　亡き大君。

5　ひどく（この世に残った自分の）身も恨まれて、（こんな不幸は）またとない気持で。

6　とてもよく（そっくりな大君に）なぞらえられなさる（あなたの）ご様子を見ると。

7　（私を大切に）思ってくれる人もないこの身なので。「いとうれしく」にかかる。

8　昔の人（大君）のお気持と同様に（私を）思って下されば。

9　（浮舟は）とても気が引けて、それにまた田舎になじんでいる心ではお答えの申し上げようもなくて。

10　浮舟の言。長年、とても遠くにおいでになるとばかり存じ上げておりましたが。

11　何もかも慰められる気がいたしまして。

12　（中君が物語の）絵などを取り出させて。当時の物語鑑賞の様子をうかがわせる場面。女房が物語を音読し、姫君は絵を見ながら聞く。『源氏物語絵巻』東屋一に描かれる。

13　物語の本文のこと。

14　中君が浮舟の様子を見る。

15　（浮舟は絵に）向かって（今や）恥じらってばかりもいらっしゃれず。

16　熱心に（絵を）ご覧になっている灯火に照ら

げなり。[1]ひたひつき、まみのかをりたる心《(ここ)》ちして、いとおほどかなるあてさは、[2]たゞそれとのみ思ひ出《い》でらるれば、絵《ゑ》[3]はことに目《め》もとゞめ給はで、[4]いとあはれなる人のかたちかな、いかでかうしもありけるにかあらん、故《こ》[5]宮にいとよく似《に》たてまつりたるなめりかし、故《こ》[6]姫《ひめ》君は宮《みや》の御方ざまに、我《(われ)》は母上《はゝうへ》に似《に》たてまつりたるとこそは、古《ふる》[7]人ども言《い》ふなりしか、げに似《に》たる人は[8]いみじき物なりけり、とおぼし比《くら》ぶるに、涙ぐみて見《み》給ふ。

[9]かれは限《かぎ》りなくあてにけ高《たか》きものから、[10]なつかしうなよゝかに、かたはなるまでなよ〳〵と[11]たわみたるさまのし給へりしにこそ、[12]これはまだもてなしのうひ〳〵しげに、よろづのことをつゝましうのみ思ひたるけにや、見所《(みどころ)》[13]多《おほ》かるなまめかしさぞおとりたる、[14]ゆゑゆゑしきけはひだにもてつけたらば、[15]大将の見《み》給はんにも、さらにかたはなるまじ、[16]などこのかみ心《(こころ)》に思《おも》ひあつかはれ給ふ。

もの語《がた》りなどし給ひて、あか月方《(つき)がた》になりてぞ寝《ね》たまふ。[17]かたはらに臥《ふ》せ給ひて、故《こ》[18]宮の御事ども、年比《とし(ごろ)》おはせし御有りさまなど、まほならねど語《かた》り給ふ。[19]いとゆ

された姿は。中君がとらえる浮舟の姿。物語の絵を見る浮舟は、姫君の待遇を受けている。

17　これという欠点もなくて。

18　繊細で美しい風情だ。

1　額のあたり、目もとがほのぼのと美しい感じで、とてもおっとりとした上品さは。

2　ひたすらその人（亡き大君にそっくり）だとばかり思い出されるので。

3　（中君は）絵には特に目もおとめにならず。

4　以下、三行後の「物なりけり」まで中君の心内。実に感動的なこの人の顔ね、どうしてこんなにも（大君に）似ているのであろうか。

5　亡き父八宮。

6　亡き大君は宮（八宮）の方に、自分は母上に似申していると。この件、初めて示される。

7　古参の（昔を知る）女房たちが。

8　格別に思われるものなのだ、と（大君の面影と浮舟を）思い比べなさると。

9　以下、四行後の「かたはなるまじ」まで中君の心内。あの方（大君）は。

10　親しみ深く柔らかで、不具合なまでに。

11　重みに耐えつつしなうような様子。

12　こちら（浮舟）はまだ物腰が不馴れで、何事も気が引けるように思っているせいか。

13　見るに値するようなしっとりとした魅力では劣っているが。

14　重々しい雰囲気さえ身につけたならば。

15　大将（薫）がお付き合いをなさっても、決して不体裁ではなかろう。

16　年長者（姉）らしい心遣いで（浮舟の）お世話を自然とお考えになる。

32　姉妹の語らい

17　（中君は浮舟を）そばにお寝かせになって。

18　亡き宮（八宮）に関することの数々、長年にわたるご在世中のご様子などを、全部ではないけれどお話しになる。

19　（浮舟は八宮のことが）とても慕わしく、お目にかからずじまいとなったことを。

かしう、見《み》たてまつらずなりにけるを、いとくちをしうかなしと思ひたり。[1]よべの心知《し》りの人〻は、

「[2]いかなりつらんな、いとらうたげなる御さまを。」

「[3]いみじうおぼすとも、かひ有るべきことかは。いとほし。」

と言《い》へば、右近ぞ、

「[4]さもあらじ。かの御乳母《めのと》の、[5]引《ひ》き据《す》ゑてすゞろに語《かた》り愁《うれ》へしけしき、もて離《はな》れてぞ言《い》ひし。[6]宮も逢《あ》ひても逢《あ》はぬやうなる心ばへにこそ、うちうそぶき、口《くち》ずさび給ひしか。」

「[7]いさや、ことさらにもやあらん。そは知《し》らずかし。」

「[8]よべの火影《ほかげ》のいとおほどかなりしも、ことあり顔《がほ》には見《み》えたまはざりしを。」

など、[9]うちさゝめきていとほしがる。

[10]乳母《めのと》、車請《こ》ひて、常陸殿《ひたちどの》へ往《い》ぬ。[11]北の方にかう〳〵と言《い》へば、胸《むね》つぶれさわぎて、[12]人もけしからぬさまに言《い》ひ思ふらむ、正身《さうじみ》もいかゞおぼすべき、[13]かゝる筋《すぢ》の物にく

1　昨夜の（匂宮の浮舟への接近という）いきさつを知っている女房たちは。

2　女房の言。（実際は）どうだったのかしらね。とてもおかわいらしいご様子なのに。匂宮との関係を疑う発言。

3　別の女房の言。（中君が浮舟を）大事にお考えになっても、その価値などあるでしょうか。困ったことです。匂宮との関係ができてしまっていることを前提にした発言。

4　右近の言。そうでもないでしょう。

5　（私を）引っ張りとどめてやたらと泣き言を訴えた口ぶりでは、（匂宮とは）何もないということを言いました。

6　宮（匂宮）も逢ったのに逢わないという意味合いで、（そういう歌詞を）ちょっと吟じては、口ずさんでいらっしゃいました。三九七頁下段注16参照。『源氏釈』以来、出典未詳の歌「臥すほどもなくて明けぬる夏の夜は逢ひても逢はぬ心地こそすれ」が挙げられる。

7　女房の言。さあどうか、（「逢ひても逢はぬ」ようにうそぶいたのは）わざとなのかもしれません。

8　別の女房（右近か）の言。昨夜の灯火に照らされた姿がとてもおっとりとした様子であったのも、何かあったという顔にはお見えになりませんでしたが。

9　ひそひそ話をしつつ困惑している。

33　乳母の急報に母君動転

10　乳母は、（常陸介邸から）車を呼んで。浮舟の母中将君に報告するため。

11　中将君。

12　以下、中将君の心内。（中君付きの）女房たちもとんでもないこととして言ったり思ったりしているだろうし、本人（中君）もどんなふうにお思いだろうか。

13　こういう（男女の）関係での不快な感情は、尊い身分の人も何も関係ないものなのだと。中君が浮舟に対して悪感情をもつのをおそれる。

みは、あて人もなきものなりと、[1]おのが心ならひに、あわたゝしく思ひなりて、夕つ方《かた》[2]まゐりぬ。[3]宮おはしまさねば心やすくて、

「[4]あやしく心をさなげなる人をまゐらせおきて、うしろやすくは頼《たの》みきこえさせながら、[5]鼬《いたち》の侍らむやうなる心《ここ》ちのし侍れば、[6]よからぬものどもに、にくみうらみられ侍り。」

と聞《き》こゆ。

「[7]いとさ言《い》ふばかりの幼《をさな》さにはあらざめるを。[8]うしろめたげにけしきばみたる御まかげこそわづらはしけれ。」

とて笑《わら》ひ給へるが、[9]心はづかしげなる御まみを見《み》るも、[10]心の鬼《おに》に《ゝ》はづかしくぞおぼゆる。[11]いかにおぼすらんと思《おも》へば、えもうち出《い》できこえず。

「[12]かくてさぶらひ給はば《ゝ》、[13]年《とし》ごろの願《ねが》ひの満《み》つ心《ここ》ちして、[14]人の漏《も》り聞《き》き《ゝ》侍らむもめやすく、面立《おもだ》た《ゝ》しき事になん思ひ給ふるを、[15]さすがにつゝましき事になん侍りける。[16]深《ふか》き山の本意《ほい》は、[17]みさをになん侍るべきを。」

1　自分の常々の考えから、じっとしていられないと思うようになって。

2　（二条院へと）参上した。

3　宮（匂宮）がおいでにならないので気兼ねもしないで。

4　中将君の言。妙に精神の幼い感じの人（浮舟）を（こちらへ）うかがわせておいて。

5　鼬がおります時のような（不安で落ち着かない）気持がしますので。「鼬の間《ま》の鼠《ねずみ》」（うつほ・国譲中）は、鼠にとって鼬のいない間は襲われず安心だ、の意。ここでは、中将君がもろもろ心配であたふたとしている自身を、天敵の鼬から離れられない鼠になぞらえている。

6　ろくでもない者（夫と子たち）から。

7　中君の言。中将君が言った浮舟の「心をさなげ」を打ち消す。底本「をさなさ」、諸本多く「をさなけさ」。

8　心配そうなそぶりで（こちらを）窺うように見られては気づまりです。「御まかげ」は、「鼬の（御）まかげ」を略した言い方で、中将君の発言内の「鼬」を受ける。「まかげ」は「目陰」で、目の上に手をかざして遠方を見ること。鼬の疑い深い性質によるしぐさ。「鼬のまかげさすといふことなり」（河海抄）。㊈手習30節参照。

9　こちらが恥ずかしくなるほどすばらしい（中君の）目もとを見るにつけても。「御まみ」は「御まかげ」に照応。

10　（中将君は）心の奥底で気が咎めて目も合わせられない思いがする。自分の娘が中君の夫に気に入られてしまったため。

11　（中君が）どうお思いでいらっしゃるかと思うと、（昨夜の一件について）少しばかり申し出ることもできない。

12　中将君の言。（浮舟が）こうして（中君のおそばで）お仕え申し上げなさるならば。

13　数年来の願いが満たされる気持がして。浮舟のこの願望は、三四二頁参照。

14　他人が漏れ聞くことになりましても体裁が

とてうち泣《な》くも[1]いと〳〵いとほしくて、

「[2]こゝには、何《なに》事かうしろめたくおぼえ給ふべき。[3]とてもかくても、うと〳〵しく思ひ放《はな》ちきこえばこそあらめ、[4]けしからずだちてよからぬ人の時〻ものし給ふめれど、[5]その心をみな人見知《みし》りためれば、心づかひして、[6]便《びん》なうはもてなしきこえじ 一八三五
と思ふを、[7]いかにおしはかり給ふにか。」

とのたまふ。

「[8]さらに御心をば隔《へだ》てありても思ひきこえさせ侍らず。[9]かたはらいたうゆるしなかりし筋《すぢ》は、何に《なにゝ》かかけても聞《き》こえさせ侍らん。[10]その方《かた》ならで、思《おも》ほし放《はな》つまじき綱《つな》も侍るをなん、[11]とらへ所《(どころ)》に頼《たの》みきこえさする。」

など、[12]おろかならず聞《き》こえて、

「[13]あすあさて、かたき物忌《ものいみ》に侍るを、[14]おほぞうならぬ所にて過《す》ぐして、[15]又もまゐらせ侍らむ。」

と聞《き》こえて[16]いざなふ。[17]いとほしく本意《ほい》なきわざかなとおぼせど、えとゞめたまはず。

よく、また光栄なことと存じますが。底本「思給ふるを」。

15　それでもやはり遠慮されることでございました。

16　浮舟を出家させようとの本願。三五六頁。

17　固く守るべきことでございましたのに。「みさを」は、状況に左右されない心。

1　（中君としては）実に困ったことで。

2　中君の言。この邸では、どんなことが気がかりに思われなさるのでしょうか。

3　いずれにしても、（こちらが）疎遠な感じにお構い申し上げないのならばともかく。

4　不都合なことをしがちのよくない人がたまにおいでのようではあるけれど。好色な匂宮について、遠回しに言及する。

5　そのあたりの事情を（女房たちも）みな承知しているようなので。

6　不都合になるようお扱い申すことのないようにしたいと思うのですが。

7　どのように推量なさっておいでなのか。

8　中将君の言。決してご厚意を隔て心のあるようには存じておりません。

9　気恥ずかしいことに（八宮が浮舟を実子として）お認め下さらなかったことは、どうして（今さら）とやかく申し上げましょうか。

10　その筋とは別に、（あなた様が）お見捨てになるはずもない絆《きずな》もございますのでそれを。この「綱」は、中将君が中君の母北の方の姪であり、中君の従姉妹であるという血縁。

11　すがり所としてお頼み申し上げます。

12　並一通りではなく（中君に）申し上げて。

13　中将君の言。二日間のきびしい物忌を口実に、二条院からの退出を図る。

14　普通の場所ではなく、物忌を厳重におこなえるような所。

15　いずれまた（こちらへ浮舟を）伺わせるようにいたしましょう。

16　（浮舟を）連れ出す。

17　中君の心内。つらくて不本意なことよと。

あ[1]さましうかたはなることにおどろきさわぎたれば、を[2]さ〳〵物も聞《き》こえで出《い》でぬ。か[3]やうの方《かたゝ》たがへ所《(どころ)》と思ひて、小《ちひ》さきいへまうけたりけり。三[4]条わたりに、さればみたるが、まだ造《つく》りさしたる所なれば、は[5]か〴〵しきしつらひもせでなんありける。

「[6]あはれ、この御身ひとつをよろづにもてなやみきこゆるかな。心[7]にかなはぬ世には、あり経《ふ》まじき物にこそありけれ。み[8]づからばかりは、たゞひたふるにしな〴〵しからず人げなう、たゞさる方《かた》にはひ籠《こも》りて過《す》ぐしつべし。こ[9]のゆかりは、心[10]うしと思ひきこえしあたりをむ[11]つびきこゆるに、便《びん》[12]なきことも出《い》で来《き》なば、いと人笑《わら》へなるべし、あぢきなし。こ[13]とやうなりとも、こゝを人にも知《し》らせず、忍《しの》びておはせよ。お[14]のづからともかくも仕《つか》うまつりてん。」

と言《い》ひおきて、み[15]づからは帰《かへ》りなんとす。君[16]はうち泣《な》きて、世[17]にあらんこと所せげなる身と思ひ屈《く》し給へるさま、いとあはれなり。親《おや》[18]はた、ましてあたらしくをしければ、つ[19]ゝがなくて思《おも》ふごと見《み》なさむと思ひ、さ[20]るかたはらいたきことにつけて、

34 浮舟を隠れ家に移す

1 （昨夜の）あきれるほど体裁の悪いことに（中将君は）気も動転しあわてふためいたので。
2 ろくに（挨拶の）言葉も申さずに。
3 こういう時の方違えの場所にと。「方たがへ」は、㈠帚木一四九頁注1参照。
4 三条のあたりの、しゃれた感じにしてある家で、いまだ造りかけの場所なので。
5 しっかりとした設備も整えないままで。
6 中将君の言。ああ、このあなたお一人を万事につけどう扱い申そうかと悩みます。
7 思うにまかせぬこの世の中では、生きて日々を送ることもできそうにないのでした。
8 自分だけのことなら、とにかくひたすら品格も劣り人並みでもない（立場で）、ただそんなふうにそっと埋もれるようにして過ごしてゆきましょう。
9 この（あなたの）縁戚は。中君方のこと。底本「ゆかり」、諸本「御ゆかり」。
10 （私がかつて）つらいとお恨み申した（八宮の）筋なので。
11 （こちらからあえて）お近づき申して。
12 もし不都合なことでも起きてしまうならば、実に世の笑いものでしょうが、（それは）とんでもない。
13 （この三条の家は）普通ではない様子ではあっても、この場所をだれにも教えないで、人目を避けておいでなさい。
14 いずれは何とか（私が）してさしあげましょう。
15 自身（中将君）は（常陸介邸に）帰ろうとする。
16 浮舟。
17 この世を生きていても肩身の狭いわが身よとしょんぼりなさっている様子は。
18 親（中将君）は親で、ますます（浮舟がこのままでは）もったいなく惜しいので。
19 支障のないまま望み通りに（結婚の世話をして）見届けたいと思い。
20 ああした気が咎める一件（匂宮に迫られた

人[1]にもあは〳〵しく思はれ言《い》はれんがやすからぬなりけり。心《（ここ）》[2]ちなくなどはあらぬ人の、なま腹立《はらだ》ちやすく、思ひのまゝにぞすこしありける。か[3]のいへにも隠《かく》ろへては据《す》ゑたりぬべけれど、し[4]か隠《かく》ろへたらむをいとほしと思《おも》ひて、かくあつかふに、年《とし》[5]ごろかたはらさらず、明け暮《く》れ見《み》ならひて、か[6]たみに心ぼそくわりなしと思へり。

「こ[7]ゝは、又《（まだ）》[8]かくあばれて、あやふげなる所なめり。さる心し給へ。曹司《ざうし》[9]〳〵にあるものども召《め》し出《い》でて《ゝ》使《つか》ひたまへ。宿直人《とのゐ》[10]のことなど言《い》ひおきて侍るも、いとうしろめたけれど、か[11]しこに腹立《はらだ》ちうらみらるゝがいと苦《くる》しければ。」

と、うち泣《な》きて帰《かへ》る。

少[12]将のあつかひを、守《かみ》[13]は又なきものに思《おも》ひいそぎて、も[14]ろ心《（こころ）》にさまあしくいとなまず、と怨《ゑん》ずる也《（なり）》けり。い[15]と心うくこの人によりかゝる紛《まぎ》れどももも《ゝ》あるぞかしと、又[16]なく思ふ方《かた》の事のかゝれば、つらく心うくて、を[17]さ〳〵見入《みい》れず。か[18]の宮の御前《まへ》にていと人気《（ひとげ）》なく見《み》えしに、多《おほ》く思《おも》ひ落《お》としてければ、私《わたくし》[19]物《（もの）》に思ひかしづかましを、など思《おも》ひし事はやみにたり。こ[20]ゝにてはいかゞ見《み》ゆらむ、またうちとけたるさ

こと）につけても。

1　世間からも軽々しいと思われたり言われたりするのが不安なのであった。
2　（中将君は）思慮に欠けるなどということはない人で、ただどこか怒りっぽくて、思うことをそのまま示すところが少々あった。
3　あちらの家（常陸介邸）にも人目を避けるようにして居させてもよさそうだけれど。
4　（浮舟が）そんなふうに人目につかないようにしているのはつらいと思って。
5　年来ずっと（浮舟の）そばを離れず、朝晩（顔を）見なれていたから。
6　（母娘が離れ離れになることを）互いに頼りなくたまらないと思っている。
7　中将君の言。「ここ」は、「三条わたり」の「小さきいへ」（四一四頁）。
8　いまだこうして粗造りのままで、（無用心ゆえ）気にかかる感じの場所のようです。底本「又」は当て字。
9　各居室にある道具などを取り寄せて。
10　宿直する者のことなども言いつけておりますものの。
11　あちら（の常陸介）から腹を立てられ恨まれるのがとてもつらいので（帰ります）。

35　中将君、少将と歌贈答

12　左近少将。
13　守（常陸介）は何より大事なことと。
14　不体裁なことに（中将君が介と）一緒になって用意してくれない。
15　以下、中将君の心内。実にいやなことにこの人（少将）のせいでこんな錯綜した間違いの数々も起こったのだよと。
16　この上なく思う人（浮舟）のことがこんな（面倒な）有様なので。
17　ろくに（少将の）世話もしない。
18　あの宮（匂宮）の御前では（少将が）まるで人並み以下に見えたので。18節参照。
19　自分の大事な婿と思ってお世話できたなら、

ま見《み》ぬにと思ひて、[1]のどかにゐ給へる昼《ひる》つ方《かた》、[2]こなたに渡《わた》りて物[3]よりのぞく。白《しろ》き綾《あや》の[4]なつかしげなるに、今様《いまやう》色の擣目《うちめ》なども きよらなるを着《き》て、[5]端《はし》の方《かた》に前栽《せんざい》見《み》るとてゐたるは、[6]いづこかは劣《おと》る、いときよげなめるはと見《み》ゆ。[7]むすめ、[8]まだかたなりに何心《なにごゝろ》もなきさまにて添《そ》ひ臥《ふ》したり。[9]宮の上《うへ》の並《なら》びておはせし御さまどもの思ひ出《い》づれば、[10]くちをしのさまどもやと見《み》ゆ。前《まへ》なる[11]御《ご》達《たち》に物など言《い》ひたはぶれて、うちとけたるは、いと[12]見《み》しやうににほひなく人わろげにて見《み》えぬを、[13]かの宮なりしは異《こと》少将なりけりと思ふをりしも、[14]言《い》ふことよ。

「[15]兵部卿の宮の萩のなほことにおもしろくもあるかな。いかでさる種《たね》ありけん。[16]同《おな》じ枝さしなどのいと艶《えん》なるこそ。[17]一日《(ひとひ)》まゐりて、出《い》で給ふほどなりしかば、えをらずなりにき。「[18]ことだにをしき」と宮のうち誦《ず》じ給へりしを、[19]若《わか》き人たちに見《み》せたらましかば。」

とて、[20]我《(われ)》も歌詠《うたよ》みゐたり。

「[21]いでや、心ばせの程を思《おも》へば、人ともおぼえず、[22]出《い》で消《ぎ》えはいとこよなかりけ

などと思ったことは終っていた。

20 以下、中将君の心内。こちら(常陸介邸)ではどのように見えるだろうか。

---

1 (少将が)のんびりとくつろいでいらっしゃる昼ごろに。

2 常陸介邸の西の対。元は浮舟が住んだ。

3 (中将君が)物陰から覗き見る。

4 着なれて柔らかい感じの単衣《ひとえ》に、今様色の打ち出された艶《やつ》も美しい袿を着て。「今様色」は、当代に流行した紅色。

5 (廂の間の)端近な所で。

6 (少将の姿は)どこも悪くはない、実にきれいそうではないかと見える。

7 常陸介と中将君の娘。少将の妻。

8 いまだ成熟前で、無邪気そうな様子で。

9 宮の上(中君)が(匂宮と)並んでいらした(二人の)お姿を思い出してみると。

10 期待はずれの二人の姿だなと見える。

11 女房たちに何かふざけたことを言って。

12 (先に二条院で)見た時のように見映えもせずみっともない感じには見えないので。底本「人わろけにて」、青表紙他本・河内本「人わろけにも」。

13 あの宮(匂宮邸)にいたのは別の少将だったのだと思ったちょうどその折に。

14 よくも(少将は)言ったことだ。

15 少将の言。兵部卿宮(匂宮)のところの萩はやはり格別に魅力があるのだな。

16 同じ(萩)でも枝ぶりなどがとても優美であることよ。

17 先日(匂宮邸に)参上したものの、(匂宮が)お出ましの時だったので、折れないままになってしまった。

18 「移ろはむことだに惜しき秋萩を折れぬばかりも置ける露かな」(拾遺集・秋・伊勢)。

19 若い女房たちに見せてあげられたら(どんなに感激することか)。

20 少将自身も。

21 中将君の言。いやもう、(少将の)心遣いの

るに、何事《なに》言《い》ひたるぞ。」

とつぶやかるれど、[1]いと心《(ここ)》ちなげなるさまは、さすがにしたらねば、いかゞ言《い》ふと 一八三八
て、心《(こころ)》みに、

[2]標結《しめゆ》ひし小《こ》萩《(はぎ)》がうへもまよはぬにいかなる露に移《うつ》る下葉ぞ

とあるに、[3]をしくおぼえて、

「[4]宮《(みや)》城《ぎ》野《(の)》の小《こ》萩《はぎ》がもとと《ゝ》知《し》らませば露も心を分《わ》かずぞあらまし

[5]いかでみづから聞《き》こえさせ明《あき》らめむ。」

と言《い》ひたり。

[6]故《こ》宮の御こと聞《き》き《ゝ》たるなめりと思ふに、いとゞ[7]いかで人とひとしくとのみ思《おも》ひあつかはる。[8]あいなう、大将殿《どのゝ》の御さまかたちぞ、恋しう面影《かげ》に見《み》ゆる。[9]同《おな》じうめでたしと見《み》たてまつりしかど、宮は思ひ離《はな》れ給ひて、心もとまらず。[10]あなづりて押《お》し入《い》りたまへりけるを思ふもねたし。[11]この君はさすがに尋《たづ》ねおぼす心ばへのありながら、うちつけにも言《い》ひかけ給はず、[12]つれなし顔《がほ》なるしもこそいたけれ、[13]よろづにつ

（卑しい）程度を思うと。

22 （匂宮の前での）見劣り方はこの上なかったのに、何を（気取って）言っているのか。底本「いひたるそ」、諸本「いひゐたるそ」。

---

1 （少将は）まるで心の用意もなさそうという様子は、さすがにしていないので。

2 中将君の歌。標(しめ)を結った小萩は乱れてもいないのに、どういう露で色が変わった下葉なのか。「標結ひし小萩がうへ」は、少将と婚約した浮舟のこと。「露」に常陸介の実の娘を、「下葉」に少将をそれぞれなぞらえる。あなたはなぜ心を移したのかと詰問する歌。「露」「萩」は縁語。

3 （少将は浮舟が）もったいなく思われて。底本「おしく」、青表紙他本「いとをしく」。

4 少将の歌。浮舟が宮を父とする姫君だとも知っていたら、かりそめにも心を別に分けはしなかったろうに。「宮城野」は陸奥国の歌枕で、萩の名所。「宮城野」に八宮の「宮」を掛ける。「露」「萩」は縁語。

5 何とか自分から直接申し開きがしたい。

36 中将君、薫に思い及ぶ

6 （少将は）亡き宮（八宮）のことを聞いているようだと（中将君が）思うと。

7 （中将君は）何とか人（中君）と同じように（良縁を）とばかり思って（浮舟の）世話をする。

8 （中将君には）筋違いだが、大将殿（薫）のご様子やお顔が、慕わしく目の前に浮かんで見える。

9 （薫と）同様にすばらしいと拝見したけれど、宮（匂宮）は（中将君からすれば）関心外に離れておいでなので、気にもかけない。

10 （浮舟を）見くびって（居室に）強引に入っていらしたのを思うといまいましい。

11 以下、三行後の「なべかりけれ」まで中将君の心内。この君（薫）は、やはり（浮舟を）尋ね求めるお気持がありながらも、だしぬけに言いかけたりはなさらず。

けて思ひ果《は》てらるれば、[1]若《わか》き人はまして、かくや思ひ果《は》てきこえ給ふらん、[2]我《(わが)》ものにせんと、かくにくき人を思ひけむこそ見《み》ぐるしきことなべかりけれなど、たゞ心にかゝりてながめのみせられて、[3]とてやかくてやと、よろづによからむあらましごとを思ひつゞくるに、いとかたし。

[4]やむごとなき御身のほど、御もてなし、見《み》たてまつり給へらむ人は、今すこしな 一八三九
のめならず、[5]いかばかりにてかは心をとゞめ給はん、世の人の有りさまを見《み》聞くに、[6]おとりまさり、いやしうあてなる品《しな》にしたがひて、かたちも心もあるべきものなりけり、我子《(わが)こ》どもを見《み》るに、[7]この君に似るべきやはある、少将をこのいへの内《うち》に又なきものに思《おも》へども、[8]宮に見《み》比《くら》べたてまつりしは、いともくちをしかりしに、おしはかる。[9]当代《たう(だい)》の御かしづきむすめを得《え》たてまつり給へらむ人の御目移《めうつ》しには、いとも〳〵はづかしく、つゝましかるべきものかな、と思ふに、[10]すゞろに心《(ここ)》ちもあくがれにけり。

[11]旅《たび》の宿《やど》りはつれ〳〵にて、庭の草も[12]いぶせき心《(ここ)》ちするに、いやしき[13]あづま声《ごゑ》した

12　素知らぬふりをなさるのがご立派だ。
13　何かにつけて考えた末に判断されるので。諸本に底本「思はて」、諸本多く「思いて」。諸本によれば、（中将君自身も）何かにつけて（薫のことが）思い出されるので、の意。

1　若い人（浮舟）はいっそう、こうして最後まで（薫を）思い申し上げなさるのではないか。ここも底本「思はて」、諸本多く「思いて」。諸本によれば、浮舟はいっそう、（薫を）思い出し申されるのではないか、の意。
2　自分の婿にしようと、こんな憎らしい人（少将）を考えていたのは、見るに堪えないことに違いない。「なべかりけれ」は、「なるべかりけれ」の転。
3　あれかこれかと、万事よさそうな将来の理想を描き続けるが、（実現は）大変困難だ。
4　以下、六行後の「ものかな」まで中将君の心内。（薫は）尊いご身分、ご態度であり、また（妻として）お迎え申されている方は、一段とすぐれたお方なので。今上帝の女二宮のこと。
5　（薫は）どれほど（の女性）であれば関心をお持ちになるだろうか。
6　優劣というのは、身分の貴賤に準じて、容貌でも気立てでも定まるものであった。
7　この君（浮舟）に比べられる者はいない。
8　（少将を）匂宮と見比べ申したところ、実に情けなかったことからも、想像される。
9　今上帝の大切に養育なさった娘（女二宮）を頂戴なさっている人（薫）からご覧になれば。
10　わけもなく気持も上の空になった。

37　三条のわび住まい

11　三条の隠れ家のこと。浮舟の仮住まい。四一五頁注4参照。
12　うっとうしい感じがして。庭の手入れもなされず、草が繁茂する様子。
13　東国訛りの者たちだけが出入りするばかりで。

る者《もの》どもばかりのみ出《い》で入《い》り、慰《なぐさ》めに見《み》るべき前栽《せんざい》の花もなし。[1]うちあばれて、はれ〴〵しからで明かし暮《く》らすに、[2]宮の上《うへ》の御有りさま思ひ出《い》づるに、若《わか》い心《ここ》ちに恋しかりけり。[3]あやにくだち給へりし人の御けはひも、さすがに思ひ出《い》でられて、[4]何《なに》事にかありけむ、いと多《おほ》くあはれげにの給ひしかな、[5]なごりをかしかりし御移《うつ》り香もまだ残《のこ》りたる心《ここ》ちして、おそろしかりしも思ひ出《い》でらる。

母《はゝ》君、「[6]たつや」と、いとあはれなる文《ふみ》を書《か》[7]きておこせ給ふ。[8]おろかならず心ぐるしう思ひあつかひ給ふめるに、かひなうもてあつかはれたてまつること、とうち泣《な》かれて、

[9]いかにつれ〴〵に見《み》ならはぬ心《ここ》ちし給ふらん。[10]しばし忍《しの》び過《す》ぐしたまへ。

とある返りことに、

[11]つれ〴〵は何《なに》か。心やすくてなむ。

[12]ひたふるにうれしからまし世の中にあらぬ所と思はましかば

と[13]をさなげに言《い》ひたるを見《み》るまゝに、ほろ〳〵とうち泣《な》きて、かうま[14]どはしはふ

1　（設備が）やや不十分で。「まだ造りさしたる所」（四一四頁）である。

2　中君。仮住まいの殺風景な現実から、対照的な二条院の優雅な人々が想起される趣。

3　憎らしいふるまいをなさった人（匂宮）のご様子も、ああした（恐ろしい）ことはあってもやはり思い出されて。

4　以下、浮舟の心内に即した叙述。（あれは）どういうことだったのだろうか、とてもたくさんやさしそうにおっしゃったわね。

5　（匂宮が立ち去った）後までかぐわしく（匂宮からこちらに）移された香も今まで残っているような気がして、（それとともに）恐かったのもつい思い出されてしまう。

6　新たな時の到来が遅いと（ばかりに）、の意。「たつや遅き」の略で、少しでも早く浮舟に手紙を、という母中将君のはやる気持を示唆。「花散るといとひしものを夏衣たつや遅きと風を待つかな」（拾遺集・夏・盛明親王）、「春霞たつや遅きと山川の岩間をくぐる音聞こゆなり」（和泉式部集）。

7　（浮舟に対して）書いて寄越しなさる。

8　以下、浮舟の心内。（中将君が）並々でなく（私を）不憫だと思っていたわり下さるようなのに、その値打ちもないままお世話いただいてしまっていることよ。

9　中将君の手紙。どれほどか所在なくてなじめないという気持でいらっしゃることでしょうか。

10　しばらくは辛抱してお過ごし下さい。

11　浮舟の手紙。所在ないということは問題ありません。（こちらにいる方が）気楽です。

12　浮舟の歌。もしここが、（つらい）この世を離れた別の世界と思うことができたのならば、ひたすらうれしかったのだけれど。「世の中にあらぬ所も得てしかな年ふりにたる形かくさむ」（拾遺集・雑上・読人しらず）。

13　幼稚な感じに詠んでいる歌を（中将君が）見るや。

14　（自分は浮舟を）あてどもなくさすらうよう

るゝやうにもてなすこと、といみじければ、

[1]浮世《(うきよ)》にはあらぬ所を求《もと》めても君が盛《さか》りを見《み》るよしもがな

と、[2]なほ〳〵しき事どもを言《い》ひかはしてなん、心延《の》べける。

[3]かの大将殿は、例の秋深《ふか》くなりゆく比《(ころ)》、[4]ならひにしことなれば、寝覚《ねさめ》〳〵にもの[5]忘《わす》れせず、あはれにのみおぼえ給ひければ、[6]宇治《うぢ》の御堂《みだう》造《つく》り果《は》てつと聞《き》き給ふに、身《(み)》づからおはしましたり。[7]久《ひさ》しう見《み》給はざりつるに、山の紅葉《もみぢ》もめづらしうおぼゆ。[8]こほちし心殿《(しんでん)》、[9]こたみはいとはれ〴〵しう造《つく》りなしたり。[10]むかし、いとことそぎて聖《ひじり》だち給へりし住《す》まひを思ひ出づるに、[11]この宮も恋しうおぼえ給ひて、[12]さま変《か》へてけるもくちをしきまで常《つね》よりもながめ給ふ。[13]もとありし御しつらひは、いとたふとげにて、[14]いま片《かた》つ方《かた》を女《(をんな)》しくこまやかになど、一《(ひと)》方《かた》ならざりしを、[15]網代《あじろ》屛風《(びやうぶ)》、[16]何《なに》かの荒《あら》〳〵しきなどは、[17]かの御堂の僧坊《(そうばう)》の具《ぐ》にことさらになさせ給へり。[18]山里めきたる具《ぐ》どもをことさらにせさせ給ひて、いたうもことそがず、いときよげにゆ[19]ゑ〳〵しくしつらはれたり。

な目に遭わせていることだ、とひどく悲しいので。

1　中将君の歌。つらいこの世とは別の世界を捜し求めてでも、あなたの栄える姿を見てみたい。底本「浮世」は、本来「憂き世」。「浮世」は室町時代末以降の語。

2　ありきたりな歌を詠み交わして、心を慰めたのであった。「事ども」は二人の歌。

38　薫、宇治の御堂を見る

3　薫。

4　習慣になってしまったことなので。

5　(亡き大君のことを)つい忘れることがなく、悲しいとばかり思われなさるので。

6　薫は、八宮宅の寝殿を解体して阿闍梨の山寺に移築し、御堂にしようと計画していた。それがようやく完成。四宿木二一六頁参照。

7　四月以降、薫は宇治へ出かけていない。約五か月が経過している。

8　解体した寝殿(の跡)に。底本「心殿」は「寝殿」の当て字。

9　今度(の寝殿)はとても明るい感じに造り立てられている。

10　以前に、とても簡素で聖僧らしくしていらした住居を思い出すと。

11　(薫は)この宮(八宮)にも会いたいと思われなさって。底本「この宮」、諸本「こ宮」。諸本によれば、「故宮」と解される。

12　(八宮の在世当時と比べて家が)さま変わりしてしまったのも残念に思われるほどにいつもより物思いにふけりなさる。

13　(八宮用の西面の)居室の飾りつけは、実に荘厳な感じで。

14　もう片方(の東面)を姫君用に細部まで(心遣いをして)ととのえるなど、(西と東とで趣向が)一様ではなかったが。

15　七椎本三〇七頁注1。

16　何やかやとあった粗末な(調度)類は。

17　あちらの(新築の)御堂の僧房の用具に。

遣《やり》水のほとりなる岩《いは》に[1]ゐたまひて、
絶《た》[2]え果《は》てぬ清《し》水《(みづ)》になどか亡《な》き人の面影《おも》をだにとゞめざりけん

[3]涙をのごひて、弁の尼《あま》君の方《かた》に立《た》ち寄《よ》り給へれば、[4]いとかなしと見《み》たてまつるに、[5]たゞひそみにひそむ。[6]長押《なげし》にかりそめにゐたまひて、[7]簾《すだれ》のつま引《ひ》き上《あ》げて物語《がた》りし給ふ。[8]木丁《(きちやう)》に隠《かく》ろへてゐたり。ことのついでに、

「[9]かの人は、先《さい》つころ、宮にと聞《き》ゝしを、[10]さすがにうひ〳〵しくおぼえてこそ、おとづれ寄《よ》らね。[11]猶これより伝《つた》へ果《は》て給へ。」

とのたまへば、

「[12]一日《ひとひ》、かの母《はゝ》君の文《ふみ》侍りき。[13]忌《い》みたがふとて、こゝかしこになんあくがれ給ふめる。[14]このごろもあやしき小家《こいへ》に隠《かく》ろへものし給ふめるも心ぐるしく、[15]すこし近《ちか》き程ならましかば、そこにも渡《わた》して心やすかるべきを、[16]荒《あら》ましき山道《みち》に[17]たはやすくもえ思ひ立《た》ゝでなん、と侍りし。」

と聞《き》こゆ。

18 山荘ふうの調度類を特別に作らせなさって、それほどは簡略にせずに。

19 由緒ありそうな感じに配備されている。

---

39 弁尼に仲介を依頼

1 （薫が）お座りになって。底本「ゐたまひて」、青表紙他本多く「ゐたまひてとみにもたたれず」。

2 薫の歌。すっかり涸(か)れてしまわずに流れるこの清水に、亡き人たちはどうして面影だけでも映しとどめなかったのだろうか。「清水」は清く澄んだ涌き水。「亡き人」は八宮と大君。

3 底本「のこひて」、諸本「のこひつゝ」。

4 （弁は薫を）とても悲しいと（いう気持で）拝見して。

5 とにかく（顔を）ゆがめにゆがめ（泣き顔にな）る。

6 長押にちょっと腰かけて。「長押」は、四宿木一〇三頁注5。

7 薫の優雅な様子。「殿の三位の君、簾(すだれ)のつま引き上げてゐたまふ…世の物がたりしめ〴〵として」（紫式部日記）と描かれる「殿の三位の君」、すなわち藤原頼通の姿と酷似している叙述。

8 （弁は）几帳の陰に隠れるようにして。底本「木丁」は、「几帳」の当て字。

9 薫の言。あの人（浮舟）は、先ごろ、宮（匂宮邸）にいると聞いたが。

10 それでも（私には）きまりが悪く思われて、便りを出したりもしていない。

11 やはりこちら（のあなた）から（浮舟方に私の意向を）すっかり伝えて下さい。これまでも薫は弁を介して意向を伝えていた。三〇一頁注3参照。

12 弁の言。先日、あの（浮舟の）母君から便りがございました。

13 物忌の方違えをするということで、あちらこちらに（住居を移して）さまよっていらっし

「[1]人ゝのかくおそろしくすめる道《みち》に、[2]まろこそ古《ふ》りがたく分《わ》け来《く》れ。何《なに》[3]ばかりの契りにかと思ふは、あはれになん。」

とて、例《れい》の涙《なみだ》ぐみ給へり。

「[4]さらば、その心[5]やすからん所に消息《せうそこ》したまへ。身《(み)》[6]づからやはかしこに出《い》で給はぬ。」

との給へば、

「[7]仰《おほ》せ言《こと》を伝《つた》へ侍らんことは安《(やす)》し。[8]今さらに京を見《み》侍らんことは物うくて、[9]宮にだにえまゐらぬを。」

と聞《き》こゆ。

「[10]などてか。[11]ともかくも人の聞《き》き伝《つた》へばこそあらめ、[12]愛宕《あたご》の聖《ひじり》だに、[13]時にしたがひては出《い》でずやはありける。[14]深《ふか》き契《ちぎ》りを破《やぶ》りて、人の願《ねが》ひを[15]満《み》て給はむこそたふとからめ。」

との給へば、

ゃるようです。
14　以下、二行後の「思ひ立たでなん」まで、弁が紹介する中将君の手紙の内容。
15　（宇治が）もう少し近い所なら、そちら（宇治）にも（浮舟を）連れていって安心できるのですが。
16　（宇治までの）険しい山道ゆえに。
17　気軽には決心もつけられずにおりまして、と（中将君の手紙には）ございました。

1　薫の言。人々がそんなにも恐がっているような山道を。
2　私だけが昔と変わらずに踏み分けて来ているのだ。
3　どれほどの因縁なのかと思うと、感慨深いことで。
4　薫の言。
5　気楽な（遠慮もいらない）所。浮舟の隠れ家である三条の小家。
6　あなた自身（弁）はそちら（三条の小家）にお出向きにならないか。
7　弁の言。（あなた様の）おっしゃることを伝えますことは容易です。
8　今になってあらためて京を見ますことは億劫なもので。
9　宮（匂宮邸）にさえ参上することができませんのに。弁は、中君から時には参上するようにと促されていたが、出家の身ゆえに応じなかった。四宿木二二〇頁。
10　薫の言。どうして（遠慮が必要か）。
11　あれこれと人が噂するのであればともかくとして。
12　愛宕山の聖僧でさえ。愛宕山は、京都盆地の西北、山城国と丹波国との国境にある修験道の聖地。
13　その時によっては（山から）出てこないままというわけではなかったのだ。
14　（俗世と断絶する）深い誓いを破って。
15　かなえて下さるとしたら畏敬に値するでしょう。

「[1]人済《わた》すことも侍らぬに、聞《き》きにくき事もこそ出《い》で参《ま》うで来《く》れ。」

と苦《くる》しげに思《おも》ひたれど、

「[2]なほよきをりなるを。」

と例[3]ならずしひて、

「[4]あさてばかり車たてまつらん。[5]その旅の所、尋《たづ》ねおき給へ。[6]ゆめ、をこがましうひがわざすまじきを。」

とほゝ笑《ゑ》みての給へば、わづらはしく、[7]いかにおぼす事ならんと思へど、[8]あふなくあはくしからぬ御心ざまなれば、おのづからわが[9]ためにも、人聞《ぎ》きなどはつゝみ給ふらむと思ひて、

「[10]さらばうけ給はりぬ。[11]近《ちか》き程にこそ。[12]御文《ふみ》などを見《み》せさせ給へかし。[13]ふりはへ、さかしらめきて心しらひのやうに思はれ侍らんも、[14]今さらに伊賀《いが》たうめにやとつゝましくてなん。」

と聞こゆ。

1　弁の言。(私は)衆生済度《しゅじょうさいど》もいたしませんのに、聞き苦しい噂でも出てまいりましたら困ります。「人済す」は、衆生(人間をはじめとするあらゆる生き物)を救済して、彼岸に渡すこと。

2　薫の言。(でも)やはりよい機会だから。底本「なるを」、青表紙他本多く「なゝるを」。

3　いつもと違って無理強いをして。

4　薫の言。明後日あたりに車を差し向けよう。

5　その(浮舟の)仮住まいの場所を、聞きただしておいて下さい。

6　(私は)決して馬鹿げた間違いはしないはずなので。これは、浮舟への慮りによる発言ではない。薫には、身分の低い女との関係が噂になっては外聞が悪いとの思いがあり、そのことを意識した物言い。三〇一頁注2。底本「すましきを」、諸本「すましくを」。

7　弁の心内。どのようにお考えのことなのだろう。薫が、いつもと違ってこれほど積極的であることへの不審。

8　以下も弁の心内。(薫は)軽率で浅薄なところのないご性格なので。

9　自分の(名誉の)ためにも、外聞などは憚りなさっているのだろう。底本「ため」、諸本「御ため」。

10　弁の言。それでは承知しました。

11　近いあたりのようです。浮舟の住まう小家は薫の三条邸に近い。

12　(あなた様より)お手紙などを(前もって浮舟方へ)遣わして下さい。

13　(私が)わざわざ、さしでがましく(お二人を取り持とうと)気を利かせたように思われるとしましたら。

14　(出家している)今になって仲人《なこうど》でもあるまいにと気が引けまして。「伊賀たうめ」は未詳。「たうめ」は老女か。古注釈では、「たうめとはきつねの名と云々諸抄に見えたり。こゝの心は中だちをいふ也。中だちの物をいふは人をばかすがごとし」(細流抄)などとされている。

「文[1]はやすかるべきを、人[2]のもの言《い》ひいとうたてある物なれば、右大将[3]は、常陸《ひたち》の守のむすめをなんよばふなる、などもとりなしてんをや。その守[4]《かむ》の主《ぬし》、いと 一八四三
荒《あら》[5]〳〵しげなめり。」

との給へば、うち笑《わら》ひて、いと[6]ほしと思《おも》ふ。

40 暗《くら》うなれば出[7]で給ふ。下《した》草のをかしき花ども、紅葉などをらせ給ひて、宮[8]に御覧《らむ》ぜさせ給ふ。かひ[9]なからずおはしぬべけれど、かしこ[10]まりおきたるさまにて、いたうも馴《な》れきこえ給はずぞあめる。内《うち》[11]より、たゞの親《おや》めきて、入[12]道の宮にも聞《き》こえ給へば、いと[13]やむごとなき方は限《かぎ》りなく思ひきこえ給へり。こ[14]なたかなたとかしづききこえ給ふ宮仕《みやづか》ひに添《そ》へて、む[15]つかしき私《わたくし》の心の添《そ》ひたるも苦《くる》しかりけり。

41 [16]のたまひしまだつとめて、むつましくおぼすげ[17]らふさぶらひ一人《ひとり》、顔知《かほし》らぬ牛飼《うしかひ》[18]つくり出《い》でて遣《つか》はす。

「荘《さう》[19]の者《もの》どものゐ中《(なか)》びたる召《め》し出《い》でつゝ、つけよ。」

との給ふ。かならず[20]出《い》づべくの給へりければ、いとつゝましく苦《くる》しけれど、うち[21]け

1 薫の言。手紙(を送るの)は簡単そうだが。

2 世間の口はとても(うるさくて)いやなものなので。

3 右大将(薫)は、常陸守の娘に言い寄るそうだ、などと取り沙汰するだろうからな。

4 常陸介のこと。

5 荒っぽい感じのようだ。

6 (弁は)困ったものと思う。薫が事前に手紙を送らないことへの困惑。

40 薫、女二宮を厚遇

7 (薫は宇治を)出発なさる。

8 宮(女二宮)にご覧に入れなさる。

9 (臣下と結婚する)値打ちがあったように(女二宮は厚遇されて)いらっしゃるに違いないようだけれど。なお、女二宮は、花、紅葉などを賞美するような風流の面でも理解力があって、土産に持ち帰る値打ちがおありのお方に違いないけれど、と解する説もある。

10 (薫は)恐縮して接するといったふうで、あまりうちとけ申し上げなさらないようだ。

11 帝(今上帝)からは、普通の親のように。

12 入道の宮(薫の母女三宮)に対しても(女二宮のことを)お頼み申し上げなさるので。女三宮にとって女二宮は姪にあたる。

13 実に重々しいお相手として(薫は)この上なく大事に思い申し上げなさっている。

14 あちらこちら(帝と女三宮)がお世話申されなさる(女二宮への)奉公に加えて。

15 厄介な(浮舟への)私的な心。底本「みやつかひ」「わたくしの心」、諸本多くそれぞれ「宮つかへ」「わたくし心」。

41 弁尼、隠れ家を訪う

16 (薫が)おっしゃった日のまだ早朝に。薫の発言にあった「あさてばかり」(四三二頁)。

17 下臈侍。下級の家来。底本「けらう」。

18 (世間に)顔を知られていない牛飼童(わらわ)を(あえて)仕立てて。童の髪型なので、年齢にかかわらず童と呼ばれる。

さうじつくろひて乗《の》りぬ。野山のけしきを見《み》るにつけても、[1]いにしへよりの古事《ふること》ども思ひ出《い》でられて、ながめ暮らしてなん来着《きつ》きける。[2]いとつれ〴〵に人目《め》も見《み》えぬ所なれば、[3]引《ひ》き入《い》れて、

「[4]かくなんまゐり来《き》つる。」

と、[5]しるべのをとこして言《い》はせたれば、[6]初瀬《はつせ》の供《とも》にありし若人《わか》出《い》で来《き》て下《お》ろす。[7]あやしき所をながめ暮《く》らし明《あ》かすに、むかし語りもしつべき人の来《き》たれば、うれしくて呼《よ》び入れ給ひて、[8]親《おや》と聞こえける人の御あたりの人と思ふに、[9]むつましきなるべし、

一八四

「[10]あはれに、人知《し》れず見《み》たてまつりし後《（のち）》よりは、思ひ出《い》できこえぬをりなけれど、[11]世中《（よのなか）》かばかり思《おも》ひ給へ捨《す》てたる身にて、[12]かの宮にだにまゐり侍らぬを、[13]この大将殿《どの》のあやしきまでの給はせしかば、思《おも》う給へおこしてなん。」

と聞《き》こゆ。[14]君も乳母《めのと》も、めでたしと見《み》おききこえてし人の御さまなれば、[15]忘《わす》れぬさまにの給ふらむもあはれなれど、[16]にはかにかくおぼしたばかるらんと思ひも寄《よ》らず。

19 薫の言。荘園の連中で田舎じみたのを次々呼び出して、(お供に)入れなさい。人目を避ける配慮。

20 (薫は弁に)必ず(京へと)出るようにおっしゃったので。

21 (顔を)ととのえ身づくろいをして。

---

1 弁にとっての過去から重なる出来事。亡き八宮、大君のこと、中君のこと、それに自分自身に関わることなど。弁は、八宮が宇治へ移る前から京の八宮家に仕えていた。

2 三条の浮舟の隠れ家の様子。37節。

3 車を門の中へと入れる。

4 弁の言。これこれのようにして参上しました。「かく」は、具体的な発言の内容を略した表現。実際は「しるべのをとこ」に言わせた。

5 宇治からの道案内を務めてきた男。

6 浮舟の初瀬参詣の供をしていた若い女房。四宿木二七四頁参照。

7 (浮舟は)粗末な家で終日物思いにふけっているが、昔の話もしてくれそうな人(弁)が来てくれたので。

8 親と思い申した方(八宮)のお近くの人と。

9 親近感を覚えるのだろう。語り手の評言。

10 弁の言。(浮舟を故八宮の娘として)なつかしいお方と、ひそかに拝見してからは。

11 俗世をこうして見捨てた(尼の)身ゆえ。

12 (中君のいる)あの宮(二条院)にさえ参上しておりませんのに。

13 大将殿(薫)が妙なくらい(熱心に)おっしゃったので、気を奮い立たせまして。

14 君(浮舟)も乳母も、すばらしいと以前から見定め申していた人(薫)。先には母中将君が薫を見た時の感想が語られた(三六二頁)。その際、浮舟も薫を見ていたか。

15 (薫が浮舟を)忘れていないようにおっしゃるというのもありがたいけれど。

16 急に(薫が)こうした計画をめぐらされなさろうとは思いもつかない。

よひうち過《す》ぐるほどに、[1]宇治《うぢ》より人まゐれりとて、門《(かど)》忍《しの》びやかにうち叩《たゝ》く。[2]さにやあらんと思《おも》へど、[3]弁の開《あ》けさせたれば、車をぞ引《ひ》き入《い》るなる。[4]あやしと思ふに、

「[5]尼君《あま》に対面《たいめん》たまはらむ。」

とて、[6]この近《ちか》き御《み》荘《さう》の預《あづか》りの名《な》のりをせさせ給へれば、[7]戸口《とぐち》にゐざり出《い》でたり。雨すこしうちそゝくに、風はいと冷《ひや》ゝかに吹《ふ》き入《い》りて、[8]言《い》ひ知《し》らずかをりくれば、[9]かうなりけりと、たれも〳〵[10]心ときめきしぬべき御けはひをかしければ、[11]用意《ようい》もなくあやしきに、[12]まだ思《おも》ひあへぬほどなれば、心さわぎて、

「[13]いかなる事にかあらん。」

と言《い》ひあへり。

「[14]心やすき所にて、月ごろの思《おも》ひあまることも聞《き》こえさせんとてなむ。」

と[15]言《い》はせ給へり。[16]いかに聞《き》こゆべきことにかと、君は苦《くる》しげに思ひてゐ給へれば、[17]乳母《めのと》見《み》ぐるしがりて、

「[18]しかおはしましたらむを、立《た》ちながらや返したてまつり給はん。[19]かの殿にこそ、

42　薫、浮舟と逢う

1　宇治から人が(弁のもとに)参上していると いうことで。実は、弁への使者が宇治からやって来たかのように装う薫の到来。

2　弁の心内。そうなのだろうかと(やや不審に)思うけれど。「さ」は「宇治より人まゐれり」を指す。河内本「思へは」。河内本本文では、弁は薫の到来であろうかと思うので、と解される。

3　弁が(門を)開かせてみると、車を(門内に)引き入れるようだ。家の中にいる弁が、その物音を聞き取る。底本「弁の」、青表紙本多く「弁」。

4　変だと思うと。使者であれば、馬でやって来るはず。車を用いることはありえない。

5　薫の言。尼君にお目にかかりたい。

6　この(宇治に)近い(薫の)荘園の管理人の名を(供人に)言わせなさったので。薫は、自身が訪れたことを極力知られないよう計らっている。

7　(弁は)戸がある出入り口へと膝行して出て来ている。

8　えも言われぬ芳香がただよってくるので。芳香は薫が来訪していることの証となる。

9　女房たちの心内。こういうことだったのだと。

10　胸をときめかすに違いない(薫の)ご様子が魅力的なので。

11　(貴人を迎えるような)準備もなくて粗末である上に。

12　(薫の来訪は)いまだ考えも及ばなかった時なので、(女房らは)心の平静を失って。

13　女房の言。どういうことでしょうか。

14　薫の言。気兼ねのいらない場所で、この数か月にわたり心中で抑えきれない思いも申し上げようということで。

15　弁を取り次ぎとして言わせる。

16　浮舟の心内。

17　見かねて。

[1]かくなむと忍《しの》びて聞《き》こえめ。[2]近《ちか》きほどなれば。」

と言《い》ふ。

「[3]うひ〳〵しく、などてかさはあらん。[4]若《わか》き御どち物聞《き》こえ給はんは、ふとしも染《し》みつくべくもあらぬを。[5]あやしきまで心のどかに、もの深《ふか》うおはする君なれば、[6]よも人のゆるしなくて、うちとけ給はじ。」

など言《い》ふほど、[7]雨《あめ》や〻降《ふ》り来《く》れば、空はいと暗《くら》し。[8]殿《(との)》人《(びと)》の[9]あやしき声《こゑ》したる、[10]夜《(や)》行《ぎやう)》うちして、

「[11]家《やか》の辰巳《たつみ》の隅《すみ》の崩《くづ》れいとあやふし。」

「[12]この、人の御車《みくるま》入《い》るべくは引《ひ》き入《い》れて御門《みかど》鎖《さ》してよ。」

「[13]か〻る、人の御供《みとも》人《(びと)》こそ、心はうたてあれ。」

など言《い》ひあへるも、[14]むく〳〵しく聞《き》き《ゝ》ならはぬ心《(ここ)》ちし給ふ。

「[15]佐《さ》野《の》の《ゝ》わたりにいへもあらなくに。」

など口《くち》ずさびて、[16]里《さと》びたる簀子《すのこ》の端《はし》つ方《かた》にゐ給へり。

18　乳母の言。こうして（薫が）おいでになっているというのに、立ったままでお帰し申し上げなさるわけにはまいりますまい。底本「たちなからや」、諸本「たちなからやは」。
19　あちらの殿（常陸介邸）に。具体的には、浮舟の母である中将君に。

1　これこれとこっそり申し伝えましょう。
2　近い距離なので。常陸介邸の場所は明示されていないが、三条の小家からさほど遠くないらしい。
3　弁の言。気の利かないことに、どうしてそのように（母に相談など）することがありましょうか。
4　お若い方同士でお話を申し上げなさっても、急に（芳香が染み込むように）深い関係となるはずもないのに。
5　（薫は）不思議なほど心がおっとりとし、思慮深くていらっしゃる君なので。
6　まさか相手（浮舟）の許可なしに、なれなれしくはなさらないでしょう。
7　先には「雨すこしうちそゝくに」（四三八頁）とあった。次第に雨脚が強くなっている。
8　宿直人。四一七頁注10参照。
9　聞き苦しい（訛った）声をしている（その宿直人が）。「いやしきあづま声したる者どもばかりのみ」（四二二頁）とあった。
10　夜回りをして。五行後に「言ひあへる」とあるので、宿直人ら数名での夜警らしい。
11　宿直人らの言。邸の東南の隅っこの（土塀などの）破損が実に危ないな。
12　宿直人らの言。ここにある、客人のお車を（門内に）入れるなら引いて入れて戸締まりをしないと。
13　宿直人らの言。こんなふうに、客人のお供の者こそ、心構えがなっていないのだ。底本「みとも人」、青表紙他本多く「とも人」。
14　（薫は）気味悪く耳なれない気持が。
15　薫の言。「苦しくも降り来る雨か三輪の崎佐野のわたりに家もあらなくに」（万葉集三・

[1]さしとむる葎《むぐら》やしげき東屋《あづまや》のあまりほどふる雨《(あま)》そゝきかな

[2]とうち払《はら》ひ給へる、おひ風いとかたはなるまで、[3]あづまの里《さと》人もおどろきぬべし。[4]とさまかうざまに聞《き》こえのがれん方《かた》なければ、[5]南《みなみ》の廂《ひさし》に御座《おまし》引《ひ》きつくろひて、入《い》れたてまつる。[6]心やすくしも対面《たいめ》したまはぬを、[7]これかれ押《お》し出《い》でたり。[8]遣戸《やりど》と《ゝ》いふもの鎖《さ》して、いさゝか開《あ》けたれば、

「[9]飛驒《ひだ》の工匠《たくみ》もうらめしき隔《へだ》てかな。[10]かゝるものの《ゝ》外《と》には、まだゐならはず。」

と愁《うれ》へ給ひて、[11]いかゞし給ひけん、入《い》り給ひぬ。[12]かの人形《かた》の願《ねが》ひものたまはで、たゞ、

「[13]おぼえなきもの《ゝ》のはさまより見《み》しより、すゞろに恋しきこと。[14]さるべきにやあらむ、あやしきまでぞ思《おも》ひきこゆる。」

とぞ語《かた》らひ給ふべき。[15]人のさまいとらうたげにおほどきたれば、見おとりもせず、いとあはれとおぼしけり。

[16]ほどもなう明《あ》けぬる心《(ここ)》ちするに、[17]鳥などは鳴《な》かで、[18]大路《おほち》近《ゝか》き所《ところ》に、[19]おぼとれたる

二六五）により上の句の意を利かせる。

16　ひなびた縁側の端の方に。

1　薫の歌。戸口を閉ざす葎が茂っているのか、あまりに長時間待たされて軒の雨垂れに濡れることだ。「あまり」は葺《ふ》きおろした屋根の、軒から外へ突き出た部分。「あまりほどふる」に掛ける。「ふる」も「経る」と「降る」の掛詞。催馬楽「東屋」による（㊂紅葉賀六七頁注14）。巻名もこれによる。

2　（雨を）払いのけなさる際の、（薫自身の香を）吹き送る風は実に極端なまでに（芳しく）。

3　東国の田舎者。宿直人らのこと。

4　あれこれと言い逃れ申す方途もないので。

5　南の廂の間に（薫の）お席をととのえて。

6　（浮舟が）気軽にもお会いにならないので。

7　（女房の）誰彼が（浮舟を）押し出した。

8　引き戸という物に錠をかけて、（それを）少しばかり開けているので。この「遣戸」は、母屋と廂との境の隔て。寝殿造りでは通常は簾だが、ここでは民家の建具らしい。

9　薫の言。飛騨の工匠までも不満に感じられる仕切りだな。飛騨国（岐阜県北部）は工匠を毎年都に献じ、公役に奉仕した。飛騨の工匠が、一間四面のどの戸から中に入ろうとしても閉じてしまう小堂を建て、絵師百済川成《くだらのかわなり》を困らせたという話（今昔物語集二十四ノ五）によるか。

10　こんな物（遣戸）の外がわには、まだ座ったことがない。

11　どうなさったのか、（薫は）お入りになった。語り手がいぶかしがる。乳母の計らいか。

12　薫が亡き大君の代わりを求めること。

13　薫の言。（宇治での）思いがけなかった垣間見のこと。㊃宿木58節。

14　しかるべき因縁なのでしょうか。

15　人（浮舟）の様子はとてもかわいらしげでおっとりしているので。

43　翌朝、薫は浮舟と出発

声《こゑ》して、[1]いかにとか聞き《きゝ》も知《し》らぬ名《な》のりをして、[2]うち群《む》れてゆくなどぞ聞《き》こゆる。[3]かやうの朝ぼらけに見《み》れば、物《もの》いたゞきたる者《もの》の鬼《おに》のやうなるぞかしと聞き《きゝ》給ふも、かゝる[4]蓬《よもぎ》のまろ寝《ね》にならひ給はぬ心ち《(こゝ)》もをかしくもありけり。[5]宿直《とのゐ》人《(びと)》も門《かど》開《あ》けて出づるおとするを、[6]おの〳〵入《い》りて臥《ふ》しなどするを聞き給ひて、人召《め》して、車、[7]妻戸《つまど》に寄《よ》せさせ給ふ。[8]かき抱《いだ》きて乗《の》せたまひつ。たれも〳〵、[9]あやしうあへなきことを思《おも》ひさわぎて、

「[10]九月にもありけるを。」

「[11]心《こゝろ》うのわざや。」

「[12]いかにしつることぞ。」

と嘆け《なげゝ》ば、[13]尼《あま》君もいといと《〱》ほしく、思ひの外《(ほか)》なることど《ゝ》もなれど、

「[14]おのづからおぼすやうあらん。うしろめたうな思《おも》ひ給ひそ。[15]長《なが》月はあすこそ節《せち》分《ぶ》と聞き《きゝ》しか。」

と言《い》ひ慰《なぐさ》む。けふは十三日なりけり。尼《あま》君、

16 浮舟と夜を共にした薫の気持。秋の夜長であるはずなのに、夜が短く感じられる。

17 共寝のあと、女性と別れる暁の風情を感じさせる鶏鳴が、今は聞かれない。

18 （この小家が）三条大路に近い場所ゆえ。

19 だらしのない声で。

---

1 何のことやら聞いたこともない（売り物の）名を呼んでいて。

2 一団となって通りすぎる（者たちの）物音などが聞こえる。

3 こういう夜明け方に見ると、物を頭上に乗せている者が鬼のように見えるのだと思って（外の）物音をお聞きになるのも。

4 蓬生《よもぎう》の（粗末な宿での）ごろ寝に馴れていらっしゃらない気分もかえっておもしろくもあるのだった。このあたり、源氏と夕顔との逢瀬に似る（㈠夕顔14節）。

5 宿直人も門を開いて出て行く音がするが。夜警の仕事を終えて帰るところ。底本「する」、諸本「す」。

6 （女房たちが）それぞれ（寝床に）入って休む様子を（薫は）お聞きになってから。

7 車を妻戸近くに。「妻戸」は、南廂の隅にある両開きの戸。

8 源氏が夕顔を（㈠夕顔二七八頁）、また源氏が紫上を（㈠若紫四七八頁）、それぞれ抱いて連れ出す例に似る。

9 （女房たちは）不思議なほどあっけないことだと思いあわてふためいて。

10 女房の言。（今は）九月でもあったのに。

11 女房の言。いやなことね。九月は季の果ての月なので結婚は不吉だ、の意か。㈣玉鬘三七頁注3参照。

12 女房の言。（これは）いったいどうしたことでしょう。

13 尼君（弁）もとても困惑して。

14 弁の言。ひょっとすると（薫には）お考えになるところがあるのでしょう。

15 （その）九月も明日（十四日）こそが節分と聞

「[1]こたみはえまゐらじ。[2]宮の上聞《うへき》こしめさむこともあるに、忍びて行き帰《かへ》り侍らんも、いとうたてなん。」

と聞《き》こゆれど、[3]まだきこのことを聞《き》かせたてまつらんも心はづかしくおぼえ給ひて、

「[4]それは後にも罪《つみ》さり申したまひてん。[5]かしこもしるべなくては、たづきなき所を。」

と責《せ》[6]めての給ふ。

「[7]人一人《ひとり》や侍るべき。」

との給へば、[8]この君に添《そ》ひたる侍従《(じじゆう)》と乗《の》りぬ。[9]乳母《めのと》、尼君《あまぎみ》の供《とも》なりし童《わらは》などもおくれて、いとあやしき心《(ここ)》ちしてゐたり。

[10]近《ちか》きほどにやと思《おも》へば、宇《う》治へおはするなりけり。[11]牛《うし》など引《ひ》きかふべき心《こゝろ》まうけし給へりけり。[12]河原過《かはらす》ぎ、[13]ほふさうじのわたりおはしますに、夜は明け果《は》てぬ。[14]若《わか》き人はいとほのかに見《み》たてまつりて、めできこえて、すゞろに恋《こ》ひたてまつるに、世の中のつゝましさもおぼえず。[15]君ぞいとあさましきに物もおぼえで、うつぶし

きました。「節分」は、季節の変わる時のことで、立春、立夏、立秋、立冬の前日。ここでは、季節の変わり目の直前だから大目に見れば大丈夫、という意か。

1　弁の言。今回は(お供として)参ることはできませんね。
2　宮の上(中君)が(私の上京を)お聞きになることもあるでしょうから、こっそりと往復しますのも、大変まずいことで。弁は、中君から二条院へ参上を促されても固辞してきた(四三二頁注9)。わざわざ上京している今、挨拶をしないわけにはゆかない。
3　(薫としては)早々とこの(浮舟との)件について(弁が中君に)お聞かせ申し上げるのも気恥ずかしく思われなさって。
4　薫の言。その(挨拶の)ことは後日でもお詫び申し上げなさることにしましょう。
5　あちら(宇治)へ行くにも案内がなくては、頼りない所だし。
6　無理に(お供するよう)おっしゃる。
7　薫の言。だれか一人が(浮舟に)お供するのがよかろう。浮舟付きの女房一人が付き従うことを求める。
8　(弁は)この君(浮舟)に付き添っている侍従と(一緒の車に)乗ってしまう。乗車定員は四名で、薫、浮舟とこの二名が同車する。
9　乳母、そして尼君(弁)のお供であった女童《めのわらわ》などもあとに残されるので、とても奇妙な気分で控えている。

44　宇治への道中

10　(移動先は)近いあたりではと思っていると、(実は)宇治へいらっしゃるのであった。浮舟の心内に密着するような叙述。
11　(薫は)牛なども引き替えられる準備を。宇治までの遠路に対する用意は周到である。
12　賀茂の河原。
13　法性寺。藤原忠平が九条河原に創建した寺。今の東福寺の地にあった。宇治へ向かう道筋

臥〱したるを、

「石高《いしたか》[1]きわたりは苦《くる》しきものを。」

とて、抱《いだ》[2]きたまへり。薄物《うすもの》[3]の細長《ほそなが》を車《くるま》の中《なか》に引《ひ》き隔《へだ》てたれば、はなやかにさし出《い》でたる朝《あさ》[4]日かげに尼《あま》君はいとはしたなくおぼゆるにつけて、故《こ》[5]姫《ひめ》君の御供《とも》にこそ、かやうにても見《み》たてまつりつべかりしか、ありふれば思《おも》ひかけぬことをも見《み》るかなとかなしうおぼえて、[6]つゝむとすれどうちひそみつゝ泣《な》くを、侍従はいとにくゝ、も[7]ののはじめにかたち異《こと》にて乗《の》り添《そ》ひたるをだに思ふに、なぞかくいや目《め》なると、にくゝ[8]をこにも思ふ。[9]老いたる者《もの》は、すゞろに涙《なみだ》もろにあるものぞと、[10]おろそかにうち思《おも》ふなりけり。

[11]君も見《み》る人はにくからねど、空のけしきにつけても、[12]来《き》しかたの恋しさまさりて、山深《ふか》く入るまゝにも、[13]霧立《た》ちわたる心《(ここ)》ちし給ふ。うちながめて寄《よ》りゐ給へる[14]袖の、重《かさ》なりながらながやかに出《い》でたりけるが、川霧《ぎり》に濡《ぬ》れて、[15]御衣《ぞ》の紅《くれなゐ》なるに、御なほしの花のおどろ〱しう移《うつ》りたるを、[16]おとしがけの高《たか》き所に見《み》つけて引《ひ》き入《い》れたま

に位置していた。底本「ほうさうし」で、「し」に濁点。

14　若い女房(侍従)は、(かつて薫を)ほんの少し拝見してから、おほめ申し上げ、むやみとお慕い申しているので、世間への配慮も考えられない。

15　君(浮舟)は実に驚きあきれて何も思うことができず、うつ伏せになっているのを。

1　薫の言。大きな石のある道はつらいもの。

2　車が揺れるので、浮舟を抱き支える。

3　薄絹の細長を車内で(前後の席のあいだに垂らして)仕切りにしているので。「細長」は四玉鬘一一一頁注6参照。

4　朝日の光に(照らされた自身の出家した姿を)尼君(弁)はとてもきまり悪く思われるにつけても。

5　弁の心内。亡き姫君(大君)のお供としてこそ、このようにも拝見したかったのに、長く生きていると思いも寄らない事態を見るものだと。

6　こらえようとしてもつい顔をしかめ続けて泣くのを。

7　(新婚というめでたい)ことの初めから異なる(出家した)姿で同乗しているのだけでもどうかと思うのに、なぜこうして泣きそうな目つきなのかと。

8　愚かしいとも。底本「おこにも」、青表紙他本の一部「おこに」。

9　侍従の心内。年老いている者は、むやみに涙もろいものなのだ。

10　(経緯を知らず)いい加減にちょっと考えているだけなのだった。語り手の評言。

45　悲しみの涙

11　君(薫)も目の前の人(浮舟)は憎からず思うけれど。

12　過去への恋しい気持。浮舟を前にしても、薫の心はあくまでも大君を追慕する。

13　(心中にも)霧が立ちこめるような気持。

ふ。

[1]かたみぞと見《み》るにつけては朝露の所せきまで濡《ぬ》るゝ袖哉《(かな)》

と、[2]心にもあらずひとりごち給ふを聞《き》きて、いとゞしぼるばかり尼《あま》君の袖も泣《な》き濡《ぬ》らすを、若《わか》[3]き人、あやしう見《み》ぐるしき世《よ》かな、[4]こゝろ行く道《みち》にいとむつかしきこと添《そ》ひたる心《(ここ)》ちす。忍《しの》[5]びがたげなる鼻《はな》すゝりを聞《き》き給ひて、我《(われ)》[6]も忍《しの》びやかにうちかみて、[7]いかゞ思ふらんといとほしければ、

「[8]あまたの年比《とし(ごろ)》、この道《みち》を行《ゆ》きかふたび重《かさ》なるを思《おも》ふに、そこはかとなく物あはれなるかな。すこし起《お》き上《あ》がりて、この山の色も見《み》たまへ。[9]いと埋《む》もれたりや。」

と、しひてかき起《お》こし給へば、[10]をかしきほどにさし隠《かく》して、つゝましげに見《み》いだしたるまみなどは、[11]いとよく思ひ出《い》でらるれど、おいらかにあまりおほどき過《す》ぎたるぞ、心もとなかめる。[12]いといたう子《こ》めいたるものから、よういの浅《あさ》からずものし給ひしはやと、猶行《(ゆ)》[13]く方《(かた)》なきかなしさは、むなしき空にも満《み》ちぬべかめり。

[14]おはし着《つ》きて、[15]あはれ、亡《な》き魂《たま》や宿《やど》りて見《み》給ふらん、[16]たれによりて、かくすゞろ

14 （薫の）袖が、（浮舟の袖と）重なり合ったまま長々と（車の）外に出ていたのが。

15 （浮舟の）お召し物（袿）が紅なので、（薫の）直衣の花色（薄い藍色）が（重なって喪服用の二藍（ふたあい）のように）仰々しく色変わりしているのを。二藍は、藍の上に紅花を染め重ねた色。底本「なをし」。

16 （車が）急な坂道を登りつめた高い所に至って（垂れた袖に）気づいて。

---

1 薫の歌。亡き大君の形見の人と（浮舟を）見るにつけて、朝露がたっぷりたまるほど（悲しみの涙で）袖が濡れることだ。

2 思わず独り言のようにおっしゃるのを。

3 侍従。

4 心が晴れるはずの道中なのにとても不快なことが加わった気持がする。

5 （弁が）こらえきれなさそうに鼻をすするのを（薫が）お聞きになって。

6 自身もこっそりと鼻をかんで。

7 （浮舟が）どう思っているだろうかと気がかりになって。

8 薫の言。何年ものあいだ、この山道を行き来したことが何度も重なるのを思うと。

9 とても引っ込みがちでいるね。

10 心ひかれる感じに（扇で顔を）隠して、恥ずかしそうに（外を）見やっている目もとなどは。

11 とてもよく（似る大君のことが）思い出されるけれど、おとなしくてあまりにものんびりし過ぎているのが、頼りないようだ。

12 （大君は）実にたいそうおっとりしているものの、心遣いが足りないということはなくていらしたよと。底本「ようゐ」。

13 行き場のない悲しさは、虚空にも満ちあふれそうだ。「わが恋はむなしき空に満ちぬらし思ひやれどもゆく方もなし」（古今集・恋一・読人しらず）による。

46 宇治に到着

14 （宇治に）到着なさって。

にまどひありくものにもあらなくに、と思《おも》ひつゞけ給ひて、下《お》[1]りてはすこし心しらひて立ち去《さ》り給へり。女は、[2]母《はゝ》君の思《おも》ひ給はむことなどいと嘆《なげ》かしけれど、艶《えん》[3]なるさまに心深《ふか》くあはれに語《かた》らひ給ふに、思《おも》ひ慰《なぐさ》めて下《お》[4]りぬ。尼《あま》[5]君はことさらに下《お》りで、廊《らう》にぞ寄《よ》するを、[6]わざと思《おも》ふべき住《す》まひにもあらぬを、ようこそあまりなれと見《み》給ふ。御《み》[7]荘《さう》より、例の人〻さわがしきまでまゐり集《あつ》まる。女《をんな》[8]の御台《(み)だい》は、尼《あま》君の方よりまゐる。道《みち》[9]はしげかりつれど、この有りさまはいとはれ〴〵し。河のけしきも山の色も、[10]もてはやしたる造《つく》りざまを見《み》いだして、[11]日ごろのいぶせさ慰《なぐさ》みぬる心《(ここ)》ちすれど、[12]いかにもてない給はんとするにかと、浮《う》きてあやしうおぼゆ。

殿[13]は京に御文書《か》き給ふ。

也《(なり)》[14]あはぬ仏の御飾《かざ》りなど見《み》給へおきて、[15]けふよろしき日なりければ、急《いそ》[16]ぎものし侍りて、乱《みだ》り心《(ここ)》ちのなやましきに、[17]物忌《いみ》なりけるを思ひ給へ出《い》でゝなん、けふあすこゝにてつゝしみ侍るべき。

など、[18]母《はゝ》宮にも姫《ひめ》宮にも聞《き》こえ給ふ。

15　薫の心内。ああ、亡き(大君の)魂はここに宿ってご覧になっているだろうか。
16　(大君以外の)だれかのせいで、こんなにむやみとあちこちをさまようわけでもないのに(大君のためにさまようのだ)。

1　(薫は車を)下りてから少々心遣いをして(そこを)立ち去りなさっている。浮舟の緊張を解いてやるための気遣いか。
2　女(浮舟)は、母君(中将君)がお思いになりそうなことなどを(想像して)とても嘆かわしく思うけれど。
3　(薫が)優美な様子で思いやり深くしみじみと話しかけて下さるので。
4　(車を)下りた。
5　尼君(弁)はわざと(そこでは)下りないで、(車を)廊につけさせるのを。尼姿を見せないための配慮。
6　薫の心内。特に慮らなくてはならない住居でもないのに、(弁の)心遣いは過剰だ。底本「ようゐ」。
7　ご領有の荘園から、例によって人々が騒々しいほど参集する。薫への奉仕のため。
8　女(浮舟)のお食事。「御台」は、食器を載せる台から転じて、食事のこと。
9　道中は(草木が)鬱蒼としていたけれど、ここ(の邸周辺)の景色は実にはれやかだ。
10　引き立たせている(建物の)造作を(浮舟は邸内から)眺めやってみると。
11　このところの鬱陶しさが。
12　浮舟の心内。(薫は私を)どう扱いなさるおつもりかと、不安でいぶかしく思われる。

47　薫、京に手紙を書く

13　殿(薫)は京(の三条宮)に宛てて。
14　薫の手紙。完成しない仏殿のお飾りなどを(先日)見ておきまして。実はすでに完成している。四二七頁注6参照。底本「也あはぬ」は当て字。青表紙他本多く「またなりあはぬ」。
15　まずまずの日(吉日)であるので。

[1]うちとけたる御有りさま、今少《(すこし)》をかしくて入《い》りおはしたるもはづかしけれど、[2]もて隠《かく》すべくもあらでゐ給へり。女の御装束《さうぞく》など、色〻[3]にきよくと思《おも》ひてし重《かさ》ねたれど、少《(すこし)》[4]ゐ中《(なか)》びたることもうちまじりてぞ、[5]むかしのいと萎《な》えばみたりし御姿《すがた》の、[6]あてになまめかしかりしのみ思ひ出《い》でられて、髪《かみ》[7]の裾《すそ》のをかしげさなどは、こまぐ〱とあてなり、[8]宮の御髪《ぐし》のいみじくめでたきにもをとるまじかりけり、と見《み》給ふ。

[9]かつは、[10]この人をいかにもてなしてあらせむとすらん、たゞ今、[11]ものぐ〱しげにてかの宮に迎《むか》へ据《す》ゑんも[12]おとぎゝ便《びん》なかるべし、さりとて[13]これかれあるつらにて、おほぞうにまじらはせんは本意《ほい》なからむ、しばし[14]こゝに隠《かく》してあらん、と思ふも、[15]見《み》ずはさうぐ〱しかるべくあはれにおぼえ給へば、おろかならず語《かた》らひ暮《く》らし給ふ。[16]故《こ》宮の御事《こと》ものたまひ出《い》でゝ、むかし物語《がた》りをかしうこまやかに言《い》ひたはぶれ給へど、[17]たゞいとつゝましげにて、ひたみちにはぢたるを、[18]さうぐ〱しうおぼす。[19]あやまりても、かう心もとなきはいとよし、教《をし》へつゝも見《み》てん、[20]ゐ中《(なか)》びたるされ心《ごゝろ》もて

16 急いでこちらに来ましたところ、気分がすぐれず。
17 「物忌」をも宇治滞在の口実にする。
18 母宮（女三宮）にも姫宮（女二宮）にも。

48 浮舟の今後を思案

1 （薫の）くつろいだご様子は、一段と魅力的で（浮舟の居室に）お入りになっているのも気が引けるけれど。
2 （浮舟は身を）隠しようもなく座っていらっしゃる。
3 色もさまざまに美しくと考えた上で仕立てて（何枚も）重ねているけれど。底本「きよく」、青表紙他本多く「よく」。
4 「ゐ中」は「田舎」の当て字。
5 かつての（亡き大君の衣裳の）とても着馴れて糊気の落ちていたお姿が。
6 上品でしっとりとした風情ばかりが思い出されて。浮舟の田舎っぽさと対照的。
7 以下、あらためて薫がとらえる浮舟の容姿の叙述。髪の裾の美しさなどは、精巧で気品があり。これに対して大君の髪は、「髪さはらかなるほどに…末すこし細りて」（㊁椎本三八六頁）ととらえられていた。
8 宮（女二宮）の御髪のたいそうすばらしいのにも劣りそうにないのだった。
9 その一方で。
10 以下、二行後の「隠してあらん」まで薫の心内。この人（浮舟）をどのように扱ってゆこうというのだろうか。薫自身、浮舟の処遇についての見通しを立てていない。
11 重々しい感じで（妻として）あの宮（自邸の三条宮）に迎え取るとしたら。
12 外聞もよろしくないだろう。薫が今上帝の皇女を三条宮に迎えたのはこの年の四月初旬。まだ半年も経っていない。
13 あれこれ（の女房）と同列で、ありふれた宮仕えをさせるのは。召人扱い。
14 ここ（宇治の家）に隠しておこう。

つけて、品《しな》〴〵しからずはやりかならましかば、[1]形代不用《かたしろふよう》ならまし、と思ひなほし給ふ。

[2]こゝにありける琴《きむ》、箏《さう》の琴《こと》召《め》し出《い》でて、[3]かゝることはた、ましてえせじかしとくちをしければ、ひとり調《しら》べて、[4]宮亡《う》せ給ひて後《(のち)》、こゝにてかゝるものにいと久しう手触《てふ》れざりつかしと、めづらしく我《(われ)》ながらおぼえて、[5]いとなつかしくまさぐりつゝながめ給ふに、[6]月さし出でぬ。[7]宮の御琴の音《ね》のおどろ〳〵しくはあらで、いとをかしくあはれにひき給ひしはや、とおぼし出《い》でて、

[8]「むかし、たれも〳〵おはせし世《よ》に、[9]こゝに生《お》ひ出《い》でたまへらましかば、今すこしあはれはまさりなまし。[10]親王《みこ》の御有りさまは、[11]よその人だにあはれに恋しくこそ思ひ出《い》でられ給へ。[12]などて、さる所には年比《(としごろ)》経《へ》たまひしぞ。」

との給へば、[13]いとはづかしくて、[14]白《しろ》き扇《あふぎ》をまさぐりつゝ[15]添《そ》ひ臥《ふ》したるかたはらめ、[16]いと隈《くま》なう白《しろ》うて、[17]なまめいたるひたひ髪《がみ》の隙《ひま》など、[18]いとよく思ひ出《い》でられてあはれなり。

15 逢わないでいると物足りないに違いなくさみしいと思われなさるので。
16 亡き宮(八宮)に関するお話。
17 (浮舟は)ただもう気が引けるばかりで。
18 (薫は)物足りなくお思いになる。
19 はずれていても、こうして頼りないのはまあよい、教え続けて(成長を)確認しよう。
20 (だが)田舎っぽいしゃれっ気を身につけて、下品で上調子であるようなら。底本「ましはしも」の「はしも」を見せ消ちとし、「かはイ」と傍記。文意より「かは」を採る。なお、諸本多く「ましかは」。

---

49 琴を調べ浮舟と語らう

1 (大君の)身代わりとして役立たずだろう。
2 宇治の家にあった、故八宮の遺愛の、七絃の「琴《きん》」と十三絃の「箏」。
3 薫の心内。(浮舟は)こうした(音楽の)ことはやはり、(他のことにも)ましてできないだろうな。
4 薫の心内。宮(八宮)がお亡くなりになった後、ここでこうした楽器には実に長いあいだ手も触れなかったよ。
5 実に(楽器から)離れがたい思いで弾きすさび続けては物思いにふけりなさると。
6 九月十三夜の月。「けふは十三日なりけり」(四四四頁)。
7 薫の心内。宮(八宮)のお琴の音は仰々しくはなくて、とても風情がありしみじみとお弾きになられたな。
8 薫の言。かつて、誰も彼もいらした時に。八宮も大君も在世した当時。
9 (あなたも)ここ(宇治)で生育なさっていたならば、もう少々(昔を思う)悲しみは深まりましょうに。
10 八宮。
11 他人(の私)でさえ。
12 どうして、あのような場所(東国)で長年お過ごしになったのですか。

まいて、[1]かやうのこともつきなからず教《をし》へなさばやとおぼして、

「[2]これはすこしほのめかい給ひたりや。あはれ、[3]我《(わが)》つまといふ琴《こと》は、[4]さりとも手《て》ならし給ひけん。」

など問《ゝ》ひ給ふ。

「[5]その大和言葉《やまとことば》だに、つきなくならひにければ、[6]ましてこれは。」

と言《い》ふ。[7]いとかたはに心おくれたりとは見《み》えず。[8]こゝにおきて、え思ふまゝにも来《こ》ざらむことをおぼすが、今より苦《くる》しきは、[9]なのめにはおぼさぬなるべし。琴《こと》は押《お》しやりて、

「[10]楚王《(そわう)》の台《だい》の上《うへ》の夜《(よる)》の琴《(きん)》の声。」

と誦《ずん》じ給へるも、かの[11]弓《ゆみ》をのみ引《ひ》くあたりにならひて、[12]いとめでたく思ふやうなりと、侍従も聞《きゝ》きゐたりけり。[13]さるは、扇《あふぎ》の色も心おきつべき閨《ねや》のいにしへをば知《し》らねば、ひとへにめできこゆるぞ、おくれたるなめるかし。[14]言《こと》こそあれ、あやしくも言《い》ひつるかなとおぼす。

13 （浮舟は）とても気恥ずかしくて。

14 骨に白い紙を張ってある夏の扇。「かはぼり」とも。今は晩秋で、季節外れ。

15 （物に）よりかかるように臥しているその横顔が。

16 実にどこまでも色白で。

17 額髪の隙間から見える、しっとりとした魅力のある容貌のこと。

18 とてもよく（大君が）思い出されて。

---

1 薫の心内。こうした（音楽の）たしなみも（大君の身代わりの女君として）ふさわしく仕込んでやりたい。

2 薫の言。これ（和琴《わごん》）はほんの少しでもたしなまれましたか。和琴は日本古来の六絃の琴で、「あづま琴」「あづま」とも呼ばれる。浮舟が東国育ちゆえ話題にする。

3 「わが妻」と同じ意の「あが妻」を、「あづま」すなわち和琴と言い掛けた。

4 そう（楽器の素養がない）とはいっても弾きなじんでいらしたことでしょう。

5 浮舟の言。その（大和琴《やまとごと》ならぬ）「大和言葉」でさえ、不似合（な状態）であるのに馴れてしまいましたので。「大和言葉」は和歌のこと。和琴が大和琴とも呼ばれることによる機知的な応答。

6 貴族の姫君にとって大切な教養にあたる和歌でさえ苦手なので、ましてこの楽器を奏するのはとても無理、の意。

7 とても見苦しくて機転が利かないとは思われない。当意即妙の応答を薫は評価。

8 （浮舟を）この地に留め置いては、とても思い通りには通って来られないだろうとお思いになると、それが今からつらいのは。

9 並々に（浮舟のことを）お思いではないに違いない。語り手の推測。

10 薫の吟誦。「班女が閨《ねや》の中の秋の扇の色　楚王が台の上の夜の琴《きん》の声」（和漢朗詠集・上・尊敬《そんぎょう》）。第一句は、漢の成帝の女官班婕妤《はんしょうよ》が趙飛燕とその妹に帝の愛を奪わ

尼《あま》君の方よりくだ物まゐれり。箱の蓋《ふた》に、紅葉、蔦《つた》など[1]をりしきて、[2]ゆゑなからず取《と》りまぜて、敷《し》きたる紙《かみ》に、[3]ふつゝかに書《か》きたるもの、[4]隈《くま》なき月にふと見《み》ゆれば、目《め》とゞめ給ふほどに、[5]くだもの急《いそ》ぎにぞ見《み》えける。

[6]宿《やど》り木は色変《か》はりぬる秋なれどむかしおぼえてすめる月かな

と[7]古《ふる》めかしく書《か》きたるを、[8]はづかしくもあはれにもおぼされて、

[9]里の名もむかしながらに見《み》し人の面《おもが》変はりせる閨《ねや》の月影

[10]わざと返りことと《ゝ》はなくてのたまふ、[11]侍従なむ伝《つた》へけるとぞ。

れ身を引いた後、自身を夏の白扇が秋に捨てられるのにたとえた故事（文選・怨歌行）による。浮舟の持っていた白い扇（四五六頁）と照応。第二句は楚の襄王《じょうおう》が蘭台《らんだい》の離宮で夜琴を弾いた故事（文選・風賦）による。

11 武技を得意にする常陸介家のこと。

12 侍従（と浮舟）の心内。詩句は理解できなくても、薫の朗誦する様子に感嘆。「侍従も」とあり、浮舟も同様であることを示唆。

13 実は、（白い）扇の色にも（捨てられた女性への連想を誘う縁起でもない色ゆえ）関心を払うべき閨の故事を（浮舟たちは）知らないので、ひたすら感心しているのは教養がないのであろう。

14 薫の心内。よりにもよって、おかしなことを吟じてしまったものよ。

---

50 弁尼の贈歌に薫独詠

1 折っては敷いて。

2 重々しくなく。底本「ゆへ〳〵なからす」を諸本「ゆへなからす」により訂正する。

3 筆太に書いてある文字。老人の字らしい。

4 かげりのない月光にちらっと見えるので。

5 果物を早くほしがっているように見えた。語り手による諧謔的な言。

6 弁の歌。宿木は紅葉して色が変わった秋ながら、昔と同様に月は澄みわたっているよ。上句で大君から浮舟への交代を暗示。「澄める」に「住める」を掛ける。四宿木二一八頁の薫と弁の贈答歌を踏まえる。

7 老人らしい詠みぶりで。

8 （薫は）きまり悪くもまた悲しくも。

9 薫の歌。宇治という「憂《う》き」里の名も私も昔のままだが、閨に入る月の光で見えた女の顔はあの人とは違って見えてしまう。あくまでも大君を思慕しつづける薫。

10 特に返歌としてではなく（独詠めいて）。

11 侍従が（弁に）伝えたのだろうとか。侍従が見聞したことを物語ったことをも示唆。

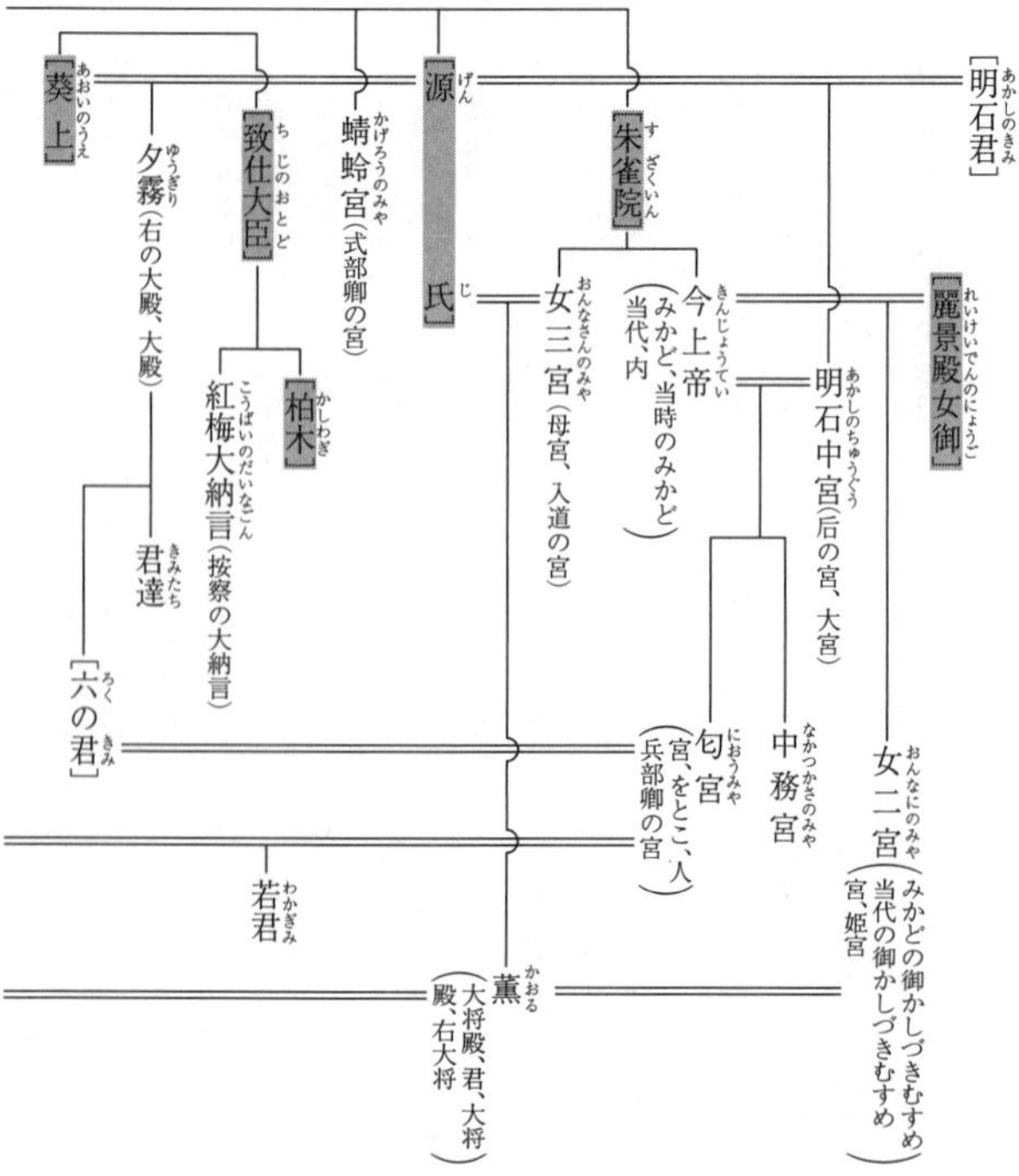

左近少将《さこんのしょうしょう》の媒《なかだち》（中だち、中人）
いもうと
弁尼《べんのあま》（尼君、弁の尼君、弁）
大輔君《たいふのきみ》（大輔）
右近《うこん》（右近の君）
浮舟《うきふね》の乳母《めのと》（乳母、御方の乳母、御乳母）
少将《しょうしょう》
平重経《たいらのしげつね》
中宮大夫《ちゅうぐうだいぶ》（大夫）
侍従君《じじゅうのきみ》（若人、侍従、若き人）

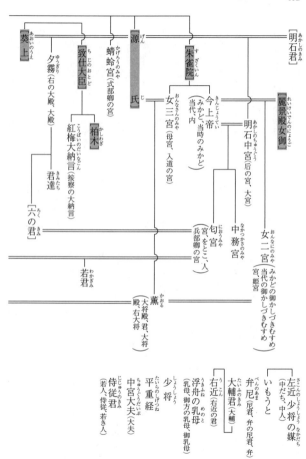

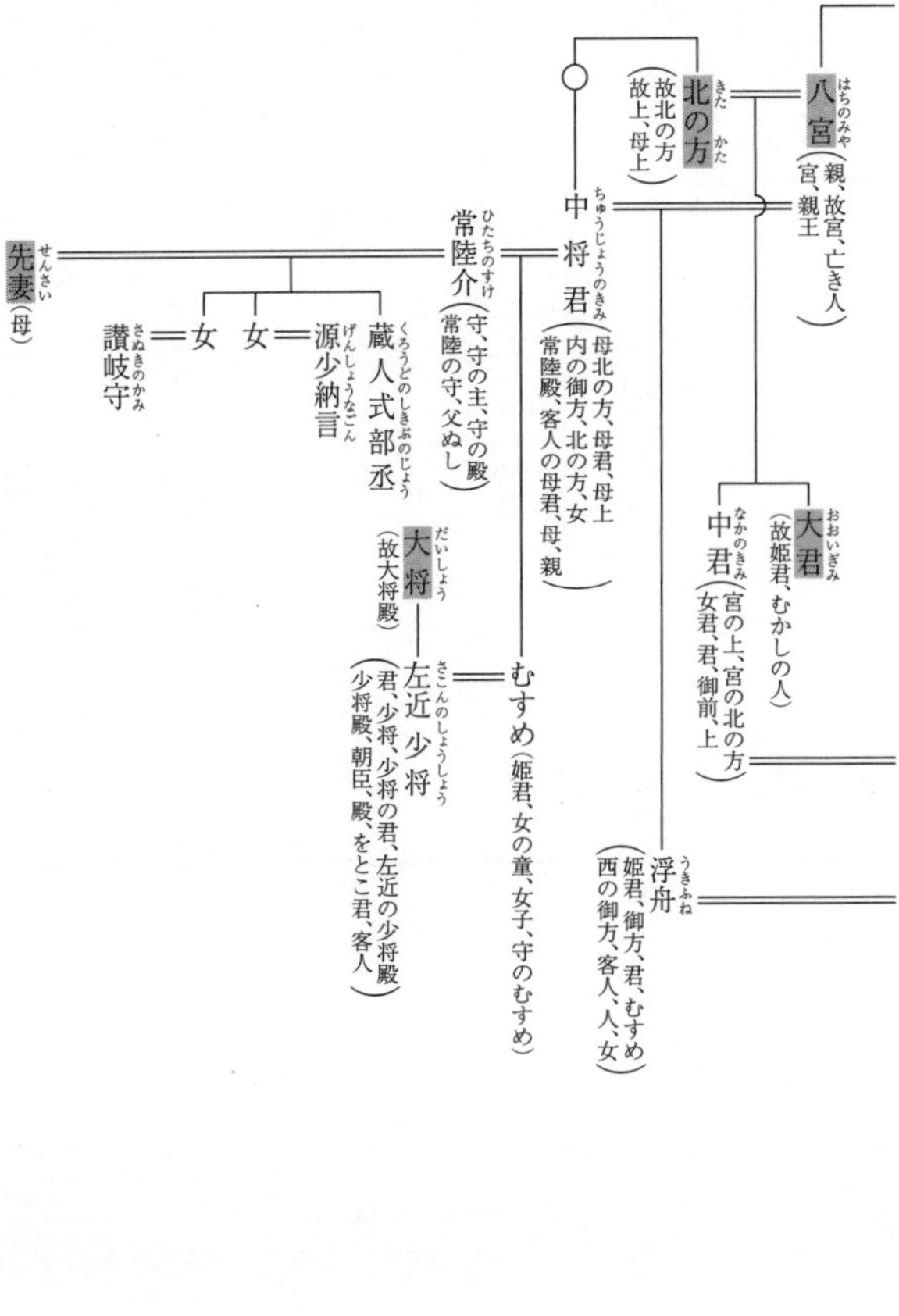
八宮《はちのみや》（親、故宮、亡き人
宮、親王）
北の方《きたのかた》（故北の方
故上、母上）
中将君《ちゅうじょうのきみ》（母北の方、母君、母上
内の御方、北の方、女
常陸殿、客人の母君、母、親）
大君《おおいぎみ》（故姫君、むかしの人）
中君《なかのきみ》（宮の上、宮の北の方
女君、君、御前、上）
浮舟《うきふね》（姫君、御方、君、むすめ
西の御方、客人、人、女）
常陸介《ひたちのすけ》（守、守の主、守の殿
常陸の守、父ぬし）
むすめ（姫君、女の童、女子、守のむすめ）
大将《だいしょう》（故大将殿）
左近少将《さこんのしょうしょう》（君、少将、少将の君、左近の少将殿
少将殿、朝臣、殿、をとこ君、客人）
蔵人式部丞《くろうどのしきぶのじょう》
源少納言《げんしょうなごん》
女
女
讃岐守《さぬきのかみ》
先妻《せんさい》（母）

浮《うき》舟《ふね》

浮《うき》舟《ふね》

匂宮《におうみや》に伴われて宇治川対岸の隠れ家へ向かう途上、橘《たちばな》の小島を見て浮舟《うきふね》が詠んだ歌「たち花の小島の色は変はらじをこのうき舟ぞゆくへ知られぬ」（五六〇頁）をもって巻名とする。底本の題簽は「うき舟」。大島本（五十三冊）は本巻を欠くため、本巻に限り、底本を明融本（東海）とする。　〈薫二十七歳春〉

1 ほのかに見た浮舟を忘れられない匂宮は、浮舟の素性を問い、ひた隠す中君《なかのきみ》を恨む。

2 悠長に構える薫《かおる》は宇治の山里に浮舟を置いたまま、京に浮舟の住まいをひそかに造らせる。

3 薫は変わらず中君に心を寄せ、世話をする。若君かわいさに匂宮も中君を大切に扱い、中君の物思いは少し慰められる。

4 **正月上旬過ぎ**、**宇治**の浮舟から中君へ、卯槌《うづち》などを添えた便りがある。匂宮のいる前で手紙を開けざるを得なくなり、中君は困惑する。

5 その手紙の内容から、匂宮は浮舟が宇治にいることを察知する。

6 匂宮は、学問のことで召し使う大内記《だいないき》を呼んで、薫の宇治行きの内実を尋ね、薫が**この十二月ごろ**からひそかに女を住まわせているらしいことを知る。

7 匂宮は大内記から浮舟らしき女の噂を聞き、大内記は薫の家司《けいし》の婿なので確かな話だと思い、さがしあてたことを喜ぶ。

8 匂宮は女をこの目で確かめたいとの思いを募らせる。**賭弓**《のりゆみ》、**内宴**などの行事が過ぎると、司召《つかさめし》で得たい官職のある大内記に宇治行きの相談をもちかける。

9 匂宮は、乳母子《めのとご》（時方《ときかた》）など親しい供の者数人だけを連れ、大内記の案内で宇治へ赴く。**法性寺**《ほっしょうじ》までは車で、その先は馬で行く途中、かの地の山深さに、女をこの目でしかと確かめようと決意を新たにする。

10 宵過ぎに宇治に着いた匂宮は葦垣《あしがき》を壊して邸内に入り、格子の隙間から浮舟たちをのぞき見る。ほの見た浮舟の顔は中君によく似ていた。見られているとも知らず、人びとは薫や中君の噂話をする。

11 中君によく似ながら彼女よりも頼りなげでかわいらしいこの女は一体何者なのか。匂宮の心ははやる。

12 堪えかねる匂宮は薫を装って浮舟の寝所へ忍び入る。来る途中恐ろしいことがあったと偽って、自分の姿を見咎められぬよう女房の右近《うこん》を欺く匂宮。

13 浮舟は入ってきた男が匂宮だと知る。中君のことを思い、浮舟は泣き出す。

14 翌朝、一度京へ戻ってからの宇治への再訪のむずかしさを思い、匂宮は帰らない。そのことに起因する問題も考えられぬほど浮舟に執心する。

15 匂宮が去らないことに困惑した右近は、連れ去ってくれない大内記や時方などの供人をなじる。

16 右近は、薫ではないことを知られないようにするため、昨夜の匂宮の嘘を利用して物忌と偽り、**石山**詣でも中止する。

17 京にいる浮舟の母中将君《ちゅうじょうぎみ》が、予定通り迎えの車をよこすが、右近は物忌を口実に車を返す。

18 いつもはもてあますだけの**春の日**も浮舟と一緒にいると日暮れがはやい。浮舟も、薫より気品高い美しさの匂宮に惹かれてゆく。匂宮は絵を描いて与える。

19 夜、京へ遣った使いが明石中宮（あかしのちゅうぐう）や夕霧（ゆうぎり）の様子を伝える。翌朝、名残を惜しみつつ浮舟と歌を詠み交わして、匂宮は暁の寒景のなかを京に帰る。

20 **二条院**へ帰邸した匂宮は浮舟のことを悟られまいと、薫にことよせて中君を責める。

21 宇治行きを病気と言い紛らわしていた匂宮に、**宮中**の明石中宮から見舞の手紙が来る。

22 夕方には薫も見舞にやって来る。浮舟を山里へ一人置き平然としている薫を見て匂宮の物思いはまさる。

23 匂宮は浮舟に手紙を送る。**翌月に**なって思いは募るが宇治に行くことはできない。

24 公事も一段落した頃、薫は宇治に行く。秘密を持った浮舟は思い乱れる。

25 京の**三条の宮**にも近いところへ、浮舟を迎えとる計画を話す薫と、匂宮のことを思う浮舟。**二月上旬**の月をながめて二人の思いはすれ違う。

26 川の景色を見て、薫と浮舟は宇治橋の歌を交わす。匂宮を知って女らしさを添えた浮舟を薫は大人びたと喜ぶ。

27 **二月十日頃**、**宮中の詩会**は**雪**のために**管絃の遊び**もすぐに中止になる。宿直（とのい）の折も浮舟のことを案じる様子の薫に、匂宮は焦りを覚える。翌朝の披講では、匂宮の詩を皆が褒めるが、本人はうわの空である。

28 匂宮は雪道をおかし、夜更けて再び宇治へ行く。右近は若い女房の侍従を味方につけて、匂宮を薫と言い紛らわす。

29 匂宮は時方に用意させていた**宇治川対岸の隠れ家**へ浮舟を伴う。川を渡る途上、**橘の小島**に舟を止め、歌を詠みあう。

30 隠れ家で二人の時を過ごす匂宮と浮舟。宮は「君にぞまどふ」と詠み、浮舟は自らの境遇を「中空《なかぞら》」と詠む。

31 浮舟に女房の真似をさせて戯れる匂宮。飽き足らぬ思いで別れの日を迎える。

32 帰京後、**二条院**で物思いに沈む匂宮はついに病臥する。浮舟も匂宮の姿を夢に見るまでに思いこがれる。

33 **長雨が降り続く**なか、尽きせぬ思いをつづる匂宮の手紙に、浮舟は母や中君のことを思って悩む。時を同じくして届いた薫の手紙を浮舟はすぐに見ようとせず、侍従や右近の目には心変りと映るのだった。

34 薫の手紙は、匂宮のものとは全く異なり、浮舟は二人の男を決めかねていよいよ思い迷う。

35 浮舟は翌日になってようやく二人に返歌。薫も匂宮もそれぞれに浮舟を恋い、彼女の面影を胸に描く。

36 薫は浮舟を京へ迎え取りたい旨を正妻女二宮《おんなにのみや》に語る。宮は鷹揚に承諾。

37 大内記を通して、薫の計画は匂宮の知るところとなる。宮も浮舟を隠しおく家を**下京**に手配する。

38 薫は浮舟の京への引き取りを**四月十日**に定めた。二人の男の間で悩む浮舟は母のもとで考えたいと思うが、異父妹の出産が近くて叶わず、母が宇治にやって来る。

39 母は弁尼《べんのあま》を呼び、浮舟の身の上を語りあう。薫に引き取られることを喜ぶ母の言葉を、浮舟は臥したまま聞いている。

40 薫との仲を浮舟が壊すようなことがあれば親子の縁を切るという母の言葉に、宇治川の流れを耳にして浮舟は入水を思う。

41 悩みやつれた浮舟の体を案じつつ、母は帰京する。

42 ふたたび、薫・匂宮双方から手紙。匂宮の使いを薫の随身が見とがめ、不審に思う。

43 随身は匂宮の使いに尾行をつけ、**匂宮邸**で大内記に手紙を渡したのを確認。薫に浮舟の手紙を届けると、薫は**六条の院**に退出中の明石中宮を見舞に行くところであった。

44 匂宮も母中宮を見舞い、六条院の**台盤所**《だいばんどころ》で浮舟からの手紙を見る。手紙に心を入れている様子を薫は目撃する。

45 随身は、宇治の邸で見かけた使いが匂宮のところへ手紙を持ち帰ったことを薫に報告する。

46 邸に帰る道すがら、薫は匂宮の裏切りを怒り、浮舟の様子が変わったのも匂宮のゆえかと、うとましく思う。

47 思い乱れる薫は浮舟へ詰問の手紙を送る。浮舟は、思い当たるが機転をきかせて手紙をそのまま送り返し、その場を逃れる。

48 手紙を送り返したことを不審がる右近と侍従。右近は薫の手紙を無断で開け、薫が秘密を知ったことを知る。

49 思い悩んで臥す浮舟の傍らで右近は姉の悲話を語る。右近はどちらか一人に定めることを得策とし、一方、侍従は匂宮を勧める。

50 右近は邸を警護する薫の荘園の者について語り、匂宮に危害が及ぶかもしれぬ見通しを述べる。それを聞く浮舟の苦悩はいよいよまさる。

51 浮舟は死を願う。浮舟たちの心配をよそに、乳母は上京の準備に精を出す。

52 数日後、右近の話に出た内舎人（うどねり）が警備を厳重にする薫の命を伝えに来る。

53 薫・匂宮のどちらを選んでも不都合が起こることを思案する浮舟は、自らの死を決意する。

54 浮舟は少しずつ匂宮の手紙を処分する。決意はしたものの、死を目前にしてやはり心は揺れる。

55 三月二十日過ぎ、匂宮から浮舟を迎えとる日取りが予告される。浮舟は匂宮からの手紙に顔を押し当てて泣くばかりで、返事も書かない。

56 浮舟の態度の変化を案じる匂宮は宇治へ赴くが、邸は前とは違って薫の命で強固に警備されている。

57 匂宮は浮舟と逢うことを果たせず、かろうじて時方が侍従を連れ出すが、事情を尋ねただけでむなしく帰京する。

58 浮舟の今生への思い。この世を去ると決心すると、親しい人びとのことが胸に思い浮かぶ。

59 浮舟は匂宮の手紙に返歌のみ返す。夢見が悪かったからと心配して、宇治山の寺に誦経（ずきょう）を手配した母には、使いが持って来た巻数（かんず）に告別の歌を書きつける。

[1]宮、[2]なほかのほのかなりし夕《ゆふ》べをおぼし忘《わす》るゝ世なし。[3]こと〳〵しきほどにはあるまじげなりしを、[4]人がらのまめやかにをかしうもありしかなと、[5]いとあだなる御心は、[6]くちをしくてやみにしことと《ゝ》ねたうおぼさるゝまゝに、[7]女君《ぎみ》をも、

「[8]かうはかなきことゆゑ、[9]あながちにかゝる筋《すぢ》のものにくみし給ひけり。思《おも》はずに心うし。」

[10]とはづかしめうらみきこえ給ふをり〳〵は、いと苦《くる》しうて、[11]ありのまゝにや聞《き》こえてましとおぼせど、[12]やむごとなきさまにはもてなしたまはざなれど、[13]あさはかならぬ方《かた》に心とゞめて人の隠《かく》しおき給へる人を、[14]物言《い》ひさがなく聞《き》こえ出《い》でたらんにも、[15]さて聞《き》き《ゝ》過《す》ぐし給ふべき御心ざまにもあらざめり、[16]さぶらふ人のなかにも、はかなうものをものたまひ触《ふ》れんとおぼし立《た》ちぬる限《かぎ》りは、[17]あるまじき里《さと》まで尋《たづ》ねさせ給ふ[18]御さまよからぬ御本正《（ほんじやう）》なるに、[19]さばかり月日を経《へ》ておぼし染《ゝ》むめるあたりは、

一八五九 1

1 匂宮、中君を恨む

1 匂宮。
2 やはりあの(二条院で浮舟を見つけて)はかなく別れた夕暮のことをお忘れになることがない。四東屋28節。
3 たいした身分ではなさそうだったが。
4 性格がまじめで面白いところもあったなと。
5 (匂宮の)たいそう浮気なご性分は。
6 心残りのまま終ってしまったことよ、と残念にお思いになるままに。
7 中君のことをも。
8 匂宮の言。そんなに些細なことなのに。浮舟を女房程度と誤解しての発言。
9 (あなたは)むやみにそのような方面のことに嫉妬なさった。心外で残念だ。底本(明融本)、「思はずに心うし」に「中詞」とあり、これを中君の言葉と解す。承応板本は「中心」とする。
10 (それはとんだ筋違いだと中君に)恥ずかしい思いをさせ、また恨み言を何度も申し上げなさる折々は、(中君も)たいそうつらく。
11 いっそのこと(匂宮に)ありのままに申してしまったものかとお思いになるけれど。
12 以下、中君の心内(四七四頁四行「もて損はじ」まで)。(薫は浮舟を)重々しい扱いはなさらぬようだが。
13 浅い気持からでなく心をとめて薫が隠しておかれる人(浮舟)を。
14 余計な口出しをして匂宮にお話しするなら。
15 そのまま聞き過ごされるような宮のご性分でもないようだ。
16 女房たちの中でも、ちょっと手をつけてみようと思い立たれた者はすべて。
17 親王が赴くのは相応しくない、(その女房の)実家にまで尋ねて行かれる。
18 お行儀のよくないご性分だから。底本(明融本)表記の「本正」は当て字。
19 そんなに(四か月)が経って深く思い込まれているらしい相手は。

[1]ましてかならず見《み》ぐるしきこと取り出《い》で給ひてむ、[2]ほかより伝《つた》へ聞《き》き給はんはいかゞはせん、[3]いづ方《かた》ざまにもいとほしくこそはありとも、[4]防《ふせ》ぐべき人の御心ありさまならねば、[5]よその人よりは聞《き》きにくゝなどばかりぞおぼゆべき、[6]とてもかくても、わがおこたりにてはもて損《そこな》はじ、と思ひ返《かへ》し給ひつゝ、[7]いとほしながらえ聞《き》こえ出《い》で給はず、[8]ことざまにつき〴〵しくは、え言《い》ひなし給はねば、[9]おしこめてもの怨《ゑん》じしたる世の常《つね》の人になりてぞおはしける。

一八〇

[10]かの人は、たとしへなくのどかにおぼしおきてて、[11]待《ま》ちどほなりと思ふらむと心ぐるしうのみ思ひやりたまひながら、[12]所せき身のほどを、さるべきついでなくて、[13]かやすく通《かよ》ひ給ふべき道《みち》ならねば、[14]神のいさむるよりもわりなし。されど[15]いまいとよくもてなさんとす、[16]山里《ざと》の慰《なぐさ》めと思ひおきてし心あるを、[17]すこし日《ひ》数《かず》も経《へ》ぬべきことどもつくり出《い》でて、のどやかに行《ゆ》きても見《み》む、さてしばしは人の知《し》るまじき住《す》み所《(どころ)》して、[18]やう〳〵さる方《かた》にかの心をものどめおき、わがためにも、[19]人のもどきあるまじく、なのめにてこそよからめ、にはかに、何《なに》人ぞ、いつよりなど聞《き》き咎《とが》めら

1　女房の場合にもまして、きっと見苦しい事件を引き起こされるに違いない。

2　よそから（浮舟のことを）伝え聞かれたらどうしようもない。

3　（薫、浮舟の）どちらにとっても困ったことではあっても。

4　とどめられるような匂宮のご性分ではないから。

5　（浮舟は自分の妹ゆえ）赤の他人より外聞悪くなることくらいは覚悟せねばなるまい。

6　ともかくも、自分の不注意では失敗を招くようなことはすまい。嫉妬による事態の悪化を恐れる。

7　（中君は）心を痛めながらも（匂宮に）打ち明けなされず。

8　事実と違えていかにもそれらしく、言い繕ったりはおできにならないので。

9　おし黙ったまま嫉妬している世間一般の女のようになっておられる。「ものゑんじもえし果てたまはず」（四宿木二三四頁）。

2　薫、浮舟を放置

10　薫は、またとなくのんびりと構えて。

11　浮舟が。

12　窮屈な身分なので。薫は権大納言兼右大将（四宿木二四五頁注8）、また妻は内親王（女二宮）。

13　気軽に。底本「かやしく」（「し」の右傍「スィ」）。池田本はじめ青表紙他本多く「かやすく」により、訂正する。平瀬本「かやしく」。

14　神が禁じて逢えなくなる道より困難。「恋しくは来ても見よかしちはやぶる神のいさむる道ならなくに」（伊勢七十一段）。

15　以下、薫の心内（四七六頁二行「本意なし」まで）。いまにきっと十分に厚遇するつもりだ。

16　宇治へ行ったときの慰めにと決めてのことだから。

17　少し日数のかかりそうな用件でもこしらえ。

18　次第にそういう方向で浮舟の気持も落ちつ

れんもものさわがしく、[1]はじめの心にたがふべし、又、[2]宮の御方の聞《き》き《ゝ》おぼさむことも、[3]もとの所をきは〴〵しう率《ゐ》て離《はな》れ、[4]むかしを忘《わす》れ顔《がほ》ならん、いと本意《ほい》なし、などおぼしし《ゝ》づむるも、[5]例《れい》のの《ゝ》どけさ過《す》ぎたる心からなるべし。[6]渡《わた》すべき所おぼしまうけて、忍《しの》びてぞ造《つく》らせ給ひける。

[7]すこし暇《いとま》なきやうにもなり給ひにたれど、[8]宮の御方には猶《(なほ)》たゆみなく心寄《よ》せ仕《つか》うまつり給ふ事、同《おな》じやう也《(なり)》。[9]見《み》たてまつる人もあやしきまで思《おも》へれど、[10]世中《(よのなか)》をやうく〱おぼし知《ゝ》り、人のありさまを見聞《みき》き《ゝ》給ふまゝに、[11]これこそはまことに、むかしを忘《わす》れぬ心長《なが》さのなごりさへ浅《あさ》からぬためしなめれと、[12]あはれも少《すく》なからず。[13]ねびまさり給ふまゝに、人がらもおぼえもさまことにものし給へば、[14]宮の御心のあまり頼《たの》もしげなき時〲は、[15]思《おも》はずなりける宿世《すくせ》かな、故《こ》姫《ひめ》君《(ぎみ)》のおぼしおきてしまゝにもあらで、かく物思《おも》はしかるべき方にしもかゝりそめけんよ、とおぼすをり〲多《おほ》くなん。

されど、[16]対面《たいめ》し給ふ事はかたし。年月もあまりむかしを隔《へだ》てゆき、[17]うち〲の御

一八六一 3

かせておき。

19 世間の非難を負わないよう、ほどほどにしておくのがよかろうが。

---

1 当初の(大君の身代わりとして求めた)心に反しよう。

2 中君がお聞きになって思われることも。

3 大君ゆかりの地をきっぱり捨てたように(浮舟を)連れ出して。

4 昔を忘れたようなことになるのは、まったく不本意なことと、はやる気持を抑えなさるのも。

5 いつものごとくのんびりしすぎたご性格のせいだろう。

6 (浮舟を)京に移す予定の場所を準備なさって、内々に造営させなさった。

3 薫と中君の仲

7 やや忙しい状況になってしまわれたけれど。浮舟のことが加わった。

8 匂宮の北の方(中君)に対しては(薫が)やはりずっと思いを募らせ申し上げる状況は変わらない。

9 見申し上げる女房たちも(薫の態度に)どうもおかしいとまで思うけれど。

10 (中君は)次第に男女の仲のことを解され、薫の態度を見聞きなさるにつれ。

11 以下、中君の心内。これこそは真実、昔を忘れぬ誠実さが、大君亡き後までも深い情けをもち続ける例であろうと。

12 感慨も一入(ひとしお)である。

13 (薫は)お年を召されるにつれ、性格も声望も人とは異なる様子でいらっしゃるので。

14 匂宮のお心があまりに信じられない折々は。

15 中君の心内。思いがけず不運だったわが身よ。亡き大君のお決めになった通りにもならず、こうして気苦労の多い匂宮と関わり始めたことよ、とお思いになる時が多くなった。

16 中君が薫と。

17 (薫と中君の)内々のお気持を。

心を深《ふか》う知《し》らぬ人は、[1]なほ〳〵しきたゞ人こそさばかりのゆかり尋《たづ》ねたるむつびをも忘《わす》れぬにつき〴〵しけれ、[2]中〳〵かう限《かぎ》りあるほどに、例《れい》にたがひたるありさまもつゝましければ、[3]宮の絶《た》えずおぼし疑《うたが》ひたるもいよ〳〵苦《くる》しうおぼし憚《はゞか》りたまひつゝ、[4]おのづから疎《うと》きさまになりゆくを、[5]さりとても絶《た》えず同《おな》じ心の変《か》はりたまはぬなりけり。[6]宮もあだなる御本上《（ほんじやう）》こそ見《み》まうきふしもまじれ、若君《わかぎみ》のいとうつくしうおよすげ給ふまゝに、[7]ほかにはかゝる人も出《い》で来《く》まじきにやと、[8]やむごとなき物におぼして、うちとけなつかしき方《かた》には人にまさりてもてなし給へば、[9]ありしよりは[10]すこし物思《おも》ひしづまりて過《す》ぐし給ふ。

[11]む月のついたち過《す》ぎたるころ[12]渡《わた》り給ひて、[13]若君《わかぎみ》の年《とし》まさり給へるを、もて遊《あそ》びうつくしみ給ふ、昼《ひる》つ方《かた》、小《ちひ》さき[14]童《わらは》、緑《みどり》の[15]薄様《うすやう》なる包文《つゝみぶみ》のおほきやかなるに、小《ちひ》さき[16]鬚籠《ひげこ》を[17]小松《こまつ》につけたる、又、[18]すく〳〵しき立文《たてぶみ》取り添《そ》へて、[19]あふなく走《はし》りまゐる。[20]女君《ぎみ》にたてまつれば、宮、

「[21]それはいづくよりぞ。」

1　以下、女房の心内。身分も並々の者こそ、この類の縁故を求めた親しさを忘れないのがふさわしいが。
2　これほど高い身分で、常識に外れた交際ぶりもかえって遠慮されるので。
3　匂宮が絶えず(薫と中君の仲を)疑惑の目で見ておいでなのも、(中君は)ますますつらくお思いになり遠慮なさっては。
4　(中君と薫との仲は)自然と疎遠になってゆくのを。
5　それにもかかわらず、(薫は)いつもこれまで通りの気持がお変わりになることはなかった。
6　匂宮も浮気なご性分は嫌な気もするが。底本の表記「本上」は四七二頁の「本正」と同様に「本性」の当て字。
7　匂宮の心内。中君以外にこんな若君も生まれて来ないのでは。
8　中君を大切な人にお思いになって、気を許して親しめる点では六の君以上に。六の君は夕霧の娘。
9　匂宮が六の君に通い始めたころよりは。
10　(中君は)少し気持を落ちつかせてお過ごしになる。

4　宇治からの便り

11　正月上旬も過ぎた頃(宮中行事が多い中を)。
12　(匂宮が)中君のいる二条院へ。
13　若君がお年を一つ加えられたのを。数え年で二歳。生後十一か月。
14　女童《めのわらわ》。
15　薄様などで包んだ文の大きめのものに。「紫の紙を包文にて、房長き藤につけたる」(枕草子・なまめかしきもの)。
16　竹籠の編み残した端を鬚のように出して飾りとしたもの。四初音一三四頁。
17　正月子《ね》の日の小松引を連想させる。
18　先の包文とは別の、改まった書状。料紙を折らずに(立紙)記す。
19　軽率で危なっかしく。

とのたまふ。

「[1]宇治より大輔《たいふ》[2]のおとゞにとて、[3]もてわづらひ侍りつるを、例《れい》[4]の御前《おまへ》にてぞ御覧《らむ》ぜんとて取《と》り侍りぬる。」

と言《い》ふも、[5]いとあわたゝしきけしきにて、

「[6]この籠《こ》は、金《かね》[7]をつくりて、色《いろ》どりたる籠《こ》なりけり。松[8]もいとよう似《に》てつくりたる枝《えだ》ぞとよ。」

と笑《ゑ》みて言《い》ひつゞくれば、宮[9]も笑《わら》ひ給ひて、

「[10]いで、われもてはやしてむ。」

と召《め》[11]すを、女君《ぎみ》、いとかたはらいたくおぼして、

「文《ふみ》[12]は大輔《たいふ》がりやれ。」

とのたまふ、御顔《かほ》の赤《あか》みたれば、宮[13]、[14]大将のさりげなくしなしたる文《ふみ》にや、宇治《うぢ》[15]の名《な》のりもつきゞしとおぼし寄《よ》りて、この文《ふみ》を取《と》り給ひつ。[16]さすがにそれならん時にとおぼすに、いとまばゆければ、

20 中君にお渡ししたところ。
21 匂宮の言。それはどこから来た手紙か。

---

1 童の言。
2 宇治以来、中君側近の女房。「御車に乗る大輔の君といふ人」(四早蕨四四頁)。「おとゞ」はここでは女房の敬称。
3 (使がだれに渡そうかと)まごまごしておりましたので。
4 いつものように中君様がご覧になるだろうと思って、受け取りました。
5 (童は)たいそう落ち着かない様子で。贈物のことを早く報告したいと気が急くさま。
6 童の言。四七八頁の鬚籠のこと。
7 金《かね》を細工して、色を塗った籠なのです。「かね」は金属の総称。
8 松も本物そっくりに造った枝ですこと。
9 匂宮。子供の無邪気さがおかしい。
10 匂宮の言。さあ、私も(この籠を)是非とも賞美しよう。「わが宿は花もてはやす人もなし」(六幻四三六頁)。
11 (籠を)取り寄せなさるのを、中君はたいそうきまり悪くお思いになって。
12 中君の言。手紙は大輔の所へ持っておゆき。童が大輔の名を挙げたのを受けて、手紙は大輔君宛てであることを強調。「がり」は宛て先・行先を示す接尾語。「むかし、紀の有常がりいきたるに」(伊勢三十八段)。
13 匂宮。
14 匂宮の心内。薫大将が何くわぬ顔をしてよこした手紙ではないか。中君の「御顔の赤みたれば」という様子から、改めて疑念が生じる。「宮の絶えずおぼし疑ひたる」(四七八頁)。
15 宇治からと名告ったのもぴったりであるし、とご推察になって、この手紙をお取り上げになる。「つきづきしう名のり言ふらむを」(夜の寝覚四)。
16 とはいえ、もし本当に薫の手紙だったらとお思いになると、ひどくきまりが悪いので。

一八三

「開《あ》[1]けて見《み》むよ。怨《ゑん》じやし給はんとする。」

とのたまへば、

「見《み》[2]ぐるしう、何《なに》かは、その女どちの中に書《か》き通《かよ》はしたらむうちとけ文《ぶみ》をば御覧ぜむ。」

とのたまふが、[3]さわがぬけしきなれば、

「[4]さは見《み》むよ。女の文書《ふみが》きはいかゞある。」

とて開《あ》けたまへれば、[5]いと若《わか》やかなる手《て》にて、

[6]おぼつかなくて年《とし》も暮《く》れ侍りにける。[7]山里《ざと》のいぶせさこそ、峰《みね》の霞《かすみ》も絶《た》え間《ま》なくて。

とて、端《はし》[8]に、

[9]これも若宮《わか》の御前《(ごぜん)》に。[10]あやしう侍《(はべ)》めれど。

と書《か》きたり。

[11]ことにらう〳〵じきふしも見《み》えねど、[12]おぼえなき、[13]御目《め》たてゝこの立文《たてぶみ》を見《み》給へ

1　匂宮の言。開けて(手紙を)見ますよ。(あなたは)お恨みになるでしょうか。

2　中君の言。みっともないこと、どうして、その女同士のあいだでやりとりする内輪の手紙をご覧になるのでしょうか。女房同士(一方は大輔君)の手紙のように扱い、自分との関わりを隠す。「うちとけ文」の例は物語中、この箇所のみ。

3　慌てる様子もないので。平静を装う。

4　匂宮の言。それでは見ますよ。女の手紙とはどんなものか。「文書き」の例は、「いと御覧ぜさせまほしうはべりし文書きかな」(紫式部日記・消息文)など。手紙の筆跡や書きぶりなどをもいう。

5　たいそう若々しい筆跡で。

6　浮舟の手紙。(お目にかかれない)不安の中で年も暮れてしまいました。「む月のついたち過ぎたるころ」(四七八頁)の手紙。

7　山里の憂鬱さは、峰の霞も晴れ間がない有様です。新春なので宇治の霧を「霞」に換え、その中に閉じ込められた自己を訴える。「峰の霞」は「古里を峰の霞は隔つれどながむる空は同じ雲井か」(［三］須磨四三二頁)。

8　手紙の端に書き添える文章。端書き。追って書き。「端」は料紙の右端。右端の余白に戻って書く。［四］常夏三二七頁注16。

9　これも若君にさしあげて下さい。後文にある卯槌《うづち》をさす。「若宮」の呼称は四八四頁にも見える。

10　つまらないものでしょうが。

5 匂宮、浮舟を察知

11　格別に洗練された点も見られないが。浮舟の手紙への評価。

12　(筆跡に)心当りがない、と。「なき」は「なしと」の意。青表紙他本「おほえなきを」。

13　特にご注目なさってこの立文をご覧になると。「目たて耳たてられて」(枕草子・世の中になほいと心憂きものは)。立文は四七九頁注18。

ば、[1]げに女の手《て》にて、

[2]年あらたまりて何《なに》ごとかさぶらふ。[3]御わたくしにも、[4]いかにたのしき御よろこび多《おほ》くはべらん。[5]こゝには、いとめでたき御住《す》まひの心深《ふか》さを、猶ふさはしからず見《み》たてまつる。[6]かくてのみ、つく〲とながめさせ給ふよりは、[7]時〲は渡《わた》りまゐらせ給ひて、御心も慰《なぐさ》めさせ給へと思ひ侍るに、[8]つゝましくおそろしき物におぼし取《と》りてなん、[9]ものうきことに嘆《なげ》かせ給ふめる。若宮《わか》の御前《おまへ》にとて、[10]卯槌《うづち》まゐらせ給ふ。[11]大《おほ》き御前《おまへ》の御覧《らん》ぜざらんほどに、御覧《らん》ぜさせ給へとてなん。

と、こま〲と[12]言忌《こといみ》もえしあへず、[13]もの嘆《なげ》かしげなるさまのかたくなしげなるも、うち返《かへ》し〲あやしと御覧じて、

「[14]いまはのたまへかし。たがぞ。」

とのたまへば、

「[15]むかし、かの[16]山里《ざと》にありける人のむすめの、さるやうありて、このごろかしこにあるとなむ聞《き》ゝ侍りし。」

1　たしかに女の筆蹟で。中君が女同士の内輪の手紙だというのに合致する、男からの手紙ではなかった、の意。

2　中君に宛てた右近の年賀状。新年になりましてお変わりございませんか。「何ごとかさぶらふ」は手紙の挨拶の常套句。四宿木二三一頁注4参照。

3　(中君)ご自身におかれましても。

4　どんなにか豊かなお慶びも多くございましょう。「たのし」は『新撰字鏡』で「ゆたけし」と併記され、物質的な充足感を表す。池田本・陽明本「たのもしき」。

5　こちらでは、まことに立派なお住まいのご配慮を、やはり不相応だと見申し上げています。浮舟の宇治住まいをいう。

6　こうしてばかり、じっと物思いに沈んでおられるよりは。浮舟に高い敬語を用いる。

7　(浮舟は)時には二条院に参上なさって、お気持を紛らわせなさいませと思っておりますところ。

8　(匂宮邸を)お気が咎め恐ろしい所とお感じになりまして。

9　気が進まないこととお嘆きのようです。

10　正月初の卯の日に、宮中の糸所から悪鬼払いのために作って内裏に奉った槌。桃の木などを直方体に切り、縦に穴をあけ、五色の糸を垂らしたもの。民間でも行われた。

11　ご主人様(匂宮)がご覧にならない隙にご覧に入れて下さい、とのことです。「大き御前」は唯一例。

12　(正月なのに)忌み言葉を慎むこともできなくて。「けふは言忌して、な泣いたまひそ」(□紅葉賀三二一頁)。

13　愚痴っぽい書きざまの見苦しそうなのも。

14　匂宮の言。もう(隠さずに)おっしゃいな。だれの手紙ですか。

15　中君の言。

16　以前、あの宇治で八宮に仕えていた女房の娘が。浮舟のこと。浮舟の手紙に「山里のいぶせさ」とあった。宇治の地。

と聞《き》こえ給へば、[1]おしなべて仕《つか》うまつるとは見《み》えぬ文書《ふみが》きを心得《え》給ふに、[2]かのわづらはしきことあるにおぼし合《あ》はせつ。[3]卯槌《うづち》をかしう、つれ〴〵なりける人のしわざと見《み》えたり。[4]またぶりに、[5]山橘《(やま)たちばな》つくりて貫《つらぬ》き添《そ》へたる枝《えだ》に、

[6]まだふりぬ物にはあれど君《きみ》がため深《ふか》き心にまつと知《し》らなん

と、[7]ことなることなきを、かの思ひわたる人のにやとおぼし寄《よ》りぬるに、御目《め》とまりて、

「[8]返事《(かへりこと)》したまへ。[9]なさけなし。隠《かく》いたまふべき文《ふみ》にもあらざめるを。」

など、[10]御けしきのあしきに、

「まかりなんよ。」

とて立《た》ち給ひぬ。女君《ぎみ》、[11]少将などして、

「[12]いとほしくもありつるかな。をさなき人の取《と》りつらむを、人はいかで見《み》ざりつるぞ。」

など、[13]忍《しの》びての給ふ。

1　普通並みにお仕え申す女房とは思えぬ書きぶりを、それと悟られるにつけ。

2　右近の文中に、恐ろしいことがあって参上できないと書いてあった、それに思い合わせてあのとき(四東屋26節)の女(浮舟)だと察知する。

3　卯槌が上手に作られていて、(それは)所在なく時間をもてあました人の細工と思われた。

4　二股になった木の枝。次の歌で松の枝と分かる。四七八頁の作り物の小松。「杈　マタフリ」(名義抄)。

5　藪柑子(やぶこうじ)。十両とも。正月の祝儀の作り物。松に刺しぬいて取りつけてある、その枝に。

6　浮舟の歌。まだ老松ではありませんが、若君のために心から長久を第一に待ち望んでおりますことを知ってほしい。「またぶり」「まだ古りぬ」、「松」「待つ」「先づ」の掛詞。予祝の賀歌だが、「またぶり」は物語中でここのみ。二股に分断される浮舟の運命を暗示するか。

7　格別の趣向もないが、あの思いをかけている人(浮舟)のものではなかろうか、と思い当たられて、おん目がとまって。「ことなることなきを」、四八二頁にも「ことにらう〳〵じきふしも見えねど」とあった。

8　匂宮の言。お返事をなさいませ。

9　(さもないと)思いやりに欠ける。

10　(中君の)機嫌がお悪いので。底本「に」は補入。青表紙他本「御けしきのあしき」。その場合、「など」以下「まかりなんよ」までも、匂宮の言(集成・全集)。

11　中君付きの女房(四宿木一九四頁)。

12　中君の言。(浮舟が)お気の毒なことになったものです。幼い子が受け取ったのをなぜあなたたちは気づかなかったのです。底本、この辺り(一〇丁表)から一面十行書が基本となる。それまでは八行もしくは九行書。

13　小声でおっしゃる。

「[1]見《み》たまへましかば、いかでかはまゐらせまし。[2]すべて、この子《こ》は心《(ここ)》ちなうさし過《す》ぐして侍り。[3]生《お》ひ先見《さきみ》えて人はおほどかなるこそをかしけれ。」

などにくめば、

「[4]あなかま。をさなき人な腹立《はらた》てそ。」

との給ふ。[5]こぞの冬、人のまゐらせたる童《わらは》の、顔《かほ》はいとうつくしかりければ、宮もいとらうたくしたまふなりけり。

[6]わが御方《かた》におはしまして、[7]あやしうもあるかな、宇治に[8]大将の通《かよ》ひ給ふことは、[9]年《とし》ごろ絶《た》えずと聞《き》くなかにも、忍《しの》びて夜《よる》とまり給ふ時もありと人の言《い》ひしを、[10]いとあまりなる人のかたみとて、[11]さるまじき所《ところ》に旅寝《たびね》し給ふらむことと思《おも》ひつるは、[12]かやうの人隠《かく》しおきたまへるなるべしとおぼし得《う》ることもありて、[13]御書《ふみ》の事につけて使《つか》ひ給ふ[14]大内記《(だいない)き》なる人の、[15]かの殿に親《した》しきたよりあるをおぼし出《い》でて、御前《おまへ》に召《め》す。[16]まゐれり。[17]院塞《(ゐん)ふたぎ》すべきに、[18]集《しふ》ども選《え》り出《い》でて、[19]こなたなる厨子《づし》に積《つ》むべきことなどのたまはせて、

1　少将の言。(童が受け取ったことを)知っておりましたら、どうしてお届けなどさせましょう。
2　万事、この子は考えなしででしゃばりなのです。
3　将来はさぞやと思われるように、子供はおっとりしているのが可愛げがあってよいのに、などと(童を)叱るので。
4　中君の言。ああ、おだまりなさい。小さい者を叱らないで。
5　去年の冬、ある人が奉公にさしあげた女童で、顔はとてもかわいらしかったので、匂宮もたいそう目をかけておられた童なのだった。

6　薫の密事を知る

6　匂宮は寝殿の自室に入られて。
7　以下、匂宮の心内。妙なこともあるものよ。
8　薫。
9　数年来続いていると聞くなかで。
10　いくら亡き人の形見だからといって。
11　とんでもない所(宇治)に外泊なさるようだがと思ったのは。
12　あの手紙の主のような人(浮舟)を隠しおいていらっしゃるということなのだろう、と合点のいかれることもあって。
13　ご学問のことに関してお使いになる。漢学をいう。
14　中務省の役人。詔勅宣命や記録を司る。正六位上。後文で「式部の少輔道定」(六〇六頁一行)と名が示される。
15　あの殿(薫)に親交があるのも思い出されて、(匂宮の)御前にお召しになった。後文で、薫の家司の婿とある(四九二頁一二行)。薫の事情に通じた者から聞き出そうと画策する。
16　大内記が参上した。
17　韻塞。底本の表記「院」は当て字。四東屋三七九頁注9。
18　漢詩文集。
19　ここにある箱に積んでおくように。呼び出した口実。

「[1]右大将の宇治へいますること、猶《(なほ)》絶《た》え果《は》てずや。寺《てら》[2]をこそ、いとかしこく造《つく》りたなれ。いかでか見《み》るべき。」

とのたまへば、

「[3]いといかめしく造《つく》られて、不断《ふだん》[4]の三《(さん)》昧堂《まいだう》など[5]いとたふとくおきてられたりとなむ聞《き》きたまふる。通《かよ》[6]ひ給ふことは、[7]こぞの秋ごろよりは、ありしよりもしば〳〵ものし給ふなり。下《しも》の人〳〵の忍《しの》びて申ししは、[8]女をなむ隠《かく》し据《す》ゑさせ給へる、[9]けしうはあらずおぼす人なるべし、[10]あのわたりに領《らう》じ給ふ所〳〵の人、みな仰《おほ》[11]せにてまゐり仕《つか》うまつる、宿直《とのゐ》[12]にさし当《あ》てなどしつゝ、[13]京よりもいと忍《しの》びて、さるべきことなど問はせ給ふ、いかなる幸《さいは》[14]ひ人の、[15]さすがに心ぼそくてゐたまへるならむ、となむ、たゞ[16]このしはすのころほひ申すと聞《き》[17]き給へし。」

と聞《き》こゆ。

[18]いとうれしくも聞《き》きつるかなと思《おも》ほして、

「[19]たしかにその人とは言《い》はずや。かしこにもとよりある尼《あま》[20]ぞとぶらひ給ふと聞《き》き

1 匂宮の言。右大将（薫）が宇治へおいでになることは、相変わらず続いているのか。
2 寺を、大変立派に造ったと聞いている。何とかして見たいものだ。
3 大内記の言。（寺が）たいそう盛大に建てられて。
4 不断の念仏三昧を行う堂。「不断の御念仏」（㊂薄雲二五〇頁）、「三昧」（㊂明石五二一頁注16）、「三昧堂近くて、鐘の声、松風に響きあひて物がなしう」（㊂明石五五六頁）。
5 たいそう尊い様子にと指図がなされたと聞いております。
6 薫が宇治にお通いになることは。
7 昨年の晩秋ごろからは、それ以前よりも頻繁になりました。寺の完成後、薫は浮舟を宇治に隠し住まわせている。
8 以下、下々の者の噂。女を密かに住まわせなさっている。
9 （薫が）憎からず思っておいでの人なのだろう。
10 宇治近辺に（薫が）所有なさるあちこちの荘園の者が。
11 みな（薫の）ご命令で参上しお仕えしておりますが。
12 （彼らを山荘の）宿直に割り当てなどしつつ。
13 京からも特に内々に、（女への）必要な援助などお見舞なさる。
14 幸せな人。「かういふさいはひ人の腹の后がねこそ、又おひすぎぬれ」（㊂少女四五二頁）。
15 幸いとはいえ山里に不安な気持で住んでおられるのだろう。
16 つい先頃の十二月ごろお噂申していると。
17 大内記が「下の人〳〵」の噂を伝え聞いた体。

7 匂宮、噂を聞き喜ぶ

18 実にうれしいことを聞いたものだな。
19 匂宮の言。はっきりだれと名は言わぬのか。
20 弁尼を、（薫が）訪ねておいでと聞いたが。

し。」

「[1]尼《あま》は廊《らう》になむ住《す》み侍《(はべ)》なる。[2]この人は、いま建《た》てられたるになむ、[3]きたなげなき女房《ばう》などもあまたして、くちをしからぬけはひにてゐて侍る。」

と聞《き》こゆ。

「[4]をかしきことかな。[5]何《ゝに》心ありて、いかなる人をかは、さて据《す》ゑ給ひつらん。[6]猶いとけしきありて、なべての人に似《ゝ》ぬ御《み》心なりや。[7]右のおとゞなど、[8]この人のあまりに道心《だうしん》にすゝみて、山寺《でら》に夜《(よ)》るさへともすればとまり給ふなる、かろ〲しともどき給ふと聞《きゝ》きしを、[9]げに、などかさしも仏の道《みち》には忍《しの》びありくらむ。[10]猶かの古里《ふるさと》に心をとゞめたると聞《きゝ》きし、[11]かゝることこそはありけれ。[12]いづら、人よりはまめなるとさかしがる人しも、ことに人《ひと》の思《おも》ひいたるまじき隈《くま》ある構《かま》へよ。」

とのたまひて、いとをかしとおぼいたり。[13]この人はかの殿にいとむつましく仕《つか》うまつる家司《けいし》の婿《むこ》になむありければ、[14]隠《かく》し給ふことも聞《き》くなるべし。[15]御心の内《うち》には、[16]いかにしてこの人を見《み》し人かとも見定《みさだ》めむ、[17]かの君《きみ》の、さばかりにて据《す》ゑたるは、な

1　大内記の言。「尼」は弁尼。大君の死後、出家した。寝殿再建中、弁は廊に住んでいたが、以後も廊に住むか(四宿木二一八頁一一行)。

2　浮舟は、今度建てられた寝殿に。薫の庇護によると分かる。

3　こぎれいな女房をおおぜい従え、見苦しからぬ生活ぶりでございます。薫の手厚い配慮を示す。

4　匂宮の言。面白い話だな。薫の知られざる一面を垣間見た思い。

5　(薫は)どういうつもりで、どんな(素性の)女を、そうして囲われたのだろう。

6　やはり一癖あって、普通の人とは違ったご性分だな。謹厳さに隠れた薫の好色性を指摘。

7　夕霧。

8　薫があまりに仏道修行の願いが強くて、山寺に夜まで、ともすると泊まるそうだが、軽率だと非難なさると聞いたのは。夕霧の薫に対する非難。

9　たしかに考えてみれば、仏道修行のためにどうしてそんなに隠れて行くことがあろうか。「仏の道」と「忍びありく」道とが掛かる。

10　やはり思い出の宇治に未練を残していると聞いたが。

11　(実は)そういうことがあったのだ。

12　どうだ、他人よりは堅いと賢ぶる人ほどかえって、ことさらだれもが思いつかないような隠しごとを考え出すものだ。

13　大内記は薫にたいそう親しくお仕えする家司の婿であったので。「家司」は家政を預る事務官。

14　薫が世間に隠しなさっていることも耳に入るのであろう。

15　匂宮の。

16　どのようにしてこの人(浮舟)を以前(二条院で)逢った人かと見定めることができようか。

17　薫が、それほどまでして囲っておくのは、並大抵のありふれた女ではあるまい。「よろし人」の例は物語中、この箇所のみ。

べてのよろし人にはあらじ、[1]このわたりには、いかで疎《うと》からぬにかはあらむ、心[2]をかはして隠《かく》したまへりけるも、いとねたうおぼゆ。

[3]たゞそのことを、このごろはおぼし染《し》みたり。賭弓《のりゆみ》[4]、内宴《ないえん》[5]など過《す》ぐして心[6]のどかなるに、司召《つかさめし》[7]などいひて人の心[8]尽《つ》くすめる方《かた》は何《なに》ともおぼさねば、宇治へ忍《しの》びておはしまさんことをのみおぼしめぐらす。この内記《き》は、望《のぞ》[9]むことありて、夜昼《よるひる》いかで御心に入《い》らむと思《おも》ふころ、例《れい》[10]よりはなつかしう召《め》し使《つか》ひて、

「[11]いとかたきことなりとも、わが言《い》はんことはたばかりてむや。」

などの給ふ。[12]かしこまりてさぶらふ。

「[13]いと便《びん》なきことなれど、かの宇治[14]に住《す》むらむ人は、[15]はやうほのかに見《み》し人の行《ゆ》くへも知《し》らずなりにしが、大将[16]に尋《たづ》ねとられにけると聞《き》き合《あ》はすることこそあれ、[17]たしかには知《し》るべきやうもなきを、たゞ[18]ものよりのぞきなどして、それかあらぬかと見定《みさだ》めむとなむ思ふ。いさゝか人[19]に知《し》〔ら〕るまじき構《かま》へは、いかゞすべき。」

との給へば、[20]あなわづらはしと思《おも》へど、

1 こちらの中君とは、どうして親しくしているのだろう。姉妹の縁を知らない匂宮は、便りが届く関係を理解できない。

2 中君と薫とが共謀して隠しなさったことも、たいそう恨めしく思われる。

8 宇治行きを相談

3 匂宮はただ浮舟のことばかりを、最近は深く思い込んでおいでだ。

4 正月十八日、帝が弓場殿《ゆばどの》で舎人《とねり》の競射をご覧になる儀。

5 正月二十一日ごろ、仁寿殿《じじゅうでん》で催される帝の私宴。漢詩文を作る。

6 気持がゆったりしたところに。

7 春の任官の公事。県召《あがためし》。地方官の任命が行われる。在京官吏の任命は秋の司召。

8 （匂宮は）人々が気を揉む方面（任官昇進）のことには全くご関心を示されないので。

9 希望する官職があるので、匂宮に取り入ろうとする。

10 いつもより近い関係でお使いになって。匂宮は大内記の下心につけ入る。

11 匂宮の言。とてもむずかしいことでも、私が言うことは取り計らってくれるだろうな。

12 （大内記は）畏まって伺候している。

13 匂宮の言。まことに不都合なことだが。

14 宇治の女を自分の昔の恋人のように偽って語る。

15 以前少し付き合った人で。「ほのかに見し」は垣間見をいう言葉で、恋仲であったことをほのめかす。

16 薫に見つかり引き取られてしまったとか、そなたの話で思い当ったのだが。

17 しかと確かめられる手だてもないので。

18 物陰から隙見などして、その人かどうかを確かめようと思う。

19 人に知られないようにする工夫は。諸本により「ら」を補う。

20 （大内記は）何と面倒なと思うけれど。

「[1]おはしまさんことは、いと荒《あら》[2]き山越《ご》えになむ侍れど、[3]ことにほどと《ゝ》ほくはさぶらはずなむ。[4]夕《ゆふ》つ方《かた》出《い》でさせおはしまして、亥《ゐ》、子《ね》の時にはおはしまし着《つ》きなむ。[5]さてあか月《(つき)》にこそは帰《かへ》らせたまはめ。[6]人の知《し》り侍らむことは、たゞ御供《とも》にさぶらひ 一八六八
侍らむこそは。[7]それも深《ふか》き心はいかでか知《し》りはべらむ。」

と申す。

「[8]さかし、[9]むかしも一《ひと》たび二《ふたゝ》たび通《かよ》ひし道《みち》なり。[10]かろ〴〵しきもどき負《お》ひぬべきが、ものの聞《ゝき》こえのつゝましきなり。」

とて、[11]かへす〳〵あるまじきことにわが御心にもおぼせど、[12]かうまでうち出《い》でたまへれば、え思《おも》ひとゞめたまはず。

御供《とも》に、むかしも[13]かしこの案《あ》内《ない》知《し》れりし物(もの)二三人、この内記《き》、[14]さては御乳母子《めのとご》の蔵人《くら》よりかうぶり得《え》たる若《わか》き人、[15]むつましき限《かぎ》りを選《え》りたまひて、[16]大将けふあすはよもおはせじなど、内記《ないき》によく案《あ》内《ない》聞《き》き給ひて、出《い》で立《た》ち給ふにつけても、[17]いにしへをおぼし出《い》づ。[18]あやしきまで心を合《あ》はせつゝ率《ゐ》てありきし人のために、[19]うしろめ

1　大内記の言。お出かけになるとしたらそれは。

2　木幡（こわた）の険しい山越え（四早蕨四六頁）。

3　ことさら遠くはございません。

4　日暮れに京を出発、亥（午後九―十一時）か子（同十一―午前一時）の刻、約四時間の到着時刻の幅を予告。実際は車と馬を用いて「夜ひ過ぐるほどにおはしましぬ」（四九八頁）とあり、早目に到着した。

5　それで暁にお帰りあそばしてはいかがでしょう。「あか月」は底本の当て字。

6　だれか察知するとすれば。匂宮の「人に知らるまじき」を受けて、従者以外にはだれにも知られないと説く。

7　その上、従者とて深いわけを知るはずもない。

8　匂宮の言。その通り。大内記の説明で昔を想起。

9　（中君を迎える）以前に、何度か通った道だ。

10　軽率だとの非難をきっと受けるだろう、そのことが外聞上憚られるのだ。大内記に細心の注意を要請する。

11　二度とあってはならぬことだとご自身も反省されるが。

12　口外された以上、とどめがたい。匂宮の情念の激しさ。

9　匂宮、宇治へ赴く

13　宇治の事情をよく知った者。往時の供人。

14　その他、匂宮の乳母子で蔵人（六位）から叙爵して従五位下に叙せられた若い男。「かうぶり」は冠。

15　親しい者だけを選定なさって。

16　薫が近々宇治へは赴かれまい。大内記から情報を得て出発する。

17　匂宮の心は回想の世界へ。

18　不思議なほど心を合せて宇治に連れていってくれた薫。

19　その薫を裏切ることになる自責の念。匂宮の心は乱れる。

たきわざにもあるかなと、おぼし出《い》づることもさまぐ\なるに、[1]京の内《うち》だにむげに人知《し》らぬ御ありきは、[2]さは言《い》へどえしたまはぬ御身《み》にしも、[3]あやしきさまのやつれ姿《すがた》して、[4]御馬《むま》にておはする心《(ここ)》ちもも《ゝ》[5]のおそろしくやゝましけれど、[6]ものの《ゝ》ゆかしき方《かた》はすゝみたる御心なれば、山深《ふか》うなるまゝに、[7]いつしか、いかならん、見合《みあ》はすることもなくて帰《かへ》らむこそ、さうぐ\しくあやしかるべけれとおぼすに、心もさわぎ給ふ。[8]ほふさうじのほどまでは御車《くるま》にて、それよりぞ御馬《むま》にはたてまつりける。一八六九
急《いそ》ぎて、[9]夜《(よ)》ひ過《す》ぐるほどにおはしましぬ。[10]内記《ないき》、案内《あない》よく知《し》れるかの殿の人に問《と》ひ聞《き》き《ゝ》たりければ、[11]殿《(との)》ゐ人ある方《かた》には寄《よ》らで、葦垣《あしがき》しこめたる西《にし》おもてをやをらすこしこほちて入《い》りぬ。[12]われもさすがにまだ見《み》ぬ御住《す》まひなれば、[13]たどぐ\しけれど、人しげうなどしあらねば、[14]寝殿《しむ(でん)》の南面《みなみおもて》にぞ火ほの暗《くら》う見《み》えてそよぐ\とするおとする、[15]まゐりて、

「[16]まだ人は起《お》きて侍るべし。たゞ[17]これよりおはしまさむ。」

としるべして、入《い》れたてまつる。

1　京の中さえ、まるでだれも（匂宮とは）気づかないお忍び歩きは。

2　それをお好みになるご性分とはいえ、おできにならないご身分であるのに。「さ」は後文で「もののゆかしき方はすゝみたる御心」といわれるような匂宮の性分をいう。

3　身をやつした粗末な出で立ちで。

4　貴人は普通は牛車を用いるところ。

5　何となく恐ろしく気が咎めるが。「やゝましし」は、いっそう胸につかえる感覚。「弥（や）疾（やまし）」の意かという。「願はん道にも入りがたくや、とややましきを」（七御法四二二頁）。

6　女への好奇心は人一倍強いご性分ゆえ。

7　以下、匂宮の心内。早く逢いたい、首尾はどうだろう、目も見かわさず帰るとしたら、つまらなく妙なことだろうとお思いになると、気持も落ち着かずにいらっしゃる。

8　法性寺（八東屋四四七頁注13）。現在の東福寺の場所にあった。巻末地図参照。木幡の山越えには馬を用いた。底本「ほうさうし」。

9　四九六頁に「亥、子の時には」とあったので、少し早い到着（午後八時過ぎ）。

10　大内記は事情をよく知っている薫邸の人から山荘の様子を聞き込んでおいたので。

11　夜番のいる方には近寄らずに、葦を結って作った垣根で囲ってある西がわを、そっと少し壊して入った。「こほち」は「毀ち」。この進入方法は当時の常套手段。『伊勢物語』五段の築地のくずれなど。

12　大内記自身も、案内はしたものの。

13　様子はよく分からないが、邸内は人数が少ないので。二行後の「まゐりて」に続く。

14　寝殿の南がわに、灯台の明かりがほの暗く見え、さらさらと衣ずれの音がする（以上、挿入句）。

15　（大内記は、邸外に待つ匂宮のもとに引き返し）参上して。

16　大内記の言。まだ（邸内の）人は起きているようです。

17　この葦垣の崩れた所からお入り下さい。

[1]やをら上《のぼ》りて、格子《かうし》[2]の隙《ひま》あるを見《み》つけて寄《よ》り給ふに、伊予簾《いよす》[3]はさら〳〵と鳴《な》るもつゝまし。[4]新《あたら》しうきよげに造《つく》りたれど、さすがにあら〳〵しくて隙《ひま》ありけるを、[5]たれかは来《き》て見《み》むともうちとけて穴《あな》もふたがず、[6]き丁《(ちやう)》のかたびらうちかけておしやりたり。[7]火明《あ》かうともして、もの縫《ぬ》ふ人三四人ゐたり。童《わらは》のをかしげなる、[8]糸《いと》をぞ縒《よ》る。[9]これが顔《かほ》、まづかの火影《ほかげ》に見《み》給ひしそれなり。[10]うちつけ目《め》かとなほ疑《うたが》はしきに、[11]右近と名《な》のりし若《わか》き人もあり。[12]君《きみ》は腕《かひな》を枕《まくら》にて、火をながめたるまみ、髪《かみ》のこぼれかゝりたる額《ひたひ》つき、[13]いとあてやかになまめきて、[14]対《たい》の御方《かた》にいとようおぼえたり。

この右近、[15]物《もの》をるとて、

「[16]かくて渡《わた》らせ給ひなば、とみにしもえ帰《かへ》り渡《わた》らせたまはじを、[17]殿はこの司召《つかさめし》のほど過《す》ぎて、[18]ついたちごろにはかならずおはしましなむと、[19]昨日の御使《つかひ》も申しけり。[20]御文《ふみ》にはいかゞ聞《き》こえさせたまへりけむ。」

と言《い》へど、[21]いらへもせず、いと物思《おも》ひたるけしきなり。

10

10 浮舟たちをのぞき見る

1　匂宮はそっと寝殿の南に回って、その簀子（すのこ）に上がる。

2　蔀（しとみ）格子の、板に透き間のある所を見つけて近寄りなさると。

3　篠竹で編んだ粗末な簾（四柏木一〇五頁注7）。「伊予簾などかけたるに、うちかづきて、さらさらと鳴らしたるも、いとにくし」（枕草子・にくきもの）。

4　新たに美しく造られているが、それでもやはり、粗い造りで透き間があったが。

5　だれも来て見まいと気を許して。

6　几帳の帷子（かたびら）をまくり上げて腕木にかけ、隅に押しやってある。「き丁」の表記は底本の当て字。

7　以下、隙見する匂宮の目と心を通して室内が描かれる。

8　糸を何本かねじり合わせて一本にする。「年ごとにわが縒る糸の立ち返り千歳の秋もくらむとぞ思ふ」（うつほ・藤原の君）。

9　この女童の顔が、まずあの時、火影でご覧になった、まさにその顔だ（四東屋三八〇頁）。

10　とっさの見間違えかと。「うちつけ目には、それかとのみ耳とどめらるる心地すれば」（夜の寝覚一）。

11　あの時、右近と名のったのは、中君付きの女房。ここは浮舟付き。同名の別人か、匂宮の思い違い。

12　浮舟。腕枕で灯火をじっと見つめた目つき。

13　とても上品でみずみずしい美しさで。

14　中君にたいそうよく似ている。

15　縫い物に折り目をつける。

16　右近の言。そうして（浮舟が）お出かけになったら、急にはとてもお帰りにはなれまいに。

17　薫。「司召」は四九五頁注7。

18　二月初めにはきっと宇治においでになろう。

19　昨日、京から薫の使者が来た趣。

20　薫へのご返事には何とお書き申されたのか。

21　浮舟は。

「[1]をりしもはひ隠《かく》れさせ給へるやうならむが見苦《みぐる》しさ。」

と言《い》へば、向《む》[2]かひたる人、

「[3]それは、かくなむ渡《わた》りぬると御消息《せうそこ》聞《き》こえさせたまへらむこそよからめ。軽《かる》[4]〴〵しういかでかはおとなくてははひ隠《かく》れさせ給はむ。御物詣《(もの)まう》[5]でののちは、やがて渡《わた》りおはしましねかし。[6]かくて心ぼそきやうなれど、心にまかせてやすらかなる御住《す》まひにならひて、中〳〵[7]旅心《たび(ごこ)》ちすべしや。」

など言《い》ふ。

又[8]あるは、

「猶[9]しばし、かくて待《ま》ちきこえさせ給はむぞ、のどやかにさまよかるべき。京[10]へなど迎《むか》へたてまつらせ給へらむのち、おだしくて[11]親《おや》にも見《み》えたてまつらせ給へかし。[12]このおとゞのいときふに物し給ひて、[13]にはかにかう聞《き》こえなし給ふなめりかし。むかしもいまも、[14]もの念《ねむ》じしてのどかなる人こそ、幸《さいは》ひは見果《みは》て給ふなれ。」

など言《い》[15]ふなり。右近、

1 右近の言。薫来訪の折も折、（浮舟が）そっと身を隠されるようであるのがみっともないことです。薫が「ついたちごろにはかならずおはしましなむ」（五〇〇頁）という状況下での出立を懸念する。薫にすねたと思われたら不都合。

2 右近に対座している女房。

3 女房の言。その懸念については、（浮舟は）これこれで出かけましたと（薫に）お便り申されたらよいでしょう。

4 軽率に、どうして（薫に）無断でお隠れになれましょう。

5 ご参詣のあとは、すぐ（宇治へ）お帰りなさいませ。後に、母（中将君）との石山寺参詣であることが分かる。

6 （こちらは）こうして心細いようではありますが、気ままで安心できるお住まいでの生活に（浮舟も）慣れて。

7 （浮舟が）元々住んでいた京のお邸、常陸介邸は）かえって他人の家のような気持がするに違いありません。「旅」は外泊の意。「古き宮は、返りて旅心ちし給ふにも」（㊂賢木二七四頁）。

8 別の女房は。

9 やはりしばらくは、このままで（薫の来訪を）お待ち申されるほうが、おだやかで具合がよいに決まっています。

10 （薫が浮舟を）京になどお迎え申し上げなさった後に。

11 落ち着いて母君にもお会いなさいませ。

12 この乳母がとてもせっかちで。「きふ」は急。底本は「きう」。「祖父《おほぢ》おとゞ、いときふにさがなくおはして」（㊂賢木二七〇頁）。「この」とあるが乳母は不在。五〇四頁にも「このまゝ」とある。

13 急に石山寺参詣などを母君に勧めなさるようだ。

14 辛抱づよくて気長な人こそ最後は幸せになられるのです。

15 言う声が（匂宮に）聞こえる。

「などて、このまゝ[1]をとゞめ[2]たてまつらずなりにけむ。老《お》[3]いぬる人はむつかしき心のあるにこそ。」

一八七 とにくむは、乳母《めのと》[4]やうの人を譏《そし》るなめり。げにゝ[5]くきものありきかしとおぼし出《い》づるも、夢《ゆめ》[6]の心《（ここ）》ちぞする。

[7]かたはらいたきまでうちとけたることゞもを言《い》ひて、

「宮[8]の上《うへ》こそ、いとめでたき御幸《さいは》ひなれ。右《（みぎの）》[9]大殿の、さばかりめでたき御いきほひにて、いかめしうのゝしり給ふなれど、若君《わかぎみ》[10]生《む》まれ給ひてのちは、こよなくぞおはしますなる。か[11]ゝるさかしら人どものおはせで、御心[12]のどかにかしこうもてなしておはしますにこそはあめれ。」

と言《い》ふ。

「殿[13]だにまめやかに思ひきこえ給ふこと変《か》はらずは、劣《おと》[14]りきこえ給ふべきことかは。」

と言《い》ふを、君《きみ》[15]すこし起《お》き上《あ》がりて、

1　乳母を親しんで呼ぶ語。「小兒ノ乳母ヲツネニハマ、トイヘリ如何」(名語記・五)。「まゝの遺言はさらにも聞こえさせず」(㊂蓬生一二八頁)。

2　お引き留め申し上げなかったのでしょう。

3　年とった人は厄介な気持があるものです。

4　以下、右近の話を聞いた匂宮の心内を語り手が推測する。乳母らしき人のことを悪く言っているようだ。

5　たしかに(あの時、二条院で)憎らしい女がいたよ。㊃東屋三八二頁。底本、「ありき」の「き」は傍記。補入の印はないが、底本補入の同例に従う。青表紙他本多く「き」なし。その場合は下の「おぼし出づる」に応じて、あの憎い女が今ここにいるのだ、の意となる。

6　夢を見ているような気持がする。二条院での様子とことごとく符合。

7　(女房たちは)聞いていてきまりの悪いほど、気を許した話をして。

8　右近の言。中君こそ、まことにすばらしい、お幸せな方です。羨む気持を込める。

9　右大臣夕霧が、あれほどの大したご威勢で、重々しく時めいておられるようですが。匂宮の婿扱いをいう。娘の六の君は匂宮の妻。

10　若君ご誕生後は、(中君の待遇が一変して)たいそうなものでいらっしゃいます。明石中宮(匂宮の母)からの見舞や産養《うぶやしない》を受け、公認された(㊃宿木一四三頁注4)。

11　あのような差し出がましい乳母たち。中君にはそうした者がいないのがかえって幸いだ。

12　五〇二頁の女房の言「もの念じしてのどかなる人こそ、幸ひは見果て給ふなれ」と響き合う。

13　女房の言。せめて殿(薫)さえ誠実に浮舟を大切に思い申し上げなさることが変わらなければ。

14　(中君の幸運に)劣り申されるはずがあろうか、いやない。

15　浮舟。

「[1]いと聞《き》きにくきこと。[2]よその人にこそ劣《おと》らじともいかにとも思《おも》はめ、かの御事《こと》なかけても言《い》ひそ。[3]漏《も》り聞《き》こゆるやうもあらば、かたはらいたからむ。」

など言《い》ふ。

[4]何《なに》ばかりの親族《しぞく》にかはあらむ、いとよくも似通《にかよ》ひたるけはひかな、と思《おも》ひ比《くら》ぶるに、[5]心はづかしげにてあてなる所はかれはいとこよなし、[6]これはたゞらうたげにこまかなる所ぞいとをかしき。[7]よろしうなりあはぬところを見《み》つけたらむにてだに、[8]さばかりゆかしとおぼし染《し》めたる人を、[9]それと見《み》てさてやみたまふべき御心ならねば、[10]まして隈《くま》もなく見《み》給ふに、[11]いかでかこれをわが物にはなすべきと、[12]心もそらになり給ひて、なほまもりたまへば、右近、

「いとねぶたし。[13]よべもすゞろに起《お》き明《あ》かしてき。[14]つとめてのほどにも、これは縫《ぬ》ひてむ。急《いそ》がせ給ふとも、[15]御車《くるま》は日《ひ》たけてぞあらむ。」

と言《い》ひて、[16]しさしたるものどもとり具《ぐ》して、[17]き丁《(ちやう)》にうちかけなどしつゝ、[18]うたゝ寝《ね》のさまに寄《よ》り臥《ふ》しぬ。[19]君《きみ》もすこし奥《おく》に入《い》りて臥《ふ》す。右近は[20]北《きた》おもてに行《い》きて、しば

1　浮舟の言。たいそう聞き苦しいこと。

2　他人に対して劣るまいの何のと思おうが勝手だけれど、(姉の)中君のことはけっして言わないように。

3　もし(中君に)漏れ聞かれるようなことがあるならば、具合の悪いことでしょう。姉の心証を害して、唯一の拠り所が失われるのを恐れる。

11　匂宮のはやる心

4　匂宮の心内。(中君と浮舟とは)どの程度の親戚なのだろう、とてもよく似た様子だな、と思って比較してみるに。

5　こちらが気が引けるほど立派で上品な点では中君は実に群を抜いている。

6　こちら(浮舟)はただもう可愛らしく、目鼻立ちの一つ一つがたいそう魅力的である。

7　並で不十分なところを仮に見つけたところでさえ。「よろし」は「よし」に比べて一段劣る。

8　あれほど逢いたいと深く思っておられた浮舟を。

9　(匂宮は)あれこそ浮舟と見定めてそのままで済ませられるご気性ではないから。

10　加えてこうして様子を残らずご覧になって。

11　何とかこれ(浮舟)を自分のものにできないか、と。河内本および肖柏本には続けて、「わりなくおぼしまどひぬ物へいくべきなめりおやもあるべしいかでかこゝならで又はたづねあはむこよひの程にはいかゞすべきと」とある。

12　心も上の空になられて、そのままじっと見つめておられると。

13　昨夜も何とはなしに夜明かししてしまった。

14　明朝早くにでも。

15　お迎えの車は日が高くなってからであろう。

16　縫いかけの物などを取り揃えて。

17　几帳。

18　仮眠する状態で横になった。

19　浮舟。

しありてぞ来《き》たる。君《きみ》[1]のあと近《ちか》く臥《ふ》しぬ。

[2]ねぶたしと思《おも》ひければ、[3]いと《ゝ》う寝入《ねい》りぬるけしきを見《み》給ひて、[4]又せむやうもなければ、忍《しの》びやかに[5]この格子《かうし》をたゝき給ふ。右近聞《きゝ》つけて、

[6]「たそ。」

と言《い》ふ。[7]声《こわ》づくり給へば、[8]あてなるしはぶきと聞《きゝ》知《し》りて、[9]殿のおはしたるにやと思ひて起《お》きて出《い》でたり。

[10]「まづこれ開《あ》けよ。」

とのたまへば、

[11]「あやしう、おぼえなきほどにもはべるかな。夜はいたうふけ侍りぬらんものを。」

と言《い》ふ。

[12]「ものへ渡《わた》り給ふべかなりと仲信《なかのぶ》が言《い》ひつれば、[13]おどろかれつるまゝに出《い》で立《た》ちて、いとこそわりなかりつれ。まづ開《あ》けよ。」

20　寝殿の北廂。

1　(右近は)浮舟の足元近くに横になってしまう。「乳母たちなど近く臥して、うちみじろくも苦しければ、かたみにおともせず」(㊂少女四七六頁)。

12　浮舟の寝所に入る

2　(右近は)眠たいと思っていたので。「いとねぶたし。よべもすゞろに起き明かしてき」(五〇六頁)。
3　(匂宮は、右近が)すぐに寝入ってしまう様子をご覧になって。
4　他に方法もないので。これしかないと。
5　これは、不意の訪問や緊急の場合。予定された時は、咳払いや扇子を鳴らして合図。寝ている右近を起こす。「格子、妻戸うち叩きこわづくらんこそ、うひ〳〵しかるべけれ」(四宿木一〇〇頁)。
6　右近の言。だれですか。「こはたそ」(㊂花宴九六頁)。
7　(匂宮が)咳払いをなさると。「声づくりけしきとりて、御消息聞こゆ」(㊂花散里三七二頁)。
8　上品な咳払いだと判断して。
9　薫がお見えになったのかと思って起きて出てきた。
10　匂宮の言。早くこの格子を開けてくれ。三行目に「この格子」とあった。
11　右近の言。妙なこと、思いがけない時間にいらっしゃるものですね。夜もすっかり更けていましょうに。
12　匂宮の言。浮舟が外出なさる予定だと仲信が言ったので。先刻、立ち聞きした話を利用して薫を装う。仲信は薫の家司(四九二頁)。名としては初出。
13　仰天してそのまま出立したから、いやはや大変だった。まずは開けてくれ。薫でないことを気づかれる前にと再度促す。

との給ふ声《こゑ》、[1]いとようまねび似《に》せたまひて忍《しの》びたれば、[2]思《おも》ひも寄《よ》らずかい放《はな》つ。

「[3]道《みち》にていとわりなくおそろしきことのありつれば、[4]あやしき姿《すがた》になりてなむ。火《ひ》暗《くら》うなせ。」

とのたまへば、

「[5]あないみじ。」

とあわてまどひて、[6]火は取《と》りやりつ。

「[7]われ人に見《み》すなよ。[8]来《き》たりとて、人おどろかすな。」

と、[9]いとらう〳〵じき御心にて、[10]もとよりもほのかに似たる御声《こゑ》を、[11]たゞかの御けはひにまねびて入《い》りたまふ。

[12]ゆゝしきことのさまとのたまひつる、いかなる御姿《すがた》ならんといとほしくて、[13]われも隠《かく》ろへて見《み》たてまつる。[14]いと細《ほそ》やかになよ〳〵と装束《さうぞ》きて、[15]香《か》のかうばしきことも劣《おと》らず。[16]近《ちか》う寄《よ》りて、[17]御衣《ぞ》ども脱《ぬ》ぎ、馴《な》れ顔《がほ》にうち臥《ふ》したまへれば、

「[18]例《れい》の御座《おまし》にこそ。」

1　薫の声にそっくり似せて、ひそひそ声でおっしゃったので。元来、匂宮と薫は声が似ていた。八行目に「もとよりもほのかに似たる御声を」とある。

2　（右近は）まさか匂宮とはまったく考えもせずに、格子を開け放つ。

3　匂宮の言。ここに来る途中の道でひどく恐ろしいことがあったので。木幡山の山越えをいう。盗賊などに襲われた口ぶり。

4　見苦しい姿になってしまっている。装束の汚れなどを意識させる。それを見せたくないからと灯を暗くさせ顔を隠す。相手を欺く策略。

5　右近の言。まあ、大変。

6　灯台の火は取り除いてしまう。匂宮の策に乗った形。

7　匂宮の言。私の姿を他の者に見せるなよ。

8　（私が）来たからといって、人を起こすでないぞ。

9　たいそう機転のきくご性格。偽りを皮肉る語り手の評言。

10　元々（薫と）少し似ているお声を。

11　まるであの方（薫）のご様子のように似せて、中にお入りになる。「たゞ」はそっくりなさま。「たゞ児《ごち》のやうに見え給ひて、いみじうらうたきを」（因横笛一二四頁）。

12　（匂宮は）大変な事態とおっしゃる、一体どのようなお姿なのだろうと、（右近は）お気の毒で。匂宮の「いとわりなくおそろしきこと」（二行）を右近の気持を含めて表す。

13　右近も隠れて見申し上げる。

14　（匂宮は）たいそうほっそりとしなやかなお召し物で。

15　芳香も（薫に）劣らない。これは語り手の評。薫と思い込んでいる右近には香で両者を見分けることができない。

16　（匂宮は）浮舟のそばに近寄って。

17　「ども」は重ね着を表す。色は白。

18　右近の言。いつものご寝所に（どうぞ）。平常は御帳台。

など言《い》へど、[1]もののたまはず。御[2]衾《ふすまゝ》まゐりて、寝《ね》つる人〳〵起《お》こして、すこし[3]し《ゝ》ぞきてみな寝《ね》ぬ。御[4]供《とも》の人など、例《れい》のこゝには知《し》らぬならひにて、

「[5]あはれなる夜《よ》のおはしましざまかな。かゝる御ありさまを御覧《ごらむ》じ知《ゝ》らぬよ。」

など[6]さかしらがる人もあれど、

「[7]あなかま、給へ。夜声《よごゑ》はさゝめくしもぞかしかましき。」

など言《い》ひつゝ寝《ね》ぬ。

[8]女君《ぎみ》は、[9]あらぬ人なりけりと思《おも》ふに、あさましういみじけれど、声《こゑ》[10]をだにせさせたまはず、[11]いとつゝましかりし所にてだに、わりなかりし御心なれば、ひたふるにあさまし。[12]はじめよりあらぬ人と知《し》りたらば、[13]いかゞ言《い》ふかひもあるべきを、夢《ゆめ》[14]の心《（ここ）》ちするに、[15]やう〳〵[16]そのをりのつらかりし、年《とし》[17]月ごろ思《おも》ひわたるさまのたまふに、[18]この宮と知《し》りぬ。いよ〳〵はづかしく、[19]かの上《うへ》の御ことなど思《おも》ふに、[20]又たけきことなければ、限《かぎ》りなう泣《な》く。[21]宮も中〳〵にて、たはやすく逢《あ》ひ見《み》ざらむことなどを《ゝ》おぼすに泣《な》き給ふ。

1 匂宮は、別人と悟られぬよう、できるだけ言葉を発しない。
2 夜具を（右近が匂宮に）さしあげ。
3 女房たちは浮舟から少し離れてみな寝てしまった。
4 従者のことなどは、いつものようにこちらでは世話をしない習慣なので。そのせいで、薫一行とは異なる従者の顔で人違いを見破れないという設定か。
5 女房の言。情愛深い、夜中のお越しよ。（薫の）こんな深いお気持を（浮舟は）お分かりにならないのね。
6 わかったような口を利く女房もいるが。
7 右近の言。まあうるさい、お静かに。夜の声はひそひそ声がかえってやかましい。

13 浮舟、匂宮と知る

8 浮舟。
9 薫ではない人だったよと。「けり」は気づきの意。
10 （匂宮は浮舟に）声をさえ上げさせなさらず。
11 たいそう気がねの多かった二条院でさえ、無分別であった匂宮のご料簡だから。
12 最初から別の方と知っていたなら。
13 どのようにか言うかいもあるはずなのに。
14 とても現実のこととは思われない気持。
15 次第に。次行の「知りぬ」に続く。
16 二条院で浮舟に言い寄った時の（匂宮が浮舟に対して）薄情だと思ったこと。浮舟は名を明かさなかった（㈣東屋三八六頁）。この折の回想が幾度も繰り返される。
17 （その後）長いあいだ思い続けてきたことをおっしゃるので。実際は五か月ぶりの再会。「年月ごろ」は誇張表現。
18 匂宮。
19 中君。
20 他にどうしようもないので。「たけきこと」はよりよい方法。「外にすべきやうなければ」（玉の小櫛）。
21 匂宮もなまじ逢ったのがかえってつらく。

夜《よ》[1]はたゞ明《あ》けに明《あ》く。御供《とも》の人来《き》て声《こわ》[2]づくる。右近聞《き》きてまゐれり[3]。出《い》で給はん心《(ここ)》ちもなく、飽《あ》[4]かずあはれなるに、又おはしまさむこともかたければ、京[5]には求《もと》めさわがるとも、けふばかりはかくてあらん、何《なに》[6]ごとも生《い》ける限《かぎ》りのためこそあれ、[7]たゞいま出《い》でおはしまさむはまことに死《し》ぬべくおぼさるれば、この右近を召《め》し寄《よ》せて、

「[8]いと心《(ここ)》ちなしと思《おも》はれぬべけれど、けふはえ出《い》づまじうなむある。男《をのこ》[9]どもは、このわたり近《ちか》からむ所に、[10]よく隠《かく》ろへてさぶらへ。時《(とき)》方《かた》[11]は京へものして、山寺《でら》[12]に忍《しの》びてなむと、つき〴〵しからむさまにいらへなどせよ。」

との給ふに、[13]いとあさましくあきれて、[14]心もなかりける夜《よ》のあやまちをおもふに、心《(ここ)》ちもまどひぬべきを思ひしづめて、[15]いまはよろづにおぼほれさわぐともかひあらじ物から、[16]なめげなり、[17]あやしかりしをりにいと深《ふか》うおぼし入《い》れたりしも、かう[18]のがれざりける御宿世《すくせ》にこそありけれ、人のしたるわざかは、と思《おも》ひ[20]慰《なぐさ》めて、

「[19]けふ御迎《むか》へにと侍りしを、いかにせさせ給はむとする御事にか。かうのがれき

14 翌朝、匂宮帰らず

1　別れが近づく時間の早さ。同じ語法に「たゞ急がしに急がし出づれば」（五三四頁）など。
2　出立を促す咳払い。
3　匂宮のもとに参上する。
4　（匂宮は）いつまで見ていても浮舟がいとしくてたまらない上に。
5　以下、匂宮の心内。京では自分の行方を探して騒がれようとも、今日だけはこうして（宇治に）いよう。
6　万事は生きているあいだだけのためにある。「恋ひ死なむ後は何せむ生ける日のためこそ人の見まくほしけれ」（拾遺集・恋一・大伴百世）。
7　匂宮の心内をうけて地の文へ移る。
8　匂宮の言。まことに無分別と思われようが。
9　匂宮の従者。
10　目立たぬように控えておれ。
11　匂宮の家司で乳母子（四九七頁注14）。
12　匂宮は山寺にひそかに参籠中と、まことしやかに答えておけ。
13　驚き呆れて。右近は初めて薫でなく匂宮だったことを知り、事の重大さに呆然。
14　よくも注意しなかった昨夜のあやまちを思うと。
15　あれこれあわてふためいてもかいはあるまいものの。二行後の「思ひ慰めて」に続く。
16　右近の心内。（匂宮に対しても）失礼になるし。
17　あの二条院での一件。四東屋26―28節。
18　逃れられなかった（浮舟の）ご宿縁であったのだ、だれのしでかした過失でもない。
19　右近の言。（石山詣でのため母君から）今日お迎えに来るとのことでございましたが、どうなさろうというおつもりですか。
20　このように逃れ申すすべもおありでなかったご宿縁は、何とも申し上げようもございません。

こえさせたまふまじかりける御宿世《すくせ》は、いと聞《き》こえさせはべらむ方《かた》なし。をりこそ[1]いとわりなく侍れ、猶[2]けふは出《い》でおはしまして、御心ざし侍らばのどかにも。」

と聞《き》こゆ。およすげ[3]ても言《い》ふかなとおぼして、

「われ[4]は月ごろ思ひつるにほれ[5]果《は》てにければ、人《ひと》[6]のもどかむも言《い》はんも知《し》られず、ひたふるに思《おも》ひなりにたり。すこし[7]も身《み》のことを思《おも》ひ憚《はゞか》らむ人の、かゝるありきは思《おも》ひ立《た》ちなむや。御返り[8]には、「けふは物忌《ものいみ》[9]」など言《い》へかし。人[10]に知《し》らるまじきことを、たがためにも思《おも》へかし。異事《こと(ごと)》[11]はかひなし。」

とのたまひて、この人[12]の、世《よ》に知《し》らずあはれにおぼさるゝまゝに、よろづ[13]の譏《そし》りも忘《わす》れたまひぬべし。

右近出《い》[14]でて、このおとなふ[15]人に、

「かく[16]なむのたまはするを、なほいと[17]かたはならむとを申させ給へ。あさましう[18]めづらかなる御ありさまは、さおぼしめすとも、かゝる御供人《とも(びと)》どもの御心にこそあらめ。いかでかう心[19]をさなうは率《ゐ》てたてまつり給ふこそ。なめげ[20]なることを聞《き》こ

1　母親が迎えにくる時機のわるさを理由に、帰京を促す。
2　やはり今日はお帰りになって、もし（浮舟への）お気持がありますならばまたごゆっくり。
3　一人前の口をきくものよ、とお思いになって。
4　匂宮の言。
5　すっかり呆けてしまったから。
6　人が非難しようが何と言おうが構わず。
7　少しでも保身の術に長けた人が、このような訪れを考えようか。
8　母君へのご返事には。
9　陰陽道で、凶事を避けるために身を慎んで家に籠ること。
10　人に知られないような手だてを、二人のためにも考えてくれ。
11　他のことは無用だ。
12　浮舟。
13　あらゆる非難もお忘れになってしまうようだ。「いみじかりし御思ひのなごりなれば、人の譏りもしろしめされず」（㈢須磨四四八頁）。

15　右近、供人らをなじる

14　廂から簀子に。
15　先ほど咳払いして出立を促したお供の人。
16　右近の言。（匂宮が）あのように仰せなのを。匂宮の「けふはえ出づまじうなむある」（五一四頁）との意向を指す。
17　それではあまり見苦しいと、（あなたから匂宮へ）言上して下さい。「を」は強意。
18　呆れるほど変わったおふるまいは、宮がそうお望みでも、あなたがた従者衆のお考えしだいでしょう。「さ」は匂宮の意向を指す。
19　無分別にお連れ申されるのだ。「書陵部本・河内本「給しそ」。
20　無礼なふるまいをしでかし申す山賊などがおりましたら、どうなるでしょう。当方の迷惑にはあえて触れない。

えさする山がつなども侍らましかば、いかならまし。」

と言《い》ふ。[1]内記《き》は、げにいとわづらはしくもあるかなと思ひ立《た》てり。

「[2]時方《かた》と仰《おほ》せらるゝは、たれにか。[3]さなむ。」

と伝《つた》ふ。笑《わら》ひて、

「[4]かうがへたまふことゞものおそろしければ、[5]さらずとも逃《に》げてまかでぬべし。[6]まめやかには、おろかならぬ御けしきを見《み》たてまつれば、[7]たれも〳〵身《み》を捨《す》てゝなむ。[8]よし〳〵、[9]宿直《とのゐ》人もみな起《お》きぬなり。」

とて急《いそ》ぎ出《い》でぬ。

右近、[10]人に知《し》らすまじうはいかゞはたばかるべきと、[11]わりなうおぼゆ。[12]人〳〵起《お》きぬるに、

「[13]殿はさるやうありて、いみじう忍《しの》びさせ給ふけしき見《み》たてまつれば、[14]道《みち》にていみじきことのありけるなめり。[15]御衣《ぞ》どもなど、夜《よ》さり忍《しの》びてもてまゐるべくなむ仰《おほ》せられつる。」

1　道定。四九四頁では匂宮の命令に「あなわづらはしと思へど」とあった。

2　右近の言。（匂宮が）時方とおっしゃるのは、だれですか。

3　（匂宮が）さように仰せです。京への報告の件。五一四頁に「時方は京へものして、山寺に忍びてなむと、つき〴〵しからむさまにいらへなどせよ」とあった。

4　時方の言。（右近の）お叱りが恐ろしいので。「かうがへ」は「勘へ」。罪を責めることなどをいう。「にくからぬさまにこそかうがへたてまつりたまはめ」（㊆総角五九六頁）。

5　宮の仰せがなくても、退散いたしましょう。

6　冗談はさておき、並々でない（匂宮の）ご執心を拝見しているので。

7　みな、わが身を顧みずに（お仕えしているのです）。

8　もうよい。「よし〳〵。さらに見えたてまつらじ」（㊁葵二二四頁）。

9　宿直人もみな起きたようだ（ぐずぐずできぬ）。「宿直人」は貴人を警護するための宿直番役。

16　取り繕う右近

10　人に知らせまいとするならば、どう手を打ったらよいかと。匂宮に「人に知らるまじきことを、たがためにも思へかし」（五一六頁）と言われていた。

11　困惑の体。

12　直前に「宿直人もみな起きぬなり」とある。

13　右近の言。殿（薫）はわけがあって、たいそうお忍びでいらっしゃるご様子と拝察しますので。匂宮をあくまでも薫として他の女房には説明する。

14　道中でひどいことがあったもようです。先の匂宮の「道にていとわりなくおそろしきことのありつれば」（五一〇頁）との口実を利用。

15　（薫は）お召物など、夜分にこっそり持参するよう京へ指図なされた。今日逗留する言いわけ。

など言《い》ふ。[1]御《ご》達《たち》、

「[2]あな、むくつけや。[3]木《こ》幡《はた》山はいとおそろしかなる山《やま》ぞかし。[4]例《れい》の、御前駆《さき》もおはせ給はず、[5]やつれておはしましけむに、あないみじや。」

と言《い》へば、

「[6]あなかま、〳〵。[7]下種《(げ)す》などの塵《ちり》ばかりも聞《き》きたらむに、いといみじからむ。」

と言《い》ひゐたる、心《(ここ)》ちおそろし。[8]あやにくに殿の御使《つかひ》のあらむ時いかに言《い》はむと、

「[9]初瀬《はつせ》のくわんおん、[10]けふことなくて暮《く》らしたまへ。」

と、大願《(だい)ぐわん》をぞ立《た》てける。[11]石山《いし(やま)》にけふ詣《まう》でさせむとて、母君《はゝぎみ》の迎《むか》ふるなりけり。[12]この人〳〵もみな精進《さうじ》し、きよまはりてあるに、

「[13]さらば、けふはえ渡《わた》らせたまふまじきなめり。いとくちをしきこと。」

と言《い》ふ。

日《ひ》高《たか》くなれば、格子《かうし》など上《あ》げて、右近ぞ近《ちか》くて仕《つか》うまつりける。母屋《もや》の簾《すだれ》はみな下《お》ろしわたして、「[14]物忌《ものいみ》」など書《か》かせてつけたり。[15]母君《はゝ》もや身《(み)》づからおはするとて、

1　年輩の女房。

2　まあ、気味が悪いこと。

3　木幡山はたいそう恐ろしいと聞く山です。「木幡の山のほども、雨もよにいとおそろしげなれど」（㈦椎本三四四頁）とあった。恋しさに木幡山を越える例として、「山科の木幡の山を馬はあれど徒歩ゆそ我が来し汝を思ひかねて」（万葉集十一・二四二五）がある。

4　いつものごとく、先導役もさせなさらず。薫と思いこんでいるので「例の」というが、実は匂宮。

5　お忍び姿でおいでだとか、まあお気の毒に。

6　右近の言。おだまり、おだまり。

7　下人などがちょっとでも耳にしようものなら、とんだことになります。

8　こんな時あいにく薫のお使が来たら何と弁解しようかと。

9　右近の言。「初瀬の観音」は、長谷寺（奈良県桜井市）の本尊十一面観音（㈦椎本二九九頁注2）。「初瀬の観音おはしませば、あはれと思ひきこえ給ふらん」（㈣東屋三九六頁）。

10　今日を無事に過ごさせて下さい。匂宮来訪の露見を恐れ、仏を頼む心境。「暮らす」は「暮る」の他動詞形。

11　石山寺。滋賀県大津市にある。本尊は如意輪観音。

12　宇治の家の女房たち。参詣前には酒肉を断ち、身を清めた。「人はかくきよまはるほどとて、例のやうにもかよはず」（蜻蛉日記中）。

13　女房の言。そういうこと（薫がご逗留）ならば、今日は（浮舟は）お発ちになれないようです。女房たちは昨夜の来訪者が薫であると信じている。

14　木札や紙に「物忌」などと書かせて貼りつける。面会を断る用意。匂宮の指示による（五一六頁）。「門ヲ見レバ、今日七日ニ当テ、物忌ノ札ヲ立テ門閉タリ」（今昔物語集十六ノ六）。

15　浮舟の母君（中将君）も自身でおいでになるかもしれない、そうしたら大変、そこで。

「夢《ゆめ》[1]見さわがしかりつ。」

と言《い》ひなすなりけり。[2]御手水《てうづ》などまゐりたるさまは、例《れい》のやうなれど、[3]まかなひめ 一八七ざましうおぼされて、

「[4]そこに洗《あら》はせ給はば《ゝ》。」

とのたまふ。[5]女、[6]いとさまよう心にくき人を見《み》ならひたるに、[7]時の間《ま》も見《み》ざらむは死《し》ぬべしとおぼしこがるゝ人を、[8]心ざし深《ふか》しとはかゝるをいふにやあらむと思ひ知《し》らるゝにも、[9]あやしかりける身《み》かな、たれもも《ゝ》の《ゝ》聞《き》こえあらば、いかにおぼさむと、[10]まづかの上《うへ》の御心を思ひ出《い》できこゆれど、

「[11]知《し》らぬを、かへす〱いと心うし、[12]猶あらむまゝにのたまへ。[13]いみじき下種《(げ)す》といふとも、いよ〱なむあはれなるべき。」

と、[14]わりなう問《と》ひたまへど、その御いらへは[15]絶《た》えてせず。[16]異事《ことぐ》はいとをかしくけ近《ちか》きさまにいらへきこえなどして[17]なびきたるを、いと限《かぎ》りなううらうたしとのみ見《み》たまふ。

1　右近の言。夢見が悪かった。災厄を避けるため、厳重に物忌して外来者を入れない口実。

2　洗面の道具や水を、匂宮に供する様子は薫の時と同様だが。

3　その介添を浮舟にもさせるのを、匂宮は失礼だと思われて。「まかなひ」は、給仕などをはじめ、貴人の身の回りの世話のこと。

4　あなたが（先に）お洗いになれば（そのあと私が）。高い敬語を用い、先を譲る。浮舟を大切にする態度を示す。

5　浮舟。匂宮の恋人という扱いの呼称。それまでは「君」「女君」だった。

6　たいそう姿が美しく奥ゆかしい方（薫）を見慣れていたのに。

7　片時も逢えないなら死んでしまいそうと、（浮舟を）恋い焦がれておいでの人（匂宮）を。「むかし、男、「かくては死ぬべし」といひやりたりければ」（伊勢百五段）などの例による。

8　愛情が深いとはこうした方を言うのだろうか、と（浮舟は）思い知られるにつけても。

9　浮舟の心内。不思議なめぐり合せのわが身よ、どなたもこのことが洩れたら何とお思いになるか。「ものの聞こえのつゝましきなり」（四九六頁）。

10　真っ先にあの上（中君）のお気持を思い出し申し上げるけれど。呵責の念。

11　匂宮の言。（あなたの素性を）知らないのが、何といってもとてもつらい。

12　やはりありのままにおっしゃって下さい。二条院ではじめて見かけた時にも「たれぞ。名のりこそゆかしけれ」（四東屋三八二頁）と迫った。

13　ひどく身分が低くても、ますます可愛くなるだろうよ。

14　無理にお尋ねになるけれど。

15　決してしない。

16　それ以外のことは。

17　匂宮に従っているので。

日《ひ》高《たか》くなるほどに、迎《むか》へ[1]の人来《き》たり。車《くるま》二《（ふたつ）》[2]、馬《むま》なる人〳〵の、例《れい》の荒《あら》ら《ゝ》かなる七八人、男《をのこ》ども多《おほ》く、例《れい》の品《しな》[3]〳〵しからぬけはひ、さへづりつゝ入《い》り来《き》たれば、人〳〵[4]かたはらいたがりつゝ、

「[5]あなたに隠《かく》れよ。」

と言《い》[6]はせなどす。右近、いかにせむ[7]、殿なむおはすると言《い》ひたらむに、京にさばかりの人のおはしおはせずおのづから聞《き》き《ゝ》通《かよ》ひて、隠《かく》れなきこともこそあれと思ひて、この人〳〵[8]にもことに言《い》ひ合《あ》はせず、返《かへ》り事書《か》く。

[9]よべよりけがれさせたまひて、いとくちをしきことをおぼし《ゝ》嘆《なげ》くめりしに、こ[10]よひ夢見《ゆめみ》さわがしく見《み》えさせ給ひつれば、けふばかり[11]つゝしませたまへとてなむ、物忌《ものいみ》にて侍る。かへす〳〵くちをしく、[12]ものの《ゝ》さまたげのやうに見《み》たてまつり侍る。

と書《か》きて、人〳〵[13]に物など食《く》はせてやりつ。尼君《あまぎみ》[14]にも、

「[15]けふは物忌《ものいみ》にて渡《わた》[16]り給はぬ。」

17 右近、迎えの車を返す

1 母(中将君)から浮舟を迎える使が。

2 浮舟や女房たちの乗る車が二両、乗馬の人々でいつもの荒々しい(東国武士)七、八人。

3 上品でない感じで、東国訛《なま》りでしゃべりながら入ってきたので。「さへづり」は訛りを鳥の鳴き声に喩える。聞き取れない外国語を「鳥語」と表す『後漢書』などに由来するか。東国人の言葉の訛りについては、「東《あづま》にてやしなはれたる人の子は舌たみてこそ物は言ひけれ」(拾遺集・物名・読人しらず)。

4 邸の者たちはきまり悪く思いながら。

5 女房の言。あちらに隠れておれ。

6 女房たちが宿直人などの男に命じて。

7 右近の心内。どうしたものか、殿(薫)が(こちらに)おいでだと言った場合、京に薫ほどの人の在不在は母君も自然に伝え聞いて、だれ知らぬ人もないとなれば心配だ。「もこそ」は懸念を示す。

8 この女房たちにも(匂宮のことを)特に相談せずに。手紙だけを持たせて迎えを返す算段。

9 右近の手紙。昨夜から(浮舟は)月の障りになられ、(参詣できないことを)大変残念がってお嘆きのご様子でしたが。

10 昨晩、いやな夢をご覧になりましたので。周囲にも右近が「夢見さわがしかりつ」(五二二頁)と言い繕った。「こよひ(今宵)」はここでは昨夜のこと。「いたう降り明かしたるつとめて、今宵の雨の音は、おどろおどろしかりつるを」(和泉式部日記)。当時は今夜と昨夜の意が並存した。

11 今日くらいはお慎み下さいと。

12 魔物が妨害しているように。「このあしきもののさまたげをのがれて」(九夢浮橋2節)。

13 迎えの者たち。

14 弁。寝殿から離れた廊に住む。

15 右近の言。

16 (浮舟は)お出かけにならない。

と言《い》はせたり。

例《れい》[1]は暮《く》らしがたくのみ、霞《かす》める山際《ぎは》をながめわび給ふに、暮《く》[2]れゆくはわびしくのみおぼし焦《い》らるゝ人に引《ひ》かれたてまつりて、い[3]とはかなう暮《く》れぬ。紛《まぎ》るゝ事なくのどけき春の日《ひ》に、見《み》[4]れども〳〵飽《あ》かず、そ[5]のことぞとおぼゆる隈《くま》なく、あ[6]い行《(ぎやう)》づき、なつかしくをかしげなり。さ[7]るは、かの対《たい》の御方《かた》には似《に》おとりなり。大[8]殿の《ゝ》君《きみ》の盛《さか》りにに《ゝ》ほひ給へるあたりにては、こ[9]よなかるべきほどの人を、た[10]ぐひなうおぼさるゝほどなれば、ま[11]た知《し》らずをかしとのみ見《ゝ》給ふ。女[12]は又、大将殿をいときよげに、またかゝる人あらむやと見《み》しかど、こ[13]まやかにに《ゝ》ほひきよらなることはこよなくおはしけりと見《み》る。

硯引《すゞりひ》[14]き寄《よ》せて、手《ゝ》習《ならひ》などし給ふ。い[15]とをかしげに書《か》きすさび、絵《ゑ》などを見所《み(どころ)》多《おほ》くかき給へれば、若《わか》[16]き心《(ここ)》ちには、思《おも》ひも移《うつ》りぬべし。

「心[17]よりほかに、え見《み》ざらむほどは、これを見《み》たまへよ。」

とて、い[18]とをかしげなるをとこ女もろともに添《そ》ひ臥《ふ》したるかたをかき給ひて、

18 匂宮と浮舟、惹かれ合う

1 (浮舟は)いつもはなかなか日が暮れないとばかり、霞んでいる山の稜線をぼんやりと見て物思いにふけりなさるのに。所在なく過ごす様子をいう。四八二頁に「山里のいぶせさこそ、峰の霞も絶え間なくて」とあった。

2 (今は)日が暮れてゆくのは(帰京の時が迫るので)わびしい思いにいらだっておいでの匂宮に(浮舟は)心が引かれ申して。

3 あっという間に暮れてしまう。匂宮と同じくそう感じる、の意。

4 匂宮は浮舟に耽溺。「春霞たなびく山の桜花見れども飽かぬ君にもあるかな」(古今集・恋四・紀友則)。

5 どこがどうという欠点がなく。

6 底本の「あい行」表記は「愛敬」の当て字。

7 とはいえ、あの中君には似ているが見劣りがする。底本「にをとりなり」、青表紙他本「をとりたり」「をとりなり」。

8 夕霧右大臣の姫君、六の君。匂宮の妻。

9 この上なく見劣りしそうな身の程の浮舟を。

10 (匂宮は)比類なしとお思いの最中なので。

11 (浮舟を)他に見たことがなく魅力的だと。

12 浮舟の方ではまた、大将殿(薫)を、たいそう美しく他にこのような方がいようかと見ていたが。

13 (匂宮の)顔立ちが整い輝くような美しさでは抜群。薫の「きよげ」、匂宮の「きよら」が対比される。美しさの評価としては、「きよら」が上位。皇族に用いることが多い。

14 匂宮は。

15 面白そうに慰み書きして。

16 浮舟の若い気持では、情愛も薫から匂宮へ移るに違いない。語り手の言。

17 匂宮の言。心ならずも自分が来られそうもない時は、この絵をご覧なさいよ。

18 美しい男女が一緒に添い寝している絵をお描きになって。

「常《つね》[1]にかくてあらばや。」

などの給ふも、[2]涙落《なみだお》ちぬ。

「[3]長《なが》き世《よ》を頼《たの》めても猶かなしきはたゞあす知《し》らぬ命《いのち》なりけり

[4]いとかう思《おも》ふこそゆゝしけれ。[5]心に身《み》をもさらにえまかせず、よろづにたばからむほど、まことに死《し》ぬべくなむおぼゆる。[6]つらかりし御ありさまを中〳〵何《なに》ゝ尋《たづ》ね出《い》でけむ。」

などの給ふ。女、[7]濡《ぬ》らしたまへる筆《ふで》を取《と》りて、

[8]心をば嘆《なげ》かざらまし命《いのち》のみ定《さだ》めなき世《よ》と思《おも》はましかば

とあるを、[9]変《か》はらむをばうらめしう思《おも》ふべかりけりと見《み》給ふにも、いとらうたし。

「[10]いかなる人の心変《が》はりを見《み》ならひて。」

などほゝ笑《ゑ》みて、[11]大将のこゝに渡《わた》しはじめ給ひけむほどを、かへす〳〵ゆかしがり給ひて問《と》ひ給ふを、苦《くる》しがりて、

「[12]え言《い》はぬことを、かうの給ふこそ。」

1　匂宮の言。いつもこうしていたい。

2　浮舟の涙。直前に「若き心ちには、思ひも移りぬべし」とあった。

3　匂宮の歌。未来永劫変わることはないと約束してもやはり悲しいのは、ただもう明日どうなるか分からない、このはかない命でした。「命なりけり」を詠み込んだ歌として、物語中にもう一例、桐壺更衣の「限りとてわかるゝ道のかなしきにいかまほしきは命なりけり」(㈠桐壺二二頁)がある。次行の表現も類似。

4　このように思うのは実に不吉なことだ。

5　自分の身を思うに任せることもついぞできず、あれこれ策をめぐらそうとするうちに、本当に死んでしまいそうに思われる。「数ならぬ心に身をばまかせねど身にしたがふは心なりけり」(紫式部集)。

6　二条院で私につれなかったご様子のあなた(浮舟)を、かえってどうして探し出しなどしたのだろうか。

7　浮舟は、(匂宮が)墨を含ませなさる筆を手にして。

8　浮舟の歌。命だけが定めないこの世の中だと思ってよいのだったならば、男心の定めなさなど嘆かずにすむでしょう。今から来られそうもないと言い訳をする匂宮を恨んでみせる心。

9　(匂宮は)自分が心変わりしたら、浮舟は怨めしく思うのだなとご覧になるにつけても、たいそう可愛らしい。

10　匂宮の言。どんな人の心変わりを経験して(こんな歌を詠むのか)。薫との関係をあてこする。

11　薫が宇治に浮舟を移されたろう当初のことを、何度も何度も関心を持たれてお尋ねになるのを。「をかしきことかな。何心ありて、いかなる人をかは、さて据ゑ給ひつらん」(四九二頁)。

12　浮舟の言。私の言えないことを、こんなにおっしゃるのが(とてもつらくて)。

と、[1]うち怨《ゑ》じたるさまも若《わか》びたり。[2]おのづからそれは聞《き》ゝ出《い》でゝむとおぼす物から、[3]言《い》はせまほしきぞわりなきや。

[4]夜《よ》さり、京へ遣《つか》はしつる大夫《たいふ》まゐりて、右近に会《あ》ひたり。

「[5]后《きさい》の宮よりも御使《つかひ》まゐりて、[6]右の大殿もむつかりきこえさせ給ひて、[7]人に知《し》られさせ給はぬ御ありきはいと軽《かる》〴〵しく、[8]なめげなることもあるを、すべて[9]内《うち》などに聞《き》こしめさむことも身《み》のためなむいとからき、と[10]いみじく申させ給ひけり。[11]東《ひむがし》山に聖《ひじり》御覧《らむ》じにとなむ、人には物し侍りつる。」

など語《かた》りて、

「[12]女こそ罪深《つみふか》うおはするものにはあれ。[13]すゞろなる眷属《けぞう》の人をさへまどはし給ひて、そらごとをさへせさせ給ふよ。」

と言《い》へば、

「[14]聖《ひじり》の名《な》をさへつけきこえさせたまひてければ、いとよし。[15]私《わたくし》の罪《つみ》も、それにて滅《ほろ》ぼし給ふらむ。まことにいと[16]あやしき御心の、げにいかでならはせ給ひけむ。[17]か

1　(浮舟は)怨めしそうな様子もあどけないふうである。
2　いずれ(浮舟)自身からその隠しごとはしっかり聞き出そうとお思いになるのだが。
3　浮舟の口から言わせたいとは、困ったものよ。匂宮の性癖を評する語り手の言。

19 **翌朝、匂宮京に帰る**

4　夜になって、京へ遣っていた大夫が参上し。「大夫」は左衛門大夫時方。「時方は京へものして、山寺に忍びてなむと、つき〴〵しからむさまにいらへなどせよ」(五一四頁)と指示されていた。後にも、「時方と召しし大夫」(五四四頁)とある。
5　時方の言。明石中宮(匂宮の母)からも(二条院に)使者が参って。
6　夕霧右大臣も不満を申されて。
7　以下「いとからき」まで夕霧の言。お忍びのお出歩きはとても軽率で。
8　(匂宮に)無礼をいたす者があるやも知れぬから。
9　帝などがお耳になさるなら、自分にとっても大変つらい。
10　(夕霧が)きびしく申されました。
11　匂宮は。注4の指示通り、山寺行を理由にしたことを報告。「物し侍りつる」は言い繕ったことをいう。
12　時方の言。女人は罪業が深くおありですな。
13　何ということもない従者まで当惑させ、嘘までもつかせなさるよ。「けぞう」を「眷属」と解したが、類例がない。㊀夕顔三〇六頁の底本(大島本)表記は「くゑそく」。
14　右近の言。(浮舟に)聖の名までおつけ申されたということだから、(それは)上出来だ。
15　時方個人の嘘つきの罪も、浮舟を聖扱いした功徳で消滅させて下さろう。
16　おかしなお気持が、ほんにどうして癖になられたのだろう。
17　前もってこのようにお越しと承っていたならば。

ねて、かうおはしますべしとうけ給はらましにも、[1]いとかたじけなければ、[2]たばかりきこえさせてましものを、[3]あふなき御ありきにこそは。」

とあつかひきこゆ。

[4]まゐりて、[5]さなむとまねびきこゆれば、[6]げにいかならむとおぼしやるに、

「[7]所せき身こそわびしけれ。[8]かろらかなるほどの殿上人などにてしばしあらばや。いかゞすべき。かう[9]つゝむべき人目《め》も、え憚《はゞか》りあふまじくなむ。[10]大将もいかに思《おも》はんとすらん。[11]さるべきほどとは言《い》ひながら、あやしきまでむかしよりむつましき中に、[12]かゝる心の隔《へだ》ての知《し》られたらむ時、[13]はづかしう又いかにぞや、世《よ》のたとひにいふこともあれば、[14]待《ま》ちどほなるわがおこたりをも知《し》らず、[15]うらみられ給はむをさへなむ思《おも》ふ。夢《ゆめ》にも[16]人に知《し》られたまふまじきさまにて、こゝならぬ所《ところ》に率《ゐ》て離《はな》れたて 〔一八二〕 まつらむ。」

とぞの給ふ。[17]けふさへかくて籠《こも》りゐたまふべきならねば、出《い》で給ひなむとするにも、[18]袖《そで》の中にぞとゞめたまひつらむかし。

1　たいへん畏れ多いから。挿入句。
2　うまくお取計らいいたしましたのに。
3　無鉄砲なお出歩き。五一六頁では右近は「あさましうめづらかなる御ありさま」と評していた。
4　右近が匂宮の御前に。
5　これこれでございます、とそのまま申し上げたところ。時方の報告(五三〇頁)を復唱する。
6　匂宮の心内。まことに、京はどのようになっているだろう。自分の不在による騒動を案ずる。
7　匂宮の言。窮屈な身の上がいやになる。
8　気軽に動ける身分の殿上人などとしてしばらくはいたいものだ。
9　慎むべき世間の目に対しても、とても隠しきれなくてね。
10　大将(薫)もどのように思うでしょうか。
11　(薫と自分は)親しいのが当たり前のあいだがらとは言うものの。
12　こうした裏切り行為がもし知られたら。
13　きまりが悪いし、それにどうであろう、世間の譬えにいうこともあるから。「世のたとひ」は物語中、他に四例ある。「よからぬものの世のたとひ」(㊂朝顔三八八頁)。ここは自分を棚上げにして他を非難することの譬えの意か。
14　浮舟を待遠に思わせた薫自身の怠慢を棚に上げて。
15　浮舟が薫に恨まれなさったら(可哀そうだ)。「られ」は受身。
16　薫に知られなさらないようにして、ここを去って別の所にお連れ申しましょう。
17　(匂宮は)今日までもこうしてここに留まりなさるわけにはいかないので。今日で三日目になる。
18　浮舟の袖の中に匂宮は魂を留め置かれたであろうよ。語り手の批評。「飽かざりし袖の中にや入りにけむわが魂のなき心地する」(古今集・雑下・陸奥(みちのく))を引歌とする。

明《あ》け果《は》てぬさきにと、人〳〵[1]しはぶきおどろかしきこゆ。[2]妻戸《つまど》にもろともに[3]率《ゐ》ておはして、[4]え出《い》でやり給はず。

[5]よに知《し》らずまどふべきかなさきに立《た》つ涙《なみだ》も道《みち》をかきくらしつゝ

女も、限《かぎ》りなくあはれと思ひけり。

[6]涙《なみだ》をもほどなき袖《そで》にせきかねていかに別《わか》れをとゞむべき身《み》ぞ

風《かぜ》のおともいと荒《あら》ましく霜深《しもふか》きあか月《（つき）》に、[7]おのがきぬ〴〵も冷《ひや》ゝかになりたる心《（ここ）》ちして、[8]御馬《むま》に乗《の》り給ふほど、[9]引《ひ》き返《かへ》すやうにあさましけれど、御供《とも》の人〳〵、[10]いとたはぶれにくしと思ひて、たゞ急《いそ》がしに急《いそ》がし出《い》づれば、[11]われにもあらで出《い》で給ひぬ。[12]この五《（ご）》位《ゐ》二人なむ、御馬《むま》の口《くち》にはさぶらひける。[13]さがしき山越《こ》え果《は》てゝぞ、おの〳〵馬《むま》には乗《の》る。汀《みぎは》の氷《こほり》を踏《ふ》みならす馬《むま》の足音《あしおと》さへ、心ぼそくものがなし。[14]むかしも、[15]この道《みち》にのみこそはかゝる山踏《ぶ》みはし給ひしかば、[16]あやしかりける里《さと》の契《ちぎ》りかなとおぼす。

二条の院におはしまし着《つ》きて、[17]女君《ぎみ》のいと心うかりし御もの隠《かく》しもつらければ、

一八二 20

1　咳払いして出立を促す。
2　側面の出入口にある両開きの板戸。
3　匂宮は浮舟を一緒にお連れになって。「内裏へ参りたまふときは、もろともに率て参りたまひて」（うつほ・俊蔭）。
4　出立なされない。
5　匂宮の歌。世にまたとなく闇夜に踏み迷わねばならないのか、別れに先立つ涙も道を見えなくさせるから。「世」「夜」の掛詞。「まどふ」「立つ」「道」が縁語。
6　浮舟の歌。涙すら私のこの狭い袖ではせき止められないのに、どうして宮との別れを引き止められよう。「涙」「せき」「とゞむ」が縁語。
7　重ねて共寝をした二人の衣もそれぞれ冷たく感じられて。「きぬ〴〵」には「後朝」の意も含む。「しののめのほがらほがらと明けゆけばおのがきぬぎぬなるぞ悲しき」（古今集・恋三・読人しらず）。
8　馬による帰京。
9　（心はあとに）引き返すようにあきれるほどつらい気持だが。
10　まったく冗談ではない。「ありぬやとこころみがてらあひ見ねば戯れにくきまでぞ恋しき」（古今集・雑体・読人しらず）の下句に匂宮の心を重ねて、供人の覚悟を表す。
11　正気も失せて。
12　大内記と時方。五位の官人が私行の馬の口をとるのは異例。放心の宮の落馬をおそれての配慮。
13　険しい木幡の山路を越えきって。やっと安心と二人は馬の口取りを手放して、それぞれ馬に乗る。「佐賀斯玖」（古事記・歌謡）。
14　匂宮が中君に通ったころ。
15　木幡山を越えての宇治への恋路。
16　宇治の里との不思議な宿縁。

20　匂宮、中君を責める

17　中君が心外にも浮舟のことで隠しごとをされたのが恨めしいので。

[1]心やすき方《かた》に大殿《おほ》籠《ごも》りぬるに、寝《ね》られ給はず、いとさびしきにもの思ひまされば、[2]心よわく対《たい》に渡《わた》り給ひぬ。[3]何《なに》心もなくいときよげにておはす。[4]めづらしくをかしと見《み》給ひし人よりも、又[5]これは猶ありがたきさまはしたまへりかしと見《み》給ふものから、[6]いとよく似《に》たるを思《おも》ひ出《い》でたまふも、胸《むね》ふたがれば、[7]いたくものおぼしたるさまにて、[8]御《み》丁《(ちやう)》に入《い》りて大殿籠《おほとのごも》る。[9]女君《ぎみ》をも率《ゐ》て入《い》りきこえ給ひて、

「[10]心《(ここ)》ちこそいとあしけれ、[11]いかならむとするにかと心ぼそくなむある。[12]まろは、いみじくあはれと見《み》おいたてまつるとも、[13]御ありさまは、いとと《ゝ》く変《か》はりなむかし。[14]人の本意《ほい》はかならずかなふなれば。」

との給ふ。[15]けしからぬことをも、まめやかにさへのたまふかなと思ひて、

「[16]かう聞《き》き《ゝ》にくきことの漏《も》りて聞《き》こえたらば、[17]いかやうに聞《き》こえなしたるにかと、人も思ひ寄《よ》り給はんこそあさましけれ。[18]心うき身には、すゞろなることもいと苦《くる》しく。」

とて、背《そむ》[19]き給へり。

1 気のおけない場所でお寝みになったが。ここでは匂宮の自室をいう。㊄若菜上では源氏が紫上の居室をそう呼んだ。「いとなやましく侍れば、心やすき方にためらひ侍る」(二二四頁)。

2 (匂宮は)気弱になって中君の住む西の対屋(たいのや)にお移りになった。

3 中君は疑う様子もなく、たいそう美しいさまでいらっしゃる。「さることやあるとも問ひきこえ給はず、何心もなくておはするに」(㊄若菜上一九〇頁)。

4 (匂宮が)すばらしく魅力的だとご覧になった人(浮舟)よりも。「きよげ」と「をかし」の対比。

5 中君はたぐいまれな容姿でいらっしゃることよ、とご覧になるものの。

6 浮舟が中君に実によく似ているのを思い出されるにつけても胸のつぶれる気がするので。

7 ひどく物思いに沈まれた様子で。

8 御帳台に入ってお寝みになる。

9 中君をも連れて入り申し上げなさって。

10 匂宮の言。気分がとても悪い。

11 いったいどうなるのかと不安なことだ。

12 自分は、どんなにあなたを深く愛し申し上げても。「見おい」は「見置き」の音便形。

13 あなたのお身の上は、すぐさま変わってしまうでしょうね(自分の亡き後は薫と結ばれるのではないかとの含み)。

14 人の初一念はかならず叶うというから。自分が浮舟への思いを遂げたことから、薫と中君を疑う。

15 (中君は、匂宮が)不埒(ふらち)なことをよくも真顔でまでおっしゃることよと思って。

16 中君の言。自分と薫とのあらぬ噂。

17 (中君が匂宮に)どのようにお耳に入れたのかと、あの方(薫)もお思いになるであろうことも情けないかぎりです。

18 不運なわが身には、つまらない冗談もとてもつらくて。

19 背をお向けになる。

宮も[1]まめだち給ひて、

「[2]まことにつらしと思《おも》ひきこゆることもあらむは、[3]いかゞおぼさるべき。[4]まろは、御ためにおろかなる人かは。[5]人もありがたしなど咎《とが》むるまでこそあれ、[6]人にはこよなう思《おも》ひ落《お》とし給ふべかめり。[7]たれもさべきにこそはとことわらるゝを、[8]隔《へだ》て給ふ 一八三
御心の深《ふか》きなむいと心うき。」

とのたまふにも、[9]宿世《すくせ》のおろかならで尋《たづ》ね寄《よ》りたるぞかしとおぼし出《い》づるに、涙《なみだ》ぐまれぬ。[10]まめやかなるを、いとほしう、いかやうなることを聞《き》きたまへるならむとおどろかるゝに、いらへきこえ給はむこともなし。[11]ものはかなきさまにて見《み》そめ給ひしに、[12]何事《なにごと》をもかろらかにおしはかりたまふにこそはあらめ、[13]すゞろなる人をしるべにて、その心寄《よ》せを思《おも》ひ知《し》りはじめなどしたるあやまちばかりに、[14]おぼえおとる身《み》にこそとおぼしつゞくるも、よろづかなしくて、[15]いとゞらうたげなる御けはひなり。[16]かの人見《み》つけたることは、しばし知らせたてまつらじとおぼせば、[17]異《こと》ざまに思《おも》はせてうらみ給ふを、[18]たゞこの大将の御ことをまめ〳〵しくのたまふとおぼすに、

1　まじめな口調になられて。五三六頁にも「まめやかにさへのたまふかな」という中君の評があった。

2　匂宮の言。あなたを恨めしいと思い申すことがもし本当にあったら。薫との関係をいう。

3　あなたは一体どうお考えなのでしょう。

4　私はあなたにとっていいかげんな夫であろうか、いやない。

5　世間でも、めったにない情愛深さだなどと怪しむほどだが。

6　人と比べて(私を)ひどく見くびっておいでのようだ。「人」は薫をいう。

7　それがだれにせよそういう宿縁なのだと合点はゆくものの。「世人もことわりける」(五五四頁)。

8　隠しだてなさるお気持の強いのがとてもつらい。

9　匂宮の心内。(私は)浮舟との宿縁が並々でなかったから探しあてたのだと思い出されると。

10　(匂宮が)真剣な様子であるのを、(中君は)困ったことだ、どんな噂をお聞きおよびかと動揺し、お返事申し上げなさることもない。

11　(匂宮は)正式な手続きではなく私を妻にされたので。八宮の死後は、「いとものはかなくあはれに、かゝるよその御後見なからましかばと見えたり」(㈦総角三九四頁)という有様だった。

12　(私を)万事につけ軽くお考えになるのであろうが。

13　ゆかりもない人(薫)を頼りにして、その厚意を受け入れなどした失敗くらいで。

14　匂宮からも軽く扱われるわが身なのだと。

15　一段と可憐な感じ。

16　(匂宮が)浮舟を見つけたことを(中君に)。

17　別のことのように思わせて(中君を)恨みなさるので。真相をくらます手段。

18　(中君は匂宮が)ただこの大将(薫)のことを真剣におっしゃっているのだとお思いになって。

[1]人やそらごとをたしかなるやうに聞《き》こえたらむなどおぼす。[2]ありやなしやを聞《き》かぬ間《ま》は、見《み》えたてまつらむもはづかし。

21 [3]内《うち》より大宮の御文《ふみ》あるにおどろき給ひて、[4]猶、心とけぬ御けしきにて、[5]あなたに渡《わた》りたまひぬ。

[6]きのふのおぼつかなさを。[7]なやましくおぼされたなる、[8]よろしくはまゐり給へ。ひさしうもなりにけるを。

などやうに聞《き》こえ給へれば、[9]さわがれたてまつらむも苦《くる》しけれど、[10]まことに御心《（ここ）》ちもたがひたるやうにて、その日《ひ》はまゐり給はず。[11]上達部《かむだちめ》などあまたまゐりたまへど、[12]御簾《みす》の内《うち》にて暮《く》らし給ふ。

22 夕《ゆふ》つ方《かた》、[13]右大将まゐり給へり。

[14]「こなたにを。」

とて、[15]うちとけながら対面《たいめん》し給へり。

[16]「なやましげにおはしますと侍りつれば、[17]宮にもいとおぼつかなくおぼしめして

1　(中君は)だれかが(薫との仲について)嘘を事実のように匂宮に申し上げたのだろう、などとお思いになる。「そらごと」は五三〇頁一〇行。

2　噂の実否を確かめないうちは、匂宮にお目にかかるのも気がひける。

21　中宮からの見舞

3　宮中から明石中宮のお便りが届いて(匂宮は)びっくりなさって。前にも「后の宮よりも御使まゐりて」(五三〇頁)とあった。

4　やはり浮舟のことがまだ釈然としないご様子で。

5　寝殿の自室へ移られた。

6　中宮の手紙。昨日はどんなにそなた(匂宮)を気づかったたか。

7　ご気分が悪かったとか。時方の報告により、中宮は匂宮が東山へ加持祈禱に出かけたと思っている。五一四・五三〇頁参照。

8　回復したら参上なさって下さい。

9　大げさに心配していただくのもつらいが。受身形に謙譲語が付いた形。

10　ほんとうにご気分が平素と異なる(やはりよくない)ようなので、その日は参内なさらない。

11　公卿たちが(お見舞に匂宮邸に)大勢伺いなさるが。

12　面会謝絶の体。

22　夕方、薫が匂宮を見舞う

13　薫。

14　匂宮の言。こちらにどうぞ。「を」は強意の間投助詞。「今宵は宿直なめり。やがてこなたにを」(㈦紅梅七二頁)も匂宮の言。

15　くつろいだまま(薫と)お会いになる。

16　薫の言。お加減がすぐれずにいらっしゃると伺いましたので。

17　明石中宮。たいそう心配にお思いになって。

なむ。[1]いかやうなる御なやみにか。」

と聞《き》こえ給ふ。[2]見《み》るからに御心さわぎのいとゞまされば、[3]言少《ことずく》なにて、[4]聖《ひじり》だつといひながら、こよなかりける山臥《(やま)ぶし》心《(こころ)》かな、[5]さばかりあはれなる人をさておきて、心のどかに月日《ひ》を待《ま》ちわびさすらむよ、とおぼす。[6]例《れい》は、さしもあらぬことのついでにだに、[7]われはまめ人ともてなし名《な》のりたまふをねたがり給ひて、[8]よろづにのたまひ破《やぶ》るを、[9]かゝること見《み》あらはいたるをいかに[10]のたまはまし、されど、[11]さやうのたはぶれ言《ごと》もかけ給はず、[12]いと苦《くる》しげに見《み》えたまへば、

「[13]不便《ふびん》なるわざかな。おどろ〳〵しからぬ御心《(ここ)》ちのさすがに日数経《ひかずふ》るは、いとあしきわざに侍り。[14]御風邪《かぜ》よくつくろはせ給へ。」

など、まめやかに聞《き》こえおきて出《い》で給ひぬ。[15]はづかしげなる人なりかし、わがありさまをいかに思ひ比《くら》べけむなど、さま〴〵なることにつけつゝも、[16]たゞこの人を時の間《ま》忘《わす》れずおぼし出《い》づ。
[17]かしこには、石《いし》山もとまりて、いとつれ〴〵なり。[18]御文《ふみ》には、いといみじきこと

1 どのようなご病気なのですか。

2 (匂宮は薫を)見るなり、胸騒ぎが一段と高まるので。浮舟に逢ったうしろめたさ。

3 だまりがちで。

4 匂宮の心内。(薫が)聖僧ぶってはいても、おそれいった山臥の本性よ。「山臥(山伏)」は山に籠って修行する僧をいう。

5 あれほどかわいい人(浮舟)をそのまま残して、のん気に考えて(浮舟を)待ち焦がれさせているのだろうよ、とお思いになる。

6 いつもは、ちょっとした話のついでにさえも。

7 (薫が)自分はまじめな人間だとしてふるまい、自負なさっているのを(匂宮は)妬ましくお思いになって。

8 (匂宮が薫に)何かと文句をおつけになるが。

9 そのような秘密を見破ったので。「あらはい」は「あらはし」のイ音便。「あさましき御心のほどを見たてまつりあらはいてこそ」(六夕霧二六四頁)。

10 (薫は)どうおっしゃったものか。「まし」はそれができない予想を示す。

11 (実際には)そのような辛辣な冗談、皮肉も口になさらず。

12 (匂宮が)苦しそうに(薫には)見られなさるので。

13 薫の言。それは困ったことですね。大した病気でもなく、それでいて幾日も治らないのは。

14 風病(ふびょう)とも。

15 匂宮の心内。気のひける立派な人だよ。それと比べて浮舟は自分をどう思ったろう。

16 ただこの人(浮舟)のことを一時も忘れることなく思い出しておられる。

23 匂宮、浮舟に文を送る

17 あちら(宇治)では、石山詣でも中止となり、たいそう所在ない。

18 (匂宮から浮舟への)お手紙には、たいそう熱心なことをあれこれお書きになって届ける。

を書《か》き集《あつ》め給ひて遣《つか》はす。それだに心やすからず、時方《かた》と[1]召《め》しし《ゝ》大夫《たいふ》の従者《ずさ》の心も知《し》らぬしてなむやりける。

「[2]右近が古《ふる》く知《し》れりける人の殿の御供《とも》にて尋《たづ》ね出《い》でたる、[3]さらがへりてねむごろがる。」

と、友《ゝも》だちには言《い》ひ聞《き》かせたり。[4]よろづ右近ぞ、そら《ゝ》ごとしならひける。[5]月も立《た》ちぬ。[6]かうおぼし知《ゝ》らるれど、おはしますことはいとわりなし。[7]かうのみものを思《ゝも》はば《ゝ》、さらにえながらふまじき身《み》なめりと、心ぼそさを添《そ》へて嘆《なげ》き給ふ。

[8]大将殿、[9]すこしのどかになりぬるころ、[10]例《れい》の、忍《しの》びておはしたり。寺《てら》に仏など拝《おが》み給ふ。[11]御《み》ず行《(ぎやう)》せさせ給ふ僧《そう》に[12]物《もの》たまひなどして、夕《ゆふ》つ方《かた》、[13]こゝには忍《しの》びたれど、これは[14]わりなくもやつし給はず、烏帽子《えぼうし》、なほしの姿《すがた》いとあらまほしくきよげにて、歩《あゆ》み入《い》り給ふより、[15]はづかしげに用意《ようい》ことなり。

[16]女、いかで見《み》えたてまつらむとすらんと、[17]空《そら》さへはづかしくおそろしきに、[18]あながちなりし人の御ありさまうち思ひ出《い》でらるゝに、[19]又この人に見《み》えたてまつらむを

1 お呼び寄せになった大夫(五位)の供人で、事情を知らぬ者を使者に。秘密を守るため。

2 右近の言。昔懇意だった人で薫のお供で来ているうち私を見つけ出した人が。

3 昔に返って親しくしたがるのです。同僚の目をごまかす右近の口実。

4 一つの嘘が万事に及んだ右近。

5 二月になった。後文に「きさらぎの十日のほどに」とある(五五二頁)。

6 (匂宮は)このように気にかけてはいらっしゃるものの。底本は異本注記として「イラルレト」と傍記。諸本も「かうおほしいらるれと」に作る。「いらる」は「焦らる」、気をもむ意。「おぼしいらる」は五二六・五四六頁にも見える。

7 こうまで恋い焦がれていては、とうてい生き永らえることはできそうにないこの身の上であろうと。

24 薫、宇治に行く

8 薫。

9 やや時間に暇ができた折に。

10 いつものごとく、密かに(まず宇治山の寺へ)いらっしゃった。

11 御誦経。経を読むこと。「す行」は底本の当て字。

12 布施。

13 宇治の家。

14 さほどひどいさまには粗末な装束になされず。「やつし姿」を強調した匂宮と対照的。

15 気はずかしいほど立派で心遣いも格別。

16 浮舟。男女関係にあることを示す呼称。どうして薫に顔をお合わせできよう。匂宮に逢った後ろめたさ。

17 大空までが(自分を見ているようで)はずかしく恐ろしいが。「おそろしくそらはづかしき心ちして」(㊃若菜下五二〇頁)。

18 無理じいに激しく私を求めた匂宮。

19 再び薫にお逢い申すことになれば、それを想像するのは、何としても気が重い。

思ひやるなんいみじう心うき。「[1]われは年《とし》ごろ見《み》る人をも、みな思ひ変《か》はりぬべき心《(ここ)》ちなむする」とのたまひしを、[2]げにそのの《ゝ》ち、御心《(ここ)》ち苦《くる》しとて、いづくにも〳〵例《れい》の御ありさまならで、御《み》[3]すほふなどさわぐなるを聞《き》くに、[4]又いかに聞《き》き《ゝ》ておぼさんと思ふもいと苦《くる》し。[5]この人はた、いとけはひことに、心深《ふか》くなまめかしきさまして、久《ひさ》[6]しかりつるほどのおこたりなどの給ふも言多《ことおほ》からず、恋《こひ》しかなしと下《お》[7]り立《た》た《ゝ》ねど常《つね》に逢《あ》ひ見《み》ぬ恋《こひ》の苦《くる》しさを、[8]さまよきほどにうちのたまへる、いみじく言《い》[9]ふにはまさりて、いとあはれと人の思ひぬべきさまを染《し》[10]めたまへる人《ひと》がらなり。艶《えむ》[11]なる方《かた》はさる物にて、行《ゆ》く末長《すゑなが》く人の頼《たの》みぬべき心ばへなどこよなくまさり給へり。

思《おも》[12]はずなるさまの心ばへなど漏《も》り聞《き》かせたらむ時も、[13]なのめならずいみじくこそあべけれ、[14]あやしうう《ゝ》つし心もなうおぼし焦《い》らるゝ人をあはれと思ふも、それはいとあるまじくかろきことぞかし。[15]この人にうしと思《おも》はれて、忘《わす》れ給ひなむ心ぼそさは、いと深《ふか》う染《し》みにければ、思《おも》[16]ひ乱《みだ》れたるけしきを、[17]月ごろに、こよなうものの《ゝ》心知《し》りねびまさりにけり、つれ〴〵なる住《す》みかのほどに、[18]思ひ残《のこ》すことはあらじかし

1　浮舟の心内。自分（匂宮）が今まで愛した女も、すっかり忘れるほど（浮舟に）心が移ってしまう気持だと、匂宮はおっしゃったが。「われは…する」は、以前に聞いた匂宮の言。

2　その言葉通り帰京後、ご気分が悪いというので、どの女性がたにもお逢いにならず。

3　御修法（病気平癒の祈り）などと大騒ぎ。「なる」は伝聞で、噂が宇治まで届く。底本の表記は「すほう」。

4　（今夜薫が来て逢ったことを匂宮が）どのようにお聞きになりお思いになるか。

5　薫。

6　昨秋、浮舟を宇治に連れて来て以来訪れがなかった。

7　熱中するさまではないが。「「いまはことつけやり給ふべきとゞこほりもなきを」と、おり立ち聞こえ給へど」（四行幸四五四頁）。

8　見苦しくないほどに。品を保って。

9　言葉を尽くして言うよりもずっと。「心には下行く水のわきかへり言はで思ふぞ言ふにまされる」（古今六帖五）。

10　身に備えなさったご器量である。

11　優美な点はもちろん、将来長く頼みにできそうな心づかい。

12　浮舟の心内。（薫が）心外に思う自分の心得違いなどを噂でお聞きになられたら。浮舟が匂宮と情を交わしたことをさす。

13　ひと通りでなく、それこそ大変なことになるに違いないが。

14　不思議なほど正気を失って（私を）恋い焦がれなさる匂宮をいとしく思うのも。

15　この方（薫）に疎ましく思われて、（私を）お忘れになるかもしれない心細さは、（これまでの途絶えで）骨身にしみて分かっているから。

16　（浮舟の）思い悩んでいる様子を。二行後の「見たまふ」に続く。

17　薫の心内。しばらく来ないあいだに、以前とは比べものにならないほど人情を解し、大人らしくなったものだ。

18　物思いの限りを尽くしていようと。

と見《み》たまふも、心ぐるしければ、常《つね》よりも心とゞめて語《かた》らひ給ふ。

「[1]造《つく》らする所、やう〳〵よろしうしなしてけり。[2]一日《(ひとひ)》なむ見《み》しかば、こゝよりはけ近《ちか》き水《みづ》に、花も見《み》たまひつべし。[3]三条の宮も近《ちか》きほどなり。[4]明《あ》け暮《く》れおぼつかなき隔《へだ》ても、おのづからあるまじきを、[5]この春のほどに、さりぬべくは渡《わた》してむ。」

と思ひての給ふも、[6]かの人の、の《ゝ》どかなるべき所思《おも》ひまうけたりと、きのふものたまへりしを、[7]かゝることも知《し》らで、さおぼすらむよと、[8]あはれながらも、そなたになびくべきにはあらずかしと思ふからに、[9]ありし御さまの面影《おもかげ》におぼゆれば、[10]われながらも、うたて心うの身《み》やと思ひつゞけて泣《な》きぬ。

「[11]御心ばへの、かゝらでおいらかなりしこそのどかにうれしかりしか。[12]人のいかに聞《き》こえ知《し》らせたることかある、[13]すこしもおろかならむ心ざしにては、かうまでまゐり来《く》べき身《み》のほど、[14]道《みち》のありさまにもあらぬを。」

など、ついたちごろの夕月夜《ゆふづくよ》に、すこし端近《はしちか》く臥《ふ》してながめ出《い》だしたまへり。[15]をとこは、[16]過《す》ぎにし方《かた》のあはれをもおぼし出《い》で、女は、[17]いまより添《そ》ひたる身《み》のうさを嘆《なげ》

25　すれ違いの思い

1　薫の言。造らせている家は、だんだんよい具合になってきました。浮舟を引き取る新築の京の邸が完成間近になる（四七六頁）。

2　先日確認したところ、ここよりは親しみやすい川で、花もご覧になれましょう。荒々しい宇治川に対して賀茂川をいうか。

3　薫の本邸。母女三宮が住むので「宮」という。女三宮自身のこともいう。「三条の宮は、親と思ひきこゆべきにもあらぬ御若〳〵しさなれど」（㈦総角四〇八頁）。

4　朝夕気がかりな（京と宇治の）隔たりも、自然と解消しよう。

5　この春頃に、差支えなければお移しいたしましょう。

6　匂宮が、落ち着けるはずの場所を考えて用意したと、昨日も（手紙で）おっしゃったのを。

7　浮舟の心内。こんな薫の計画も（匂宮は）知らずに、そのようにお思いになろうとは。

8　身にしみながらも、匂宮に従うべきではないのだと思うにつけても。

9　先日逢った匂宮の姿が幻影となって思い浮かぶので。

10　自分のことながらも、何と情けないこの身よと思いつづけて泣いてしまう。

11　薫の心内。浮舟のお気持が、今のようではなくおっとりしていたのがうれしかった。

12　だれかがどのようにか告げ口をしたことでもあるのか。

13　いささかでも浮舟をおろそかに思う気持でいるなら、そうまでして通ってくる身分や道中でもないのに。

14　陰暦十日頃までの、夕暮れの西の空にかかる月。「七日の夕月夜、影ほのかなるに」（㈤藤裏葉八〇頁）。

15　薫。以下、男と女を対照させ、一対の男女関係を作りながら心のすれ違いを描く。

16　亡き大君を追慕する。

17　今からわが身に加わる身のつらさを嘆く。

き加《くは》へて、[1]かたみにもの思《おも》はし。

[2]山の方《かた》は霞《かす》み隔《へだ》てて《ゝ》、寒《さむ》き洲崎《すさき》に立《た》てるかさゝぎの姿《すがた》も、所からはいとをかしう見《み》ゆるに、[3]宇治橋《うぢはし》のはる〴〵と見《み》わたさるゝに、[4]柴積《しばつ》み舟《ぶね》の所〳〵に行《ゆ》きちがひたるなど、[5]ほかにて目馴《めな》れぬことども《ゝ》のみ取《と》り集《あつ》めたる所なれば、見《み》たまふたびごとに[6]猶そのかみのことのたゞいまの心《（ここ）》ちして、[7]いとかゝらぬ人を見《み》かはしたらむだに、めづらしきなかのあはれ多《おほ》かるべきほどなり。まいて、[8]恋《こひ》しき人によそへられたるもこよなからず、[9]やう〳〵ものの《ゝ》心知《し》り、宮《（みや）》こなれゆくありさまのをかしきも、[10]こよなく見《み》まさりしたる心《（ここ）》ちし給ふに、[11]女はかき集《あつ》めたる心の内《うち》にもよほさるゝ涙《なみだ》、ともすれば出《い》で立《た》つを慰《なぐさ》めかね給ひつゝ、

「[12]宇治橋《うぢはし》の長《なが》き契《ちぎ》りは朽《く》ちせじをあやぶむかたに心さわぐな

[13]いま見《み》給ひてん。」

とのたまふ。

[14]絶《た》え間《ま》のみ世《よ》にはあやふき宇治橋《うぢはし》を朽《く》ちせぬものと猶《（なほ）》頼《たの》めとや

1 互いに物思いは尽きない。

26 宇治橋の歌を交わす

2 以下、宇治河畔の叙景。「蒼茫たる霧雨(うぶ)の霽(は)れの初めに　寒汀に鷺立てり」(和漢朗詠集・下・僧)。「かさゝぎ」はサギ科の鳥、七夕伝説の「鵲(かささぎ)の橋」で「宇治橋」を喚起する。ただし漢語の「鵲」はカラス科。

3 宇治橋がはるかに遠くまで見わたされて。前出の中君の歌では「はるけき」にかかる修辞で用いた(㈦総角五〇五頁注4)。

4 宇治川の景物(㈦総角五〇〇頁一一行)。

5 他では見かけないものばかりが集まる所なので。心を打つさまざまのものが一つになる。

6 やはりあの頃(大君がいた頃)のことがまさに今のような気がして。

7 全く大君に関係ない女と向かい合った場合でさえ、滅多にないこの状況でのしみじみとした情趣が多いはずであるのに、まして。「ほかにて目馴れぬことどものみ取り集めたる所」を「めづらしきなか」という。

8 恋しい大君に似ていると思うと格別で。

9 (浮舟が)次第に人情を理解し、都の女らしくなっていく様子がかわいいのも。「宮こ」の表記は底本の当て字。

10 以前よりもずっとまさって見える気がなさるが。

11 浮舟は、あれこれ物思いの積もった胸のうちにせきあげる涙が、ややもするとあふれ出るのを、(薫は)お慰めになれないまま。

12 薫の歌。宇治橋のように末長い契りは絶えることはあるまいから、不安に思って心配するな。宇治橋は眼前の景で「長き」を引き出す言葉にもなっている。「あやぶむ」に「踏む」を掛け、「朽ち」「踏む」は、橋の縁語。

13 (私の真心は)じきにお分かりになるはず。

14 浮舟の歌。宇治橋の板の絶え間のように途絶えがちで安心できないあなたを、永久の契りとしてなおも信頼せよとおっしゃるのか。「絶え間」に橋板の隙間と訪問の途絶えの意

[1]さき〴〵よりもいと見捨《みす》てがたく、しばしも立《た》ちとまらまほしくおぼさるれど、[2]人のもの言《い》ひのやすからぬに、[3]いまさらなり、心やすきさまにてこそなどおぼしなして、あか月《(つき)》に帰《かへ》り給ひぬ。[4]いとようも大人《おとな》びたりつるかな、と心ぐるしくおぼし出《い》づること、ありしにまさりけり。

きさらぎの十日のほどに、[5]内に文作《ふみつく》らせたまふとて、[6]この宮も大将もまゐりあひたまへり。[7]をりに合《あ》ひたる物の調《しら》べどもに、宮の御声《こゑ》はいとめでたくて、[8]梅枝《むめがえ》などうたひ給ふ。何《なに》ごとも人よりはこよなうまさりたまへる御さまにて、[9]すゞろなることおぼし焦《い》らるゝのみなむ罪深《つみふか》ゝりける。

雪《ゆき》にはかに降《ふ》り乱《みだ》れ、風《かぜ》などはげしければ、[10]御遊《あそ》びとくやみぬ。[11]この宮の[12]御殿《(との)》ゐ所に人〴〵まゐり給ふ。[13]物《もの》まゐりなどしてうちやすみ給へり。[14]大将、人に物のたまはむとて、すこし[15]端近《はしちか》く出《い》でたまへるに、雪《ゆき》のやう〴〵積《つも》るが星《ほし》の光《ひかり》に[16]おぼ〳〵しきを、[17]「闇《やみ》はあやなし」とおぼゆるにほひありさまにて、

[18]「衣片敷《ころもかたし》きこよひもや。」

を掛ける。

1　（薫は浮舟を）以前よりもいっそう見捨てられず、少しの間でもここにとどまっていたいとお思いになるが。
2　世間の噂がうるさいので。
3　今になって危うい長居をすることもあるまい、京へ移してから気楽に、などとお思いになって、夜明け前にお帰りになってしまう。このような態度が匂宮には「心のどかに月日を待ちわびさすらむよ」（五四二頁）と映る。
4　薫の心内。浮舟の心の陰りに気づかず、女らしい成長に満足。「心ぐるしく」は健気に思うこと。

27　宮中の詩会

5　宮中で漢詩を作り合う作文会《さくもんえ》が催される。「文」は漢詩。
6　匂宮も薫も。
7　時節にふさわしい楽器の演奏。
8　催馬楽の曲名（〔五〕梅枝二九頁注12）。
9　つまらないことに焦慮されるのだけは罪が深い。浮舟との関係を暗に非難する語り手の評。「おぼし焦らる」は、五四六頁に「あやしううつし心もなうおぼし焦らるゝ人」として既出。
10　管絃の遊びはすぐに中止になった。
11　匂宮。
12　宿直所。
13　お食事などして休憩なさる。
14　薫は、懇意の女房に声をかけようと。
15　（匂宮の居室の）端近にお出でになると。
16　ぼんやりしているが。
17　「春の夜の闇はあやなし梅の花色こそ見えね香やは隠るる」（古今集・春上・凡河内躬恒）。闇の中でも香りは紛れない。薫の芳香をいう。〔五〕若菜上にもこの引歌が見られる。
18　薫の言。「さむしろに衣片敷きこよひもやわれを待つらむ宇治の橋姫」（古今集・恋四・読人しらず）を口ずさむ。今夜も浮舟は私を

とうち誦《ず》じ給へるも、[1]はかなきことを口《くち》ずさびにのたまへるも、あやしくあはれなるけしき添《そ》へる人ざまにて、[2]いともの深《ふか》げなり。[3]言《こと》しもこそあれ、宮は寝《ね》たるやうにて御心さわぐ。[4]おろかには思《おも》はぬなめりかし、片敷《かたし》く袖《そで》をわれのみ思ひやる心《(ここ)》ちしつるを、[5]同《おな》じ心なるもあはれなり、わびしくもあるかな、[6]かばかりなる本《もと》つ人をおきて、我方《(わが)かた》にまさる思ひはいかでつくべきぞ、とねたうおぼさる。

[7]つとめて、雪《ゆき》のいと高《たか》う積《つも》りたるに、[8]文《ふみ》たてまつり給はむとて、御前《おまへ》にまゐり給へる御かたち、このごろいみじく盛《さか》りにきよげなり。[9]かの君《きみ》も同《おな》じほどにて、いま二《ふた》つ三《み》つまさるけぢめにや、[10]すこしねびまさるけしき、よういなどぞ、ことさらにもつくり出《い》でたらむあてなるをとこの本《(ほん)》にしつべく物し給ふ。[11]みかどの御婿《むこ》にて、[12]飽《あ》かぬことなしとぞ世人《よ(ひと)》もことわりける。[13]才《ざえ》なども、おほやけ〳〵しき方《かた》も、おくれずぞおはすべき。[14]文講《ふみかう》じ果《は》てて、みな人まかで給ふ。[15]宮の御文《ふみ》を、すぐれたりと誦《ず》じのゝしれど、何《なに》とも聞《き》き入《い》れたまはず、[16]いかなる心《(ここ)》ちにてかゝることをもし出《い》づらむと、[17]そらにのみ思《おも》ほしほれたり。

待っていよう、の意。

1 ちょっとしたことを心のままにおっしゃるのも、不思議と趣深い様子のある(薫の)人柄で。

2 たいそう深長な感じである。

3 他に歌はいくらでもあろうに。語り手の評言。匂宮は寝ている風で、実はお心がざわつく。

4 以下、匂宮の心内。薫は浮舟をいいかげんには思っていないようだな。五五三頁注18の引歌を再び引く。「片敷く袖」は私だけが独り寝をかこつと思っていたが。

5 薫も自分と同じ思いだとは情けない、がっかりだ。

6 これほど愛情の深い最初の男(薫)をさしおいて、私の方により思いをかけるはずがあろうか、と妬ましくお思いになる。

7 明くる朝。

8 (昨夜作った)詩を献上なさろうと、帝の御前に参上された(匂宮の)ご容姿は。

9 薫も同じ年頃で、もう二、三歳年上のせいか。匂宮誕生([五]若菜下五九八頁)の翌年に薫誕生([六]柏木三二頁)、実際は薫が一歳年下。

10 匂宮より少し年長の容姿や態度などは、わざわざ作り出したような高貴な男性の手本にしたいほどで。底本の表記は「ようゐ」。

11 今上帝の女二宮が薫の正妻。

12 何一つ不足はないと。

13 詩文の才も公務の面も、だれにもひけをおとりになるはずはない。

14 詩の披講がすべて終了して、全員退出なさる。詩会では、献じられた詩を講師(こうじ)が朗誦して披露する。

15 匂宮の詩を、すばらしいと大声で吟ずるけれど、(匂宮は)何もお耳に入らず。

16 (匂宮は)人々はどんな気持でこんな詩作などやってのけるのか。

17 心もうつろな状態で物思いにふけっておられる。

[1]かの人の御けしきにも、いとゞおどろかれ給ひければ、[2]あさましうたばかりておはしましたり。京には、[3]友待《ともま》つばかり消《き》え残《のこ》りたる雪《ゆき》、山深《ふか》く入《い》るまゝに[4]やゝ降《ふ》り埋《うづ》みたり。[5]常《つね》よりもわりなきまれの細道《ほそみち》を分《わ》け給ふほど、御供《とも》の人も泣《な》きぬばかり[6]おそろしうわづらはしきことをさへ思ふ。[7]しるべの内記《き》は、式部《しきぶ》の少輔なむかけたりける、[8]いづ方《かた》も〳〵こと〳〵しかるべき官《つかさ》ながら、いとつき〴〵しく引《ひ》き上《あ》げなどしたる姿《すがた》もをかしかりけり。

[9]かしこには、[10]おはせむとありつれど、[11]かゝる雪《ゆき》にはとうちとけたるに、[12]夜ふけて右近に消息《せうそこ》したり。[13]あさましうあはれと君《きみ》も思《おも》へり。右近は、[14]いかになり果《は》て給ふべき御ありさまにかと、[15]かつは苦《くる》しけれど、こよひはつゝましさも忘《わす》れぬべし、[16]言《い》ひ返《かへ》さむ方《かた》もなければ、[17]同《おな》じやうにむつましくおぼいたる若《わか》き人の、心ざまもあふなからぬを語《かた》らひて、

[18]「いみじくわりなきこと。同《おな》じ心にもて隠《かく》したまへ。」

と[19]言《い》ひてけり。[20]もろともに入《い》れたてまつる。[21]道《みち》のほどに濡《ぬ》れたまへる香《か》のところせ

28 匂宮、宇治へ行く

1 (匂宮は)あの薫の表情からも。22節の対面をいう。

2 あきれるほどの手段を講じて。

3 あとから降る雪を待ち受け顔に消え残っている雪が。「白雪の色分きがたき梅が枝に友待つ雪ぞ消え残りたる」(家持集)。五五二頁六行催馬楽「梅枝」の内容とも呼応する。

4 しだいに。

5 雪のためにいつもより通いにくい、人跡も稀な細道を分けて行かれる間。「冬ごもり人も通はぬ山里のまれの細道ふたぐ雪かも」(賀茂保憲女集)。

6 厄介なことが起こらねばよいがと恐れる気持にもなっている。

7 案内役の大内記道定は、式部少輔を兼任。

8 本官も兼官もどちらも当然重々しいはずの官職でありながら、いかにもお供にふさわしく指貫《さしぬき》の括りを引き上げなどしている、その不釣合な姿が滑稽だ。語り手の皮肉。

9 宇治の八宮旧宅。

10 匂宮ご来訪の知らせを前もってしておいたが。

11 このような雪では(無理であろう)、と気を許していたところに。

12 夜更けに右近にご連絡なさる。

13 何という情愛の深さよ、と浮舟も。

14 末はどのようになってしまわれる(浮舟の)お身の上かと。破局は避けがたいと予感。

15 一方では苦しいけれど、今夜は周囲への気兼ねも忘れてしまうに違いない。

16 断って帰そうにも帰しようもないので。

17 (右近は)自分同様に浮舟が親しくお思いの若い女房で、思慮も浅くない者を。もう一人の女房。五五八頁で侍従と分かる。朋輩に打ち明けて加勢を頼む。

18 右近の言。とても困ったことができた。私と同じ気持で秘密にして下さい。

19 ついに打ち明けてしまった。その効果が次

うにほふも《ゝ》、もてわづらひぬべけれど、[1]かの人の御けはひに《ゝ》似せてなむ、もて紛《まぎ》らはしける。

[2]夜のほどにて立《た》ち帰《かへ》り給はんも中〳〵なべければ、[3]こゝの人目《め》もいとつゝましさに、[4]時方《かた》にたばからせたまひて、[5]川《かは》よりをちなる人のいへに率《ゐ》ておはせむと構《かま》へたりければ、[6]先立《さきだ》て《ゝ》て遣《つか》はしたりける、夜ふくる程《ほど》にまゐれり。

「[7]いとよくよういしてさぶらふ。」

と[8]申さす。こはいかにし給ふことにかと、右近もいと心あわたゝしければ、[9]寝《ね》おびれて起《お》きたる心《(ここ)》ちもわなゝかれて、あやし。[10]童《わらは》べの雪遊《ゆきあそ》びしたるけはひのやうにぞ、震《ふる》ひあがりにける。

「[11]いかでか。」

なども言《い》ひあへさせ給はず、[12]かき抱《いだ》きて出《い》で給ひぬ。右近は[13]この後見《うしろみ》にとまりて、侍《じ》従《じゅう》をぞたてまつる。

[14]いとはかなげなるものと、明《あ》け暮《く》れ見出《みい》だすちひさき舟《ふね》に乗《の》り給ひて、[15]さし渡《わた》り

の「もろともに…」の表現に直結。
20　右近と二人で匂宮を。
21　道中お濡れになった匂宮の香があたり狭しと匂うのも、面倒なことになりそうだが。薫物は温めると一段と匂う。

1　薫の雰囲気に似せてごまかす。薫香の差を他の女房たちが弁別できないことを暗に示す。

29　橘の小島

2　夜のうちにお帰りになるのも、それならばかえって来ない方がましというもので。別れのつらさをいう。「なべければ」は「なるべければ」の撥音便無表記。「こよひはいとゆくりかなべければ」(四行幸四四八頁)。
3　邸内の人目も気がねなので。
4　時方に差配させなさって。
5　宇治川の対岸にある他人の家に連れていらっしゃろうと計画してあったので。
6　予め遣わしておかれた時方が、夜更けに参上する。
7　時方の言。用意万端整いました。
8　(右近に)申し上げさせる。
9　寝ぼけて起きた気持も震えずにはいられなくて、見苦しい。
10　子供たちが雪で遊んだときのさまのように、震え上がったのだった。右近の驚きあわてるさまを戯画的に表現。
11　(匂宮は右近に)そんなことはとてもできません、など言う隙もお与えにならず。
12　(匂宮は浮舟を)抱いてお出になってしまう。以下、浮舟の移動は匂宮の「抱く」行為で一貫する。女を奪う物語に特有の表現。㈠若紫四七八頁・㈤若菜下五一〇頁。
13　留守番役にとどまって、侍従をお供に付け申し上げる。「侍従」は「若き人」(五五六頁一〇行)の名。
14　たいそう心細いものと、朝夕に外を眺めていた小舟に(匂宮と浮舟は)お乗りになって。
15　棹さして向う岸へお渡りになるあいだ。

給ふほど、[1]はるかならむ岸《きし》にしも漕《こ》ぎ離《はな》れたらむやうに心ぼそくおぼえて、つとつきて抱《いだ》かれたるもいとらうたしとおぼす。[2]有明《ありあけ》の月澄《す》み上《のぼ》りて、[3]水《みづ》の面《おもて》もくもりなきに、

「[4]これなむたち花《（ばな）》の小島《こじま》。」

と申して、[5]御舟《ふね》しばしさしとゞめたるを見《み》たまへば、[6]大《おほ》きやかなる岩《いは》のさまして、[7]されたる常磐木《ときは（ぎ）》の影《かげ》しげれり。

「[8]かれ見《み》たまへ。いとはかなけれど、千年《ちとせ》も経《ふ》べき緑《みどり》の深《ふか》さを。」

とのたまひて、

　[9]年経《としふ》とも変《か》はらむものか橘《たちばな》の小島《こじま》の崎《さき》に契《ちぎ》る心は

[10]女もめづらしからむ道《みち》のやうにおぼえて、

　[11]たち花の小島《こじま》の色《いろ》は変《か》はらじをこのうき舟《ふね》ぞゆくへ知《し》られぬ

[12]をりから人のさまに、をかしくのみ何《なに》ごともおぼしなす。

[13]かの岸《きし》にさし着《つ》きて下《お》り給ふに、[14]人に抱《いだ》かせ給はむはいと心ぐるしければ、抱《いだ》き

1　遥か遠い岸に漕ぎ離れでもしたかのように不安に思って。彼岸浄土への幻想を「む」で、また「心細し」は死の予感を暗示。

2　明け方西の空にかかる月。陰暦二十日以後の月。夜半に出る。「きさらぎの十日のほど」（五五二頁）の宮中詩会から十日ほど後になる。

3　月光で水面もくもりなく明るい。

4　船頭の言。『伊勢物語』九段・東下りの「これなむ都鳥」を踏まえた表現。「今もかも咲きにほふらむ橘の小島の崎の山吹の花」（古今集・春下・読人しらず）。「橘の小島」は宇治川の中洲の橘島を指す。

5　（船頭が）お舟をしばらく止めたのを（匂宮は）ご覧になると。風景を見せようとする。

6　大きな岩の形で。

7　風情のある常緑樹の影が茂っている。「常磐木に這ひまじれる蔦の色なども、物深げに見えて」（㈦総角五二四頁）。

8　匂宮の言。あれをご覧なさい。姿はまことに頼りないですが、千年も保ちそうな緑の深さですよ。

9　匂宮の歌。年を経ても変わるはずはない、橘の小島の崎で約束する私の心は。橘の緑の深さに永久に変わらぬ心の深さをたとえた。

10　浮舟も、いつもとは異なる道のように思われて。

11　浮舟の歌。橘の小島の緑の色は宮のお心として変わらないでしょうが、この波に浮ぶ小舟のようにはかない私の身は、行く末を知ることができません。「浮き」「憂き」の掛詞。巻名の由来となった歌。「うき舟」の例としては、「いざりせし影忘られぬ篝火は身のうき舟や慕ひきにけん」（㈢薄雲三五二頁）がある。

12　折も折、浮舟の様子にも。すべて興趣で理解され、浮舟の不安に匂宮は気づかない。

13　家の対岸に着いてお下りになる際。

14　（浮舟を）他の者に抱きかかえさせなさるのはとても不憫なので。

たまひて[1]助《たす》けられつゝ入《い》り給ふを、[2]いと見《み》ぐるしく何《なに》人をかくもてさわぎ給ふらむと見《み》たてまつる。時方《かた》がをぢの因幡《いなば》の守《かみ》なるが[3]領《らう》ずる荘《さう》にはかなう造《つく》りたるいへなりけり。[4]まだいとあらく〳〵しきに、[5]網《あ》代《じろ》屏風など御覧《らむ》じも知《し》らぬしつらひにて、[6]風《かぜ》もことにさはらず、垣《かき》のもとに[7]雪《ゆき》むら消《ぎ》えつゝ、いまもかき曇《くも》りて降《ふ》る。

日《ひ》さし出《い》でて軒《のき》の[8]垂氷《たるひ》の光《ひか》りあひたるに、[9]人の御かたちもまさる心《（ここ）》ちす。[10]宮もところせき道《みち》のほどに、軽《かる》らかなるべきほどの御衣《ぞ》どもなり。[11]女も脱《ぬ》ぎすべさせ給ひてしかば、細《ほそ》やかなる姿《すがた》つきいとをかしげなり。[12]引《ひ》きつくろふこともなくうちとけたるさまを、[13]いとはづかしく、まばゆきまできよなる人にさしむかひたるよと思《おも》へど、[14]紛《まぎ》れむ方《かた》もなし。[15]なつかしきほどなる白《しろ》き限《かぎ》りを五《いつゝ》つばかり、袖口《そでぐち》、裾《すそ》のほどまでなまめかしく、[16]いろ〳〵にあまた重《かさ》ねたらんよりもをかしう着《き》なしたり。[17]常《つね》に見《み》給ふ人とても、かくまでうちとけたる姿《すがた》などは見《み》ならひ給はぬを、[18]かゝるさへぞ、猶めづらかにをかしうおぼされける。

侍《じ》従《ゞう》も、[19]いとめやすき若《わか》人なりけり。[20]これさへかゝるを残《のこ》りなう見《み》るよと、[21]女君《ぎみ》

1　供の者に介添えされて対岸の隠れ家へお入りになるのを。
2　（供人たちは）たいそう見苦しく思い、一体どんな女人をそのように大切にもてはやしなさるのだろうと見申し上げる。
3　領有する荘園にかりそめに建てた家。
4　未完成でひどく粗末な造りだが。
5　檜の網代で張った屏風（㊤椎本三〇六頁二行）など、ご覧になったこともない調度品で。
6　風も十分に防ぎきれず。宇治の川風のことはしばしば触れられる。
7　まだらに消え残ること。

30　君にぞまどふ

8　つららがどれもきらきら光っているのに映えて。
9　（浮舟の見る）匂宮のお顔も。
10　人目を憚る道中だから微行らしい略装。
11　浮舟も（匂宮が）上衣をお脱がせになったので。直後に「なつかしきほどなる白き限りを五つばかり」とある。この辺りの浮舟の呼称は「女」。
12　身なりを整えることもせず気を許している様子を。
13　気恥ずかしいほど美しい匂宮に向き合っているのだと（浮舟は）思うが。
14　身を隠すすべもない。
15　着馴れた白い衣だけを五枚ほど。
16　さまざまな色の袿を何枚も重ねて着るのよりもすてきに着こなしている。
17　（匂宮が）いつもお逢いになる中君や六の君といっても、これほど気を許した装いは見馴れていらっしゃらないが。
18　こんな（浮舟の）姿までも、やはり普通と違って魅惑的だと（匂宮は）お思いになった。
19　とても感じのよい若女房。
20　浮舟の心内。（右近ばかりか）この侍従までが自分のこんな姿を。
21　浮舟はつらいと思う。「女」は匂宮（男）に対して、「女君」は侍従と対比した称。

はいみじと思ふ。宮も、

「[1]これは又たそ。[2]わが名《な》漏《も》らすなよ。」

と[3]口《くち》かため給ふを、[4]いとめでたしと思《おも》ひきこえたり。こゝの[5]宿守《やどもり》にて住《す》みける者《もの》、[6]時方《かた》を主《しう》と思《おも》ひてかしづきありければ、[7]このおはします遣戸《やりど》を隔《へだ》てゝ、所得顔《ところえがほ》にゐたり。[8]声《こゑ》引《ひ》きしゞめ、かしこまりてもの語《がた》りしをるを、[9]いらへもえせずをかしと思ひけり。

「[10]いとおそろしく占《うらな》ひたる物忌《ものいみ》により、京の内《うち》をさへ避《さ》りてつゝしむなり。ほか 一八四
の人寄《よ》すな。」

と言《い》ひたり。

人目《め》も絶《た》えて、心やすく語《かた》らひ暮《く》らし給ふ。[11]かの人《ひと》のものし給へりけむに、かくて見《み》えてむかしとおぼしやりて、いみじくうらみ給ふ。[12]二の宮をいとやむごとなくて持《も》ちたてまつり給へるありさまなども、語《かた》り給ふ。[13]かの耳《みゝ》とゞめたまひし一事《ひと》はのたまひ出《い》でぬぞにくきや。時方《かた》、[14]御手水《てうづ》、御くだ物など取《と》りつぎてまゐるを御覧《らむ》

1　匂宮の言。この女(侍従)はまただれか。「又」は右近とは別に、の意。

2　私の名をうっかり人に言うなよ。「犬上《いぬかみ》や鳥籠《とこ》の山なるいさら川いさと答へてわが名漏らすな」(古今六帖五)。「いまさらにかひなき事によりて、我名漏らすな」と口固めし給ひしを」(四玉鬘一八頁)。

3　口止めをなさるのを。

4　(侍従は匂宮を)とても素敵な方と思い申し上げた。

5　家の番人。「この宿守なるをのこを呼びて問ひ聞く」(一夕顔二四四頁)。

6　家の持主因幡守の甥である時方を、宿守は一行の主人と勘違いして立ち働く。

7　この、(匂宮が)おいでの室内の引戸を隔てた隣室で、(時方は)得意気な様子で控えている。

8　(宿守が)声を低くして、恐縮して話しかけるのを。「をる」は、その動作主を貶めて言う語。

9　(時方は)返答もならず、面白いと思っていた。匂宮の前で宿守に勘違いされたまま主人を演じられない。

10　時方の言。たいへん恐ろしいと(陰陽師が)占った物忌によって、京の中までも避けて(こちらで)謹慎しているのだ。

11　薫が来られた時にも、(浮舟が)きっとこのようにうちとけて逢ったのだろうと推察なさって、はげしく恨み言を言われる。

12　(薫が)女二宮を正室としてたいそう大切にされている様子などもお話しになる。浮舟に離反の気持を促す。

13　あの詩会の夜、匂宮の耳に止った薫の一言(五五二頁の「衣片敷き」の歌句)はお話しにならないのが憎らしいよ。自分に都合の悪いことは隠すずるさを非難した語り手の評。薫もまた、中君との一夜のことを伏せて話すということが前にあった(四早蕨3節)。

14　角盥《つのだらい》に入れた洗面の水や、果実などの軽食。

じて、

「[1]いみじくかしづかるめる客人《まらうと》の主《ぬし》、[2]さてな見《み》えそや。」

と戒《いま》しめ給ふ。[3]侍従《じじう》、色《いろ》めかしき若人《わかうど》の心《(ここ)》ちに、いとをかしと思ひて、この大夫《たいふ》[4]とぞもの語《がた》りして暮《くら》しける。

雪《ゆき》の降《ふ》り積《つも》れるに、[5]かのわが住《す》む方《かた》を見《み》やりたまへれば、[6]霞《かすみ》の絶《た》え〴〵に梢《こずゑ》ばかり見《み》ゆ。[7]山は鏡《かゞみ》をかけたるやうにきら〳〵と夕《ゆふ》日にかゝ[8]やきたるに、[9]よべ分《わ》け来《こ》し道《みち》のわりなさなど、あはれ多《おほ》う添《そ》へて語《かた》り給ふ。

「[10]峰《みね》の雪汀《ゆきみぎは》の氷《こほり》踏《ふ》み分《わ》けて君《きみ》にぞまどふ道《みち》はまどはず

[11]木《こ》幡《はた》の里《さと》に馬《むま》はあれど。」

など、[12]あやしき硯《すゞりめ》召し出《い》でゝ、手《て》習《なら》ひ給ふ。

[13]降《ふ》り乱《みだ》れ汀《みぎは》に凍《こほ》る雪《ゆき》よりも中空《なかぞら》にてぞわれは消《け》ぬべき

と[14]書《か》き消《け》ちたり。[15]この「中空《ぞら》」を咎《とが》め給ふ。[16]げににくゝも書《か》きてけるかなと、はづかしくて引《ひ》き破《や》りつ。さらでだに見《み》るかひある御ありさまを、いよ〳〵あはれにい

1　匂宮の言。ひどく大事にされているらしい客人のお主よ。「ぬし」は軽い敬称で、時方を冷やかした言い方。「かの守の主の人がらももの〱しくおとなしき人なれば」（四東屋三一四頁）。

2　そんな（下種めいた）仕事をして正体を見破られるなよ。

3　侍従は、恋の話に関心のある若い年頃の気持で、たいそう心をひかれて。

4　時方と語りあって日を送った。主人と従者とがそれぞれ恋人を見つけて楽しむ趣向。一夕顔の源氏と夕顔、惟光と女房の類。

5　（匂宮は）あの自分が通う家の方角を眺めなさると。対岸の八宮宅をいう。新編全集は「京の方角」とする。

6　霞と梢は宇治の光景として印象づけられる。二条院における場面、「御前の梢も霞隔てて見え侍るに」（四早蕨五四頁）も宇治を回想。

7　「雪深き山を月の明きに見渡したる心地しつつ、きらきらとそこはかと見わたされず、鏡をかけたるやうなり」（紫式部日記）。また、七総角五九〇頁八行。

8　輝き。当時は清音。

9　昨夜踏み分けて来た道。

10　匂宮の歌。峰の雪や汀《みぎわ》の氷を踏み分けて道は迷わずに来たのにあなたにすっかり迷ってしまう。

11　「山科の木幡の里に馬はあれどかちよりぞ来る君を思へば」（拾遺集・雑恋・柿本人麿）。下句の意を暗示した。

12　粗末な。

13　浮舟の歌。降り乱れて汀に氷る雪よりもはかなく、私は空の中途できっと消えてしまうでしょう。「中空」は空の中ほどを漠然と指すが、中途半端なさまをもいう。

14　書きかけてやめる。

15　浮舟の書いた歌の「中空」とあるのを見咎めなさる。匂宮と薫とのあいだで、と理解したため。

16　なるほど憎い歌を書いてしまったよと。

みじと[1]人の心に染《し》められんと尽《つ》くし給ふ言《こと》の葉《は》、けしき言《い》はむ方《かた》なし。

[2]御物忌《ものいみ》、二日《ふつか》とたばかり給へれば、心のどかなるまゝに、かたみにあはれとのみ深《ふか》くおぼしまさる。右近はよろづに例《れい》の言《い》ひ紛《まぎ》らはして、[3]御衣《ぞ》などたてまつりたり。けふは乱《みだ》れたる髪《かみ》すこし梳《けづ》らせて、[4]濃《こ》き衣《ゝぬ》に紅梅《こうばい》のおり物など、[5]あはひをかしく着《き》替《か》へてゐたまへり。侍《じ》従《どう》もあやしき[6]褶《しびら》着《き》たりしを、[7]あざやぎたれば、その裳《も》を取《と》り給ひて、[8]君《きみ》に着《き》せ給ひて、御手水《てうづ》まゐらせ給ふ。[9]姫《ひめ》宮にこれをたてまつりたらば、いみじきものにし給ひてむかし、[10]いとやむごとなき際《ゝは》の人多《おほ》かれど、[11]かばかりのさましたるはかたくやと見《み》給ふ。[12]かたはなるまで遊《あそ》びたはぶれつゝ暮《くら》したまふ。[13]忍《しの》びて率《ゐ》て隠《かく》してむことをかへす〴〵の給ふ。[14]そのほど、かの人に見《み》えたらばと、いみじきこと《ゝ》どもを誓《ちか》はせたまへば、[15]いとわりなきこと《ゝ》と思ひていらへもやらず、涙《なみだ》さへ落《お》つるけしき、[16]さらに目《め》の前《まへ》にだに思ひ移《うつ》らぬなめり、と胸《むね》いたうおぼさる。[17]うらみても泣《な》きても、よろづの給ひ明《あ》かして、夜深《ふか》く率《ゐ》て帰《かへ》り給ふ。[18]例《れい》の、抱《いだ》き給ふ。

「[19]いみじくおぼすめる人は、かうはよもあらじよ。見知《みし》り給ひたりや。」

1　浮舟の心に刻まれようと尽力なさる（匂宮の）言葉や態度は。

2　（匂宮の）お物忌は二日間と（京へも）取り繕っておいでなので。

31　別れの日

3　浮舟に着替えの衣裳などを。

4　濃い紫の袿《うちき》に、紅梅の織物の表着。

5　色の調和を趣あるように美しく。

6　女子の日常着の腰の周囲にまとった短い裳。上裳《うわも》とも（女官飾抄）。次行「その裳を」とある（㈠夕顔二四九頁注15）。

7　目立ったので。印象鮮明なさま。

8　浮舟に（その褶を）お着せになり、宮のご洗面のお世話をおさせになる。女房としての扱い。

9　匂宮の心内。女一宮に浮舟をさしあげたなら、大事な女房として取扱われるに違いない。女一宮は明石中宮腹、匂宮の姉妹。

10　（女一宮のそばには）たいそう身分の高い人の娘が多いが（㈦総角五四〇頁一一行）。

11　これほどの容姿の方は（他に探すのは）むずかしいのではないかとご覧になる。

12　見苦しいほど。

13　五三二頁一〇行に「夢にも人に知られたまふまじきさまにて、こゝならぬ所に率て離れたてまつらむ」とあった。

14　その間、薫に逢っていたら（許さない）と、種々ひどいことをお誓わせになるので。

15　（浮舟は）それは無理なことだと思って。

16　匂宮の心内。いくら目の前に自分がいても（薫から）まったく心を移そうとしないようだ。

17　「うらみても泣きても言はむかたぞなき鏡に見ゆる影ならずして」（古今集・恋五・藤原興風）。

18　匂宮が浮舟を「抱く」行為。五五九頁注12参照。

19　匂宮の言。あなたが大事に思われるらしい人は、まさかこれほど愛してはいまいよ。薫への嫉妬から出たいやみ。

との給へば、[1]げにと思ひてうなづきてゐたる、いとらうたげなり。右近、[2]妻戸《つまど》放《はな》ちて入《い》れたてまつる。やがて、これより別《わか》れて出《い》で給ふも、[3]飽《あ》かずいみじとおぼさる。

[4]かやうの帰《かへ》さは、猶《(なほ)》二条にぞおはします。いとなやましうし給ひて、[5]ものなど絶《た》えてきこしめさず、日《ひ》を経《へ》て青《あを》み痩《や》せ給ふ。御けしきも変《か》はるを、[6]内《うち》にもいづくにも思《おも》ほし嘆《なげ》くに、いとゞ[7]ものさわがしくて、[8]御文《ふみ》だにこまかには書《か》きたまはず。

[9]かしこにも、かのさかしき乳母《めのと》、[10]むすめの子生《こう》む所に出《い》でたりける、帰《かへ》り来《き》にければ、[11]心やすくもえ見《み》ず。かくあやしき住《す》まひを、[12]たゞかの殿のもてなし給はむさまをゆかしく待《ま》つことにて、母君《はゝぎみ》も思《おも》ひ慰《なぐさ》めたるに、[13]忍《しの》びたるさまながらも、近《ちか》く渡《わた》してんことをおぼしなりにければ、[14]いとめやすくうれしかるべきことに思ひて、[15]やう〳〵人求《もと》め、童《わらは》のめやすきなど迎《むか》へておこせ給ふ。[16]わが心にも[17]それこそはあるべきことにはじめより待《ま》ちわたれとは思《おも》ひながら、[18]あながちなる人の御《おほむ》ことを思ひ出《い》づるに、うらみたまひしさま、のたまひしことゞも[19]面影《おもかげ》につと添《そ》ひて、[20]いさゝかまどろめば、夢《ゆめ》に見《み》え給ひつゝ、[21]いとうたてあるまでおぼゆ。

1　なるほどと思ってうなずいている浮舟は、たいそうかわいらしい。夕顔の性格に似る(一)夕顔二七〇頁)。
2　妻戸を開いて(浮舟を)入れ申し上げる。
3　(匂宮は浮舟を)飽きることなく愛しくお思いになる。

32　帰京後、匂宮病臥

4　(匂宮は)こうした忍び歩きの帰りは、やはり二条院に。気楽な自邸を選ぶ。
5　食事などは全く召し上がらず。
6　帝をはじめどちらでも。
7　見舞客や加持祈禱などで。
8　浮舟へのお手紙さえ。
9　宇治でも、あのおせっかいな乳母が。「このおとゞのいときふに物し給ひて」(五〇二頁)。
10　娘が出産する所へ出かけていたのが、帰ってきたので。
11　(浮舟は)落ち着いて見ることもできない。
12　ただあの殿(薫)がどう待遇なさるのか、そればかりを心待ちにして。
13　表だった扱いではないものの、薫は浮舟を自邸近くに移してしまおうと(四七六頁三行、五四八頁二行)。
14　(母君は)それならたいへん世間体もよいし歓迎すべきことだと。
15　徐々に女房を探し、小ぎれいな女童などを雇い入れて(宇治へ)寄越される。
16　以下、浮舟の心内。自分の気持としても。
17　それ(薫に迎えられること)こそそうあってほしいと最初から待ち続けていたのに。
18　無理強いする匂宮。
19　幻影となってじっと(浮舟に)つき添い。
20　少しうとうとすると、(匂宮が)何度も夢に現れなさって。「思ひつつ寝《ぬ》ればや人の見えつらむ夢と知りせばさめざらましを」(古今集・恋二・小野小町)。
21　(わが身が)まったくいやになるほどに思われる。

[1]雨降《あめふ》りやまで日《ひ》ごろ多《おほ》くなるころ、[2]いとゞ山地《(やまぢ)》おぼし絶《た》えてわりなくおぼされければ、[3]親《おや》のかふこは所せきものにこそ、とおぼすも[4]かたじけなし。尽《つ》きせぬことゞも書《か》き給ひて、

[5]ながめやるそなたの雲《くも》も見《み》えぬまで空《そら》さへ暮《く》るゝころのわびしさ

[6]筆《ふで》にまかせて書《か》き乱《みだ》り給へるしも、見《み》所ありをかしげなり。[7]ことにいとおもくなどはあらぬ若《わか》き心《(ここ)》ちに、[8]いとかゝる心を思《おも》ひもまさりぬべけれど、[9]はじめより契《ちぎ》り給ひしさまも、さすがにかれは猶いとものの深《ふか》う人がらのめでたきなども、[10]世中《(よのなか)》を知《し》りにしはじめなればにや、[11]かゝるうきこと聞《き》ゝつけて思ひうとみ給ひなむ世《よ》にはいかでかあらむ、[12]いつしかと思《おも》ひまどふ親《おや》にも、[13]思《おも》はずに心づきなしとこそはもてわづらはれめ、[14]かく心焦《い》られし給ふ人はた、いとあだなる御心本上《(ほんじやう)》とのみ聞《き》ゝしかば、[15]かゝるほどこそあらめ、[16]又かうながらも京にも隠《かく》し据《す》ゑ給ひ、ながらへてもおぼし数《かず》まへむにつけては、[17]かの上《うへ》のおぼさむこと、[18]よろづ隠《かく》れなき世《よ》なりければ、[19]あやしかりし夕暮《ゆふぐ》れのしるべばかりにだに、かう尋《たづ》ね出《い》で給ふめり、ましてわがありさ

33　匂宮の文に浮舟悩む

1　長雨の降る晩春三月の頃。

2　ますます山路を越えて宇治へ行くのも断念されて（匂宮は）たまらなく切ない思いになられて。「衾路（ふすまぢ）を引手の山に妹を置きて山路を行けば生けりともなし」（万葉集二・二一二・柿本人麿）。『古今六帖』四では、第四句「山辺を見れば」。「山地」は「山路」の当て字。

3　親に大事にされる子（自分）は窮屈なものだ。「たらちねの親のかふ蚕（こ）の繭ごもりいぶせくもあるか妹に逢はずして」（拾遺集・恋四・柿本人麿）。「かふこ」の「子」と「蚕」の掛詞。

4　匂宮の両親、帝・中宮に対して畏れ多い。語り手の評。

5　匂宮の歌。あなたを思って眺めやる宇治の方の雲も見えないまでに、わが心ばかりか空までも暗くなる頃の心細さよ。「眺め」と「長雨」の掛詞。

6　奔放な散らし書きが、かえってすてき。

7　格別に思慮深いというのでもない若い浮舟の気持には。

8　以下、浮舟の心内。匂宮にひかれる気持はますます思いも深まるだろうが。

9　薫の。

10　初めて知った男性であるせいか。挿入句。

11　こういういやなことを聞きつけて、私をお嫌いになられたら、その時にはどう生きていけよう。

12　早く薫に迎えられてほしいと。

13　期待はずれで気にくわないと。

14　こうしてこんなに恋い焦がれておいでの方（匂宮）は。「本上」は「本性」の当て字。

15　熱中しているうちはともかく。

16　このままで私を京にかくまっておかれて、末長く人並に愛して下さるなら、それにつけても。

17　中君が何とお思いか。

まのともかくもあらむを聞《き》き《ゝ》給はぬやうはありなんやと思ひたどるに、[2]わが心も疵《きず》ありてかの人に疎《うと》まれたてまつらむ、猶いみじかるべし、と思《おも》ひ乱《みだ》るゝをりしも、[3]かの殿より御使《つかひ》あり。

[4]これかれと見《み》るもいとうたてあれば、[5]なほ言多《ことおほ》かりつるを見《み》つゝ臥《ふ》したまへれば、侍従《じじう》、右近見合《みあ》はせて、[6]猶《(なほ)》移《うつ》りにけりなど、言《い》はぬやうにて言《い》ふ。

「[7]ことわりぞかし。[8]殿の御かたちをたぐひおはしまさじと見《み》しかど、[9]この御ありさまはいみじかりけり。[10]うち乱《みだ》れたまへるあい行《(ぎやう)》よ。[11]まろならば、かばかりの御思ひを見《み》る〳〵、えかくてあらじ。[12]后《きさい》の宮にもまゐりて、常《つね》に見《み》たてまつりてむ。」

と言《い》ふ。右近、

「[13]うしろめたの御心のほどや。[14]殿の御ありさまにまさり給ふ人はたれかあらむ。[15]かたちなどは知《し》らず、御心ばへけはひなどよ。[16]猶この御ことはいと見《み》ぐるしきわざかな。[17]いかゞならせ給はむとすらむ。」

と、[18]二人《ふたり》して語《かた》らふ。[19]心ひとつに思ひしよりは、そらごともたより出《い》で来《き》にけり。

18 万事は隠し通せぬ世の中なのだから。
19 不思議だったあの夕暮の出会い（四東屋三八〇頁）程度のことでも、（匂宮は）こうして（浮舟を）捜し出されるようだ。

---

1 （薫が）お聞きにならないということがあろうかと、それからそれへと考えてくると。
2 われながら過失があるので、あの薫に嫌われ申したら、やはりつらいことだろう。
3 薫。
4 匂宮と薫の手紙を見比べるのもとても嫌なので。
5 やはり言葉が多く綴られた匂宮の手紙を見ながら横になられたので。
6 やはり（浮舟の心は匂宮に）移ったのだ、など声には出さずに目顔でうなずきあう。
7 侍従の言。それは当然なことですよ。
8 薫のご容貌を他にこのような方はおられまいと拝していましたが。
9 この匂宮のご様子は素晴らしいものでした。
10 うち解けて冗談をおっしゃる魅力よ。
11 私（侍従）ならこれほどのお気持を知りながら、そのままじっとしてはいられますまい。匂宮への心移りに理解を示す。
12 明石中宮になりともお仕えして、いつも匂宮を拝見していたいものです。
13 油断もできないお気持の方ですね。底本「うしろめてたの」、他本により校訂する。
14 殿（薫）のご様子よりも優れていらっしゃる方がいようか、いやいない。右近は薫を絶賛。
15 容貌はともかく、（薫の）ご気性や雰囲気などですよ。
16 やはり、今の匂宮とのご関係はとてもみっともない行いですこと。
17 どのようにおなりでありましょう。浮舟の行末を案じる気持。
18 侍従と右近。
19 （右近は）一人で苦慮していた時よりは、嘘をつくにも（侍従という）つてができたのであった。

後《のち》[1]の御文《ふみ》には、
思[2]ひながら日《ひ》ごろになること。時[3]〳〵はそれよりもおどろかい給はんこそ思ふ
さまならめ、おろかなる[4]にやは。
など、端書《はしがき》[5]に、
水《みづ》[6]まさるをちの里《さと》人いかならむ晴《は》れぬながめにかきくらすころ
常《つね》[7]よりも、思《おも》ひやりきこゆることまさりてなん。
と、白《しろ》[8]き色紙《しきし》にて立文《たてぶみ》なり。御手《て》[9]もこまかにをかしげならねど、書《か》きざまゆゑ〳〵しく見《み》ゆ。
宮[10]はいと多《おほ》かるを、ちひさく結《むす》びなしたまへる、さま〴〵をかし。
「[11]まづかれを、人見《み》ぬほどに。」
と聞《き》こゆ。
「[12]けふはえ聞《き》こゆまじ。」
と、[13]はぢらひて手習《ゝならひ》に、

34 薫の文を見る

1　後から来た薫の手紙。

2　あなた（浮舟）のことが気にかかりつつも、日を過ごしてしまったこと。無沙汰の言い訳。

3　時折はそちらからもお便り下されば申し分ないのですが。「おどろかい」は「おどろかし」の音便形で、便りをするの意。「さしもおどろかい給はぬうらめしさに」（㊂蓬生一四四頁）。

4　（あなたを）粗略に思うはずがありましょうか。

5　一般に文書や手紙の本文の始まる前の位置に書きつけた記事。末尾に記す奥書《おくがき》に対していうが、末尾に記すこともある。

6　薫の歌。川水も増す遠い宇治の里のあなたは、いったいどうお過ごしですか、長雨で晴れ晴れしない物思いに心も暗いこの頃を。「長雨」と「眺め」は掛詞。「をち」は遠方の意。「をちの白浪」（㊆椎本三〇四頁）。㊆椎本三〇五頁注6参照。

7　いつもよりも、あなた（浮舟）のことを思い申し上げる気持が強くて。

8　白い料紙も立文（書状を包み紙に縦長に包んだもの）も儀礼的な書状に用い、恋文らしくない。周囲に気づかれまいとする手立てで、慎重な薫の性格を反映。㊃宿木一六八頁にも「例の、うはべはけざやかなる立文にて」とあった。

9　ご筆跡も、繊細で風流めいた感じではないが、書きぶりは由緒ありげに見える。

10　匂宮はたいそう多くの言葉を書き連ねた書面を、小さく結び文に仕立てておいでだが。

11　右近（または侍従）の言。まず匂宮へのお返事を、人目につかぬうちに。

12　浮舟の言。今日はとてもご返事できません。

13　恥ずかしがって手慰みに。

35

[1]里《さと》の名《な》をわが身《み》に知《し》れば山城《しろ》の宇治《うぢ》のわたりぞいとゞ住《す》みうき

[2]宮のかき給へりし絵《ゑ》を、時〻見《み》て泣《な》かれけり。[3]ながらへてあるまじきことぞと、とさまかうざまに思《おも》ひなせど、[4]ほかに絶《た》え籠《こも》りてやみなむは[5]いとあはれにおぼゆべし。

[6]かきくらし晴《は》れせぬ峰《みね》のあま雲《ぐも》に浮《う》きて世《よ》をふる身《み》ともなさばや
[7]まじりなば。

と聞《き》こえたるを、宮はよゝと泣《な》かれ給ふ。[8]さりとも、恋《こひ》しと思ふらむかしとおぼしやるにも、[9]もの思ひてゐたらむさまのみ面影《おもかげ》に見《み》え給ふ。[10]まめ人はのどかに見《み》給ひつゝ、あはれ、いかにながむらむと思ひやりて、いと恋《こひ》し。

[11]つれ〲と身《み》を知《し》る雨《あめ》のをやまねば袖《そで》さへいとゞみかさまさりて

とあるを、うちもおかず見《み》給ふ。

36

[12]女宮にもの語《がた》りなど聞《き》こえ給ひてのついでに、

1　浮舟の歌。宇治という里の名の「う(憂)じ」に、わが身の上を深く感じているので、この辺りはこれまで以上に住みづらいのです。

35 二人に返歌

2　匂宮が描いて浮舟に残した絵。「いとをかしげなるをとこ女もろともに添ひ臥したるかたをかき給ひて」(五二六頁)。

3　匂宮との仲は長く続くはずはないと、あれやこれや思案するが。「みづからいましめたる詞也」(玉の小櫛)。

4　他所に引き籠って匂宮との仲を絶つとしたら。

5　浮舟の執心を評する語り手の言。

6　浮舟の歌。真暗になって晴れもしない峰に漂う雨雲に、どちらとも定めなく世を過ごすこの身をなしたいものよ。「雨雲」に「尼」を掛け、出家願望をいうという説、また火葬の煙を寓するという説もある。

7　雨雲の中に分け入ってしまったなら(生き長らえても逢うことはできません)。「ほととぎす峰の雲にやまじりにしありとは聞けど見るよしもなき」(古今集・物名・平篤行)。

8　匂宮の心内。たとえ雨雲に分け入っても。

9　(浮舟が)物思いに沈んでいるらしい姿だけが目に浮かぶ。

10　律義者の薫は(浮舟の返事を)ゆっくりとご覧になって。

11　浮舟の歌。憂き身を知る雨がつれづれと止むことなく降るので、川の水かさが増すばかりか、袖までもがますます涙でぬれてしまうのです。「つれづれのながめにまさる涙川袖のみ濡れて逢ふよしもなし」(古今集・恋三・藤原敏行)、「かずかずに思ひ思はず問ひがたみ身を知る雨は降りぞまされる」(古今集・恋四・在原業平)。両歌は共に『伊勢物語』百七段にもある。

36 薫、女二宮に語る

12　薫の正室女二宮。

「[1]なめしともやおぼさんとつゝましながら、[2]さすがに年経《としへ》ぬる人の侍るを、[3]あやしき所に捨《す》ておきて、[4]いみじくもの思ふなるが心ぐるしさに、近《ちか》う呼《よ》び寄《よ》せてと思ひはべる。[5]むかしより異《こと》やうなる心ばへ侍りし身《み》にて、[6]世中《(よのなか)》をすべて例《れい》の人ならで過《す》ぐしてんと思《おも》ひはべりしを、[7]かく見《み》たてまつるにつけてひたふるにも捨《す》てがたければ、[8]ありと人にも知《し》らせざりし人の上《うへ》さへ、心ぐるしう罪得《つみえ》ぬべき心《(ここ)》ちしてなむ。」 一九〇〇

と聞《き》こえたまへば、

「[9]いかなることに心おくものとも知《し》らぬを。」

といらへ給ふ。

「[10]内になど、あしざまに聞《き》こしめさする人や侍らむ。[11]世《よ》の人のもの言《い》ひぞ、いとあぢきなくけしからずはべるや。[12]されど、それはさばかりの数《かず》にだに侍るまじ。」

など聞《き》こえ給ふ。

[13]造《つく》りたる所に渡《わた》してむとおぼし立《た》つに、

「[14]かゝる料《れう》なりけり。」

37

1　薫の言。失礼なとお思いかと恐縮ですが。
2　とはいえ(私にも)長年関わりのある者がおりまして。女二宮との結婚は一年以上前、浮舟を宇治に置いたのは半年前。逆転させて言い繕う。
3　辺鄙な所。宇治をぼかして言う。
4　(浮舟が)ひどく嘆いていると聞くのが気の毒で、近くに呼び寄せようと思います。「なる」は伝聞、他人事のような口ぶり。
5　昔から普通と違う考えがございました身なので。㊆総角でも「わがあまり異やうなるぞや、さるべき契りやありけむ」(五三四頁)という反省を口にしていた。
6　世の中をなべて人並みでなく過ごしたいと。八宮が後妻を求めないことについても、「例の人のさまなる心ばへなど、たはぶれにてもおぼし出で給はざりけり」(㊆橋姫二〇四頁)とあった。
7　このように(あなたを)ご一緒申し上げるにつけて一途にも世を捨てがたいので。
8　いるとだれにも知らせなかった人(浮舟)のことまでが、いたわしく罪を得てしまいそうな気持がして。身分の低い女を放置した罪を償いたい、というのが浮舟を引き取る理由。
9　女二宮の言。(私は)どんなことに気兼ねしたらよいのかも分かりませんのに(どうぞよいように)。内心の不安を表に出せない。紫上ほかの女君の態度にも通じる。
10　薫の言。帝になど、(私のことを)悪しざまにお聞かせ申す人がおりますのでは。
11　世間の人々の噂話など、実につまらぬ不届きなものですよ。
12　しかし、その女(浮舟)はそれほどの大した存在でもございますまい。そもそも浮舟は噂の俎上にのせるまでもないとあえて言い貶め、女二宮を安心させようとする。

37　薫の計画、匂宮知る

13　(薫は)新築した邸に(浮舟を)移そうと思い立たれるが。

など、[1]はなやかに言《い》ひなす人やあらむなど苦《くる》しければ、いと忍《しの》びて[2]障子張《さうじは》らすべきことなど、[3]人しもこそあれ、[4]この内記《ないき》が知《し》る人の親《おや》、大蔵大輔《おほくらのたいふ》なる者《もの》に、[5]むつましく心やすきまゝにのたまひつけたりければ、[6]聞《き》き継《つ》ぎて、宮には隠《かく》れなく聞《き》こえけり。

「[7]絵師《ゑし》どもなども、[8]御随身《ずいじん》どもの中にあるむつましき殿人《(とのびと)》などを選《え》りて、[9]さすがにわざとなむせさせ給ふ。」

と申すに、[10]いとゞおぼしさわぎて、[11]わが御乳母《めのと》のとほき受領《ずらう》の妻《め》にて下《くだ》るいへ、下《しも》つ方《かた》にあるを、

「[12]いと忍《しの》びたる人、しばし隠《かく》いたらむ。」

と語《かた》らひ給ひければ、[13]いかなる人にかはと思《おも》へど、[14]大事《だいじ》とおぼしたるにかたじけなければ、

「[15]さらば。」

と聞《き》こえけり。[16]これをまうけ給ひて、すこし御心のどめ給ふ。[17]この月のつごもり方《がた》

14　人々の言。さては女を迎えるための家だったのか。

1　派手に言いふらす人がいようかとつらいので。

2　今の襖《ふすま》。

3　他に人もあろうに。

4　この大内記の妻の父で、大蔵大輔である者（仲信）。「知る人」は妻の意。大蔵省の次官、正五位下相当。「ものへ渡り給ふべかなりと仲信が言ひつれば」（五〇八頁）。

5　（薫が）親しく心を許して仰せつけたので。

6　聞き伝えて、すっかり匂宮の耳に入って。大蔵大輔から娘へ、娘から（夫の）大内記へ、大内記から匂宮へと話が伝わる。注4の説明の逆順。「人しもこそあれ」という懸念通りの状況となる。

7　内記の言。新築の邸についていう。

8　近衛府の官人で、上皇・摂関・大臣・大将などの警護に当たる。絵師や楽師も特技をもって配属され、権門の用を勤めた。その中から親しい者を選抜して。

9　「いと忍びて」（一行）とはいえ、やはり念入りに描かせておられます。

10　（匂宮はその報告に）いよいよお慌てになって。

11　自らのおん乳母で、遠い国の受領の妻となって下向する人の家が下京にあるのを。下京は三条以南の地、庶民の住居が多い。

12　匂宮の言。ごく内密の女（浮舟）を、暫時かくまおうと思う。

13　（受領は）その女とはどのような人であろうかと思うけれど。

14　（匂宮が）重大事とお思いなので（お断りしては）畏れ多いから。

15　受領の言。そういうことでしたら（お引き受けいたしましょう）。

16　（匂宮は）この隠れ家をご用意なさって一安心なさる。

17　（受領夫妻は）三月末ごろ任国へ下向の予定。

に下《くだ》るべければ、やがて[1]その日《ひ》渡《わた》さむとおぼし構《かま》ふ。

「かく[2]なむ思《おも》ふ。ゆめ〳〵。」

と言《い》ひやり給ひつゝ、おはし[3]まさんことはいとわりなくあるうちにも、こゝ[4]にも乳母《めのと》のいとさかしければ、かたかるべきよしを聞《き》こゆ。

大[5]将殿は、う月の十日となん定《さだ》めたまへりける。「誘《さそ》[6]ふ水《みづ》あらば」とは思《おも》はず、い[7]とあやしくいかにしなすべき身《み》にかあらむと浮《う》きたる心《(ここ)》ちのみすれば、母《はゝ》[8]の御もとにしばし渡《わた》りて思《おも》ひめぐらすほどあらんとおぼせど、少[9]将の妻《め》、子《こ》[10]生《う》むべきほど近《ちか》くなりぬとて、す[11]ほふ、読《ど》経《(きやう)》などひまなく騒《さわ》げば、[12]石《いし》山にもえ出《い》で立《た》つまじ、母《はゝ》[13]ぞこち渡《わた》りたまへる。乳母《めのと》出《い》で来《き》て、

「殿[14]より、人〳〵の装束《さうぞく》などもこまかにおぼしやりてなん。いかできよげに何《なに》ごともと思《おも》うたまふれど、ま[15]ゝが心ひとつには、あやしくのみぞし出《い》で侍らむかし。」

など言《い》ひさわぐが、心《(ここ)》ちよげなるを見《み》給ふにも、君《きみ》[16]は、け[17]しからぬことど《ゝ》もの出《い》で来《き》て、人笑《わら》へならば、たれも〳〵いかに思《おも》はん、あ[18]やにくにのたまふ人はた、八重《やへ》[19]

1　すぐにその日に移そうと計画なさる。
2　匂宮の言。
3　ご自身が宇治へ行かれるのはとても無理な中でも。
4　宇治でも乳母がとてもやかましいので（浮舟の上京は）きっとむずかしいに違いない旨を（右近や侍従が）申し上げる。

38 母君、宇治に来る

5　薫は、浮舟を京に迎える日取りを四月十日と。匂宮と薫の動静を交互に伝える。
6　（浮舟は）誘う人がいればどこへでもという気になれず。「わびぬれば身をうき草の根を絶えて誘ふ水あらばいなむとぞ思ふ」（古今集・雑下・小野小町）。
7　（わが身が）実に不可解で。
8　母（中将君）の許にしばらく出かけて、思案するあいだそこにいたいとお思いになるが。
9　左近少将の妻で浮舟の異父妹（四東屋三二〇頁）。
10　出産間近。昨年八月に結婚（四東屋三二八頁）。
11　修法（祈禱）や読経など、休む暇なく大騒ぎなので。「すほふ」は底本「すほう」。
12　（母は浮舟と一緒に）石山へも出かけることができまい、それで。
13　母はこちら（浮舟のもと）にお越しになる。
14　乳母の言。殿（薫）から、女房たちの着る物など、こまごまとお心遣い下さって。
15　私（乳母）の考え一つだけでは、みすぼらしいことしかできませんでしょうね。
16　浮舟は。以下、心内。
17　もし不都合な事態が出来して、人が笑うことになれば、みなどう思うだろうか。
18　無理なことをおっしゃる匂宮は匂宮で。
19　浮舟がたとえ奥山に隠れようとも必ず探して。「白雲の八重立つ山に籠るとも思ひ立ちなば尋ねざらめや」（河海抄）、「ここやいづこあなおぼつかな白雲の八重立つ山を越えて来にけり」（古今六帖一）。

立《た》つ山に籠《こも》るともかならず尋《たづ》ねて、[1]われも人もいたづらになりぬべし、[2]なほ心やすく隠《かく》れなむことを思《おも》へと、[3]けふもの給へるをいかにせむ、と心《(ここ)》ちあしくて臥《ふ》し給へり。

「[4]などかか《ゝ》く例《れい》ならずいたく青《あを》み痩《や》せたまへる。」

とおどろき給ふ。

「[5]日《ひ》ごろあやしくのみなむ。[6]はかなき物もきこしめさず、なやましげにせさせ給ふ。」

と言《い》へば、[7]あやしきことかな、物のけなどにやあらむと、

「[8]いかなる御心《(ここ)》ちぞと思《おも》へど、石《いし》山とまりたまひにきかし。」

と言《い》ふも、[9]かたはらいたければ、伏目《ふしめ》なり。

暮《く》れて月いと明《あ》かし。[10]有明《ありあけ》の空《そら》を思《おも》ひ出《い》づる涙《なみだ》のいととめがたきは、[11]いとけしからぬ心かなと思《おも》ふ。母《はゝ》君、昔《むかし》物語《がた》りなどして、[12]あなたの尼君《あまぎみ》呼《よ》び出《い》でて《ゝ》、[13]故《こ》姫《ひめ》君の御ありさま、[14]心深《ふか》くおはして、さるべきこともおぼし入《い》れたりしほどに、[15]目《め》に見《み》

1　私（浮舟）も匂宮も、きっと破滅してしまうだろう。

2　匂宮の手紙の文面。やはり気を落ち着けてともに身を隠すことを考えよ、と。

3　（匂宮が）今日もお手紙でおっしゃるのをどうしようか、と気分がすぐれず横になっておられる。

4　母君の言。どうしてそのように具合が悪そうにひどく青い顔をしてやつれておられるのですか。「あやしく、などか御様のれいならずおはします」（うつほ・俊蔭）。

5　乳母の言。近頃は常にお加減がすぐれないのです。

6　ちょっとしたものも召し上がらず、苦しそうになさっています。

7　奇妙なことよ。もののけなどのせいであろうかと。

8　母君の言。どんなご気分かと思いますが、石山寺参詣も取り止めてしまわれたのですしね。懐妊を疑いつつ、「よべよりけがれさせたまひて」（五二四頁）、参詣を取り止めたことを思い返す。「き」を用いた「とまりたまひにきかし」は浮舟に改めて思い知らせるような口ぶり。

9　（浮舟は）いたたまれない思いがするので、目を伏せる。

39　母君、弁尼と語る

10　匂宮に抱かれて川を渡った夜（五六〇頁）を回想。

11　実に不埒な（私の）心よ。

12　廊に離れて住む弁。

13　亡き大君。以下、弁の話。

14　思慮深くいらっしゃって。大君が姉として匂宮と中君の結婚問題に苦慮したこと。

15　見る見るうちに、消えるように亡くなられてしまったことなどを話す。「目に見す見す」は、目の前で（見ているうちに）の意。㈢葵一六六頁。「白妙の衣に似たる梅の花目に見す見すも衰ふるかな」（うつほ・春日詣）。

す〳〵消《き》え入《い》り給ひにしことなど語《かた》る。

「[1]おはしまさましかば、宮の上《うへ》などのやうに聞《き》こえ通《かよ》ひ給ひて、心ぼそかりし御ありさまどもの、いとこよなき御幸《さいは》ひにぞ侍らましかし。」

と言《い》ふにも、[2]わがむすめは異《こと》人かは、[3]思《おも》ふやうなる宿世《すくせ》のおはし果《は》てば劣《おと》らじを、

など思《おも》ひつゞけて、

「[4]世《よ》とともに、この君につけては、物をのみ思《おも》ひ乱《みだ》れしけしきのすこしうちゆるびて、[5]かくて渡《わた》りたまひぬべかめれば、こゝにまゐり来《く》ること、かならずしもことさらにはえ思《おも》ひ立《た》ち侍らじ。[6]かゝる対面《たいめん》のをり〳〵に、[7]むかしのことも心のどかに聞《き》こえうけ給はらまほしけれ。」

など語《かた》らふ。

「[8]ゆゝしき身《み》とのみ思《おも》う給へ染《し》みにしかば、[9]こまやかに見《み》えたてまつりきこえさせむも何《なに》かはと、つゝましくて過《す》ぐし侍りつるを、[10]うち捨《す》てて渡《わた》らせ給ひなば、いと心ぼそくなむ侍るべけれど、[11]かゝる御住《す》まひは心もとなくのみ見たてまつるを、

1　弁の言。大君がもし生きておられたら、中君同様、ご姉妹で文通なさって、心細かったご生活もこの上ない幸せとなられましたでしょうに。「宮の上の、かく幸ひ人と申すなれど」(四東屋三三四頁)。

2　わが娘(浮舟)はご姉妹と他人なものか。浮舟が疎外された印象を受けたために母君は反発。

3　思い通りの幸運が最後まで続けば、(浮舟は)大君や中君に劣るまいに、などと思い続けて。「かくあたらしき(中君の)御ありさまを、なのめなる際の人の見たてまつり給はましかば、いかにくちをしからまし。思ふやうなる御宿世」(七総角四九六頁)。

4　母君の言。何かにつけて常々、浮舟のことでは心配ばかりしてきましたが、少し気楽になって。薫の庇護を受けることをいう。「世とともに」は「猶、世とともに、かゝる方にて御心の暇《いとま》ぞなきや」(三明石五八六頁)など。

5　こうして浮舟が京にお移りになられるようなので、(私が)この宇治に参上することは、今後は特に思い立つこともございますまい。弁への反感の気合を含んだ言い方。

6　母君と弁の対面。

7　今日聞いた昔の大君・中君のこともその折にゆっくりと承りたく存じます。

8　弁の言。(私は)忌わしい尼の身とばかり思いこんでおりましたので。仕えた柏木、大君の不幸をいう。

9　ねんごろに(浮舟に)お目にかかってお話し申すのもいかがと、遠慮して過ごしておりましたが。

10　(浮舟が)私を宇治に残して京にお移りになってしまうならば、私もたいそう不安ではありましょうが。

11　(浮舟の)このようなお暮らしぶりではただただ心配に思い申し上げておりますので。浮舟の身の上が第一とする。

[1]うれしくも侍るべかなるかな。世《よ》[2]に知《し》らず重《おも》〳〵しくおはしますべかめる殿[3]の御ありさまにて、[4]かく尋《たづ》ねきこえさせ給ひしもおぼろけならじときこえおき侍りにし、浮《う》[5]きたることにやはは《ゝ》べりける。」

など言《い》ふ。

「後《のち》[6]は知《し》らねど、[7]たゞいまはかくおぼし離《はな》れぬさまにの給ふにつけても、[8]たゞ御しるべをなむ思《おも》ひ出《い》できこゆる。[9]宮の上《うへ》のかたじけなくあはれにおぼしたりしも、[10]つゝましきことなどのおのづから侍りしかば、[11]中空《ぞら》に、ところせき御身《み》なりと思《おも》ひ嘆《なげ》き侍りて。」

と言《い》ふ。尼君《あま》うち笑《わら》ひて、

「[12]この宮のいとさわがしきまで色《いろ》におはしますなれば、[13]心ばせあらん若《わか》き人さぶらひにくげになむ。大方《おほかた》[14]はいとめでたき御ありさまなれど、[15]さる筋《すぢ》のことにて、上《うへ》[16]のなめしとおぼさむなむわりなきと、大輔《たいふ》[17]がむすめの語《かた》り侍りし。」

と言《い》ふにも、[18]さりや、ましてと君《きみ》は聞《き》き《ゝ》臥《ふ》し給へり。

1　(ご上京となれば)こんなうれしいことはございません。
2　世に他になく、お心構えがしっかりしていらっしゃるご様子の。
3　薫。
4　こうして(薫が浮舟を)お尋ねなされたことも、並々のお気持ではあるまいと、以前申し上げておきましたが。
5　根も葉もないことではございませんでした。浮舟を京に迎えるという事実が何よりの証拠と胸を張る。
6　母君の言。後のことは分かりませんが。
7　他ならぬ今は、薫がこのように浮舟をお見捨てにならないご様子でお話し下さるのにつけても。
8　ただもうあなた様のお引合せのおかげと思い出し申しております。弁の仲介に感謝する。
9　中君が勿体なくも(浮舟を)かわいくお思い下さったのも。
10　他言を憚ることなどがつい起こりましたので。二条院での匂宮とのこと。四東屋26—28節。
11　どっちつかずの、身の置き所もない御身の上だと悲しく思っておりまして。浮舟自身も歌に「中空にてぞわれは消ぬべき」(五六六頁)と詠んでいた。
12　尼君の言。匂宮はたいそう評判なほど色好みでいらっしゃるので。
13　分別のある若い女房はお仕えしづらそうで。
14　一般のことでは。
15　好色の面について。
16　中君が無礼だとお思いになったら、それは困ったこと。
17　中君の女房。浮舟付きの右近とは別人。「右近とて、大輔がむすめのさぶらふ来て」(四東屋三八四頁)。
18　浮舟の心内。女房でさえその通り、まして私は、と浮舟は聞きながら横になっておられる。

「[1]あなむくつけや。[2]みかどの御むすめを持《も》ちたてまつりたまへる人なれど、[3]よそ〳〵にてあしくもよくもあらむはいかゞはせむと、[4]おほけなく思《おも》ひなし侍る。[5]よからぬことを引《ひ》き出《い》でたまへらましかば、すべて身《み》にはかなしく、いみじと思《おも》ひきこゆとも、又見《み》たてまつらざらまし。」

など言《い》ひかはすことど《ゝ》もに、[6]いとゞ心肝《ぎも》も《ゝ》つぶれぬ。[7]猶わが身《み》をうしなひてばや、つひに聞《き》き《ゝ》にくきことは出《い》で来《き》なむと思《おも》ひつゞくるに、[8]この水《みづ》のおとのおそろしげに響《ひゞ》きてゆくを、

「[9]かゝらぬ流《なが》れもありかし。[10]世《よ》に似《ゝ》ず荒《あら》ましき所《ところ》に、年月《とし》を過《す》ぐしたまふを、[11]あはれとおぼしぬべきわざになむ。」

など、母君《はゝぎみ》[12]したり顔《がほ》に言《い》ひゐたり。[13]むかしよりこの川《かは》のはやくおそろしきことを言《い》ひて、

「[14]さいつころ、渡《わた》し守《もり》が孫《むまご》の童《わらは》、棹《さを》さしはづしておち入《い》り侍りにける。[15]すべていたづらになる人多《おほ》かる水にはべり。」

一九四

40 浮舟、入水を思う

1 母君の言。まあぞっとするわ。五二〇頁二行。

2 (薫は)帝のご息女(女二宮)を妻にお持ち申し上げなさる方ですが。

3 (女二宮と)浮舟とは他人で縁故もないから(薫と結ばれた結果が)悪かろうがよかろうがそれは仕方のないことだと。

4 (私は)身の程知らずにもそう思っておりますよ。「おほけなく」は女二宮に対する憚りをいう。

5 (匂宮とのあいだに浮舟が)もし不都合なことを引き起こしていらしたのならば、まったく母の身には悲しくつらいと思い申すとも、二度と(浮舟に)お目にかかることはないでしょう。「浮舟を母の勘当せんと也」(湖月抄)。

6 浮舟は(匂宮とのことを思って)いっそう心底から驚き恐れる。各筆本などは「心もきもゝ」とする。

7 以下、浮舟の心内。やはりこの身を亡くしてしまいたい、(そうしないと)最後にはきっと醜聞が起こってこよう。

8 宇治川の水音。

9 母君の言。このよう(恐ろしげ)でない流れもあります。薫に迎えられる京の川を意識して言う。薫も宇治川と比較して、「こゝよりはけ近き水に、花も見たまひつべし」(五四八頁二行)と話していた。

10 (このまま浮舟は)世にほかとない荒々しい所で、年月をお過ごしになることを。

11 (薫は)きっと不憫にお思いになったにちがいありません。

12 得意顔で話している。

13 宇治川の流れが急で。

14 女房たちの言。先だって、船頭の孫である子供が棹を差し損ねて、川へ落ちてしまったのです。

15 総じて命を失う人の多い宇治川の流れでございます。

と、人《ひと》〴〵も言《い》ひあへり。[1]君《きみ》は、さてもわが身行《みゆ》くへも知《し》らずなりなば、[2]たれも〳〵あへなくいみじとしばしこそ思《おも》うたまはめ、[3]ながらへて人笑《わら》へにうきこともあらむは、[4]いつかその物思《おも》ひの絶《た》えむとする、と[5]思《おも》ひかくるには、さはりどころもあるまじく、[6]さはやかによろづ思《おも》ひなさるれど、うち返《かへ》しいとかなし。[7]親《おや》のよろづに思《おも》ひ言《い》ふありさまを、[8]寝《ね》たるやうにてつく〴〵と思ひ乱《みだ》る。

[9]なやましげにて痩《や》せ給へるを、[10]乳母《めのと》にも言《い》ひて、[11]さるべき御祈《いの》りなどせさせ給へ、祭《まつり》、祓《はらへ》などもすべきやうなど言《い》ふ。[12]御手洗川《みたらしがは》に御禊《みそぎ》せまほしげなるを、かくも知《し》らでよろづに言《い》ひさわぐ。

「[13]人少《ずく》なな《ゝ》めり。よくさるべからむあたりを尋《たづ》ねて、いまま《ゝ》ゐりはとゞめ給へ。[14]やむごとなき御仲《なか》らひは、正身《さうじみ》こそ何《なに》ごともおいらかにおぼさめ、よからぬ中となりぬるあたりは、わづらはしきこともありぬべし。[15]隠《かく》しひそめて、さる心したまへ。」

など、思《おも》ひいたらぬことなく言《い》ひおきて、

1 浮舟は、(自分も)そのように宇治川の流れに落ち入ってわが身が行方知れずになったなら。「かの宇治に住むらむ人は、はやうほのかに見し人の行くへも知らずなりにしが」(四九四頁九行)。

2 だれもがみな、残念で悲しいことと当座はお思いになろうが。

3 (一方でこのまま)生き長らえて、もし世間の物笑いになる情けないことでも起こったら。

4 いつその憂いは絶えようとするのだろうか(生きている限りなくなるまい)。

5 (死を)思い立つのに、何の障りもなさそうで。

6 万事さっぱりした気持になるが、思い返せばたいそう悲しい。

7 母君が何かと案じて話をする様子を。

8 (浮舟は)寝たふりをして(聞いて)、心底から千々に思い乱れる。

41 母君、帰京

9 浮舟が具合の悪そうにやつれておられるのを。「などかかく例ならずいたく青み痩せたまへる」(五八六頁)。

10 (母君が)乳母に言いつけて。

11 しかるべきお祈りをおさせ下さい。「給へ」までの直接話法が、以下、地の文に転じる。

12 御手洗川にお祓いをしたいお気持なのに、そうとも知らずにあれこれと言い騒いでいる。本当は恋の悩みだから、の意を含む。「恋せじと御手洗川にせしみそぎ神は受けずぞなりにけらしも」(古今集・恋一・読人しらず)。『伊勢物語』六十五段では、下の句「神はうけずもなりにけるかな」。

13 母君の言。女房が少ないようだ。しかるべき所があればその辺りをよく探して、新参者は(宇治に)残して置きなさい。

14 身分が高い方々のご交際は、ご当人は万事大らかにお思いでしょうが、対立するあいだがらとなってしまうところでは。

15 表立たず控え目にして十分注意なさいませ。

「[1]かしこにわづらひ侍る人もおぼつかなし。」

とて帰《かへ》るを、[2]いと物おもはしくよろづ心ぼそければ、[3]又あひ見《み》でもこそともかくもなれと思《おも》へば、

「[4]心《(ここ)》ちのあしく侍るにも、見《み》たてまつらぬがいとおぼつかなくおぼえ侍るを、[5]しばしもまゐりこまほしくこそ。」

と[6]慕《した》ふ。

「[7]さなむ思《おも》ひ侍れど、かしこもいと物さわがしく侍り。[8]この人〳〵もはかなきことなどえしやるまじく、せばくなど侍ればなむ。[9]武生《たけふ》のこふに移《うつ》ろひ給ふとも、忍《しの》びてはまゐり来《き》なむを、[10]なほ〳〵しき身《み》のほどは、かゝる御ためこそいとほしく侍れ。」

など、うち泣《な》きつゝの給ふ。

[11]殿《との》の《ゝ》御文《ふみ》は、けふもあり。[12]なやましと聞《き》こえたりしを、[13]いかゞとと《ゝ》ぶらひ給へり。

[14]身《(み)》づからと思《おも》ひ侍るを、わりなき障《さは》り多《おほ》くてなむ。[15]このほどの暮《く》らしがたさこ

1 母君の言。あちら(常陸介邸)でわずらっている娘も気がかりだ。左近少将の妻(浮舟の父違いの妹)のお産が近い。左近少将の登場は四東屋三〇四頁、婿入りは三三八頁。

2 (浮舟は)たいそう気持がふさぎ、何もかもが不安で。

3 もう一度、母と会うことがないかもしれないいまま(生か死か)どちらかになるのだが。自らの死を予感した心内。

4 浮舟の言。気分がすぐれずにおりますにつけても、お目にかからないのがとても心配に思いますので。

5 暫くでも母上のおそばに参っていたいのです。最後の救いを母に求める気持。

6 人に隠した心の中で後を追う意。(浮舟は)母のあとを追おうとする。

7 母君の言。私もそのように思うのですが、あちらもたいそう慌ただしいのです。浮舟の申し出に理解は示すが、真意を知らない母君は常陸介邸も取込み中で受け入れがたいと答える。

8 この人々(浮舟付きの女房たち)もちょっとしたこと(上京の準備)などとてもあちらでできそうもないし、家も狭いですから。

9 越前の国府。福井県越前市(旧武生市)にあった国司の役所。紫式部も父に伴われ二年ほど滞在した。たとえ浮舟が武生の国府のような遠い所へ移られても、こっそりお訪ねしましょうに。「こふ」は底本「こう」。「道の口　武生の国府(こふ)に　我はありと　親に申したべ　心あひの風や　さきむだちや」(催馬楽・道の口)。私は息災だと親に伝えてほしいという歌で、浮舟の行末を暗示するか。

10 私のようなつまらない身分では、こうした時のお役に立たず申し訳ないことです。

42 薫・匂宮からの文

11 薫からの手紙。

12 気分がすぐれないと(薫に)申し上げておいたのを。

そ、中〳〵苦《くる》しく。

などあり。宮[1]は、きのふの御返《かへ》りもなかりしを、

い[2]かにおぼしたゞよふぞ。風《かぜ》[3]のなびかむ方《かた》もうしろめたくなむ、い[4]とゞほれまさりてながめ侍る。

など、こ[5]れは多《おほ》く書《か》き給へり。

雨降《あめふ》[6]りし日《ひ》、来《き》[7]あひたりし御使《つかひ》どもぞ、けふも来《き》たりける。殿[8]の御《み》随身《ずいじん》、かの少《せ》輔《ふ》がいへにて時〳〵見《み》る男《をのこ》なれば、

「ま[9]うとは、何《なに》しにこゝにはたび〳〵はまゐるぞ。」

と問《と》ふ。

「私《わたくし》[10]にとぶらふべき人のもとに参《ま》うで来《く》るなり。」

と言《い》ふ。

「私《わたくし》[11]の人にや艶《えん》なる文《ふみ》はさし取《と》らする。け[12]しきあるまうとかな。物[13]隠《かく》しはなぞ。」

と言《い》ふ。

13 （薫は）具合はどうですかと。
14 薫の手紙。直接お見舞を。
15 あなたをお迎えするまでのあいだ、待てばこそ、かえってつらくて。

---

1 匂宮は、自分が昨日送った手紙（五七二頁四行）のお返事も（浮舟から）なかったので。浮舟は母君の滞在で返事が書けなかった。
2 匂宮の手紙。何を思い迷っておいでですか。
3 もしや薫の方に靡くのではないかと心配で、の意。「須磨の海人（あま）の塩焼く煙風をいたみ思はぬ方にたなびきにけり」（古今集・恋四・読人しらず）。
4 ますますぼうっと物思いにふけっています。「思ひ嘆きて、頬杖（つらづゑ）をつきて、ほれてゐたるを」（落窪一）。
5 こちらの手紙はたくさんお書きになっている。薫の手紙との対比を言う。
6 この前、雨が降って、匂宮が浮舟に文を送った日。「雨降りやまで日ごろ多くなるころ」（五七二頁）。
7 薫の使者と匂宮の使者とが鉢合せしたらしい。その双方の使者らが、今日も来ていた。
8 薫の随身は、（匂宮の使が）あの少輔（大内記道定）の家で時々見る男なので。
9 随身の言。お主は、何をしにこちらへ頻繁に参るのか。「まうと」は目下の者を呼ぶ二人称。「まうとたちのつき〴〵しくいまめきたらむに下ろしたてんやは」（㈠帚木一五八頁）。
10 匂宮の使の言。私事で訪れねばならぬ人のもとに参上しているのです。
11 随身の言。私用の相手に色めかしい手紙を手渡すのか。「私の人にしても、見え聞こえむずと思しやりて、心知らひ給へ」（うつほ・蔵開下）。
12 いわくありげなお主よな。
13 隠しだてするのはなにゆえか。「女君のいと心うかりし御もの隠しもつらければ」（五三四頁）。

「[1]まことは、この守《かう》の君の、御文《ふみ》、女房《ばう》にたてまつり給ふ。」

と言《い》へば、言《こと》[2]たがひつゝあやしと思《おも》へど、こゝ[3]にて定《さだ》め言《い》はむも異《こと》やうなべければ、

おの〳〵まゐりぬ。

かど〳〵[4]しき物にて、供《とも》にある童《わらは》を、

「[5]この男《をのこ》にさりげなくて目《め》つけよ。左《さ》[6]衛門《いも》の大夫《たいふ》のいへにや入《い》る。」

と見《み》[7]せければ、

「[8]宮にまゐりて、式部《しきぶ》の少輔《せふ》になむ御文《ふみ》はとらせ侍りつる。」

と言《い》ふ。[9]さまで尋《たづ》ねむものとも劣《おと》りの下種《げす》は思《おも》はず、[10]ことの心をも深《ふか》う知《し》らざりければ、舎人《とねり》[11]の人《ひと》に見《み》あらはされにけんぞくちをしきや。

殿[12]にまゐりて、[13]いま出《い》で給はんとするほどに、御文《ふみ》たてまつらす。[14]なほしにて、六[15]条の院、后《きさい》の宮の出《い》でさせ給へるころなれば、まゐり給ふなりければ、[16]こと〳〵しく御前《ごぜん》などあまたもなし。[17]御文《ふみ》まゐらする人に、

「[18]あやしきことの侍りつる、見《み》たまへ定《さだ》めむとて、いまま《ゝ》でさぶらひつる。」

1　匂宮の使の言。実は、この守殿が、お手紙を女房にさしあげなさるのだ。六〇四頁一一行に「出雲の権の守時方の朝臣」とある。
2　言うことが前後矛盾して怪しいと思うが。
3　ここで詮議するのも変だろうから、それぞれ京へ帰参してしまう。

43　薫、秘密を知る

4　(薫の随身は)利発な男で、供に付けている童を。
5　随身の言。この男を何気ない風を装って注視せよ。
6　時方のこと。左衛門府の佐(けす)。従五位上相当。時方は大夫で五位。その家に入るかどうか。男の言葉の真偽を確かめようとする。
7　あとをつけて見定めさせたところ。
8　童の言。匂宮邸に参上して、大内記(道定)にお手紙は受取らせました。事実が判明。
9　薫の随身が文の届け先まであとをつけさせようとは、(匂宮の使は)身分の低い下人の身では思いつかず。
10　事情を十分知らなかったので。「時方と召しし大夫の従者の心も知らぬしてなむやりける」(五四四頁)。
11　薫の随身に行先を見つけられてしまったろうとは情けない話よ。語り手の評。随身は近衛舎人がなる。
12　随身は薫邸に帰参して。
13　薫が只今お出かけになろうというときに、(浮舟からの)お手紙をさしあげさせる。
14　薫は直衣姿で。「まゐり給ふなりければ」に続く。
15　六条院では、明石中宮がご退出中なので。「六条の院」、青表紙他本・河内本「六条の院に」。
16　大げさに御前駆なども多くない。
17　(随身は)薫にお手紙をお取次ぎする女房に。
18　随身の言。おかしなことがございましたが、見極めたいと存じまして、今までかかってしまいました。

と言《い》ふをほの[1]聞《き》き《ゝ》給ひて、歩《あゆ》み出《い》で給ふまゝに、

「何《なに》[2]ごとぞ。」

と問《ゝ》ひ給ふ。[3]この人の聞《き》かむもつゝましと思《おも》ひて、かしこまりてをり。殿[4]もしか見《み》知《し》りたまひて出《い》で給ひぬ。

宮[5]、例《れい》ならずなやましげにおはすとて、宮《みや》[6]たちもみなまゐりたまへり。上達部《かむだちめ》など多《おほ》くまゐり集《つど》ひて、さわがしけれど、[7]ことなることもおはしまさず。[8]かの内記《ないき》は上官《(じやう)ぐわん》なれば、おくれてぞまゐれる。[9]この御文《ふみ》もたてまつるを、[10]宮、台盤所《だいばん(どころ)》におはしまして、戸口《とぐち》に召《め》し寄《よ》せて取《と》り給ふを、[11]大将、御前《おまへ》の方《かた》より立《た》ち出《い》で給ふ、側目《そばめ》に見《み》とほし給ひて、[12]せちにもおぼすべかめる文《ふみ》のけしきかなと、をかしさに立《た》ちとまりたまへり。[13]引《ひ》き開《あ》けて見《み》たまふ。[14]紅《くれなゐ》の薄様《うすやう》にこまやかに書《か》きたるべしと見《み》ゆ。[15]文《ふみ》に心入《い》れてとみにも向《む》き給はぬに、[16]おとゞも立《た》ちて外《と》ざまにおはすれば、[17]この君《きみ》は障子《さうじ》より出《い》で給ふとて、[18]「おとゞ出《い》で給ふ」とうちしはぶきて、おどろかいたてまつり給ふ。[19]引《ひ》き隠《かく》したまへるにぞ、おとゞさしのぞき給へる。[20]おどろきて御紐《ひも》さ

1　(薫が)ちらっとお聞きになって、お出ましになりながら。

2　薫の言。どうしたのか。

3　(随身は)取次ぎの者がこの話を聞くのもどうかと憚り、(報告せずに)控えている。

4　薫もさようお察しになり、(聞かないまま)出てしまわれる。

44 匂宮、浮舟の文を見る

5　明石中宮。例になくお加減がすぐれないとのことで。

6　中宮腹の皇子たちもみなお見舞に参上なさる。

7　格別心配されるご容態ではない。

8　あの大内記は太政官の役人なので遅参。先に「式部の少輔」(六〇〇頁七行)と兼官で呼ばれたが、公務多端で遅参の理由づけを「政官《じやうぐわん》」で示した。内記、外記、史生など太政官の総称。「諸大夫、たち下れる際の上官ども」(栄花・はつ花)。「上官」は「政官」の当て字。底本「上くわん」。

9　浮舟から匂宮への返事。

10　匂宮は、六条院南の町の女房たちの詰所に。

11　薫が、中宮のお前から出て来られたが、横目で遠くからご覧になって。

12　匂宮が深く心に思っておいでの(女の)手紙らしいな、と興味を感じて。

13　匂宮がその手紙を。薫の眼から見ている。

14　紅の薄手の鳥の子紙。恋文の用紙。

15　匂宮は手紙に熱中して(薫の方には)急に見向きもされないが。

16　夕霧右大臣も席を立って外の方へ出て来られるので。

17　薫は襖口から。

18　「大臣(夕霧)がお出ましだ」と咳払いして(匂宮に)注意を促し申される。

19　匂宮が文を隠されたところに、夕霧が顔を出される。危いところで見つからずにすむ。

20　匂宮ははっとして直衣の襟元の紐をさし入れ威儀を正される。

し給ふ。殿《との》[1]ついゐ給ひて、

「[2]まかで侍りぬべし。御邪気《じやけ》[3]の久《ひさ》しくおこらせたまはざりつるを、おそろしきわざなりや。山の座主《ざす》[4]、たゞいま請《さう》じに遣《つか》はさん。」

と、いそがしげ[5]にて立《た》ち給ひぬ。

夜ふけて、みな出《い》で給ひぬ。おとゞ[6]は、宮《みや》をさきに立《た》てたてまつりたまひて、あ[7]またの御子《こ》どもの上達部《かむだちめ》、君《きみ》たちを引《ひ》きつゞけてあなたに渡《わた》り給ひぬ。この殿[8]はおくれて出《い》でたまふ。随身《ずいじん》[9]けしきばみつる、あやしとおぼしければ、御前《ごぜん》[10]などおりて火ともすほどに、随身召《ずいじんめ》し寄《よ》す。

「申《まう》[11]しつるは何《なに》ごとぞ。」

と問ひ給ふ。

「けさ[12]、かの宇治に、出雲《いづも》[13]の権《ごん》の守《かみ》時方《かた》の朝臣《あそむ》のもとに侍るをとこの、紫《むらさき》[14]の薄様《うすやう》にて桜《さくら》につけたる文《ふみ》を、西《にし》の妻戸《つまど》に寄《よ》りて女房《ばう》にとらせ侍りつる、見《み》[15]たまへつけて、しか〲問《と》ひ侍りつれば、言《こと》[16]たがへつゝ、そらごとのやうに申し侍りつるを、いか[17]

1 殿(夕霧)は(匂宮に)膝まずかれて。「階《しは》を上りも果てず、ついゐ給へれば」(㊆総角四六〇頁)。

2 夕霧の言。私も失礼いたしましょう。

3 中宮のご病気が長いあいだ起こられませんでしたのに、おそろしいことです。「邪気」は物の怪によって起こる病気。「ざけ」とも(㊅柏木四七頁注8)。

4 比叡山の座主。加持祈禱の招請に今すぐ使者を遣わそう。

5 忙しそうにお出かけになった。

45 随身、薫に報告

6 大臣(夕霧)は、匂宮を。

7 多くのご子息の公卿、君達(公達)をお供に引き連れて、六条院内の東北の町(匂宮の正室六の君のいる夕霧の住まい)に渡ってしまわれる。

8 薫。

9 (薫は)随身が何かわけがありそうだったので、おかしいとお思いになったため。「この人の聞かむもつゝましと思ひて、かしこまりてをり」(六〇二頁)。

10 前駆の侍が引きさがって松明を点すあいだに、さきほどの随身をお呼び寄せになる。

11 薫の言。先ほどそなたが申したのは何事か。「あやしきことの侍りつる、見たまへ定めむとて、いままでさぶらひつる」(六〇〇頁)という随身の言。

12 随身の言。

13 時方の、出雲権守兼任は初出。正確な官職名、実名で報告。

14 紫色の薄様で、桜の枝につけた手紙を。匂宮から浮舟宛。

15 (それを)見つけまして、これこれ尋ねましたところ。

16 あと先申しようが違って、嘘のように申しましたので。

17 どうしてそのように申すのかと疑わしく思って。

に申すぞとて、[1]童《わらは》べして見《み》せはべりつれば、兵部卿の宮にまゐり侍りて、[2]式部《しきぶ》の少《せ》輔《う》道定《みちさだ》の朝臣《あそむ》になむ、その返《かへ》り事《こと》はとらせ侍りける。」

と申す。[3]君あやしとおぼして、

「[4]その返《かへ》り事は、いかやうにしてか出《い》だしつる。」

「[5]それは見《み》たまへず。[6]異方《ことかた》より出《い》だし侍りにける。[7]下人(しもびと)の申し侍りつるは、[8]赤《あか》き色紙《しきし》のいときよらなるとなむ申し侍りつる。」

と聞《き》こゆ。[9]おぼし合《あ》はするに、たがふことなし。[10]さまで見《み》せつらむを、かど〳〵しとおぼせど、人〳〵近《ちか》ければ、くはしくもの給はず。

道《みち》すがら、[11]猶いとおそろしく隈《くま》なくおはする宮なりや、[12]いかなりけむついでに、さる人ありと聞《き》き給ひけむ、いかで言《い》ひ寄《よ》りたまひけむ、[13]ゐ中びたるあたりにて、[14]かうやうの筋《すぢ》の紛《まぎ》れはえしもあらじと思《おも》ひけるこそをさなけれ、[15]さても知《し》らぬあたりにこそさるすきごとをものたまはめ、[16]むかしより隔《へだ》てなくて、あやしきまでしるべして率《ゐ》てありきたてまつりし身《み》にしも、[17]うしろめたくおぼし寄《よ》るべしやと思《おも》ふに、

1　童にあとをつけさせましたところ、匂宮のところへ参上しまして。

2　大内記のこと。四八八頁から言及されるが、道定の実名表記は初出。ここも畏まった報告の在り方を示す。

3　薫の君は奇妙なこととお思いになって。

4　薫の言。その匂宮への返事は、どのようにして使者に渡したか。

5　随身の言。それは見ておりません。

6　（自分のいた所とは）別の方から渡したということです。伝聞による情報。

7　下部（しもべ）（の童）が申しましたことには。

8　赤い色紙で、たいそう美しいものと申しておりました。六〇二頁に「紅の薄様にこまやかに書きたるべしと見ゆ」とあった。

9　（薫は先ほど匂宮が見ていた手紙と）思い合わせなさるにつけて、間違いない。

10　（随身が童に）そこまで見届けさせたのを、いかにも気転がきくと（薫は）お思いだが、人々が近くにいるので、詳しくもおっしゃらない。

46 薫、思い乱れる

11　以下、薫の心内。それにしても何と恐ろしく抜け目なくおいでの匂宮なのか。

12　いったいどんな機会に、そのような人（浮舟）がいると聞きつけられたのであろうか、どのように言い寄りなさったのであろうか。

13　人目の少ない宇治のことをいう。

14　こうした男女の間違いはまさかあるまいと思っていたのはまことに思慮が足りなかったが。「思はずなる筋の紛れあるやうなりしも」（九蜻蛉9節）。

15　それにしても（匂宮は）私の知らない女になら、そんな色ごとを仰せられてもよかろうが。

16　（よりによって）昔から分け隔てがなくて、不思議なほど宇治へ手引きをして連れ歩き申し上げたわが身に対して。

17　油断ならないことを思いつかれてよいものか。

いと心づきなし。

[1]対《たい》の御方《かた》の御ことを、いみじく思ひつゝ年《とし》ごろ過《す》ぐすは、わが心のおもさこよなかりけり、[2]さるは、それはいまはじめてさまあしかるべきほどにもあらず、もとよりのたよりにも因《よ》れるを、[3]たゞ心の内《うち》の隈《くま》あらんがわがためも苦《くる》しかるべきによりこそ思《おも》ひ憚《はゞか》るも、をこなるわざなりけれ、[4]このごろかくなやましくしたまひて、[5]例《れい》よりも人しげき紛《まぎ》れに、[6]いかではる〴〵と書《か》きやり給ふらむ、おはしやそめにけむ、[7]いとはるかなる懸想《けさう》の道《みち》なりや、[8]あやしくておはし所尋《どころたづ》ねられ給ふ日《ひ》もありと聞《き》こえきかし、[9]さやうのことにおぼし乱《みだ》れてそこはかとなくなやみ給ふなるべし、[10]むかしをおぼし出《い》づるにも、[11]えおはせざりしほどの嘆《なげ》きいと〳〵ほしげなりきかし、とつく〴〵と思《おも》ふに、[12]女のいたく物思《おも》ひたるさまなりしも、[13]かたはし心得《え》そめ給ひては、よろづおぼし合《あ》はするに、いとうし。

一九〇

[14]ありがたき物は人の心にもあるかな、らうたげにおほどかなりとは見《み》えながら、色《いろ》めきたる方《かた》は添《そ》ひたる人ぞかし、[15]この宮の御具《ぐ》にてはいとよきあはひなり、と[16]思《おも》

1　中君のことを、深く慕いつづけながら長年（こともなく）過ごしているのは、自分の慎重さが（匂宮とは）格段の違いがあったからだ。

2　とはいえ、（自分の）中君への思いは今始まった不体裁なものであるはずもなく、昔からの縁によるものだが。

3　ただ（自分の）心中のやましさがあるとすれば、それが自分としても当然苦しいはずだから、それでこそ遠慮していたのも、馬鹿げたことだった。

4　近ごろ（匂宮が）このようにご病気で。

5　いつもよりも人が多く取り紛れているところに。

6　どうして遥々と（遠い宇治へ）お手紙を書いて送られるのか、もしやすでに通いはじめられたのでは。臆測はしだいに悪い方向へ。

7　たいそう遠い恋路であるよ。宇治のことをいう。

8　匂宮の所在が不審で捜されなさる日もあると耳にしたこともあったよ。匂宮不在の騒ぎ（五一四・五三〇頁）も、いま思えばの疑い。

9　そうした（浮舟の）ことに思い惑いなさって、どことなくわずらっておられるのだろう。

10　薫は、中君が宇治にいたころをお思い出しになるにつけても。

11　（匂宮が中君のもとに）お通いになれなかった時の嘆きはとても見ていてつらいほどだったよ、としみじみ思うと。

12　浮舟がひどく悩んでいた様子だったのも。

13　事情の一端がお分かりになりはじめると、すべてお思い合わせなさるにつけ、実に情けない。

14　以下、薫の心内。どうにもならないのは人の心よ。この場合の「人の心」とは外面と内面とが矛盾なく具足した人間性の意で、特異な用語。「これを人の心ありがたしとはいふに侍(はべ)めり」（紫式部日記）。

15　匂宮のお相手としてはたいそうお似合いだ。

16　（浮舟を匂宮に）譲って身を引きたい気がされるが。

ひも譲《ゆづ》りつべく退《の》く心《（ここ）》ちしたまへど、[1]やむごとなく思ひそめはじめにし人ならばこそあらめ、[2]なほさる物《（もの）》にておきたらむ、[3]いまはとて見《み》ざらむはた、恋《こひ》しかるべし、と[4]人《ひと》わろく、いろ〳〵心の内《うち》におぼす。

[5]われすさまじく思ひなりて捨《す》ておきたらば、[6]かならずかの宮の呼《よ》び取《と》りたまひてむ、[7]人のため後《のち》のいとほしさをも、ことにたどりたまふまじ、[8]さやうにおぼす人こそ、一品宮《（いつぽんのみや）》の御方《かた》に人二三人まゐらせたまひたなれ、[9]さて出《い》で立《た》ちたらむを見聞《みき》かむいとほしく、などなほ捨《す》てがたく、けしき見《み》まほしくて、[10]御文《ふみ》つかはす。例《れい》の随《ずい》身召《じんめ》して、[11]御手《て》づから人《ひと》まに召《め》し寄《よ》せたり。

「[12]道定《みちさだ》の朝臣《あそむ》は、猶《（なほ）》、仲信《なかのぶ》がいへにや通《かよ》ふ。」

「[13]さなむ侍る。」

と申す。

「[14]宇治《うぢ》へは、常《つね》にやこのありけむ男《をのこ》はやるらむ。[15]かすかにてゐたる人なれば、道《みち》定《さだ》も思《おも》ひかくらむかし。」

1　正妻にするつもりで愛しはじめた人ならばともかく。
2　やはり(大君の身代わりとしての)想い人にしておこう。正妻格の女性でないことを強調。
3　これきりで逢わないとしたら、それもまた恋しいことだろう。
4　みっともないほど、あれこれと心の中でお思いになる。

47　薫、浮舟を詰問する

5　薫の心内。自分が(浮舟に)熱意を失って面倒を見ないでおいたら。
6　必ずあの匂宮が(浮舟を)迎え取りなさろう。
7　浮舟のために将来の気の毒さをも、(匂宮は)格別にいちいち考慮なさるまい。自分のことを棚に上げた物言い。
8　そのようなかたちで愛しておられる女を、それこそ女一宮方に二、三人は仕えさせておいでのようだ。実際に匂宮は、「姫宮にこれをたてまつりたらば、いみじきものにし給ひてむかし」(五六八頁)と想像した。女一宮への「一品宮」の呼称は初出。親王・内親王の位階の第一位。
9　(浮舟が)そのように出仕していると見聞きしたらかわいそうで、などとやはり捨てがたく、様子を知りたくて。
10　(浮舟に)お手紙を送られる。
11　ご自身で直接に、人目のない時に呼び寄せなさった。
12　薫の言。道定の朝臣(大内記)は、今でも仲信の家に通っているか。仲信は道定の舅。「式部の少輔道定の朝臣」(六〇六頁)。
13　随身の言。さようでございます。
14　薫の言。宇治へは、いつもあの先日会ったという男を遣わすのだろうか。「かの少輔がいへにて時〳〵見る男なれば」(五九八頁)。
15　(浮舟は)ひっそり暮らしている女だから、道定も思いをかけるのだろうよ。匂宮のことを表に出さず、女の相手は道定かと随身に思わせる言い方。

[1]とうちうめきたまひて、

「[2]人に見《み》えでをまかれ。[3]をこなり。」

との給ふ。[4]かしこまりて、少輔《せうふ》が常《つね》にこの殿《とのゝ》の御こと案内《あない》し、かしこのこと問《ゝ》ひしも思《おも》ひ合《あ》はすれど、[5]物馴《な》れてもえ申し出《い》でず。[6]君も、下種《げす》にくはしくは知《し》らせじとおぼせば、問《と》はせ給はず。

[7]かしこには、御使《つかひ》の例《れい》よりしげきにつけても、[8]物思《おも》ふことさま〴〵なり。[9]たゞかくその給へる。

　[10]波越《なみこ》ゆるころとも知《し》らず末《ゝゑ》の松待《まつま》つらむとのみ思《おも》ひけるかな

　[11]人に笑《わら》はせたまふな。

とあるを、[12]いとあやしと思《おも》ふに、胸《むね》ふたがりぬ。御返《かへ》り事《こと》を[13]心得《え》がほに聞《き》こえむもいとつゝまし、[14]ひがことにてあらんもあやしければ、御文《ふみ》はもとのやうにして、

　[15]所《ところ》たがへのやうに見《み》え侍ればなむ、[16]あやしくなやましくて何《なに》ごとも。

と書《か》き添《そ》へてたてまつれつ。[17]見《み》給ひて、[18]さすがにいたくもしたるかな、かけて見《み》お

〔一九二〕

1　ため息をつかれて。
2　薫の言。人に見られずにな、行け。「を」は間投助詞。
3　（見つかったら）馬鹿らしいぞ。
4　随身は承って、少輔（道定）がいつも薫の内情を伺い、宇治の様子を尋ねたのも思い合わせるが。少輔は八省の次官、大輔の次。仮名書きは「せう」「せふ」とも。
5　馴れ馴れしく（随身が）自分から申すことはできない。分をわきまえた態度。
6　薫も、随身のような下々の者に詳細（匂宮のこと）は知らせまいとお思いになるので、お尋ねにはならない。
7　宇治では（薫・匂宮双方から）お使いが常よりも頻繁にやって来るのにつけても。
8　（浮舟は）苦悩で心は千々に乱れる。
9　（薫からの手紙には）ただこのようにおっしゃっている。
10　薫の歌。あなたが心変わりする時分とも知らないで、私を待っていてくれるものとばかり思っていましたよ。「君をおきてあだし心をわが持たば末の松山波も越えなむ」（古今集・東歌）による。
11　私を世間の笑い者にして下さるな。
12　（浮舟は）意図を図りかねるたいそう不審な歌と思うにつけても、（匂宮のことを薫に悟られたのではないかと）胸がつぶれる思いである。
13　歌意が分かったように返事をすれば（匂宮との仲を認めたことになるし）それも憚られる。
14　間違いであればそれもおかしいので、お手紙は元のように戻して。
15　宛て先違いのように見えますので（お返しいたします）。
16　なにか変に気分が悪くて何事も（申せません）。
17　薫は（浮舟からの返事を）ご覧になって。
18　うまく言いのがれをしたものよ。今まで見たこともない機転だ。

よばぬ心ばへよ、とほゝ笑《ゑ》まれたまふも、にくしとはえおぼし果《は》てぬなめり。

[1]まほならねどほのめかし給へるけしきを、[2]かしこにはいとゞ思《おも》ひ添《そ》ふ。[3]つひにわが身《み》はけしからずあやしくなりぬべきなめりと、いとゞ思《おも》ふところに、右近来《き》て、

「[4]殿の御文《ふみ》は、などて返《かへ》したてまつらせ給ひつるぞ。[5]ゆゝしく忌《い》み侍《(はべ)》なる物を。」

「[6]ひがことのあるやうに見《み》えつれば、所《ところ》たがへかとて。」

との給ふ。[7]あやしと見《み》ければ、道《みち》にて開《あ》けて見《み》けるなりけり。[8]よからずの右近がさまやな。[9]見《み》つとは言《い》はで、

「[10]あないとほし。苦《くる》しき御ことゞもにこそ侍れ、[11]殿はもののけしき御覧《らむ》じたるべし。」

と言《い》ふに、[12]おもてさと赤《あか》みて、物ものたまはず。[13]文《ふみ》見《み》つらむと思《おも》はねば、異《こと》[14]ざまに 一九三
て、かの御けしき見《み》る人の語《かた》りたるにこそはと思《おも》ふに、[15]たれかさ言《い》ふぞなどもえ問《と》ひたまはず、[16]この人〳〵の見《み》思《おも》ふらむこともいみじくはづかし。

[17]わが心もてありそめしことならねども、心うき宿世《すくせ》かなと思《おも》ひ入《い》りて寝《ね》たるに、

48　右近と侍従の対応

1　(薫が)正面切ってではないが(浮舟と匂宮との関係を)それとなくあてこすられた文面を(見て)。

2　宇治の浮舟は一段と悩みが加わる。

3　結局わが身は常軌を逸して見苦しくなってしまうに違いないようだと、よりいっそう思うところに。

4　右近の言。薫のお手紙は、なぜお返し申し上げなさったのですか。

5　(手紙を送り返すのは)縁起が悪く忌み嫌うとされておりますのに。

6　間違いがあるように見えたので、宛て先違いかと。「所たがへなどならば、おのづからまた言ひに来なむ」(枕草子・御前にて人々とも)。

7　(薫の手紙をそのまま返すのを)変だと思ったので、(右近は)途中で開けて見たのだった。

8　よくない右近の態度ですよ。語り手の評言。

9　(右近は手紙を)見たとは言わずに。

10　右近の言。ああお気の毒に。(お二人の)どちらにとってもつらいことでございますが。

11　薫は何か様子をお気づきになったのでしょう。秘密を察知したかと薫の歌から判断する。

12　浮舟は赤面して沈黙。

13　(浮舟は、右近が)手紙を見たろうとも思わないので。

14　別の筋で、薫のご様子を知る人が(右近に)話したのだと思うと。

15　だれがそんなことをお前に言うのかなどもお尋ねになれず。知らないのは自分だけかもしれないと疑心暗鬼に陥る。

16　周りの女房たちがどう(自分を)見たり思ったりしているか、そう思うとむやみに恥ずかしい。

49　右近の姉の悲話

17　(匂宮との関係は)自分から進んで始めたことではないが、情けない宿縁であるよ、とば

侍従《じじゅう》と二人《ふたり》して、

「[1]右近が姉《あね》の、[2]常陸《ひたち》にて人二人見《ふたりみ》侍りしを、[3]ほど〳〵につけてはたゞかくぞかし、[4]これもかれも劣《おと》らぬ心ざしにて、思《おも》ひまどひて侍りしほどに、女は[5]いまの方《かた》にいますこし心寄《よ》せまさりてぞ侍りける。[6]それにねたみてつひにいまのをば殺《ころ》してしぞかし。[7]さてわれも住《す》み侍らずなりにき。[8]国《くに》に《ゝ》もいみじきあたらつは物《(もの)》一人《ひとり》うしなひつ。[9]またこのあやまちたるもよき郎等《らうどう》なれど、かゝるあやまちしたる物《(もの)》をいかでかは使《つか》はんとて、[10]国《くに》の内《うち》をもおひはらはれ、[11]すべて女のたい〴〵しきぞとて、館《たち》の内《うち》にもおい給へらざりしかば、[12]東《あづま》の人になりて、[13]まゝもいまに恋《こ》ひ泣《な》き侍るは、[14]罪深《つみふか》くこそ見《み》たまふれ。[15]ゆゝしきついでのやうに侍れど、[16]上も下もかゝる筋《すぢ》のことはおぼし乱《みだ》るゝはいとあしきわざなり。御命《いのち》までにはあらずとも、[17]人の御ほど〳〵につけてはべることなり。[18]死《し》ぬるにまさる恥《はぢ》なることも、よき人の御身《み》には中〳〵侍《(はべ)》なり。[19]一方《ひとかた》におぼし定《さだ》めてよ。[20]宮も御心ざしまさりてまめやかにだに聞《き》こえさせたまはば《ゝ》、[21]そなたざまにもなびかせ給ひて、物ないたく嘆《なげ》かせたまひそ。痩《や》せおとろへ

かり思って横になっていると。

---

1 右近の言。右近（私）の姉が。常陸介について下った時のことか。
2 常陸の国でも男を二人持ったのですが。「見る」は、男女の仲になる、の意。青表紙他本多く「ひたちも」。ならば姉の名か。底本「にて」が補入。
3 身分はそれぞれ違っても（恋とは）すべてそんなものですよ。
4 二人の男はどちらも優劣つけがたい愛情で。
5 後から言い寄った男。
6 （前からの）男はそれに嫉妬して。
7 その後、自分も通って来なくなってしまった。
8 常陸の国庁としても立派な惜しい武士を一人失ってしまった。
9 一方この殺人罪を犯した男もすぐれた従者だが。
10 常陸の国からも追放され。
11 （こうなったのも）すべて女が軽々しくけしからぬからだと、介の邸にも（女を）とどめ置かれなかったので。
12 東国に土着。京に帰れなかった、の意。
13 乳母も今なお娘（右近姉）を恋しく思って泣いておりますのは。右近の母は浮舟の乳母で、右近姉妹は浮舟と乳母子の関係にあるか。
14 それこそ罪が深いと存じます。東国に残した娘への妄執は往生の妨げになる罪。
15 縁起でもない、話のついでのようですが。
16 身分の上下にかかわらず。
17 ご身分に応じて。
18 死ぬ以上に恥ずかしいことも、貴人の方にかえってあるものです。
19 （薫か匂宮か）どちらか一方にお決めなさいませ。
20 匂宮もご情愛が（薫より）まさって、本気で仰せになるなら。
21 匂宮の方に従いなさって、くよくよお嘆きなさいますな。

させ給ふもいと益《やく》なし。[1]さばかり上《うへ》の思《おも》ひいたつききこえさせたまふ物を、[2]まゝがこの御いそぎに心を入《い》れてまどひゐて侍るにつけても、[3]それよりこなたにと聞《き》こえさせ給ふ御ことこそ、いと苦《くる》しくいとほしけれ。」

と言《い》ふに、[4]いま一人《ひとり》、

「[5]うたて、おそろしきまでな聞《き》こえさせ給ひそ。何《なに》[6]ごとも御宿世《すくせ》にこそあらめ。[7]たゞ御心の内《うち》にすこしおぼしなびかむ方《かた》を、さるべきにおぼしならせ給へ。[8]いでや、いとかたじけなくいみじき御けしきなりしかば、[9]人のかくおぼしいそぐめりし方《かた》にも御心も寄《よ》らず、[10]しばしは隠《かく》ろへても、御思《おも》ひのまさらせたまはむに寄《よ》らせ給ひねとぞ思《おも》ひえ侍る。」

と、[11]宮をいみじくめできこゆる心なれば、ひたみちに言《い》ふ。

「[12]いさや。右近は、[13]とてもかくてもことなく過《す》ぐさせたまへ、と初瀬《はつせ》[14]、石山《いしやま》などに願《ぐわん》をなむ立《た》てはべる。[15]この大将殿の御荘《さう》の人《ひと》びとゝいふものは、いみじき不道《ふだう》の物どもにて、[16]一類《ひとるい》この里《さと》に満《み》ちて侍るなり。おほかたこの山城《しろ》、大和《やまと》に[17]殿の《とのゝ》両《(りやう)》じ

1　あれほど母君が浮舟を大事にされているのに。

2　乳母がお引越しの準備に熱中して右往左往しておりますにつけても。

3　（匂宮が）薫のお迎えより先に私（匂宮）の方へ、と申し上げなさることこそ、たいそうつらく困ったものです。

4　もう一人の侍従が。

5　侍従の言。いやだ、（そんな）恐ろしいことまで（浮舟に）申し上げなさいますな。

6　すべては前世からの宿縁によるものでしょう。

7　ただお心の中に少しでもお気持が靡く方があれば、それを然るべきご宿縁だと思われるようになさいませ。

8　いやもう、（匂宮は）たいそう畏れ多い、熱心なご様子でしたので。

9　薫がこんなに（浮舟の迎え入れを）お急ぎなご様子なのにも（浮舟は）お気持が進まず。

10　当分のあいだは身を隠してでも、ご愛情のまさっておいでの方（匂宮）をお頼りなさいませと思えてまいります。

11　侍従はひどく匂宮びいきなので、いちずに。

50　右近の見通し

12　右近の言。さあどうか。

13　薫・匂宮のどちらでも無事にお暮らし下さいと。

14　長谷寺・石山寺はいずれも浮舟方の信心篤い観音の寺。

15　薫の荘園の従者という者は、大変な無法者で。律の八虐に「不道」があり、殺人暴行などの罪を規定。「武道」「無道」とする説、諸本の表記で「ふよう（武勇）」「ふてう（不調）」の解もある。

16　一族が宇治の里に満ちております（四九〇頁七行）。

17　薫の領有されている荘園の者は、みなあの内舎人なる者の縁につながっているそうです。「両」は底本の当て字。

たまふ所〳〵の人なむ、みなこの内舎人《うどねり》といふ物のゆかりかけつゝ侍《(はべ)》なる。[1]それが婿《むこ》の右近のたいふといふ物をもととして、[2]よろづのことをおきておほせられたるなり。[3]よき人の御中どちは、なさけなきことし出《い》でよとおぼさずとも、[4]物の心得《え》ぬゐ中《(なか)》人どもの、宿直《とのゐ》人にてかはり〴〵さぶらへば、おのが番《ばん》に当《あ》たりていさゝかなることもあらせじなど、あやまちもし侍りなむ。[5]ありし夜《よ》の御ありきは、いとこそむくつけく思《おも》うたまへられしか。[6]宮はわりなくつゝませたまふとて、御供《とも》の人も率《ゐ》ておはしまさず、[7]やつれてのみおはしますを、[8]さる物の見《み》つけたてまつりたらむは、いといみじくなむ。」

と言《い》ひつゞくるを、君《きみ》、[9]なほわれを宮に心寄《よ》せたてまつりたると思ひてこの人〳〵の言《い》ふ、いとはづかしく、[10]心《(ここ)》ちにはいづれとも思《おも》はず、[11]たゞ夢《ゆめ》のやうにあきれて、[12]いみじく焦《い》られたまふをば、などかくしもとばかり思《おも》へど、[13]頼《たの》みきこえて年《とし》ごろになりぬる人を、[14]いまはともて離《はな》れむと思《おも》はぬによりこそ、[15]かくいみじと物も思ひ乱《みだ》るれ、[16]げによからぬことも出《い》できたらむ時、とつく〴〵と思《おも》ひゐたり。

1　その婿の右近の大夫という者を主として。右近衛府の将監（従六位上相当）で、特に五位に叙せられた者。右大将である薫の直属の下僚。底本「たいう」。

2　このあたりの警護など万端を指図しておられるとか。

3　高貴な人のあいだがら同士では、すげないことをせよとはお思いにならなくても。「よき人」は高貴な人。「よき人のたまへど、耳にも聞き入れず」（うつほ・俊蔭）。

4　何も分からぬ田舎者どもが、宿直の役で交替に仕えるので、自分の当番のときに少しの落度もないようにと思って、（かえって）過ちも起こしましょう。無作法による「なさけなきこと」（三行）を懸念。「かはりがはり〳〵」の例は「かはりがはり杯取りて」（枕草子・なほめでたきこと）など。

5　先夜の匂宮のお出ましは、本当に恐ろしく存じられました。

6　宮はむやみに人目を避けようとなさって、お供の人もお連れにならず。

7　身をひどく窶《やつ》しておられるのを。

8　そうした番人がもし（宮の忍び姿を）お見つけ申したら一大事です。

9　浮舟。以下、その心内。女房たちが、やはり自分を匂宮に心をお寄せしたと解して言うのが、たいそうきまりが悪く。

10　内心では匂宮か薫かどちらとも分からず。

11　（匂宮との契りは）ただもう夢のように途方にくれて。

12　（匂宮が）自分にひどく執着されるのを、なぜそんなにとばかり思うが。

13　頼りにし申して時の経つお方。薫をいう。薫との契りは昨年九月、現在まで半年になる。

14　もうこれで終りとお別れしようとは思わないからこそ。

15　このようにつらく悩み惑うのだ。二者択一できない深い心の悩み。

16　なるほど（右近の言う通り）不祥事が起こったら。

「[1]まろは、いかで死《し》なばや。世《よ》[2]づかず心うかりける身《み》かな。[3]かくうきことあるためしは、下種《げす》などの中にだに多《おほ》くやはあなる。」

とて、[4]うつぶし臥《〳》したまへば、

「[5]かくなおぼしめしそ。[6]やすらかにおぼしなせとてこそ、聞《き》こえさせ侍れ。[7]おぼしぬべきことをも、さらぬかほにのみのどかに見《み》えさせたまへるを、[8]この御ことの後《ゝち》、[9]いみじく心焦《い》られをせさせ給へば、いとあやしくなむ見《み》たてまつる。」

と、[10]心知《し》りたる限《かぎ》りは、みなかく思《おも》ひ乱《みだ》れさわぐに、[11]乳母《めのと》、おのが心をやりて物染《そ》めいとなみゐたり。[12]いまま《ゝ》ゐり童《わらは》などのめやすきを呼《よ》び取《と》りつゝ、

「[13]かゝる人御覧《らむ》ぜよ。[14]あやしくてのみ臥《ふ》させ給へるは、物のけなどのさまたげきこえさせんとするにこそ。」

と嘆《なげ》く。

殿《との》[15]よりは、かのありし返事《(かへりこと)》をだにのたまはで日《ひ》ごろ経《へ》ぬ。[16]このおどしし《ゝ》内舎人《うどねり》といふ物《(もの)》ぞ来《き》たる。[17]げにいと荒《あら》〳〵しくふつゝかなるさましたる翁《おきな》の、声《こゑ》かれさすが

51 浮舟、死を願う

1 浮舟の言。私は、何とかして死にたい。「わが身をうしなひてばや」(五九二頁五行)。
2 世間並に生きられぬ情けないわが身よ。
3 これほどつらいことのある例は、下々の者の中にだって多くはあるまい。
4 うつぶせに臥していらっしゃるので。
5 右近の言。そんなにご心配なさいますな。
6 ご安心なさいませと思って、申し上げるのです。
7 (以前は)心配なさるはずのことでも、そしらぬ顔でいつものんびりとお見えでしたのに。
8 匂宮との関係。
9 たいそう気持がいらだちなさっているので、とても不可解なことと見申し上げます。
10 事情を知っている者は、すべて狼狽しているのに。
11 乳母は、(事情を知らず)自分だけ満足そうに染め物に精を出している。上京の晴れ着の準備。
12 新参の童女などで見苦しくない者を呼び寄せては。母君の指示によって集められた童女(五九四頁九行)。
13 乳母の言。こんな童女でも気晴しにご覧下さい。浮舟を案じ、話相手として勧める。
14 わけも分からず臥せっておいでなのは、もののけなどが邪魔をし申し上げようとするのでしょう。

52 内舎人の伝言

15 薫からは、先日(浮舟が間違いではと返した文)の返事さえ下さらずに(六一二頁一二行)。
16 (右近の話で)浮舟を怖がらせた内舎人(六二〇頁一行)。
17 (右近が語った通り)なるほどひどく荒っぽく不格好に太った年寄りが、声が枯れていてそうはいうものの、それなりに威厳のある(者が)。

にけしきある、

「[1]女房に物取《と》り申さん。」

と言《い》[2]はせたれば、右近[3]しも会《あ》ひたり。

「[4]殿に召《め》し侍りしかば、けさまゐり侍りて、たゞいまなんま〔か〕りかへりはんべりつる。[5]ざふじども仰せられつるついでに、[6]かくておはしますほどに、[7]夜中、あか月《（つき）》の事も、なにがしらかくて候ふと思《おも》ほして、[8]とのゐ人わざとさしたてまつらせ給ふ事もなきを、[9]このごろ聞《き》こしめせば、女房の御もとに知《し》らぬところの人通《かよ》ふやうになん聞《き》こしめす事ある、たい〴〵しき事なり、[10]とのゐに候ふ物《（もの）》どもは、その案《あん》内聞《ないき》きたらん、知《し》らではいかゞさぶらふべきと問《と》はせ給ひつるに、[11]うけ給はらぬ事なれば、[12]なにがしは身の病重《やまひおも》く侍りて、宿直仕《とのゐつか》うまつる事は月ごろおこたりて侍れば、案内《あんない》も知《し》りはんべらず、[13]さるべきをのこどもは、懈怠《けだい》なくもよほし候はせ侍るを、[14]さのごとき非常《ひじやう》のことの候はむをば、いかでかうけ給はらぬやうは侍らんとなん申させ侍りつる。[15]用意《ようい》して候へ、便《びん》なき事もあらば、重《おも》く勘当《かんだう》せしめ給ふべき

1 内舎人の言。女房にお取次ぎ願いたい。
2 内舎人が従者に案内を請わせた。
3 他の女房でなく右近が、と強調。
4 内舎人の言。薫がお呼びでしたので、今朝参上いたしまして、たった今帰って参りました。「はんべり」は「侍り」の転。畏まった会話や手紙文に多い。この会話中、仮名表記で三例ある。底本「まりかへりはんへりつる」。池田本「まかりかへり侍りつる」により、「か」を補う。
5 雑事。雑用をお命じになったついでに。底本「さうし」。
6 こうして(浮舟が)お住まいのあいだは。
7 夜中、早暁の警備も、手前どもがこうして勤めていると(薫は)ご安心なさって。底本、「候」字の右傍に「さふらふ」。
8 宿直人をわざわざ京からさし向け申されることもないのに。
9 近ごろ(薫が)お聞きになると、(浮舟の)女房のもとに素性の分からぬ人が通うとかお聞きなのは、もってのほかだ。
10 宿直にひかえておる者どもは、その内情を聞いておろう、知らずにすまされようか、と(薫が)詰問なさったが。底本、「候」字の右傍に「さふらふ」。
11 承知しておりませぬことなので。
12 手前は病気が重くございまして。以下、薫への答弁を語る。
13 然るべき部下どもは怠りなきよう督励して仕えさせておりますが。底本「候らせ」を訂正する。
14 さような以ての外のことがございましたら、どうして手前が承知せぬことがございましょう。「雑事」(㈠帚木一三八頁)「懈怠」(㈤若菜上三〇〇頁)「ごとき」「非常」(㈢少女四三三注6)などは男性用語。
15 気をつけて番をいたせ、不都合なことがあれば、厳重に処罰なさるであろう旨の仰せ言が。「勘当せしめ給ふべきよしなん」で、薫の言葉が間接話法に転じる。

よしなん仰事《（おほせこと）》侍りつれば、[1]いかなる仰《おほ》せ事にかと恐《おそ》れ申しはんべる。」

と言《い》ふを聞《き》くに、[2]ふくろふの鳴《な》かんよりもいと物おそろし。[3]いらへもやらで、

「[4]さりや。聞《き》こえさせしにたがはぬ事どもを聞《き》こしめせ。[5]物のけしき御覧《らん》じたるなめり。[6]御消息《せうそこ》も侍らぬよ。」

と嘆《なげ》く。乳母《めのと》は、[7]ほのうち聞《き》ゝて、

「[8]いとうれしく仰《おほ》せられたり。[9]盗《ぬす》人多《おほ》かんなるわたりに、[10]宿直《とのゐ》人もはじめのやうにもあらず、[11]みな身《み》の代《か》はりにと言《い》ひつゝ、あやしき下種《す》をのみまゐらすれば、[12]夜《（や）》行《（ぎやう）》をだにえせぬに。」

とよろこぶ。

[13]君《きみ》は、げにたゞいま、いとあしくなりぬべき身《み》なめりとおぼすに、[14]宮よりはいかに〳〵と苔《こけ》の乱《みだ》るゝわりなさをのたまふ、いとわづらはしくてなん。とてもかくても、[15]一方一方《ひとかた〳〵》につけて、いとうたてある事は出《い》で来《き》なん、我《（わが）》身《み》ひとつの亡《な》くなりなんのみこそめやすからめ、むかしは[16]けさうずる人のありさまのいづれとなきに思

1　（薫の）どのようなご指示かと案じ申し上げております。
2　梟の鳴くような声よりも（内舎人の嗄れ声が）ひどく怖い気がする。梟の声が不気味なものであること、「けしきある鳥のから声に鳴きたるも、ふくろふはこれにや、とおぼゆ」（曰夕顔三〇〇頁）。
3　（右近は）返事もできずに。
4　右近の言。その通りですよ。私が申し上げたのに相違ないことをお聞き下さい。
5　（薫は）何か様子を察知なさったようです。
6　薫からのお便りもありませんこと。
7　それとなく耳にして。
8　乳母の言。うれしいことを言って下さいました。匂宮への警戒で警備が厳しくなることを、薫が浮舟の身を案じて用心させたと勘違いして喜ぶ。
9　盗人が多いとかいうこの辺に。
10　宿直人も浮舟が住みはじめたころのようではなく。
11　みな自分の代理だと言っては、つまらぬ下僕ばかりを伺わせるので。
12　夜警さえもろくにできないのに（今後は安心）。

53　浮舟、死を決意

13　浮舟。以下、その心内。なるほど右近の言う通り、今すぐにも破滅しそうな身の上であるようだ。
14　匂宮からはどうした、どうした、と苔の乱れるように待つ恋の耐えがたさをおっしゃる。「逢ふことをいつかその日と松の木の苔の乱れて恋ふるこのごろ」（古今六帖六）。
15　薫と匂宮のどちらに従うにしても、最悪の事態が起こるに違いない。
16　懸想する男の熱意が、どちらとも優劣のつけがたいのに思い悩むだけでも、身を投げる例もあったのに（自分は二人の男に通じているのだ）。『大和物語』百四十七段の生田川伝説は宮廷社会にも受容されて名高い。

ひわづらひてだにこそ、身《み》を投《な》ぐるためしもありけれ、[1]ながらへばかならずうき事見《み》えぬべき身《み》の、亡《な》くならんは何《なに》かをしかるべき、[2]親《おや》もしばしこそ嘆《なげ》きまどひ給はめ、あまたの子《こ》どももあつかひに、おのづから忘《わす》れ草《ぐさ》摘《つ》みてん、[3]ありながらもて損《そこな》ひ、人笑《わら》へなるさまにてさすらへむは、まさる物思《おも》ひなるべし、など思《おも》ひなる。[4]子《こ》めきおほどかにたを〳〵と見《み》ゆれど、[5]け高《たか》う世のありさまをも知《し》る方《かた》少《すく》なくて生《お》ほし立《た》てたる人にしあれば、[6]すこしおずかるべきことを思ひ寄《よ》るなりけむかし。

[7]むつかしき反故《ほぐ》など破《や》りて、[8]おどろ〳〵しくひとたびにもしたゝめず、[9]灯台《とうだい》の火に焼《や》き、水に投《な》げ入《い》れさせなど、[10]やう〳〵うしなふ。[11]心知《し》らぬ御達《ごたち》は、物へ渡《わた》り給ふべければ、[12]つれ〳〵なる月日《ひ》を経《へ》てはかなくし集《あつ》め給ひつる手習《てならひ》などを破《や》り給ふなめりと思《おも》ふ。侍従《じどう》などぞ見《み》つくる時に、

「[13]などかくはせさせ給ふ。[14]あはれなる御中に心とゞめて書《か》きかはし給へる文《ふみ》は、人にこそ見《み》せさせたまはざらめ、[15]物の底《そこ》に置《お》かせ給ひて御覧《らむ》ずるなん、ほど〳〵につけてはいとあはれに侍る。[16]さばかりめでたき御紙《かみ》づかひ、かたじけなき御言《こと》の葉《は》

1　生き長らえたらきっとつらい目に遭うはずの私が、死ぬのならどうして惜しいことがあろう。

2　母もしばらくは悲嘆なさろうが、大勢の子供の世話に紛れ、自然と私のことなど忘れてしまうだろう。忘れることは「忘れ草生《お》ひ／生ほす」とも言う（㈡須磨四三八頁・㈣宿木一〇八頁）。「忘れ草摘むほどとこそ思ひつれおぼつかなくて程のへつれば」（和泉式部集）。

3　生きたままで身を持ち崩し、物笑いの有様で流浪するとしたら。

4　（浮舟は）子供っぽくおっとりとしてなよなよと見えるが。

5　気品高く身の処し方を知ることも少なく成長した人であるから。東国の田舎育ちであることをいう。

6　（入水自殺という）少々恐ろしいに違いないことを思いつくのであったろうよ。語り手の評。「おずし」は物語中この一例のみだが、類語「おぞし」が㈣東屋三八四頁と㈨蜻蛉28節に見られる。

54　浮舟、文を処分

7　残しておいては面倒な文反故などは破いて。

8　人目につくように一度には始末しないで。

9　室内用の灯火。

10　少しずつなくしてゆく。

11　事情を知らない女房たちは、（浮舟が）薫に引取られて京へ移られるはずなので。

12　（浮舟が）所在なく物寂しい月日を過ごす中で、何とはなしに書きためなさった手すさびなどを破いておいでのようだ。

13　侍従の言。なぜそんなことをなさるのです。

14　愛し合うあいだがらで心をこめて書き交わされた手紙は、他人にはお見せにならないにせよ。

15　文箱の底などにしまって置かれてご覧になるのが、身分身分に応じて、しみじみと情趣深いものです。

を尽《つ》くさせたまへるを、[1]かくのみ破《や》らせ給ふ、なさけなきこと。」

と言《い》ふ。

「何《なに》[2]か、むつかしく。[3]長《なが》かるまじき身《み》にこそあめれ。[4]落《お》ちとゞまりて、人の御ためもいとほしからむ。[5]さかしらにこれを取《と》りおきけるよ、など漏《も》り聞《き》きたまはんこそはづかしけれ。」

などの給ふ。心ぼそきことを思[6]ひもてゆくには、又え思《おも》ひ立《た》つまじきわざなりけり。[7]親《おや》をおきて亡《な》くなる人は、いと罪深《つみふか》かなる物をなど、[8]さすがにほの聞《き》きたることをも思ふ。

[9]二十日《はつか》あまりにもなりぬ。[10]かのいへあるじ、廿八日に下《くだ》るべし。宮は、

「[11]その夜《よ》、かならず迎《むか》へむ。下《しも》人などによくけしき見《み》ゆまじき心づかひし給へ。[12]こなたざまよりは、ゆめにも聞《き》こえあるまじ。疑《うたが》ひ給ふな。」

などの給ふ。[13]さてあるまじきさまにておはしたらむに、いまひとたび物をもえ聞《き》こえず、[14]おぼつかなくて帰《かへ》したてまつらむことよ、[15]又時の間《ま》にても、いかでかこゝに

16 それくらい(匂宮が)立派なご料紙を使って。

1 こう惜しげもなく破いておしまいとは。

2 浮舟の言。何の、煩わしくて。

3 私はきっと長生きできそうもない身の上らしいのです。

4 (手紙が)あとに残っては、匂宮のためにもお気の毒でしょう。

5 こざかしくこんな物をとっておいたのか、などと噂を(匂宮が)お聞きになったらとても恥ずかしい、などとおっしゃる。

6 次々に考えてゆくと、また(自殺など)とても決心しかねることなのであった。決行前の、不安と孤独。

7 親を残して先立つ人は、たいそう罪が深いというが。逆縁は不孝の罪。

8 (世間知らずとはいえ)やはり小耳に挟んだことをも考える。

55 匂宮の予告に悩む

9 三月二十日過ぎ。薫は四月十日に浮舟を引取る予定(五八四頁五行)。

10 例の邸の主人は二十八日に下向の予定である。匂宮に家を貸す約束をした受領。宮の乳母の夫(五八二頁七行)。

11 匂宮の言。その夜に必ず(浮舟を)迎え取ろう。召使などによく様子を悟られないよう注意しなさい。

12 私の方からは、決して漏れることはあるまい。

13 浮舟の心内。そこでもし匂宮が姿をやつしておいでになっても、もう一度お話し申すこともできず。「え聞こえず」の上の「え」は底本「み」。「衣」を字母とする「え」は「三」を字母とする「み」に字形が類似する。

14 気がかりのまま(宮を)お帰し申すに違いないことだ。

15 また暫時でも、何とかここに近寄せ申そうとしても、そのかいもなくて恨んでお帰りになるとしたら、その有様を思いやると。

は寄《よ》せたてまつらむとする、かひなくうらみて帰《かへ》り給はんさまなどを思ひやるに、[1]例《れい》の面影離《おもかげはな》れず、[2]耐《た》へずかなしくて、この御文《ふみ》を顔《かほ》におしあてて、[3]しばしはつゝめども、いといみじく泣《な》き給ふ。

右近、

「[4]あが君《きみ》、[5]かゝる御けしきつひに人見《み》たてまつりつべし。[6]やう〳〵あやしなど思ふ人侍《（はべ）》べかめり。[7]かうかゝづらひ思《おも》ほさで、さるべきさまに聞《き》こえさせ給ひてよ。[8]右近侍らば、おほけなきこともたばかり出《い》だし侍らば、かばかりちひさき御身《み》ひとつは、空《そら》より率《ゐ》てたてまつらせ給ひなむ。」

と言《い》ふ。[9]とばかりためらひて、

「[10]かくのみ言《い》ふこそいと心うけれ。[11]さもありぬべきことゝ思《おも》ひかけばこそあらめ、あるまじきことゝみな思《おも》ひとるに、[12]わりなくかくのみ頼《たの》みたるやうにの給へば、[13]いかなることをし出《い》でたまはむとするにかなど思《おも》ふにつけて身《み》のいと心うきなり。」

とて、[14]返りことも聞《き》こえ給はずなりぬ。

1　いつものように宮の姿が思い浮かんでわが身から離れず。「面影につと添ひて」(五七〇頁一二行)。

2　こらえがたく悲しくて、このお手紙を顔に押し当てて。手紙を顔に押し当てる例は、物語中この一例のみ。諸本全て「たえす」。「不レ堪也、不レ絶にはあらず」(玉の小櫛)。「耐へずうたてと思ひて」(㈣野分三七八頁)。

3　しばらくは気づかれぬよう隠したけれども、ひどくお泣きになる。「つつめどもかくれぬものは夏虫の身よりあまれる思ひなりけり」(大和物語四十段)。

4　懇願する気持で呼びかける語。「あが君、生き出で給へ」(㈠夕顔二九八頁)。

5　こんな(匂宮との)ご関係は、いつかはきっと人が感づいてしまうに違いありません。

6　だんだん、おかしいなどと思う人もいるようです。

7　そうくよくよなさらずに、(匂宮に)適当にお返事申し上げなさいませ。

8　右近(私)が付いておりましたら、身のほど知らずのことでもうまく取り計らいますなら、こんなに小さい(浮舟の)御身一つくらいは、(匂宮が)空からでもお連れなさいますよ。「大空より、人雲に乗りて降り来て」(竹取物語)。

9　(浮舟は)ややしばらく気持を静めてから。

10　浮舟の言。こう(私が匂宮に惹かれている)とばかり(あなたが)思って言うのはたいそう情けない。

11　匂宮になびくのが当然だと私が思い込んでいるならばともかく、あってはならないことすべて呑み込んでいるのに。

12　匂宮はただもうむやみに、私が頼りきっているようにおっしゃるので。

13　(匂宮が)どのようなことをなさろうとしているのか、などと思うにつけて、この身がたいそう情けないのです。

14　(匂宮への)お返事も申し上げなさらないままになった。

宮、[1]かくのみ猶うけひくけしきもなくて、返《かへ》り事《こと》さへ絶《た》え〴〵になるは、[2]かの人《ひと》のあるべきさまに言《い》ひしたゝめて、すこし心やすかるべき方《かた》に思《おも》ひ定《さだ》まりぬるなめり、[3]ことわりとおぼす物からいとくちをしくねたく、[4]さりともわれをばあはれと思ひたりし物を、[5]会《あ》ひ見《み》ぬと絶《だ》えに人〳〵の言《い》ひ知《し》らする方《かた》に寄《よ》るならむかしなどながめ給ふに、[6]行《ゆ》く方知《かたし》らず、むなしき空《そら》に満《み》ちぬる心《(ここ)》ちし給へば、[7]例《れい》のいみじくおぼし立《た》ちておはしましぬ。

[8]葦垣《あしがき》の方《かた》を見《み》るに、[9]例《れい》ならず、

「あれはたそ。」

と言《い》ふ声《こゑ》〴〵、[10]いざとげなり。[11]立《た》ち退《の》きて、心知《し》りの男《をのこ》を入《い》れたれば、[12]それをさへ問《と》ふ。[13]さき〴〵のけはひにも似《に》ず、わづらはしくて、

「[14]京よりとみの御文《ふみ》あるなり。」

と言《い》ふ。[15]右近は従者《ずさ》の名《な》を呼《よ》びて会《あ》ひたり。[16]いとわづらはしくいとゞおぼゆ。

「[17]さらにこよひは不用《ふよう》なり。いみじくかたじけなきこと。」

56　匂宮、宇治へ行く

1　（浮舟が）こうしてばかりで一向に承知する様子もなくて。
2　薫がもっともらしく言い含めたので、少しでも安心できそうな方に（浮舟は）どうやら心が決まったようだ。
3　それも道理だとお思いになるものの、とても悔しく忌々しく。
4　匂宮の心内。それにしても（浮舟は）自分を慕わしく思っていたのに。
5　逢わずにいた期間に周りの人々が吹き込む方（薫）に引き寄せられるのだろうと、物思いに沈まれると。
6　恋しさは晴らしようもなく、むなしい空にいっぱいになってしまう気持がなさるので。「わが恋はむなしき空に満ちぬらし思ひやれども行く方もなし」（古今集・恋一・読人しらず）。
7　これまでのように、一大決心をなさって、（宇治に）お越しになった。
8　匂宮は以前にもここから邸に入った（四九八頁八行）。催馬楽「葦垣」に、女を盗み葦垣を越えて逃げようとして失敗する内容の歌謡がある（㈤藤裏葉八三頁注3）。
9　いつもと違って警備が厳重。
10　夜番がすぐ目をさますようだ。薫の厳命が早速に効を奏した。
11　（案内役の時方は）いったん退いて、代りに邸の事情を知っている男を。
12　その男をさえ咎め立てする。
13　（警備の様子が）以前の様子とは異なり、忌々しくて。
14　男の言。浮舟の母からの急報を装う。「とみ」は急ぎ。
15　右近は邸に入ってきた男（匂宮の従者）を指名。
16　（男は）ますます厄介なことになったと思う。
17　右近の言。とても今夜は駄目です。たいへん恐縮ですが。

と言《い》[1]はせたり。宮[2]、などかくもて離《はな》るらむとおぼすに、わりなくて、

「[3]まづ時方入《かたい》りて、侍従《じじゅう》に会《あ》ひて、さるべきさまにたばかれ。」

とて遣《つか》はす。かど[4]〳〵しき人にて、とかく言《い》ひ構《かま》へて、尋《たづ》ねて会《あ》ひたり。

「[5]いかなるにかあらむ、[6]かの殿ののたまはすることありとて、宿直《とのゐ》[7]にある物どものさかしがりだちたるころにて、いとわりなきなり。御前《おまへ》[8]にも、物をのみいみじくおぼしためるは、[9]かゝる御ことのかたじけなきをおぼし乱《みだ》るゝにこそと、心ぐるしくなむ見《み》たてまつる。[10]さらにこよひは、人けしき見《み》侍りなば、中〳〵にいとあしかりなん。[11]やがて、[12]さも御心づかひせさせ給ひつべからむ夜、[13]こゝにも人知《し》れず思ひ構《かま》へてなむ聞《き》こえさすべかめる。」

乳母《めのと》[14]のいざとき事なども語《かた》る。大夫《たいふ》[15]、

「[16]おはします道《みち》のおぼろけならず、あながちなる御けしきに、[17]あへなく聞《き》こえさせむなむたい〴〵しき。[18]さらば、いざ給へ。ともにくはしく聞《き》こえさせ給へ。」

といざなふ。

1　（指名した）従者を介して。

2　匂宮は、（右近が）どうしてそのように自分を遠ざけるのだろうかと思われるにつけ、情けなくて。

3　匂宮の言。時方と侍従とが親しいと判断して、先に入って侍従に会うよう指示し、策を立てさせる（五六六頁三行）。

4　（時方は）才覚のある男なので、うまく言いつくろって。

5　侍従の言。どうしたことでしょう。

6　あちらの殿（薫）のご指示があったとのことで。

7　宿直役の者たちがこざかしくふるまっている最中なので、どうしようもないのです。

8　浮舟が、ひどく心配のご様子なのは。

9　このような匂宮のご誠意の勿体なさを嘆いておいでになればこそとお気の毒に見申し上げています。今の事態が浮舟の本意でないことを強調。

10　まったく今宵は、警備の者がだれかが来た様子に気づきでもしたら、かえってひどく不都合なことになりましょう。

11　すぐに。次行の「聞こえさす」に続く。

12　浮舟を京へお迎えのご配慮がうまくいきそうな夜。

13　こちらでもひそかに用意してご連絡申し上げるのが最善のようです。

14　乳母が目をさましやすいこと。これも油断できない、と注意を促す。「いざとき夜居の僧」（枕草子・はづかしきもの）。目ざといと意とも解せる。「さと〳〵しき也。用心する心なり」（花鳥余情）。

15　時方。

16　大夫の言。（匂宮が）ここまでおいでになる道中は並大抵のことではなく、どうしても会いたいというご執心に対して。

17　そのかいもないご返事を申し上げるとしたらもってのほかです。

18　それならば、一緒に来て下さい。（匂宮に）詳しくお話し申し上げなさいませ。

「[1]いとわりなからむ。」

と言《い》[2]ひしろふほどに、夜《よ》もいたくふけゆく。

宮[3]は、御馬《むま》にてすこしとほく立《た》ちたまへるに、里《さと》[4]びたる声《こゑ》したる犬《いぬ》どもの出《い》で来《き》てのゝしるもいとおそろしく、人少《ひとずく》なに、いと[5]あやしき御ありきなれば、[6]すゞろならむ物の走《はし》り出《い》で来《き》たらむもいかさまにと、さぶらふ限《かぎ》り心をぞまどはしける。

「[7]猶とく〳〵まゐりなむ。」

と言《い》[8]ひさわがして、この侍従《じじゅう》をゐてまゐる。髪《かみ》[9]、脇《わき》より掻《か》い越《こ》して、様体《やうだい》いとをかしき人なり。馬《むま》[10]に乗《の》せむとすれど、さらに聞《き》かねば、衣《きぬ》[11]の裾《すそ》を取《と》りて、立《た》ち添《そ》ひて行《ゆ》く。[12]わが沓《くつ》をはかせて、身《(み)》づからは、供《とも》なる人の[13]あやしき物をはきたり。まゐりて、かくなんと聞《き》こゆれば、語《かた》[14]らひたまふべきやうだになければ、山[15]がつの垣根《かきね》のおどろ葎《むぐら》の陰《かげ》に、障泥《あふり》[16]といふ物を敷《し》きて下《お》ろしたてまつる。[17]わが御心《(ここ)》ちにも、あやしきありさまかな、[18]かゝる道《みち》に損《そこな》はれて、はか〴〵しくはえあるまじき身《み》なめりとおぼしつゞくるに、泣《な》き給ふこと限《かぎ》りなし。[19]心よわき人は、ましていといみじくか

一九二

1 侍従の言。とてもできない相談です。
2 言い合ううちに、夜もたいそう更けてゆく。

57 浮舟に逢えず帰京

3 匂宮は、馬に乗られたまま(邸から)少し離れてとどまっておられると。警備の者に見つからぬ用心。
4 ひなびた声をした犬が何匹か出て来て吠えるのもひどく恐ろしく。「犬」は物語中、浮舟巻に二例のみ。もう一例は六四〇頁。「家を守る一犬は人を迎へて吠ゆ」(和漢朗詠集・下・田家・都良香)。
5 身なりをやつしたお忍び歩きなので。
6 思いがけない者がとび出して来たら、どう対処するかと、伺候する者はみな気が気でなかった。
7 時方の言。もっと早く(匂宮の許に)参ろう。
8 せかせて、侍従を匂宮の前に連れて参上する。
9 (侍従は)髪を脇の下から前に回して。歩行のため手に持つ。
10 (侍従を)馬に乗せようとするが、全く聞き入れないので。
11 侍従の衣の裾を(時方が)持って、後に付いてゆく。
12 (時方は)自分の沓を侍従に履かせて。外出用の毛皮の沓か。
13 粗末な履物。
14 (匂宮は馬上では)お話のなさりようもないので。
15 山家の垣根で藪(おどろ)やつる草の茂る陰で。「藪　也夫(やぶ)、又於土呂」(新撰字鏡)。
16 馬の両脇に垂らして泥を防ぐ毛皮製の具。「草の中に障泥をときしきて、女を抱きてふせり」(大和物語百五十四段)。
17 匂宮ご自身も心中。
18 こうした恋路に傷つけられて、しっかりと過ごして行けそうもない身の上のようだ。
19 気の弱い侍従は、匂宮以上にあまりにつらく悲しいと見申し上げる。

なしと見《み》たてまつる。[1]いみじきあたをおにゝつくりたりとも、[2]おろかに見捨《みす》つまじき人の御ありさまなり。[3]ためらひ給ひて、

「[4]たゞ一言《ひとこと》もえ聞《き》こえさすまじきか。[5]いかなれば、いまさらにかゝるぞ。[6]なほ人〳〵の言《い》ひなしたるやうあるべし。」

との給ふ。ありさまくはしく聞《き》こえて、

「[7]やがて、さおぼしめさむ日《ひ》を、かねては散《ち》るまじきさまにたばからせたまへ。[8]かくかたじけなきことゞもを見《み》たてまつり侍れば、[9]身《み》を捨《す》てゝも思《おも》うたまへたばかり侍らむ。」

と聞《き》こゆ。[10]我も人目《め》をいみじくおぼせば、一方《ひとかた》にうらみたまはむやうもなし。

夜《よ》はいたくふけゆくに、[11]この物咎《とが》めする犬《いぬ》の声絶《こゑた》えず、人〳〵[12]おひ避《さ》けなどするに、[13]弓引《ゆみひ》き鳴《な》らし、あやしき男《をのこ》どもの声《こゑ》どもして、

「[14]火《ひ》あやふし。」

など言《い》ふも、[15]いと心あわたゝしければ、帰《かへ》りたまふほど、言《い》へばさらなり。

1 恐ろしい仇敵を鬼の姿に作ったとしても。「安多(たあ)」(万葉集二十・四三三一)。

2 (その鬼が)おろそかに見捨てがたいと思われそうな匂宮のご容姿だ。「いみじき武士、あたかたきなりとも、見てはうち笑まれぬべきさまのしたまへれば」(㊀桐壺五〇頁)。

3 (匂宮は)気持を抑えられて。

4 匂宮の言。たった一言でもお話し申せそうもないのか。

5 どういうわけで、今になってこのような事態になるのか。

6 やはり女房たちが尤もらしく言ったことがあるに違いない。匂宮は「人〳〵の言ひ知らする方に寄るならむかし」(六三四頁)と疑っていた。

7 侍従の言。早速、浮舟を引き取ろうとお思いになる日を、前もって漏れないようにご計画下さい。「散る」は情報の漏洩。「見ぐるしきこと散るがわびしければ、御文はいみじう隠して、人につゆ見せ侍らず」(枕草子・頭の弁の職にまゐり給ひて)。

8 こうも勿体ないことを沢山拝見しましたので。危険も顧みない匂宮の誠意に感激する。

9 命がけでお取計らいさせていただきましょう。

10 (匂宮も)人の目をひどく気になさっているので、(この場で)ひたすらに恨み言をおっしゃることもできない。

11 目の前で怪しんで吠える犬の鳴き声がやまず。「忍びて来る人見知りて吠ゆる犬」(枕草子・にくきもの)。

12 追って遠ざける。追い払う。

13 弓弦を鳴らし、夜警の下人らの声で(㊀夕顔二九四頁)。

14 火の用心。㊀夕顔二九五頁注2。「誰何火行とかきてひあやうしとよむ也。夜行する声也」(花鳥余情)。

15 (匂宮は)たいそう気持がせかされるので、お帰りになるとき、(その悲しさは)今更言うまでもない。

「[1]いづくにか身《み》をば捨《す》てむと白雲《しらくも》のかゝらぬ山もなく〳〵ぞゆく
[2]さらばはや。」

とて、[3]この人を帰《かへ》し給ふ。[4]御けしきなまめかしくあはれに、夜深《ふか》き露《つゆ》にしめりたる御香《か》のかうばしさなど、たとへむ方《かた》なし。[5]泣《な》く〳〵ぞ帰《かへ》り来《き》たる。

[6]右近は、言《い》ひ切《き》りつるよし言《い》ひゐたるに、[7]君《きみ》はいよ〳〵思《おも》ひ乱《みだ》るゝこと多《おほ》くて、臥《ふ》したまへるに、[8]入《い》り来《き》てありつるさま語《かた》るに、いらへもせねど、[9]枕《まくら》のやう〳〵浮《う》きぬるを、[10]かつはいかに見《み》るらむとつゝまし。[11]つとめても、あやしからむまみを思《おも》へば、無期《むご》に臥《ふ》したり。物はかなげに[12]おびうちかけなどして経読《よ》む。[13]親《おや》に先立《さきだ》ちなむ罪《つみ》うしなひたまへとのみ思《おも》ふ。[14]ありし絵《ゑ》を取《と》り出《い》でて見《み》て、かき給ひし手《て》つき、顔《かほ》のにほひなどの、[15]むかひきこえたらむやうにおぼゆれば、よべ[16]一言《ひとこと》をだに聞《き》こえずなりにしは、猶[17]いまひとへまさりて、いみじと思《おも》ふ。[18]かの、心のどかなるさまにて見《み》むと、行《ゆ》く末《すゑ》とほかるべきことをの給ひわたる人《ひと》も、[19]いかゞおぼさむといとほし。[20]うきさまに言《い》ひなす人もあらむこそ、思《おも》ひやりはづかしけれど、[21]心浅《あさ》くけしか

1　匂宮の歌。どこに身を捨てようかと白雲のかからぬ山もない山路を泣く泣く帰ってゆくのです。侍従の「身を捨てても」を承けて、自身の絶望的な思いに切り返した。「白雲」と「知ら(ず)」、「無く」と「泣く」を掛ける。「いづくとも所定めぬ白雲のかからぬ山はあらじとぞ思ふ」(拾遺集・雑恋・読人しらず)。

2　それでは早く(帰るがよい)。

3　(匂宮は)この侍従をお帰しになる。

4　ご様子は優雅で感動的。侍従の心内。

5　(侍従は)泣きながら(邸に)帰って来た。匂宮の歌の表現による。

58　浮舟、今生の思い

6　右近は、浮舟との対面をきっぱりお断りした旨を話すのだが。

7　浮舟は(それを聞いて)ますます悩んで。

8　(侍従が)そこへ入って来て先程の話をするが、(浮舟は)答えもしないけれど。

9　枕がだんだん浮いてしまうほど涙が溢れるので。

10　一方では、女房たちが自分をどう見るか、ときまりが悪い。

11　翌朝も、泣きはらした醜い目もとを思うと、いつまでも寝ている。

12　掛け帯を肩にかける。読経の折の作法(㈦椎本三八五頁注9)。

13　六三一頁注7。

14　匂宮があの時描いた絵(五二七頁注18)。

15　面と向かってお目にかかっているように。

16　六四〇頁三行と照応。

17　もう一段と悲しみがまさって。

18　あの、ゆったりとした気持で逢いたいと、末長く変わらぬことを約束しつづける薫も。

19　自分の入水を。

20　(死後)いやな噂を言いふらす人がいるかもしれないが、それを思うと恥ずかしいけれど。

21　(このまま生きて)思慮が浅く不埒な女よと世間の物笑いになるとしたら(それを薫に)聞かれ申すよりは(まだよい)。

らず人笑《ひとわら》へならんを聞《き》かれたてまつらむよりは、など思ひつゞけて、

[1]嘆《なげ》きわび身《み》をば捨《す》つとも亡《な》き影《かげ》にうき名《な》流《ゝが》さむことをこそ思《おも》へ

親《おや》もいと恋《こひ》しく、[2]例《れい》はことに思《おも》ひ出《い》でぬはらからの、みにくやかなるも恋《こひ》し。[3]宮の上《うへ》を思ひ出《い》できこゆるにも、[4]すべていまひとたびゆかしき人多《おほ》かり。[5]人はみな、おの〳〵物染《そ》めいそぎ、何《なに》やかやと言《い》へど、耳《みゝ》にも入《い》らず。夜《よる》となれば、[6]人《ひと》に見《み》つけられず出《い》で《ゝ》て行《ゆ》くべき方を思ひまうけつゝ、寝《ね》られぬまゝに、心《(ここ)》ちもあしく、[7]みなたがひにたり。[8]明《あ》けたてば、川《かは》の方《かた》を見《み》やりつゝ、[9]羊《ひつじ》の歩《あゆ》みよりもほどなき心《(ここ)》ちす。[10]宮は、いみじきことど《ゝ》もをの給へり。[11]いまさらに人や見《み》むと思《おも》へば、この御返事をだに、思ふまゝにも書《か》か《ゝ》ず。

[12]骸《から》をだにうき世の中にとゞめずはいづこをはかと君《きみ》もうらみむ

とのみ書《か》きて出《い》だしつ。[13]かの殿《との》にも、いまはのけしき見《み》せたてまつらまほしけれど、[14]所《ところ》どころに書《か》き置《お》きて、[15]離《はな》れぬ御中なれば、つひに聞《き》き《ゝ》合《あ》はせ給はんこと、いとうかるべし。[16]すべていかになりけむと、誰にもおぼつかなくてやみなんと思《おも》ひ返《かへ》す。

1 浮舟の歌。嘆き悲しんでわが身を捨てるとしても亡き後に情けない噂が流れるとしたらそれをつらく思います。死んでも汚名は残るという救いのない心境。

2 普段は特に思い出すことのない異父弟妹たちで、みっともない者までもいとしい。

3 中君。

4 誰彼となくもう一度会いたい人。

5 女房たちは引越しの準備に大わらわ。六二二頁七行。

6 人に知られずに邸を抜け出していけそうな方途をあれこれ心に描いては。

7 すっかり正気を失っている。

8 夜が明けはじめると。

9 屠所に牽かれる羊よりも、死が近い気がする。「羊の歩み」は、「是寿命…囚の市に趣きて歩歩死に近づくが如く、牛羊を牽いて屠所に詣《たい》るが如し」(涅槃経三十八)にもとづく。「常よりもいと苦しくて暮れ行くは、羊の歩みの心地して」(狭衣巻二)。

59 告別の歌

10 匂宮は、(帰京後)つらい気持をたくさん言って寄越された。

11 (浮舟は)いまさら人に見られても、と思うので、この手紙へのお返事さえも。

12 浮舟の歌。亡骸だけでもこのつらい世の中に残さないならば、どこを目当てにあなたは私をお恨みになれましょう。入水を暗示。「はか(目当て)」に「墓」を掛ける。「空蟬は殻を見つつも慰めつ深草の山煙だに立て」(古今集・哀傷・勝延)、「今日過ぎば死なましものを夢にてもいづこをはかと君がとはまし」(後撰集・恋二・中将更衣)。

13 薫にも、自分の最期の様子を。浮舟の心内。

14 匂宮と薫。

15 二人は親しいあいだがらだから、いつかは話し合われるようなことになれば。

16 万事どうなったのか、だれにも分からないようにして死んでしまおう。

京より、母《はゝ》の御文《ふみ》持て来《き》たり。

[1]寝《ね》ぬる夜《よ》の夢《ゆめ》にいと[2]さわがしくて見《み》〔え〕たまひつれば、[3]ず行《（ぎやう）》[4]所《ところ》〳〵せさせなどし侍るを、[5]やがてその夢《ゆめ》の後《ゝち》、寝《ね》られざりつるけにや、たゞいま昼寝《ひるね》して侍る夢《ゆめ》に、[6]人の忌《い》むといふことなん見《み》えたまひつれば、[7]おどろきながらたてまつる。[8]よくつゝしませ給へ。[9]人離《ひとはな》れたる御住《す》まひにて、[10]時〳〵立《た》ち寄《よ》らせ給ふ人の御ゆかりもいとおそろしく、[11]なやましげに物せさせたまふをりしも、夢《ゆめ》のかゝるを、[12]よろづになむ思《おも》う給ふる。[13]まゐり来《こ》まほしきを、少将の方《かた》の、猶いと心もとなげに物のけだちてなやみ侍れば、[14]片時《かた》も立《た》ち去《さ》ること、と《ゝ》いみじく言《い》はれ侍りてなむ。[15]その近《ちか》き寺《てら》にも御《み》ず行《（ぎやう）》せさせたまへ。

とて、[16]その料《れう》の物、文《ふみ》など書《か》き添《そ》へて持《も》て来《き》たり。[17]限《かぎ》りと思《おも》ふ命《いのち》のほどを知《し》らで、かく言《い》ひつゞけたまへるも、いとかなしと思《おも》ふ。

[18]寺《てら》へ人やりたるほど、返《かへ》り事書《ことか》く。[19]言《い》はまほしきこと多《おほ》かれど、つゝましくて、たゞ、

1　昨夜の夢。「寝ぬる夜の夢をはかなみまどろめばいやはかなにもなりまさるかな」（伊勢百三段）。
2　おだやかでない様子で（浮舟が）現れなさったので。底本「みたまひつれは」。他本によって「え」を補う。
3　「誦経」。「行」は当て字。経を、定まった読み方で声に出して読むこと。
4　方々の寺で。
5　そのままその夢の後に寝られなかったせいであろうか。
6　世間の人が不吉とするようなことが、あなたの身の上に現れなさったので。「夢を解く書に曰く、夢に病人を見ば、必ず死す」（河海抄）。
7　目をさますなりすぐこの手紙をさしあげるのです。
8　よくご用心なさいませ。
9　宇治。
10　時々お立ち寄りになる薫のご縁（の人）もとても恐ろしく。薫の正妻女二宮をいう。「みかどの御むすめを持ちたてまつりたまへる人なれど」（五九二頁一行）。
11　（浮舟が）ご病気がちな折も折、こうした悪い夢を見たので。
12　あれこれと案じ申し上げております。
13　あなたの所に伺いたいのですが、左近少将の妻（浮舟の異父妹）が、まだとても心配でもののけめいて患っていますので。出産間近か（五八四頁七行）。
14　少しのあいだも傍を離れること（まかりならぬ）と、夫（常陸介）からきびしく言われておりましてね。
15　宇治山の阿闍梨の寺。
16　誦経のお布施や僧への依頼の手紙。
17　（浮舟が）最期と思っている死の覚悟も知らずに、（母君が）このようにおっしゃり続けるのも、実に悲しいと思う。
18　寺へ人をやっている間に。
19　言いたいことは多いけれど、気が咎めて。

[1]のちに又会《あ》ひ見《み》むことを思《おも》はなむこの世《よ》の夢《ゆめ》に心まどはで

ず[2]行《（ぎやう）》の鐘《かね》の風《かぜ》につけて聞《き》こえ来《く》るを、つく〴〵と聞《き》き臥《ふ》し給ふ。

[3]鐘《かね》の音《おと》の絶《た》ゆる響《ひゞ》きに音《ね》を添《そ》へてわが世《よ》つきぬと君《きみ》に伝《つた》へよ

巻数《（くわんじゆ）》[4]持《も》て来《き》たるに書《か》きつけて、

「[5]こよひはえ帰《かへ》るまじ。」

と言《い》へば、[6]物の枝に結《ゆ》ひつけておきつ。乳母《めのと》、

「[7]あやしく心走《ばし》りのするかな。[8]夢《ゆめ》もさわがしとの給はせたりつ。宿直人《とのゐ》よくさぶらへ。」

と言《い》はするを、[9]苦《くる》しと聞《き》き臥《ふ》し給へり。

「[10]物きこしめさぬ、いとあやし。[11]御湯漬《ゆづけ》。」

などよろづに言《い》ふを、[12]さかしがるめれど、いとみにくゝ老《お》いなりて、われなくはいづくにかあらむ、と思《おも》ひやりたまふもいとあはれなり。[13]世の中にえあり果《は》つまじきさまを、ほのめかして言《い》はむなどおぼすに、[14]まづおどろかされて、先立《さきだ》つ涙《なみだ》をつゝ

1　浮舟の歌。後の世でまた再会することを祈念して下さい、現世での夢のような出来事（浮舟の死）に心が惑わないで。

2　山寺の誦経が始まる鐘の音が風に乗って聞こえてくるのを、（浮舟は）じっと聞きながら横になっておられる。

3　浮舟の歌。山寺の鐘の音が消えてゆく余韻に私の泣く声を添えて、私の命は終りましたと母君に伝えて下さい。「つき」に「尽き」「（鐘を）撞き」を掛ける。母に贈る辞世の歌。

4　読誦した経文や陀羅尼の名や度数を記して、僧侶から願主へ贈る文書。「巻数」、底本は傍記補入。青表紙他本多く欠くが、池田本・板本、および河内本・別本にはある。『紹巴抄』の「もてきたる」の注に「誦経したる巻数（グワンジユ）に書そへたり」とあるのは、「巻数」のない本文によるか。

5　使者の言。今夜は京の母君の所へは帰れそうにありません。

6　その巻数を木の枝に結びつけたまま差し置いた。

7　不思議に胸さわぎのしますこと。「悸　心ハシリ」（名義抄）。

8　（母君の手紙にも）夢見が悪いとの仰せでした。夜警は十分に見回れ。「寝ぬる夜の夢にいとさわがしくて見えたまひつれば」（六四六頁二行）。

9　浮舟はつらいことと聞きつつ横になっていらっしゃる。

10　乳母の言。何か召し上がらないのは、とにかくいけません。ここでの「あやし」は非難の意。「遣戸をあらくたてあくるもいとあやし」（枕草子・にくきもの）。

11　飯を湯につけた食事。「いみじう酔ひて、わりなく夜ふけてとまりたりとも、さらにゆづけをだに食はせじ」（枕草子・宮仕人のもとに）。

12　浮舟の心内。乳母はあれこれ世話をやくようだが、とても醜く年寄って、自分が死んだらどこで暮らしてゆくのだろう、と。

み給ひて物も言《い》はれず。[1]右近、ほど近《ちか》く臥《ふ》すとて、

「[2]かくのみ物を思《おも》ほせば、[3]物思《おも》ふ人のたましひはあくがるなるものなれば、[4]夢《ゆめ》もさわがしきならむかし。[5]いづ方《かた》とおぼし定《さだ》まりて、いかにも〳〵おはしまさなむ。」

とうち嘆《なげ》く。[6]なえたる衣《きぬ》をかほにおしあてて臥《ふ》したまへり[7]となむ。

13 この世に生き長らえられないわけを(乳母には)それとなく言おうか。

14 まず胸をつかれて、言葉より先に涙が溢れ出るのを気にされて。「先に立つ涙の川に身を投げば人におくれぬ命ならまし」(㈣早蕨四〇頁)。

---

1 右近が(浮舟の)すぐ近くに横になって。

2 右近の言。そんなに物思いばかりなさるので。

3 物思いする人の魂は身から離れて浮遊するというから。「物思ひにあくがるなるたましひ」(㈢葵一五八頁)。「物思へば沢の蛍もわが身よりあくがれ出づる魂かとぞ見る」(後拾遺集・神祇・和泉式部)。

4 (母君の)夢見も悪いのでしょう。「夢もさわがしとの給はせたりつ」(六四八頁七行)。

5 薫か匂宮か、どちらか一人とお決めになって、どのようになりともお過ごし下さい。

6 (浮舟は)着なれて糊気のとれた衣(の袖)を顔に押し当てて。

7 語り手の伝聞形式で結ぶ。㈠桐壺七一頁注14。

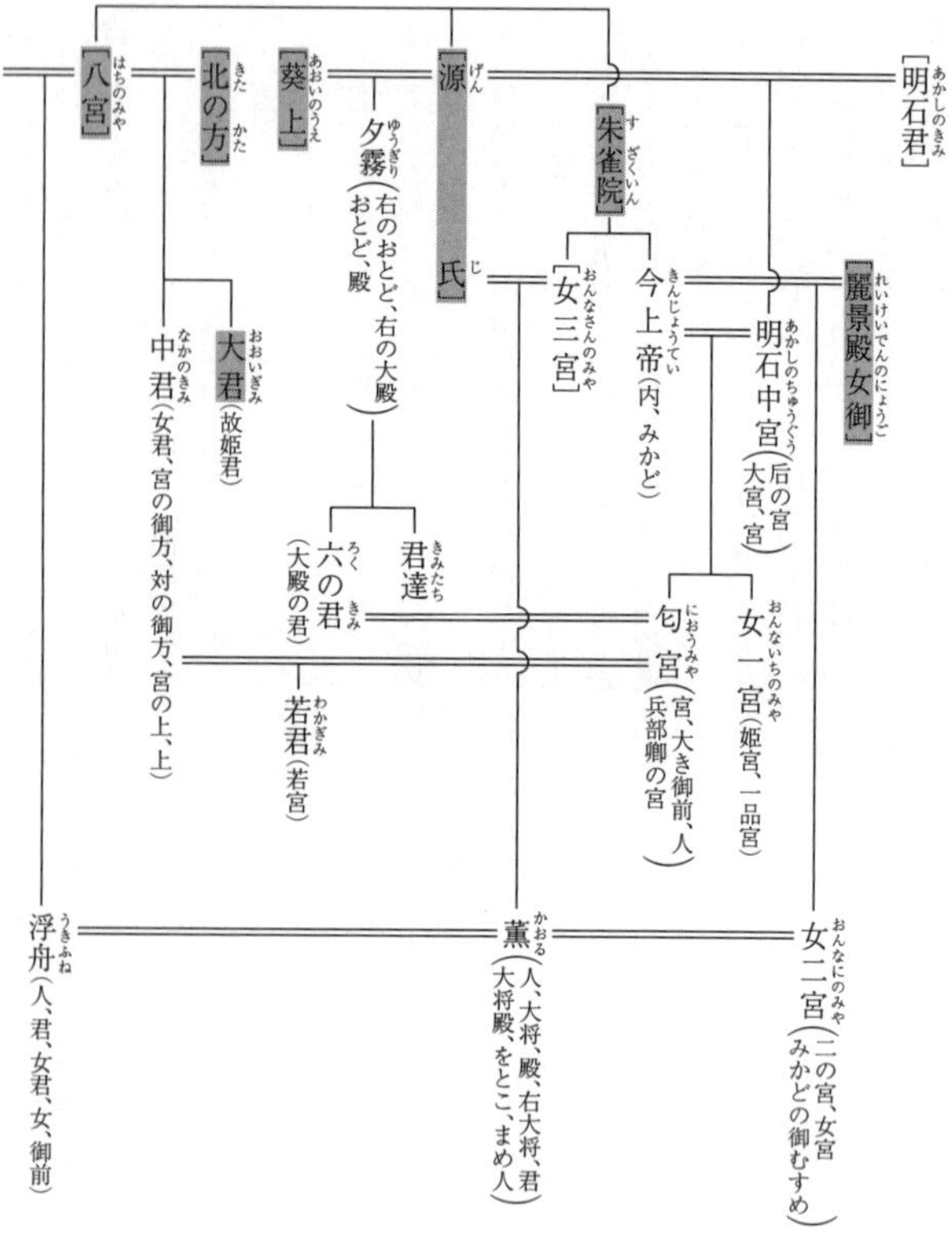
［明石君《あかしのきみ》］
［朱雀院《すざくいん》］
［源《げん》氏《じ》］
［葵上《あおいのうえ》］
［北の方《きたのかた》］
［八宮《はちのみや》］
［麗景殿女御《れいけいでんのにょうご》］
明石中宮《あかしのちゅうぐう》（后の宮 大宮、宮）
今上帝《きんじょうてい》（内、みかど）
［女三宮《おんなさんのみや》］
夕霧《ゆうぎり》（右のおとど、右の大殿 おとど、殿）
大君《おおいぎみ》（故姫君）
中君《なかのきみ》（女君、宮の御方、対の御方、宮の上、上）
女一宮《おんないちのみや》（姫宮、一品宮）
匂宮《におうみや》（宮、大き御前、人 兵部卿の宮）
君達《きみたち》
六《ろく》の君《きみ》（大殿の君）
若君《わかぎみ》（若宮）
女二宮《おんなにのみや》（二の宮、女宮 みかどの御むすめ）
薫《かおる》（人、大将、殿、右大将、君 大将殿、をとこ、まめ人）
浮舟《うきふね》（人、君、女君、女、御前）

＝中将君《ちゅうじょうのきみ》（親、母君、母、上）
＝［常陸介《ひたちのすけ》］
│
└女（少将の方）＝左近少将《さこんのしょうしょう》（少将）

大蔵大輔《おおくらのたいふ》（家司 仲信、親）──［女］＝大内記《だいないき》（内記、式部の少輔、道定の朝臣、道定）

因幡守《いなばのかみ》
○──時方《ときかた》（御乳母子、大夫、客人の主、守の君 左衛門の大夫、出雲の権の守、時方の朝臣）

匂宮《におうみや》の乳母《めのと》（御乳母）
＝受領《ずりょう》（いへあるじ）
内舎人《うどねり》（翁）──［女］＝右近大夫《うこんのたいふ》

浮舟《うきふね》の乳母《めのと》（おとど まま、乳母）
├右近姉《うこんがあね》（女）
├右近《うこん》
└むすめ＝［男］──子

大輔君《たいふのきみ》（大輔のおとど、大輔）──右近《うこん》（大輔がむすめ）

童《わらわ》
少将《しょうしょう》
薫《かおる》の随身《ずいじん》（御随身、舎人）
童《わらわ》（下人）
匂宮《におうみや》の御使《つかい》（男）
大夫《たいふ》の従者《じゅうしゃ》
従者《じゅうしゃ》（男）
宿守《やどもり》
侍従君《じじゅうのきみ》（若き人、侍従、人）
山《やま》の座主《ざす》
弁尼《べんのあま》（尼、尼君）

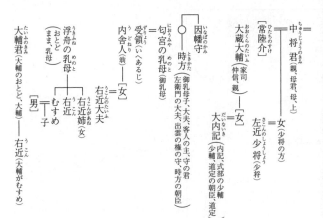

付図

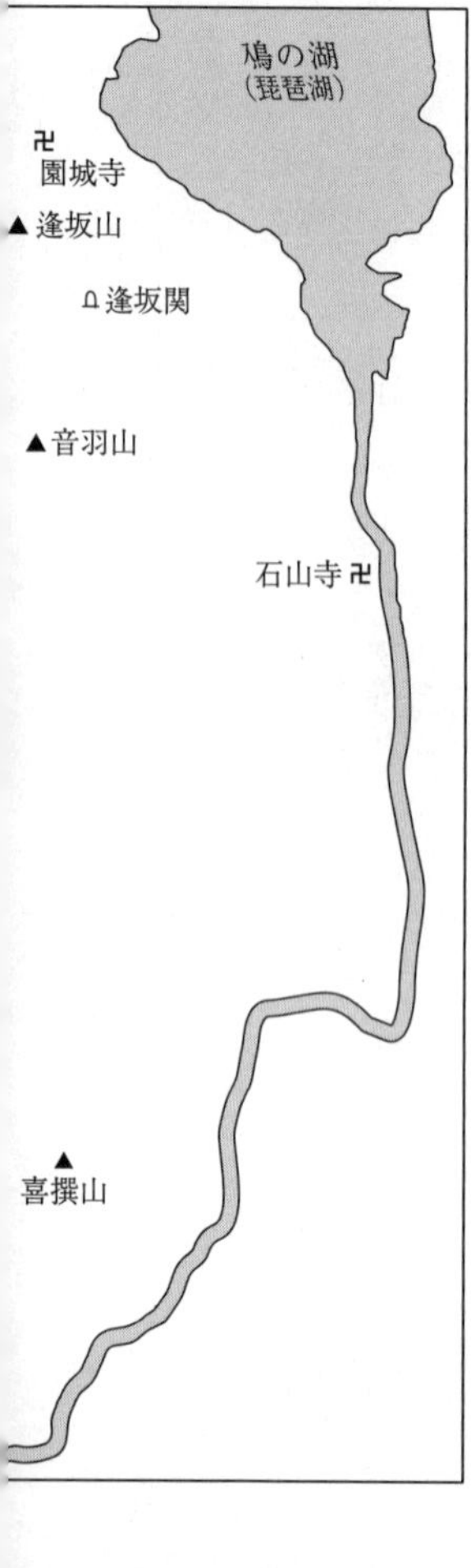

図1　京都東南部
と宇治の図

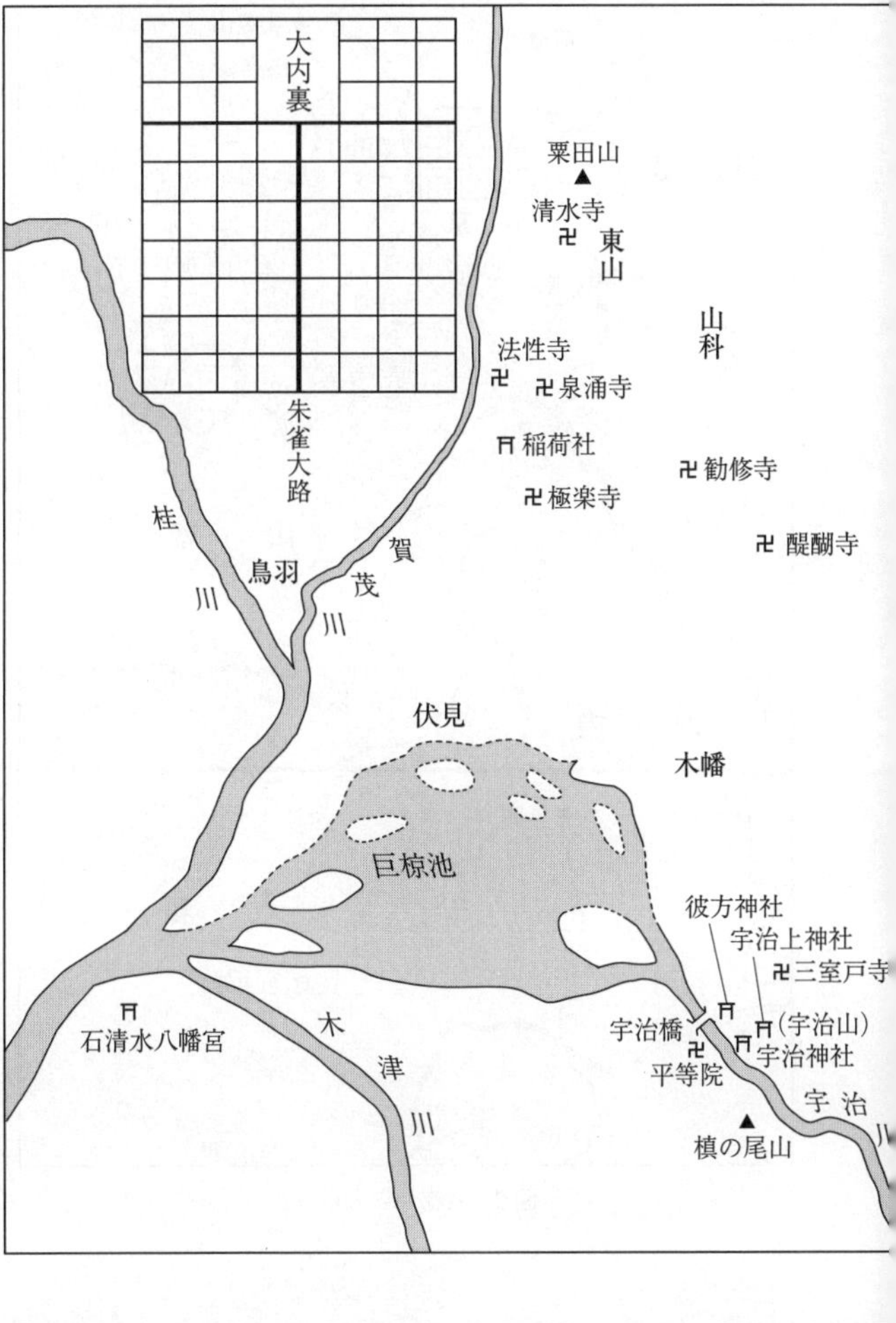

大内裏
朱雀大路
粟田山
清水寺
東山
山科
法性寺
泉涌寺
稲荷社
勧修寺
極楽寺
醍醐寺
桂川
鳥羽
賀茂川
伏見
木幡
巨椋池
彼方神社
宇治上神社
三室戸寺
宇治橋
(宇治山)
宇治神社
平等院
石清水八幡宮
木津川
宇治川
槇の尾山

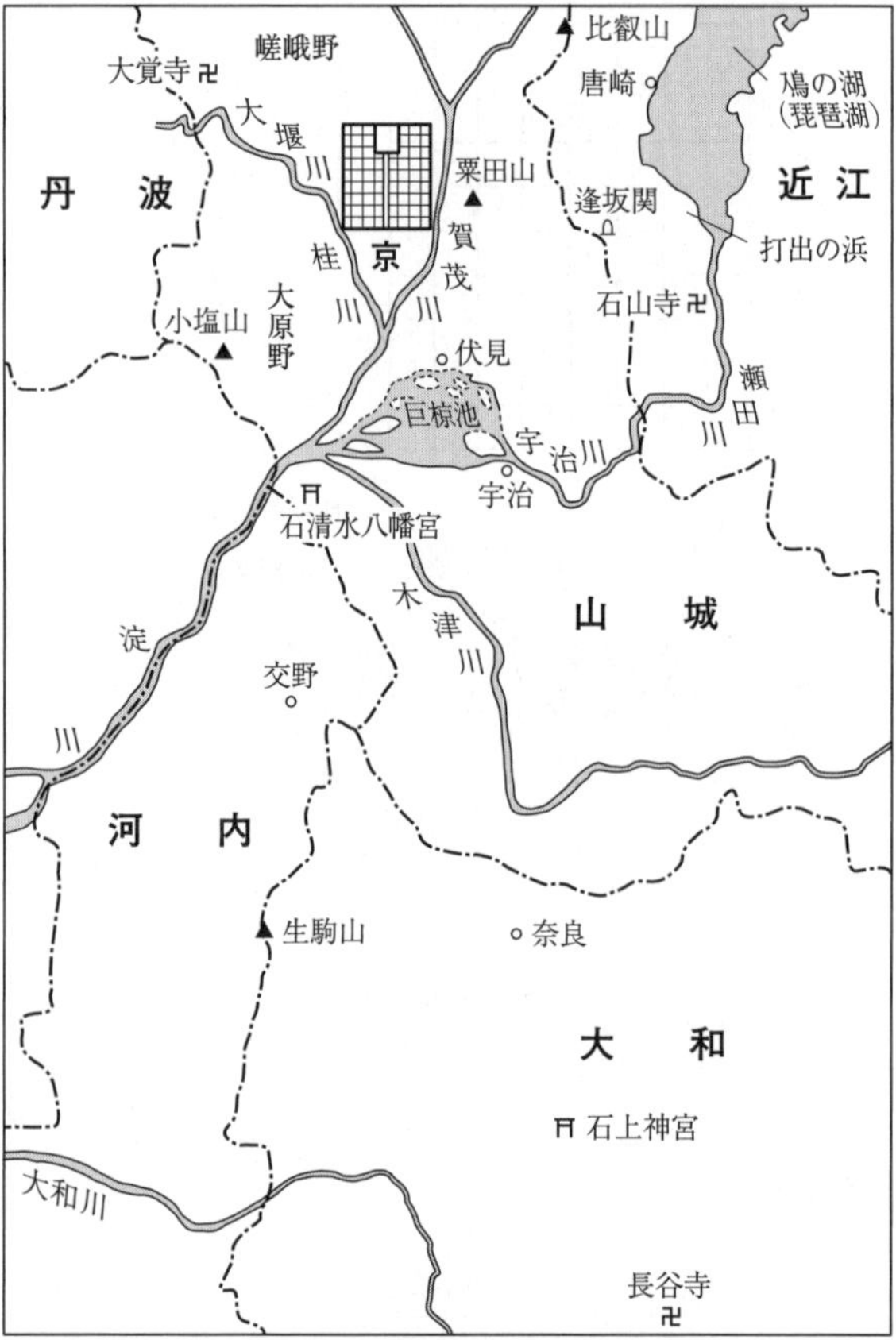
嵯峨野
大覚寺
大堰川
丹波
京
桂川
賀茂川
大原野
小塩山
比叡山
唐崎
鳰の湖
(琵琶湖)
近江
粟田山
逢坂関
打出の浜
石山寺
伏見
巨椋池
宇治川
宇治
瀬田川
石清水八幡宮
淀川
木津川
山城
交野
河内
生駒山
奈良
大和
石上神宮
大和川
長谷寺

図2　京都から大和の図

陸　奥
黒前《くろさき》山
下　野
久慈理丘《くじりのおか》
晡時臥《くれふし》山(朝房山)
曝井《さらしい》(水戸)
常　陸
騰波《とば》江
葦穂山(足尾山)
筑波山
筑波社
桑原岳
国府(石岡)
常陸海
鯨岡
沼尾社
坂戸社
浮島
香島社
寒田沼
香取社
下　総
若松浦

図3　常陸地方の図

［解説］
舞台はなぜ宇治になったか

今西祐一郎

一

本分冊は「宇治十帖」の続きである。第七分冊、橋姫《はしひめ》巻から始まった「宇治十帖」は、薫《かおる》の求愛を最後まで拒んだ落魄《らくはく》親王家の姉娘大君《おおいぎみ》の死去を承けて展開する。想いをかけた大君を失った薫は、すでに匂宮《におうみや》と結ばれている妹の中君《なかのきみ》への想いを次第に募らせ……と、物語は緊密な展開を示して、現代の読者に近代小説のような印象を与え、惹きつける。

「宇治十帖」においては、初めの頃にこの物語の持っていた、多少、童話的な、あるいはロマンチックな空気は一掃され、透明な、そして成熟した心理小説となっていく。

この部分は、完全に近代小説的であり、それは十一世紀初頭に書かれたということを信じるのを、ひどく困難にするくらいである。ここでは人物の心理そのものが、極めて近代的なのである。

（中村真一郎『源氏物語の世界』[1]）

実際、中村氏より前に、大君、中君と薫をめぐる筋立てが、二十世紀初頭のフランスの小説、「禁欲的信仰と生との矛盾の問題を提起」（『広辞苑』）したジッド『狭き門』にそっくりだという指摘がなされていた。

こゝにつゝましい一人の女性がある。人の世のあらゆる幸福よりも、もつと高い浄いものを求めてゐる。即ち信仰の生活、その信仰生活に一身を捧げて、自分の愛する人をば自分の妹に譲らうとする。妹はそれを知つて他の人に嫁ぐ。姉は後遂に亡くなつてしまふ。その一女性に熱烈な思慕の情を傾けてゐた一個の男性は、いつまでも忘れることが出来ずに、この姉の幻を忠実に守る。さうして結婚して母となつた妹と出会つた日に、亡き姉の面影を偲ぶ。（中略）

私は岩波文庫で「狭き門」を読んだ時、おやと思つた。これは何処かで一度読んだことがあると、錯覚が起きて仕方がなかつた。そこで改めて椎本巻や総角巻を取出して、双方を比べながら、要所々々を書抜いて極く簡単な覚え書きを作成してみた。やつぱり似てゐる。あまりに似過ぎてゐる。

（島津久基「われ〳〵はもつと驚いてよいのではないか——紫式部の神才を憶ふ」[2]）

そういう見方に対しては、円地文子による次のような反論もある。

「源氏物語」を最初に通読した後で、正篇より宇治十帖が優れているという読者は意外に多い。

それらの読者の説は、大体、宇治の方が正篇よりも簡潔で、物語の構成も巧みであるし、近代的だというのである。

大君と薫とのプラトニックな恋愛関係を、アンドレ・ジッドの「狭き門」に譬えたりする向きもあるが、私はそういう類似から、古典の価値を測ろうとも思わない。唯、そういう読後感の生れるのも自然だと思われるのは、正篇の捕えどころのない大きさと深さに少々あぐね気味の読者が、宇治に来ると手頃の中篇小説にめぐり会ったという解放感を抱くためかも知れない。物語の筋に起伏が多く、正篇の悠揚迫らない自然の山河のような捕えどころなさに較べて、宇治の方は手入れの行き届いた庭園に対するような感じを与えるのであろう。

（円地文子「宇治十帖についての私疑[3]」）

筆者もこの円地文子の説くところに共感を抱くが、それはさておき、たとえ千年前の古典であれ、それを読者がどう読むかは、読者の自由であり、咎め立てするには及ばない。しかし、中村真一郎や島津久基によって示された、そして現在でも少なからぬ読者が共有していると思われる「宇治十帖」観は、比較文学者鈴木登美が指摘している、以下のような近代日本の文学享受のあり方に多かれ少なかれ左右された結果であることは、認めなければならないであろう。

明治後半以来急速に、日本人がすでに無意識のうちに、むしろ近代西洋の読者と同じような読みの枠組で『源氏物語』に接してきていることが明らかになる。『源氏物語』のような近・現代のものとは異質のテクストを前にして、今日の日本人の多くはこのような自らの歴史的位置に無自覚なまま、実は、英語圏の一般読者と同じような位置にいるのかもしれない。「日本人には日本のものは自然に分かるはず」

と思い込んでいる分だけ、かえって、異質なテクストを自らの（西洋近代が浸透した）枠組の中に安易に同化させてしまいがちだともいえる。

（ハルオ・シラネ『夢の浮橋――『源氏物語』の詩学』訳者あとがき[4]）

そういう古典を読む際の無意識裡のとらわれも、読者には許される。けれども、もし研究者もそうであるとすれば、それは困る。光源氏亡き後の物語である「宇治十帖」の完成度の高さは、「宇治十帖」の直前に位置し、光源氏の没後を語る本文庫第七分冊所収の三つの巻、匂兵部卿《におうひょうぶきょう》（他本では匂宮）、紅梅《こうばい》、竹河《たけかわ》の評価と解釈に影響を与えていたからである。

というのも、そもそも『源氏物語』は、その長大さゆえに、古来、一人の作者によって書かれた物語なのだろうか、という疑問にさらされていた。古くは「宇治十帖」は紫式部の娘大弐三位《だいにのさんみ》の手になる（『花鳥余情』）とか、また近くは若菜《わかな》巻以降の巻々は他人の作であろう（与謝野晶子）とか、の類いである。だが、このような説は今日顧みられることはほとんどない。

しかし、幻《まぼろし》巻までの光源氏の物語と「宇治十帖」のあいだに挟まれた、匂兵部卿、紅梅、竹河の三巻に関しては、今日なおその素性に対する疑問はくすぶっている。

る。『日本古典集成　源氏物語』(新潮社)の校注者の一人石田穣二は、次のように述べてい

この三帖は、どうもいけないやうである。この三帖を、今われわれに残されてゐる、桐壺から夢浮橋までの巻々の中に置いてみて、この三帖を除いた巻々が、仮に比喩的に言つて、真贋の問題に引き直して、ほんものとして通るならば、この三帖は、いはゆる、どうもいけません、といふ部類に入るやうである。作者、といふ問題に引き直せば、少なくとも、他の巻々とは作者は別人、といふ考へに、私は傾く。作者の出来が悪かつたのだと考へられない事もないが、さういふ前提に立つよりも、作者別人といふ前提に立つ方が、少なくとも私には楽である。

(石田穣二「匂宮・紅梅・竹河の三帖をめぐつて⑤」)

この文章で気になるのは、この三巻を石田氏が正直にも「桐壺から夢浮橋までの巻々の中に置いて」と述べている点、すなわち「宇治十帖」を前提とした上での感想であるという点だ。先に見たような、近・現代人にも親しみやすい構成を持つ「宇治十帖」を知った上での判断なのである。とするならば、その際、橋姫巻から始まる、都を離れた

宇治という新奇な環境を舞台に、匂宮・薫・大君・中君という四人が緊密に、そして複雑に絡まり合う新しい物語の展開に目を奪われて、「宇治十帖」の直前に置かれ、それへの中継ぎのように見えてしまう匂兵部卿、紅梅、竹河の三巻が色あせて感じられたということはなかったのだろうか。

もし「宇治十帖」という物語の存在を知らずに、匂兵部卿、紅梅、竹河の三巻に読み進んだとしたら、読者ははたして前記石田氏と同じような感想を抱くだろうか。こういう疑問を抱くのも、この三巻は、それまでの『源氏物語』の物語作法に照らせば、まっとうな物語の作法を示している巻々だからである。

二

『源氏物語』は、基本的には光源氏の誕生と成長（桐壺《きりつぼ》）、継母藤壺への思慕と密通（若《わか》紫《むらさき》）、密通の子の誕生（紅葉賀《もみじのが》）、宮廷での失脚（花宴《はなのえん》・賢木《さかき》）、失意の流浪（須磨《すま》・明石《あかし》）、宮廷への復帰と栄達（澪標《みおつくし》）……という直線的な時間軸に沿って展開されている。けれども、同時に、基本的な時間軸を重視する観点からは、脇道に逸れたような巻々が所々に混入していることは、この物語を一読した読者なら容易に気づくことができる。蓬生《よもぎう》や関屋《せきや》といった巻である。

第三分冊所収の蓬生巻は、須磨・明石から都へ帰還した光源氏が、長らく源氏の物心両面での支援から見放されていた末摘花《すえつむはな》を再訪する物語である。それは末摘花巻(第一分冊所収)巻末の「かゝる人〳〵の末ずゑ、いかなりけむ」という語り手の言を承けての、その後の末摘花を語る、後日談となっている。また、同じく第三分冊所収の関屋巻は、帚木《ははきぎ》、空蟬《うつせみ》両巻で語られた伊予介《いよのすけ》の後妻空蟬が、その後夫の新たな任地常陸《ひたち》から上京する際、逢坂《おうさか》の関で石山寺参詣途上の源氏と遭遇するという一コマを語る。これも空蟬をめぐる後日談である。

さらに、「年月隔たりぬれど、飽かざりし夕顔を露忘れ給はず」という文章で始まる玉鬘《たまかずら》巻(第四分冊所収)は、夕顔《ゆうがお》巻(第一分冊所収)であっけなく他界した薄幸の女、夕顔を承ける巻である。夕顔巻以降、まったく語られることのなかった夕顔の遺児玉鬘が、突如光源氏の前に出現し、源氏の養女となり、以下に続く初音《はつね》、胡蝶《こちょう》、蛍《ほたる》、常夏《とこなつ》、篝火《かがりび》、野分《のわき》、行幸《みゆき》、藤袴《ふじばかま》の巻々を経て、ついに真木柱《まきばしら》巻で鬚黒《ひげくろ》という有力貴族と結婚するに至るいきさつを語る、これまた夕顔巻の後日談だ。

では、石田氏が「この三帖は、どうもいけないやうである」と評して、作者別人の可能性にまで言及した、匂兵部卿、紅梅、竹河の三巻はどのような内容であったか。

匂兵部卿巻は、光源氏亡きあとを継ぐ人物として、明石中宮《あかしのちゅうぐう》の子匂宮と女三宮《おんなさんのみや》と源氏（実は柏木《かしわぎ》）の子薫が登場。

紅梅巻は、真木柱巻で玉鬘と結婚した鬚黒、その前妻の長女で、のち蛍兵部卿宮《ほたるひょうぶきょうのみや》と結婚したものの先立たれ、その後、前夫との間の娘宮《みや》の君《きみ》を連れて、柏木の弟紅梅大納言《こうばいだいなごん》と結婚した真木柱の物語。

竹河巻は、鬚黒と結婚した玉鬘の、夫鬚黒に先立たれた後の物語。

このように見てくると、この三巻はいずれもそれまでに語られた人物の後日談であることは明らかであろう。とすれば、それらは、これまでも後日談の手法をしばしば用いてきた『源氏物語』のあり方に照らして、至極まっとうな後継の巻々であるということだ。

匂宮、紅梅、竹河の三巻は、内容の上からは、格別すばらしい内容が盛込まれていると言うわけではないが、その仕組み、構成の上からは、もっとも整然と整っていて、源氏物語後篇の方向付けを行った巻巻であって、文章が下手だとか何とか言う理由で、別人の筆であるとか、甚だしきは、抹殺を企てたり、位置を変更すべきだとしたりしているのは、とんでもない誤である。

（手塚昇「「宇治十帖」の出所」⑥）

また、それまでの後日談の巻々がそれ以前の独立した巻に即した後日談という形（蓬生巻が末摘花巻の後日談であるような形）になっているのに対し、特定の巻全体ではなく、それまでに語られてきた個々の人物、とくに真木柱のような脇役的人物にも焦点を合わせた物語になっている点は、文芸的価値はさておき、後日談の技法としては細やかな進化を示しているように見える。そこには、ある意味で進化した『源氏物語』の姿があるといっても過言ではない。これら三巻の書きぶりに、幻巻までの『源氏物語』を受け継ぐ巻々として不自然な点はない。

むしろ不自然なのは、その三巻のあとに始まる「宇治十帖」、「そのころ、世に数まへられ給はぬ古宮おはしけり」という書き出しで、光源氏生前の巻々には影も形もなかった八宮という失意の親王が源氏の弟として紹介され、加えて物語の舞台が開巻早々に都を離れ宇治に移るという展開ではないか。

三

第七分冊橋姫巻で突然紹介される八宮(7)は、まず、なぜ「八」宮なのか。「宇治十帖」

以前のこの物語では、桐壺院の皇子は、一宮が朱雀院《すざく》、二宮が源氏に当たるのだろうが、他に番号の付いた皇子は紅葉賀巻で秋風楽を舞った「承香殿の御腹の四の御子」(㈠二二頁)だけである。他には、源氏の放った蛍の光で玉鬘の姿を見た(㈣蛍3節)ところから、「蛍兵部卿宮」と呼ばれる源氏の弟、さらに東屋《あずまや》巻ではじめて紹介される、これも源氏の弟式部卿の宮(㈣三三四頁)が顔を出すが、どちらも何番目の皇子なのか分からない。そして冷泉院《れいぜい》(実父は源氏なのだが)は、橋姫巻で十の親王とされている。ということは、第三、五、六、七、九の皇子が誰か分からないまま、八宮は「八宮」として現われたのである。

このような人物設定は今日なら杜撰といっても差し支えなく、また作者の勘違いかもしれぬ可能性を言い立てることができるかもしれない。だが、杜撰、勘違い、そのいずれでもないことは、荒木浩氏が、八宮が「八宮」である理由を、宇多天皇八宮の敦実《あつみ》親王の事跡に求めたことで解決を見たといえよう⑧。

にもかかわらず、依然として残るのは、なぜ舞台が宇治になったかということだ。この問題は「宇治十帖」の名声によってあまりにも自明視されてきたせいか、汗牛充棟の宇治十帖論のなかでも、このことについての立ち入った考察はあまりない。

宇治十帖の舞台になぜ「宇治」が選ばれたのかについてのこれまでの見解を知るには、

『諸説一覧源氏物語』に記される以下の諸説要約が参考になる。⑨

岡一男氏「宇治十帖　付『夢浮橋』中絶説」(『源氏物語の基礎的研究』昭29・1、五一八頁)は〈宗教的なロマンティクな青年男女の恋を描いてみたいといふ気持も作者にあつたろう〉として、〈宇治を話説の地としたのは、「蜻蛉日記」などに描かれてゐる明媚なる風光を、自分も長谷寺参詣の際などに見てであらうが、その地は喜撰以来遁世者の隠棲に好適とされてゐた〉と述べる。また仲田庸幸氏「宇治十帖の環境と仏教——薫及び八宮と宇治の阿闍梨を中心として」(『源氏物語の文芸的研究』昭37・9、五四〇頁)は、〈現世的王朝的雰囲気と叡山的山岳仏教的雰囲気との中間的雰囲気〉をもって、〈王朝的から中世的な傾斜における文芸性豊かな浄土教的場面設定〉であることを説いている。秋山虔氏「薫大将の人間像」(『源氏物語の世界』昭39・12、二四六頁以下)も〈この時代の貴族社会において俗塵をはらいきよめる遊楽の地であり、ひいてはそこに西方浄土を想像するに足る環境であったことは、永承七年の平等院創始を待ってからであるとはいえない〉と、仏教的な土地であることを強調している。他方、高崎正秀氏「説話文学序説——その淵叢としての宇治の世界への試論」(河出書房『日本文学講座・日本の文学後期』昭31・2、一二七頁)によれば〈宇治の世界は、京都びとにとっては、一つの異郷の観をなしている。大和の京における吉野に当るわけである。水浄き仙境であり、禊ぎの聖である〉として、宇治の物語が〝水の女〟にまつわる古伝承と深い関係のあることを論じている。

しかしながら、右紹介のいずれの論も名所(歌枕)的、仏教的、あるいは民俗学的な一般論の次元にとどまっており、『源氏物語』が書かれた時期、また書かれ読まれた一条朝宮廷社会において、「宇治」という場所がどのように受け取られる地名であったか、に迫る考察はなされていない。

だが、『源氏物語』と宇治との関わりを考える際、何よりも重視されるべきは、『源氏物語』製作のいわばパトロンであった藤原道長の別業《べつぎょう》が宇治にあったという点ではないだろうか。

その事については、岡一男も「その地は喜撰以来遁世者の隠棲に好適とされてゐた。(中略)長徳四年十月左大臣道長がこれを買ひ取り、翌年人々宇治の家に赴いて遊んだ」と『花鳥余情』(椎本巻)に拠って言及している。[10]

このことだけでも、「宇治十帖」について考えるに当たっては見逃せない事柄であるが、その宇治別業を道長がどのように利用したかを知ると、『源氏物語』と宇治との関係は一段と切実なものに見えてくる。

そのような観点から興味深い道長宇治別業の解明を試みたのは、稗田尚人「藤原道長の別業経営と宇治別業・桂別業の歴史的位置づけ」という論文である。(11)

氏は、道長の別業に関する『御堂《みどう》関白記』の記事だけでなく、同時代の藤原行成『権記《ごんき》』、藤原実資『小右記《しょうゆうき》』の記事を併せて分析し、道長の宇治別業経営がたんなる遊興目的ではなく自己の政治権力の拡充を意図した戦略的な行動であったことを解き明かしている。

すなわち「道長が別業経営に関連して自身の日記に明記するのは、参加する公卿の名が主であり、それ以上の要素は記入されないことが多い」ことに注目し、「記述の簡略な御堂関白記の中で、別業遊覧に参加する公卿の名前を逐一列挙した記事が多いこと自体に、道長の強い意志を読み取れる」と指摘した上で、「別業遊覧の参加者を日記に記入するということは、別業遊覧に誰が参加したのかという情報が、政務にも関係する重要な内容であることを示」し、「道長の別業遊覧への参会は、道長の政治の協力者としての表現である」と論じている。もっとも、道長が取り巻きの公卿と宇治でどのような政務を行ったか、『御堂関白記』やその他の記録に記載はない。文書を重視する歴史学の立場からは、道長の宇治行きそれだけに政治を読み取ることは出来ないかもしれない。

だが政治とはそれに関与する人脈でその方向は決まる。後世にとって細やかな記録は貴重だが、しかしそれは政治の残滓である。

中村真一郎は、第一節冒頭に引用した文（注（1））の他の箇所で、

この別荘地であった宇治は、ルイ王朝期にパリに対して、ヴェルサイユがそうなっていったように、やがて院政時代になると、むしろ政治の中心地と変って行く。しかし、紫式部がこの物語を書いていた頃は、まだそこまでの発展はなかった。ただ『源氏物語』の最後の舞台が京都から宇治へ移ったということが、現実の時代の移り変りと非常に似ていて、興味深いのである。

と述べて、道長以後、頼通時代の宇治を、パリに対するベルサイユに譬えているが、さきに参照した稗田論文を念頭におくと、宇治の「ベルサイユ化」は、すでに道長の時代に現実のものとなっていたのかもしれない。『源氏物語』が書かれたころ、道長の宇治は風光明媚な遊覧の地や宗教的雰囲気を醸し出す聖地というだけではなかった。権力の動向に右往左往する貴族たちの関心をかき立ててやまない地でもあったのだ。

四

そのような意味で、一条朝における宇治と政治との関係をもっとも生々しく伝えるのは、『枕草子』「大進生昌が家に」の段にかかわる事件である。この段は長保元年(九九九)八月、中宮定子《ていし》が敦康親王出産のため職の御曹司から中宮職の大進《だいじん》(三等官)平生昌《たいらのなりまさ》宅に行啓した際の記録である。『枕草子』はその模様を、清少納言が漢籍の知識を交えた機知に富んだ言動で生昌をやりこめる清少納言自身の振るまいと、他方そのような清少納言の過剰な言動をたしなめる中宮定子の穏やかな態度を生き生きと明るく語っている。しかし、それは『枕草子』諸注が指摘するように、事の表面にすぎなかった。

中宮の行啓ともなると、上達部や殿上人が供奉するのが通例であり、この時も事前に一条帝からの勅命が出されていた。ところが、自分の娘彰子《しょうし》の入内を間近に控えていた道長⑫は中宮行啓当日にぶつけて、宇治行きを敢行する。『御堂関白記』にはこの前後の記載はないが、その経緯の詳細は藤原実資の『小右記』と藤原行成の『権記』とが詳しく伝えている。

今日、中宮里邸ニ出御アルベシ。而ルニ上卿無シ。(中略)左府(道長)払暁人々ヲ引キ率テ宇治ノ家ニ向ヘリ。今夜彼ノ家ニ渡ルベシト云々。行啓ノ事ヲ妨グルニ似タリ。上達部憚ル所有リテ参内セザルカ。

(『小右記』長保元年八月九日、原漢文)

左府(道長)、右大将(道綱)、宰相中将(斉信)ト宇治ニ遊覧ス。

(『権記』同日、原漢文)

道綱や斉信が定子の行啓を無視して道長に同行しただけではなく、宇治に同行しなかった上達部も、道長の思惑を憚って定子行啓のための参内はしなかったという、「暗澹たる中宮不遇の時代の話」(松浦貞俊・石田穣二訳注『枕草子』補注)であった。(13)

この事件のころ、『源氏物語』の作者は、すでに習作の物語を書き始めていたかも知れないが、まだ道長家に仕えてはいない。彼女が彰子のもとに出仕するのはそれから五、六年後の寛弘二年(一〇〇五)か三年である。しかし、道長の宇治行きは、以後も寛弘元年、寛弘七年、長和二年(一〇一三)、長和四年、寛仁元年(一〇一七)、同二年と続けられた(前掲稗田論文)。

道長家と宇治とがこのような密接な関係をもっていた時期と『源氏物語』の執筆時期

とは重なる。『源氏物語』の舞台にあらたに宇治が選ばれたのは、このような時代のさなかにおいてであった。とはいえ、『源氏物語』の作者が、宇治を活用した道長の政治戦略の全てを知っていたのではないだろう。けれども、道長家における宇治別業の重要性は肌で感じ取っていたはずである。

道長の宇治別業は、よく知られた事柄であった。けれども、そのような政治的な宇治と「宇治十帖」との関係が追究されることがなかったのは、従来の「宇治十帖」研究の多くが、宇治という場所の政治性を無視してきたからではないか。「宇治十帖」を『源氏物語』における文芸としての成熟、深化と位置づけようとする大方の研究姿勢からは、作者が庇護者(道長)ゆかりの地を舞台に選んだなどということは、権力者に迎合した選択に思えたのであろう。そこには、『源氏物語』はそのような低俗な動機で書かれたのではないという文芸至上主義が研究者にあったように思えてならない。

しかし、『源氏物語』作者は、政治権力の頂点に立つことになる権勢家の庇護を受けていた、ある意味では職業的な物語作家であった。古代における職業作家とは、高橋和巳によれば、「自己の悲しみや憤りによるよりも、庇護者の依頼によって、彼等は発想し文を綴らねばならない運命にある」(「表現者の態度 Ⅱ」)[14]存在である。

もちろん、道長から依頼されて『源氏物語』の作者が「宇治十帖」を書いた証拠などない。しかし、よく知られていながら、研究史では一顧だにされない資料がある。室町時代初期に成った注釈書『河海抄』の総説（「料簡」）に記される、

……其後、次第に書くはへて五十四帖になしてたてまつりしを、権大納言行成に清書せさせられて、斎院へまいらせられけるに、法成寺入道関白、奥書を加られていはく、此物語、世みな式部が作とのみ思へり。老比丘筆をくはふるところ也云々。⑮

という一文だ。「法成寺入道関白」とは道長のこと。世間では『源氏物語』を紫式部の作とばかり思っているが、実は私が書いたところもあるのだ、という道長の言。それは荒唐無稽な中世の言説としてまじめに取り上げられたことはない。けれども、俗に「火のない所に煙は立たぬ」という。それは文字通りの意味ではないとしても、物語の舞台を宇治にすることについての、『源氏物語』の作者と道長との黙契の痕跡と見なすこともできるのではないか。

そして、庇護者道長との黙契によって作者がそのような物語を書いたという、物語製作の面から憶測を逞しくすれば、宇治の物語は『源氏物語』の作者を使っての道長家の、敵対勢力中関白家に対する挑戦、挑発とも受け取れる。また作者個人の問題として見れ

ば、宇治の物語を書くことは、『紫式部日記』でその人となりをあからさまに批判した『枕草子』の作者清少納言に対する挑戦、挑発であったかもしれないなど、憶測は広がる。

憶測はさておき、橋姫巻に語られる八宮一家に、道長に追い詰められ没落した中関白家(定子の兄伊周《これちか》)の姿が投影されているのではないかということは、すでに指摘されている。

宇治の八宮とその姫君達の物語は、失意落泊が決定的となった伊周一門の史実から思いついた物語であろうと思われるのである。そして源氏中の大君にこの精神が流れていると思われるのである。
(手塚昇「宇治八宮と伊周の末路」[16])

『源氏物語』の作者が、それと意識して「思いついた」とまでは言えなくても、「時移りて、世中にはしたなめられ」(七橋姫一九八頁)た八宮とその娘二人の物語に、読者は、落魄した中関白家の姫君定子の運命を連想し、重ねて読んだかもしれない。

今井源衛や稲賀敬二の研究によれば、寛弘七年(一〇一〇)には「宇治十帖」は完成していたかも知れないという。[17] 長保元年の定子中宮行啓妨害事件から十年経つか経たないうちに書かれたということになる。ただし、現存資料からは「宇治十帖」の執筆時期、完結の時期を知ることは出来ないので、ただちにその推定に従うのは躊躇される。しかし中宮定子への道長の仕打ちを知る中関白家ゆかりの清少納言存命中に（岸上慎二『清少納言』によれば、清少納言は万寿二年（一〇二五）没かという）[18]「宇治十帖」の一部、橋姫巻だけでも書かれていたとすれば、それを読むなり、噂に聞くなりした清少納言[19]はどんな思いをいだいたであろうか。

五

さて、本分冊に収める早蕨《さわらび》巻から宿木《やどりぎ》巻にかけては、最初に述べたように、匂宮の妻中君に対する薫の、俗に言えば横恋慕の物語である。「横恋慕」という、人がしばしば陥る普遍的な、そしてそれゆえに通俗的でもあるテーマを、手に取るように語る作者の筆力には舌を巻くほかない。

しかし、その卓越した筆力は、今日の読者から見て、物語の主人公（異見もあるが、仮に薫を宇治十帖の主人公と見なして）を必ずしも輝かせることにならなかった。

物語は、薫の中君への執着が亡き大君追慕の情から発していること、そして薫の中君への接近が今や匂宮夫人でありながらも経済的な後見を持たない中君に対する援助を伴うものであること、を語ってやまない。それは薫の「横恋慕」の背徳性を極力薄めようとするような書きぶりである。とくに後者は「俗」な価値観に基づく薫の理想化であり、それが当時の読者に期待された薫像であったことを、清水好子は「源氏物語の俗物性について」および「薫創造」という二篇の論文で指摘している[20]。

実際、薫の中君に対する執着が真面目に、そして細やかに語られれば語られるほど、今日の読者には薫の「俗物性」が目に付いてくるのは否定できない。善人を称えるのではなく、その仮面を剝ぐことが近代小説の一面であるとすれば、『源氏物語』の作者はそれと意識することなく、薫を語りながら物語作家の域を逸脱して、小説家の領分に足を踏み入れていたのか、とも思いたくなるが、それは『源氏物語』の作者のあずかり知らぬテーマであった。

かくして薫の中君への「横恋慕」は、薫を傷つけ、破滅させることなく、中君に代わる浮舟《うきふね》という新しい女を登場させる。

浮舟とは、父八宮に認知されていれば、宇治の三の君と称されるべき存在であるが、身分低い母故に認知されず、地方官と結婚した母に従って、東国に下り、育った娘である。そして物語は、薫ではなくその浮舟を匂宮の絡む三角関係の中で破滅の淵に追い詰める。物語の展開としては、これもまた鮮やかな手法である。

浮舟は、かつて女三宮の出現によって紫上が直面した「女ばかり、身をもてなすさまもところせう、あはれなるべきものはなし」（㈣夕霧三一〇頁）という苦悩を三角関係という深刻な状況のなかで受け継ぎ、「まろは、いかで死なばや」（㈣浮舟六一二頁）と、宇治川への入水を決意する。

日本古代文学史で二人の男に求愛されて悩み、死を選んだ女の物語といえば、『万葉集』巻九（一八〇九～一一）の生田川の菟原処女《うばらおとめ》の話、また同じく巻十六（三七八六）の桜児《さくらこ》の話である。前者の話は平安時代には『大和物語』（百四十七段）に収められ、よく知られていた。しかし、作者は浮舟入水のストーリーを菟原処女の二の舞として書いたのではなかった。そこにははっきりとした違いがある。

二人の男に求婚されただけで死ぬという菟原処女の物語には、烈しいなかにもメルヘンの薫りが漂うが、それに対して浮舟の方は、二人の男を知った苦悩から死を思うに至る女の物語である。多分に能天気な浮舟の侍女右近は、浮舟への忠告の気持ちから、二人の男を持った自分の姉の悲惨な人生を語って聞かせる（㈣浮舟六一六頁）。しかし、その忠告は浮舟には「まろは、いかで死なばや」という、宇治川への入水決意の呼び水にしかならなかった。しかも浮舟は、自身の追い詰められた立場が、二人の男に懸想されただけの菟原処女とは異なる次元のものであることをはっきり自覚していた。

むかしはけさうずる人のありさまのいづれとなきに思ひわづらひてだにこそ、身を投ぐるためしもありけれ、ながらへばかならずうき事見えぬべき身の、亡くならんは何かをしかるべき。(四浮舟六二六頁)

過去には二人の男から懸想されただけで身投げをした女もいた、しかし自分はもっと深い泥沼にはまり込んでしまったのだ、という自覚である。だが、ここでも物語は、浮舟の入水決意を、薫やもう一人の当事者である匂宮に非難の矛先が向かわないように、それが東国育ちの浮舟の粗野な意思ゆえであったと語る。

け高う世のありさまをも知る方少なくて生ほし立てたる人にしあれば、すこしおずかるべきことを思ひ寄るなりけむかし。(同六二八頁)

この一文は、人の考えや行動よりも、その育ちや身分を判断基準にする身分社会の規範、すなわち清水好子言うところの「源氏物語の俗物性」、が作者を律していることを窺わせる。しかし、浮舟にそのような決意をさせた物語は、作者の配慮に反して、身分社会の暗黙知を破って動き始めるように見える。物語は、父八宮に認知されないまま、八宮家の「三の君」にはなれず、みずからを「ゆくへ知られぬ」（五六〇頁）浮舟に貶め譬えるほかなかった女を中心に回り始める。

入水が未遂に終わって救助され、洛北小野に保護された浮舟は、薫や匂宮への愛執を断ち、横川僧都《よかわのそうず》に縋って出家を遂げる。手習《てならい》巻、そして五十四帖最後の夢浮橋《ゆめのうきはし》巻で、読者は薫や匂宮が遠景に退き、「三の君」と呼ばれることかなわなかった姫君、浮舟の物語を読むことになるであろう。

（1）一九六八年、新潮社刊。
（2）『紫式部の藝術を憶ふ——源氏物語論攷』所収、一九四九年、要書房刊。
（3）『源氏物語私見』所収、一九七四年、新潮社刊。
（4）一九九二年、中央公論社刊。
（5）『源氏物語論集』所収、一九七一年、桜楓社刊。
（6）『源氏物語の再検討』所収、一九六六年、風間書房刊。
（7）「八宮」の呼称は、現行の巻序に従えば、橋姫巻より前、すでに紅梅巻の巻末（七八〇頁）で、匂宮の通い所として「八の宮の姫君」という形で見えている。また竹河巻には薫が関心を寄せる「宇治の姫君」(㈦一八四頁)への言及があり、巻序通りに読み進める読者を惑わせる。しかし、現行の巻序は、必ずしも執筆順ではない。この問題については、紅梅、竹河両巻が「宇治十帖」執筆の進行途上、早蕨巻の後で書かれたのではないか、という推測がなされている(為国彩芽「匂宮・紅梅・竹河成立論――『源氏物語』第三部の構造」(「日本文学誌要」第八六号、法政大学国文学会、二〇一二年七月))。

(8)「宇治八の宮再読――敦実親王准拠説とその意義」、荒木浩『かくして『源氏物語』が誕生する』所収、二〇一四年、笠間書院刊。

(9)阿部秋生編『諸説一覧源氏物語』、一九七〇年、明治書院刊。

(10)『源氏物語の基礎的研究』、一九六六年、東京堂出版刊。

(11)京都大学大学院人間・環境学研究科歴史文化社会論講座編「歴史文化社会論講座紀要」13号、二〇一六年刊。

(12)彰子の入内は、八月の定子行啓の三ヶ月後の同年十一月。

(13)上巻補注一三。角川文庫、一九六五年、角川書店刊。なお、この問題に関しては、土田直鎮『日本の歴史5　王朝の貴族』(一九六五年、中央公論社刊、一九七三年、中公文庫)にわかりやすい解説がある。

(14)高橋和巳作品集9『中国文学論集』所収、一九七二年、河出書房新社刊。

(15)玉上琢彌編『紫明抄・河海抄』一九六八年、角川書店刊。

(16)注6に同じ。なお、宇治十帖に関してではないが、今井源衛も中関白家の没落、すなわち中宮定子の兄弟伊周、隆家の失脚についての『源氏物語』作者の関心について、次のように述べている。

式部は伊周の死をどのように見ていたのか。光源氏の須磨配流《はいる》は伊周・隆家の長徳二年の事件をモデルとすることは前述したが、とすればその後もひき続いて彼女は伊周らの動静には関心を持ち続けていたにちがいない。式部は伊周らの運命の裏に道長の手の動いていたことをまるきり知らなかったとは思えない。

（『紫式部』（人物叢書）、新装版一九八五年、吉川弘文館刊）

(17) 前掲、今井源衛『紫式部』（人物叢書）新装版。稲賀敬二『源氏の作者　紫式部』（日本の作家12）、一九八二年、新典社刊。

(18) 『清少納言』（人物叢書）、一九六二年、吉川弘文館刊。

(19) 中宮定子没後、宮廷を退いた清少納言は、父元輔の屋敷に住み、彰子に仕える赤染衛門から歌を贈られ（『赤染衛門集』）、和泉式部とも歌のやりとりをしている（『和泉式部集』「駒すらにすさめぬほどに老いぬれば」歌）。また清少納言の娘（小馬）はのちに彰子のもとに出仕しており（『範永集』）、宮廷社会とまったく隔絶していたわけではないことが知られる（清水好子「紫式部と清少納言」、『清水好子論文集』第三巻所収、二〇一四年、武蔵野書院刊）。

(20) 『清水好子論文集』第一巻所収、二〇一四年、武蔵野書院刊。

源《げん》氏《じ》物《もの》語《がたり》（八）早蕨《さわらび》―浮舟《うきふね》〔全9冊〕

2020年10月15日　第1刷発行
2023年11月15日　第3刷発行

校注者　柳《やな》井《い》　滋《しげし》　室伏信助《むろふししんすけ》　大朝雄二《おおあさゆうじ》
鈴《すず》木《き》日《ひ》出《で》男《お》　藤《ふじ》井《い》貞和《さだかず》　今西祐一郎《いまにしゆういちろう》

発行者　坂本政謙

発行所　株式会社　岩波書店
〒101-8002　東京都千代田区一ツ橋2-5-5
案内　03-5210-4000　営業部　03-5210-4111
文庫編集部　03-5210-4051
https://www.iwanami.co.jp/

印刷・三陽社　カバー・精興社　製本・松岳社

ISBN 978-4-00-351022-3　Printed in Japan

読書子に寄す

――岩波文庫発刊に際して――

岩波茂雄

真理は万人によって求められることを自ら欲し、芸術は万人によって愛されることを自ら望む。かつては民を愚昧ならしめるために学芸が最も狭き堂宇に閉鎖されたことがあった。今や知識と美とを特権階級の独占より奪い返すことはつねに進取的なる民衆の切実なる要求である。岩波文庫はこの要求に応じそれに励まされて生まれた。それは生命ある不朽の書を少数者の書斎と研究室とより解放して街頭にくまなく立たしめ民衆に伍せしめるであろう。近時大量生産予約出版の流行を見る。その広告宣伝の狂態はしばらくおくも、後代にのこすと誇称する全集がその編集に万全の用意をなしたるか。千古の典籍の翻訳企図に敬虔の態度を欠かざりしか。さらに分売を許さず読者を繋縛して数十冊を強うるがごとき、はたしてその揚言する学芸解放のゆえんなりや。吾人は天下の名士の声に和してこれを推挙するに躊躇するものである。このときにあたって、岩波書店は自己の責務のいよいよ重大なるを思い、従来の方針の徹底を期するため、すでに十数年以前より志して来た計画を慎重審議この際断然実行することにした。吾人は範をかのレクラム文庫にとり、古今東西にわたって文芸・哲学・社会科学・自然科学等種類のいかんを問わず、いやしくも万人の必読すべき真に古典的価値ある書をきわめて簡易なる形式において逐次刊行し、あらゆる人間に須要なる生活向上の資料、生活批判の原理を提供せんと欲する。この文庫は予約出版の方法を排したるがゆえに、読者は自己の欲する時に自己の欲する書物を各個に自由に選択することができる。携帯に便にして価格の低きを最主とするがゆえに、外観を顧みざるも内容に至っては厳選最も力を尽くし、従来の岩波出版物の特色をますます発揮せしめようとする。この計画たるや世間の一時の投機的なるものと異なり、永遠の事業として吾人は微力を傾倒し、あらゆる犠牲を忍んで今後永久に継続発展せしめ、もって文庫の使命を遺憾なく果たさしめることを期する。芸術を愛し知識を求むる士の自ら進んでこの挙に参加し、希望と忠言とを寄せられることは吾人の熱望するところである。その性質上経済的には最も困難多きこの事業にあえて当たらんとする吾人の志を諒として、その達成のため世の読書子とのうるわしき共同を期待する。

昭和二年七月